Pierre Billon
Ein Gähnen des Teufels

Pierre Billon

Ein Gähnen des Teufels

Roman

Aus dem Französischen von Diethard H. Klein

Ehrenwirth

Die Deutsche Bibliothek – CIP-Einheitsaufnahme

Billon, Pierre:
Ein Gähnen des Teufels : Roman / Pierre Billon.
Aus dem Franz. von Diethard H. Klein. – München : Ehrenwirth, 2000
Einheitssacht.: Un bâillement de diable <dt.>
ISBN 3-431-03583-3

Die Originalausgabe erschien 1998 unter dem Titel *Un bâillement de diable*
bei Éditions Stock in Paris

ISBN 3-431-03583-3

Internet: www.ehrenwirth.de
Umschlaggestaltung: Grafikhaus, München
Umschlagfoto: Tony Stone, München
Redaktionelle Bearbeitung: Diana Schaumlöffel, München
Satz: ew print & medien service gmbh, Würzburg
Druck: Wiener Verlag, Himberg
Printed in Austria

Man muß das Menschliche selbst im Unmenschlichen erkennen. Das Schändliche ist oft nur eine Fehlentwicklung des Edlen.

Jean Rostand

Die Verbrechen der höchstentwickelten Zivilisation sind zweifellos schlimmer als die der tiefsten Barbarei.

Jules Barbey d'Aurevilly

Wir modernen Menschen hatten das Glück, als Ort der Hölle unser eigenes Selbst zu erkennen: Hätten wir weiterhin an der alten Vorstellung von ihr festgehalten, hätte die Furcht davor, durch tausendjährige Drohung gestützt, uns versteinern lassen ... Früher glaubte man, diese Welt sei aus einem Gähnen des Teufels hervorgegangen; heute hält man sie für einen Irrtum der Sinne, ein Vorurteil des Geistes, einen Fehler des Gefühls.

E. M. Cioran

Für Laurence

Verzeichnis der wichtigsten Personen und Organisationen

Becker, Antoine: Ehemaliger französischer Minister und Vorsitzender der humanitären Organisation Harmonices Mundi International

Becker, Jean-Louis: Sohn von Antoine Becker, Erster Ratgeber des Oberhaupts der Universellen Vereinigungskirche

Boniface, Julien: Stellvertretender Inspektor bei der kanadischen Polizei

Bugeaud, Thierry: Experte für Multimedia-Technologie bei der kanadischen Polizei

D'Altamiranda, Miguel: Oberhaupt der Universellen Vereinigungskirche

Descombes, Laurence: Französische Ärztin, als Mitarbeiterin von Harmonices Mundi International soeben aus der Gefangenschaft der »Befreiungsarmee Farghestans« freigelassen

Frescobaldi, Lydia: Juristin und Gerichtsberichterstatterin für italienische Zeitungen, Mitarbeiterin einer Sondereinheit des italienischen Innenministeriums

GRC: Gendarmerie Royale du Canada, Königlich Kanadische Polizei

HMI: Harmonices Mundi International, humanitäre Organisation

Kemal, Farik: Führendes Mitglied der Universellen Vereinigungskirche, verantwortlich für deren Finanzwesen

Lagerstein, Teresa: Gründerin einer Hilfsorganisation für Opfer von Folterungen in Neuilly

Le Gendre, Cathérine: Populäre französische Fernsehansagerin; Ehefrau von Antoine Becker

MacMillan, Kiersten: Inspektorin der kanadischen Polizei

MacMillan, William: Kierstens Vater, Richter, Mitglied des Obersten Gerichtshofs Kanadas

Paddington, James: Psychiater im Dienst der kanadischen Polizei, von den Mitarbeitern häufig »Teddybär« genannt

Perès, Mona-Lisa: Studentin an der Queen's University und Praktikantin im Büro von Richter William MacMillan

Sheba, Muhammad: Oberst der Befreiungsarmee Farghestans

Syssojew, Fjodor Gregorowitsch: Russischer Psychiater; nach dem Ende seiner Verbannung nach Gorki in Paris tätig

Prolog

Was wollte sie eigentlich hier, in dieser lärmenden Menge? fragte sich Kiersten MacMillan. Sie kannte niemanden von den Leuten, deren Blicke sie streiften. Sie war ein Niemand für diese Menschen, die sich von einer Gruppe von Gästen einer anderen zugesellten und einander lächelnd als Bekannte begrüßten. Sie dachte an die vielen Stunden, die sie in der Via Frattina verbracht hatte, um sich dort in den Boutiquen nach einem Kleid umzuschauen, das passend für diesen Anlaß schien. Verschwendete Zeit, fand sie – und das galt wohl auch für diese Veranstaltung hier, bei der niemand sie vermißt hätte. Warum nur hatte sie sich zum Kommen überreden lassen?

Als sie in der vergangenen Woche in Rom angekommen war, hatte sie Botschafter Delagrave einen Höflichkeitsbesuch abgestattet. Er hatte dabei von Richter MacMillan als seinem uralten Freund gesprochen und sie gebeten, ihm die Versicherung seiner »unverbrüchlichen Freundschaft« zu übermitteln. Außerdem hatte er das »tragische Geschick der lieben Gwendolyn« in einem solchen Beileidston erwähnt, als ob er eben erst davon erfahren habe; dabei lag der Tod der Gattin des Richters ein gutes Vierteljahrhundert zurück. Kiersten hatte darauf nichts erwidert, sich aber anschließend daran zu erinnern bemüht, wann sie wohl zuletzt den Vornamen ihrer Mutter gehört hatte – der ihr plötzlich alles andere als passend vorkam …

Wenig später hatte sie am Telefon die Grüße des Botschafters ihrem Vater ausgerichtet. Dieser konnte sich trotz seines bekannt guten Gedächtnisses nur recht vage an den »uralten Freund« erinnern. »Delagrave … Edouard vielleicht? Warte mal … nein, Edmond. Genau, Edmond Delagrave; richtig, der war mir mir am Jean-de-Brébeuf. Damals war er ja eher eine blasse Figur; aber ich nehme mal an, daß seine Karriere ihm wohl die fehlenden Konturen verliehen haben wird.«

Wie ein Schiff mit geblähten Segeln die Wogen der Menge zerteilend, steuerte der Botschafter gerade jetzt auf Kiersten zu. Im

Schlepptau hatte er eine junge Frau mit lebhaften schwarzen Augen und einer Kurzhaarfrisur. »Lydia Marchini, die gefürchtete Journalistin von *Corriere*«, stellte er vor. »Ich habe ihr von Ihrer Aufgabe beim bevorstehenden Besuch des Heiligen Vaters in Kanada erzählt, und sie interessiert sich sehr für unsere berühmte berittene Polizei. Da ist sie bei Ihnen ja in den besten Händen ...«
Mit einem öligen Lächeln verabschiedete er sich, um auf eine Gruppe marokkanischer Würdenträger zuzustürzen, die soeben hereinkam. Kiersten hatte ihn im Verdacht, daß er sich auf ihre Kosten von einer lästigen Journalistin hatte befreien wollen; deren Fragen über den Anlaß ihres Besuches hier in Rom beantwortete sie mit großer Zurückhaltung. Sie bestätigte lediglich die enge Zusammenarbeit zwischen der kanadischen Polizei und dem Sicherheitsdienst des Vatikans bezüglich der Papstreise und gab ihren Besuch als reine Routinemaßnahme aus. Tatsächlich aber war sie gekommen, um ihre italienischen Kollegen darüber zu informieren, daß man der Vorbereitung eines Anschlags auf die Spur gekommen war: In Toronto sollte der Heilige Vater ermordet werden!
Irgendwie hatte Kiersten den Eindruck, Lydia Marchini höre ihr nur mit halbem Ohr zu – oder spielte sie ihr das vielleicht nur vor, und es war eine raffinierte Masche, um besser an vertrauliche Informationen zu kommen?
»Geben Sie doch den Türken eine zweite Chance«, meinte ihre Gesprächspartnerin mit gesenkter Stimme. »*Sono cosi goffi!* – Die haben sich ja derart dumm angestellt!«
»Eine zweite Chance?« fragte Kiersten und glaubte, nicht recht gehört zu haben.
»Es ist doch höchste Zeit, daß dieser alte Sturkopf den Löffel abgibt!« Die Journalistin wartete gespannt auf ihre Reaktion, und als Kiersten vor Schreck erstarrte, brach sie in helles, unbekümmertes Gelächter aus. Sie sah entzückend aus mit ihren glänzenden, ebenmäßigen Zähnen, der bräunlichen Hautfarbe und ihrem schülerinnenhaften Spaß am Schabernack. Wieso nur hatte Delagrave sie als »gefürchtet« bezeichnet? Kiersten blieb gelassen, obwohl (was sie aber eher als positiv empfand) der respektlose Ton, in dem diese junge Frau vom Oberhaupt der Christenheit sprach, doch sehr abstach von den unterwürfigen und ermüdenden Weit-

schweifigkeiten, in denen sich ihre italienischen Kollegen ergingen, wenn vom Papst die Rede war.
»Das ist auch eine Meinung«, antwortete sie trocken und warf ihr einen warnenden Blick zu, um ihr zu raten, ihre Worte besser abzuwägen, weil sie bemerkt hatte, daß der junge Delagrave sich näherte und ihm trotz gespielten Desinteresses kein Satz ihres Gespräches entging.
Lydia wandte den Kopf und machte dem jungen Mann mit spöttischem Lächeln ein Zeichen. Dieser heuchelte Überraschung, zögerte, machte aber dann auf dem Absatz kehrt und entfernte sich mit entschlossenen Schritten, als habe ihn von irgendwoher ein geheimnisvoller, dringender Ruf erreicht.
»Die Leiden des jungen Werthers«, sagte Lydia. »Sie kennen ihn wohl schon ...«
»Nur vom Sehen. Ich bin ihm gestern schon begegnet, ebenfalls hier.«
»Vom Sehen – das ist bei ihm doch auch schon viel. Welche Verschwendung!«
Die junge Frau hatte zweifellos recht: Frédéric Delagrave war von ätherischer, androgyner Schönheit, mit flammenden Augen und einer Fülle ungebändigter Locken, durch die er sich mit seinen langen, gepflegten Fingern fuhr. Die Verschwendung, von der Lydia sprach, bezog sich auf seinen derzeitigen Stand als Zögling eines Priesterseminars. Kiersten kannte die Geschichte durchaus schon, hütete sich aber, etwas zu sagen, zumal sie darüber jetzt nicht weiter diskutieren wollte. Gerüchten zufolge hatte sich Vater Delagrave heftigst dagegen gesträubt, daß sein einziger Sohn Priester werden wollte. Dabei stammte er selbst aus einer der großen katholischen Familien von Trois-Rivières. Zur Verwandtschaft zählten sogar ein leibhaftiger Bischof und zwei Nonnen. Noch merkwürdiger aber war das Verhalten der Mutter gewesen: Jennifer Harrison Delagrave, dem Agnostizismus anhängende Tochter eines lutherischen Pastors aus Minnesota – ausgerechnet sie verteidigte ihrem Mann gegenüber den Berufswunsch ihres Sohnes. Schließlich konnte sie seinen Eintritt ins Seminario Pontificio Franceses durchsetzen.
»Haben Sie irgendwo Flavio Buglione gesehen?« fragte Lydia und ließ ihre Blicke umherschweifen.

»Buglione?«
Die Italienerin machte ein überraschtes Gesicht. Wie konnte man nur Flavio Buglione nicht kennen, den Erben des fünftgrößten Vermögens im Lande und des Textilimperiums Buglione! Er galt als der derzeitige Prinz des Jeunesse dorée von Rom und war das Lieblingskind der Regenbogenpresse. Flavio Buglione war noch keine zwanzig und füllte schon die Klatschspalten mit seinen Extravaganzen, seiner Tollkühnheit und seinen den Tod herausfordernden Waghalsigkeiten. Ihn hatte Frédéric Delagrave auf der Französischen Höheren Schule kennengelernt. Die beiden damals Dreizehnjährigen wurden bald unzertrennlich, wohl gerade wegen ihrer so unterschiedlichen Charaktere und Neigungen. Neuesten Gerüchten zufolge sollte Flavio jetzt ein klein wenig ruhiger geworden sein, was auf den Einfluß seines Freundes, des Seminaristen Frédéric, zurückgeführt wurde.
Kiersten hörte sich Lydias Klatschnachrichten nur unaufmerksam an. Sie hegte den leisen Verdacht, daß das Interesse der Journalistin an Flavio dem Prächtigen nicht allein auf den Informationen beruhte, die sie so großzügig weitergab. »Die teilt mir hier Vertraulichkeiten mit«, sagte sie sich dabei beunruhigt, »und erwartet im Gegenzug welche von mir. Was sie interessiert, ist die Beziehung zwischen dem jungen Delagrave und diesem Flavio. Sie ist sicher irgendeinem Skandal auf der Spur und meint, ich könne ihr nützlich sein!«
Kiersten leerte ihr Sektglas und bemühte sich, an den Botschafter heranzukommen, um sich zu verabschieden. Dabei stieß sie zufällig auf Frédéric. Mit einem unverbindlichen Lächeln nickte sie ihm kurz zu; sie wollte ein Gespräch mit ihm vermeiden, aber der junge Mann sprach sie direkt an.
»Sie sind Kiersten MacMillan, nicht wahr? Mein Vater hat uns von Ihnen und von seinem Freund William MacMillan, dem bekannten Mitglied des Obersten Gerichts, erzählt... Es scheint, daß Sie die erste Frau sind, die bei der Königlich Kanadischen Polizei in den Rang eines Inspektors aufstieg.«
»Das stimmt. Was die Stellung der Frau betrifft, ist unsere kanadische Polizei nur ein winziges Stück weniger rückständig als die katholische Kirche.«
Sie zwang sich zu einem Lächeln, aber ihre Stimme verriet sie.

Wenn irgend etwas sie wirklich ärgern konnte, dann war es eine Anspielung darauf, daß ihr beruflicher Erfolg etwas mit der herausragenden Stellung ihres Vaters zu tun haben könnte. Wie hatte dieser Rotzbengel von einem Seminaristen nur so zielsicher ihre Schwachstelle treffen können? Er schien jedoch durch die Heftigkeit ihrer Antwort so aus der Fassung gebracht, daß sie fürchtete, ihm ganz zu Unrecht eine Boshaftigkeit unterstellt zu haben. »Man kann die Menschen lieben und trotzdem die Menge hassen«, sagte Frédéric mit einem gequälten Blick. »Ich begreife das nicht. Meine Eltern fühlen sich hier offenbar wie Fische im Wasser – unter all diesen Haien! Leiden Sie nicht darunter, immer den Vater vor Augen zu haben?«

»Warum? Jeder hat sein eigenes Schicksal!« gab sie zurück und ärgerte sich sogleich über die Belanglosigkeit ihrer Antwort.

»Mein Vater ist die Sonne, die mich in den Schatten stellt«, erklärte Frédéric. Und obwohl er diese Formulierung gewiß nicht zum ersten Mal gebrauchte, brachte er sie mit einer solchen Bitterkeit vor, daß sie ganz und gar nicht wie eine Floskel wirkte. »Ich darf mich ja eigentlich nicht beklagen. Der Schatten war bisher immer günstig für mich. *Sie* hat Ihnen von mir erzählt, nicht wahr?«

Dabei wies er mit den Augen hinüber zur Bar, wo Lydia Marchini ihren Charme an einem Winzling im Smoking erprobte, der mit seinem Stoppelhaar und einer Brille mit kleinen runden Gläsern wie ein Ebenbild Toulouse-Lautrecs aussah.

»Ach, wir haben uns lediglich über harmlose Nichtigkeiten unterhalten«, antwortete Kiersten mit einem wegwerfenden Achselzucken.

»Nichts ist harmlos«, murmelte er mit einem Anflug von Furcht. »Hüten Sie sich vor der, das ist eine Spionin! Spüren Sie diesen Luftzug?«

Sie wollte gerade widersprechen, als ein eisiger Hauch, woher auch immer er kommen mochte, ihren Nacken streifte. Sie erschauerte und dachte: »Jetzt fang ich schon an, Gespenster zu sehen!«

»Die größte List des Teufels ist es, glauben zu machen, daß es ihn nicht gibt«, sagte Frédéric mit gedämpfter Stimme. »Die Kräfte des Bösen sind am Werk, direkt hier! Sie können ruhig darüber lachen, tun Sie sich keinen Zwang an!«

Kiersten verspürte nicht die geringste Lust zu lachen. Sie wollte nur noch das Gespräch auf höfliche Art beenden. Durch das Erscheinen einer Hausangestellten, die Frédéric einen dicken, wattierten Umschlag überreichte, erübrigten sich ihre Anstrengungen. Der junge Mann unterdrückte mit Mühe einen Aufschrei und wurde totenblaß.
»Aber ... wann? Und wie?« stammelte er beim Blick auf das Kuvert. Ohne eine Antwort abzuwarten und ohne Kiersten auch nur noch eines Blicks zu würdigen, drehte er sich um und ging.

In dem kleinen Salon, der neben seinem Schlafzimmer lag, öffnete Frédéric Delagrave den großen Umschlag mit zitternden Händen. Ihm machte weniger die Angst vor dem Inhalt zu schaffen als die Frage, wie er auf die Erklärungen Flavios reagieren würde. Denn er fürchtete, daß auf den Schmerz dieser drei Wochen unerklärlichen Schweigens jetzt die Bitterkeit der Feststellung folgen würde, daß der Freund lediglich aus Gedankenlosigkeit, Lässigkeit – kurz, aus völlig unentschuldbaren Gründen so gehandelt hatte. Natürlich würde er Flavio trotzdem entschuldigen, denn er hing an ihm mit absoluter, blinder und wilder Leidenschaft, die so weit ging, daß er mit unaussprechlicher Dankbarkeit selbst noch die Qualen hinnahm, die diese vergeistigte Liebe seiner Seele und seinem Stolz zufügte.
Der Umschlag enthielt eine Videokassette, der nur wenige handschriftliche Zeilen beigefügt waren: »Frédéric, mein Bruder, mein zweites Selbst! Ich habe den Weg der Astralen Verklärung gewählt, den letzten Beweis der Transfiguration. Überlaß Dein Herz nicht der Trauer, sondern öffne es dem Unsagbaren, dem Unsühnbaren! Da Du mich nicht begleiten kannst, sei bei mir im Gebet ... Flavio.«

Beim Eintreten sah die Hausdame Frédéric am Boden knien. Er schien etwas unter den Möbeln zu suchen, und sein Gesicht war dabei vor Übelkeit verzogen.
»Kann ich Ihnen helfen?«
»Riechen Sie das denn nicht?« fragte er und erhob sich. »Dieser Gestank ist doch unerträglich. Mir ist schon ganz schlecht davon!« Er schnupperte an dem Umschlag und an der Videokassette.

Nein, daher kam der üble Geruch nicht. Aber woher sonst? Signora Renate, von Jennifer Delagrave als ihre Zofe und von Frédéric als »Mutter Oberin« bezeichnet, schnupperte ebenfalls und befand mit gerümpfter Nase, es rieche tatsächlich nicht gut. Sie riß das Fenster auf und rauschte majestätisch hinaus, während ihr ein finsterer Blick des jungen Seminaristen folgte. »Sie steckt mit den anderen unter einer Decke, um mich zu überwachen!« dachte er. »Und was hat diese Lydia da unten zu suchen? Wer hat sie eingeladen?«

Auf dem Bildschirm erschien Flavio, das Gesicht dem Betrachter zugewandt. Er war in ein langes, weißes Gewand gekleidet. Mit gespreizten Beinen und hochgereckten Armen war er an Fuß- und Handgelenken an ein großes Andreaskreuz gekettet. Ruhig und unerschrocken blickte er geradeaus. Frédéric schaltete mit der Fernbedienung den Fernseher aus. Furcht umkrallte sein Herz. Er erhob sich, um die Zimmertür abzuschließen und das Licht zu löschen. Nur eine kleine Art-deco-Lampe mit schummrigem Schein auf dem Kaminsims ließ er an. Dann kauerte er sich in dem Ledersessel zusammen, die Knie an die Brust gezogen, und schaltete den Apparat wieder ein.
Er sah zwei schwarz gekleidete Männer, mit Kapuzen verhüllt, sich vor Flavio verneigen. Sie richteten sich wieder auf und entfernten das weiße Gewand, das sich dabei als einziges Kleidungsstück Flavios erwies. Die unerwartete Nacktheit seines Freundes störte Frédéric sehr; er hatte das Gefühl, ganz rot zu werden. Darin jedoch täuschte er sich. Im Gegenteil: Er wirkte noch blasser als sonst. Es kostete ihn zunächst große Überwindung, seine flimmernden Augen auf den Bildschirm gerichtet zu halten. Doch bald war es umgekehrt: Er konnte seinen Blick nicht mehr von diesen Bildern voller Grauen, die hier vor ihm abliefen, lösen. Frédéric hockte reglos zusammengekrümmt in seinem Ledersessel – so, als befände er sich in einem Kokon. Alles in ihm bäumte sich auf, jede Faser schien gespannt vor Entsetzen. Verzweifelt wünschte er sich, den weiteren Ablauf des Videos unterbrechen zu können, aber er vermochte seine verkrampften Fäuste nicht zu öffnen, und seine Arme versagten ihm den Dienst.
Nach dreiundvierzig Minuten wichen die farbigen Schreckens-

szenen dem wie Schneegestöber wirkenden Flimmern der Mattscheibe, die ihren Schein auf die versteinerten Züge Frédérics warf. Ohne es zu merken, hatte er sich die Lippen so blutig gebissen, daß ein dicker roter Streifen über sein Kinn lief. Schließlich riß er sich, wie aus einer Hypnose erwacht, mit einem wimmernden Klageton aus seinem Sessel hoch und taumelte auf ein Bücherregal zu, wo er hinter der obersten Reihe von Büchern einen kleinen Revolver steckt wußte. Der lag dort schon seit etwa zwei Jahren – seit jener Nacht, als Flavio ein russisches Roulette vorgeschlagen hatte. Er hatte schon die mit nur einer einzigen Patrone geladene Trommel rotieren lassen, als Frédéric sich auf ihn warf und ihm in letzter Sekunde die Waffe entriß. Sie hatten nie wieder diese Geschichte erwähnt, und die Fragen, die der Seminarist sich stellte, waren unbeantwortet geblieben: Hatte Flavio den äußersten Nervenkitzel auskosten wollen? Oder wollte er ihn auf die Probe stellen und hatte die Waffe gar nicht scharf geladen? Frédéric zitterte so stark, daß er die kleine Waffe mit beiden Händen halten mußte, um sich ihren Lauf in den Mund zu stecken. Der Übelkeit erregende Geruch, der sich nach dem Weggang Renatas verflüchtigt zu haben schien, machte sich erneut bemerkbar. Frédéric drückte auf den Abzug, doch das einzig vernehmbare Geräusch war das trockene Klicken des Schlagbolzens. Der junge Mann dachte plötzlich an seine Mutter und daran, wie sie ihn finden würde: ein klaffendes Loch in der Schädeldecke, sein Gehirn ringsum verspritzt... Er richtete nun den Lauf der Waffe gegen seine Brust, genau in Höhe des Herzens. Er zog ein zweites Mal ab, ein drittes Mal. »Flavio hat mich wohl angeführt«, dachte er, und dann: »Vielleicht ist ja auch das Video nur eine Täuschung.« Er wollte eigentlich dieser Überlegung noch weiter nachgehen, doch das Zucken seines Fingers ließ sich nicht mehr rechtzeitig aufhalten. Er spürte einen heftigen Schlag gegen seine Brust – und der letzte Gedanke, der ihn durchfuhr, war der, daß man einen solch schrecklichen Schmerz wohl nicht überleben könne. Den Schuß selbst nahm er wahr wie einen Donnerschlag, der erst mit Abstand dem Blitz folgt. Als sein Mund sich unter dem Andrang eines Blutschwalls öffnete, hatte Frédéric Delagrave schon aufgehört zu denken. Und als seine Hand auf die Sessellehne fiel, hatte seine Seele ihn verlassen.

1. KAPITEL

Dreißig Jahre bei *Gendarmerie Royale du Canada (GRC)*, bei der Königlich Kanadischen Polizei, hatte er nun hinter sich, sieben bis zur Pensionierung noch vor sich. Seine Laufbahn war ohne jeden Fehler, sein Ansehen ohne jeden Makel: Der Inspektorposten war Julien Boniface so sicher wie das Amen in der Kirche gewesen. Und doch hatte ihm in letzter Sekunde diese Kiersten MacMillan die Beförderung vor der Nase weggeschnappt. Da der letzte Bericht der Bundeskommission für Menschenrechte bemängelt hatte, die GRC lasse es an Beförderungen für Frauen und Angehörige ethnischer Minderheiten fehlen, hatte Kommissar Clarkson ein sogenanntes Positivprogramm beschlossen. Die erste, die davon profitierte, war Kiersten.

Ihre Bevorzugung war wie eine Ohrfeige für Julien gewesen, die um so mehr schmerzte, als er fünf Jahre lang nicht nur der unmittelbare Vorgesetzte von Stabsfeldwebel MacMillan gewesen war, sondern sie auch stets besonders gefördert hatte. Auch ihre Beförderung zum Stellvertretenden Inspektor (und damit in den gleichen Rang, den er selbst bekleidete) hatte er nachdrücklich und erfolgreich unterstützt. Damit, daß sie ihn nun gegen Ende des Karriererennens auch noch überholte, hatte er nun wirklich nicht gerechnet. Wenn er auch ihre Tüchtigkeit uneingeschränkt anerkannte, konnte er doch das Gefühl, angeschmiert worden zu sein, nicht verdrängen.

Die auf ihre Beförderung folgenden Monate waren für ihn schwierig gewesen. Er mußte sogar den Polizeipsychiater James Paddington aufsuchen. Und er hatte dessen Empfehlung befolgt: vierzehn Tage Ferien auf Barbados gemeinsam mit seiner Frau Rose. Braungebrannt, entspannt und mit dem festen Vorsatz, das Kapitel seiner beruflichen Enttäuschung als abgeschlossen zu betrachten, war er nun von dieser Reise zurückgekehrt.

Julien Boniface befand sich erst seit wenigen Minuten wieder zu Hause, als ein Klingeln an der Haustür einen unerwarteten Besuch ankündigte.

Im Haus war es eiskalt, denn vor seiner Abreise hatte Julien die Heizung auf den niedrigsten Stand zurückgedreht. Er ließ Kiersten MacMillan ein und führte sie ins Wohnzimmer, wo sie sich in Mantel und Schal unterhielten, einander unbehaglich auf modernen Sesseln von zweifelhafter Bequemlichkeit gegenübersitzend. Im Hintergrund spielte leise das Radio. Das war eine von Juliens Marotten. In der Polizeistation war stets ein kleines Radio auf seinem Tisch eingeschaltet. Das ständige Gedudel dort nervte Kiersten. Hier war das natürlich etwas anderes; aber weder Brahms noch Mozart vermochten die Stille zu verdrängen, die bleischwer über diesem Heim lag... Jonathans Kinderzimmer befand sich oben im ersten Stock. Man flüsterte sich zu, daß Rose noch immer jede Woche die Laken von Jonathans Bett wechsle. »Und warum nicht?« hatte Dr. Paddington dazu befunden. »Wenn es ihr guttut?« Das Drama lag inzwischen zehn Jahre zurück: Auf einer Waldwanderung hatte sich der Junge für kurze Zeit von der Gruppe getrennt, um ein Bärenjunges zu beobachten. Die Bärin hatte ihn dabei entdeckt und angefallen. Von den Schreien des Kindes alarmiert, eilte Julien nur wenige Sekunden später herbei, doch es war schon zu spät: Mit zerfetzter Brust verblutete sein Sohn in seinen Armen.

»Lassen Sie sich erst einmal berichten, was ich in Rom erlebt habe«, schlug Kiersten vor und hauchte ihre Finger an, um sie zu erwärmen.

Der Empfang Juliens stand an Frostigkeit der Temperatur im Haus nicht nach. Dennoch ließ er sich trotz seines Grolls von dem Bericht über den Selbstmord Frédéric Delagraves fesseln.

»Clarkson hat mich mit der Aufstellung einer Sondereinheit beauftragt, drei Leute in Vollzeit für achtzehn Monate«, schloß Kiersten. »Und ich kann mir meine Mitarbeiter selbst aussuchen.«

»Und warum jetzt diese Dringlichkeit?«

»Sehr einfach – in dieser üblen Geschichte soll ein Senator mit drinstecken. Das erklärt wohl alles!«

»Ach, war das toll, dieses Barbados«, seufzte Julien. »Gestern um diese Zeit aalte man sich noch am Strand in der Sonne... Wenn Sie auf der Suche nach Mitarbeitern sind, Frau Inspektor, sind Sie allerdings hier an der falschen Adresse!«

»Aber Julien, Sie wissen doch, daß ich immer nur gegen das System gewesen bin, niemals gegen Sie persönlich! Ohne Ihre Hilfe wäre ich in dem Laden überhaupt nie etwas geworden. Und wenn Sie meinen, ich sei hier an der falschen Adresse, dann muß ich Ihnen sagen, daß ich das falsche Ziel für Sie bin!«
»Weiß ich ja alles«, antwortete er. »Trotzdem vielen Dank für das Angebot.«
»Ich brauche Sie doch. Die Sache ist neu für mich, und bei der ganzen Polizei hier hat keiner eine Ahnung von *Snuff*!«
»Na und, ich doch auch nicht. Warum also dieses Angebot? Und wenn Sie jetzt sagen, ich sei einfach der Beste, schmeiße ich Sie glatt raus!«
»Ich denke nicht im Traum daran, Ihnen zu sagen, Sie seien der Beste«, gab sie mit festem Blick zurück. »Aber ich weiß, daß Sie genauso zäh sind wie ich!«
Das sonnenverbrannte Gesicht von Julien Boniface verzog sich zu einer Grimasse, die man, wenn man sehr guten Willens war, als Lächeln auslegen konnte.
»Das will ich mal als Kompliment betrachten. Trotzdem: meine Antwort ist ›Nein‹. Und nur zu meiner persönlichen Information: Was soll denn das sein, dieses *Snuff*?«
»Das absolute Grauen«, antwortete Kiersten. »Ein Grauen ohne Namen...«

»Schluß damit! Das ist ja ein Skandal!« schrie Doug Murphy und schlug mit der Faust auf den Tisch.
Julien richtete sich steif auf. Natürlich hatte er damit gerechnet, daß dieses Treffen nicht gerade unterhaltsam sein würde.
Seit Kiersten die Videokassette hatte anlaufen lassen, beobachtete er verstohlen die Teilnehmer dieser Sitzung. Wie lange würden sie diese Vorführung aushalten? Letzten Monat hatte Lester Clarkson nach siebzehn Minuten aufgegeben – das war der bisherige Rekord. Was zählte, war das erste Mal. Danach wußte man dann schon, worauf man sich einzustellen hatte. Man konnte mogeln, indem man den Blick stur auf nebensächliche Details im Hintergrund richtete. Als Julien sich das Video von der Herschley-Affäre angeschaut hatte, hatte er hinausgehen müssen, um sich zu übergeben. Und er sollte ein abgebrühter, harter Hund sein?

»Ein Skandal!« wiederholte Doug Murphy mit belegter Stimme. »Müssen wir uns denn so etwas tatsächlich anschauen?«
Kiersten war stehen geblieben. Sie streckte ihren Arm nach dem Abspielgerät aus, stoppte aber nicht, wie Julien erwartet hatte, den weiteren Bildlauf, sondern schaltete lediglich den Ton aus. Dann nahm sie wieder ihren Platz am Konferenztisch ein, gegenüber von Paul Bourdages, dem persönlichen Referenten des Premierministers. Doug Murphy, dem leitenden Mitarbeiter des Schatzamtes, und Ada Nalukturuk, der parlamentarischen Staatssekretärin des Justizministers.
Laut Protokoll sollte die Sitzung von Kommissar Clarkson geleitet werden. Dieser hatte sich jedoch nach einer kurzen Einführung verabschiedet mit der Bemerkung, er kenne das von Inspektor MacMillan vorbereitete Material, das vorgeführt werden solle, zur Genüge. »Und wenn Sie es erst einmal gesehen haben, werden Sie sehr gut verstehen, warum ich mich jetzt zurückziehe«, hatte er mit einem schiefen Grinsen hinzugefügt. »Und Sie dürfen es mir glauben: Es tut mir wirklich leid, daß ich Ihnen eine solche ...« – er hatte nach dem passenden Wort suchen müssen – »entwürdigende Vorführung nicht ersparen kann.«
Das war ein überraschender Kommentar für den großen Macher der Königlichen Polizei, der ansonsten kaum für besondere Rücksichtnahme bekannt war. Im übrigen war seine Kenntnis dieses Materials, das ihn »ankotzte«, wie er zugab, im Gegensatz zu seiner Behauptung nur oberflächlich. Und ohne die Hartnäckigkeit Kiersten MacMillans hätte er diese Vorführung sicherlich ein weiteres Mal verschoben, wie dies bereits zweimal geschehen war.
»Ein Bild sagt mehr als tausend Worte«, zitierte die junge Frau mit fester Stimme. »Als Bezeichnung für solche Videos hat sich inzwischen *Snuff* eingebürgert – für ›Schnüffel-Video‹. Man könnte auch ›Koks-Video‹ oder ›Drogen-Video‹ sagen, denn das Zeug ist eine Art von Rauschgift. Es fällt schwer, zu glauben, daß es so etwas überhaupt gibt; und Sie haben völlig recht, es ist wirklich skandalös. Aber wir müssen uns den Tatsachen stellen, und Ihre Mitarbeit ist unerläßlich, damit wir unsere Aufgabe erfüllen können ...«
Kiersten schlug einen dicken Ordner auf, aber Julien wußte

schon, daß sie bis zum Ende der Sitzung nicht einen Blick würde hineinwerfen müssen. Sie würde vielmehr sämtliche Fakten, Namen und Zahlen aus dem Kopf zitieren. Und sie würde zwar den Eindruck erwecken, alles offenzulegen, aber doch nur das mitteilen, was unerläßlich war, um das angestrebte Ziel zu erreichen. »Ob sie ihnen wohl von Senator Murdstone erzählen wird?« fragte er sich. Der lag sozusagen als Reserve in ihrem Geheimfach, das sie erst öffnen würde, wenn diese Sitzung nicht in ihrem Sinnen verliefe.

»Die ersten Snuffs tauchten vor etwa fünfzehn Jahren auf«, fuhr Kiersten fort. »Es waren handwerksmäßige Produktionen, die auf dem Schwarzmarkt für harte Pornographie gehandelt wurden. Man zeigte die üblichen Vergewaltigungen, Perversitäten und Brutalitäten, nur mit dem Unterschied, daß man nicht Schauspieler filmte, sondern tatsächliche Opfer – gewöhnlich Prostituierte, die man in eine Falle gelockt hatte. Die meisten dieser Videos kamen aus Lateinamerika, einige aus New York oder Hongkong. Die sogenannten Handlungen dieser Filme gerieten oft während des Drehens außer Kontrolle, und das abrupte Ende bei einigen läßt das Schlimmste befürchten...«

Doug Murphy, Paul Bourdages und Ada Nalukturuk bemühten sich um Aufmerksamkeit für Kierstens Ausführungen, konnten aber nicht verhindern, daß ihre Blicke vom Bildschirm angezogen wurden, wo als Stummfilm der Todeskampf eines jungen Mannes offensichtlich lateinamerikanischer Herkunft ablief, der neun Minuten lang den Quälereien standgehalten hatte, ehe er zusammenbrach und seine Henkersknechte um Gnade anflehte. Sein verfilmtes Sterben dauerte in »Echtzeit 43 Minuten« – so stand es auf der Kassettenverpackung zu lesen.

Julien wußte aus Erfahrung, daß jeder vernünftige Gedanke unmöglich war, wenn aus den Lautsprechern die dazugehörigen Schmerzensschreie, das Schluchzen und das Flehen drangen. Man mußte ständig gegen das Verlangen ankämpfen, sich die Ohren zuzuhalten. Daß jetzt der Ton abgeschaltet war, nahm zwar den Bildern nicht ihr Grauen, bot aber doch den Betrachtern die Möglichkeit einer gewissen Distanz. Paul Bourdages saß mit undurchdringlichem Gesicht da. Obwohl er erst fünfunddreißig war, wirkte er mit seiner Glatze und Leibesfülle eher wie ein

Fünfzigjähriger. Er war nicht nur persönlicher Referent des Premierministers, sondern auch seit zehn Jahren dessen besonderer Schützling, sein Vertrauter und sein Mann für besondere Aufgaben. Er war bekannt für seinen Zynismus, aber auch für sein Geschick bei der Erledigung heikler Aufträge.
Was Doug Murphy betraf, so gehörte dieser zu den einflußreichsten Amtsträgern in der Bundesverwaltung. Seine Feinde meinten, er habe eigentlich allen Anlaß zur Bescheidenheit, und seine Berufung in seine jetzige Position verdanke er weit eher seinen Schwächen als seinen Fähigkeiten. Die Entscheidung Kommissar Clarksons zugunsten einer Beförderung Kiersten MacMillans war gar nicht nach seinem Geschmack gewesen: ihnen hier diesen weiblichen Inspektor vorzusetzen mit dieser unausstehlichen Selbstsicherheit...
Ada Nalukturuk war bekannt geworden durch die Gründung der ersten Eskimo-Künstlergenossenschaft in Cape Dorset im Süden der Baffin-Insel. Ihre kämpferische Art, ihr Engagement für die Interessen des Hohen Nordens und ihr wachsendes Ansehen unter den kanadischen Intellektuellen hatten sie zu einer idealen Kandidatin für einen symbolträchtigen Posten in Ottawa gemacht. Ihr Problem war, daß sie ihre Aufgabe im Justizministerium sehr wichtig nahm und dabei auch schon mehr als einmal in die Hand gebissen hatte, die sie nährte... In ihren umflorten Augen glänzten Tränen, sie war wie hypnotisiert von den Bildern des Videos, und ihr Vollmondgesicht war von Leid und Mitleid zugleich geprägt. Julien, der eigentlich kaum zu philosophischen Betrachtungen neigte, empfand eine gewisse Scham vor dieser Frau, die aus den eisigen Weiten der Arktis gekommen war, um die Rechte und die Würde ihres Volkes zu verteidigen und hier nun unfreiwillige Zeugin eines der schlimmsten Exzesse einer seelisch kranken Zivilisation sein mußte.
»Das ist unerträglich«, sagte Bourdages in kaltem Ton.
»Wenn Sie das schon unerträglich finden«, meinte Julien und betrachtete dabei aufmerksam seine Fingernägel, »werden Ihnen bald die passenden Worte fehlen...«
»In Zusammenarbeit mit dem FBI«, fuhr indessen Kiersten fort, »haben wir eine vorläufige Liste echter Snuffs zusammengestellt, die auf dem Markt sind. Selbstverständlich kann diese Liste nur

unvollständig sein, denn der Vertrieb dieser Kassetten wird von ihren Produzenten streng überwacht, damit es nicht zu ›illegalen Raubkopien‹ kommt. Wie ich sehe, ist die Ironie eines solchen Verhaltens Ihnen nicht entgangen! Im allgemeinen wandern diese Videobänder im Original von einem ihrer Liebhaber zum anderen, wobei jeder versucht, sie mit höchstmöglichem Gewinn weiterzuverkaufen. Einige davon haben inzwischen einen außerordentlich hohen Preis ...«
»Sie sprechen von ›echten Snuffs‹«, warf Doug Murphy ein. Die beiden letzten Worte betonte er besonders nachdrücklich, um zu verdeutlichen, daß er sowohl jetzt als auch für alle Zukunft jegliche Verantwortung dafür, daß es solche Scheußlichkeiten überhaupt gebe, weit von sich weise. »Was genau heißt das?«
Er war rot angelaufen, mahlte mit den Kiefern und schaute zu den Fenstern. Konnte man die denn nicht öffnen, man erstickte hier ja! Er war nicht der einzige, der es zu heiß fand, und Julien fragte sich, ob er nicht doch Kiersten zuviel Machiavellismus zutraue mit seiner Verdächtigung, sie habe den Thermostaten manipuliert.
»Zunächst standen die Gewaltszenen in unmittelbarer Beziehung zum eindeutig pornographischen Inhalt dieser Videos«, erläuterte Kiersten. »Heute enthält ein ›hartes Snuff‹ gewöhnlich kaum noch sexuelle Elemente im eigentlichen Sinn. Man begnügt sich damit, ein Opfer zu filmen, das allen Arten von Quälereien ausgesetzt wird ... Grundsatz ist dabei, daß es so lange wie möglich am Leben und bei Bewußtsein bleibt, während man die perversen Brutalitäten ständig weiter steigert ...«
»Ist Ihnen die Identität dieses Mannes da bekannt?« wandte sich Paul Bourdages trocken an Kiersten und wies mit seinem Doppelkinn auf den Bildschirm, wo sich gerade einer der Peiniger mit einem glühenden Lötkolben an den nackten Füßen des Opfers zu schaffen machte.
Ada Nalukturuk überraschte alle, indem sie plötzlich aufstand, mit weit geöffnetem Mund, als bekäme sie nicht genug Luft, und mit unsicheren Schritten um den Tisch herumging und sich, nachdem sie noch einen unentschlossenen Blick auf die Tastatur des Vorführgeräts geworfen hatte, hinunterbeugte und das Verbindungskabel aus der Steckdose zog. Das Bild auf der Mattscheibe schrumpfte zu einem stecknadelkopfgroßen Lichtpunkt zusam-

men, der schließlich ebenfalls verschwand. Die Eskimofrau gab Kiersten MacMillan ein Zeichen, weiterzumachen und sich nicht weiter um sie zu kümmern; dann ging sie zu einem der hohen Fenster und lehnte die heiße Stirn an die Scheibe.
Kiersten beantwortete die gestellte Frage: »Ja, aber er ist als geheim eingestuft. Was ich Ihnen sagen kann: Er ist Angehöriger einer Sekte, einer geheimen Bruderschaft, die in verschiedenen Ländern Ableger hat ...«
»Eine geheime Bruderschaft, die heutzutage verborgen bleiben kann?« murmelte Bourdages. »Das klingt nicht sehr glaubwürdig.«
»Erzählen Sie doch nicht so etwas!« ereiferte sich Doug Murphy, der jetzt nach dem Ausschalten des Bildschirms wieder zu Kräften zu kommen schien. »Und wie soll diese angebliche Geheimgesellschaft zusammenpassen mit diesem ... diesem Unflat da?«
»Unsere Informationen sind noch unvollständig«, räumte Kiersten ein, ohne sich aus der Ruhe bringen zu lassen. »Wir haben jedoch begründeten Anlaß für die Annahme, daß diese Bruderschaft heute Hauptlieferant für Snuffs ist. Und im Gegensatz zu jenen Videos, die in England oder Brasilien unter unzulänglichen Bedingungen gedreht wurden, sind die Produktionen aus dieser Quelle absolut professionell gemacht, auch was Beleuchtung und Tonaufnahme angeht ...«
»Was ich da gesehen habe, war aber alles andere als professionell«, wandte Bourdages ein.
»Ja natürlich: Das war ein Snuff der ersten Generation. Ursprünglich waren diese Videos nicht zum Verkauf bestimmt. Sie dienten vielmehr internen Zwecken der Bruderschaft, wie etwa der Schulung neuer Mitglieder.«
Julien hob wie ein kleinlicher Oberlehrer den Finger:
»Sie haben noch nicht gesagt, daß die Opfer sich freiwillig diesem Martyrium unterzogen ...«
»Mir reicht's jetzt!« schrie Murphy und stieß wutschnaubend seinen Sessel zurück, um den anderen klarzumachen, daß er so rasch wie möglich den Sitzungssaal zu verlassen gedenke.
»Nicht einmal eine Tagesordnung haben Sie vorgelegt, aber das ist auch schon egal. Wieso müssen wir uns überhaupt mit diesen widerlichen Geschichten befassen? Und jetzt auch noch ›freiwillige Märtyrer‹! Das hat uns ja gerade noch gefehlt!«

Ada Nalukturuk warf dem Mann vom Schatzamt einen alles andere als freundlichen Blick zu.
»Ich empfehle Ihnen sehr, Frau Inspektor MacMillan weiter anzuhören«, sagte sie und nahm ihren Platz wieder ein. »Sie weiß genau, was sie will und was geschehen muß. Und wenn hier Zeit verschwendet wird, dann nicht durch sie ...«
Doug Murphy grummelte unwirsch vor sich hin und erhoffte sich Unterstützung von seinem Nebenmann zur Rechten, aber Paul Bourdages behielt sein Pokerface bei und forderte mit einer Kopfbewegung Kiersten zum Weitersprechen auf.
Im gleichen sachlichen Ton wie bisher fuhr sie mit ihren Erläuterungen fort: Voraussetzung für die Aufnahme in die Bruderschaft war, daß der Neuling sich bestimmten Initiationsriten unterwarf, bei denen Schmerzen, Blut und Tränen eine entscheidende Rolle spielten. Man übergab ihn einer Mannschaft von Peinigern, die ihm ehrerbietig gegenübertraten und ihm die Füße küßten, bevor sie ihn zu quälen begannen. Sie wechselten sich dabei unablässig ab und wetteiferten in Erfindungsreichtum und Grausamkeit. Wenn ihr Opfer ihre Quälereien mannhaft aushielt, ohne schwach zu werden, also ohne seinen Huldigungseid zu widerrufen oder um Gnade zu flehen, wurde ihm der Titel »Besieger des Bösen« verliehen.
»So viel Glück hatten leider nicht alle Kandidaten!« warf Julien ein und hatte gleich darauf den Eindruck, daß sein Sarkasmus wohl nicht gut ankomme.
Kiersten knüpfte dennoch an seine Bemerkung an und berichtete, daß die Neulinge, welche diese Prüfungen nicht aushielten, ausgestoßen und den Folterern übergeben wurden, die sie dann ganz nach ihrem Belieben, einander abwechselnd, langsam töten durften. Dieses Tötungszeremoniell endete stets auf die gleiche Weise: Der Gemarterte wurde an den Füßen aufgehängt, und man schnitt ihm die Halsschlagader auf, um ihn ausbluten zu lassen. Sein Blut wurde aufgefangen und aufbewahrt, um später bei den rituellen Waschungen, welche die »Taufe« von Neulingen begleiteten, über diesen ausgegossen zu werden.
»Und eines schönen Tages haben dann Bösewichte begriffen, daß sich mit diesem Material schönes Geld machen läßt«, sagte Paul Bourdages.

»Genau das«, bestätigte ihm Kiersten. »Bis vor knapp zwei Jahren waren die Kandidaten, die diese Initiationsriten nicht bestanden, nicht sehr zahlreich. Dann aber änderte sich die Situation, weil die Bruderschaft feststellte, daß die Videos von diesen Aufnahmeriten zu horrenden Preisen in einschlägigen Kreisen verkauft werden konnten. Seither wurde das Bemühen um neue Mitglieder stark intensiviert, und gleichzeitig steigerte man die Härte der Folterungen ganz erheblich. Damit haben die Unglücklichen, ganz im Gegensatz zu dem, was man ihnen vorher sagt, so gut wie keine Chance mehr, sie auszuhalten ...«

»Diese Videos hatten schwerwiegende Auswirkungen auf dem Markt für Snuffs«, ergänzte Julien. »Denn die Liebhaber, die bisher noch gewisse Skrupel hatten, sagten sich jetzt: Wenn diese Fanatiker sich freiwillig zu Tode quälen lassen, kann man sich das auch anschauen ...«

»Dabei ist es dann aber nicht geblieben!« befand Paul Bourdages, als verstehe sich das von selbst.

Kiersten mochte zwar den persönlichen Referenten des Premierministers nicht, konnte aber nicht umhin, seine rasche Auffassungsgabe anzuerkennen.

»Dabei ist es nicht geblieben, ganz recht«, bestätigte sie. »Denn mit der wachsenden Nachfrage nach ›harten Snuffs‹ ist diese Argumentation hinfällig geworden. Bei den neuesten ›Produktionen‹ der Bruderschaft und auch bei dem sonstigen Material, das wir uns beschaffen konnten, ist es ganz eindeutig, daß von einer Zustimmung der Opfer keine Rede mehr sein kann. Hier geht es nur noch um sadistische Morde, die allein aus finanziellen Gründen begangen werden.«

»Genau wie ich befürchtet hatte!« seufzte Doug Murphy erschöpft. »Ich wußte bis heute nichts von einem Handel mit solchen Machwerken und muß sagen, daß ich mich ohne dieses Wissen wohler gefühlt habe. Außerdem aber geht es dabei, wie Sie ja selbst sagen, um ein begrenztes Phänomen, Gott sei Dank!«

»Wenn Sie aufgrund meiner Ausführungen zu diesem Schluß kommen, muß ich mich wohl falsch ausgedrückt haben.«

Kiersten war aufgestanden und in einen kleinen Raum neben dem Sitzungssaal gegangen. Nur wenige Sekunden später kehrte sie zurück und schob einen fahrbaren Aktenständer vor sich her, auf dem in wackeligen Stößen Videokassetten aufgestapelt waren. Auf den ersten Blick mochten es gut hundert sein. Julien rieb sich die Nase, um sein Grinsen zu verbergen: Diese Kiersten hatte wirklich ein Händchen für eindrucksvolle Inszenierungen! Im übrigen war er beeindruckt von der Menge der Kassetten und fragte sich, ob sie nicht in letzter Minute ein paar harte Pornos mit eingeschmuggelt hatte, damit die Sache entsprechendes Gewicht bekam.

»Das ist nur die Spitze des Eisbergs«, erklärte sie mit einer Kälte, die diesem Vergleich entsprach. »Wir konnten uns erst acht Monate lang ausgiebig mit diesem Vorgang befassen, und Sie sehen hier die Sammlung, die wir in dieser Zeit aus eigener Kraft und mit einer gewissen Unterstützung durch das FBI zusammentragen konnten.«

Ada Nalukturuk starrte auf den Berg von Videokassetten, und ein Ausdruck von Panik überzog ihr Gesicht, als sie sich die ganze Fülle von Leid und Grauen vergegenwärtigte, die diese kleinen schwarzen Schachteln enthalten mußten. Jede davon wäre wohl ein Beweismittel bei einem Prozeß gegen die menschliche Rasse.

Sogar Bourdages war vor Entsetzen starr geworden. Er war weder Ideen noch Werten gegenüber empfindlich, aber handfeste und greifbare Realitäten beeindruckten ihn.

»Da werden Sie wohl noch weitere Mittel brauchen ...«

Kiersten zog aus ihrer Unterlagenmappe eine Aufstellung heraus und verteilte Kopien davon.

»Der Aktionsetat unserer Polizei reicht gerade aus, um die laufenden Routinemaßnahmen zu bestreiten. Wenn wir aber ernsthaft etwas gegen diesen Handel mit Snuffs unternehmen wollen, müssen wir eine Sondereinheit aufstellen und sie mit den erforderlichen Mitteln ausstatten.«

»Na und?« meinte Doug Murphy mit einem Achselzucken. »Dafür gibt es doch die Dringlichkeitskredite. Clarkson sollte sich nach all der Zeit doch damit auskennen. Um welche Größenordnung geht es denn?«

»Sechs Millionen, verteilt auf fünf Jahre ... Aber da liegt nicht das Problem. Entscheidend ist vielmehr, daß ein Etat, der mit einem Dringlichkeitskredit finanziert werden soll, aufgrund einer präzisen Vorlage vom Finanzrat des Schatzamtes gebilligt werden muß. Einen solche Vorlage aber können wir nicht liefern – und wollen es auch nicht. Unsere Maßnahmen müssen geheim bleiben – und das beginnt schon bei deren Finanzierung.«

»Ohne genaue Begründung? Da käme nur der Sonderfonds für außergewöhnliche Erfordernisse in Frage. Das ist nicht so einfach, wenn es um eine derartige Summe geht! Ganz abgesehen davon, daß die Zustimmung des Premierministers notwendig ist.«

Murphy warf dabei einen fragenden Blick auf Bourdages.

»Alex wird nicht sehr begeistert sein«, meinte dieser, »aber man wird ihn irgendwie überzeugen können. Was sind denn Ihre Gründe für diese strenge Geheimhaltung? Ich kann mir zwar selbst welche vorstellen, aber ich würde das doch gerne von Ihnen hören.«

»Die breite Öffentlichkeit weiß so gut wie nichts darüber, daß es solche Snuffs gibt«, erläuterte Kiersten. »Wir sind der Meinung, daß das besser auch so bleibt; eine so widerliche Wahrheit darf man ihr wohl verschweigen. Unsere Ansicht wird übrigens von Interpol und vom FBI geteilt.«

Ada Nalukturuk meldete sich mit überraschend tiefer Stimme zu Wort: »Sie werden die Wahrheit nicht auf Dauer unterdrücken können!«

»Das wohl nicht, aber doch lange genug, um uns Zeit für die erforderliche Organisation zu lassen, bevor dieser Handel einen Umfang angenommen hat, der sich nicht mehr kontrollieren läßt. Im Augenblick haben wir einen heimlichen, sehr speziellen Markt. Wenn über diese Dinge etwas an die Öffentlichkeit dringt, dann ist das eine Art von Werbung für diese neue Form der ›Unterhaltung‹. Es wird zu verstärkter Nachfrage kommen – und Steigerung der Nachfrage erzeugt Steigerung des Angebots ...«

»Den Produzenten werden die Ideen nicht so schnell ausgehen«, knurrte Julien. »Und die Zahl möglicher Opfer ist grenzenlos ...«

Kiersten beugte sich zu den Stapeln von Videokassetten hinüber und schichtete ein paar davon um, bis sie die Kassette gefunden hatte, die sie suchte; sie trug einen roten Aufkleber mit einem großen »C« darauf.

»Es gibt noch einen anderen Grund, warum wir um eine geheime

Bewilligung der Mittel bitten«, fuhr sie fort. »Ich habe hier ein Snuff, das einen Handelswert von zwanzigtausend Dollar hat. Das haben wir zwar nicht gekauft, aber wir mußten immerhin achttausend Dollar dafür aufwenden, daß uns ein Informant eine Kopie davon beschaffen konnte. Es war natürlich nicht so ganz einfach, diesen Betrag unter dem Posten ›audiovisuelle Ausstattung‹ unterzubringen, ganz zu schweigen von den Verrenkungen, die nötig waren, als die Rechnungsprüfungsstelle Erläuterungen verlangte ...«

»Zwanzigtausend Dollar?« fragte Doug Murphy mit einem Unterton von Erleichterung. »Von einem Massenmarkt sind wir immerhin weit entfernt ...«

»Vor fünfzig Jahren konnten sich nur sehr reiche Leute harte Pornographie leisten, wie Sie sie heute in jedem Krämerladen an der Ecke kaufen können!«

»Zwanzigtausend Dollar!« wiederholte Murphy und spann offensichtlich seinen Gedanken weiter. »Wer gibt denn derart viel Geld für so etwas aus?«

»Zum Beispiel fünfzehn- und sechzehnjährige Jungen aus den ersten Familien von Buenos Aires«, antwortete Kiersten und ließ zum ersten Mal Emotionen spüren. »Die schauen sich in der Clique solche Snuffs gemeinsam an – eine neue Form von Initiationsriten, ohne die Risiken ...«

Ada Nalukturuk murmelte mit einer Handbewegung vor dem Gesicht, als wolle sie die aufsteigenden Bilder von Söhnen verscheuchen: »Buenos Aires ...« Julien rätselte, ob für sie diese Halbwüchsigen, an die sie jetzt wohl dachte, zu einer fernen Welt gehörten, zu der sie keinerlei Beziehung hatte, oder ob sie sich Jungen von nebenan vorstellte.

»Sechs Millionen also in fünf Jahren«, faßte Doug Murphy zusammen. »Ich werde meine Beamten fragen, aber versprechen kann ich noch nichts.«

»Ihre Beamten fragen?« fuhr Bourdages auf. »Und vielleicht ein ad-hoc-Komitee einberufen oder ein Weißbuch verfassen? Früher oder später werden die Medien ihre Nase in diesen ›Unflat‹ stecken, wie Sie so schön formuliert haben. Ich sehe schon die Schlagzeilen vor mir: ›Snuffs – die Regierung wußte Bescheid und hat nichts unternommen!‹«

Während er das sagte, verstaute er die Aufstellung in seiner Aktentasche. Für ihn war die Sitzung beendet.
Ada Nalukturuk erhob sich als erste. Der Blick, den sie Kiersten zuwarf, verhieß dieser, daß sie ihre Forderungen empfehlend dem Bewilligungskomitee für Sondermittel unterbreiten würde.
Doug Murphy hatte auf die letzte Bemerkung von Paul Bourdages nicht reagiert. Das besagte jedoch keineswegs, daß er nicht gute Lust dazu gehabt hätte. Um Haltung zu bewahren, tat er so, als mache er sich eine Notiz in seinem Terminkalender, und erhob sich dann seinerseits. Er sah, daß Julien ihn wortlos beobachtete.
»Was bedeutet das ›C‹ hier?« fragte er, um das unbehagliche Schweigen zu brechen, und legte dabei den Finger auf den roten Aufkleber der Kassette.
»Wollen Sie das wirklich wissen?« entgegnete Julien.
Der Mann vom Schatzamt zog die Hand zurück.
»Wenn ich Ihnen eine Frage stelle, mein Freund, möchte ich auch eine Antwort haben!«
»›*C*‹ steht für *Children*, Kinder«, antwortete Julien bekümmert. »Dieses Snuff stammt aus Liverpool – einer der ganz seltenen Fälle, in denen man das Opfer identifizieren konnte. Es ist ein achtjähriges Mädchen, Marjorie Herschley. Man hat sie vor den Augen der Mutter zu Tode gequält … Ihr Gesicht ist immer wieder in Großaufnahme zu sehen, während man im Hintergrund die Schreie des Kindes hört. Eine Neuheit, achtundvierzig Minuten und fünfzehn Sekunden. Den Preis kennen Sie ja …«
Doug Murphy durchfuhr eine Ahnung, daß er sich auf dieser Sitzung wie ein Dummkopf und Feigling benommen habe. Um sich von seinem schlechten Gewissen zu befreien, beschloß er, gleich nach seiner Rückkehr ins Büro Lester Clarkson anzurufen. Dieses ganze Getue wegen einer lumpigen Million pro Jahr, welche Zeitverschwendung! Also gut, damit wäre die Sache erledigt! Jetzt mußte er nur noch schnellstens all das vergessen, was er in diesem überheizten Sitzungssaal gesehen und gehört hatte.

Während der Fahrt entschied sich Ada, den Taxifahrer zu bitten, sie zum Eingang des Rockliffe-Parks zu bringen. Beim Zahlen verdoppelte sie das Trinkgeld. Sie schritt eine Allee mit hohen Bäumen entlang, die ihr im Vergleich mit den baumlosen Weiten

ihres Geburtslandes so gänzlich fremd erschienen und die doch hier für sie zu wahren Freunden geworden waren. Wäre sie schlanker und in besserer Form gewesen, wäre sie wohl losgerannt, bis ihr die Luft ausging, um die Spannung loszuwerden, die ihre Muskeln verkrampfte. So begnügte sie sich mit einem forschen Marsch unter einer bleichen Sonne, genoß die frische Luft und nahm die Gerüche von Humus und Blattwerk in sich auf, die sanften Farben und die Stille.
Schließlich ließ sie sich auf einer Bank am Flußufer nieder und legte die Fingerspitzen auf die Lippen, wie um sich vom Reden abzuhalten. Sie schaute auf das sich kräuselnde Wasser, ohne es wahrzunehmen. Sie fühlte sich als Waise, als Entwurzelte, als dahintreibende Seele. Gerade am Ende der Sitzung hatte sich ihr Blick mit dem des Stellvertretenden Inspektors Boniface gekreuzt – es war, als ob die Zeit für einen Moment stehenblieb. Nie zuvor hatte sie Augen mit einer solchen Intensität brennen sehen: Augen, in denen ohnmächtige Wut loderte, Auflehnung, Widerstand. Diese Augen waren Zeugen des Martyriums eines kleinen Mädchens namens Marjorie geworden, und seitdem konnten sie die Welt nicht mehr wie vorher sehen.
Ada spürte einen kalten Hauch im Nacken, und Schauer liefen über ihre Schultern und Arme. Ihre innere Welt war weit und groß, und doch war kein Platz darin für das, was sie vorhin hatte mit ansehen müssen – nicht das kleinste Plätzchen für diese Art von Wirklichkeit, die ihren Auffassungen von Wesen und Dingen so gänzlich fremd war. Waren diese großen Tränen, die ihr über die Wangen rollten, wirklich die ihren? Sie war sich dessen keineswegs sicher, begrüßte sie aber voller Dankbarkeit. Denn sie verspürte ein großes Bedürfnis danach, daß ihr Körper ihr einen Beweis dafür lieferte, daß sie der menschlichen Gemeinschaft angehörte.

2. Kapitel

Harmonices Mundi International (HMI) war 1982 ins Leben gerufen worden. Zu den Gründern zählten der Friedensnobelpreisträger und Domherr Wurst, der guatemaltekische Schriftsteller Emilio Varga Pontecorbo und der ehemalige sozialistische Minister Antoine Becker. Ein Jahr darauf wurde Pontecorbo in Tripolis während einer Pressekonferenz ermordet. Er hatte auf dieser Konferenz den erfolgreichen Abschluß seiner Vermittlungsbemühungen im Grenzstreit zwischen Libyen und dem Tschad bekanntgegeben. Seine Ermordung, die vom Fernsehen mitgedreht und live ausgestrahlt wurde, bewirkte, daß die Hilfsorganisation HMI schlagartig bekannt wurde. Drei Jahre später starb der Domherr in seinem Bett, wo er allerdings nicht allein gewesen war, was zu einigen Mißtönen bei Totenfeier und Nachrufen führte.

So fand sich nun Antoine Becker allein an der Spitze dieser noch jungen Organisation. Innerhalb kurzer Zeit wurde er zu einer bekannten Persönlichkeit auf dem eher kleinen Feld der humanitären Bemühungen. Auch wenn er nicht müde wurde, seinen engen Mitarbeitern gegenüber zu versichern, daß »Vermittlung dort endet, wo Vermarktung durch die Medien beginnt«, pflegte er doch sehr nachdrücklich sein Bild in der Öffentlichkeit. Er achtete stets ganz instinktiv darauf, daß man ihn von seiner Schokoladenseite und in schmeichelhafter Beleuchtung fotografierte. Becker hatte in zweiter Ehe Catherine Le Gendre geheiratet, Chefansagerin beim Zweiten Französischen Fernsehen. Das Paar sonnte sich auf den Empfängen der Pariser Hautevolee und hatte unter der Schlagzeile »Antoine und Catherine: die schönste Romanze des Jahres« eine Titelseite von *Paris Match* geziert. In einem Interview hatte der Chef von Harmonices Mundi erklärt, er wisse wohl, daß manche ihm diese zweite Ehe verübelten. Für ihn aber sei sie eine Quelle des Glücks, die ihm die Kraft gebe, im Konflikt miteinander stehende Mächte zu versöhnen und selbst unlösbar scheinende Streitigkeiten zu bereinigen ... Kurz, dieser

Antoine Becker war ein ausgesprochen geschickter und eindrucksvoller Aufsteiger, aber doch auch ein Mann mit Mut und Visionen.

Von Anfang an hatte sich Harmonices Mundi International einen eigenen Weg gesucht, etwa in der Mitte zwischen den *Ärzten ohne Grenzen* und *Amnesty International.* In ihrem Programm hieß es, Aufgabe seien »Vermittlungsbemühungen Menschen guten Willens in jedem erklärten Krieg und bei jedem Konflikt, der zu Gewalttaten führen könnte zwischen Staaten oder auch geschlossenen Gemeinschaften innerhalb eines Staates«. Vermittlungen in solchen Fällen lägen besser in den Händen einer nichtstaatlichen Organisation, deren Finanzierung klar durchschaubar sei und die frei von politischen oder ideologischen Bindungen handeln könne. Das Programm vertrat auch nachdrücklich die Auffassung, daß man nicht einfach abwarten dürfe, sondern frühzeitig das Interesse der Konfliktparteien an einer Vermittlung wecken müsse, da selbst bei den heftigsten Auseinandersetzungen und den verbissensten Streitigkeiten die Beteiligten früher oder später das Auftreten eines Vermittlers herbeisehnten – immer unter der Voraussetzung natürlich, daß sie ihr Gesicht wahren könnten und keine Schwächung ihrer Positionen hinnehmen müßten.

Seit seiner Gründung konnte HMI beachtliche Erfolge verbuchen. Beiträge und Spenden schienen hier also gut angelegt zu sein. Die Finanzen der Organisation waren auch weiterhin durchschaubar, von ihren Aktivitäten ließ sich das hingegen nicht immer sagen. Die Erfahrungen hatten jedoch gezeigt, daß die Chancen für eine erfolgreiche Vermittlung um so größer waren, je weniger davon in den Medien berichtet wurde. Antoine Beckers Feinde freilich – und es gab sie – bemäkelten, daß man zwar ständig von den Erfolgen von Harmonices Mundi berichte, so gut wie nie aber von Fehlschlägen.

Antoine Becker hob die Augen und zuckte zusammen. Vor ihm stand eine junge Frau, deren Eintreten er nicht bemerkt hatte. Hinter ihr stand in der Tür zum Büro seine Sekretärin Monique mit zusammengekniffenen Lippen und Tränen in den Augen.

»Guten Tag, Antoine Becker!« sagte die Unbekannte mit unsicherer Stimme und nahm ihre dunkle Brille ab.

Sie hatte ein hübsches, einnehmendes Gesicht und braune, ins Blond spielende Haare, die ihr in großen Locken auf die Schultern fielen. Er sprang mit einem aus tiefster Brust kommenden gurgelnden Laut auf und umfaßte ihre Schultern. Dann betrachtete er sie erneut, bemüht, seine Bewegtheit durch übertriebene Überraschungsbekundungen zu kaschieren, und drückte sie wieder an sich.
»Laurence! Aber ich wußte doch nicht... Warum haben Sie denn nicht angerufen? Seit zwei Tagen schon schlagen wir uns mit diesen Blödianen von der Botschaft herum, um endlich etwas zu erfahren!«
Er spürte den Druck eines zarten Körpers, der von einem kaum wahrnehmbaren Zittern erfaßt wurde.
»Ach, das Telefon... Sie wissen ja...« erwiderte sie mit einem Achselzucken. »Habe ich mich so verändert?«
Er machte sich von ihr los und schob sie etwas von sich weg, um sie genauer betrachten zu können. Dabei verzog er den Mund, um anzudeuten, daß sie mit einer offenen, ehrlichen Antwort rechnen könne. Dann aber wurde er vor ihren blauen Augen schwach und beschloß, lieber nichts zu sagen. Natürlich hatte sie sich verändert, und wie! Damals hing ihr Porträt an allen Hauswänden. »Freiheit für Laurence Descombes!« wurde auf diesen Plakaten gefordert. Und jetzt hätte er sie um ein Haar nicht erkannt. Er fragte sich, was an ihr heute so anders war.
»Ich habe viel an Sie gedacht«, sagte sie. »Ich habe mir viele Fragen gestellt, die Sie betrafen. Im Grunde kenne ich Sie ja kaum.«
Antoine dachte verblüfft: »Jetzt taucht sie nach so vielen Jahren auf und spricht über mich! Das darf doch nicht wahr sein!«
»Ja, glauben Sie denn nicht, daß wir hier uns ebenfalls ständig Gedanken über Sie gemacht haben?« betonte er. »Ich darf Ihnen sagen, daß ich nie die Hoffnung aufgegeben habe... Aber ich muß Ihnen auch gestehen, daß ich fast nicht mehr daran glauben konnte. Selbst jetzt fällt es mir schwer, es zu glauben. Wann sind Sie denn angekommen?
»Sozusagen gerade jetzt, heute morgen. Wir haben in letzter Minute ein anderes Flugzeug genommen, um den Journalisten zu entgehen. Aber der Typ von der Botschaft hat es übertrieben mit dem ›Personenschutz‹. In Orly bin ich ihm entwischt und habe

ein Taxi genommen. Der Fahrer hat ununterbrochen geredet, ohne wirklich etwas zu sagen. Mir war das ganz recht so.«
»Sie sind also direkt hierher gefahren? Und Ihre Eltern?«
Antoine hatte die ganze Zeit über die Hände der jungen Frau nicht losgelassen. Nach fünf Jahren Gefangenschaft war sie in Paris gelandet und als erstes zum Sitz von Harmonices Mundi geeilt... Das war großartig! Er war sich seines Unvermögens bewußt, die richtigen Worte und spontanen Gesten zu finden, um seine Gefühle auszudrücken. Seine Frau Catherine hatte wohl recht, wenn sie ihn einen »Gefühlsmuffel« nannte.
»Die habe ich gleich von der Botschaft aus angerufen«, beantwortete sie seine Frage. »Ich wollte nicht, daß sie mich in Paris abholen. Nach Saint-Brieuc fahre ich morgen. Ich möchte sie lieber zu Hause wiedersehen.«
»Selbstverständlich! Und wann wollen Sie... Sie können sich ja sicher vorstellen, daß wir von den Medien förmlich belagert werden, seit das Rote Kreuz Ihre Freilassung bekanntgegeben hat... Man muß eine Pressekonferenz veranstalten, darum kommen wir nicht herum. Vielleicht heute nachmittag? Nun, darüber reden wir später noch. Im Augenblick gibt es ja so vieles, was man sich zu sagen hat. Darf ich Ihnen einen Kaffee anbieten?«
Er ließ jetzt endlich ihre Hände los und bedeutete ihr mit einer Handbewegung, Platz zu nehmen. Dann ging er in das Büro nebenan. Dort ließ ihn Monique mit gesenkter Stimme wissen, die Delegation aus Kambodscha sei soeben eingetroffen.
»Sagen Sie Gérard, daß er sie etwas hinhalten muß. Er soll ihnen mitteilen, daß unvermutet gerade Laurence Descombes zu uns gekommen ist. Das ist doch ein Knüller, was? Und das gibt ihnen auch das Gefühl, wichtig zu sein...«
»Sie ist sehr mager geworden... Das ist so merkwürdig, sie plötzlich leibhaftig vor sich zu sehen. Dadurch, daß man so lange von ihr gesprochen hat, ist sie irgendwie... unwirklich geworden. Sie ist mir beim Hereinkommen gleich um den Hals gefallen, dabei kannten wir uns doch kaum. Und sie hat sich sofort an meinen Namen erinnert... Ach, ich bin doch eine rechte Heulsuse...«
Die Sekretärin brach in Tränen aus, und Antoine tat so, als bemerke er ihre Verlegenheit nicht. Er bat sie, sofort Dupuy und Minciotti zu verständigen. Sie sollten schnellstens ein Kommuni-

qué verfassen und für 15 Uhr eine Pressekonferenz einberufen. Champagner? Aber natürlich, das war doch ein Anlaß dazu. Und an die Wände mußten Plakate von der damaligen Aktion. Blumenbuketts bestellen mit gelben Bändern – gelben, ganz wichtig! Wegen der Fotos mußte man nach Pifaretti schicken, aber ohne Blitz bitte, wenn das geht! Organisationsbesprechung dann um 12.30 Uhr, oben im dritten Stock.

Antoine kehrte zu Laurence zurück mit zwei dampfenden Kaffeetassen auf einem kunstvoll gearbeiteten Tablett, das man ihm bei seiner letzten Mission in Burundi geschenkt hatte.

»Es gibt so viel zu erzählen«, beteuerte er, als er neben der jungen Frau Platz nahm. »Ich weiß nicht einmal, wo ich anfangen soll ...«

»Ich habe genug Zeit«, antwortete sie. »Aber Ihre ist kostbar ...«

Er schaute ihr zu, wie sie Zucker in ihren Kaffee tat, umrührte und die Tasse an die Lippen führte. Und dann fiel ihm auf, was sich an ihr verändert hatte: Sie sprach und bewegte sich in einem anderen Rhythmus. Es gab sicher noch anderes, aber das war entscheidend. Als sie sagte, sie habe genug Zeit, war das keine leere Floskel. Antoine, der unter ständigem Zeitdruck stand und ein ausgeprägtes Bewußtsein für das Verstreichen der Stunden und die Zwänge seines Terminkalenders hatte, empfand es wie einen Schlag, daß Laurence offenbar die Macht besaß, die Zeit anzuhalten. Außerdem schien sie Schweigen durchaus nicht als unangenehm zu empfinden. Für ihre Antworten ließ sie sich soviel Zeit, daß er sich gelegentlich fragte, ob sie ihn wohl verstanden habe. Seltsam war ihre Begrüßung beim Eintreten gewesen. »Guten Tag, Antoine Becker!« hatte sie gesagt. Weder »Monsieur Becker« noch einfach »Antoine«. Und was mochten das für Fragen sein, die sie sich in bezug auf ihn gestellt hatte? Waren ihr irgendwelche Zweifel gekommen, jetzt schon? Nein, das war unmöglich!

»Wir haben uns natürlich Sorgen wegen Ihrer Gesundheit gemacht«, sagte er schließlich. »Nachdem ich entsprechend gedrängt hatte, durfte ich wenigstens fünf Minuten lang mit Dr. Rudaz von der Botschaft sprechen. Er konnte mich zwar grundsätzlich beruhigen, aber sämtliche Ergebnisse hatte er noch nicht ... Aber sagen Sie es mir selbst: Wie fühlen Sie sich denn?«

»Es scheint, daß ich stark an Gewicht verloren habe«, erwiderte sie unsicher.. »Das war natürlich die erste Frage des Vertreters des

Roten Kreuzes: Ob ich gesundheitlich wohlauf sei. Ich wußte nicht recht, was ich antworten sollte. Reden wir nicht mehr davon.«
Becker beugte sich wieder vor, um erneut die Hände der jungen Frau zu ergreifen. Diesmal aber war das paradoxerweise eher eine Geste, um Abstand zu bewahren. Diese Begegnung verlief nicht nach seinen Vorstellungen. Er hatte eher den Flughafen im Sinn gehabt: eine jubelnde, begeisterte Menge, die zu Tränen gerührten Eltern Descombes, Journalisten. Gestern hatte er noch Minciotti darum gebeten, ihm eine kurze Ansprache aufzusetzen. Eine gute Gelegenheit war vertan – schade!
»Und Jean-Louis?« fragte sie.
»Nun, es geht ihm gut!« antwortete er und begriff nicht so recht, warum ihn diese Frage unvorbereitet traf. »Stimmt ja, ich hatte für einen Augenblick ganz vergessen, daß Sie beide damals bei Ihrer Entführung gemeinsam bei der Cortès-Mission waren. Ich weiß nicht, ob beides zusammenhängt, aber er hatte damals eine Art Nervenzusammenbruch. Er mußte ins Krankenhaus und anschließend für drei Monate in Erholung...«
Sie schaute ihn erstaunt und mit fragendem Blick an und wollte mehr darüber wissen.
»Ja, mich hat das auch überrascht«, sagte er. »Das paßte eigentlich nicht zu Jean-Louis... Oder seine Unbekümmertheit war nur Fassade. Übrigens wurde diese Krise zu einem Wendepunkt in seinem Leben, der Beginn eines geistigen Aufbruchs. Er ist zur Zeit auf Malta tätig... Bestimmt weiß er Bescheid über Ihre Freilassung, die Nachricht davon ging ja um die ganze Welt!«
»Auf Malta?« fragte sie mit gesenktem Blick.
»In einem alten Kloster... dem Mutterhaus einer Art von universaler Kirche für das Verständnis unter den Völkern. Sagen Sie, Laurence, haben Sie Zeit, um mit mir zu Mittag zu essen? Entschuldigen Sie, wenn das jetzt etwas mechanisch geklungen hat... Dann setzen wir unser Gespräch in Ruhe fort. Aber können wir jetzt gleich irgend etwas für Sie tun? Monique steht ganz zu Ihrer Verfügung...«
»In der Botschaft habe ich in Zeitschriften geblättert. Da stieß ich auf einen Bericht über François Mitterrand...«
Sie verstummte – eine plötzliche Gefühlsregung schien sie zu erfassen.

»Mitterrand?« murmelte Antoine verständnislos.
»Ich wußte nicht, daß er tot ist«, erklärte sie, heftig atmend. »Ich habe doch nicht die leiseste Ahnung, was in den letzten fünf Jahren passiert ist!«
»Natürlich! Man muß zugeben, daß Sie sich in einer wirklich ungewöhnlichen Situation befinden ... Ein schwarzes Loch von fünf Jahren! Dann können Sie ja auch nichts wissen von Bosnien, von Ruanda, von Algerien!«
Sie schüttelte den Kopf, schien aber nicht besonders interessiert zu sein, Neuigkeiten darüber zu erfahren. Das hinderte sie jedoch nicht daran, zu fragen, ob die Informationsabteilung von Harmonices Mundi ihr vielleicht eine Zusammenstellung von den wichtigsten Ereignissen während ihrer fünfjährigen Gefangenschaft machen könnte.
»Man hat mir zwar auf dem Flug Zeitungen angeboten«, fügte sie hinzu, »aber ich brachte es nicht fertig, sie zu lesen. Ich hatte wohl Angst davor, so schnell in die Gegenwart zurückzukehren ...«
Sie erhob sich als erste, so daß Antoine Becker nicht von sich aus die Unterhaltung beenden mußte. Er umarmte sie zum Abschied nochmals, achtete dabei aber sorgsam darauf, den direkten Blick aus ihren wasserblauen Augen zu vermeiden, der ihm unablässig eine überaus bedeutsame Frage zu stellen schien, die er nicht beantworten konnte.

Laurence schlenderte unter dem bleichen Aprilhimmel ziellos den Quai des Célestines entlang und setzte sich schließlich auf eine Bank. Sie schlang ihre Arme um die Schultern, weil sie ein Frösteln überlief. Würde sie überhaupt die Kraft haben, ihren Spaziergang fortzusetzen? Sie überprüfte ihren Zustand ganz nüchtern medizinisch, als ob ihr Körper jemandem anderen gehöre – und war es nicht auch tatsächlich so? Bei der Vorstellung, weiterzugehen in dieser Umgebung, die nach allen Seiten frei war, in einem offenen Raum, den allein ihr eigener Wille begrenzte, wollten ihre Beine ihr den Dienst versagen. Der Trick war, sich einen festen Punkt zu suchen, den man erreichen wollte: vielleicht den Brunnen dort oder auch jenen Baum, vielleicht auch nur die nächste Bank – das ganze Leben bestand ja aus solchen kurzen Abschnitten, immer nur ein Tag nach dem anderen. »Sie ist doch ganz schön gestört«, murmelte sie und sagte sich sofort, daß sie es sich endlich abgewöhnen müsse, von sich selbst in der dritten Person zu sprechen. Laurence hatte die Räume von Harmonices Mundi verlassen, weil sie für sich sein wollte, niemandem antworten wollte, den Blicken Unbekannter entgehen wollte, die meinten, sie *zu erkennen*. Sie hatte zu Monique, der Sekretärin, gesagt, sie sei dann zum Mittagessen mit Becker wieder zurück, aber sie wußte jetzt, daß sie nicht hingehen würde. Antoine Becker war so stolz darauf gewesen, daß der erste Besuch von Frau Dr. Descombes in Paris nach ihrer Rückkehr ihm gegolten hatte und der Organisation, die er leitete und mit der er sich völlig identifizierte ... War er denn nicht auf die Idee gekommen, daß sie ihn vor allem wegen Jean-Louis aufgesucht hatte? Jean-Louis auf Malta, der von ihrer Freilassung gehört haben mußte, aber sich noch nicht gemeldet hatte ...

Sie hatte sich lange gefragt, ob Becker wohl von ihrer Beziehung gewußt hatte. Vorhin war ihr klargeworden, daß das sicher nicht der Fall gewesen war. Und außerdem hatte sie bemerkt, daß er ihr irgend etwas Wichtiges verheimlichte. Das war zwar mehr eine Intuition, aber sie war sich dessen doch recht sicher.

Es herrschte zwar kein Gedränge auf dem Quai, und niemand rempelte sie an wie auf dem Flugplatz, wo sie fast ohnmächtig geworden wäre. Aber es waren für sie doch zu viele Menschen ringsum, zu viele fremde Gesichter, zuviel Lärm auch mit all den Fahrzeugen und vor allem diesem scheußlich lauten Motorrad dort. Sie bog ab, um die Straße zu überqueren, schaute weder nach links noch nach rechts und schritt auf eine Kirche zu. Sie ging hinein und lehnte sich, ganz außer Atem, an eine Säule aus kaltem Stein. Das Gebäude wurde gerade restauriert. Hohe Gerüste ragten hinter durchsichtigen Plastikfolien mit grauen Streifen auf, die das Querschiff abtrennten. Die Gewölbe, Strebebogen, Kapitelle und Statuen waren wie von Ruß und Rauch überzogen. Nur in dem schon renovierten Teil, in dem Laurence stand, war alles wieder frisch, hell und strahlend.

Nur einige wenige Besucher gingen schweigend umher. Ein paar Gläubige saßen in stiller Versenkung auf den Bänken. Würde sie einen tragbaren Kompromiß finden können zwischen ihrem

Bedürfnis, allein zu sein, und ihrer Angst, allein gelassen zu werden in dieser Welt, wo es für sie keinen Platz mehr zu geben schien?

Am ersten Abend in der französischen Botschaft in Rhages hatte sie fluchtartig das festliche Abendessen verlassen, das man ihr zu Ehren veranstaltet hatte – ein »intimes Essen« mit einem etwa sechsjährigen Jungen mit grauen Augen und einer stillen Aufmerksamkeit sowie geschwätzigen Erwachsenen, die sich überschlugen in Zuvorkommenheit und Beweisen ihrer Bewunderung. Dr. Rudaz hatte sie, die wacklig auf den Beinen war, in das Gästeappartement begleitet, das aus drei riesigen, luxuriös ausgestatteten Räumen bestand mit bedrohlichen Schränken (die leer waren) und einem Telefon im Badezimmer. Der Arzt hatte ihr ein Beruhigungsmittel verabreicht und ihr versichert, sie brauche jetzt Ruhe – während sie sich in Wahrheit nichts sehnlicher wünschte als eine streichelnde Hand.

Sie war plötzlich schreiend aufgewacht, nackt auf dem Bett ausgestreckt, ohne sich erinnern zu können, daß sie sich ausgezogen hatte. Alle Lichter brannten, und sie ging herum, um sie zu löschen. Die großen, leeren Räume ängstigten sie. Was konnte man tun gegen diese beklemmende Stille? Sie lauschte, doch kein Ton war zu hören. Hatten die anderen Bewohner das Haus verlassen? Sie kämpfte gegen ihre Panik an, zwang sich, nicht erneut zu schreien, stürzte auf die Tür zu und war völlig verblüfft, als sie feststellte, daß diese keineswegs abgeschlossen war.

Der kleine Junge mit den grauen Augen stand draußen auf dem kleinen gefliesten Vorplatz. Er hielt mit einiger Mühe einen jungen, hellbraunen Labrador in den Armen und schaute nachdenklich Laurence an, ohne von ihrer Nacktheit Notiz zu nehmen.

»Sie haben geschrien«, sagte er. »Das war sicher ein Alptraum.«

Sie nickte nur, unfähig, ein Wort herauszubringen. Ihre Augen begannen zu brennen, und sie dachte: »Lange wird's jetzt nicht mehr gehen.« Dabei hatte sie seit vier Jahren keine einzige Träne mehr vergossen.

»Ich leihe ihn Ihnen bis morgen früh«, sagte der Junge und streck-

te ihr das Hündchen hin. »Er heißt Calamité, aber Sie können ihn auch anders nennen. Er versteht alles.«
»Calamité«, wiederholte sie automatisch und wich einen Schritt zurück vor diesem Tier, dessen Name Unglück bedeutete.
»Es nützt gar nichts, Angst zu haben!«
Der Junge trug den Hund in das Zimmer und machte ihm mit einer Handbewegung klar, daß er dort bleiben solle, während er die Tür von außen hinter sich schloß.
Als er begriff, daß man ihn mit der Unbekannten allein ließ, drehte sich der Hund zweimal japsend um sich selbst und verkroch sich dann hinter dem Sofa. Laurence wollte sich wieder hinlegen, aber ein lautes Knacken ließ sie mit einem leisen Angstschrei herumfahren. Sie entdeckte einen langen Riß in der Wand des Vorzimmers; er stieg im Zickzack vom Boden auf und reichte bis zum Rahmen eines alten Stiches. Ganz erstarrt lauschte sie angestrengt auf Anzeichen eines Erdbebens, doch vergeblich. Schließlich sagte sie sich, daß der Riß wohl schon lange da sei und daß sie ihn lediglich jetzt erst entdeckt habe ... Aber dieses laute Knacken, das hatte sie doch nicht geträumt! Sie trat an die Wand und betastete sie mit zitternder Hand, mußte aber erschreckt feststellen, daß ihre Fingerspitzen ganz gefühllos waren und nichts von einer Vertiefung wahrnehmen konnten. Vielleicht ging der Riß ja nur durch die lavendelfarbene Tapete.
Laurence wollte sich nicht weiter mit diesem Phänomen beschäftigen und wandte sich dem Schlafzimmer zu. Doch in ihren Ohren sauste es, eine Ohnmacht überkam sie, und sie sank auf einem Perserteppich zu Boden. Sie krümmte sich langsam zusammen, als ob sie so wenig Platz wie möglich beanspruchen wollte. Vielleicht aber auch, um besser das Schluchzen unterdrücken zu können, das ihr die Kehle zerrissen hätte, wenn sie ihm freien Lauf gelassen hätte.
Der kleine Hund verließ, unruhig geworden, sein Versteck und schnüffelte winselnd an der Tür. Dann streckte er sich wenige Schritte von Laurence entfernt aus, den Kopf auf die überkreuzten Vorderpfoten gelegt. Plötzlich spitzte er die Ohren, als ob er ein fernes Geräusch, einen Ruf gehört hätte. Er kroch auf die junge Frau zu, während sein aufgerichteter Schwanz wie ein wild gewordenes Pendel hin und her schwang. Dann begann er ihr die Wangen zu lecken.

Laurence wandte ihr Gesicht nicht ab. Sie hob lediglich die Hände ein wenig, die Handflächen nach vorn gerichtet; aber das war keine Geste der Abwehr, sondern vielmehr der Hingabe an diese rauhe und feuchte Liebkosung.
Als sie am frühen Morgen erwachte, schlief das Hündchen neben ihr, die Schnauze in ihre Achselhöhle gesteckt …

Laurence ging weiter. In der Kirche war selbst im renovierten Teil der Boden mit feinem weißem Staub bedeckt. Auf den ungleichmäßigen Bodenplatten knirschte feiner Sand unter den Schritten. In den durch die farbigen Fenster fallenden Sonnenstrahlen schwebten winzige Staubpartikel. Zum Geruch von Kerzen und Weihrauch mischte sich jener von trockenem Gips. »Jetzt ist sie frei und kann machen, was sie will!« dachte Laurence. Einmal mehr konnte sie trotz ihres festen Entschlusses ihren Gedanken nicht anders formulieren.
Sie blieb vor einer kleinen Seitenkapelle stehen, deren Wände mit Votivtäfelchen bedeckt waren: »Dank für zuteil gewordene Hilfe!« Ihr fielen Antoine Beckers Worte ein über den geistlichen Weg seines Sohnes. Jean-Louis, von einem Gnadenstrahl getroffen? Nun ja, warum nicht. Obwohl er sie damals ohne jeden Mystizismus aufs Kreuz gelegt hatte. Bissig und spottlustig war er vielmehr gewesen, ein egozentrischer und großzügiger Verrückter, der in vollen Zügen sein Leben genoß.
Eine Szene trat vor ihr inneres Auge, und die Erinnerung daran (es war das erste Mal, daß sie sie wieder heraufbeschwor) schnürte ihr die Kehle zu. Dabei hatte sie geglaubt, während der fünf Jahre ihrer Gefangenschaft sich bis ins nebensächlichste Detail mit ihren Erinnerungen an glückliche Zeiten beschäftigt zu haben …
Jean-Louis hatte sie in ihrem Hotelzimmer in Rhages besucht, wo sie am Fenster, das auf einen flammenden Sonnenuntergang geöffnet war, an ihrem Bericht arbeitete. Er hatte sich rücklings, die Arme weit ausgebreitet, auf ihr Bett fallen lassen und gesagt: »Ich weihe meinen Körper deinem Wissen!« Er lachte dabei aus vollem Hals, während sie nachdenklich lächelte. Ihr Wissen? Auf diesem Gebiet war es eher dürftig.
Seither hatten sich die Dinge stark verändert. Sie war nun nicht

mehr unerfahren, nicht mehr schüchtern. Oberst Sheba hatte ihr mancherlei beigebracht.

Laurence blieb vor einer Konditorei stehen und warf einen ungläubigen Blick auf das vielfältige Sortiment von Backwaren im Schaufenster. Dann ging sie hinein und bestellte sich einen Windbeutel mit Mokkacremeglasur, jedoch so leise, daß die Verkäuferin sie noch einmal fragen mußte. An der Kasse merkte sie, daß sie ihre Handtasche im Büro von Becker hatte liegenlassen und keinerlei Geld bei sich trug. Aber das junge Mädchen, das sie bedient hatte, murmelte der Kassiererin etwas ins Ohr. Deren rundes und rosiges Gesicht verzog sich zu einem breiten Lächeln, und sie sagte, ihr das hübsch verpackte Gebäckstück überreichend:
»Eine kleine Aufmerksamkeit des Hauses, Frau Dr. Descombes! Das ist doch das mindeste ...«
Laurence stammelte ein Dankeschön und flüchtete, den Blick zu Boden gerichtet. Sie setzte sich auf einem nahegelegenen kleinen Platz auf eine Bank und packte den Windbeutel aus, den man mit vier Nußcremeschnörkeln hübsch verziert hatte. Das Wasser lief ihr dabei im Munde zusammen, und sie meinte schon den Geschmack der Mokkacreme auf ihrer Zunge zu spüren. Zwei Tränen rollten über ihre Wangen, während sie noch zögerte, den Leckerbissen zum Mund zu führen.
In diesem Augenblick empfand sie ein so überwältigendes Glücksgefühl, eine so reine und starke Freude, wie sie sie als kleines Kind empfunden und auf geheimnisvolle Weise in einem Winkel ihres Herzens bewahrt hatte. Sie sprang auf und nahm ihren Marsch in Etappen, von einem Punkt des Verschnaufens zum anderen, wieder auf, jede kurze Wegstrecke als ein neues Stück Freiheit erfassend. Schließlich warf sie das Gebäck in eine Mülltonne, ohne auch nur davon gekostet zu haben.

Die Rue du Petit-Musc war für den Durchgangsverkehr gesperrt worden, und einige Übertragungswagen mußten auf dem Gehsteig vor dem Sitz von Harmonices Mundi parken. Laurence trat in die Eingangshalle und achtete sorgsam auf ihre Schritte, weil der Boden mit Kabeln und Leitungen übersät war.
»Frau Dr. Descombes! Wohin waren Sie denn nur verschwun-

den?« rief Monique aufgeregt. »Man hat Sie seit 12 Uhr überall gesucht, Sie wollten doch mit dem Chef zu Mittag essen... Er ist in einer Verfassung, das können Sie sich gar nicht vorstellen! Kommen Sie, man muß ihm sofort Bescheid sagen! Das ist kein Vorwurf, verstehen Sie mich bitte nicht falsch, aber man wußte einfach nicht, wie man Sie erwischen sollte! Man hat schon Leute durch das ganze Viertel geschickt – auf die Suche nach Ihnen...«
»Was tut sich denn hier?« fragte Laurence ganz verstört und blickte sich um, ohne sich vom Fleck zu rühren. »Warum denn diese ganze Aufregung?«
Monique blickte sie ihrerseits ganz erstaunt an:
»Aber das ist doch alles Ihretwegen! Sie wissen doch, die Pressekonferenz...«
Sie nahm Laurence behutsam am Arm und zog sie zum Aufzug. Im dritten Stock erwartete sie schon Antoine Becker, der wohl von der Empfangsdame unten benachrichtigt worden war.
»Gott sei gelobt! Ist alles in Ordnung? Ich habe ja Blut und Wasser geschwitzt! Die Presse ist da, alle sind gekommen, man wartet nur noch auf Sie! Das kostet mich zehn Jahre meines Lebens... Stellen Sie sich vor, ich war kurz davor, denen sagen zu müssen, Sie seien verschwunden!«
Er ergriff Laurence bei den Schultern und fragte sie mit besorgtem Blick nochmals, ob alles in Ordnung sei. Sie nickte nur mit dem Kopf und entwand sich seinem Griff. Hinter seiner Besorgtheit, die sicher ernsthaft, aber doch auch gespielt war, spürte sie Verstimmung, ja sogar Zorn.
Der große Besprechungsraum quoll über. Sobald Laurence ihn betrat, veränderte sich der Klang des Stimmengewirrs, und es kam Bewegung in die Menge. Die Kameras waren bereit, am Podium war ein Bündel von Mikrofonen installiert, und nun flammten die Scheinwerfer auf. Antoine Becker sprach ein paar einleitende Sätze und wies dann darauf hin, daß Frau Dr. Descombes keine Erklärung vorbereitet habe, aber zur Beantwortung von Fragen gerne zur Verfügung stehe.
Laurence sprach dann etwa fünfzehn Minuten lang, sicher und sachlich. Sie fühlte sich fremd und abwesend, aber ihre Worte kamen wie von selbst. Sie wußte, was man von ihr erwartete, und kannte ihre Rolle; das war gut so. Dann beantwortete sie die erste

Frage nach den Bedingungen ihrer Gefangenschaft bei den Rebellen der Befreiungsarmee Farghestans. In diesem Augenblick hörte sie zu ihrer Rechten einen lauten Knall und drehte den Kopf, weil sie glaubte, eine Projektorlampe sei zerplatzt. Dort drüben stand Antoine, an eine Wand gelehnt – und in dieser Wand zeigte sich plötzlich ein langer Riß, der sich rasch ausbreitete und in viele Äste zerteilte. Laurence spürte, wie sie zu schwanken begann.
Becker sprang herbei und konnte die zusammensinkende junge Frau gerade noch auffangen. Unter den Augen der Kameras wurde Laurence auf einer Trage hinausgebracht.
Wenn das kein Knüller war!

3. Kapitel

Kiersten besuchte ihren Vater, Seine Ehren William MacMillan, ohne ihre Strategie schon festgelegt zu haben. Sollte sie ihm gleich zur Eröffnung des Gesprächs die Frage stellen, die sie selbst nun schon seit achtundvierzig Stunden beschäftigte? – Oder war es besser, ihn auf Umwegen anzugehen und erst einmal seine Reaktion abzuwarten, wenn sie ihm von ihrem neuesten Auftrag bei der Königlichen Polizei erzählte? Ihrem kämpferischen Naturell entsprach eigentlich eher das direkte Vorgehen, und ihre Aufrichtigkeit sträubte sich dagegen, den alten Herrn in eine Falle zu locken. Warum war sie so zögerlich? Und warum hatte sie solch einen Kloß im Hals und das dunkle Gefühl, daß sie ihre Entscheidung bedauern würde, wie auch immer sie ausfiele? Gewöhnlich richtete sie es so ein, daß sie sich mit ihrem Vater im Universitätsclub traf, weil das Haus der Familie in Rockliffe zu sehr von Erinnerungen belastet war, als daß sie sich dort wirklich wohl gefühlt hätte. (Sie hatte dort eine glückliche Kindheit erlebt bis zum Tode ihrer Mutter, die von einem Herumstreuner erstochen worden war in einem öffentlichen Park, in dem doch so viele Menschen joggten, wie sie selbst auch.) Aber es gab noch einen weiteren Grund, den sie allerdings ungern zugab: Sie vermied auch deshalb ein Treffen unter vier Augen, weil es so leicht zur Diskussion über Themen führen konnte, denen sie lieber auswich. Heute jedoch hatte sie sich dazu entschlossen: Bei dem, was es jetzt zu besprechen gab, konnte man keine Zeugen brauchen. Außerdem stand die Mahlzeit, die Mrs. Crichton aufzutischen gedachte, schon längst auf dem Herd. Und wenn der Richter etwas ganz besonders verabscheute, dann waren es Programmänderungen in letzter Minute.

Sie genehmigten sich einen Aperitif im Salon, einem großen Raum, der wie genau zu diesem Zweck eingerichtet schien und zu absolut keinem anderen, schon gar nicht zum Faulenzen oder gemütlichen Beisammensein! Dann gingen sie gemeinsam in das getäfelte Eßzimmer, das zusammen mit der Küche ein Heiligtum war, in dem Mrs. Crichton als Alleinherrscherin waltete.

Die Beziehungen zwischen Kiersten und ihrem Vater waren nie ganz einfach gewesen. In den letzten Jahren waren sie jedoch aufgrund der beruflichen Entwicklungen noch schwieriger geworden. Die ausgeprägte Persönlichkeit der jungen Frau, ihr Ehrgeiz und ihre Unbeugsamkeit in moralischen Fragen hatten ihr Feindseligkeiten bei der Polizei eingebracht. Hatte man nicht getuschelt, ihre familiäre Verbindung zu einem Richter am Obersten Gericht habe nicht unwesentlich zu ihrem beruflichen Erfolg beigetragen? Sie kannte diese üblen Nachreden genau, die sie in höchstem Maße ärgerten. Daher bemühte sie sich ganz besonders, ihren Vater aus allem herauszuhalten, was ihre Arbeit betrag. Ihre Gespräche beschränkten sich denn auch stets auf allgemeine Fragen der Landespolitik und die Tagesereignisse. Aus diesem Grund verdoppelte der Richter auch sofort seine Aufmerksamkeit, als, nach der Fisch-und-Muschel-Suppe und einem Soufflé mit Greyerzerkäse, Kiersten ihm von den Aufgaben zu berichten begann, die ihr neuerdings von Kommissar Clarkson übertragen worden waren.

»Wenn mich mein Gedächtnis nicht trügt, warst du doch bisher mit Aufgaben befaßt, die irgendwie mit den besonderen Bedingungen von Frauen zu tun hatten ...«

»In gewisser Weise und unter anderem natürlich schon. Daneben mit der bundesweiten Suche nach verschwundenen Kindern, einem das ganze Land überziehenden Netz von Prostitution und Untersuchungen zur Kinderpornographie, nicht zu reden von ähnlich anrüchigen Aufträgen!«

»Das wußte ich ja gar nicht«, meinte der Richter mit einem kleinen Anflug von Ärger. »Eigentlich schade, denn du hättest mir vielleicht behilflich sein können bei der Abfassung des Urteils in der Sache Grafferstein ... Ist dein jetziger Auftrag sozusagen als Erweiterung deiner bisherigen Aufgaben zu betrachten?«

»Sagen wir lieber, eine Ausdehnung ins Widerwärtige und Unerträglich ... Ich warne dich lieber gleich; eine Erörterung dieses Themas paßt eigentlich nicht gut zum Essen.«

»Dann warten wir damit lieber bis hinterher«, antwortete er entschieden.

Sie beendeten also schweigend ihre Mahlzeit, was hin und wieder vorkam und ihren Vater nicht weiter zu stören schien. Für sie war das eher eine anstrengende Prüfung. Sie hörte dabei die vertrauten Geräusche des Hauses, das würdige Ticken der Standuhr im Vorzimmer, das dumpfe Brummen des alten Kühlschranks, das geheimnisvolle Knistern in der hölzernen Täfelung und im Parkett, das sie in ihrer Kindheit so geängstigt hatte. So sehr, daß sie in ihrem Bett auffuhr und ängstlich in die Dunkelheit fragte: »Ist da jemand?« Gelegentlich hatte sie sogar gefragt »Mama?« und steif vor Angst darauf gewartet, daß eine eisige Hand sich auf ihre Stirn legte.
William MacMillan hatte sich nie dazu entschließen können, diesen alten viktorianischen Wohnsitz aufzugeben, in dem er zwölf Jahre gemeinsam mit seiner Frau Gwendolyn verbracht hatte und in dem seine einzige Tochter geboren worden und aufgewachsen war. Kiersten hatte sich oft gefragt, wieso er in diesem Haus blieb, das um ein Zehnfaches seinen Platzbedarf überschritt. Im übrigen beschränkte sie sich bei ihren Besuchen immer streng auf die Räume im Erdgeschoß. Ihr eigenes Zimmer im ersten Stock war völlig unverändert geblieben, seit sie mit neunzehn Jahren auf die Militärakademie von Kingston gegangen war, und sie hatte nicht die geringste Lust, hinaufzugehen. Dazu trug auch bei, daß sie fürchtete, dort oben dem Verlangen nicht widerstehen zu können, den großen Nußbaumschrank zu öffnen, der in der Diele stand. Schon der Gedanke daran, daß sie dort völlig unberührt die Kleider und persönlichen Dinge ihrer Mutter finden würde, versetzte sie in eine ihr unangenehme Erregung – unangenehm allein schon deshalb, weil sie im Widerspruch stand zu der sonst von ihr durchgehaltenen Beherrschung ihrer Seelenzustände.
Kiersten hob ihre Augen von der Zitronencremetorte, einem Meisterstück Mrs. Crichtons, und beobachtete verstohlen ihren Vater. Er hatte weder seinen Krawattenknoten gelockert noch etwa gar sein Jackett ausgezogen (das tat er nicht einmal, wenn er allein speiste). Er widmete sich seinem Dessert, als sei sie gar nicht da. Sein Besteck handhabte er mit der Präzision eines Chirurgen, und er kaute jeden Bissen so langsam, daß sie sich beherrschen mußte, ihn nicht anzufahren mit einem »Nun mach doch mal voran!«

Dabei mußte sie sehr wohl anerkennen, daß dieser so ruhig wirkende Vater sich als einer der fortschrittlichsten Köpfe des kanadischen Justizwesens erwiesen hatte, und daß seine Stellungnahmen und Entscheidungsbegründungen vor dem Obersten Gerichtshof stets mit einem heftigen Beschuß von ultrakonservativer Seite rechnen konnten. Aber wenn er auch nicht wenige Gegner hatte, so doch kaum wirkliche Feinde: Selbst seine heftigsten Kritiker waren sich einig in der Anerkennung seines scharfen Intellekts und seiner Rechtschaffenheit.
Dennoch wollte es Kiersten, ohne daß sie sich das hätte erklären können, nicht so recht gelingen, die widersprüchlichen Züge ihres Vaters miteinander in Einklang zu bringen. Für sie schienen in William MacMillan die gegensätzlichen Persönlichkeiten eines Dr. Jekyll und Mr. Hyde zu stecken. Als Richter vertrat er fortschrittlichstes Gedankengut, als Privatmensch ließ er sich die abwegigsten Begründungen dafür einfallen, daß zum Beispiel auch nicht um ein Jota vom Zeremoniell der morgendlichen Teezubereitung abgewichen werden durfte. Kurz, sie beschuldigte ihn unbewußt, eine Rolle zu spielen, eine Inszenierung von sich selbst zur Schau zu tragen. Dennoch hatte sie grundsätzlich nie die Bedeutung der Werte in Frage gestellt, die sein Verhalten sowohl als Vater als auch als Richter bestimmten – niemals, bis zu diesem Abend!

Sie standen vom Tisch auf, und Kiersten griff nach der ledernen Aktenmappe, die sie vorher beiseite gelegt hatte.
Sie gingen in die Bibliothek, den gemütlichsten Raum des ganzen Hauses mit seinen tiefen Sesseln, der gedämpften Beleuchtung und einem Kamin mit einer Verblendung aus dunklem Eichenholz und einem alten Spiegel darüber, dessen unregelmäßig getrübtes Glas das Abbild der realen Welt mehr verzerrte als wiedergab. Bevor sie gegangen war, hatte Mrs. Crichton noch drei dicke Buchenscheite im Kamin angezündet. Auf einem niederen Tisch stand in einer kleinen Zinnvase eine rote Rose neben einem Foto von Gwendolyn. An der Wand hing ein Bild von Sandrine bei ihrer Erstkommunion, und Kiersten glaubte den Blick ihrer Tochter im Nacken zu spüren.
Sie schloß für einen kurzen Moment die Augen, um ihre Gedan-

ken zu sammeln, und versuchte dann eine Zusammenfassung dessen, was sie in der Woche vorher den Regierungsvertretern vorgetragen hatte. Sie bemühte sich dabei um die gleiche kühle Sachlichkeit, doch es wollte ihr nicht gelingen. Die intimere Umgebung, der Geruch des schwarzen Kaffees, ihre Sorge, sich zu verraten, und die gespannte Aufmerksamkeit ihres Vaters, der sich schweigend eine Pfeife stopfte, trugen dazu bei, sie zu verunsichern.

Im Gegensatz zu Doug Murphy und Paul. Bourdages hörte MacMillan seiner Tochter ohne jede Unterbrechung zu und schaute sie, als sie geendet hatte, fest an. Sie hielt seinem intensiven Blick stand und fragte sich dabei, wieso sie immer wieder die Farbe seiner Augen vergaß, um dann mit der immer gleichen Überraschung festzustellen, daß sie aschgrau waren. Aber unter dieser grauen Asche glomm das Feuer ...

»Diese Filme, diese ›Drogen-Videos‹ – hast du die gesehen?«

»Wieso ... aber natürlich!«

»Bis zum Ende?«

»Es blieb mir nichts anderes übrig!«

Der Richter beugte sich vor und legte seine Hand auf die ihre. Eine Berührung für nur wenige Sekunden – und doch wie eine Ewigkeit.

»Mein armes Kleines«, sagte er leise.

Sie zuckte zusammen, aber die Rührung, die sie überkam, wandelte sich rasch zu einem Anflug von Mißtrauen. Wie viele Jahre lang hatte er sie nicht mehr »mein Kleines« genannt? Wieso gerade jetzt dieser Ausbruch von Zärtlichkeit? Sie fühlte, wie ihr die Röte in die Wangen stieg und war froh, daß er in diesem Augenblick den Kopf neigte, um seine Pfeife anzuzünden.

»Was erwartest du von mir?« fragte er und lehnte sich in seinem Sessel zurück. Nach Honig und Bryèreholz duftende weiße Wölkchen begannen ihn einzuhüllen.

»Nun ... vor allem möchte ich gerne wissen, was du von all dem hältst!«

»Ich mache mir eine ganze Menge Gedanken darüber, aber ich möchte nicht deine Zeit verschwenden. Du bist ja sicher auch nicht extra hergekommen, nur um meinen Kommentar dazu zu hören. Also, Kiersten?«

»Du hast recht, ich sollte nicht lange herumreden...«
Sie zog ein mit einem Teleobjektiv aufgenommenes Foto aus ihrer Tasche, das zwei Männer zeigte, die sich im Flughafen von Zürich am Tischchen einer Cafeteria gegenübersaßen. Ihr Vater klappte seine Halbbrille auseinander, prüfte erst, ob die Gläser auch sauber waren, und setzte die Brille mit einer Kopfbewegung auf, die ganz typisch für ihn war. »Es ist wirklich schlimm«, dachte Kiersten, »alles, was er macht, regt mich auf!«
»John Murdstone«, murmelte der Richter, nachdem er einen Blick auf das Foto geworfen hatte.
»Wir haben das von Interpol bekommen... Die Überwachung galt auch nicht dem Senator, sondern seinem Gegenüber, einem Türken namens Farik Kemal. Er wurde von einem Gericht in Ankara zum Tode verurteilt und dann unter sehr merkwürdigen Umständen begnadigt. Seltsamerweise hatte ich das Gefühl, dem Namen schon einmal begegnet zu sein... Ich fand ihn dann in der Liste der Hauptverdächtigen für den Anschlag auf den Papst 1981.«
»Ein recht ausgefallener Lebensweg«, meinte der Richter mit zweifelndem Unterton. »Aber warum sollen wir über ihn reden, wo du doch sicher wegen Murdstone gekommen bist... Muß ich davon ausgehen, daß du einen Zusammenhang siehst zwischen dem Senator und diesen... diesen Folterungsfilmen? Wie hast du sie noch einmal genannt?«
»Wir bezeichnen sie als Snuffs. Ja, einen unmittelbareren Zusammenhang kann man sich eigentlich kaum vorstellen. Farik Kemal ist wahrscheinlich im internationalen Vergleich der größte Lieferant solcher Snuffs. Er arbeitet allein und ist außerordentlich umsichtig. Trotzdem ist er nur der Vermittler zwischen den Herstellern und den Abnehmern. Wir sind vor allem daran interessiert, an seine Bezugsquellen heranzukommen.«
»Aber ihr interessiert euch, wie ich sehe, auch für die Abnehmer...«
Kiersten war nun äußerst angespannt; der Verlauf, den diese Unterhaltung nahm, mißfiel ihr. Warum war ihr Vater nicht überraschter, nicht empörter gewesen, als er festgestellt hatte, daß Murdstone in diese Geschichte verwickelt war?
»Wir haben einen Beleg für diese Geschäftsbeziehung«, sagte sie

trocken. »Der Senator hat an Kemal zwölftausend Dollar bezahlt als Gegenwert für ein Snuff.«

»Bist du da ganz sicher?« Ein Schatten überzog den Blick der grauen Augen.

Sie mußte sich Mühe geben, ihre Verzweiflung zu meistern. Natürlich war sie sich sicher! Das einzige, woran sie zweifelte, war das Verständnis des Richters MacMillan dafür, daß seine Tochter den Stellvertretenden Inspektor Boniface dazu ermächtigt hatte, dem Haus des Senators Murdstone in dessen Abwesenheit ohne vorherige Durchsuchungsbewilligung einen Besuch abzustatten (wenn er davon erst einmal erfuhr).

»Die Schweizer Polizei hat ohne sein Wissen das Gepäck des Senators durchsucht«, spielte sie Vabanque. »Sie haben klammheimlich eine Kopie von diesem Snuff gemacht und das Original wieder zurückgelegt. Es gibt Anzeichen dafür, daß das Video in Bulgarien gedreht wurde. Ein etwa zwanzigjähriges Mädchen in den Händen von einem halben Dutzend Bestien. Als sie einen von ihnen bei ihrer Gegenwehr gebissen hat, haben sie ihr die Zähne mit Zangen ausgebrochen. Drei Halbwüchsige haben sie schließlich ...«

»Erspare mir bitte die Details«, unterbrach er sie streng. »Ich habe durchaus begriffen – dein Bericht war ja eindeutig. Im Zweifel bin ich allein, was deine Motive betrifft ... Du wirst mir ja nicht diese Informationen über Murdstone einzig zu meiner persönlichen Erbauung anvertrauen ...«

Sie zog aus ihrer Mappe einen aufwendig gestalteten Katalog auf Kunstdruckpapier mit anschaulichen Illustrationen hervor. Darin waren die Snuffs nach Kategorien aufgelistet. Jedem Angebot war eine Beschreibung beigefügt, die an Zynismus nicht zu übertreffen war. Die Preise waren jeweils in US-Dollar, Yen, Pfund Sterling und D-Mark angegeben. Die billigsten Titel lagen bei fünf- bis zehntausend Dollar, der teuerste, *Die Frau und die Ratten*, war mit fünfundsiebzigtausend Dollar ausgezeichnet. Einige Angebote waren mit einem roten Stempel »Verkauft« versehen, und eine Notiz besagte, daß jedes Video ein Original sei und es keine Kopien davon gebe.

Kiersten schob den Katalog ihrem Vater zu, doch der weigerte sich, ihn in die Hand zu nehmen. Er war sichtlich betroffen von

dem, was er da zu hören bekam, erwartete aber mit reserviertem Gesicht ihre weiteren Mitteilungen.
»Wir haben einen Mitarbeiter vor Ort, der bei der Sicherheitsabteilung für Unterhaus und Senat beschäftigt ist«, sagte sie. »Auf unsere Weisung hin hat er die Aktivitäten Murdstones diskret überwacht. Anfangs dieser Woche hat er diesen Katalog aus seiner Post herausgefischt.«
»Klammheimlich«, murmelte der Richter.
»In der Tat«, gab Kiersten mit wachsender Unruhe zu. »Der Senator hat bisher noch keinerlei Verdacht geschöpft. Wir müssen nur warten, bis er seine nächste Bestellung aufgibt, um das Netz zuziehen zu können! Im übrigen ist es wenig wahrscheinlich, daß er zwölftausend Dollar ausgegeben hat, um sich ein einsames Vergnügen zu gönnen. Wir sind der Meinung, daß er einer Gruppe von Liebhabern solch ausgefallener Sensationen angehört, wenn nicht gar einem ganzen Netz ...«
»Das mag ja sein, aber das gibt euch nicht das Recht, seine Post zu öffnen! Du hast von einer ›diskreten Überwachung‹ gesprochen ... Darf man erfahren, wenn das nicht zuviel verlangt ist, wer diese genehmigt hat?«
»Richter Appelbaum – auf ganz ordnungsgemäßen und formellen Antrag ...«
»Und mit welcher Begründung?«
»Begründung?« explodierte sie und hielt angewidert den Katalog hoch. »Ist das hier nicht genug?«
»Du willst sicher sagen ›Ist das nicht ausreichend?‹« korrigierte er sie trocken. »Und wenn ihr sonst nichts gegen den Senator in der Hand habt, ist meine Antwort ›Nein!‹ Appelbaum hat sich überfahren lassen – das scheint zur Gewohnheit bei ihm zu werden.«
Kiersten spürte, daß sie den Boden unter den Füßen verlor. Zorn und Abscheu gewannen in ihr die Oberhand, und zugleich nährte eine dunkle Vorahnung weiter ihre Zweifel. Diese widersprüchlichen Empfindungen konnte man ihr wohl am Gesicht ablesen, denn nachdem er sie eindringlich gemustert hatte, wurde ihr Vater milder und räumte ein, daß die besondere Scheußlichkeit dieser Affäre durchaus Verwirrung stiften könne. Dennoch zeigte er sich erstaunt darüber, daß selbst Paul Bourdages mit

seiner juristischen Ausbildung nicht bemerkt habe, daß ihr Vorgehen in einer Sackgasse enden müsse.

»Diese Snuff, von dem du gesprochen hast, ist ein Beweisstück dafür, daß ein kaltblütiges Verbrechen begangen wurde, mit außerordentlicher Grausamkeit und aus purer Gewinnsucht. In unterschiedlichem Grad sind die Peiniger und ihre Helfer Mitschuldige eines Mordes. So weit sind wir uns einig. Nun wird ein Video dieses Verbrechens einem interessierten Käufer angeboten, der es sich, allein oder mit anderen zusammen, anschauen will. Ich muß dir sagen, daß es weder für den Verkauf noch den Kauf noch die private Vorführung einen Straftatbestand gibt. Senator Murdstone könnte eine Klage anstrengen gegen meinen Kollegen Appelbaum, weil dieser *ohne ausreichende Begründung* die Verletzung des Postgeheimnisses zu seinem Schaden genehmigt hat – und er würde sie gewinnen!«

»Ist dir klar, was du da sagst?« schrie Kiersten mit hochrotem Kopf. »Das darf doch wohl nicht wahr sein! Tag für Tag werden irgendwelche Leute wegen Handels mit Pornographie verurteilt... mit Material, das mehr als harmlos ist gegenüber diesen Scheußlichkeiten!«

»Sicher, aber wenn ich mich auf das verlassen, was du selbst gesagt hast, spielen pornographische Elemente so gut wie keine Rolle für den Inhalt dieser Videos. Man müßte juristisch überprüfen lassen, wie weit der Begriff des Obszönen auszulegen ist, aber ich habe erhebliche Zweifel, ob auf die Vorführung von Grausamkeiten, seien sie nun reell oder gespielt, ein solcher Anklagepunkt anwendbar ist.«

Die gelassene und nüchterne Argumentation des alten Herrn brachte Kiersten aus der Fassung.

»Ich muß wohl träumen! Wenn ich dich recht verstehe, kann man nicht das Geringste unternehmen, um den Handel mit solchen Widerwärtigkeiten zu unterbinden...«

Er hob energisch die Hand:

»Davon war gar keine Rede! Man könnte entweder ein Gesetz dazu verabschieden, oder ein bestehendes Gesetz um einen entsprechenden Passus ergänzen, oder auch aus Dringlichkeitsgründen vorab eine Verfügung erlassen. Aber was auch immer geschehen muß: Im geheimen läßt es sich nicht machen. Du hast jedoch

die Notwendigkeit betont, vor oder Öffentlichkeit selbst die Existenz solcher Snuffs zu verbergen. Ich wollte dich an diesem Punkt nicht unterbrechen, obwohl mir deine Argumentation bedenklich schien. Ich bin gerne bereit, darüber mit dir zu diskutieren, aber ich habe irgendwie das Gefühl, daß du nicht wegen juristischer Ratschläge zu mir gekommen bist ...«
Er beugte sich vor, um seinen Kaffee auszutrinken, ließ aber dabei seine Tochter nicht aus den Augen. Er dachte angestrengt nach. Dann flackerte etwas in seinem Blick auf. »Du schleichst von Anfang an wie eine Katze um den heißen Brei, Kiersten! Das ist doch gar nicht deine Art ...«
Sie legte einen großen, an Senator Murdstone adressierten Umschlag vor ihn hin mit einem Aufkleber »Vertraulich! Nur vom Empfänger zu öffnen!« Als Absender war darauf vermerkt: »Oberster Gerichtshof Kanadas – Sekretariat Richter W. R. MacMillan«.
»Darin wurde dieser Katalog verschickt«, sagte sie heiser.
Die Ohren sausten ihr, sie stand auf und ging an eines der Fenster. Die Silbertanne, die einst bis zum Fenster ihres Zimmers gereicht hatte, überragte nun das Hausdach. In der Fensterscheibe spiegelte sich ihr Vater. Er hatte einen Ellbogen auf ein Knie gestützt und eine Hand so vor die Stirn gelegt, daß sie seine Augen verdeckte. Seine Haltung verriet eine solche Niedergeschlagenheit, daß Kiersten sich sofort zu ihm umwandte. Ihr Herz klopfte, sie konnte nicht länger stehen und setzte sich ihm wieder gegenüber.
Er hob den Kopf, und sie beugte sich nach vorn, als habe sie einen plötzlichen Stoß in den Rücken bekommen. In seinem Blick war nichts von Not zu spüren, und seine Miene verriet keinerlei Verlegenheit. Aber in seinen Augen glühte ein dunkles Feuer, und sein Gesicht war geprägt von rätselhaftem Kummer. Er nahm nochmals das Foto von Murdstone und Kemal am Zürcher Flughafen in die Hand. Mit dem Mundstück seiner erloschenen Pfeife deutete er auf eine junge Frau, die im Hintergrund zu sehen war.
»Ich habe sie im ersten Augenblick nicht erkannt«, murmelte er. »Wie auch immer, ich hätte an einen Zufall geglaubt. Doch jetzt ...«
»Du kennst sie?«

»Sie arbeitet für Bastien, meine rechte Hand; Mona-Lisa Perès, eine Praktikantin von der *Queen's University*. Das ist seltsam ...«
Kiersten hatte das Gefühl, an einer Zaubervorstellung teilzunehmen. Nichts war mehr so, wie es gerade einen Augenblick vorher noch geschienen hatte: Der alte Zauberer hatte aus seinem Zylinder eine Assistentin hervorgeholt und sie zur Verdächtigen gemacht. Sie fühlte, daß sie das dem Richter irgendwie übelnahm.
»Glaubst du, daß sie den Katalog verschickt hat?«
»Es wäre doch unter den gegebenen Umständen eine glaubhafte Annahme. Hältst du lieber an deiner ersten Vermutung fest?«
Sie biß sich auf die Lippen.
»Ich bitte dich, es ist schwierig genug! Versetz dich doch mal in meine Lage ... Was hättest du denn gemacht?«
Er gewann Zeit, indem er ein Zündholz anriß und zunächst seine Pfeife neu anzündete. »Sich in deine Lage zu versetzen, war noch nie einfach«, antwortete er dann mit einem Anflug von Sarkasmus. »Ich hätte es wohl so gemacht wie du, wäre gekommen, um offen darüber zu reden – aber du bist ein Risiko eingegangen ...«
Kiersten schwieg, weil sie nichts zu antworten wußte. Ihre Gedanken beschäftigten sich jedoch schon mit dieser neuen Spur. Wer war diese Mona-Lisa Perès? Praktikantin, nun gut, aber seit wann? Hatte sie Murdstone nach Zürich begleitet, war sie vielleicht seine Geliebte? Nein, denn dann hätte sie ihm den Katalog persönlich übergeben. Es sei denn ... Richtig, es sei denn, sie hätte ihn mit der Post geschickt, um den Richter zu kompromittieren ... Möglich, aber das würde wiederum bedeuten, daß der Senator seine Überwachung bemerkt hatte und davon ausging, daß die Sendung abgefangen würde. Alles ganz schön kompliziert! Gut, man mußte Julien noch heute abend informieren, sich morgen dann das Überprüfungsprotokoll dieser Perès beschaffen, sich mit Appelbaum verständigen ... Von seiner Seite wären wohl kaum Schwierigkeiten zu erwarten, einer Telefonüberwachung würde er sicher zustimmen ... Wenn nicht auf Anhieb, würden drei Minuten Snuff sicherlich genügen, um ihn zur Zusammenarbeit zu bewegen.
Keine Unsicherheit mehr, keine Angst mehr. Kiersten empfand ein nahezu körperlich spürbares Gefühl der Erleichterung und einen fast zwanghaften Antrieb zu sofortiger Tätigkeit. Sie starrte

in den Kamin, wo kleine Flammen wie Irrlichter an den Kanten der halb niedergebrannten Buchenscheite züngelten, und nahm nicht einmal wahr, daß ihr Vater sie beobachtete.
»Sie ist nicht geschaffen zum Glücklichsein«, dachte er. »Sie war es niemals, jedenfalls nicht seit dem Tode ihrer Mutter... Wir sind so verschieden! Sie scheint ständig etwas von mir zu erwarten, ohne jedoch zum Ausdruck zu bringen, was eigentlich... Sie fürchtet mein Urteil, dabei habe ich von ihr eine viel bessere Meinung als sie von sich selbst! Sie ist so hart zu sich selbst...«
Er wußte das, weil er darunter gelitten hatte, daß die Strenge seiner Tochter auch ihn nicht ausnahm. Sie legte einen hohen, bis zur Intoleranz gehenden Maßstab an Loyalität und Gerechtigkeit an. Doch es fehlte ihr dabei eine gewisse grundsätzliche Großzügigkeit, die so typisch gewesen war für Gwendolyn. Von ihm machte sich seine Tochter ein Bild ohne Fehler, ohne Schattenseiten. Sicher, sie bewunderte ihn, aber auf eine fast bedrohliche Weise, die nur seine Vorzüge sehen wollte und nicht auch seine Schwächen. Er hatte mehrfach versucht, mit ihr zu reden über seine gelegentlichen Anflüge von Mattigkeit und Erschöpfung, ihr ihn bedrängende Gedanken anzuvertrauen; aber es war ihr jedesmal gelungen, das Gespräch auf andere Themen zu lenken.

Kiersten stieß einen Seufzer aus, und es kam wieder Leben in ihre Augen.
»Habe ich dich verletzt?« fragte sie. »Ich war ungeschickt, aber ich wußte tatsächlich nicht, wie ich die Sache anpacken sollte...«
Er machte eine beschwichtigende Handbewegung, um ihr zu bedeuten, daß die Sache für ihn erledigt sei.
»Du hast beim Essen Andeutungen gemacht zu bestimmten Vorgängen, die dir im Laufe der letzten Jahre anvertraut worden seien«, sagte er. »Ziemlich delikate Geschichten...«
»Ich hätte dabei auch noch eine Untersuchung wegen sexueller Belästigung bei der Polizei erwähnen können... Lauter so Zeug, mit dem man sich nur Feinde macht!«
»Kurz gesagt also, du hast in deinem Berufsleben schon einiges an Unschönem mitbekommen. Du hast mir ja nie sonderlich viel erzählt über deine Arbeit, aber ich hatte doch den Eindruck, daß du dir immer deine Objektivität erhalten konntest...«

»Und du meinst, daß ich sie jetzt verloren habe?«
»Diese Frage kannst nur du selbst beantworten. Ich komme einfach darauf, weil du mir ... verändert scheinst.«
»Verändert? Nun ja, vielleicht ... Weißt du, diese Snuffs sind nicht lediglich eine neue Art von Kriminalität! Das ist viel schwerwiegender, das ist ... wie ein Krebsgeschwür! Diese Bilder verfolgen mich natürlich. Ich komme nicht los davon. Aber es geht hier um weit mehr als eine persönliche Revolte ...«
»Einen Kreuzzug gegen das Böse?«
Sie begehrte auf: Der Ausdruck »Kreuzzug« verletzte sie. Aber sie wußte in ihrem tiefsten Inneren selbstverständlich, daß sie wegen einer Drogengeschichte oder Prostitution niemals eine gesetzlich nicht gedeckte Ermittlung gebilligt hätte.
»Du kannst mich nicht verstehen«, klagte sie bitter. »Aber trotzdem weigere ich mich, dir ein solches Snuff vorzuführen, um dich zu überzeugen!«
»Du irrst dich, Kiersten! Meine Bemerkung war keineswegs sarkastisch gemeint. Wenn ich nicht fürchten müßte, melodramatisch zu werden, würde ich sogar von einem Kreuzzug gegen den Teufel sprechen. Denn wenn man sich zum Vergnügen den langsamen Tod eines wehrlosen menschlichen Wesens anschaut, dann ist das doch die absolute Verneinung der Vorstellung von Zivilisation. Insofern brauchst du dir auch keine Gedanken zu machen: Es bedarf bei mir keiner Vorführung des Bösen, um an dessen Existenz zu glauben!«
»Du hältst es aber trotzdem für falsch, daß wir die Sache im geheimen halten wollen?«
»Wie soll sich die Gesellschaft entwickeln, wenn der Spiegel, den man ihr vorhält, ein retuschiertes Bild zeigt, und wenn das obendrein durch die geschieht, die eigentlich zu ihrem Schutz bestimmt sind? Das Verbergen des Bösen als Vorbeugungsmaßnahme erscheint mir als sehr riskantes Täuschungsmanöver.«
Kiersten war noch nicht überzeugt.
»Die Kollegen vom FBI und von Interpol sind aber ganz unserer Meinung: Wenn man bekannt macht, daß es einen solchen internationalen Handel mit Snuffs gibt, kann das leicht zu einer Art Werbekampagne dafür werden ... Dieses Risiko möchten wir eben vermeiden.«

»Die Polizei ist immer für Geheimhaltung zu haben«, meinte der Richter nachdenklich, »denn Geheimhaltung ist immer auch ein Instrument der Macht. Und in jedem Regime liegt der Wunsch nach einem Wachstum an Macht stets in der Natur der Menschen, die sie ausüben. Aber ich wiederhole, daß ihr der Gesellschaft ein höheres Risiko aufbürdet, wenn ihr diesen Handel verheimlicht, als wenn ihr ihn enthüllt ... Alles in allem sind doch die Leute, die sich diese Sachen bisher angeschaut haben, nicht sehr zahlreich, nicht wahr? Was dich wirklich beschäftigt, ist die Gefahr der Entstehung eines Massenmarktes ...«
»Genau das! Die Vorstellung, daß jeder Beliebige, sagen wir mal Sandrine, sich so etwas anschauen kann, ist absolut unerträglich für mich. Und ich ...«
Sie verstummte, überrascht davon, daß sie plötzlich ihre Tochter erwähnte, obwohl diese doch mit der ganzen Diskussion nicht das mindeste zu tun hatte.
Zwischen ihnen breitete sich Schweigen aus. Zum ersten Mal fühlte sie sich dabei wohl und wünschte sich sogar, daß es andauern möge.

Nachdem Kiersten das Tablett in die Küche getragen hatte, blieb sie in der halbdunklen Diele stehen. Der alte Richter stand vor dem Kamin, die Hände im Rücken verschränkt, die Schultern gewölbt. Sein von der Glut beleuchtetes Gesicht zeigte einen noch strengeren Ausdruck als sonst.
Kiersten erinnerte sich an eine Unterhaltung mit Dr. Paddington, bei welcher dieser sie gefragt hatte, ob sie jemals den Wunsch verspürt habe, daß ihr Vater sie in die Arme nehme und wie ein kleines Kind darin wiege. Sie hatte bei dieser für sie absurden Vorstellung laut auflachen müssen und geantwortet, nein, Sigmund Freud sei wohl kaum dienlich für die Familie MacMillan. All dessen war sie sich jetzt nicht mehr so ganz sicher, als sie wieder in die Bibliothek trat.
Ihr Vater wandte sich ihr zu.
»All dieses Grauen«, sagte er leise. »All diese Leiden! Ich verstehe deine Auflehnung, Kiersten, und in gewissem Sinne könnte ich dich darum beneiden. Aber dein Zorn beunruhigt mich auch ... Meine Zuneigung zwingt mich, dich zu warnen ... Der Zweck

kann niemals die Mittel heiligen, denn zweifelhafte Methoden führen immer dazu, selbst ein noch so edles Ziel in sein Gegenteil zu verkehren.«

Sie war versucht, »Amen!« zu sagen – um so ihre aufsteigende Rührung zu bekämpfen. »Zuneigung« hatte ihr Vater tatsächlich gesagt; und vorhin hatte er ihr die Hand gestreichelt ...

Die Standuhr schlug zehn. Der Geruch nach kaltem Tabak und heißer Asche erfüllte den Raum. »Ich habe mich mal wieder rumkriegen lassen!« befand sie. »Einmal mehr!«

Glaubte sie das wirklich? Nichts war weniger sicher.

4. Kapitel

Laurence Descombes hatte sich nach Saint-Brieuc zurückgezogen in der Absicht, im dortigen Landgasthof, den ihre Eltern unweit des Strandes betrieben, etwa einen Monat lang zu bleiben. Sie war hier aufgewachsen und hoffte, in der vertrauten Umgebung wenigstens annähernd ihr Gleichgewicht wiederzufinden. Doch bereits nach zehn Tagen war sie mit dem Zug nach Paris zurückgefahren. Sie hatte sich erneut als Gefangene gefühlt angesichts der redseligen Unruhe ihrer Mutter und der schweigenden Besorgtheit ihres Vaters, für den all diese Aufregungen zuviel waren.

Sie hatte gelitten unter der Unfähigkeit, angemessen von ihren Erlebnissen zu berichten. Ihr war es nicht möglich gewesen, schlüssige Antworten auf die ihr gestellten Fragen zu geben, die in ihren Augen in keiner rechten Beziehung zu dem zu stehen schienen, was sie während ihrer jahrelangen Gefangenschaft durchgemacht hatte. Sie hatte sich sehr bald geweigert, ihre Mahlzeiten im Restaurant einzunehmen, denn die regionale Presse hatte über ihre Anwesenheit informiert, und das veranlaßte einen Zulauf von Neugierigen, die sie sehen und ihr möglichst auch die Hand schütteln wollten. Sie wollte dieses Spiel nicht mitmachen, weil sie es als Heuchelei empfand.

Am siebten Tag hatte sich Jean-Louis Becker telefonisch aus Malta gemeldet. Ihre eigene Stimme hatte wieder an Selbstsicherheit gewonnen. Jean-Louis versicherte ihr, er sei inzwischen ein ganz anderer Mensch geworden. Eine Art von Bewußtseinserweiterung und einige bedeutende Begegnungen hätten seinem Leben eine neue Richtung gegeben. Sie hatte sich ohne jeden Hintergedanken ehrlich darüber gefreut. Schon vor ihrer Befreiung war ihr klargeworden, daß es zu einer Neubelebung ihrer Liebesbeziehung nicht kommen würde. Auch wenn sie während ihrer Gefangenschaft noch eine Zeitlang den Gedanken daran aufrechterhalten hatte, galt das für ihn sicher nicht. Dennoch trauerte sie ein wenig um diesen Jean-Louis, wie sie ihn damals gekannt hatte: großsprecherisch, egoistisch und launisch, und dennoch eine Art von begabtem, vielleicht zu sehr begabtem netten kleinen Jungen, den man gern haben mußte. Er hatte ihr in kurzen Worten von seiner Tätigkeit im Rahmen der Universellen Vereinigungskirche berichtet. Entgegen ihrer Annahme aufgrund dessen, was Antoine Becker ihr erzählt hatte, stand diese nicht in Verbindung mit Harmonices Mundi. Ihr Gespräch hatte mit einer Unsicherheit geendet. Jean-Louis hatte ihr nämlich versprochen, daß, falls sie irgendwelche Schwierigkeiten hätte, sie immer mit seiner Hilfe rechnen könnte. Das mochte vielleicht eine Floskel sein, aber sie konnte sich mit einer gewissen Beunruhigung nicht gegen den Eindruck wehren, daß er bestimmte Dinge, die sie betrafen, verschwieg und ihr mit dieser Formulierung eine verhüllte Warnung zukommen lassen wollte. Aber vor was oder vor wem?

Ihre überstürzte Rückkehr nach Paris wurde, neben anderen Gründen, auch veranlaßt durch die Feststellung, daß selbst der alte Familiengasthof, den sie selbst immer als die sicherste aller Zufluchtsstätten betrachtet hatte, ihr keinen Schutz vor den sie verfolgenden Dämonen bieten konnte. Mehrfach hatte sie, sowohl allein in ihrer kleinen Mansarde als auch sogar in Gesellschaft ihrer Eltern, ein lautes Knacken hochfahren lassen. Dann traten vor ihren Augen Risse auf, teils in Deckenbalken, teils in den mindestens hundertjährigen Platten eines Bodenbelags. Zweimal war Laurence ohnmächtig geworden.

Gleich nach ihrer Ankunft in Paris ließ sie sich von einem Taxi in die Avenue Bosquet zur großzügig angelegten Wohnung der Beckers fahren, wo man sie auch im Anschluß an die dramatische Pressekonferenz untergebracht hatte.

Catherine Le Gendre erwartete sie schon und teilte ihr als erstes mit, daß ihr Mann zur Zeit in Algier sei, wegen geheimer Vermittlungen zwischen der Regierung und der Islamischen Heilsfront. Die Anregung dazu sei von Harmonices Mundi ausgegangen, es erfolge eine verdeckte Finanzierung durch das französische Außenministerium. Dann wechselte sie den Ton und ließ Laurence wissen, daß sie jetzt nicht mehr so provisorisch hausen müsse wie bei ihrem kürzlichen ersten Aufenthalt, weil inzwischen das kleine Lesezimmer ganz neu hergerichtet worden sei und voll zu ihrer Verfügung stehe. Während sie ihr die Wohnung zeigte, erläuterte Catherine, daß ihr Mann und sie getrennte Schlafzimmer hätten, um sich den »persönlichen Freiraum« zu erhalten, den sie beide unbedingt bräuchten. Abschließend bat sie Laurence, sich hier völlig zu Hause zu fühlen und sich als Familienmitglied zu betrachten.

Während des Nachmittags versenkte sich Laurence dann in die Zusammenstellung, die Antoine Beckers Sekretärin für sie veranlaßt hatte: fünf Jahre Nachtrag »aktueller Ereignisse«! Dabei fand sie, daß sie Monique Schultz wohl als echte Verbündete betrachten dürfe, obwohl sie doch mit ihr nur einige wenige Worte gewechselt hatte, die obendrein keineswegs persönlicher Art gewesen waren.

Als sie erfuhr, daß Beamte des Innenministeriums sie hatten sprechen wollen, zögerte sie kurz, beschloß dann aber, alle derartigen Mitteilungen nicht weiter zu beachten. Sie befand, daß sie noch nicht ausreichend auf der Höhe sei für Gespräche mit Unbekannten. Als Ärztin beunruhigte es sie, daß sie auf der Waage im Badezimmer der Beckers hatte feststellen müssen, daß sie seit der Untersuchung durch ihren Kollegen Dr. Rudaz in der Botschaft erneut an Gewicht verloren hatte.

Die Mission Antoine Beckers in Algier näherte sich ihrem Ende. Die Aussicht auf seine alsbaldige Rückkehr versetzte Laurence in eine Spannung, die sie sich nicht recht erklären konnte. Am Freitag wurde sie zu sehr früher Stunde durch ungewöhnliche Geräusche geweckt. Vorher schon hatte sie mitbekommen, daß Catherine sehr spät heimgekehrt war, und zwar in Begleitung. Ihr erster Gedanke war daher, daß wohl Antoine überraschend früher eingetroffen sei und sich am anderen Ende des Ganges eine eheliche Szene abspiele.

Sie stand auf und machte mit gespitzten Ohren einige Schritte im Halbdunkel des Flurs. Die Geräusche waren nun besser für sie hörbar, und sie waren eindeutig: lautes, heftiges Stöhnen. Laurence begriff rasch ihren Irrtum.

Risse, nach außen hin noch verborgen, in dieser »Ehe des Jahres«

hatte sie ohnehin schon vermutet. Daher war sie nicht sonderlich überrascht, daß sich die stürmische Gattin offenbar einen Liebhaber für eine Nacht ins Bett geholt hatte. Sie blieb fröstelnd in der Dunkelheit stehen. Aus den Lustschreien, die Catherine unbekümmert um Nachbarn von sich gab, hörte Laurence ungezügelte Gier und keuchendes Verlangen nach bisher entgangener Befriedigung heraus. Eine männliche Stimme stieß einen Schmerzensschrei aus, vielleicht ausgelöst durch einen Biß wilder Leidenschaft, und ging dann über zu obszönen Bemerkungen, welche die Vereinigung der beiden begleiteten.
Mit trockenem Mund und schweißfeuchtem Körper kroch Laurence wieder in ihr Bett.
Die erneut herrschende nächtliche Stille weckte ihre Erinnerungen. Sie beneidete Catherine in doppelter Hinsicht: Weil diese sich derart hingeben konnte, und weil sie sich diesen Genuß so unbekümmert verschaffen konnte.
Als Laurence damals von Oberst Sheba in dessen Quartier gerufen worden war, um dort seinem Vergnügen zu dienen, hatte sie sich noch mehr als von dessen teilnahmslosem Blick dadurch erniedrigt gefühlt, daß sie selbst den empfundenen Genuß nicht verbergen konnte. Sie hatte sich mit all ihren Kräften dazu gezwungen, nichts vom wiederholten Verrat ihres Körpers spüren zu lassen. Sie hatte versucht, jeden Seufzer der Lust zu unterdrücken und mit schmerzlicher Miene so zu tun, als empfinde sie Widerwillen anstatt der tatsächlichen Befriedigung. Ihre unsinnigen Bemühungen dienten allein der Aufrechterhaltung ihrer Selbstachtung, denn sie hatte zu ihrer größten Enttäuschung rasch feststellen müssen, daß dieser Mann, der sie mißbrauchte, nicht das mindeste Interesse zeigte an dem, was sie zeigte oder verbarg, sagte oder verschwieg. Für ihn war sie ein *Nichts*, und ihre einzige Chance, das alles zu überstehen, war, *jemand*, zumindest für sich selbst, zu bleiben.

Laurence erwachte kurz vor neun. Ein schmaler Streifen Sonnenlicht lief von der Spalte zwischen den schweren Vorhängen auf ihr Bett zu. Er hatte etwas Beruhigendes für sie. Auf dem Flur begegnete sie einem jungen Mann, der sich verlegen die Hand vor eine Wange hielt, ehe er durch den Dienstboteneingang entschlüpfte. Sie hatte aber noch einen dreistreifigen Kratzer erkennen können.

Catherine kam herein, als Laurence gerade ihr Frühstück beendet hatte, ließ sich auf einen Hocker fallen und bat um eine Tasse schwarzen Kaffees. Sie hatte Ringe unter den Augen und war kreidebleich.

Es fiel Laurence schwer, sich vorzustellen, daß innerhalb von ein paar Stunden aus der Person, die ihr da gegenübersaß, jene verführerische und geistreiche Ansagerin werden sollte, die am abendlichen Fernsehschirm die Zuschauer begeisterte. Sie nahm die Kaffeekanne vom Stövchen und goß zwei Tassen voll. Catherine tätschelte ihr den Arm, bedankte sich und versicherte ihr, daß sie sie natürlich keineswegs als ihr Dienstmädchen betrachtete.

Zum allerersten Mal lächelte Laurence sie an. Im Gegensatz zum Vorabend hatte sie jetzt das Gefühl, es könne sich eine echte Beziehung zwischen ihnen entwickeln. Wie um diesen Eindruck zu bestätigen, vertraute ihr Catherine mit einem leisen Lachen, das fast wie ein Schluchzen klang, an: »Ja, so ist das eben!« Mit dieser beiläufigen Bemerkung räumte sie das Geschehnis dieser Nacht ein, deutete an, daß ihr durchaus bewußt war, daß Laurence wohl die damit verbundenen Laute gehört habe, und schlug ihr zugleich ein komplizinnenhaftes Bündnis des Schweigens vor...

Ein Weilchen saßen sie sich wortlos gegenüber. Catherine stützte die Ellbogen auf das Tischchen und verbarg ihr Gesicht in den Händen. Laurence genoß diesen Augenblick und blieb still sitzen, um ihn zu verlängern.

»Worüber will ich mich denn beklagen?« begann Catherine schließlich, nachdem sie mit einem glucksenden Laut einen Schluck Kaffee genommen hatte. »Wenn ich demgegenüber an das denke, was Sie durchgemacht haben...«

Laurence zuckte nur schweigend mit den Schultern. Dabei hätte sie schon recht gerne gewußt, was man sich wohl hinter ihrem Rücken über die Umstände ihrer Gefangenschaft in Maghrabi so erzählte. Sie hatte sich darüber noch niemandem gegenüber offen geäußert. Ob das daran lag, daß sie dort gelernt hatte, daß jedes offene Wort schon verräterisch sein konnte?

»Heute abend kommt Antoine aus Algier zurück«, sagte Catherine.

»Ich weiß, Monique hat mir gestern mitgeteilt, daß er seine Aufgabe mit einem halben Erfolg abschließen konnte.«
»Man kann sich ausrechnen, was das zu bedeuten hat ... Wie steht es mit Ihrem Vertrauen?«
»Monique gegenüber?«
»Aber nein – Antoine gegenüber ...«
Catherine hielt den Blick hartnäckig auf den kleinen Rest von Kaffeesatz am Boden ihrer Tasse gesenkt, als ob sie dort eine tröstliche Antwort finden könne auf eine schmerzliche Frage, die noch nicht zur Sprache gekommen war. Die Frage aber, die sie Laurence gestellt hatte, ging dieser im Kopf herum, zumal sie in ihrer Eindeutigkeit kaum ein Ausweichen gestattete.
Am Abend vor seiner Abreise nach Nordafrika war Antoine Becker darauf aufmerksam gemacht worden, daß gewisse Gerüchte in bezug auf Frau Dr. Descombes im Umlauf seien. Seine Informantin war Teresa Lagerstein, deren Integrität und Kampfeslust er zu schätzen wußte. Sie war eine polnische Jüdin, die dem Ghetto von Warschau entkommen war und in den siebziger Jahren zunächst eine Hilfsorganisation für die Opfer von Folterungen begründet hatte und später eine Art von Heim in Neuilly, in einer alten Villa in der Avenue de Bretteville. Das Gebäude war ihr zur Verfügung gestellt worden von einer mitleidigen Seele, die auch die damit verbundenen Steuervergünstigungen zu schätzen wußte. Dieses Heim war inzwischen bekannt als »Résidence Victor«.
Bald nach seiner Rückkehr lud Antoine Laurence zu einem kleinen Spaziergang längs der Quais ein. Er wartete eine günstige Gelegenheit ab, um ihr von Teresa Lagerstein und ihren Aktivitäten zu berichten.
»Sie meinen, ich hätte Hilfe nötig?«
»Nun ja, ich bin nicht sehr erfahren in diesen Dingen. Was glauben Sie denn selbst?«
»Die Abstände zwischen meinen Ohnmachtsanfällen scheinen größer zu werden. Letzte Woche waren es nur zwei. Im übrigen geht es mir eher weniger gut ... Das ist doch ein gutes Zeichen.«
Er schaute sie verblüfft an. Was wollte sie damit sagen? Hatte sie sich nur versprochen?
»Teresa ist eine alte Bekannte von mir«, fuhr er fort. »Sie hat

Wind bekommen von gewissen Gerüchten, die Sie betreffen. Ich habe mich selbstverständlich geweigert, darüber mit ihr zu diskutieren! Aber ich habe sie dringend gebeten, sich mit Ihnen zu treffen. Sie kennen ja meine Einstellung: Einige Minuten einer direkten Unterhaltung sind mehr wert als viele Stunden Geschwätz mit Mittelsmännern!«
»Immer vorausgesetzt, man kann miteinander reden!«
»Das ist schwierig für Sie, ich weiß es! Daher werde ich Sie selbstverständlich dorthin begleiten. Man erwartet uns morgen am späteren Vormittag. Ich hoffe, daß Sie meine Meinung teilen: je früher, desto besser.«
»Ja sicher, ohne jeden Zweifel... Ihr Sohn Jean-Louis hat mich übrigens in Saint-Brieuc angerufen – hat er Ihnen das gesagt? Ich hatte bei dem Gespräch den Eindruck, daß irgend etwas nicht in Ordnung ist.«
Antoine meinte dazu, sie solle sich nicht unnötig den Kopf zerbrechen über Dinge, die sich allenfalls als Sturm im Wasserglas erweisen würden, und wechselte rasch das Thema. Immerhin hatte sie, dachte er, das Treffen mit Teresa nicht abgelehnt. Das war ja auch schon ein Erfolg; und es war ohnehin besser, die Dinge etwas in der Schwebe zu lassen, als Druck auszuüben, um eine ausdrückliche Zustimmung zu erreichen. Er fürchtete auch, daß bei einer weiteren Erörterung sein Zorn auf Jean-Louis spürbar werden würde. Wieso nur hatte dieser Schwachkopf Laurence angerufen? Und was genau mochte er ihr wohl gesagt haben? Man konnte sich doch wirklich auf niemanden verlassen, wenn es um Dinge ging, die Fingerspitzengefühl erforderten. Alles mußte man selbst erledigen.

Teresa Lagerstein empfing Laurence und Antoine in ihrem Büro in Neuilly. Dessen von der Heilsarmee gestiftetes Mobiliar stach in seiner zur Schau gestellten Hinfälligkeit stark ab von den vergoldeten Stukkaturen und Schnitzereien des Raumes. Die Lagerstein legte zunächst die Ziele ihrer Hilfsorganisation dar, die ursprünglich zur Unterstützung von Flüchtlingen aus Nordafrika und Asien, die in ihren Heimatländern mißhandelt wurden, begründet worden war. Sie schilderte die einzelnen Stufen ihrer Therapiemethode, von der diagnostischen Untersuchung der

durch die Mißhandlungen verursachten psychischen Schäden bis zu den eigentlichen Heilmaßnahmen im Bereich der somatischen Medizin, der Heilgymnastik und der Psychotherapie.
Laurence lauschte, einer Gewohnheit zufolge, die sich unbewußt bei ihr entwickelt hatte, zwei Reden zugleich: einer ausgesprochenen und einer zweiten, die sich wortlos dahinter verbarg. Sie stellte weder die Ausführungen dieser bemerkenswerten Frau in Frage noch deren Hingabe an eine Aufgabe, die sie ganz erfüllte. Aber sie hatte doch auch den Eindruck, daß hier zum hundertsten Male eine Erläuterung abgespult wurde mit dem festen Willen, den Zuhörer zu überzeugen.
Laurence unterbrach den Vortrag, als es gerade um die Beziehung zwischen den durch die Mißhandlungen verursachten körperlichen Schäden der Opfer und ihrer psychischen Zerrüttung ging.
»Danke, diesbezüglich bin ich voll auf dem laufenden! Haben Sie mich kommen lassen, um mir all das zu erzählen?«
»Von ›kommen lassen‹ kann keine Rede sein«, entgegnete die Lagerstein barsch. »Woher hätte ich das Recht dazu? Ohne unseren gemeinsamen Freund Becker, der darauf bestand ...«
»Sie haben irgendwelche Gerüchte gehört, die mich betreffen«, fiel ihr Laurence ins Wort.
Teresa Lagerstein seufzte auf; sie zog es bei weitem vor, unverhoffte Fragen zu stellen, anstatt welche zu beantworten.
»Kennen Sie einen Mann namens Sayyed Razmadi?«
»Nein, ich glaube nicht. Warum?«
»Er ist einer unserer Heiminsassen hier. Ein sehr schwerer Fall, eine schwere ... Störung. Der Mann war acht Wochen lang Gefangener im sogenannten ›Kloster‹ von Maghrabi und behauptet, sie von dort zu kennen. Wären Sie zu einem Gespräch mit ihm bereit?«
Ein unerklärliches Gefühl von Frieden überkam Laurence, als ob alle Spannungen, die sie seit Wochen bedrängten, sich schlagartig lösten und Ruhe in ihre Seele einkehre.
»Er steht doch wohl schon hinter der Tür?« fragte sie. »Worauf warten Sie also noch, um ihn hereinkommen zu lassen?«
Antoine zuckte zusammen und machte eine protestierende Geste. Wer war dieser Razmadi? Warum hatte man ihn nicht über das Auftauchen eines Zeugen informiert?

»Die Résidence Victor ist kein Polizeiquartier«, sagte Frau Lagerstein. »Nichts von dem, was in diesem Büro gesprochen wird, dringt über seine Wände hinaus. Es sind einfach Zweifel aufgetreten, was Sie betrifft, Frau Dr. Descombes, und wir können die Gerüchte nur zum Schweigen bringen, wenn wir sie aufklären. Es tut mir leid, daß ich mich so unumwunden ausdrücken muß!«
Sie griff nach dem Telefonhörer, und wenige Augenblicke später trat ein Mann herein, der Mitte Vierzig sein mochte. Er ging gebeugt, eine seiner Schultern war höher als die andere. Sein Gesicht war aschgrau, sein Blick irrte suchend umher.
Frau Lagerstein lud ihn ein, Platz zu nehmen, aber er trat hinter den Stuhl, den sie ihm angewiesen hatte, und umklammerte dessen Lehne mit beiden Händen, als fürchte er, das Gleichgewicht zu verlieren.
»Ich kenne sie, das ist sie!« stammelte er.
Seine hervorgestoßene Behauptung war um so überraschender, als er seine Augen allenfalls eine Sekunde lang auf Laurence gerichtet hatte. Becker rutschte unruhig auf seinem Sessel hin und her.
»Frau Dr. Descombes?« fragte Frau Lagerstein.
Laurence betrachtete Sayyed Razmadi und schüttelte schweigend den Kopf. Sie hütete sich, ein Wort zu sagen. Denn wie hätte sie erklären sollen, daß sie sich zwar keineswegs an diesen Mann persönlich erinnern konnte, daß sie jedoch in ihm alle die anderen erkannte, die sie untersucht hatte, nachdem sie den Händen ihrer Peiniger entronnen waren; die sie nach besten Kräften gepflegt hatte und von denen sie doch gewußt hatte, daß man sie nur wieder neuen Qualen unterwerfen würde, sobald sie einigermaßen wiederhergestellt waren?
»Sie hätten mich verrecken lassen sollen«, sagte Razmadi.
»Nein, das hätte ich nicht tun können«, entgegnete sie mit klarer Stimme. »Eine solche Wahl hatte ich nicht!«
Beeindruckt von ihrer Festigkeit wechselten Frau Lagerstein und Becker erstaunte Blicke.
»Ich weiß es ja!« schrie Razmadi und verzog das Gesicht, als ob er gleich in Tränen ausbrechen würde. »Ich wollte das ja auch nicht sagen. Man konnte überhaupt nichts machen. Und ohne Sie wäre ich jetzt nicht hier ...«

Auf wen bezog sich sein »Sie«? Auf Laurence? Das war schwer zu sagen, weil er hartnäckig seine Augen auf den Fries an der Decke richtete... Teresa Lagerstein erhob sich schroff und forderte ihn auf, das zu wiederholen, was er über eine »privilegierte Beziehung« zwischen Frau Dr. Descombes und Muhammad Sheba berichtet habe. Der Mund des Unglücklichen, ein langer Strich fast ohne Lippen, zuckte unaufhörlich. Er murmelte einen unverständlichen Protest und machte eine jammervolle Geste, die zu besagen schien: »Ich weiß nicht, wovon ihr redet, und ich möchte keine Schwierigkeiten!« Seit seinem Eintreten ins Büro mußte er offenbar gegen eine animalische Angst ankämpfen, die allein schon der Name des Oberst in ihm auslöste. Laurence hätte seinen Zustand der Panik mit geschlossenen Augen allein schon an der scharfen Ausdünstung erkannt, die nur sie selbst wahrnehmen konnte.

»Wäre es nicht einfacher gewesen, sich direkt an mich zu wenden?« fragte sie mit einem herausfordernden Blick zu Antoine Becker und Frau Lagerstein.

»Gewiß«, räumte Antoine ein. »Aber dafür sind wir ja hier – Teresa?«

»Gewissen Mitteilungen zufolge sollen sie in das Verschwinden von Saïd Boudjenah verwickelt gewesen sein. Wir hätten diesen Gerüchten keinen Glauben geschenkt, wenn nicht Herr Razmadi hier selbst uns das bestätigt hätte. Er war in Maghrabi Zellengenosse von Boudjenah.«

»Nein! Das ist eine frei erfundene Lüge!« schrie der arme Mensch und umklammerte dabei die Lehne des vor ihm stehenden Sessels so heftig, daß seine blutleeren Knöchel knackten wie abgestorbenes Holz. »Ich habe diesen Boudjenah überhaupt nie gesehen!« Nun erhob sich auch Antoine mit verstörtem Gesicht. Laurence war als einzige sitzen geblieben und betrachtete die alte Jüdin mit geheimer Sympathie. »Die ist nicht ohne«, fand sie. »Wenn wir uns unter anderen Umständen kennengelernt hätten, hätte sich durchaus ein Vertrauensverhältnis zwischen uns entwickeln können.«

»Was soll das heißen?« wandte sich Teresa Lagerstein an Razmadi und suchte seinen Blick. »Ich verstehe überhaupt nichts mehr! Sie haben uns doch bestätigt, daß...«

Er unterbrach sie mit einem Schluchzen und sog dann heftig die Luft ein, die er brauchte, um ihr antworten zu können.
»Weil Sie mich danach gefragt haben!« stöhnte er. »Ich habe einfach gelogen, damit Sie mir das übrige glaubten, das tatsächlich stimmt!«
Für Laurence war das Durcheinander seiner Erklärung keineswegs erstaunlich. Sie mußte seit ihrer Befreiung gegen die gleiche Angst ankämpfen, die gleiche Lähmung. Sie schwieg über die Geschehnisse während ihrer Gefangenschaft nicht allein aus Furcht, all diese Alpträume wiederaufleben zu lassen, sondern vor allem aufgrund ihrer Befürchtung, nicht verstanden zu werden und damit den Rest jener Selbstachtung zu verlieren, den sie sich hatte bewahren können gegenüber denen, die es sich zur Aufgabe gemacht hatten, sie zu einem Nichts zu machen.
Antoine war purpurrot angelaufen, und Teresa Lagersteins Gesicht hatte sich verdüstert. Laurence folgte ihren Blicken, die sich schon wieder von Razmadi und ihr abgewandt hatten. Auf der Hose Sayyed Razmadis zeigte sich ein dunkler Streifen, und neben seinem Schuh wurde ein gelblicher Fleck rasch größer. »Inkontinenz durch das Anlegen von Elektroden an die Genitalien«, diagnostizierte sie medizinisch sachlich. Die schreckliche Banalität dieser ihrer Feststellung veranlaßte sie zur (allerdings vergeblichen) Ausschau nach einem Riß in der Vertäfelung der Résidence Victor, durch den sie sich hätte verflüchtigen können – entschweben ins Vergessen, eingehen ins Nicht-Sein ...
Im Wagen, der sie zu Harmonices Mundi zurückbrachte, dachte Antoine Becker: »Ich rede zuviel!« Dennoch redete er weiter auf Laurence ein und ließ dabei immer wieder die Augen von der Straße abschweifen, um die Reaktionen der jungen Frau zu beobachten.
»Teresa hat eben genau die Fehler, die sich aus ihren Fähigkeiten ergeben!« sagte er. »Eine blöde Idee, Sie diesem armen Kerl gegenüberzustellen! Sie hatte mir vorher nichts davon gesagt, das dürfen Sie mir glauben. Schließlich ist es aber doch alles in allem gut verlaufen, finden Sie nicht?«
»Sie haben mich verdächtigt«, antwortete sie niedergeschlagen. »Und jetzt haben Sie weiterhin Zweifel. Sie sind also kaum weitergekommen.«

»Zweifel – aber nein! Offene Fragen, das schon – und nicht wenige. Ich habe es mir bisher versagt, Sie zu fragen, was sich *wirklich* dort in Maghrabi abgespielt hat. Sie sind schon sehr verschlossen, Laurence. Aber mit welchem Recht hätte ich sie zwingen können, sich mir anzuvertrauen? Nun aber geht es um die Glaubwürdigkeit von HMI, das heißt, wir haben eine Informationspflicht... Das bedeutet also, daß wir über diese Gerüchte, die Sie betreffen, nicht einfach hinweggehen können.«
»Ich könnte ja ganz offiziell kündigen...«
»Auf gar keinen Fall!« entgegnete er entschieden. (Dabei hatte er seit seiner Rückkehr aus Algier über eine Möglichkeit nachgedacht, sie auf einem Umweg auf diesen Gedanken zu bringen.) »Das hieße nur, Öl ins Feuer zu gießen. Das würde die Medien zu den wildesten Spekulationen veranlassen. Wir müssen uns einen unangreifbaren Anlaß für Ihre Abreise einfallen lassen, und Sie wissen, daß ich es hasse, so etwas zu konstruieren!«
Ob sie ihm das abnahm? Sie hatte so eine Art, ihn von der Seite anzuschauen... Vielleicht verdächtigte sie ihn sogar, sich bereits eine Liste solcher »unangreifbarer Anlässe« notiert zu haben...
»Sind denn diese Gerüchte wirklich so verbreitet?«
»Das glaube ich eigentlich nicht, und gerade deshalb muß man jetzt unverzüglich handeln. Der schwerwiegendste Vorwurf ist der wegen dieser Sache mit Boudjenah.«
Er erinnerte daran, daß dieser, Leiter der Liga zur Verteidigung der bürgerlichen Freiheiten, anläßlich einer inkognito unternommenen Reise in den Norden des Landes, die der Diskussion eines Friedensplanes mit dem abtrünnigen Imam Abdel Baâ, dienen sollte, von Rebellentruppen entführt worden war; nur fünf Personen seien Datum und Ort dieses Treffens bekannt gewesen.
»Eine davon waren Sie«, schloß er. »Man ist damals davon ausgegangen, daß man die entsprechenden Angaben mit Gewalt aus Ihnen herausgeholt hat. Sie haben aber auf der Pressekonferenz erklärt, daß Sie von den Mitgliedern der Befreiungsarmee nicht mißhandelt worden seien...«
»Das soll ich gesagt haben?« rief sie ungläubig aus.
»Ja, wörtlich«, bestätigte er. »Aber um zurückzukommen auf diesen...«

»Was genau wollen Sie denn wissen? Boudjenah wurde noch am Tage seiner Ankunft im ›Kloster‹ einem Verhör unterworfen. In der Nacht darauf hat er sich in seiner Zelle umgebracht.«
»Sind Sie sich dessen sicher? Meines Wissens ist sein Tod nie offiziell bestätigt worden... Und Sayyed Razmadi behauptet, sie seien wochenlang Zellengenossen gewesen!«
»Er hat doch zugegeben, das sei ›eine frei erfundene Lüge‹ gewesen. Haben Sie das schon vergessen?«
»Aber natürlich nicht! Dieser arme Kerl könnte jedoch seine Meinung auch wieder ändern, und wir hätten dann etwas Greifbares in der Hand, um ihn zu widerlegen... Haben Sie in Maghrabi mit Boudjenah gesprochen?«
»Das kann man kaum so nennen«, sagte sie mit sich verdüsternder Miene. »Man hat ihn zu mir in die Krankenstation gebracht. Die Untersuchung und die üblichen Routinemaßnahmen...«
»Was hat er Ihnen gesagt?«
»Er war kaum noch in der Lage, zu sprechen, und bat mich lediglich, seinen Leiden ein Ende zu machen. Nicht denen, die er bereits hatte erdulden müssen – jenen vielmehr, die ihn noch erwarteten...«
»Ihre diesbezügliche Äußerung gegenüber Razmadi vorhin war ja unmißverständlich! Ich habe mich darüber gefreut, ganz im Ernst! Sie als Ärztin...«
»Ach was! Dort unten waren große Prinzipien reiner Luxus... Ein Handlungsspielraum war für mich so gut wie nicht vorhanden – und man notierte alles und jedes, was ich aus der ›Apotheke‹ entnahm. ›Apotheke‹ – welch großes Wort! Wie Boudjenah es schaffte, sich das Leben zu nehmen, frage ich mich heute noch. Den für ihn verantwortlichen Wächter hat man übrigens mit ihm gemeinsam lebendig begraben... Auch eine der Ideen von Oberst Sheba...«
Antoine dachte nach; Laurence' Mitteilungen hatten ihn etwas aus der Bahn geworfen. Hatte er ihr bisheriges Schweigen vielleicht voreilig als Verweigerung von Informationen ausgelegt? Vielleicht konnte er ihr bestimmte Fragen ganz direkt stellen, ohne darum herumzureden...
Er hielt schließlich den Wagen am Rande der Tuilerien an. Es war keine gute Idee, sich während der Fahrt zu unterhalten. Da konn-

te ihm seine Mitfahrerin auf jede nur mögliche Weise ausweichen. Er wandte ihr sein Gesicht zu.
»Was halten Sie von Teresas Vorschlag? Die Unterhaltung mit diesem Syssojew ...«
»Syssojew?«
»Aber Sie erinnern sich doch ... Syssojew, der bekannte russische Psychiater ...«
»Ich kann mich nicht erinnern ...«
Er schaute sie ungläubig an. Trieb sie ein Spiel mit ihm? Vor einer halben Stunde hatte Teresa Lagerstein vorgeschlagen, ihre Organisation und Harmonices Mundi sollten sich zusammentun, um gemeinsam Licht in die Affäre um Boudjenah zu bringen. In diesem Sinne sollte ein Gespräch stattfinden zwischen Frau Dr. Descombes und einem erfahrenen Psychiater, mit dem die »Résidence Victor« gelegentlich zusammenarbeitete, wenn sie an einer Stellungnahme in besonders delikaten Fällen interessiert war.
Antoine hatte diesen Vorschlag begrüßt (ohne zu erwähnen, daß er sich darauf mit Teresa Lagerstein schon am Abend vorher geeinigt hatte). Laurence hatte, etwas zögerlich, um Bedenkzeit gebeten. War es unter diesen Umständen überhaupt vorstellbar, daß sie den Namen dieses bekannten Fjodor Gregorowitsch völlig vergessen haben sollte?
»Ich kenne ihn nicht persönlich«, sagte er. »Aber Teresa hält außerordentlich viel von ihm. Er scheint ein sehr ungewöhnlicher Mensch zu sein und besteht darauf, daß ein erstes Gespräch immer unter freiem Himmel und an einem öffentlich zugänglichen Ort stattfinden müsse. Das ist jemand, der wirklich aus dem Rahmen fällt.«
Er verstummte und dachte ein weiteres Mal, daß er zuviel rede. Wie um ihn zu bestätigen, legte Laurence ihre Hand auf den Türgriff.
»Ich treffe Sie dann im Büro«, sagte sie dabei, ohne ihn anzublicken. »Ich muß ein bißchen herumlaufen und für mich sein. Bitte treffen Sie keine Vereinbarungen ohne meine Zustimmung ...«
»Aber gewiß ... sicher!« meinte er und legte ihr die Hand auf den Arm. »Sagen Sie mir, bevor Sie jetzt gehen, nur noch ... Es ist mir

sehr peinlich, aber ich muß Sie das einfach fragen, um Klarheit zu schaffen: Hatten Sie ein Verhältnis mit Oberst Sheba?«

Sie wandte ihm langsam den Kopf zu und schaute ihn aus schmalen Augen an. Er konnte ein Gefühl von Beschämung nicht unterdrücken. Es war wie ein Verweis, eine Zurechtweisung, wie sie ihm selten zustieß.

»Verzeihen Sie mir, Laurence! Meine Frage war unmöglich formuliert ...«

»Sie hätten mich vielleicht besser fragen sollen, ob ich im Bett mit ihm war«, sagte sie in einem Ton, der nicht klar erkennen ließ, ob er ironisch oder sachlich sein sollte. »Selbst dann hätte meine Antwort nicht eindeutig sein können, denn in der Horizontale bediente sich Sheba meiner fast nie.«

»Es tut mir leid«, murmelte er.

Er suchte noch, dem etwas hinzuzufügen, aber schon war sie ausgestiegen, schon entfernte sie sich, schon war ihre schmale Silhouette ein einziger Vorwurf an ihn.

Laurence schlenderte durch die Tuilerien und stellte erleichtert fest, daß der Park fast menschenleer war. Sie mußte sich an einen Baumstamm lehnen, mit ihren Handflächen dessen rauhe Rinde spüren, die Augen schließen und sich dann in die Äste dort oben denken, ihnen himmelwärts die Arme entgegenrecken und sich wie die Blätter wiegen lassen von der sanften Brise.

Sie sah sich wieder in diesem kalten Raum mit seinen Wänden aus Stein, dessen Spitzbogenfenster verschlossen worden waren mit dicken Holzbohlen. Von der hohen Decke baumelte eine nackte Glühbirne und warf trübes Licht auf den langen, schweren Tisch, die beiden Stühle, die drei Aktenschränke aus Metall und den Boden aus abgenutzten Steinplatten, auf dem bräunliche Flecken zu sehen waren.

Sie war lange verhört worden von einem schon älteren, wortkargen Offizier, der nach Schweiß und Zwiebeln roch und sie kein einziges Mal direkt angeblickt hatte. Sie hatte den Eindruck, daß ihre Antworten ihn nicht im mindesten interessierten, obwohl er sie sich säuberlich in einem Heft mit Eselsohren notierte.

In Rhages hatte sie vom »Kloster« schon gehört; es war der gängi-

ge Ausdruck für das Hauptquartier der Rebellentruppen des Oberst Sheba. Woher diese Bezeichnung kam, wurde ihr klar, als sie scharf bewacht in diese ehemalige Abtei in Maghrabi gebracht worden war. Die Befreiungsarmee hatte diesen Ort unmittelbar nach Ausbruch des Bürgerkriegs besetzt – ein Krieg, in dem sich seit nunmehr bereits zwei Jahren die christlichen und die mohammedanischen Bewohner Farghestans gegenseitig abschlachteten. Die ehemaligen Mönchszellen waren umgewandelt worden in Büros, die Räume für die Novizen in Kerker, die Keller im Untergeschoß in Gefängnisse für widerspenstige Gefangene. Die alte Kapelle, mit ihren Mosaiken und Reliefs einst eine Sehenswürdigkeit für Touristen, hatte man mit Wasser und Elektroanschlüssen ausgestattet und sie zum »Zentrum für besondere Ermittlungen« gemacht, wo man »nachdrückliche Befragungen« durchführte.

Die Tür des Raums war geöffnet worden. Vom Gang draußen drangen unverständliche Befehle in drohendem Ton herein. Der Offizier, der sie verhört hatte, nahm Haltung an, und Oberst Sheba trat herein. Er hatte ein abgewetztes Uniformhemd an, in seinem Gürtel steckte ohne Halfter und Pistolentasche schräg eine Magnum. Er kam näher, warf dabei einen Blick auf seine Uhr, winkte wortlos seinen Untergebenen hinaus. Dieser entfernte sich ebenso wortlos, die schwere Tür hinter sich schließend.

Einen Fuß auf einen Stuhl gestellt, überflog Sheba die gerade gemachten Notizen. Dann warf er einen Blick auf die junge Frau, seinem Gesicht ließ sich nichts über seine Absichten entnehmen. Er mochte in den Vierzigern sein, hatte recht gewöhnliche und etwas dickliche Züge, einen genießerischen Mund, der jedoch durch einen verächtlichen Ausdruck verunstaltet wurde, und einen unzweifelhaft intelligenten, aber hinterhältigen Blick.

»Dr. med., richtig?« fragte er auf Englisch.

Sie nickte nur, und er runzelte die Brauen und wiederholte. »Richtig?«, um klarzumachen, daß er eine deutlichere Antwort erwartete. Sie antwortete ebenfalls auf Englisch, ohne ahnen zu können, daß sie die folgenden fünf Jahre mit ihm ausschließlich in dieser Sprache verkehren würde. Ja, sie sei Ärztin und Mitarbeiterin einer völlig unpolitischen Hilfsorganisation, deren Aufgabe es sei … Er brachte sie mit einer Handbewegung, die keinen Widerspruch zuließ, zum Schweigen und streckte dann seinen Arm quer über den Tisch aus. Ganz gelassen wischte er die wenigen Dinge, die sich dort befanden, von der Platte, so daß sie polternd auf den Boden fielen. Mit einer Bewegung seines Zeigefingers winkte er Laurence heran. Sie gehorchte mit bebenden Lippen ohne zu ahnen, was er von ihr wolle. Sie war keineswegs naiv, glaubte aber an diesem arroganten Menschen, ob nun zu Recht oder zu Unrecht, eher Neugier als Begierde wahrzunehmen. Er bedeutete ihr, sich umzudrehen und sich auf das eine Ende des Tisches zu setzen. Als sie tat, als verstehe sie ihn nicht, klopfte er mit den Fingerspitzen auf die Stelle, die er dafür vorgesehen hatte. Im Bewußtsein, daß jeder Widerstand sinnlos gewesen wäre, stellte sie sich mit angehaltenem Atem auf die Zehenspitzen, um sich halb hinzusetzen. Er legte seine Hand auf ihren Halsansatz und drückte sie, mehr bestimmt als brüsk, nach hinten, um sie dazu zu bringen, sich auszustrecken. Als sie sich dabei auf ihre Ellbogen stützte, riß er mit einem heftigen Ruck ihre Arme nach hinten. Jeglichen Halts beraubt, fiel sie flach hin und schlug mit dem Hinterkopf hart auf die Tischplatte. Sie stöhnte vor Schmerz auf und murmelte: »Nein! Lassen Sie das!« Er hielt sie mit festem Griff an der Kehle fest und zog ihr mit der anderen Hand den Rock hoch. Als sie ihn daran hindern wollte, verdrehte er ihr das Handgelenk. Sie verspürte weder Abscheu noch Haß in sich, sondern nur die fast gleichgültige Gewißheit, daß hier Unvermeidliches geschah.

Sheba zog seiner Gefangenen den Slip über die Schenkel herunter und beugte sich dann nach vorn. Ihre Knie hielt er mit dem Vorderarm, so daß sie sie nicht bewegen konnte. Er schnupperte mit ungenierter Neugier an ihr und zog dabei die Nüstern zusammen, ganz so, als ob er auf dem Markt an einem Fisch oder einer Frucht rieche. Sie hatte sich ganz steif gemacht und den Atem angehalten und verging fast vor einer Scham, wie sie sie niemals zuvor auch nur annähernd empfunden hatte.

»Was hat denn das zu bedeuten?« fragte er, wieder auf Englisch, sich mit dem Grinsen eines Kenners aufrichtend. »Sie riechen ja nach gar nichts, nicht einmal nach Pisse! Sie werden doch nicht noch Jungfrau sein? He, ich rede mit Ihnen!«

Sie drehte den Kopf nach rechts und links und versuchte zu antworten. Er feuchtete mit der Zunge seinen Daumen an und bohrte ihn in ihre Scheide, diese methodisch erforschend wie bei einer frauenärztlichen Untersuchung und ohne eine Gefühlsregung erkennen zu lassen. Sie konnte einen Aufschrei nicht unterdrücken und dachte nur mit zusammengebissenen Zähnen, dessen sicher, was nun folgen würde: »Hoffentlich ist es bald vorbei!« Ohnmächtige Wut ließ sie wünschen, lieber mit Schlägen und Beleidigungen überhäuft zu werden, die ihr weniger ausgemacht hätten und sie weniger gedemütigt hätten als diese Gefühllosigkeit, mit der man hier in ihrem Unterleib bohrte.

»Sie bleiben!« befand Sheba und ließ von ihr ab. »Eine Ärztin brauchen wir hier.«

Sie hörte Schritte auf den Bodenplatten, das Öffnen der Tür, ein Stimmengewirr, erneute Schritte, das Rasseln eines Schlüsselbundes. Der Tisch schien zu schaukeln, und es war ihr, als würden Nadelstiche ihr Trommelfell durchdringen.

Als es ihr endlich gelang, die Augen zu öffnen, sah sie, daß mitten im Raum ein Soldat stand. Er betrachtete sie mit einem leisen Lachen. Sie strich ihren Rock hinunter und richtete sich vorsichtig auf. Der junge Soldat, fast ein Halbwüchsiger noch, sagte einige Sätze zu ihr in der Landessprache. Sie beherrschte diese zwar noch nicht, glaubte aber zu verstehen, daß der Oberst sie »für seinen persönlichen Gebrauch« reserviert habe, was das Vorgefallene erkläre; es werde ihr nichts weiter geschehen. »Sie sehr glücklich!« versicherte er ihr abschließend in gebrochenem Englisch.

Da hatte Laurence Descombes noch nicht gewußt, warum sie diese Chance bekam; nicht gewußt, was man von ihr wollte; nichts gewußt von all dem, was sie in den folgenden Tagen, dann Monaten, schließlich Jahren erwartete. Sie konnte auch nicht ahnen, daß sie alles überstehen und eines Tages nach Paris zurückkehren und dort von einer Frau Lagerstein nach ihrer »privilegierten Beziehung« zu Muhammad Sheba befragt werden würde.

Laurence öffnete in der Dunkelheit die Augen und kehrte ohne Übergang aus der Tiefe des Schlafes in eine Wirklichkeit zurück, die ihr wie stillstehend vorkam. Sie war nicht allein.

Sie hatte geantwortet »Ich weiß es nicht!«, als Dr. Rudaz sie in der Botschaft gefragt hatte, ob sie denn normal schlafe. Der Schlaf war für sie zu einer zeitlosen Zuflucht geworden. Er überkam sie genauso rasch, wie sie wieder aufwachte, ohne die geringste Erinnerung an ihre Träume. Dennoch konnte sie sich daran erinnern, daß sie die Tür geschlossen hatte, ehe sie zu Bett ging; wie ließ sich dann dieses dunkelgraue Rechteck erklären, das sich zum Gang hinaus öffnete?

Sie nahm ein gleitendes Geräusch wahr und das leise Zischen eines Atemzugs. Sie erschrak nicht: Die Dunkelheit war während der verzweifeltsten Stunden ihrer Gefangenschaft ihr Verbündeter gewesen. All die Abscheulichkeiten, deren ohnmächtige Zeugin sie hatte werden müssen, hatten sich im gleißenden Licht der Scheinwerfer der Krankenstube abgespielt, oder in den Kerkern, in denen der gelbliche Schein der Glühbirnen nie verlöschte, oder in der alten Kapelle, wo die Sonnenstrahlen von den farbigen Fenstern gefiltert wurden.

»Ich muß Sie sprechen!« hörte sie Catherine flüstern. »Sie hätten dabeisein müssen! Man hat mir zwei Preise verliehen, eine Mordssache! Dann haben wir das bei den Picquet-Marquart begossen! Aber keine Sorge, ich bleibe schon auf dem Teppich!«

»Und Sie meinten schon, Sie würden leer ausgehen … Herzlichen Glückwunsch!«

»Vielen Dank! Aber ich habe Sie natürlich nicht geweckt, nur um Ihnen meinen Triumph mitzuteilen. Das ist ja eigentlich alles so lächerlich. Ganz im Gegenteil zu dem, was ich von Antoine erfahren habe: Sie haben ihm ihre Kündigung angeboten …«

Laurence spürte, daß sich Catherine am Fußende des Bettes niedersetzte. Sie konnte ihre Silhouette im Halbdunkel erkennen und auch den Umriß ihres Gesichts.

»Es blieb mir keine andere Wahl …«

»Ich weiß, er hat mir alles erzählt. Wie er sagt, hätten Sie seinen Vorschlag eines Gesprächs mit Syssojew als Ultimatum betrachtet … Wohlgemerkt scheint mir der Verdacht einer kleinen Erpressung nicht aus der Luft gegriffen. Antoine kann ein ganz schön falscher Fuffziger sein, wenn er etwas drehen will! Aber Sie sind doch gewieft genug, um zu wissen, wovor Sie sich hüten müssen! Ich bin gekommen, um Ihnen zu sagen, daß Sie sich nicht kleinkriegen lassen sollten, Laurence. Wenn Sie kündigen, sind Sie geliefert! Es werden immer Flecken an Ihrem Ruf bleiben. Aber Sie können sich bei allem Humbug der Lagerstein auf eines verlassen: Ihr Russe ist ein absolutes Phänomen!«

Schon vor sechs Monaten hatte sich Catherine Informationen über diesen Syssojew beschafft als Vorbereitung auf ein Gespräch, das dann doch nicht zustande kam. Er war Jude, vormals Psychiater in Moskau gewesen und hatte sich in jener Zeit als Dissident betätigt, als der KGB mit solchen Leuten nicht zimperlich umging. Er war in ein »Institut« verbracht worden, in dem seine linientreuen Kollegen seine Umerziehung auf dem Wege der experimentellen Behandlung mit Medikamenten betrieben hatten. Dann war er ins Exil nach Gorki geschickt worden, wo er sich Andrej Sacharow und Elena Bonner anschloß. Nach dem Ende des Kalten Krieges wurde er rehabilitiert, und es ging das Gerücht um, daß Michail Gorbatschow, so lange er an der Macht war, ihn regelmäßig konsultiert habe. Man behauptete sogar, daß sein geheimer Einfluß auf den Kremlchef ihn zur »Grauen Eminenz« der Perestroika gemacht habe. Schließlich wanderte er nach Israel aus, gab aber drei Jahre später öffentlich seine neue Staatsbürgerschaft zurück aus Protest gegen den wachsenden Einfluß der religiösen Fundamentalisten in der Knesset.
Catherine verstummte und erhob sich. Ihre Silhouette hob sich als dunklerer Schatten vor dem des Türrahmens ab. Laurence stand noch ganz unter dem Eindruck ihrer Stimme in der Dunkelheit – wie ein kleines Mädchen, dem man gerade ein Märchen erzählt hatte.
»Warum?« fragte sie.
Catherine brauchte über die Bedeutung dieser Frage nicht nachzudenken und antwortete: »Weil ich auf deiner Seite bin!« Es war das erste Mal, daß sie Laurence duzte. Dann ein Rascheln von Stoff, das Knacken des Parketts, ein Luftzug: Sie war gegangen.
Laurence kuschelte sich in ihrem Bett zusammen. Eine Stunde später wachte sie auf und umschlang sich mit ihren Armen, mit der einen Hand ihre Brust liebkosend, die andere zwischen die Schenkel gesteckt. Die Selbstbefriedigung sollte bewirken, daß die Tränen sich lösten, die sie beruhigen könnten. Sie streichelte sich und dachte an einen Strand mit warmem Sand, die im Meer versinkende rote Sonne; das Geräusch der Brandung bestimmte den Rhythmus ihrer steigenden Lust. Das Heraufbeschwören solcher Bilder hatte sich als das beste Mittel erwiesen, um dem Fluch ihrer einsamen Insel zu entkommen.

5. Kapitel

Hochwürden James Paddington, dreifacher Doktor (der Theologie, der Philosophie und der Psychologie), wurde bei der Königlich Kanadischen Polizei der »Teddybär« genannt. Dieser Spitzname paßte ihm wie ein Handschuh. Sein kräftig getöntes Gesicht, umrahmt von rötlichem Haar, die funkelnden Augen, die mächtigen, schaufelförmigen Hände: alles flößte Vertrauen ein. Er konnte jene, die ihn aufsuchten, stets rasch von seiner eigenen Auffassung überzeugen, daß nichts im Leben so schlimm war, wie es zunächst aussah, und daß sich bei den zwischenmenschlichen Problemen die fortschreitende Zeit weit öfter zum Guten auswirkte als zum Schlechten. Wenn man ihn zu dieser positiven Einstellung beglückwünschte, meinte er gewöhnlich, sie ginge einfach darauf zurück, daß er durch einen Kaiserschnitt auf die Welt gekommen sei: Statt daß er heftig um seine Geburt habe kämpfen müssen, habe er gemütlich im Warmen warten dürfen, bis man ihn geholt habe.

Nur wenige Leute bei der Polizei kannten überhaupt seine kirchliche Stellung (er war anglikanischer Geistlicher), und schon gar niemand nahm Anstoß daran. Man nahm sogar gerne seine Dienste bei Beerdigungen im Einsatz ums Leben gekommener Polizeiangehöriger in Anspruch. Seine Reden bei solchen Gelegenheiten zeichneten sich aus durch den Verzicht auf allgemeine Floskeln und das Geschick zu unverschnörkelten, einfachen Formulierungen, von denen sich jeder unmittelbar angesprochen fühlte.

»Zieht die Taschentücher raus, Teddybär predigt«, murmelten die Zyniker, wenn Hochwürden Paddington an den Sarg trat, mit leeren Händen, ohne ein Redekonzept oder irgendwelche Notizen – und selbst sie hatten, wie alle anderen auch, schon nach kürzester Zeit feuchte Augen.

Kiersten hatte sich erstmals an ihn gewandt, als sie eine schwierige Zeit durchzustehen hatte. Damals hatte sie sich einer Behand-

lung wegen Brustkrebs unterziehen müssen. Die Chemotherapie war erfolgreich gewesen, und es hatten sich auch keine wesentlichen Nebenwirkungen gezeigt. (Wochenlang hatte sie die Furcht verfolgt, daß sie ihre Haare verlieren würde.) Seither ging sie halbjährlich zur Nachuntersuchung mit dem ständigen Gefühl, daß ein Damoklesschwert über ihrem Haupte schwebe, und mit einer gewissen Verbitterung darüber, daß ihr Körper sie sozusagen verraten habe. Außer Teddybär hatte sie sich diesbezüglich niemandem anvertraut – ihrem Vater schon gar nicht. Sie hatte mit einer wegwerfenden Geste in beiläufigem Ton von einer gutartigen Zyste geredet.
Paddington hatte sie auf eine mögliche Verbindung zwischen dieser Erkrankung und ihrer »zwanghaften Auflehnung gegen Kontrolle« angesprochen.«
»Kontrolle inwiefern?«
»Jede Art davon: Selbstkontrolle, Rücksichtnahme auf Sandrine, Fremdbestimmung durch gestellte Aufgaben oder durch den Lauf der Dinge an sich …«
»Mein Krebs aber ließ sich nicht von mir kontrollieren!«
»Er könnte seinerseits eine Auflehnung gewesen sein, eine Auflehnung Ihrer Weiblichkeit, die ein Recht auf Passivität, auf Hingabe einforderte …«
»Ach, scheren Sie sich zum Teufel mit Ihren Theorien! Das Zeitalter der Unterordnung der Frau ist doch vorbei!«
Bei anderer Gelegenheit hatte sie typische Verhaltensmuster sexueller Gewalt beklagt und die grundsätzliche Entwürdigung der Frau als »Lust- und Leidensobjekt«. Er hatte sie unterbrochen:
»Mag sein, aber Pornographie muß nicht grundsätzlich von Gewalt geprägt sein. Wenn ich mich nicht täusche, geben sich doch die Personen in den meisten Filmen, von denen hier die Rede ist, Beschäftigungen hin, an denen beide Seiten Vergnügen zu haben scheinen. Oder sie spielen das zumindest vor.«
»Na und? Wollen Sie jetzt auch noch wissen, ob ich mich daran aufgeile? Da ist meine Antwort ein klares ›Nein!‹«
»Und kommt es nicht vor, daß in Ihren Vorstellungen manche Szenen daraus wiederkehren?«
»Welche ›Vorstellungen‹ meinen Sie damit?« hatte sie mit zuge-

knöpfter Miene entgegnet. »Falls Sie das andeuten wollen: Ich habe mich nie selbst befriedigt. Bin ich damit in Ihren Augen nicht normal?«

»*Normal?*« hatte er lächelnd gemeint. »Aber natürlich sind Sie normal. Und das wären Sie auch, wenn Sie sich selbst ihr Vergnügen verschaffen würden.«

»Das betrachte ich als Aufgabe meiner Partner!«

»Ich verstehe. Und die kommen dieser Aufgabe zu Ihrer Zufriedenheit nach?«

Sie hatte ihm einen strafenden Blick zugeworfen, dem er ohne jedes Wimpernzucken standhielt. Beantwortet hatte sie seine Frage nicht...

Bei der folgenden Sitzung hatte sie ihm dann, kaum daß sie Platz genommen hatte, frei heraus erklärt: Nein, es sei keineswegs so, daß sie Widerwillen gegen die körperliche Liebe habe, und sie fände durchaus Gefallen daran. Allerdings müsse sie einräumen, daß sie dabei gewöhnlich nicht zum Orgasmus komme – sie genieße zwar das Ansteigen der Lust, verweigere sich aber in letzter Sekunde dem Höhepunkt. Zugegeben, das hing zweifellos mit ihrer tiefsitzenden Furcht vor einem Verlust der Selbstkontrolle zusammen. Und was Pornofilme betreffe, so interessiere sie dabei stets nur die Frage, ob die Darstellerinnen den Orgasmus wirklich erlebten oder nur vorspielten. Es hatte sie sehr viel Überwindung gekostet, all das zusammenzufassen und einzugestehen. Sie hatte ihr Bekenntnis in einem Zuge heruntergebetet und in einem Ton, der besagte: »So, und damit liegt alles auf dem Tisch! Damit basta – weitere Erörterungen sind überflüssig!«

Paddington hatte ein ausgesprochenes Faible für Kiersten. Sie war der Typ der selbstbewußten Frau, den er mochte. Das gestand er sich unumwunden ein, und es war allein schon Grund genug für seine Bemühungen, sie aus dieser Sackgasse, wie er befand, herauszuholen. Und er hatte – ganz im Gegensatz zu ihr, wie es schien – genug Ideen dafür.

Als es an die Tür klopfte, brauchte er nicht erst auf die Uhr zu schauen, um zu wissen, daß das Kiersten war. Sie kam immer auf die Minute pünktlich. Er grinste vor sich hin bei dem Gedanken,

daß von dem Tag an, an dem sie nicht pünktlich wäre, sie seiner auch nicht mehr bedürfen würde.
Wie gewöhnlich begrüßte sie als erstes Balzac, der sich von seinem Berberteppich erhoben hatte, um ihr mit vollendeter Höflichkeit die Pfote hinzustrecken.
Balzac war eine herausragende Persönlichkeit der Hundewelt. Sein Fell hatte die gleiche Farbe wie das Haar seines Herrn, für den er ein ganz wichtiger Helfer war. Sobald ein Patient im Laufe eines Gesprächs in Tränen ausbrach, kam Balzac herbei und legte ihm oder ihr die Schnauze auf die Knie und sah ihn mit seinen Hundeaugen voll unendlichen Mitgefühls an. Er hörte den Menschen mit sichtbarer Aufmerksamkeit zu und nickte zum Zeichen, daß er verstanden hatte, mit dem Kopf – oder er legte ihn schief, wenn er nach weiteren Informationen zu fragen schien. Kiersten war hingerissen von diesem Labrador und wäre die letzte gewesen, den bei der Königlichen Kanadischen Polizei kursierenden Anekdoten zu widersprechen, denen zufolge Balzac eigentlich ein in einen Hund mit der Fähigkeit zum Bauchreden verwandelter Psychiater sei und Teddybär nur seine Handpuppe.
Sie entschuldigte sich zunächst, daß sie zum letzten vereinbarten Termin im März nicht habe kommen können, weil sie überraschend abkommandiert worden war zur Teilnahme an der Beisetzung von fünf amerikanischen Polizisten, die in einen Hinterhalt der »Boston-Gang« geraten waren. Aus dem gleichen Grund war auch der vorgesehene Besuch Sandrines in Ottawa ins Wasser gefallen.
»Ich habe meine Tochter seit dem letzten Sommer nicht mehr gesehen«, klagte sie. »Fast zehn Monate sind das jetzt! Eigentlich sollte sie über Weihnachten kommen, aber ihr Vater und seine Sippschaft mußten ja zwei Wochen Ferien in Puerto Vallarta machen! Und ich wollte sie schließlich auch nicht daran hindern, mitzureisen. Man könnte fast denken, daß es eine Belastung für sie ist, mich hier zu besuchen. Wir werden uns immer fremder ... Und wenn sie dann schon mal hier ist, ist das wichtigste für sie ihr Großvater! Sie himmelt ihn an, obwohl er doch alles andere als unterhaltsam ist. Dabei besucht er sie ohnehin regelmäßig alle zwei Monate in Mont-Laurier. Dann bringt er mir immer die neuesten Fotos mit ...«

»Sie vermeiden immer noch Gespräche mit ihm über Ihre Tochter?«
»Ja... Dabei hat er mir nie irgendwelche Vorwürfe gemacht! Er hat mir lediglich gesagt: ›Früher oder später wird sie dich brauchen. Und dann mußt du verfügbar sein!‹«
»Macht Sie das traurig?«
»Ich denke eher über seine eigene ›Verfügbarkeit‹ nach. Ich weiß nicht, ob ich es je fertig bringen würde, ihn um Hilfe zu bitten. Dabei bin ich sicher, daß er mich nicht hängen lassen würde.«
»Woran Sie zweifeln, ist, ob Sie sich ihm gegenüber als ›kleines Mädchen‹ fühlen können...«
Teddybärs Augen waren haselnußbraun, sanft und gütig. Er war der einzige Mensch auf der Welt, zu dem sie uneingeschränktes Vertrauen hatte.
»Letzte Woche ist etwas geschehen...«
Mit gepreßter Stimme berichtete sie ihm von ihrem Besuch in Rockliffe und von dem Verdacht, der ihn veranlaßt hatte. Noch jetzt fiel es ihr schwer, das in Worte zu fassen. Ja, sie hatte sich doch tatsächlich vorgestellt, daß der ehrenwerte Richter sich mit dem Senator Murdstone und anderen Notabeln der Hauptstadt zusammenfand, um dicke Zigarren zu rauchen, Aperitifs zu schlürfen und sich dabei den Todeskampf der jungen Türkin Moïra anzuschauen, der man die Zähne einzeln ausbrach.
»Wie konnte ich nur einen einzigen Augenblick glauben, daß mein Vater zu einem solchen Verhalten fähig wäre?« schrie sie heraus. »Daß ich ihm so etwas zutrauen konnte... Ich fühle mich so schmutzig, es ist schlimmer als nur ein Vertrauensbruch!«
»Es kommt nicht eben häufig vor, daß Sie sich schuldig fühlen...«
Sie antwortete nicht und hatte noch mit ihrer Beschämung zu kämpfen. Sie tätschelte Balzac den Kopf, der, die Schnauze in ihrem Schoß, herzzerreißend leise jaulte.
»Nein, glücklicherweise«, sagte sie schließlich.
»Und Ihr Vater, wessen fühlt er sich Ihrer Meinung nach schuldig?«
Sie nahm eine angespannte Haltung ein, denn sie witterte eine Falle.
»Eine offene Frage«, setzte Teddybär hinzu und betrachtete dabei seine Handflächen. Sie warf ihm einen schiefen Blick zu. Sie ver-

abscheute diese »offenen Fragen«, die sie oft tage- und nächtelang verfolgten. Andererseits aber: Warum nahm sie es eigentlich als gegeben an, daß er über die Dinge wissen müsse, die ihr selbst unbekannt waren?
»Mir schoß während unseres gemeinsamen Abendessens plötzlich eine Kindheitserinnerung durch den Kopf. Sie werden ja wissen, daß ich eine französischsprachige Volksschule besucht habe, die von Nonnen geleitet wurde ...«
»Nein, das wußte ich nicht.«
»Tatsächlich? ist ja auch nicht so wichtig. Wir beteten jedenfalls, wie sich das gehört, jeden Tag den Rosenkranz. Und jedesmal, wenn es hieß *Sainte Marie, mère de Dieu*, sagte statt dessen etwas in mir *Merde de Dieu**. Ich versuchte wirklich alles, um mich davon abzubringen, aber nichts half. Und es verursachte mir furchtbare Angst, feststellen zu müssen, daß mein Wille nicht stark genug war, bestimmte Gedanken zu verdrängen ...«
»Sie warfen mit dieser Formulierung Gott vor, den Tod Ihrer Mutter zugelassen zu haben. Eine sehr gesunde Reaktion ... Ich hätte Sie gerne zu dieser Zeit gekannt.«
Sie senkte die Augen, gerührt von der Aufrichtigkeit seines Tons. Die Vorstellung, daß er dem kleinen, in sich gekehrten Mädchen, das sie damals war, hätte begegnen können, löste ein lebhaftes Bedauern in ihr aus. Es hätte so wenig gebraucht, um ihr zu dieser Zeit zu Hilfe zu kommen: eine ausgestreckte Hand im rechten Augenblick, einen kleine Ermutigung ... Warum hatte ihr das Schicksal diese Chance nicht gegönnt? Sie stellte sich vor, als Achtjährige auf Teddybärs Knien zu sitzen, sich von ihm streicheln zu lassen und sich ganz dem Schutz seiner mächtigen Arme anzuvertrauen – sie, die sich doch niemandem anvertraute... Diese Vorstellung war so deutlich, daß sie die Hand vor die Augen hob, um sie zu verscheuchen.
Nach langem Schweigen beugte sie sich auf ihrem Stuhl vor. Paddington hatte sie im Verdacht, ihm diese Geschichte mit dem Rosenkranz nur erzählt zu haben, um Zeit zu gewinnen, ehe sie auf etwas anderes zu sprechen kam. Und er hatte sich nicht getäuscht. Ihr Zögern endlich überwindend, vertraute sie ihm an, daß sie vor

* *mère de Dieu: Mutter Gottes; merde de Dieu: Scheiße Gottes*

zwei Wochen in ihrer E-Mail ein kleines Gedicht gefunden habe, eine Art von scherzhafter Liebeserklärung:

Zu Ihren Füßen sitzen, um Ihnen zu dienen,
Sie ganz nach Wünschen stets zu bedienen,
Lernen, auf Ihre Befehle zu hören:
Körper und Seele sollen Ihnen gehören.
Wäre das denkbar?

Ihr Ergebener

Sie hatte die Nachricht gerade löschen wollen, als ein Zusatz auf dem Bildschirm erschienen war: »Darf ich auf Antwort hoffen?« Nein, durfte er nicht, sie hatte anderes zu tun! Ihr Computer weigerte sich aber, ohne eine Stellungnahme ihrerseits weiterzuarbeiten, und zwang sie damit zur Eingabe eines NEIN. Daraufhin waren von der Bildschirm-Oberkante Tränen heruntergelaufen und hatten den Text abgewaschen. Phantasie hatte dieser »Ergebene« ja schon, aber wohl auch zuviel freie Zeit, wenn er sie sich auf diese Art vertreiben konnte. Sie hatte versucht, den Absender zu ermitteln, indem sie ihre Posteingangsliste durchging, aber es war vergeblich gewesen.

»Das muß jemand aus dem Haus sein!« schloß sie entschieden. »Jemand, der in der Lage ist, die Sicherheitssperren zu überwinden.«

»Ich nehme an, er hat sich wieder gemeldet ...«

»Besser gesagt, hört er gar nicht mehr auf damit! Jeden Morgen ein Briefchen, jeden Nachmittag ein weiteres. Die Texte verschwinden schon nach einer Minute wieder, ich habe kaum ausreichend Zeit, sie zu lesen. Und wenn ich den Befehl DRUCKEN eingebe, spuckt der Drucker Bibelzitate aus!«

Paddington lachte leise vor sich hin und bedachte diesen »Verehrer« mit einem Kopfnicken zur Anerkennung seines Einfallsreichtums.

»Wenn diese Briefchen Ihnen so mißfallen, warum wollen Sie sie dann ausdrucken?«

»Typische Berufskrankheit! Was mich stört, ist einfach diese Art, in meine Privatsphäre einzudringen. Die Texte selbst sind gut geschrieben, das muß ich anerkennen, und zeugen von einer Menge Humor...«

»Das heißt, daß sich jemand echte Mühe damit macht... Sind Sie sicher, daß das alles nur scherzhaft gemeint ist?«

»Ich weiß das jetzt tatsächlich nicht mehr so genau. Vor ein paar Tagen hat dieser Typ mich angefleht, von ihm einen Beweis seiner Ergebenheit anzunehmen. Des Gehampels müde, habe ich ihm geantwortet: ›Sie bluffen doch bloß!‹ Ich hoffte, daß ihn das zwingen würde, sich zu erkennen zu geben!«

»Und was ist dann passiert?«

»Er hat mir eine Fotokopie seines Fußknöchels übermittelt mit einem Kettchen darum, in das meine Initialen graviert waren! Woher kennt er meinen zweiten Vornamen Euridyce? Ich verwende ihn nie, weil man mich als Teenager so damit gehänselt hat. Obendrein muß er ein guter Akrobat sein, um seinen Fuß auf den Fotokopierer zu legen. Außerdem hat er die Kopie der Juwelierrechnung beigefügt: Dreihundertfünfzig Dollar sind doch wohl ein bißchen viel für einen Spaß, finden Sie nicht auch? Ergänzend hat er mir mitgeteilt, daß er dieses Kettchen von nun an immer tragen werde, um mir zu zeigen, daß er sich als mein Sklave fühle!«

»Über der Socke oder darunter?« frotzelte Teddybär und gab sich keine Mühe, seine Belustigung zu verbergen.

»Darüber hat er sich nicht ausgelassen. Aber ich muß zugeben, daß ich es mir seit drei Tagen nicht verkneifen kann, auf die Beine meiner Kollegen zu schielen, wenn ich ihnen auf dem Flur begegne. Bald werden wohl Gerüchte über meine fetischistischen Neigungen aufkommen!«

Sie schüttelte halb lachend, halb ärgerlich den Kopf und setzte hinzu, dieser *Chose* könne ja lange behaupten, daß er ihr Sklave sei, unter den derzeitigen Umständen sei aber durchaus er es, der sie beherrsche.

»Wie haben Sie ihn genannt?«

»*Chose* – Dingsda eben, Geschöpf. Er unterschrieb ja immer mit ›Ihr Ergebener‹, und ich machte ihm klar, daß das schließlich kein Name sei; da bat er mich, ihm einen Namen zu geben.«

»Und war er zufrieden mit *Chose*?«

»Und wie – er behauptete, dieser Name mache ihn wunschlos

glücklich, er mache ihn zu ›meinem Geschöpf‹! Diese Bemerkung bewies mir immerhin, daß das nicht Julien sein konnte... Das paßte nun wirklich nicht zu ihm. Ich hatte jeden hier im Haus im Verdacht... sogar Sie!«

»Nein, ich bin das nicht«, versicherte er ihr mit einer Ernsthaftigkeit, die sie überraschte. »Was haben Sie denn nun vor?«

»Aber... gar nichts! Es sei denn, daß ich ihm ein für allemal deutlich mache, daß sein Spielchen mich nicht im geringsten interessiert.«

»Na, so ganz stimmt das ja wohl nicht!«

»Das hat er auch behauptet! Eines Morgens blieb seine Nachricht aus. Und am Nachmittag hat er mich wissen lassen, daß ich fünfmal meine Mailbox abgefragt hätte. Ich muß zugeben, daß das stimmte: Statt mich über sein Schweigen zu freuen, war ich wütend, daß er nicht auf meine Anweisung gewartet hatte, mit seinem Unfug aufzuhören. Sie sehen jetzt ja selbst, daß das nicht so weitergehen kann!«

»Ich sehr vor allem, daß er Sie becircen möchte!«

»Ach, Unsinn! Das ist doch nur ein Phantom in meinem Computer! Und er lacht sich jetzt wohl gerade ins Fäustchen!«

»Sie glauben wirklich, daß er sich nur über Sie lustig macht? Lädt er Sie denn nicht vielmehr zur Teilnahme an einem Spiel ein?«

Sie schaute ihn mißtrauisch an. Kannte er vielleicht die Identität dieses geheimnisvollen Briefpartners? Sie war schließlich nicht die einzige, die ihn hier bei der Polizei konsultierte! Vielleicht war auch Chose hier vor ihm gesessen, auf dem gleichen Stuhl wie sie jetzt, und hatte Teddybär von seinem Plan zur Umgarnung der Inspektorin MacMillan erzählt...

»Es ist ihm gelungen, mich neugierig zu machen«, gab sie zu. »Aber das ist eigentlich nicht die Sorte Mann, die mich wirklich interessiert. Ich möchte lieber jemanden, der seinen Mann steht, als einen passiven Sklaven!«

»So passiv kommt er mir gar nicht vor!«

»Man könnte ja fast meinen, daß Sie auf seiner Seite stehen.«

»Ich habe wirklich nur Ihre eigenen Interessen im Auge, Kiersten! Seit Ihrer Scheidung habe ich den Eindruck, daß Männer, die ›ihren Mann stehen‹, wie Sie es formulieren, es ziemlich schwer haben, in Ihrem Leben für längere Zeit eine Rolle zu spielen. Und schließlich vermittelt Ihre Arbeit hier Ihnen auch die dunkelsten Seiten der Sexualität. Andererseits geben Sie selbst zu, daß den Bemühungen dieses ›Chose‹, dieses unbekannten Irgendwer, etwas Angenehmes innewohnt, etwas, das doch irgendwie auch Spaß macht…«

Sie fühlte sich plötzlich ganz leicht. Balzac, der weiter den Kopf in ihrem Schoß gelassen hatte, schüttelte sich, als habe er soeben ein angenehmes Bad genossen.

»So, du hast also auch diesen Eindruck?« fand sie. Sexuelle Phantasien als Vorbeugungsmittel gegen Brustkrebs also?

Sie war überrascht, als der Hund ihr mit heftigen Bewegungen seiner Schnauze zuzustimmen schien, und schaute den Psychiater an.

»Denkt er denn das wirklich? Ich habe das doch nicht ernstgemeint…«

»Er ist natürlich nicht in der Lage, eine wissenschaftliche Beurteilung abzugeben«, entgegnete der Psychiater völlig gelassen. »Andererseits kennt er Sie, und sein Instinkt sagt ihm, daß Sie auf einem guten Weg sind.«

Sie warf einen Blick auf die Wanduhr und stemmte sich zum Aufstehen auf die Armlehnen ihres Stuhls.

»Tut mir leid, ich habe nicht auf die Zeit geachtet… Ich hätte mich wohl kürzer fassen müssen!«

»Nun ja, Sie haben sich ja auch gestattet, während unserer Unterhaltung ein paarmal richtiggehend zu lachen!«

»Es wirkt ganz so, als hätte Ihnen das durchaus Spaß gemacht!« meinte sie mit einer herausfordernden Miene, die er noch gar nicht an ihr kannte. »Also einverstanden! Mit Ihrem Segen werde ich mich mit Chose einlassen!«

»Sie müssen ihn aber«, forderte Hochwürden Paddington, während er aufstand, »schmachten lassen. Und lassen Sie ihm eine ausreichend langen Leine, damit er sich darin verwickeln kann!«

Er genoß ganz unübersehbar die Aussicht darauf. Und Balzac stellte seine zurückgelegten Ohren wieder auf, was bei ihm ein unverkennbares Zeichen höchster Zufriedenheit war.

6. Kapitel

Fjodor Gregorowitsch Syssojew wartete auf Laurence am Haupteingang der Pariser Oper. Vor einem riesigen Werbeplakat für die Oper *Boris Godunow* stehend, musterte er die Passanten. Seine für ihn zu kleinen runden Brillengläser betonten ungeschickterweise noch das Unruhige seines Blickes. Mit seiner zerfurchten Stirn, seinem mächtigen Brustkasten und den breiten Schultern wirkte er wie gerade vom Zarenhof gekommen, wie die leibhaftige Verkörperung einer der Figuren dieser Oper, die mit mächtigem Baß die Trauer in ihrem Herzen besingt.

Antoine Becker hatte darauf bestanden, Laurence zu dem Treffen mit ihm hinzubringen. War es Fürsorglichkeit, die ihn dazu veranlaßte, oder wollte er sie überwachen? Sie hätte es nicht sagen können.

»Das da oben muß er sein«, murmelte er am Fuß der großen Treppe. »Ich hatte Sie ja auf ihn vorbereitet.«

Von oben schaute diese auffallende Persönlichkeit der jungen Frau entgegen, die zu ihm hinaufstieg. Seine argwöhnische Miene schien zu verkünden: »Ich habe dich auf Anhieb erkannt! Versuch bloß nicht, dich für jemand anderen auszugeben! Das zieht bei mir nicht!«

»Herr Syssojew?« fragte Antoine und zog die ausgestreckte Hand wieder zurück, weil der andere seine Hände hartnäckig hinter dem Rücken verschränkt hielt. »Wir sind Bekannte von Teresa.«

Syssojew schenkte ihm keinerlei Beachtung, sondern schaute weiterhin Laurence an und richtete seine Antwort an sie, als ob sie das Gespräch eröffnet hätte.

»Schweigen Sie mir von der Lagerstein! Diese Frau ist ein Vampir!« stieß er mit starkem russischem Akzent hervor, gewaltig das R rollend. »Am Telefon geht es ja noch, mit viel gutem Willen. Aber von Angesicht zu Angesicht? Eine Katastrophe!«

»Ich bin Laurence Descombes.«

Er trat einen Schritt zurück, musterte sie von Kopf bis Fuß und wiegte sich von einem Fuß auf den anderen, als ob er noch überlegen müsse, ob er nicht lieber gehen solle.

»Ich glaube Ihnen aufs Wort!« versicherte er ihr, wirkte aber dabei, als wolle er gleich in Tränen ausbrechen. »Zur Fortsetzung unseres Gesprächs gehen wir jetzt erst einmal zu mir.«

»Teresa hat von einer ›Voruntersuchung‹ gesprochen«, warf Antoine schroff ein, wie um zu verdeutlichen, daß er an der Vorbereitung dieses Treffens beteiligt gewesen sei.

»Das sieht ihr mal wieder ganz ähnlich!« rief Fjodor Gregorowitsch aus, wobei er sich wiederum ausschließlich an Laurence wandte. »›Voruntersuchung‹, so ein Blödsinn! Sie traut Ihnen nicht, das ist alles!«

Die junge Frau trat neben ihn und warf dabei Antoine, dem die Manieren dieses Kosaken überhaupt nicht gefielen, einen Blick zu, der besagen sollte, er gehe jetzt besser und brauche sich um sie keine Gedanken zu machen; sie komme schon alleine zurecht.

»Ich wollte Sie unter freiem Himmel kennenlernen, um feststellen zu können, ob die Chemie stimmt«, erläuterte ihr der Russe. »Ob die Atome zueinander passen. Wie soll man sich vor Parasiten schützen, wenn die sich erst einmal eingenistet haben? Jemanden nachträglich vor die Tür setzen – das bringe ich nicht fertig!«

Sie schritten gemeinsam die Rue de la Chaussée-d'Antin hinunter. Dabei schaute er sich immer wieder um, als befürchte er, von irgendwelchen Feinden überfallen zu werden, die sich vielleicht als harmlose Passanten verkleidet haben könnten.

»Wir könnten doch ein Taxi nehmen«, schlug sie vor. »Ich fühle mich von dieser Menschenmenge ... irgendwie bedrängt.«

»Ein Taxi? Kommt gar nicht in Frage! Und Ihre Bedrängung lassen Sie mal meine Sorge sein. Zwanzig Minuten in so einem Taxi eingesperrt, wenn es zu einem Stau kommt, eine halbe Stunde noch zusätzlich – unmöglich! Entschuldigen Sie bitte – aber das geht einfach über meine Kraft!«

»Sie leiden unter Klaustrophobie?«

»Nicht unter Klaustrophobie – Vampirophobie!« entgegnete er und beschleunigte seine Schritte. »Das Taxi als solches macht mir nichts aus, die Taxifahrer sind es, die meine Seele in Aufruhr bringen! Das ist ein internationales Phänomen, die Taxifahrer sind

überall gleich; fünf Minuten mit einem von denen zusammen, und man ist verloren! Die Hölle auf kleinem Feuer!«
»Alle Taxifahrer sind Blutsauger«, sagte sie in ganz neutralem Ton.
»Na sehen Sie, ich brauche Ihnen das gar nicht erst zu erklären!« brummelte er zufrieden.
»Ausnahmen bestätigen nur die Regel, aber im großen und ganzen: alles Blutsauger!«

Am Boulevard Haussmann stiegen sie einen Metroeingang hinunter. Er gab ihr einen Fahrschein und ließ ihr mit einer kleinen Verbeugung am Durchgang den Vortritt. In seiner altmodischen Galanterie erinnerte er sie an Groucho Marx.
Der Bahnsteig war fast leer; ein gedämpftes Donnergrollen kündigte die Ankunft einer U-Bahn an. Laurence fand, daß dieser Fjodor Gregorowitsch nicht nur die exzentrische Persönlichkeit war, als die man ihn ihr geschildert hatte, sondern ein völlig abgehobener Wirrkopf. Dabei empfand sie jedoch keinerlei Angst vor ihm. Im Gegenteil – sie war ernsthaft interessiert daran, ihn näher kennenzulernen.
»Sie sprachen davon, daß die Atome zueinander passen müssen. Aber Sie kennen mich doch kaum!«
»Das sagt mir meine Nase«, beteuerte er und rieb sich sein ansehnliches Riechorgan. »Großes Instrument für unbestechliche Diagnose! Wer war der Mann, der Sie begleitet hat?«
»Antoine Becker, Leiter von Harmonices Mundi. Kennen Sie ihn denn nicht?«
»Nein, bestimmt nicht. Er hat Angst vor Ihnen, warum?«
»Angst vor mir? Das verstehe ich nicht.«
»Ich kann nur sagen, daß dieser Mensch Sie entsetzlich fürchtet. Warum, weiß ich nicht.«
Mit Laurence im Schlepptau eilte er auf einen Wagen zu, der nicht ganz so überfüllt war wie die anderen.
»Machen Sie sich keine Sorgen um mich«, flüsterte er ihr ins Ohr. »Ich muß ständig in Bewegung sein, das ist ein innerer Zwang. Aber ich bin im rechten Augenblick wieder zurück, bestimmt!«
Er drängelte sich zwischen den übrigen Passagieren durch und

schien alle Werbetafeln zu lesen, als ob er verborgene Botschaften dahinter vermutete.

Sie ließ sich, nach Atem ringend, auf eine Sitzbank sinken. Die Aufregungen nahmen kein Ende. Wieso sollte Antoine Angst vor ihr haben? Inwiefern konnte sie eine Bedrohung für ihn sein? Wieder einmal verspürte sie ein Sausen in den Ohren. »Ich darf jetzt nicht schon wieder ohnmächtig werden, nicht hier!« sagte sie sich. Sie hätte sich niemals darauf einlassen sollen, mit der Metro zu fahren, mit all diesem Gedränge und dem Mangel an frischer Luft – und dieser Frau gegenüber mit dem Kind auf ihrem Schoß ...

Sie erblickte nun Fjodor Gregorowitsch, der offenbar von seinem Rundgang zurückkam und auf sie zusteuerte. Dicke Schweißtropfen perlten auf seiner Stirn. Nun beugte er sich über sie und legte ihr die Hand auf die Schulter.

»Kräftiges Einatmen nur in Bauch und Rippenfell!« befahl er ihr halblaut. »Und die Brust herausdrücken! Ich wechsle mal kurz den Wagen, komme aber auf der nächsten Station zu Ihnen zurück ... Hier herrscht eine große Konzentration menschlichen Kummers, es ist schrecklich! Geht es wieder etwas besser?«

»Ja, danke«, antwortete sie mit einem matten Lächeln.

Das stimmte tatsächlich. Der Kloß in ihrem Hals hatte sich verflüchtigt. Ein paar Augenblicke später sah sie, daß der Russe in den nächsten Wagen umstieg. Er drängte sich durch die Menge, angetrieben von diesem zwanghaften Bewegungsdrang, den er offenbar nicht unterdrücken konnte. Die Passagiere machten ihm Platz. Getreu seinem Versprechen, kehrte er bei der nächsten Station zu Laurence zurück. Und deren Beklemmung verschwand erneut auf unerklärliche Weise ...

Ranelagh – nur noch zwei Stationen ... Das Kind ihr gegenüber zeigte lebhaftes Interesse an dem glänzenden Bart seines Nachbarn – eines Rabbiners, der nicht sehr zum Scherzen aufgelegt schien. Das Kind streckte seine Hand nach diesem Objekt seiner Begierde aus, doch die Mutter hielt es nachdrücklich zurück. Da begann es zu schreien und war nicht mehr zu beruhigen – weder durch die Versprechungen, welche die Mutter ihm ins Ohr flüsterte noch mit den Küssen, die sie ihm in den Nacken drückte.

Fjodor Gregorowitsch war stehen geblieben und beobachtete die

Szene. Sein Gesicht zeigte dabei einen Schauder, der ihr völlig unerklärlich war.

Syssojew blieb schließlich vor einem dreistöckigen Gebäude stehen und blickte an dessen Fassade hinauf, als ob er sich vergewissern müsse, daß er auch an der richtigen Adresse sei. Das Anwesen, das wohl aus dem Ende des neunzehnten Jahrhunderts stammen mochte, war in gutem Zustand. Schmale Beete, die frisch gejätet wirkten, zogen sich am Fuß der Mauern um den kleinen Innenhof hin, der von einem schmiedeeisernen Gitter mit einem Flügeltor begrenzt wurde. Auf einem matt gewordenen Messingtäfelchen konnte Laurence lesen: »Musée Louis-Philippe Desaulnier«. Was wollten sie hier, in dieser menschenleeren Straße, an diesem sonnigen Nachmittag? Hatte ihr Begleiter denn nicht gesagt, sie würden zu ihm nach Hause gehen?

Fjodor Gregorowitsch ging auf eine Nebentür an der Seite des Gebäudes zu und zog einen gewaltigen Schlüsselbund hervor. Er wählte einen Schlüssel aus, als ob er sich bei einer Lotterie für ein bestimmtes Los entscheiden müsse, und wirkte überrascht, als dieser sich tatsächlich im Schloß drehte.

Sie folgte ihm in das Haus der Familie Desaulnier, die auch schon bessere Zeiten erlebt hatte. Letzter Sproß war der Bildhauer Louis-Philippe, der zu Beginn der fünfziger Jahre seine Seele ausgehaucht und neben einer untröstlichen Witwe auch ein schriftliches Testament hinterlassen hatte. In diesem war das Haus einer Stiftung übertragen worden mit dem Auftrag, die ruhmreiche Erinnerung an das Schaffen des Künstlers aufrechtzuerhalten. Das dazu bestimmte Museum war jeweils samstags von 14 bis 17 Uhr geöffnet, was nach Meinung Fjodor Gregorowitschs noch zuviel war. Er konnte sich nicht erinnern, jeweils mehr als drei Besucher an einem Tag gezählt zu haben... Die bedeutendsten Werke waren im Erdgeschoß ausgestellt. Das gedämpfte Licht, das durch die herabgelassenen Jalousien der großen Fenster fiel, schien den hier versammelten steinernen Gestalten ein gewisses Leben zu verleihen.

»Schlimmer als Sozialistischer Realismus!« knurrte der Russe und begann die knarzenden Stufen hinaufzusteigen. »Bombasti-

scher Akademismus in seiner höchsten Blüte! Sie sind nicht zufällig allergisch gegen Hunde?«
»Nicht daß ich wüßte«, entgegnete Laurence, ohne ganz sicher zu sein, ob sie seine Frage auch richtig verstanden hatte.
Im Obergeschoß waren die Zimmertüren geöffnet, aber rote Stoffbänder davor verwehrten, eher symbolisch, den Eintritt. Alle Möbel und Gegenstände des täglichen Gebrauchs waren so belassen worden wie zu Lebzeiten Louis-Philippe Desaulniers. Auf seinem Nachttischchen lag noch eine Ausgabe des *Matin*, dessen Schlagzeile die Hinrichtung des Ehepaars Rosenberg meldete.
»Kaum zu glauben, daß Desaulnier eine Berühmtheit der Belle Epoque war«, meinte Fjodor Gregorowitsch, dessen Akzent um so gravierender wurde, je mehr er seine Stimme senkte. »Er war Präsident der Akademie, erhielt noch 1928 den ersten Preis auf der Großen Kunstausstellung von Monaco, war ein Lieblingskind der großen Gesellschaft und wurde mit Lobgesängen überhäuft. Und was ist davon geblieben? So gut wie nichts! Lächerliche Hymnen auf die Mittelmäßigkeit, Steinklötze, welche auf Bewunderer warten, die sich nicht blicken lassen! Man sollte einen Besuch dieses Museums zur Pflicht machen, um die Vergänglichkeit zu verdeutlichen!«
Am Ende des Vestibüls befand sich eine Wendeltreppe nach oben, an der ein Schild verkündete: »Kein Aufgang für Besucher«. Laurence folgte ihrem Führer und hatte dabei das Gefühl, diesen Augenblick schon einmal erlebt zu haben.
Das Atelier nahm das ganze obere Geschoß ein. Durch hohe, schräge Fenster fiel das Sonnenlicht ein. Die überhitzte Luft war erfüllt von einem allgegenwärtigen Zwitschern: Irgendwo mußte ein Vogelkäfig sein. Und ringsum waren die Bretter hoher Regale vollgestopft mit ausgestopften Tieren, deren Glasaugen auf eine verführerische Venus starrten, die in unverkennbarer Erwartungshaltung in Stein gebannt war.
Ein alter Hund kam herbeigetrottet und erwartete ein Streicheln seines Herrn, bevor er eher gelangweilt an den Waden von Laurence schnupperte. Beruhigt wandte er sich ab und ließ sich wieder an seinem Platz neben dem Ofen nieder.
»Er heißt Kummerseele; ein treuer Kamerad aus schweren Zeiten,

heimlich eingeschmuggelt. Jorge Amado kennen Sie doch, den großen Schriftsteller, den brasilianischen Homer? Ich werde ihnen später *Tocaia Grande* schenken, sechshundert Seiten Menschenleben, das beste Mittel gegen dümmlichen Optimismus!«
»Ich habe nichts von ihm gelesen«, gab sie zerstreut zu und schaute sich aufmerksam um. »Ich habe seit langer Zeit überhaupt nichts gelesen.«
In dem riesigen Raum hatte Fjodor Gregorowitsch seinen Lebensbezirk mit Hilfe zweier großer Perserteppiche abgegrenzt. Der eine lag im Hintergrund und deutete mit einem Bett und einer Kommode darauf eine Art Schlafzimmer an, ein anderer in der Mitte war sozusagen das Wohnzimmer mit einem großen Weidenkorb, der als Kaffeetisch diente, einem tiefen Sofa mit abgewetztem Bezug und zwei Ledersesseln.
Er forderte Laurence auf, Platz zu nehmen. Als er sah, daß sie stehenblieb, wiederholte er: »Machen Sie es sich in meiner bescheidenen Hütte bequem, und folgen Sie mir bitte nicht! Ich muß etwas frische Luft schöpfen, meiner Gesundheit zuliebe... Die Vergiftung, wissen Sie – schrecklich!«
Er war in Schweiß gebadet und zog sich die Jacke aus.
»Welche Vergiftung meinen Sie?« fragte sie und betrat, ein wenig zögernd, den Raum.
»Sie natürlich! Entschuldigen Sie, Erklärung folgt gleich!«
Er ging auf eine große, an das Atelier grenzende Terrasse hinaus. Dort machte er, um wieder Atem zu schöpfen, einige lächerlich wirkende gymnastische Übungen.
In einer Vertiefung entdeckte Laurence ein mächtiges Fernrohr auf einem fahrbaren Ständer. »Würde mich nicht wundern, wenn der gute Mann seine Nächte damit verbringt, die Sterne zu beobachten«, dachte sie amüsiert.
Sie ließ sich in einen der Sessel fallen – denjenigen, von dem sie annahm, daß sie noch am ehesten daraus wieder hochkäme. Inwiefern mochte sie eine »Vergiftung« für Fjodor Gregorowitsch darstellen? Und was bestand für eine Beziehung zwischen dem Schriftsteller Jorge Amado und diesem alten Hund, der sich kaum noch auf den Beinen halten konnte?
Eine dicke Sammelmappe aus Karton lag auf dem Weidenkorb. Sie trug einen Aufkleber mit der Aufschrift »Dr. Laurence Des-

combes«. Darin befand sich ein Sammelsurium von Dokumenten – Zeitungsausschnitte, die Kopie des Fragebogens, den sie vor der Abreise nach Farghestan hatte ausfüllen müssen, das Original einer handschriftlichen Notiz, die Antoine Becker an Teresa Lagerstein geschickt hatte. *»... seelisch sehr labil. Sie wohnte seit der Rückkehr aus Saint-Brieuc bei uns, und ich konnte sie aus der Nähe beobachten. Ihre äußerliche Selbstbeherrschung ist nur Fassade, und ihre Weigerung, von dem zu berichten, was sie erlebt hat, beunruhigt mich zutiefst. Sie schreit oft im Schlaf, und ich habe begründeten Anlaß zu der Annahme, daß sie während ihrer Gefangenschaft vergewaltigt wurde ...«* Weiter hieß es: *»Mitteilungen meines Sohnes Jean-Louis zufolge, der sich zu gleicher Zeit in Rhages aufhielt, konnten die Umstände der Entführung von Frau Dr. Descombes nie völlig geklärt werden, ebenso wie die Bedingungen ihrer Gefangenschaft ...«*

Laurence fuhr auf, und die Papiere aus der Mappe flatterten zu Boden. Fjodor Gregorowitsch saß in dem Sessel ihr gegenüber. Wie war er dahin gekommen? Er beobachtete sie, und sie versenkte zum ersten Mal ihre Augen in das Wassergrün der seinen und fühlte, wie eine Schwäche sie überkam.

»Warum dieser plötzliche Wutausbruch?« wollte er wissen.

»Sie hatten nicht das Recht, das zu lesen! Ich habe niemals die Weitergabe meiner Unterlagen erlaubt, und Sie ...«

»Das geht auf die Initiative der Lagerstein zurück«, antwortete er und wischte mit einer Handbewegung ihren Vorwurf weg. »Sie können dieses ganze Zeug mitnehmen ...«

»Meine Erklärungen haben sie also nicht zufriedengestellt. Ich hatte auch schon meine Zweifel daran!«

»Ach was! Sie hatte einfach diese Gerüchte mitbekommen, ohne zu wissen, was nun daran war. Flüchtlinge aus Farghestan hatten über Sie geredet ... Häßliche Vorwürfe!«

Ihr wurde übel, und sie mußte gegen die Versuchung ankämpfen, aufzustehen und die Flucht zu ergreifen. Antoines Notiz trug kein Datum. Wann mochte er sie wohl geschrieben haben – vor oder nach ihrer Diskussion? Und was sollte sie von der Bemerkung über die Mitteilungen von Jean-Louis halten? Sie verlor den Faden ihrer Gedanken, als ihr Blick wieder auf den Aktendeckel vor ihr fiel.

»Sie haben das hingelegt, damit ich es lese«, murmelte sie, aus der Fassung gebracht.
»Dabei sind Sachen dabei, die ich sicher nicht sehen sollte... Glauben Sie selbst auch, daß ich vergewaltigt wurde?«
Sie erinnerte sich an ihre Ankunft in der Botschaft, die Befragung durch den Sicherheitsbeauftragten und wenig später die Untersuchung durch Dr. Rudaz. Der arme Kollege hatte nicht so recht gewußt, wie er sich ausdrücken sollte: »... Opfer von Mißbrauch ... äh, wie soll ich sagen ... sexueller Natur ...«
»Vergewaltigt, wieso?« sagte Fjodor Gregorowitsch. »Ich weiß nichts davon, ich habe da nicht reingeschaut.«
»Wollen Sie damit sagen, daß Sie diese Unterlagen über mich gar nicht gelesen haben?«
»Nein. Wozu sollte das gut sein?«
Wozu in der Tat? Antoine hatte mit ebensoviel gutem Willen wie Ungeschick versucht, ihr zu Hilfe zu kommen, Catherine auf ihre Weise ebenso – und desgleichen ihr Vater in Saint-Brieuc, der es hingenommen hatte, nichts zu erfahren, und der seinerseits geschwiegen hatte, als sie nicht reden wollte. Alles vergebliche Mühe. Sie war allein geblieben, eine Gefangene ihres Schweigens, ständig auf der Hut vor Worten, die sie schon durch eine kleine Nuance verraten konnten. Und allmählich zweifelte sie selbst an der Genauigkeit ihrer Erinnerungen. Nein, niemand konnte ihr helfen, sagte sie sich mit wachsender Unruhe, weil schon ein Gefühl in ihr aufkam, welches auf das Gegenteil hinwies. Aber was stellte sie sich dabei vor? Doch wohl kaum, daß dieser sogenannte Psychiater der russischen Art irgend etwas für sie tun konnte!
»Wie soll das denn nun weitergehen zwischen uns?« fragte sie mit wackeliger Stimme.
»Wenn ich an die U-Bahn vorhin denke ... Ich bin doch nicht verrückt!«
»Kummerseele spürt es, wenn Sie erschreckt sind. Wieso? Weil Sie den Geruch der Angst absondern und sein Geruchssinn ihn erkennt. Kummer, Freude, Mißtrauen: jedes Gefühl erzeugt eine bestimmte Absonderung.«
»Und weiter? Was wollen Sie mir zu verstehen geben? Daß Sie meine Gedanken lesen können?«
»Gedanken – aber nein, auf gar keinen Fall! Gott bewahre! Es ist

schon schlimm genug, all diese Emotionen voll mitzubekommen, aber auch noch alles zu wissen, was den Leuten so durch den Kopf geht, welche Strafe! Gedanken sind Kleinigkeiten, konventionell, mittelmäßig! Ständig ... wie haben Sie gesagt: völlig den Emotionen, den Leidenschaften unterworfen.«

»Ich habe nichts dergleichen gesagt! Aber diese Geschichte mit dem Geruchssinn ... Das ist doch nicht Ihr Ernst?«

»Nun ... ja und nein. Oder besser: halb und halb! Sagen wir, es ist eine Analogie, um sich weitläufige Erklärungen zu ersparen.«

In dem Vogelkäfig auf der einen Seite des Ateliers machte sich heftige Bewegung bemerkbar. Das friedliche Zwitschern verwandelte sich in aufgeregtes Trillern. Man konnte das Geräusch von Schnäbeln hören, die am Gitter gewetzt wurden, und aufgeregtes Flügelschlagen, das ein Funkenstieben in den Strahlen der Sonne auslöste. Irgend etwas mußte die Vögel aufgeschreckt haben, aber was? Doch schon kehrte wieder Ruhe ein; der kleine Aufruhr schien beendet.

»Ich habe ja genug Zeit«, murmelte Laurence.

»Sie sagen das nur, weil die Gegenwart Sie noch nicht eingeholt hat ... Aber wie auch immer, ich würde Ihnen raten, zu berichten. Sie wollen das doch im Grunde!«

Dann ließ er eine nebulöse Tirade los, unterbrochen von ungehaltenen Ausbrüchen über sein Unvermögen, sich verständlich zu machen, begleitet von einer Miene tiefster Enttäuschung, mit der er wohl andeuten wollte, daß er ein für allemal seine Hoffnungen, wirklich verstanden zu werden, begrabe.

Was geschehe zum Beispiel, wenn Laurence einen Unbekannten dabei ertappe, wie der lauthals gähne? Sie würde dadurch veranlaßt, selbst zu gähnen, nicht wahr? Primitiver Nachahmungstrieb, spontane Ansteckung, unbewußt ausgelöste zwanghafte Muskelbewegung konnte das sein – zum Teufel mit den Fachausdrücken! Bei ihm allerdings habe sich diese Nachahmung »auf ganz schreckliche Weise« wie ein ansteckendes Leiden entwickelt, als er vom KGB zum Zweck der Gehirnwäsche interniert worden sei. Damals habe ihn die Behandlung mit Psychopharmaka nicht nur auf den »rechten Weg« des Marxismus-Leninismus zurückgeführt, sondern ihn – wie konnte er das ihr gegenüber nur ausdrücken, ohne sie zum Lachen zu bringen? – sozusagen zu einem

»psychischen Schwamm« gemacht, haha! Emotionen, Gefühle, Stimmungen von außerhalb hätten sich seinerzeit auf ihn übertragen, während sein Körper sich dagegen wehrte, worunter er gleichermaßen geistig wie körperlich gelitten habe. Dieses Phänomen der »Ansteckung« zeige sich schon nach wenigen Minuten, in denen er mit anderen zusammensein müsse, ohne einen gewissen Abstand zu wahren. Sowohl sein endokrynes System als auch seine kardiovaskulären Abwehrfunktionen würden völlig automatisch ausgelöst aufgrund einer seelischen Verfassung, die sich seiner Kontrolle entziehe.

Er ließ sich in seinen Sessel zurücksinken und stieß einen endlos scheinenden Seufzer aus. Sein entmutigter Gesichtsausdruck schien zu sagen: »Wie komme ich nur zu solchen Geständnissen? Ist das nicht albern?« Laurence beobachtete ihn mit klopfendem Herzen. Sie erriet, daß er sich hatte hinreißen lassen durch diese Gabe, die er erworben hatte, ohne sich über ihren Ursprung und ihre wahre Natur im klaren zu sein, und von der er sich gerne ohne Zögern befreit hätte, sobald sich eine Gelegenheit dazu bot. Obwohl sie verstört war durch seine Ausführungen, zweifelte sie doch keinen Augenblick an deren Wahrhaftigkeit.

»Ich kann Ihr Vertrauen spüren, und ich bin dankbar für diese überraschende Feststellung!« sagte er und hob den Kopf dabei. »Auch Sie haben diese Macht der Empathie, der Fähigkeit, sich in einen anderen Menschen hineinzuversetzen ...«

»Ich kann das eigentlich kaum glauben ... Diese junge Mutter übrigens da in der Metro, die Sie so aufmerksam beobachtet haben ... Was hat Sie zu Ihrer Reaktion veranlaßt?«

»Sie haben das also bemerkt? Ihr hübsches, gelassenes Gesicht, ihre beruhigendes Einreden auf das Kind, die Küßchen in seinen Nacken ... Nichts als Fassade! Ich, der arme Fjodor Gregorowitsch, mußte wie Löschpapier ihren Zorn in mich aufsagen, den sie vor allen anderen verbarg, und den Haß, den sie in ihrem tiefsten Innern gegen dieses Kind hegt, den sie nicht einmal vor sich selbst eingestand!«

»Dieses Kind ist also in Gefahr?« fragte sie zusammenschaudernd.

»Weiß man das jemals? Ich glaube eigentlich nicht. Eher schon die Mutter, wenn man einmal das Schlimmste annimmt. Denn sie

würde sich eher umbringen, als dem Kind etwas Böses anzutun.«
Laurence veränderte ihre Position in dem Sessel, um dem Blick der ausgestopften Tiere zu entgehen, die sie von den Regalen her anglotzten.
»Ich bin nicht sicher, ob ich schon ... den Gefühlen, die mich beherrschen, Ausdruck verleihen kann. Ich muß erst irgendwo einen festen Grund spüren, damit es mich nicht einfach abtreibt! Ich widersetze mich keineswegs einer Psychoanalyse, aber das ist doch etwas, das ...«
»*Tschort!* – Zum Teufel damit!« unterbrach er sie rauh nach einem deutlichen Schniefen.
»Sehe ich so aus, als sei ich der Typ für eine Psychoanalyse? Für ein künftiges Leben will ich das nicht ausschließen. Doch während meines Studiums an der Medizinischen Akademie von Leningrad standen Freud und Jung in keinem guten Ruf. Aber trotzdem – wenn Sie meine Hilfe annehmen wollen, bin ich bereit, Sie zu befreien, damit Sie wieder einen klaren Blick gewinnen.«
»Was meinen Sie mit ›befreien‹, ich verstehe das nicht so ganz ... Glauben Sie denn, mir helfen zu können?«
»Ja, das glaube ich. Wenn Sie es mir erlauben, werde ich zunächst das Joch von Ihren Schultern nehmen, um Ihnen eine vorläufige Erleichterung zu verschaffen. Ich trage die schrecklichen Konsequenzen, und Sie sollten wenigstens einen Vorteil aus dem weiten Blick auf eine zweite Realität ziehen.«
»Zweite Realität? Gibt es denn zwei?«
Er machte eine ungeduldige Geste, als ob er zwar ihre Frage erwartet habe, sich aber gegen deren Beantwortung sträube. Für das Gehirn gebe es immer nur eine Realität, für das Herz stets mehrere. Emotionen und Empfindungen seien immer eine Art von Filter für unsere unterschiedliche Wahrnehmung der Realität. Aber wenn erst einmal Begierde, Leidenschaft, Haß, Stolz und Gewissensbisse an Gewicht verlören, entdecke die Intelligenz eine neue Realität, die formbar sei und fruchtbar ...
»Mich meiner Gefühle zu entledigen ...«, meinte Laurence. »Wie könnte ich es wagen, Ihnen deren Last aufzuerlegen? Selbst wenn Sie das schaffen würden, bin ich keineswegs sicher, ob ich das überhaupt will. Ich habe nicht die geringste Lust dazu, ausschließlich zum geistigen Wesen zu werden!«

»Ich kann das schaffen«, versicherte er und beugte sich in seinem Sessel vor. »Aber ich muß Ihnen anschließend das Magma in seinem vorherigen Zustand zurückgeben.«
»Was erwarten Sie von mir?« fragte sie widerstrebend.
»Nichts – lediglich Ihr Vertrauen.«
Er sammelte sich und stützte sich auf die Armlehnen seines Sessels, um sich zu erheben. Dann schloß er die Augen, um offenbar einen Mangel an Luft unter Kontrolle zu bekommen. Ein Scharlatan? Oder doch ein Erleuchteter?
Die Gesichtszüge Fjodor Gregorowitschs verkrampften sich unter der Einwirkung eines plötzlichen Schmerzes, und seine Fingernägel bohrten sich in das Leder des Sessels.
»Ich weiß ja nicht, was er vorhat«, dachte Laurence, »aber wenn er mich von meinen Ängsten befreien will, ist das zunächst einmal schiefgegangen.« Sie wurde von einem zwanghaften Schluckauf befallen und sagte sich, daß sie um jeden Preis einen hysterischen Lachanfall unterdrücken müsse: Dieser Bursche da wollte ihr trotz seines Gehabes ganz offenkundig helfen.
Sie konnte einen neuen Krampf ihrer Stimmbänder nicht bändigen, der zu einem unterdrückten Laut führte; das war doch absurd, was sollte denn das bedeuten? Zu ihrer eigenen Verblüffung hörte sie sich plötzlich mit steigender Intensität stöhnen. Gewaltige Knäuel ballten sich in ihrem Bauch und ihrer Brust zusammen und drängten unaufhaltsam nach oben. Ihre Kehle schnürte sich zusammen und löste sich im gleichen Augenblick wieder, ein unerträglicher Schmerz in ihren Kiefergelenken zwang sie, ihren Tränen freien Lauf zu lassen, und ein lauter, tragischer Schrei entrang sich ihrer Brust. Es war wie ein unaufhaltsamer Anfall: Wahre Sturzbäche flossen unaufhörlich von ihren Wimpern herab, aus ihren Nasenlöchern, aus den Winkeln ihres Mundes, der weit aufgerissen war. Sie rutschte vom Sessel herunter und krümmte sich auf dem Boden zusammen. Mehr als eine Stunde weinte sie so, ehe sie in die Welt des Unbewußten hinüberdämmerte.

7. Kapitel

Als sie nach ihrem Gespräch mit Teddybär in ihr Büro zurückkehrte, fand Kiersten auf ihrem Schreibtisch in einem Umschlag einen Seidenschal aus einem Luxusladen, und am Bildschirm ihres Computers hing ein Zettel, der auf eine Nachricht in ihrer Mailbox verwies.

Darin teilte Chose ihr mit, daß er ihr am Vorabend ins Kino gefolgt sei und sich einen Platz drei Reihen hinter ihr gesucht habe. Zum ersten Mal hätte er sie in diesem graublauen Kostüm gesehen, das ihr wunderbar stehe. Dieser kleine Hauch von Strenge passe prächtig zu ihr! Andererseits finde er, dieses Seidentuch sei dazu wegen des kontrastierenden schimmernden Effekts noch das I-Tüpfelchen. Wenn sie anderer Meinung sei, könne sie es ja bei sonstiger Gelegenheit tragen.

Kiersten mußte breit grinsen, als sie sich vorstellte, daß Chose ihr nachgeschlichen war und sie während der Filmvorführung beobachtet hatte. Ob er wohl auch bemerken konnte, daß sie dabei ein paar Tränen vergossen hatte? Wohl kaum, da er hinter ihrem Rücken saß und sie ein kleines Täuschungsmanöver perfektioniert hatte, indem sie bei derartigen Gelegenheiten ihre Wangen durch eine Handbewegung verdeckte, als wolle sie ihr Haar ordnen – das fehlte noch, ihren Ruf als »harter Knochen« auf diese Weise zu gefährden! Und wer bei der Königlich Kanadischen Polizei hätte sich wohl vorstellen können, daß sie, die man bei der heiteren Revue anläßlich der Jahresschlußfeier als eine Art mannhafter Jeanne d'Arc unter dem Namen »Alice Berg« porträtiert hatte, wie eine Heulsuse im Kino flennte?

Ihr Unmut war rasch verflogen, ihr Unbehagen dagegen nicht. Chose hatte es sichtlich gut getroffen mit diesem Seidenschal, und er bewies mit diesem Geschenk einen so sicheren Geschmack, daß sie sich schon fragte, ob sich hinter diesem geheimnisvollen Verehrer nicht vielleicht eine Frau verberge, eine Kollegin etwa, die sie auf den Arm nehmen wolle. Doch wenig später schon hatte sie sich überlegt: »Was die anderen wohl für ein Gesicht ma-

chen würden, wenn sie wüßten, daß das ein Unterpfand meines Sklaven ist!«
Es war das erste Mal, daß sie an Chose als »ihren Sklaven« dachte. Das war zwar zunächst eher sarkastisch gemeint, ließ aber doch auch eine andere, gefühlsbetonte Saite in ihr anklingen...
Sie beschloß, zu Fuß in den Universitätsclub zu gehen. Eine Dreiviertelstunde einsamer Marsch – genau das richtige, um den Kopf auszulüften!
Was sie in eine gewisse Verwirrung stürzte, war nicht so sehr der Chose-Vorschlag, sich ihr mit Leib und Seele als ihr Sklave zu weihen, als vielmehr die eigene Schwierigkeit, ihre Gefühle zu ordnen. Schon seit einigen Tagen schwankte sie zwischen Verzweiflung und Amüsement, Mißtrauen und Neugier – und sie war gescheit genug, um sich über die wahren Gründe für diese Unentschlossenheit Gedanken zu machen.
Weil sie lange genug darunter gelitten hatte, wußte sie zur Genüge, daß ihre autoritäre Art in Menschen, die ihr näherkamen, Spannungen auslöste, und daß gerade jene, die sie zu ihrer »Selbstsicherheit« und »Unabhängigkeit« beglückwünschten, die ersten waren, die auf Abstand gingen. Hier aber bekannte sich offenbar ein aufgeweckter Kopf, ein spürbar kultivierter Mensch zu ihr, angezogen durch ihre Eigenschaften und ihre Ablehnung des Gewöhnlichen. Welch ein Glücksfall! Zum ersten Mal fühlte sie sich voll und ganz angenommen, so wie sie nun einmal war, ohne Vorbehalte und Bedingungen. Nun ja, immer noch schien das, nicht zu vergessen, ein Spiel zu sein!
Sie beschleunigte ihren Schritt. Zum Teufel mit der Psychoanalyse, mit diesem In-sich-Herumwühlen! Sie dachte an die kleinen Verrücktheiten von Chose, an seine heimliche Aufmerksamkeit hinter ihr im Kino, an den Seidenschal, den sie diesen Abend im Konzert tragen würde – und Teddybär hatte doch schließlich recht, wenn er sagte, es sei nichts Schlechtes, sich ein Vergnügen zu gönnen!
»Mein Sklave!« murmelte sie. »Er soll einfach gut sein!«

Geleitet von Francesco, dem Oberkellner, der immer auf kleine Gefälligkeiten ihr gegenüber bedacht war, seit sie ihm einmal bei der Beschaffung eines Visums für eine seiner Nichten behilflich gewesen war, trat sie an den Stammtisch von Richter MacMillan. Ohne jedes Überlegen beugte sie sich zu ihm und gab ihrem Vater einen Kuß, ehe sie sich setzte. Diese Geste war völlig unüblich für sie, vor allem in der Öffentlichkeit, doch MacMillan ließ sich kein Erstaunen darüber anmerken. Er hob lediglich den Finger, um den Oberkellner heranzuwinken, und bat ihn dann um ein paar Erläuterungen zur Tageskarte.

Kiersten war schon immer beeindruckt gewesen von der Ehrerbietung, mit der das Personal des Universitätsclubs ihrem Vater begegnete. War sie allein auf seine Bekanntheit zurückzuführen? Lange hatte sie das geglaubt; aber als sie jetzt beobachtete, wie der Richter sich mit dem Oberkellner über den Vergleich zwischen der Seezunge Walewska und dem Lachs mit Sauce hollandaise unterhielt, fragte sie sich, ob nicht jene Fähigkeiten, die zu entdecken sie Jahre gebraucht hatte, einen Fremden gleich beim ersten Kontakt mit diesem hohen Herrn beeindruckten.

Mit der Gewohnheit brechend, ernsthafte Themen frühestens nach der Vorspeise anzuschneiden, beugte sie sich zu ihm hinüber, um ihm mit gesenkter Stimme mitzuteilen, jener ominöse Umschlag sei tatsächlich von Mona-Lisa Perès abgeschickt worden.

»Wir haben ihre Fingerabdrücke auf der Folienverpackung gefunden«, setzte sie hinzu. »Die war allerdings verschlossen gewesen, und daher läßt es sich nicht nachweisen, daß diese Praktikantin den Katalog selbst und seinen Inhalt kannte ...«

»Tatsächlich! Ich habe sie seit unserem Gespräch neulich beobachtet. An ihrer Arbeit ist nichts auszusetzen, aber irgend etwas scheint sie zu verheimlichen ...«

»Ja sicher, aber was nur? Wir sind noch einmal die Ergebnisse der Sicherheitsüberprüfung von A bis Z durchgegangen. Wohlsituierte Eltern, Jugend ohne irgendwelche Geschichten, tadelloser Ruf auf der *Queen's University* ... Ihre Professoren beurteilten sie als ›eifrige, engagierte und zurückhaltende Studentin‹. Sie war niemals außer Landes, ausgenommen eine Studienreise in die Mittelmeerländer, die zum Studienabschluß von ihrer Fakultät organisiert wurde ...«

»Ihr bekommt schon heraus, was ihr wissen müßt«, sagte der alte Herr. »Darüber mache ich mir gar keine Sorgen. Nachgedacht allerdings habe ich über unser letztes Gespräch. Würde es dich interessieren ...«

»Ja, ich höre ...«

»Was ist es eigentlich, das dich bei dieser Sache so besonders aufbringt, was hebt sie ab von all dem, was dir doch an Verbrechen weiß Gott geläufig ist? Ist es die besondere Kaltblütigkeit, mit der hier unschuldigen Opfern Gewalt angetan wird?«

»Ja, das ist schlimm genug, aber die Besonderheit liegt eigentlich nicht hierin ...«

»Ist es also die Art dieser Gewalt? Ihre Formen, ihre Intensität?«

Sie zögerte, gefangen von der forschenden Unbestechlichkeit und dem hartnäckigen Bemühen um Klarstellung, beides Eigenheiten, die sie schon oft an ihrem Vater bewundert hatte. Sie wollte gerade antworten, daß die ausgeklügelten Grausamkeiten mancher Snuffs alles überstiegen, was ihr an Quälereien jemals bekannt geworden sei. Doch dann fielen ihr die drei indianischen Prostituierten von Baker Town ein und die Pigeon-Zwillinge in Manitoba – zwei siebenjährige Buben, die schon von ihrer Geburt an von ihren Eltern geschunden worden waren und schließlich bei einer Satansmesse vor den Augen von etwa fünfzig Zeugen mit einem Würgeisen erdrosselt wurden.

»Was anders daran ist«, sagte sie schließlich, »ist weniger die Form der Gewalt, sondern die Absicht, in der sie hier angewendet wird ... diese Unmotiviertheit ...«

»Unmotiviertheit würde ich das allerdings nicht nennen, wenn ein wehrloser Mensch zu Tode gequält wird und man davon ein Video aufnimmt, um so aus seinem Leiden Profit zu schlagen. Die *Absicht* ist zwar ein Gesichtspunkt zur Festlegung des Grades an Schuld bei einem Täter, aber den Charakter eines Verbrechens selbst kann sie eigentlich nicht verändern. Ob man die Folter nun an einem Kriegsgefangenen anwendet, um ihm Informationen zu entreißen, oder an einem vom Glauben Abgefallenen, um ihn dazu zu bringen, seinem ›Irrglauben‹ abzuschwören – in beiden Fällen muß man sie als etwas Verabscheuungswürdiges verurteilen.«

Er schwieg, als der Erste Gang serviert wurde, und kostete den dazu bestellten französischen Weißwein mit der gleichen Aufmerksamkeit, die er vorher der juristischen Diskussion gewidmet hatte. »Wie macht er das bloß«, fragte sich Kiersten. »Gut, er redet hier von Dingen, die er nie *gesehen* hat, das ist wesentlich. Und es ist auch besser für ihn – er würde sonst vielleicht keinen Schluck hinunterbringen ...«

»Wenn du es genau wissen willst ...«, fuhr Kiersten fort, nachdem der Kellner sich wieder entfernt hatte. »Mich stoßen alle diese Arten von Folterungen ab, aber was mir noch mehr zu schaffen macht, ist die Vorstellung, daß dieser Senator und seine feinen Freunde sich daran aufgeilen, wie ein junges Mädchen bestialisch abgeschlachtet wird. Immerhin gehen die Täter selbst ein Risiko ein – aber die ›Verbraucher‹ wie Murdstone brauchen nichts zu befürchten. Ich glaube eigentlich, daß es genau *das* ist, was mich so in Wut versetzt – mehr als alles andere!«

Der Richter rieb sich befriedigt die Nase: Jetzt hatte er seine Tochter da, wo er sie haben wollte.

»Dein Irrtum besteht darin, daß du diese Snuffs – welch barbarische Bezeichnung! – als ganz neue Art von Verbrechen betrachtest, als eine Ungeheuerlichkeit sondergleichen. Damit setzt du dich der Versuchung aus, mit dem Einzelfall außergewöhnliche Maßnahmen zu rechtfertigen ... Du mußt dich aber fragen, ob das, was du hier bekämpfst, nicht eher eine Ausweitung bereits bestehender Tendenzen ist, ein neuer, scheußlicher Höhepunkt eines allgemeinen Übels, unter dem wir schon seit einigen Jahren zu leiden haben.«

»Was meinst du damit?«

»Das menschliche Leiden als Schauspiel.«

Zu Kierstens Überraschung, die wußte, daß ihr Vater nur höchst selten ins Kino ging, legte er überzeugend dar, daß viele der neusten Filme, darunter gerade die erfolgreichsten, sadistische Gewaltszenen enthielten, die keineswegs auf den Abscheu der Zuschauer zielten, sondern auf deren Vergnügen daran. Der Hauptschurke erleide darin oft einen gräßlichen Tod, genüßlich in Szene gesetzt als gerechte Strafe.

»Aber das ist Fiktion, nach allen Regeln und Konventionen dieses Genres!« wandte sie fast etwas beleidigt ein. »Du kannst das nicht vergleichen mit ...«

»Ich weiß, ich weiß«, wiegelte er ab. »Reden wir also von diesem Vulkanausbruch in Kolumbien und der kleinen Omeyra, von der man nur noch den aus den Schlammassen ragenden Kopf sah ...

Zwei Tage dauerte ihr Todeskampf, unter den Augen der Kamera. Diese Bilder gingen um die ganze Welt. Räumen wir ein, daß die ersten sechs oder sieben Sekunden visueller Bestandteil einer Nachrichtenmeldung waren. Aber die weiteren fünf, zehn, zwanzig Sekunden? Haben wir daraus etwas Neues erfahren? Es gab nur einen einzigen Grund dafür: die Sensation!«

»Du sprichst von diesen Dingen, als ob ...«

»Als ob sie mir vertraut wären?« seufzte er. (Er mochte keine Sätze, die in der Luft hängen blieben.) »Leider sind sie mir vertraut geworden, zwangsweise. Der Oberste Gerichtshof wird in zwei Monaten die Klage verhandeln, die der Fernsehsender CTV gegen den Kanadischen Fernsehrat angestrengt hat wegen der Neuregelung zu Gewaltdarstellungen im Fernsehen.«

»Das menschliche Leiden als Schauspiel ...«, wiederholte sie nachdenklich. »Gewiß, aber der Todeskampf dieses kleinen Mädchens wurde verursacht durch eine Naturkatastrophe, während der Todeskampf der Opfer auf einem Snuff durch die Folterer bewußt inszeniert wird. Jedem Zuschauer muß doch der Unterschied klarwerden!«

»Wie ihm der Unterschied zwischen Fiktion und Dokumentation klarsein sollte, ja! Aber der beklagenswerte Effekt des Perversen beeinträchtigt vielleicht seine Fähigkeit, zwischen Ursachen und Wirkungen, zwischen dem Fiktiven und dem Realen zu unterscheiden ...«

»Und was dann?« fragte sie ungeduldig.

Der alte Herr runzelte die Brauen, als ob er sich genau die gleiche Frage stelle.

»Gib mir ein paar Minuten Zeit für einen Exkurs, der uns jedoch Zeit spart! Vor einer Woche wurde ich auf dem Weg in mein Büro Zeuge eines Unfalls. Ein Schüler wurde von einem Auto erfaßt ... Schwer verletzt, starb er auf dem Transport ins Krankenhaus. Das Quietschen der Reifen, das Geräusch des Aufpralls, das Zucken des mitten auf der Straße liegenden Körpers und dann dessen schreckliche Unbewegtheit ... diese Details treten mir immer wieder vors Auge, bei den unpassendsten Gelegenheiten. Mein Freund Dansereau nennt das ›Rekursionsstörungen‹ und rät mir, mich nicht dagegen zu sträuben, weil das ihr Verschwinden beschleunige ...«

Kiersten war bewegt sowohl von der Schilderung an sich als auch durch das, was diese über ihren Vater verriet. Aber hatte sie jemals an seinem Mitgefühl gezweifelt?
Nur scheinbar jäh das Thema wechselnd, berichtete der Richter sodann von einer Fernsehreportage, die er kürzlich gesehen habe. Darin habe man eine alte Frau gezeigt, in Wahrheit erst zwanzig Jahre alt, die versucht habe, einem zum Skelett abgemagerten Säugling die Brust zu geben. Dieser habe nicht einmal mehr die Kraft zum Saugen gehabt und sei mit einem Laut wie ein Schluckauf verschieden. Unerträgliche Bilder…
»Dennoch habe ich eine Stunde später nicht mehr daran gedacht und bin mühelos eingeschlafen! Verstehst du, was ich meine? Innerhalb weniger Tage habe ich den Tod eines unbekannten Kindes miterlebt. Der auf dem Bildschirm gesehene Tod war nicht weniger wirklich als der, dessen Zeuge ich dort auf der Straße wurde. Aber *real* war für mich der letztere. Das ist der perverse Effekt, von dem ich vorhin gesprochen habe: Wahrhaftigkeit und Wirklichkeit sind eben nicht das gleiche.«
»Das begreife ich alles«, sagte Kiersten. »Aber worauf willst du hinaus?«
»Wenn mir das, wovon ich weiß, daß es tatsächlich so geschieht, nicht real erscheint, wie soll ich es da unterscheiden können von etwas Fiktivem? Der Unterschied ist zwar faßbar auf der intellektuellen Ebene, aber nicht auf der Gefühlsebene. Auf der intellektuellen Ebene lege ich den Maßstab meiner Wertvorstellungen an, aber die Entscheidung darüber, ob ich ihn anwende, treffe ich auf der Gefühlsebene. Kannst du nachvollziehen, daß wir hier beim Kernproblem dieser Snuffs sind?«
In diesem Moment trat Francesco mit der Dessertkarte heran, und Kiersten war froh über diese Unterbrechung. Gerade hatte sie das flüchtige Bedürfnis gefühlt, ihre Hand auf die ihres Vaters zu legen. Was nur stimmte einfach nicht bei ihr?

Der Stellvertretende Inspektor Julien Boniface stand in dem Ruf, Antworten auf direkte Fragen nur mit begleitenden Anmerkungen geben zu können, die leicht die Form eines Leitartikels annahmen. Wenn man im Amt davon sprach, verglich man ihn gerne mit jenem Jesuiten, dem es unmöglich war, einem Passanten, der sich verlaufen hatte, den richtigen Weg zu weisen – einfach deswegen, weil dieser schnurgerade war.

Nach ihrer Rückkehr vom Mittagessen fragte ihn Kiersten nach dem Sicherungssystem des Informationsnetzes der Königlich Kanadischen Polizei. Sich völlig treubleibend, erläuterte Julien:

»Was man zunächst einmal auf keinen Fall tun darf: sich an Van Leuwen wenden, den dafür Zuständigen! Der belabert Sie zwei Stunden lang, und Sie fragen sich hinterher, in welcher Sprache er überhaupt geredet hat. Und je einfacher das Problem ist, das Sie ihm vorlegen, desto komplizierter wird sein Vorschlag zur Lösung sein!«

»Danke – oder besser: Nein danke! Was also soll ich machen?«

»Der Bursche, an den Sie sich wenden müssen, ist Thierry Bugeaud von der wissenschaftlichen Abteilung. Der ist ein kleines Genie auf seinem Fachgebiet! Wenn der Ihnen nicht helfen kann, dann kann es keiner in diesem Laden hier. Aber machen Sie das bloß unauffällig! Van Leuwen ist derart eifersüchtig auf die Wahrung seiner Stellung bedacht, daß er sich an höherer Stelle beschweren wird, wenn er etwas davon erfährt!«

Julien kam gegen Ende des Nachmittags noch einmal bei ihr vorbei, um ihr zu sagen, daß dieser Bugeaud zufällig gerade am folgenden Tag einen Vortrag über seine Tätigkeit vor den führenden Leuten der GRC, der Königlich Kanadischen Polizei, halten solle. Mit leicht sarkastischem Unterton setzte er hinzu, daß sie doch sicher als Mitglied des Führungsgremiums der Abteilung eine entsprechende Einladung erhalten habe.

»Ja, ich erinnere mich undeutlich daran, daß da eine Aktennotiz im Umlauf war. Aber nachdem ich nicht unbedingt ein Technologiefan bin …«

»In diesem Fall wäre das Wegbleiben ein echter Fehler! Ich habe mir sagen lassen, daß der Bursche an einer neuen Erfindung bastelt, die man sich bisher gar nicht vorstellen konnte. Es geht da wohl um eine Art von Super-Lügendetektor, absolut revolutionär …«

Thierry Bugeaud, Experte für Multimedia-Technologie, war von der Königlich Kanadischen Polizei eingestellt worden, um für sie ein System zu entwickeln, das es ermöglichen sollte, innerhalb von wenigen Minuten das Phantombild eines Verdächtigen zu vergleichen mit Zehntausenden im Zentralregister gespeicherten Fotos. Die erfolgreiche Erfüllung dieses Auftrags hatte ihm ein ansehnliches Forschungsstipendium der Nationalstiftung zur Förderung Angewandter Informatik beschert, und er hatte sich zur allgemeinen Überraschung dazu entschlossen, bei der GRC zu bleiben und sich für das Geld ein kleines Entwicklungslabor in den Räumen der wissenschaftlichen Abteilung der Behörde selbst einzurichten.

Thierry sah aus, als ginge er auf die Dreißig zu, tatsächlich hatte er sie bereits seit vier Jahren hinter sich. Er war in Kanada geboren, als Sohn französischer, ehemals in Algerien ansässiger Einwanderer, und hatte graugrüne, ein wenig schlitzförmige Augen. Diese gingen zurück auf einen bretonischen Großvater einerseits und eine indochinesische Großmutter andererseits. Er war schlank und wirkte in seinem Auftreten lässig, doch das täuschte: Er bewies unermüdliche Ausdauer und Beharrlichkeit. Bei der GRC war er der absolute Hahn im Korb bei den Sekretärinnen, denn er hatte bisher noch jeden Computer, der ihnen abgestürzt war, wieder in Gang gebracht. Böse Zungen behaupteten, daß all diese Damen ihn völlig vergebens anschwärmten, weil ihn schmucke junge Polizeioffiziere viel mehr interessierten.

Kiersten kam bewußt zu spät zur Vorstellung von *Pinocchio*. Dieser neu entwickelte Lügendetektor, der angeblich unfehlbar war, interessierte sie nicht sonderlich.

Gleich beim Eintritt in den Vorführraum spürte sie, daß eine gewisse Feindseligkeit in der Luft lag. Ein gutes Dutzend führender Polizeileute hörte mit reserviertem Gesichtsausdruck dem Vortragenden zu. Was sie selbst betraf, war sie zunächst einmal überrascht: Sie hatte mit der Vorstellung einer komplizierten elektronischen Apparatur gerechnet, während dieser Thierry Bugeaud zur Demonstration lediglich einen großen Videomonitor benutzte – den gleichen, den sie vor ein paar Wochen dazu verwendet hatte, um Doug Murphy, Paul Bourdages und Ada Nalukturuk jene Snuffs vorzuführen.

Die Grundüberlegung für das System war verhältnismäßig einfach. Bugeaud hatte die Videoaufnahmen der Verhöre von rund hundert Verdächtigen gesammelt, deren Aussagen später durch

Tatsachen entweder bestätigt oder widerlegt worden waren. Diese Aufnahmen waren, nach Bild und Ton getrennt, durchnumeriert und dann durch einen Raster von Computerprogrammen geschickt worden.

Mit einer bisher nie erreichten Präzision maß Pinocchio nun Tonhöhe und Lautstärke, Veränderungen im Sprachfluß, Atemrhythmus und Wortabstände fast auf Millisekunden genau. Auf gleiche Weise wurden Veränderungen im Gesichtsausdruck vermessen: Wimpernschläge, Bewegung der Augäpfel usw.

Lester Clarkson hob die Hand, um Bugeauds Erläuterungen zu unterbrechen.

»Sie haben soeben von der ›sozusagen absoluten Verläßlichkeit‹ ihrer… ja, ihrer ›Algorithmen‹ gesprochen«, sagte er mit leicht gekräuselten Lippen. »Was genau ist darunter zu verstehen, bitte?«

»Keiner der Verdächtigen, die falsche Angaben gemacht haben, konnte Pinocchio täuschen. In Zahlen ausgedrückt, lag bei dieser Versuchsreihe die Fehlerquote bei Null.«

»Bei dieser Versuchsreihe«, wiederholte der Kommissar mit gerunzelten Brauen. »Und bei umfassender Anwendung?«

Bugeaud versicherte mit ruhiger Gewißheit, daß grundsätzlich die Fehlerquote des Systems bei weniger als einem Prozent liegen würde. Seine Antwort löste Proteste und sarkastische Bemerkungen aus. Die Zuhörer fühlten sich dazu offenbar regelrecht ermuntert, nachdem der hohe Chef persönlich seiner Skepsis Ausdruck verliehen hatte.

Kiersten war sofort klar, daß ihre Kollegen sich auf technische Details des Systems stürzten, um die wahren Gründe ihrer Ablehnung zu verbergen.

»Korrigieren Sie mich bitte, wenn ich etwas Falsches sage«, meldete sie sich zu Wort. »Der wesentliche Unterschied zwischen einem traditionellen Lügendetektor und dem von Ihnen entwickelten System besteht doch wohl darin, daß der erstere die Mitwirkung des Befragten voraussetzt, während Ihr System auch ohne dessen Wissen eingesetzt werden kann.«

»Genau das!« rief Lester Clarkson. »Eine solche Methode wirft außerordentlich… delikate moralische und juristische Fragen auf. Die Bedeutung dieser Entwicklung von Herrn Bugeaud steht

völlig außer Frage, das möchte ich hier nachdrücklich unterstreichen. Aber es ist unerläßlich, daß sich unsere Rechtsexperten damit beschäftigen, denn sie könnte leicht auch mißbräuchlich eingesetzt werden ...«
Einige höhere Tiere fühlten sich bemüßigt, ihren Senf zu den Bedenken des großen Meisters hinzuzufügen. Kiersten ihrerseits hing ihren Gedanken nach. Sie beobachtete heimlich Clarkson und war einmal mehr erstaunt über seine rasche Auffassungsgabe, die er geschickt mit einem biederen Auftreten zu verbergen verstand. Er hatte früher als alle anderen begriffen, daß die Talente Pinocchios noch zu ganz anderen Zwecken dienen konnten als zur Überprüfung von Aussagen Verdächtiger – beispielsweise zur Überprüfung des Wahrheitsgehalts der Behauptungen eines jeden, der auf einem Bildschirm etwas sagte.
Der Kommissar war sich instinktiv sicher gewesen, daß sich sein Minister mit allen anderen Politikern und Senatoren im Parlament wenigstens dieses eine Mal einig sein würde in der Ablehnung einer solchen Teufelsmaschine. Die Spreu vom Weizen scheiden, so gut wie sicher Wahres vom Falschen unterscheiden, Ernsthaftigkeit und Übertreibung trennen zu können – welch echte Bedrohung!
Die Sitzung war noch nicht beendet, als Kiersten von einem schon völlig überzeugt war: daß Lester Clarkson ein für allemal entschieden hatte, daß diese Neuentwicklung Thierry Bugeauds dessen Laboratorium niemals verlassen würde. Die Schwierigkeit bestand nur noch darin, diese Entscheidung durchzusetzen, ohne zuzugeben, daß sie überhaupt je gefallen war.

Inspektor MacMillan wartete, bis sie in dem Raum mit Thierry allein war, um ihn zu seinem Vortrag zu beglückwünschen und ihm dann ihre Fragen zu stellen ...

8. Kapitel

Catherine Le Gendre hatte in der Avenue Bosquet ein Abendessen arrangiert, um dabei Laurence mit Véra Brodsky bekanntzumachen, einer Bekannten, die sie mit der Miene einer Kennerin als »Bulldozer-Produzentin« bezeichnet hatte. Laurence war zu müde gewesen, sie nach der Bedeutung dieses Beinamens zu fragen

Die Brodsky, wie sie hinter den Kulissen des Fernsehens einfach genannt wurde, erwies sich als gefräßiges Leckermaul, das auch einem guten Tropfen reichlich zuzusprechen wußte. Sie hatte den weitgehend unverdienten Ruf, ein goldenes Herz und eine starke Sensibilität hinter ungehobelten Manieren und der Sprache eines Marktweibs zu verbergen. Antoine las ihr jeden Wunsch von den Augen ab und lächelte mild zu den Boshaftigkeiten, mit denen sie spitzzüngig alles, was in Paris Rand und Namen hatte, wie mit einer Gießkanne überschüttete.

Beim Nachtisch stellte die gute Seele ihr Projekt vor: die Produktion eines »Dokudramas« in Form einer Miniserie in drei Teilen zu je fünfunddreißig Minuten. Inhalt: Entführung und Gefangenschaft von Frau Dr. Laurence Descombes; Titel: *Abstieg in die Hölle.* Eine Zusage zur Übernahme durch das Zweite Französische Fernsehprogramm habe sie von Olivier Genest erhalten, der trotz seines Herzinfarkts im letzten Juni sein Herz noch am rechten Fleck habe – und der Schuft würde es ihr doch wohl nicht antun, ins Gras zu beißen, ehe der Vertrag unterschrieben sei! Die Italiener würden sich zur Hälfte beteiligen; die drüben in Quebec hätten ihr Interesse bekundet, könnten aber wohl keinen roten Heller beisteuern, von den Belgiern schon ganz zu schweigen.

»Sie wirken überrascht, Laurence?« fragte Antoine.

»Das hoffe ich aber auch sehr!« rief Véra Brodsky aus. »Man muß ja so ein Projekt erst einmal mit Samthandschuhen angehen, verdammt noch mal. Aber ich werde die besten Drehbuchschreiber von Paris dransetzen. Das wird eine Mordsrechnung geben, klar, aber für diese Geschichte ist mir nichts zuviel. Ich brauche Ihnen

wohl nicht zu sagen, Laurence, daß Sie sich alles vorher anschauen können, ich betone *alles*, was man am Bildschirm sehen wird.«
»Sie können Véra voll vertrauen«, versicherte Catherine, die Laurence mit aufkeimender Besorgnis betrachtete. »Sie arbeitet immer nur mit ganz erstrangigen Leuten zusammen, voll professionell! Kein Vergleich, Gott sei Dank, mit Sylvie Mayrand!«
»Diese Mayrand, die kotzt mich vielleicht an!« schäumte die Produzentin mit hochrotem Kopf. »Daß sie Gascon und Larquais einen ablutscht, um sich den Arsch warm zu halten, na von mir aus! Aber sich von diesem widerwärtigen Levasseur vernaschen zu lassen, bloß um ihm ihren unerträglichen dreizehnteiligen *François Rabelais* aufs Auge drücken zu können, schlägt doch wohl dem Faß den Boden aus!«
Anschließend berichtete sie, daß die Botschaft Farghestans, die man offiziell angesprochen hatte, jedenfalls nicht von vornherein Bedenken gegen dort zu drehende Außenaufnahmen habe, wenn auch natürlich nicht in Maghrabi selbst, aber in einer benachbarten Gegend. Aber die Leute würden das ja ohnehin nicht merken, was die interessiere, sei die menschliche Seite. Aber so einen Scheiß à la Walt Disney würde man ihnen natürlich auch wieder nicht zumuten, verdammt! Übrigens: Die meisten Szenen würden ja im sogenannten »Kloster« spielen, und das würde man im Studio in Épinay nachbauen. Und selbst wenn man sich den großen Saul Baszinger für den Entwurf dieser Kulisse leisten müsse, um das noch naturgetreuer als das Original hinzukriegen – Scheiß drauf, darauf sollte es jetzt auch nicht mehr ankommen!
Laurence mußte sich fast schmerzhafte Mühe geben, um zu verhindern, daß Véra Brodskys Ausführungen für sie nur noch zu einer Folge sinnloser Laute wurden. Sie schaute aufmerksam auf die Lippen der Produzentin, auf denen ein Tropfen teuren Rotweins glänzte: Vielleicht half ihr das Verfolgen der Mundbewegungen, nicht den Faden zu verlieren... Ob sie Isabelle Adjani kenne? Nein, vielleicht, sie wußte das nicht so genau – warum? Ob sie eine bestimmte Schauspielerin vorschlagen wolle für die Rolle der Laurence Descombes? Welche Rolle, welche Schauspielerin? Und wieso redete man hier von ihr wie von einer fremden Person? Und warum kam Catherine, einen beunruhigten Blick

mit Antoine wechselnd, jetzt wieder auf dieses »Recht der Einsichtnahme« zu sprechen? Was für eine Einsichtnahme denn? Sie konnte sich nicht dagegen wehren, daß wieder Bilder vor ihrem inneren Auge auftauchten …

Llia, die dritte Frau Muhammad Shebas, hatte während ihrer Wehen furchtbar geschrien und sich mit beiden Händen den Leib gehalten, als wolle sie das Kind hindern, zur Welt zu kommen. Ihr verzweifelter Blick schien Laurence etwas verständlich machen zu wollen. Der Oberst stand da und schien gänzlich unberührt von den Schreien der jungen Bäuerin, aber sehr gespannt auf dieses wohlgerundete Bübchen, das wohl so um die vier Kilo wiegen mochte und sich auch gleich mit kräftiger Stimme vernehmen ließ. Sobald das Neugeborene der Mutter an die keuchende Brust gelegt worden war, packte Sheba Laurence am Ellbogen und zog sie in eine Ecke, um sie auf Englisch zu fragen, ob das Kind auch gesund und voll ausgewachsen sie. Sie konnte ihn diesbezüglich beruhigen und war erstaunt über diese menschliche Regung bei ihm.
»Es ist nicht vorzeitig zur Welt gekommen?«
»Vorzeitig? Ganz bestimmt nicht! Ich würde eher sagen …«
Sie unterbrach sich, als sie die Verhärtung seiner Züge sah, und begriff schlagartig voller Schrecken, was ihn wirklich umtrieb. Wahrscheinlich war er neun Monate zuvor auf irgendeiner militärischen Unternehmung unterwegs gewesen, und das machte nun auch die verzweifelten Versuche der armen Llia verständlich, die Geburt ihres Söhnchens hinauszuzögern.
Der Oberst ging hinaus, um seine beiden Dobermänner zu holen, die als Kampfhunde abgerichtet waren und unter allen seinen Helfern von den Gefangenen in Maghrabi am meisten gefürchtet wurden. Er packte das wimmernde Neugeborene an einem Bein und warf es ihnen zum Fraß vor …

Laurence saß aufgerichtet da, starr und unbeweglich. Sie hatte während der ganzen Mahlzeit keine drei Sätze gesprochen. Eine Vision, die nur sie sehen konnte, stand vor ihren Augen, die das Grauen dieser Erinnerung so deutlich widerspiegelten, daß es auch für die anderen im Raum unübersehbar war. Catherines

Kinn begann zu zittern, und Véra Brodsky versenkte die Nase in ihr Cremetörtchen und mümmelte, daß sie sich entschuldige, und sie habe ja nicht wissen können, und sie sei eben immer so unverblümt, verdammte Scheiße ...

Später bat Antoine Laurence in den kleinen Salon, dessen gedämpftes Licht ein vertrauliches Gespräch begünstigte.

»Ich habe gezögert, Sie nach Ihrer Unterhaltung mit diesem Fjodoro Gregorowitsch zu fragen«, begann er ohne Umschweife. »Das geschah aus Rücksichtnahme, nicht etwa wegen meines mangelnden Interesses.«

»Ich gehe morgen wieder zu ihm.«

»Bravo! Darf ich wenigstens fragen, ob er Ihnen guttut?«

»Guttun? Nicht unbedingt. Das heißt ... Kann man brutales Aufwecken als ›guttun‹ bezeichnen? Das kommt ganz darauf an, welche Realität einen erwartet!«

»Ich verstehe.«

Sie hätte ihm gerne geantwortet, daß er besonderes Glück habe, wenn er verstehe; ihr wolle das nämlich nicht gelingen. Aber sie ließ das bleiben, da sie erraten konnte, daß er mit ihr wohl über etwas anderes zu reden wünschte als ihren Gesundheitszustand.

»Ich habe Ihnen durch Monique eine Pressemappe zukommen lassen über dieses neue Videospiel«, sagte er schließlich. »Sie wissen, wovon ich spreche? Eine Schändlichkeit!«

»Ja, ich habe einen Blick darauf geworfen.«

Ein amerikanisches Unternehmen namens VG Brothers hatte eine Neuerscheinung unter dem Titel *Tormentrix* auf den Markt gebracht. Das Ziel dieses »Spiels« war es, einem Gefangenen Geständnisse zu entreißen, der in einem Raum ausgestreckt lag, der mit jeder Art von Folterinstrumenten ausgestattet war, von mittelalterlichen bis zu hochmodernen. Der Spieler konnte verschiedene Schwierigkeitsgrade einstellen, indem er dem Gefangenen eine bestimmte »Schmerzgrenze« zuwies. Die Auswahl der Folterinstrumente und die Abfolge ihrer Anwendung mußte gezielt getroffen werden, um zu vermeiden, daß der Gefolterte starb, ehe er gestanden hatte. Ein gewiefter Spieler würde die Befragung nicht beenden, ohne die gewünschten Aussagen erhalten und sie auf mögliche Widersprüche abgeklopft zu haben. Am Ende des

Spiels hatte er dann die Wahl, den Gefangenen am Leben zu lassen oder ihm den Gnadenstoß zu versetzen.
Dieses Computerspiel hatte einen Skandal ausgelöst. Medien, Persönlichkeiten des öffentlichen Lebens und humanitäre Organisationen waren sich in seiner Verurteilung einig. Laurence für ihren Teil hatte die Presseberichte dazu mit großem Unbehagen gelesen. Aber sie sah sich außerstande, sich dem Chor der Protestierenden anzuschließen. Die ganze Sache ließ sie auf eine unerklärliche Weise unberührt.
Antoine schaute sie an und war überrascht von ihrem Schweigen. Schließlich gab er es auf, auf eine Stellungnahme zu warten, die nicht kam.
»Ein Journalist von der *Libération* ist zu mir ins Büro gekommen unter dem Vorwand, etwas über die Haltung von HMI zur Absicht von Minister Vallerand zu erfahren, den Verkauf dieser Scheußlichkeit in Frankreich zu verbieten. In Wahrheit war er gekommen, um eine Rakete unter meiner Nase anzuzünden und meine Reaktion darauf zu beobachten!«
»Eine Rakete?«
»Einen riesigen Kracher, fabriziert von einem Verrückten!«
Es ging dabei um das Gerücht, die Leute von VG Brothers hätten sich der Mithilfe eines Mitarbeiters von Harmonices Mundi für die Entwicklung der Grundkonzeption von *Tormentrix* bedient. Es war die Rede von ansehnlicher Bezahlung, zweideutigen handschriftlichen Notizen, Überweisungen an eine Schweizer Bank. Wie das bei den meisten Gerüchten so ist, war die Quelle dafür nicht auszumachen – und gerade seine Ungeheuerlichkeit hatte seine Verbreitung nicht etwa verhindert, sondern sie eher noch gefördert.
Laurence löste sich aus der Erstarrung, in die sie sich seit Beginn des Abendessens geflüchtet hatte. Plötzlich verfolgte sie aufmerksam Antoines Ausführungen und zeigte Verständnis für seine Besorgnis, daß der gute Ruf von HMI gefährdet sei durch derartige wilde Spekulationen, die weiterverbreitet würden durch Zwischenträger, deren man nicht habhaft werden konnte. Sie erriet auch, daß sein Zorn dazu diente, die Frage hinauszuzögern, die er ihr stellen wollte. Sie dachte bereits an Jean-Louis, ehe noch dessen Name gefallen war.

»Jean-Louis? Aber daran können Sie doch nicht im Ernst denken!«
»Sie kennen doch meinen Sohn: Er ist ein Idealist, und es könnte sein, daß er sich in eine Falle locken ließ!«
»Idealist schon, aber doch nicht naiv!«
»Wir müssen ihn warnen, aber das kann nicht telefonisch geschehen, und schriftlich schon gar nicht. Man muß das unter vier Augen mit ihm besprechen. Wir müssen ungeheuer vorsichtig sein, denn das Ganze kann ein Manöver sein, um uns in Mißkredit zu bringen. Ich habe da zwar schon einen gewissen Verdacht, aber darüber kann ich erst reden, wenn ich bestimmte Beweise in Händen habe ...«
»Sie möchten also, daß ich dorthin reise?«
»Wären Sie denn dazu bereit? Ich bin schon mehrmals die Liste unserer Mitarbeiter durchgegangen, aber ich komme immer wieder zum gleichen Ergebnis: Sie sind einfach diejenige, die am ehesten Licht in diese Affäre bringen kann. Und wissen Sie auch, warum?«
»Das brauchen Sie mir nicht zu erklären. Wann soll ich fliegen?«

Eine halbe Stunde nach dem Abheben der Maschine bekam Laurence einen neuen Anfall. Sie sah an der Kabinenwand einen Riß erscheinen, der rasch auf das Fenster neben ihr zulief. Das Doppelfenster zersprang mit einem dumpfen Knall und löste sich in feinen weißen Staub auf. Die Kabine begann zu rütteln und weitere Risse zu zeigen. Laurence schloß die Augen und krümmte sich in Todesangst zusammen. Das Flugzeug brach auseinander, und sie wurde in zehntausend Metern Höhe hinausgeschleudert. Ein Gefühl der völligen Loslösung ergriff sie wie Trunkenheit, während sie in freiem Fall fiel und fiel und fiel ...
Da legte sich eine Hand behutsam auf die ihre. Ein junges Mädchen saß auf dem Sitz neben ihr und betrachtete sie mit gerunzelten Brauen. Sie mochte zwölf sein, auch wenn ihre wache Aufmerksamkeit sie älter erscheinen ließ. »Ob ich wohl geschrien habe?« fragte sich Laurence mit klopfendem Herzen. Sie wußte nicht, ob das Mädchen sich aus eigenem Antrieb neben sie gesetzt hatte, und zog ihre Hand zurück, obwohl die sanfte Berührung sie beruhigt hatte.

»Es geht schon, danke! Ein plötzliches Unwohlsein, nicht so schlimm, wirklich!«
Das Mädchen sagte etwas zu ihr mit etwas heiserer Stimme.
»Ich kann leider kein Italienisch. Gabriella heißt du?«
Ein Schatten von Argwohn trat in die dunklen Augen des Kindes, das sich gewandt aus dem Sitz schlängelte und wieder den eigenen Platz zwei Reihen weiter entfernt einnahm. Laurence konnte sehen, daß sie einer ganz in Schwarz gekleideten Dame mit einem anziehenden Gesicht und lebhaften Augen etwas ins Ohr flüsterte. »Wahrscheinlich die Mutter«, dachte Laurence, »oder die ältere Schwester, die sie geschickt hat, um nach mir zu schauen.«
Schon in Fiumicino in der Abfertigungshalle hatte sie den Eindruck gehabt, daß diese Frau sie heimlich beobachtete. Dabei hätte sie doch wohl inzwischen daran gewöhnt sein müssen, daß sie in der Öffentlichkeit erkannt wurde. Ach wo, daraus machte sie sich doch nichts! Oder doch »Verfolgungswahn«? Auch wenn man das Leiden, das einem zu schaffen machte, beim Namen nennen konnte, hieß das noch lange nicht, daß es einen weniger ängstigte. Sie mußte zugeben, daß sie solche Risse seit gut zwei Wochen nicht mehr »gesehen« hatte; das war doch schon ein Fortschritt! Ganz abgesehen davon, daß sie nach einem solchen Anfall nicht mehr bewußtlos wurde – aber war das wirklich eine Besserung? Bewußtlos zu werden, war so schlecht noch lange nicht – eine Möglichkeit wie andere auch, sich aus der Realität auszuklinken. Und warum hatte sich diese Gabriella so rasch zurückgezogen? »Sie wird gespürt haben, daß ich es nötig hatte, allein zu sein. Man sollte die Intuition von Kindern nicht unterschätzen …«

Am frühen Nachmittag trat auf der Fähre, die Valletta mit Gozo verbindet, die in Schwarz gekleidete Frau zu ihr und stellte sich mit gewinnendem Lächeln als Dora Frascatti vor.
»Ich habe Sie gleich im Flugzeug erkannt«, sagte sie in etwas mühseligem Französisch. »Sie sind doch diese Ärztin, die man als Geisel zehn Jahre lang gefangenhielt!«
»Fünf. Und Sie haben mich wohl schon in Rom bemerkt …«
»Richtig! Aber erst hinterher ging mir auf, daß wir wohl die gleiche Person besuchen wollen. Fragen Sie nicht wieso – Intuition!«

»Wen meinen Sie denn?«
»Aber natürlich *ihn* – den Führer, El Guía!«
Mit leuchtenden Augen und gefalteten Händen setzte Dora Frascatti hinzu, daß sie sich schon seit Monaten auf diese Begegnung mit dem Höchsten Führer vorbereitete. Wie hatte sie es nur verdient, ihn persönlich kennenlernen zu dürfen, »El Guía Supremo«! – Sie war darüber ganz außer sich.
Am Heck des Schiffes beugte sich Gabriella über die Reling und schien ganz fasziniert von den weißlich gischtenden Kielwellen im türkisfarbenen Wasser. Laurence behielt sie aus den Augenwinkeln sorgsam im Blick.

Monique Schultz hatte eine Mappe mit Unterlagen über die Universelle Vereinigungskirche und ihren Gründer Miguel D'Altamiranda vorbereitet. Aber es war doch ein erheblicher Unterschied zwischen der Lektüre dieser Papiere über die Sekte der *Mirandisten* und den begeisterten Ausführungen Dora Frascattis über die Heilswirkung der »Vier Offenbarungen« El Guías. Die fünfte würde er verkünden bei der nächsten »Großen Vereinigung« oder, wenn Frau Dr. Descombes diesen Ausdruck vorziehe, der »Großen Kommunion des Universalen Geistes«.
Laurence zog gar nichts vor. Diese blinde Gläubigkeit war ihr eher lästig. Da war etwas ganz anderes, was sie sich nicht zu erklären vermochte: vielleicht eine Nuance von Unglaubwürdigkeit in diesem schwärmerischen Wortschwall, oder die Feststellung, daß sie sich angezogen fühlte von dieser jungen, beredsamen Frau trotz eines gelegentlichen Anflugs von Verschlagenheit, den sie in diesen dunklen Augen wahrzunehmen glaubte. Ob die Italienerin ihre Gedanken erriet? Jedenfalls wechselte sie das Thema und wies darauf hin, daß Gozo, dessen Küste sich nun am Horizont zeigte, nichts anderes sei als die legendäre Insel Ogygia, wo Odysseus nach seinem Schiffbruch der Nymphe Kalypso begegnet sei.
»Die Kleine sollte sich in acht nehmen«, warnte Laurence. »Wenn sie sich noch weiter hinausbeugt, wird sie noch im Wasser landen wie seinerzeit Odysseus!«
»Aber sie ist doch kein Kind mehr!« versicherte ihre Gesprächspartnerin mit sorglosem Lachen.

Dennoch ging sie zu Gabriella, zog sie am Ellbogen etwas zurück und flüsterte ihr leise etwas zu. Das Mädchen nickte und warf dann einen Blick über die Schulter.
Laurence zuckte zusammen, als ihr eine »Bewußtseinserweiterung« die Brust zusammenkrampfte – diesen Ausdruck hatte sie, mangels eines besseren, gegenüber Fjodor Gregorowitsch verwendet, um ihm das schmerzhafte Gefühl zu schildern, das sie gelegentlich anfallartig überkam wie ein brennender Stich in die Seele. »Plötzliches Erwachen aus langer gefühlsmäßiger Betäubung!« hatte dieser dazu befunden. »Von einem Sträuben dagegen muß ich unbedingt abraten! Sie müssen das kommen lassen, um wieder Fuß in der Wirklichkeit zu fassen. Wenn nicht, kommt es zum großen Schiffbruch – und was dann?«
»Dieses Kind verbirgt ein Geheimnis!« dachte Laurence und wandte sich ab.

Jean-Louis erwartete sie an der Anlegestelle von Mgarr an der Südküste von Gozo. Als sie ihn erblickte, dachte sie zunächst: »Er hat sich gar nicht verändert!« Doch gleich darauf stellte sie das Gegenteil fest. Er hatte zwar an Gewicht verloren, aber an Statur gewonnen. Von dem rebellischen kleinen Jungen, der sie damals so dahinschmelzen ließ, war nur noch ein Anflug geblieben. Er wirkte jetzt wie eine in sich gefestigte Persönlichkeit.
»Zusammen lachen werden wir wohl niemals wieder!« sagte sie sich beklommen.
Er reichte ihr die Hand, und sein Blick war offen und frei. Sie war ihm dankbar dafür, daß er sie nicht umarmte. Die Befürchtung, die sie während der ganzen Reise beherrscht hatte, erwies sich als unbegründet. Sie hatte Angst davor gehabt, wieder in die Haut jener Frau schlüpfen zu müssen, die sie in einem anderen Leben gewesen und die dort in Maghrabi gestorben war.
In rascher Fahrt durchquerten sie das Hafenviertel in einem Kleinlieferwagen, den er sicher steuerte. Sie betrachtete die alten Befestigungsanlagen des Städtchens, die Treppengäßchen, die blumengeschmückten Terrassen und gab dazu beiläufig poetische Kommentare ab, obwohl die Sehenswürdigkeiten dieser farbenfrohen Insel keine echte Anteilnahme in ihr erweckten. Dagegen

empfand sie die Nähe des wiedergefundenen Freundes an ihrer Seite nahezu schmerzhaft. Ein Freund – tatsächlich?
»Dein Vater hat einen Bericht geschrieben in meiner Angelegenheit«, sagte sie schließlich ohne Umschweife, »der wohl nicht für meine Augen bestimmt war. Er erwähnte darin auch bestimmte Informationen, die von deiner Seite gekommen sein sollen ...«
»Er hat mich über die damaligen Ereignisse befragt«, erwiderte er, ohne den Blick von der Straße zu nehmen. »Ich habe ihm gesagt, daß es den Leuten von Muhammad Sheba vielleicht gelungen sein könnte, dich über die Geschichte mit Boudjenah zum Reden zu bringen.«
Seine Gelassenheit war wohl ansteckend, denn sie hörte sich im gleichen Ton antworten, daß sie niemals zur Preisgabe von Informationen gezwungen worden sei.
»Die Wahrheit ist, daß man mich niemals über Boudjenah ausgefragt hat, und auch sonst über niemanden. Man hat mich dort für ganz andere Aufgaben gebraucht ...«
»Dann muß Saïd von jemand anderem verraten worden sein«, entgegnete er kalt. »Bist du nur gekommen, um darüber mit mir zu reden?«
»Nein, keineswegs. Aber ich wollte diese Frage schnellstens vorab klären, damit sie vom Tisch ist. Du hast sie mir beantwortet, und damit ist sie erledigt.«
Sie war erschreckt von der Gleichgültigkeit, mit der er auf diese schwerwiegenden Beschuldigungen reagierte, und insgeheim trotzdem erleichtert, weil sie sah, daß er an ihren Worten nicht zweifelte.

Sie machten schließlich Halt auf einem Umschlageplatz für Gemüse, der sich abgelegen in der Mitte der Insel zwischen Hügeln befand.
Der Lagerverwalter, ein schmerbäuchiger Mulatte namens Stavros, bediente sie mit kriecherischer Unterwürfigkeit. Sein Sohn half ihm beim Aufladen einiger Kisten mit Obst und Gemüse. Laurence war überrascht von dem Blick, den sich die beiden zuwarfen, nachdem Jean-Louis sich abgewendet hatte, um sich wieder hinter das Lenkrad zu setzen.
»Sie haben Angst vor ihm!« sagte sie sich überrascht. (Von allen

Gefühlen, die sie zu erspüren gelernt hatte, erkannte sie Furcht mit der sichersten Gewißheit.)
Doch da fuhr der Lieferwagen schon wieder los, und im Rückspiegel wurden die Silhouetten der Lagerhalle und der beiden Männer rasch kleiner. Da kam es wie eine plötzliche Erleuchtung über Laurence: Sie war nicht zufällig hier in Malta! Hier würden sich Geschehnisse abspielen, die für immer den Lauf ihres Lebens verändern sollten.

Das Mutterhaus der Universellen Vereinigungskirche war bekannt unter dem Namen »Heiligtum von Xaghra«. Es lag wenige Kilometer westlich der gleichnamigen kleinen Stadt auf einem Hügel, der die ganze Gegend überragte, in den Gebäuden eines ehemaligen Klosters aus dem siebzehnten Jahrhundert, das einst als Zufluchtsort für Mitglieder des Johanniterordens gedient hatte. Das Hauptgebäude war komplett renoviert worden. Die modernen Nebenbauten hatte man etwas weiter unterhalb angeordnet, um den malerischen Gesamteindruck der Anlage nicht zu zerstören. Man fühlte sich hier der Zeit entrückt.
Der Tag neigte sich seinem Ende zu, und die Schattenflecken in den kleinen Tälern ringsum wurden größer und gingen schließlich ineinander über. Eine leichte Brise strich durch die metallgrauen Blätter der Olivenbäume. Laurence hatte die Anlage mit Jean-Louis besichtigt, der nichts anderes zu tun zu haben schien als sie herumzuführen. Dabei hatte sie jedoch an der Ehrerbietung, mit der man ihn grüßte, merken konnen, daß er in der Hierarchie dieser Sekte einen erheblich höheren Rang einnahm als sie sich vorgestellt hatte.
Zur Anlage gehörten ein großer Hörsaal, eine Bibliothek, Vortragsräume und ein Refektorium. Die alte Ritterkapelle hatte man umgewandelt in eine »Stätte der inneren Einkehr«, an der absolutes Schweigen geboten war. Die Räume Miguel D'Altamirandas lagen am Ende eines Klosterflügels; ihr Zugang war gesichert durch kleine Überwachungskameras, die an diesem alten Gemäuer deplaziert wirkten. Jean-Louis hatte das damit erklärt, daß El Guía schon mehrfach bedroht worden sei. Ja er sei sogar bei seiner letzten Reise in die Niederlande nur mit knapper Not einem Mordanschlag entgangen.

Drei der fünf Nebengebäude dienten als Unterkünfte für Besucher des Heiligtums. Jedem von ihnen wurde eine eigene Zelle zugewiesen. Selbst Ehepaare, die an Seminaren oder Exerzitien teilnahmen, wurden getrennt untergebracht. Für die Angehörigen der klösterlichen Gemeinschaft war das Zölibat Verpflichtung, und das Keuschheitsgebot galt für alle.
Im vierten Nebengebäude war die Verwaltung untergebracht und im fünften, das Laurence bei der Besichtigung nicht von innen zu sehen bekam, Rundfunk- und Fernsehstudios sowie ein Telekommunikationszentrum. Auf dem Dach waren Techniker gerade mit der Anbringung einer großen Parabolantenne beschäftigt gewesen.
»Vorbereitungen für die ›Große Versammlung‹«, hatte Jean-Louis erläutert. »Du hast sicher schon davon gehört ...«
»Ich habe etwas gelesen von einer ›Fünften Offenbarung‹ ...«
Warum hatte sie ihm nicht einfach erzählt, daß diese Dora auf dem Schiff ihr von diesem Ereignis berichtet hatte?
»Genau! El Guía wird ihren Inhalt hier bekanntgeben, im Kreis der verdientesten Jünger. Die Feierlichkeit wird über Satellit an ein Dutzend Verteilerstellen übertragen ... Unsere Anhänger können sie direkt an riesigen Bildschirmen miterleben, oder auch über unseren Fernsehkanal, der in die meisten Kabelprogramme eingespeist ist. Kurz, eine wahre planetarische Kommunion!«
Sie waren an einem Garten mit Blumenrabatten vorbeigekommen, einer Art Pausenhof für die kleine Schule des Heiligtums. Ein gutes Dutzend Kinder war mit Schulheften auf den Knien im Kreis auf der Wiese gesessen. Zwei Lehrerinnen hatten sich lächelnd und aufmerksam mit ihnen beschäftigt und dabei mit leiser Stimme gesprochen, als ob ihr Unterricht ans Geheimnisvolle grenze. Eine davon war an ihrem langen, kurzärmeligen Gewand aus blaßgelbem Leinen als Novizin zu erkennen. Die andere hatte eine Art von weißer Soutane mit einer Kapuze getragen, die jenen Gefolgsleuten vorbehalten war, welche die »Schwelle der Entsagung« überschritten hatten.
»Du denkst vielleicht, diese ganzen Bezeichnungen seien nichts als Humbug«, hatte Jean-Louis sich an sie gewandt. Dabei lächelte er leicht und verständnisvoll, was wohl andeuten sollte, daß es

ihm früher einmal auch so gegangen sei. »Aber warte bitte mit deinem Urteil darüber ab, bis du mehr erfahren hast!«
Sie hatte nicht geantwortet. Hatte sie überhaupt Lust, mehr zu erfahren? Ehe sie hierher nach Malta gekommen war, hatte sie nicht mehr gewußt, als daß die Mirandisten sich untereinander überall daran erkannten, daß sie ihre Haare kurz trugen, daß die jungen Männer auf Bart oder Schnurrbart und die jungen Frauen auf Make-up verzichteten, und daß sie ausgesucht höflich waren. Hier im Heiligtum war noch etwas anderes auffällig: Alle hatten sich die Brauen völlig abrasieren lassen. »Das verleiht ihnen aber eine merkwürdige Visage!« hatte sie gefunden. »Und einige sehen aus, als seinen sie ständig verblüfft!«
Sie hatte Jean-Louis gefragt, warum er kein Gewand trage, an dem seine Zugehörigkeit zu einer bestimmten Gruppe oder Klasse erkennbar sei.
»Später!« hatte er geantwortet. »Ich möchte dir lieber nicht gleich alles erklären, damit du dir unbeeinflußt deine eigene Meinung bilden kannst ...«
Sie hatte sich gerade noch davon abhalten können, ihm zu sagen, daß er in gewissen Dingen seinem Vater gleiche wie ein Ei dem anderen. Er hätte das wohl kaum als Kompliment aufgefaßt.

Laurence löschte das Licht und streckte sich auf der harten, kratzigen Roßhaarmatratze aus, die sie auf den Balkon vor ihrem Zimmer hinausgezogen hatte. Sie betrachtete den Sternenhimmel mit ganz neuem Blick, nämlich nicht als brillantenbesetztes Gewölbe, sondern als ein riesiges Loch in den Tiefen des Kosmos. Das erinnerte sie an das Fernrohr, das sie bei Fjodor Gregorowitsch entdeckt hatte. Der Gedanke an ihn löste in ihr den Wunsch aus, diese ungewöhnliche Persönlichkeit erneut zu besuchen, um von ihren Eindrücken hier in Xaghra zu berichten ...
Ihr Abendessen hatte sie an diesem Tag an einem der großen runden Tische im Refektorium eingenommen. Die anderen Gäste waren zusammengerückt, damit sie noch einen Platz fand. Freundliches Lächeln, warme Worte des Willkommens. Ihre Fragen hatte man mit entwaffnender Arglosigkeit beantwortet. Andererseits hatte sie eine gewisse rücksichtsvolle Zurückhaltung gespürt. Dabei war sie sicher, daß ihre Identität und ihre Ge-

schichte für niemanden hier ein Geheimnis war. Warum sonst wohl hätte man ihr hier die Ausfragerei erspart, die seit ihrer Rückkehr für jede erste Begegnung typisch war? Hatte man den Leuten hier bestimmte Anweisungen erteilt?

Novizen und Jünger, die während des Tages durch ihre unterschiedlichen Aufgaben getrennt waren, versammelten sich beim Mahl wie eine Familie. Nur die Geweihten bildeten eine gesonderte Gruppe; sie schienen weder die lebhafte Unterhaltung ringsum wahrzunehmen noch die ihnen vorgesetzten Speisen, die sie mit gesenkten Augen verzehrten. Mit glattrasierten Köpfen, gekleidet in nachtblaue Gewänder, bildeten sie die höchste Kaste der Gemeinschaft. Indem sie die »Schwelle der Entsagung« überschritten hatten, hatten sie die Selbstentäußerung bis zum Verzicht auf einen Eigennamen getrieben. Sie ließen sich nur noch aufgrund äußerer Unterschiede in ihrem Aussehen anreden.

Besucher, die nur einen kürzeren Aufenthalt im Heiligtum vorhatten, wurden »Zeugen« genannt. Von diesen hatte man Laurence etwa dreißig genannt. Größtenteils waren das junge Leute zwischen fünfzehn und achtzehn Jahren, denen von der Universellen Vereinigungskirche die Teilnahme an einem Seminar über *Planetarische Bewußtwerdung* bezahlt wurde. Sie hörten Vorträge und beteiligten sich an »Workshops zur Glaubensvertiefung und Verinnerlichung«. Zudem waren sie in alle Aktivitäten der Gemeinschaft eingebunden.

Laurence hatte bei ihrer Ankunft in Malta befürchtet, daß sie hier in eine Sekte eingeführt würde, die einer billigen, plumpen Esoterik huldige, oder bei der leichtgläubige Seelen von cleveren Händlern abgezockt würden. Was sie heute erlebt hatte, bestätigte derartige Befürchtungen indessen keineswegs. Was die Lehre dieses Miguel D'Altamiranda betraf, so durfte sie sich noch kein Urteil anmaßen. Sicher, dem Weg dieser Mirandisten gegenüber fühlte sie sich noch fremd, doch empfand sie darüber bereits ein gewisses Bedauern. Konnte sie überhaupt jemals wieder sich mit Leib und Seele einem Ideal hingeben?

Der flimmernde Sternenhimmel über ihr konnte ihr keine Antwort geben. Immerhin aber fand sie, daß die Ereignisse der letzten Stunden jedenfalls jenen Stellenwert hatten, der ihnen im Vergänglichen und Unbedeutenden zukam.

Ein Kratzen an der Tür riß sie aus dem Halbschlaf. Als sie öffnete, stand draußen Dora Frascatti, die ins Zimmer schlüpfte, ohne auf eine Einladung dazu zu warten.
»Gabriella braucht Ihre Hilfe!« murmelte sie außer Atem. »Sie haben das schon erraten, nicht wahr?«
Im Halbdunkel ließ sich ihr Gesichtsausdruck nicht erkennen, aber das war für Laurence auch nicht erforderlich, um davon überzeugt zu sein, daß der Anlaß dieses Besuches schwerwiegend war. Sie fragte daher leise:
»Was erraten?«
»Nun, daß die Kleine in Gefahr ist!«
»Hier?«
»Aber nein, dort draußen, bei uns! Ich bin übrigens nicht ihre Mutter, sondern nur die Tante.«
Sie verschmähte den Hocker, den Laurence unter dem Tisch hervorgezogen hatte, und lehnte sich gegen die Tür, so, als ob sie verhindern wolle, daß jemand unversehens hereinkam. Ohne weitere Aufforderung sprudelte sie hervor, daß Guido, Gabriellas Vater, ein Nichtsnutz schlimmster Sorte sei, der beschützt werde von Leuten, die einen langen Arm hätten, und daß Gabriella sofort nach ihrer ersten Regelblutung verkauft worden sei an eine gewisse Signora Sissa, die ein Bordell betreibe, und bei der sie am Ende des Schuljahrs ihre »Ausbildung« antreten solle.
»Gina, das ist meine Schwester, kann nichts dagegen unternehmen wegen ihrer anderen Kinder. Zwei Buben, die riskieren nichts, Sie verstehen schon. Sie hat mich angefleht, Gabriella mitzunehmen, trotz der Gefahr für sie selbst... und für uns natürlich auch!«
»Sie kann nichts unternehmen, tatsächlich? Und die Polizei?«
»Das ist doch wohl ein Scherz! Guido ist schließlich der Vater... mit seiner Tochter macht der, was er will. Und die *Carabinieri*, die sind doch selbst bevorzugte Kunden der Signora Sissa. Die reserviert für sie die jüngsten, die... wie sagt man doch für das erste Mal? Nun ja, die das eben noch nie gemacht haben. Und dazu dürfen die *Carabinieri* sie dann zwingen!«
Dora fügte hinzu, daß sie schon seit drei Jahren eine glühende Anhängerin der Universellen Vereinigungskirche sei und daß der Kirchenobere von Neapel als ihr geistlicher Berater für sie eine

Privataudienz beim Höchsten Führer erwirkt habe. Sie sei voller Hoffnung hierhergekommen, aber ein Vorgespräch beim Ersten Ratgeber D'Altamirandas habe sie mit Zweifel und Unruhe erfüllt.

»Bitte! Ich brauche Ihre Hilfe! Sie sind doch bekannt mit ihm, wie ich gesehen habe. Auf Sie wird er hören!«

»Wie, Jean-Louis? Ich wußte nicht, daß er solch eine hohe Stellung hat. Was soll ich ihm denn sagen?«

»Sie werden schon die richtigen Worte finden. Ich spüre Ihr Mitgefühl. Wir Frauen müssen uns doch gegenseitig helfen!«

»Ich will sehen, was ich tun kann ...«

Dora umarmte sie heftig. Ihre Wangen waren naß, obwohl Laurence ihrer Stimme nicht hatte entnehmen können, daß sie weinte.

»Gott schütze Sie!«

Die Tür öffnete sich einen Spalt breit, ein schmaler Streifen gelblichen Lichts fiel herein, und die junge Frau schlüpfte wieder auf den Flur hinaus.

Laurence war wieder allein im Dunkeln, und Zweifel quälten sie. Daß Dora sie in ihre Geschichte hineingezogen hatte, schmälerte nicht ihr aufkeimendes Gefühl von Freundschaft dieser Frau gegenüber. Hatte sie nicht schließlich selbst lernen müssen, daß trotz aller Ablehnung von Lüge und Versteckspiel den Unterdrückten oft keine Wahl blieb, als sich in ihrer Verzweiflung der Unwahrheit als letztes Hilfsmittel zu bedienen?

Obendrein war es gar nicht entscheidend, ob sie den Mitteilungen der Italienerin in bezug auf deren angebliche Nichte glaubte, um sich Sorgen um Gabriella zu machen. Schließlich hatte sie selbst schon auf dem Schiff eine unerklärliche Angst um das Kind verspürt. Sie hätte gleich auf diese innere Stimme hören sollen, die sie warnte ...

9. Kapitel

Thierry Bugeaud rief am Nachmittag Kiersten an, um ihr mitzuteilen, daß er eine Lösung für ihr Problem gefunden habe.
»So schnell? Sie verblüffen mich… Könnten Sie zu mir ins Büro kommen?«
Das sei ihm leider nicht möglich, er könne sich frühestens gegen Abend frei machen. Außerdem sei es angesichts dessen, was er festgestellt habe, ohnehin besser, man würde sich außerhalb des Amtes treffen.
»Wenn Sie meinen«, antwortete sie knapp. »Und was schlagen Sie vor?«
Er könne doch bei ihr vorbeikommen, meinte er, wann immer es ihr passe. Sie zögerte kurz, nannte ihm aber dann ihre Adresse. Er brauchte sie sich nicht zu notieren, er kannte sie schon lange auswendig. Nachdem er aufgelegt hatte, saß er einen Augenblick unbeweglich da, einen Kloß im Hals: Sie wußte Bescheid!

Er sah dieser baldigen Begegnung mit Bangen entgegen. Die aufwendige Kampagne, die er geführt hatte, um Kierstens Interesse an ihm zu wecken, hatte ihn in schmerzhafte Widersprüchlichkeiten verwickelt. Zunächst hatte er die Initiative ergriffen und dann die Führung übernommen. Dabei hatte er sich von dieser Beziehung erträumt, daß er der Partner sei, der gehorche. Aber wie hätte er anders handeln sollen? Er war in Versuchung gewesen, ganz ohne Umschweife vorzugehen, aber die Überzeugung, daß er damit wohl scheitern würde, hatte ihn davon abgebracht. Und jetzt, nachdem die Würfel gefallen waren, fürchtete er, entweder zurückgewiesen oder der Lächerlichkeit preisgegeben oder einfach nicht verstanden zu werden. Um an Kiersten heranzukommen, hatte er auf Phantasie und Tändelei gesetzt. Aber würde er jetzt in ihrer Gegenwart die richtigen Worte finden, um sie davon zu überzeugen, daß er es ernst meinte, daß sein Angebot, sich ihr mit Leib und Seele zu weihen, weit mehr Bedürfnis als nur Wunsch war? Daß das Unerklärlich-Geheimnisvolle dabei eine weit größere Rolle spielte als sexuelles Verlangen? Nein, darüber mit ihr zu sprechen, mußte er sich wohl versagen, das würde sie kaum verstehen. Verstand er es denn überhaupt selbst?

Kiersten ging Thierry voraus ins Wohnzimmer und lud ihn mit einer Handbewegung ein, auf dem Sofa Platz zu nehmen. Sie selbst setzte sich in einen Sessel mit hoher Lehne ihm gegenüber. Damit überragte sie ihn um Haupteslänge – entsprach das nicht dem, was er sich wünschte? Sie hätte ihm etwas zu trinken anbieten müssen, sagte sich aber mit Genuß: Mit Höflichkeiten lasse ich mir Zeit!

Jetzt endlich beherrschte *sie* die Situation! Aber sie fragte sich sogleich, wieso sie eigentlich diesem Burschen da erlaubt habe, sie sozusagen an die Leine zu legen. Sie war wütend auf sich wegen ihrer Unentschlossenheit und Nachgiebigkeit. Doch damit war jetzt Schluß, sie würde ihm zeigen, wo sein Platz war, ohne jede Kleinlichkeit, aber auch ohne übertriebene Zuvorkommenheit. Sie beobachtete ihn und war sich sicher, daß er nicht als erster das Wort ergreifen würde.

»Ich bin nach unserem Gespräch zu Van Leuwen gegangen«, begann sie schließlich. »Seine Meinung widersprach ganz und gar der Ihrigen. Er betonte, daß es völlig unmöglich sei, einen Sicherungscode der Stufe fünf zu durchbrechen, oder gar E-Mails zu manipulieren … Es wirkt nicht so, als ob Sie das erstaune.«

»Kein bißchen! Es war mir völlig klar, daß er das behaupten würde.«

»Sie sind also schon auf dem laufenden!« entgegnete sie mit aufkommendem Ärger. »Dabei hat er mir versichert, unser Gespräch bliebe …«

»Van Leuwen hat kein Wort gesagt, beruhigen Sie sich! Der hat überhaupt seit Ewigkeiten kein Wort mehr mit mir gewechselt. Nehmen wir einfach mal an, daß mich jemand darüber informiert hat, daß Sie bei ihm im Büro waren …«

»Ich verstehe, diese kleine Rothaarige, Myriam oder Muriel oder so«, sagte sie angewidert. »Und was war, Ihrer Meinung nach, mein Eindruck nach diesem Gespräch?«

»Es kommt nur ein einziger in Frage«, antwortete er gelassen. »Zunächst einmal, daß der gute Mann eine Flasche ist, weil schließlich Ihr Sicherheitscode ganz entgegen seinen Beteuerungen geknackt wurde. Anschließend haben Sie nochmals über unsere Unterhaltung heute morgen nachgedacht und daraus den Schluß gezogen, daß jemand, der sich zutraut, Ihren anonymen Verehrer ausfindig zu machen, über ganz besondere Kenntnisse verfügen müsse. Und damit haben Sie mich an die erste Stelle Ihrer Liste von Verdächtigen gesetzt ...«

Fest entschlossen, nichts von ihren Gefühlen nach außen dringen zu lassen, verkniff sich Kiersten eine rasche Entgegnung. Dieser Bugeaud sollte besser auf der Hut sein. Merkte er denn nicht, wie er sich hier in die Nesseln setzte?

»Wer weiß von Ihrem Spielchen?« fragte sie, sich aufreckend.

»Sie und ich, sonst niemand.«

»Ist das Ihre übliche Masche? Ich meine: Ihre ›Dienste‹ auf diesem Wege anzubieten, indem Sie anonyme Botschaften verschicken?«

»Es ist das erste Mal.«

»Das können Sie leicht behaupten! Na gut, lassen wir das ... Wie lange schon schwirren Sie in meinem Computer herum?«

»Fünf Monate und eine Woche.«

»Welche Genauigkeit! Also haben Sie mir schon lange nachspioniert, bevor Sie mir Ihre erste Nachricht geschickt haben ... Was alles haben Sie mitbekommen?«

Diesmal ließ die Antwort länger auf sich warten. Ob das nur daran lag, daß Cashew unter dem Sofa hervorgekrochen kam? Sie war eine Siamkatze mit saphirblauen Augen, grazil und hoheitsvoll, die entschieden Abstand gegenüber Fremden hielt. Daher war Kiersten aufs höchste überrascht, als sie jetzt auf Thierrys Knie sprang und mit gekrümmtem Rücken ein Streicheln von ihm erwartete.

»Darf ich mich vorher über etwas vergewissern?« fragte er schließlich mit unsicherer Stimme. »Als Beweis meiner Unterwerfung bin ich bereit, Ihnen alle meine Gedanken anzuvertrauen, ohne Rücksicht auf die Folgen, die das haben kann. Ist es das, was Sie von mir verlangen?«

Kiersten fuhr gereizt auf. Diese Auseinandersetzung wollte sie auf eigenem Boden nach ihren Spielregeln führen. Es kam gar nicht in Frage, daß sie sich hier auf eine Dialektik einließ, der sie sich nicht gewachsen fühlte.

»Vergessen Sie die Unterwerfung und alle großen Sprüche, tun Sie mir den Gefallen! Sagen Sie mir schlichtweg die Wahrheit!«
»Die absolute Wahrheit?« murmelte er.
»Als ob es mehrere gäbe! Einigen wir uns auf ›absolute Wahrheit‹, wenn Ihnen das guttut. Zunächst einmal: Was wissen Sie über mich? Meine Arbeit und sonst...«
»Ich weiß alles! Nun gut, fast alles.«
»Mehr nicht? Was zum Beispiel?«
Sie beobachtete ihn, während er um eine Antwort rang. Dabei wurde sie zunächst abgelenkt durch das unerklärliche Verhalten Cashews. Die hatte es sich auf den Knien des Besuchers gemütlich gemacht und drehte sich nun mit gerecktem Hals schnurrend auf den Rücken, damit er sie an der Kehle und der perlgrauen Brust kraulte. Wie war das nur möglich? Bald aber wandte Kiersten ihre Aufmerksamkeit von der verräterischen Schmuserin ab und lauschte dem mit verheerender Prägnanz erstatteten Bericht eines undurchsichtigen Informatikspezialisten, mit dem sie am Morgen dieses Tages das erste persönliche Wort gewechselt hatte...

Thierry hatte nicht übertrieben. Wie hatte sie nur glauben können, daß er sich darauf beschränken würde, ihr diese Botschaften zu schicken? Mit gesenkten Augen gab er zu, alle ihre Unterlagen, ihre Korrespondenz, ihre persönlichen Notizen gelesen zu haben. Er erwähnte ihre Untersuchungen wegen der Snuffs, ihre Begegnungen mit Richter MacMillan, den Bericht an Clarkson, der gerade in Arbeit war, und selbst das Testament, das sie vor ihrer Krebstherapie abgefaßt hatte.
Noch während er redete, war sie aufgestanden und ans Fenster getreten. Die Dämmerung ging ins Anthrazitgrau über, am Gebäude gegenüber formten die Lichter ein schimmerndes Mosaik. Dort waren unbekannte Menschen mit irgendwelchen Verrichtungen beschäftigt, deren Sinn für die Betrachterin nicht zu erkennen war.
Sie war außer sich und fühlte schmerzhaft das Blut in ihren Schläfen pochen. Thierrys Spiegelbild in der Scheibe vor Augen, konnte sie sich nur mit größter Mühe davon abhalten, sich umzudrehen, auf diesen Hurensohn zuzustürzen, ihm Cashew zu

entreißen und ihn an den Haaren zu packen, um ihn daran zur Tür zu schleifen und hinauszuschmeißen – oder gleich durchs Fenster zu werfen, warum eigentlich nicht? Eines stand fest: Gewachsen wäre ihr dieses schmächtige Kerlchen nicht! Sie hatte schließlich eine Nahkampfausbildung genossen und würde ihn mit wenigen Griffen erledigen.
Thierry schwieg inzwischen.
Dieses Schweigen löste in Kiersten eine Jugenderinnerung aus. Sie war damals, da mochte sie vierzehn oder höchstens fünfzehn gewesen sein, mit ihren Klassenkameraden während einer Jahresabschlußfahrt in einem Bus gesessen. Ihre Schüchternheit hatte sie zu dieser Zeit zu einer bevorzugten Zielscheibe für Hänseleien und boshafte Streiche gemacht. Im Bus hatten die Jungen der Klasse ihr die Handtasche entrissen und warfen sie sich von Sitzbank zu Sitzbank wie einen Ball zu. Sie rannte wie wild herum, um sie wiederzubekommen. Der frechste der Burschen hatte schließlich die Tasche geöffnet und ihren Inhalt Stück für Stück in einer gespielten Versteigerung feilgeboten. Das Gelächter erreichte seinen Höhepunkt, als man drei Tampons entdeckte, die als ›Zigarren‹ schließlich von Mund zu Mund wanderten …

Wie hatte sie nur diesen Vorfall vergessen können? Einige Sekunden lang fühlte sie sich wie eine Zuschauerin ihrer selbst und dachte, daß diese Erinnerung bei ihrem nächsten Gespräch mit Teddybär wohl ein gefundenes Fressen für diesen sein müßte. Aber schon stiegen ihr wieder Demütigung und Zorn in die Kehle. Auf ganz ähnliche Weise hatte jetzt Thierry ihre Intimität verletzt, indem er gewaltsam in einen Bereich eingedrungen war, der nur ihr gehörte. Sie drehte sich mit einem Ruck um.
»Schauen Sie mir in die Augen!«
Sie konnte es nicht ertragen, ihn so mit gesenktem Nacken dasitzen zu sehen wie einen chinesischen Dissidenten vor dem Volksgericht. Er hob sein bleiches Gesicht.
»Warum diese Geständnisse? Wollen Sie Ihre Karriere ruinieren? Schon wegen eines Zehntels dessen, was Sie mir da erzählt haben, kann ich Sie aus der GRC rausschmeißen lassen! Warum also?«
»Sie haben mir befohlen, zu antworten. Und ich habe gehorcht.«
»Ach hören Sie auf! Fangen Sie bloß nicht wieder mit dieser

Nummer an! Wenn Sie Befehle haben wollen, können Sie welche von mir kriegen! Angefangen mit …«

Sie wurde vom Klingeln des Telefons unterbrochen. Sie zögerte, nahm dann aber mit einer heftigen Bewegung den Hörer ab.

»Mama, hier ist Sandrine! Wie geht's dir? Ich habe eine gute Nachricht …«

Kiersten bedauerte sofort, den Anruf nicht ins Schlafzimmer umgestellt zu haben. Das letzte Mal hatte Sandrine sie im Krankenhaus angerufen – und das wohl auf Veranlassung von Acoona, der Lebensgefährtin ihres Ex-Mannes Philippe. Jetzt hätte sie, wenn sich Sandrine nicht mit ihrem Namen gemeldet hätte, sie an der Stimme kaum erkannt. Der Klang hatte sich verändert, wie überhaupt ihre ganze Art. Das war kein kleines Mädchen mehr, das da mit ihr sprach, sondern ein Teil von ihr selbst, der sich losgelöst und ins Weite entfernt hatte, ein Gesicht mit verschwommenen Zügen, eine Gestalt mit zerfließenden Konturen. Und wieso sprach sie sie plötzlich mit Mama an, während sie doch bisher die Gewohnheit gehabt hatte, das geradezu betont zu vermeiden?

Kiersten sagte ihr, daß sie gerade Besuch habe und daß sie sie dann später zurückrufen würde. Sandrine stimmte zu, bestand aber darauf, ihr wenigstens ganz kurz etwas zu sagen. Dann berichtete sie, daß sie einen Aufsatz geschrieben hätte über das Verständnis der Völker untereinander … »Du verstehst, für einen weltweiten Wettbewerb, in der Form eines *Offenen Briefes an meine Menschenbrüder*, angeregt von diesem bekannten Gedicht Villons. Du weißt doch, so auf mittelalterlich, aber in modernem Französisch.« Kurz gesagt, dafür habe sie in ihrer Leistungsklasse den ersten Preis gewonnen und müsse ihr das ganz schnell sagen, weil das doch ein Aufenthalt in Malta zu einem großen Treffen sei. »Weißt du, vierzehn Tage, und alles bezahlt!«

»In Malta? Im Mittelmeer, meinst du?« fragte Kiersten, eine unverhoffte Pause im begeisterten Wortschwall ihrer Tochter nutzend.

»Ja, aber auf Gozo. Das gehört dazu!«

Kiersten beglückwünschte ihre Tochter, versicherte ihr, sie würde in zehn Minuten zurückrufen, und legte rasch auf, ehe die Halbwüchsige weitere fünf Minuten lang das Gespräch vorwegnahm, das sie mit ihr über diese Angelegenheit führen wollte.

So kurz das Telefonat auch gewesen war, hatte es doch ihre Stimmung verändert. Sie hatte weiter im Zorn mit Thierry reden wollen, doch ihre Wut war plötzlich verraucht. Sie widerstand der Versuchung, sich hinzusetzen.
Thierry wartete; Cashew hatte er auf den Boden gesetzt.
»Ich weiß noch nicht, wie ich mich entscheiden werde, was Sie betrifft«, sagte sie, irgendwie erschöpft. »Sie sollten jedoch wissen, was ich von Ihnen erwarte!«
»Daß ich gehe«, antwortete er und erhob sich. »Und nie wieder etwas von mir hören lasse!«
»Haben Sie etwas daran auszusetzen?«
»Das steht mir nicht zu. Aber einen Einwand erlaube ich mir doch...« (Er wartete auf ein Zeichen, ihn zu formulieren.) »Beweisen Sie wirklich Ihre Macht, indem Sie mich vor die Tür setzen? Ist das nicht viel eher ein Zurückweichen vor der Herausforderung, die ich darstelle?«
»Eine Herausforderung?« schrie sie. »Wofür halten Sie sich denn? Eine Herausforderung für meine Auffassung von Humor allenfalls! Ich bin vielleicht altmodisch, aber von einem Mann erwarte ich jedenfalls... ach, lassen wir das! Schlappschwänze sind jedenfalls nichts für mich!«
»Sie brauchen mich doch nur zu veranlassen, die Initiative zu ergreifen«, meinte er. »Unterwerfung und Passivität sind nicht das gleiche.«
Statt einer Antwort zuckte sie nur mit den Schultern und durchquerte das Wohnzimmer mit entschlossenem Schritt. Thierry ließ ein letztes Mal einen aufmerksamen Blick über die Einrichtung gleiten.
»Nehmen Sie schon ein Bestandsverzeichnis auf?« fragte sie, sich umwendend. »Das ist doch eine Zwangshaltung bei Ihnen! Sie sehen alles, Sie hören alles... Zu schade, daß Sie nicht auch noch Fotos machen können, wie?«
»Entschuldigung! Aber nichts, was Sie betrifft, läßt mich unberührt.«
»Das ist doch genau das, was ich Ihnen übelnehme! Und wenn ich Sie dann nach einer Zusammenfassung frage, kommen Sie mir mit der ›absoluten Wahrheit‹!«
»Sie schonen mich wahrlich nicht«, murmelte er, die Lippen zu-

sammengekniffen unter der Anstrengung, seine Gedanken zu verbergen. »Ihre Wohnung ist sehr harmonisch und geschmackvoll eingerichtet. Am meisten überrascht hat mich bei meinem Eintritt jedoch die Ordnung, die hier herrscht. Eine gewisse Strenge, fast Nüchternheit ... Aber ich darf Ihnen sagen, daß ich mich dadurch fast etwas ermutigt gefühlt habe hinsichtlich meiner Hoffnungen. Gleichzeitig habe ich Sie fast etwas ... bedauert.«

»Wie das?«

»Bei glücklichen Menschen herrscht immer ein wenig Unordnung«, meinte er.

Sie legte die Hand auf die Türklinke.

»Das reicht jetzt, Herr Bugeaud. Einen Psychiater habe ich schon, wie Sie ja zweifellos aufgrund meines Kalenders wissen. Sonst noch was?«

»Ja, ein Letztes, was nichts zu tun hat mit ... *Chose*. Es geht um Ihre Ermittlungen wegen dieser Snuffs. Ich glaube, daß ich Ihnen dabei helfen kann. Ich verfüge da einfach über gewisse Möglichkeiten ...«

Sie öffnete die Tür, und ihre Augen blitzten. Sie zwang sich, wegen der Nachbarn die Stimme zu senken.

»Ich möchte keinen Ton mehr hören über ihr Herumgeschnüffel! Ich mache meinen Kram, ohne in den Mülleimern zu stöbern. Nein, danke!«

Er wurde noch blasser und ging hinaus, ohne ein Wort darauf zu erwidern. Es war ihr klar, daß sie ihn jetzt verletzt hatte. Aber sie nahm es in Kauf, er hatte schließlich nichts anderes verdient!

»Ich bleibe unten noch im Auto sitzen«, sagte er leise, ohne sie anzublicken. »Ich fahre erst weg, wenn Sie das Licht gelöscht haben.«

»Bilden Sie sich bloß nicht ein ... Ach, gehen Sie doch zum Teufel!«

Und sie schlug ihm die Tür vor der Nase zu.

Sandrine hatte nicht mehr viel Neues zu berichten. Ihr Vater hätte nichts einzuwenden gegen ihre Reise nach Malta, vorausgesetzt, er erhalte befriedigende Auskünfte über die Organisation, die dieses Seminar finanziere – eine gewisse *Stiftung für die Annäherung unter den Völkern*.

»Hat er dir gesagt, daß du mich anrufen sollst?« wollte Kiersten wissen.
»Nein, er hat eigentlich gemeint, daß ich dorthin schreiben soll. Aber ich dachte mir, wegen deiner Beförderung bei der Polizei könntest du vielleicht einen deiner Leute fragen, ob er nicht die entsprechenden Informationen beschaffen könnte ...«
»Na, was du dir so ausdenkst! Wer hat dir denn das mit meiner Beförderung gesagt?«
»Großpapa natürlich, wer denn sonst? Du scheinst ja die erste Frau zu sein, die in Kanada in den Rang eines Inspektors aufgestiegen ist. Oder muß man Inspektorin sagen?«
»Nein, üblicherweise sagt man Inspektor. Und ›erste Frau‹ gilt auch nur für die Polizei, da wollen wir doch nicht übertreiben. Manche glauben übrigens, es müsse ›Inspekteuse‹ heißen, so wie Friseuse zum Beispiel – so ein Blödsinn!«
»Na, ich dachte, du seiest Feministin!«
»Bin ich schon, aber ich habe mir andere Prioritäten gesetzt als die Sprachreform!«
Kiersten empfand dieses Interesse beglückt als eine stärkere persönliche Annäherung ihrer Tochter, verbunden mit einer Art von Komplizenschaft, was ganz neu in ihrer Beziehung war. Aber vielleicht bildete sie sich das auch nur ein, denn schon wandte sich Sandrine wieder den üblichen Belanglosigkeiten zu: Daß sie wahrscheinlich wieder die einzige sei, die beim Jahresabschlußball ein kurzes Kleid tragen würde, aber so wichtig sei das ja auch wieder nicht, »weißt du, so ein Cliquentier bin ich ja sowieso nicht; und könnten wir nicht vielleicht, wenn ich das nächste Mal in Ottawa bin, einen gemeinsamen Rundgang durch die Polizeizentrale machen?«
Kiersten antwortete, sie fände das eine prima Idee, und ließ sich abschließend, ehe sie auflegte, noch die Adresse der Stiftung geben, die den Besuch dieses *Seminars zur planetarischen Bewußtwerdung* in Xaghra finanzierte.
Dann saß sie eine Weile still da, die Augen ins Leere gerichtet, und versuchte sich darüber klarzuwerden, was in ihr vorging. Es war nicht ganz leicht, Ordnung in dieses Durcheinander zu bringen und die Gründe zu erforschen für jenes unbehagliche Gefühl von Zweifel und Ungewißheit. War es die Unterhaltung mit Sandrine?

Oder die lange verdrängte Erinnerung an den Vorfall in früher Jugend? Oder der mehr als merkwürdige Besuch dieses Thierry Bougeaud?

»Sie können nie dem Drang widerstehen, den Dingen bis ins kleinste auf den Grund zu gehen!« hatte Teddybär ihr einmal gesagt. Und so war es tatsächlich. Sobald irgend etwas sie ängstigte, stürzte sie sich sofort in eine tiefschürfende Zergliederung ihres Seelenzustandes...

Ihre erste Beobachtung brachte nicht viel. Als sie ihre Blicke ringsum schweifen ließ, stellte sie fest, daß die mustergültige Ordnung in ihrer Wohnung sie nicht wie gewöhnlich zu beruhigen vermochte. Wäre es ihr lieber, daß jemand da wäre, der für Unordnung sorgte? Ganz gewiß nicht! Aber das war wohl wieder so ein Abend, an dem das Alleinsein ihr zu schaffen machte...

Das Verhalten Thierrys hatte sie völlig außer sich gebracht. Es war ganz richtig gewesen, ihn vor die Tür zu setzen – wieso also bedauerte sie nun, daß er nicht mehr da war? Sie hatte ihm die Meinung gesagt und ihm gezeigt, daß man sich nicht ungestraft mit einer Kiersten MacMillan anlegte. »Ich hätte meiner Wut freien Lauf lassen sollen, als ich ihn vor mir hatte!«

Das beste wäre, gar nicht mehr weiter an diesen Übergeschnappten zu denken, fand sie und wußte dabei doch sofort, daß ihr das nicht gelingen würde. Und ihre zweite Feststellung, die ihr so wenig weiterhelfen würde wie die erste, war, daß dieser Thierry ihr auch noch gefiel.

Sie erinnerte sich daran, daß sie, als man vor ihr den Verdacht geäußert hatte, er sei homosexuell, »Wie schade!« gedacht hatte – so wie damals in Rom diese niedliche Journalistin (wie hatte die doch noch einmal geheißen? Lydia soundso) von »Verschwendung« gesprochen hatte in bezug auf den Sohn des Botschafters, Frédéric Delagrave. Denn Thierry war ein hübscher Bursche mit seinen leicht schlitzförmigen Augen und der überraschenden graugrünen Iris darin. Wieso hatte er sich nicht an sie herangemacht wie ein normaler Mann? (Gut, »normal« war vielleicht nicht unbedingt der richtige Ausdruck, aber sie wußte schon, was sie damit meinte.)

Sein Vorgehen war mehr als ein Spiel, dessen war sie sich nun sicher. Er war bereit, sie als seine »Herrin« anzuerkennen in einer

Bedeutung dieses Wortes, die sie störte. Sie sah in diesem Angebot zur Unterwerfung etwas Ungehöriges, das ihrem eigenen Wesen gänzlich fremd war. Und sie begriff nun – ihre dritte Entdeckung – auch, daß Thierry recht gehabt hatte mit seiner Andeutung, daß sie ihn nur deswegen hinauswerfe, um der Beantwortung der Frage auszuweichen, ob sie nicht doch an seinem Vorschlag interessiert sei.

Sei stand schwungvoll auf und erschreckte damit Cashew, die sich mit protestierendem Miauen unter das Sofa verkroch. Sie machte drei Schritte in Richtung Flur und blieb dann plötzlich stehen, um sich zu fragen, was sie denn da vorhabe – die Lichter zu löschen und damit Thierry ein Zeichen zu geben, daß er nun verschwinden solle. Sie könnte sie doch auch brennen lassen bis zum Morgen, um ihn für seine Unverschämtheit mit einer schlaflosen Nacht zu bestrafen.

Sie ging ins Schlafzimmer, wo sie im Halbdunkel mit dem Fernglas durch das Fenster beobachten konnte, ohne selbst gesehen zu werden. Ein grauer Volvo stand mit eingeschaltetem Standlicht am Gehsteig gegenüber. »Eigentlich nicht der Wagen, den ich mir für ihn vorgestellt hätte«, fand sie. »Viel zu wuchtig!«

Thierry saß hinter dem Lenkrad und schien etwas in ein Heft zu schreiben. Ob er eine letzte Botschaft an sie verfaßte, um sich zu rechtfertigen? Oder sich zu entschuldigen? Oder schlug er vielleicht die Zeit damit tot, an neuen Algorithmen für Pinocchio zu tüfteln? Er drehte den Kopf und schaute nach oben; ganz unwillkürlich trat sie einen Schritt zurück. Dann fuhr es ihr schlagartig durch den Kopf: Der Bursche da unten war kein Irgendwer! Sein Lügendetektor würde früher oder später ein Bombenerfolg werden! Und die Art, wie er heute morgen dem alten Clarkson die Stirn geboten hatte – Hut ab! »Aber wie kann man nur so ein Köpfchen haben und von Sklaverei träumen?« fragte sie sich verblüfft.

Sie zuckte zusammen, als sie begriff, daß ihre Entscheidung gefallen war. Denn es stieg der Zweifel in ihr auf, ob sie überhaupt die Erwartungen von Chose erfüllen könne, ob sie seinen Wünschen nach Beherrschung gewachsen sei, ob sie Überlegenheit zeigen könne. Thierry interessierte sie, zugegeben, und sie hätte sich ja auch weigern können, seine Herausforderung anzunehmen – aber

aufgrund einer freien Entscheidung und nicht aus Furcht. Nun aber wollte sie es mit seinen Wünschen und seiner Neugier aufnehmen, weniger wohl mit seinem Stolz.
Sie trat entschlossen zum Hauptlichtschalter im Wohnzimmer und knipste ihn mehrmals aus und an.

Kiersten hatte den Riegel an der Tür zum Treppenhaus zurückgeschoben und sie einen Spalt breit offen gelassen. Bloß kein höflicher Empfang – einmal war genug!
Thierry hatte begriffen und war hereingekommen, ohne anzuklopfen. Das Licht der Straßenlaternen reichte aus, um sich im Wohnzimmer zurechtzufinden, ohne sich an den Möbeln zu stoßen.
»Stellen Sie sich dort vor den Kamin, damit ich Sie anschauen kann!« befahl sie.
Sie hatte sich in eine dunkle Ecke mit dem Rücken zum Fenster gesetzt. Auf diese Weise konnte er ihren Gesichtsausdruck nicht erkennen, und das war gut so. Zufrieden war sie auch mit der Festigkeit ihrer Stimme. Nachdem sie sich jetzt einmal entschieden hatte, hätte sie mit niemandem tauschen wollen.
»Ziehen Sie sich aus!«
Er streifte mit einer geschmeidigen Bewegung den Pullover über den Kopf und ließ ihn auf den Teppich fallen. Dann begann er sein Hemd aufzuknöpfen und benahm sich dabei so lässig, als sei es etwas ganz Alltägliches für ihn, nachts allein zu Frauen zu kommen und sich dort auf deren Befehl hin auszuziehen. Dabei zweifelte Kiersten keinen Augenblick daran, daß diese Situation für ihn genauso neu war wie für sie selbst. Seine Lässigkeit war nur gespielt. Es war so gut wie sicher, daß ihm der Atem stockte.
»Nicht so schnell!«
Er verlangsamte das Aufknöpfen, aber das entsprach noch immer nicht ihrer Vorstellung.
»Langsamer, habe ich gesagt! Wie in Zeitlupe beim Film. Ich habe schließlich Zeit.«
Sie war erstaunt darüber, plötzlich so rasch und genau zu wissen, was sie wollte. Auf erotischem Gebiet war das eine ganz neue Erfahrung für sie.
Er hatte es jetzt begriffen. Die extreme Langsamkeit seiner Bewe-

gungen verlieh ihnen etwas Schwebendes. Er nahm das wahr und verlangsamte sie noch mehr, was ihnen einen Anstrich von Laszivität verlieh. Sie erriet, daß ihre letzte Weisung in ihm wahres Vergnügen ausgelöst hatte. Er löste seinen Gürtel und ließ, ohne sich zu bücken, seine Hose einfach an seinen Beinen hinuntergleiten, indem er das Gewicht von einem Bein auf das andere verlagerte. Dann beugte er die Hüften zur Seite, um erst mit dem einen und dann mit dem anderen Fuß herauszusteigen. Schließlich schob er, ohne den Kopf zu senken, eine Ferse vor die Spitze des einen Schuhs und streife mit einer Knöchelbewegung den anderen ab. Das gleiche wiederholte er mit dem zweiten Schuh.

»Das reicht erst mal«, befand sie. »Jetzt verschränke die Hände im Nacken und bleib unbeweglich stehen!«

Das Duzen ließ ihn zusammenzucken. Sie musterte ihn mit kritischem Blick ohne jede Verlegenheit und war sich dabei bewußt, daß eine solche Ungeniertheit nur möglich war, weil beide bereit waren, sich an die Regeln dieses Spiels zu halten, selbst wenn es schamlos sein mochte. Sie stellte fest, daß sie sich vorhin geirrt hatte, als sie ihn im stillen ein schmächtiges Kerlchen nannte: Er besaß die Muskulatur eines Schwimmers, ohne ein Gramm Fett darauf.

Sie hatte seinen Striptease angehalten, ehe er auch noch seinen Slip auszog, einen winzigen japanischen Minislip aus weichem Leder. Aber es war weit weniger dieses täschchenartige Bekleidungsstück, was ihren Blick anzog, als das Kettchen um seinen Fußknöchel. Sie brauchte sich nicht erst davon zu überzeugen, daß die Initialen auf der Namensplakette die ihren waren: K. E. M. Sie empfand ein flüchtiges Gefühl wie Freundschaft, ja fast Dankbarkeit gegenüber diesem nackten Sklaven, der seine Haltung mit erhobenen Armen und ihr zugewandten Achselhöhlen beibehielt. Sie verdrängte diese Empfindung in der Überzeugung, daß der sicherste Weg, ihr den Genuß zu verderben, ein Abgleiten in die Sentimentalität wäre.

Sie trat näher. War es das Erbe der asiatischen Ahnin? Sein sehniger Körper war schmal, und als sie sein Gesicht betrachtete, fragte sie sich, ob Thierry wohl jemals einen Bart oder Schnurrbart haben könnte, der diesen Namen wirklich verdiente. Dabei bemerkte sie, daß er sich seinerseits wohl am meisten für die Form ihrer Lippen zu interessieren schien. Sie wollte ihm gerade sagen, daß er ihr doch in die Augen schauen solle, als sie begriff, daß es genau diese Freiheit war, die er sich versagte. Beim ersten Verstoß würde sie ihn zur Ordnung rufen. Und schließlich hatte sie ja einen hübschen Mund. Sie würde sich weiß Gott nicht beklagen, wenn endlich einmal jemand ihr aufs Wort gehorchte!

Sie legte ihm die Hand auf die Brust, was einen anhaltenden Schauer auf der nackten Haut vor ihr auslöste. Es schien ihm an Luft zu mangeln, und er flüsterte so leise »Danke!«, daß sie daran zweifelte, ihn richtig verstanden zu haben. Sie zwang sich, weiterhin Gleichgültigkeit vorzutäuschen, konnte sich aber selbst immer weniger das Klopfen des eigenen Herzens verhehlen.

»Was ist das für ein Parfüm?«

»Gentleman, von Givenchy«, antwortete er mit unbewegter Stimme.

»Das ist zu aufdringlich. Du wirst das wechseln gegen etwas leichteres, mit einer Spur von Zitrone. Green Water vielleicht. Jetzt kannst du die Arme herunternehmen. Verschränk sie im Rücken – ja, so.«

Mit leichter, aber entschlossener Hand griff sie nach dem ledernen Täschchen zwischen seinen Schenkeln, wie um es abzuwiegen.

»Keine *stehende Begrüßung*?« sagte sie mit leicht ironischem Unterton. »Die Begeisterung läßt zu wünschen übrig?«

»Im Gegenteil«, antwortete er ohne die geringste Verlegenheit. »Es ist das erste Mal, daß ich in Ihrer Gewalt bin. Die Erregung darüber bindet all meine Kräfte. Das ist nur vorübergehend, keine Sorge!«

Beeindruckt trat sie einen Schritt zurück. Wie viele Männer mit seiner Bildung hätten es wohl fertig gebracht, einem derartigen Mißgeschick so gelassen zu begegnen? Dabei begriff sie, daß sie die »Wahrhaftigkeit« Thierrys wohl niemals erfassen würde, wenn sie daran den Maßstab früherer Erfahrungen anlegte. Sie erkannte auch, daß sein Genuß darin bestand, nackt vor ihr zu stehen, weil sie ihm das so befohlen hatte. Er erwartete nichts weiter und würde frierend, unbeweglich und glücklich so stehenbleiben, bis er einen weiteren Befehl erhielt.

Es war das erste Mal, daß sie mit einem Mann in einer intimen Situation war, ohne daß dieser es eilig gehabt hätte, zur Sache zu kommen. Dennoch war Thierry aufmerksam gegenüber dem, was um ihn herum geschah, und aufmerksam ihr gegenüber – gegenüber ihren Ansprüchen, ihren Wünschen an ihn. Aber was waren das für Wünsche? Sie fragte sich, ob er nicht darüber besser Bescheid wisse als sie selbst.

»Mach mir einen Scotch«, sagte sie schließlich, wandte sich ab und setzte sich. »Pur, mit zwei Eiswürfeln.«

Er ging ohne jedes Zögern an das kleine Barfach. Ob er wohl während Ihrer Abwesenheit schon einmal hier gewesen war? Wenn er schon wie ein Einbrecher in ihren Computer eingedrungen war, warum nicht auch in ihre Wohnung? Nein, das war wohl Unsinn: Es war schließlich kein Kunststück, bei diesen Einbaumöbeln zu erkennen, wo das Barfach untergebracht war.

Sie schaute ihm zu, wie er in die Küche hinaus und an den Kühlschrank ging, dessen Licht aus der geöffneten Tür einen kalten Schein auf seinen nackten Körper warf. Sie war fasziniert davon, mit welcher Natürlichkeit er sich seinem »Dienst« unterwarf, und verwirrt durch das ungewohnte, angenehme Prickeln, das sein Anblick in ihr auslöste. Die männliche Anatomie hatte nie sonderliche Erregung in ihr geweckt, noch nicht einmal gesteigertes Interesse. Warum war das plötzlich bei diesem Thierry anders? »Er hat irgend etwas Androgynes an sich«, dachte sie. »Dabei macht er auf seine Weise gar keine schlechte Figur. Aber es ist vor allem die Art, wie er sich gibt, diese Bereitwilligkeit. Ein seltsamer Vogel!«

Er kauerte sich zu ihren Füßen nieder und reichte ihr das Glas, in dem die Eiswürfel klirrten. Er neigte den Kopf und lehnte ihn leicht gegen ihren Schenkel. Sie legte ihm die Hand auf den Nacken und bedeutete ihm damit »Rühr dich nicht!«

Sie fühlte sich als Herrin über die Zeit – ein unglaubliches Gefühl! Es lag in ihrer Macht, die Erwartung andauern zu lassen, und nicht nur das: sie selbst zu unterbrechen. Ohne dafür irgend jemandem gegenüber Rechenschaft ablegen zu müssen. Und es lag auch ganz und nur bei ihr, jetzt Schluß zu machen.

Sie spielte in Gedanken verschiedene Möglichkeiten durch: Sie könnte sich von ihrem Sklaven ein Bad einlaufen lassen und ihn dann wegschicken, oder ihm die Augen verbinden und sich von ihm einseifen lassen. Oder sich ihn einfach in ihr Bett holen und sich von ihm ganz nach ihren eigenen Wünschen lieben lassen. Aber hatte sie darauf wirklich Lust? Machte es vielleicht mehr Spaß, ihm zu befehlen, sich draußen vor ihrer Tür zum Schlafen hinzulegen, wie das bei den Dienern großer indischer Familien der Falls ein sollte? Ihn als Leibwächter behandeln, dem es strengstens verboten war, sie auch nur zu berühren? Sie hatte es sich in ihrem Sessel gemütlich gemacht, den Kopf zurückgelegt und die Augen geschlossen. Unter ihren Fingerspitzen spürte sie das Blut im Nacken von Chose pochen und empfand die Weichheit seiner Haut. Sie lächelte und genoß ungläubig dieses Bild. Und zum ersten Mal seit sehr langer Zeit gönnte sie sich den Luxus, ganz unentschlossen zu sein.

Gegen sieben Uhr wurde Kiersten durch den Geruch von frischem schwarzem Kaffee und warmen Hörnchen aus dem Schlaf geweckt. Sie fand ein Tablett neben dem Bett und eine Notiz Thierrys mit der Warnung: »Der Morgen ist immer gefährlich!« Er hatte sie im Schlaf betrachtet und überlegt, was ihr wohl beim Aufwachen die meiste Freude machen würde. Das Ergebnis war dieses Frühstück – und seine Aufgabe als Sklave war es schließlich, über das Übliche und Alltägliche hinauszuschauen. Obendrein hatte er erkannt, daß sie sicher besonders gerne allein wäre beim Aufwachen.

Kiersten genoß das Frühstück und dachte darüber nach, daß die Gerüchte über die angeblichen andersartigen Neigungen Thierrys so überraschend eigentlich auch wieder nicht waren. »Er erfühlt bestimmte Dinge wie eine Frau«, fand sie, und das verwirrte sie, fast schon zu sehr. Natürlich hatte sie mit großer Erleichterung beim Erwachen festgestellt, daß außer ihr nur Cashew in der Wohnung war – aber wie hatte Chose es nur geschafft, aus der Wohnung zu schlüpfen, ohne sie zu wecken, obwohl sie doch gewöhnlich einen leichten Schlaf hatte?

In der Nacht hatte er ihr bewiesen, daß er sehr wohl in der Lage war, »die Initiative zu ergreifen« – und wie! Sie hatte schon Bekanntschaften mit Männern gehabt, die durchaus aufmerksam waren und auf ihre Bedürfnisse eingingen, aber selbst mit ihnen

war es immer eine Sache von Geben und Nehmen gewesen. Thierry jedoch schien die eigene Lust gar nicht wichtig zu sein – gerade dadurch aber war wohl auch er voll auf seine Kosten gekommen ...
Als sie im Badezimmer in den Spiegel schaute, überkam sie wieder dieses Gefühl der Unwirklichkeit, das sie schon mehrfach empfunden hatte, seit Chose in ihr Leben getreten war. Und wenig später überraschte sie sich dabei, daß sie unter der Dusche lauthals lachte.

Gegen zehn Uhr ging eine lakonische E-Mail bei ihr ein: »Muß Sie sprechen. Dringende Angelegenheit. T. Bugeaud.«
Einen Augenblick lang fühlte sie sich bedroht. Hatte sie Thierry falsch eingeschätzt? Glaubte er nun, die Geschehnisse dieser Nacht gäben ihm Rechte über sie? Das fehlte ja gerade noch!
»Was dringend ist, entscheide ich«, antwortete sie. »Warten Sie gefälligst, bis ich mich wieder bei Ihnen melde!«
Kurz vor Mittag kam Patricia aus dem Vorzimmer herein und meldete, Herr Bugeaud sei draußen und bestehe darauf, daß er sie dringend sprechen müsse.
»Gut, führen Sie ihn herein!« sagte sie, sich steif aufrichtend.
Ihr Zorn fiel sofort in sich zusammen, als sie Thierrys Gesichtsausdruck sah: Er hatte sichtlich einen schwerwiegenden Grund, sie zu stören. Warum hatte sie das nicht gleich begriffen?
Sie war zunächst versucht, so zu tun, als hätte sich nichts zwischen ihnen abgespielt, verwarf das aber als feige. Andererseits kam ein Duzen im Büro nicht in Frage, nicht einmal unter vier Augen. Das hätte zu leicht dazu geführt, sich später vor Dritten zu verplappern.
»Wo haben Sie denn die Hörnchen bekommen?«
»Bei Lartigue, ganz früh schon, frisch aus dem Ofen!«
»Sie waren tatsächlich einkaufen? Ich habe nicht das geringste davon gehört!«
»Ich war eben leise ...«
»In der Küche stand eine Untertasse auf dem Boden. Sie war leer, und trotzdem schleckte Cashew noch daran herum ...«
»Königsspeise von Purina ...«
»Sie mag doch sonst nur Trockenfutter!«

»Das wußte ich nicht. Nachdem sie mich gestern so freundlich empfangen hat, war das doch ein Dankeschön wert!«
»Ich nehme mal an, daß diese ›dringende Angelegenheit‹ nichts mit all dem zu tun hat …«
»Nein«, antwortete er nach kurzem Zögern. »Oder doch jedenfalls nicht unmittelbar. Ich hatte Ihnen doch gestern meine Hilfe angeboten wegen dieser Snuffs. Sie hatten das abgelehnt, aber ich habe begründeten Anlaß, darauf zurückzukommen.«
»Nämlich?«
»Es geht um diese Praktikantin im Büro von Richter MacMillan, Mona-Lisa Perès. Deren Überprüfung hat doch nichts Auffälliges ergeben. Es gab da lediglich diese Studienreise in die Mittelmeerländer.«
»Ich habe den Bericht gelesen. Und?«
»Die Perès ist nicht mit ihrer Gruppe zurückgekehrt. Sie hat ihren Aufenthalt in Europa um zwei Wochen verlängert.«
»Aha! Und woher wissen Sie das?«
»Ich habe die Daten von Air Canada überprüft.«
»Überprüft? Ohne Genehmigung?«
»Ihr Datenschutz ist das reinste Sieb!«
»Das ist illegal!« sagte sie streng. »Ich will nichts davon hören! Ich sähe mich sonst gezwungen …«
»Mona-Lisa Perès hat vierzehn Tage in Malta verbracht«, fuhr er fort, als ob er ihre Verwarnung gar nicht gehört hätte. »Ein ungewöhnlich langer Aufenthalt, um ein paar Inselchen zu besichtigen, finden Sie nicht auch?«
In ihr ging eine Warnlampe an.
»Malta?« wiederholte sie.
»Ich mußte ja gestern, ob ich wollte oder nicht, Ihr Telefongespräch mit Sandrine mit anhören. Dabei wurde auch diese Insel erwähnt. Ob das wirklich nur ein Zufall ist?«
Kiersten war bleich geworden und antwortete nicht sogleich. Sie dachte nach, und ihr Herz zog sich dabei in kalter Furcht zusammen.

10. Kapitel

Laurence wurde vom Läuten einer Glocke aus ihrem Schlaf gerissen. Sie sprang sofort auf, mußte sich dann aber vor Bestürzung an der Wand festhalten: Ihre Roßhaarmatratze befand sich nicht mehr auf dem Balkon, sondern im Zimmer. Es beunruhigte sie, daß sie nicht die geringste Erinnerung daran hatte, sie hereingeholt zu haben.

Durch das Fenster sah sie lange, bunte Reihen auf den schmalen Pfaden an der Flanke des Hügels – die Mirandisten der verschiedenen Gruppen waren unterwegs zum Frühstück im Refektorium. Sie hatte zwar keinen Hunger, aber das hinderte sie nicht daran, sich in aller Eile anzukleiden. Rasch fuhr sie sich mit dem Kamm durchs Haar, einen längeren Blick in den Spiegel schenkte sie sich …

Eine Jüngerin erwartete sie schon vor dem Gebäude. Die Morgenhelle unterstrich das Weiß ihres Gewandes.

»Mein Name ist Jasmine. Der Erste Ratgeber möchte Sie sprechen. Er ist im Olivenhain; ich begleite sie hin …«

Sie mochte etwa dreißig Jahre alt sein, und ihr Gesicht war entstellt durch eine große Hasenscharte. Ihre Blicke fuhren beständig unruhig umher, als wolle sie sagen: »Schauen Sie mich bloß nicht an!« Warum nur hatte sie sich nicht behandeln lassen? Ein Chirurg hätte diese Verunstaltung doch zumindest verringern können?

»Haben Sie schon lange gewartet? Sie hätten heraufkommen sollen!«

»Ich habe an Ihre Tür geklopft, aber Sie haben nicht geantwortet …«

Laurence folgte ihr rasch und war befremdet davon, daß sie drei Meter vor ihr herlief.

»Merkwurdige Art, einen zu ›begleiten‹«, dachte sie fur sich. »Man konnte fast meinen, sie befurchte, von mir angesteckt zu werden … Und dieser merkwürdige Treffpunkt. ›Olivenhain‹ – das klingt ja wie ›Ölberg‹, richtig messianisch!«

Sie gelangten alsbald auf die blumenbestandene Terrasse rings um den alten Klosterbau. So weit das Auge reichte, waren flach gerundete Hügel zu sehen. In der Ferne konnte man, wie eine Beruhigung, die Stadt Xaghra erkennen.
Jasmine entfernte sich mit mürrischem Gesicht ohne ein weiteres Wort. Ganz entschieden ...

Der Erste Ratgeber (war das wohl ein offizieller Titel?) stand am Eingang zu einem großen Garten am Fuß eines ansteigenden Hanges. Neben ihm stand Dora Frascatti und sprach lebhaft auf ihn ein. Als er Laurence erblickte, brach er das Gespräch ab.
Die Italienerin entfernte sich widerstrebend und konnte ihre Tränen nicht zurückhalten. Als sie an Laurence vorbeikam, flüsterte sie: »Helfen Sie uns!«
Jean-Louis hatte sich hinuntergebeugt, um sich das Gesicht mit dem Wasser eines Brunnens zu benetzen. Er richtete sich auf und schaute Laurence entgegen; seine hellen Augen waren feucht.
»Du kennst diese Frau?« fragte er.
»Eigentlich kaum ... Wir sind uns auf der Reise hierher begegnet. Warum?«
»Ich brauche deinen Rat. Du hast immer viel Intuition bewiesen ... Weißt du, was sie hierherführt?«
»Ich glaube schon. Sie hat es mir gestern abend erzählt und mich um meine Vermittlung gebeten ... Sie bildet sich ein, daß ich Einfluß auf dich hätte!«
»Im gegenwärtigen Fall hat sie nicht unrecht! Was hältst du denn von ihrer Geschichte?«
Sie tat, als müsse sie nachdenken. Irgend etwas sagte ihr, daß Jean-Louis bereits über den nächtlichen Besuch Doras informiert war. Entweder hatten die flackernden Augen Jasmines das mitbekommen, oder es waren die Überwachungskameras, die den Zugang zu den Räumen El Guías sicherten.
»Die kleine Gabriella bedarf des Schutzes, das liegt doch auf der Hand«, sagte sie schließlich. »Möchtest du vielleicht das Risiko auf dich nehmen, sie nach Neapel zurückzuschicken?«
»Um das Risiko geht es, genau. Wenn es nur um mich ginge, wäre die Entscheidung rasch gefallen. Aber der Ruf der ganzen Kirche steht auf dem Spiel! Die Mutter dieses Mädchens hat zwar

eine offizielle Bestätigung unterschrieben, aber nichts kann den Vater daran hindern, uns zu verfolgen! Wegen Entführung, Freiheitsberaubung, was weiß ich?«

»Ich bezweifle sehr, daß er sich ein solches öffentliches Aufsehen wünscht ...«

»Mag sein, aber die Medien sind doch heutzutage hinter jeder Andeutung eines möglichen Skandals her! Ganz zu schweigen von ...«

Plötzlich verstummte er mit weit aufgerissenen Augen. Sein Gesicht überzog sich mit einem Ausdruck der Ekstase, und selbst seine Haut veränderte sich und wurde glatt wie die eines kleinen Kindes. Laurence war um so verblüffter von dieser Verwandlung, weil sie ganz jener glich, an die sie eine sehr ferne und fast schon unwirkliche Erinnerung hatte – als nämlich dieser Mann da vor ihr als ihr Liebhaber in ihren Armen den Höhepunkt seiner Lust erlebte ...

»Ich habe mit dir über Dora gesprochen, um die Wartezeit abzukürzen«, sagte er mit bebender Stimme. »Aber ich habe dich aus einem anderen Grund herkommen lassen: El Guía möchte dich kennenlernen!«

Miguel D'Altamiranda war, in eine langes graues Gewand gehüllt, auf die Terrasse getreten. Er schritt ohne Hast die Steintreppe herunter und trat mit ausgestreckten Händen auf Laurence zu. Sein Gesicht war bronzefarben und von Falten durchfurcht, sein kurzer Bart genau so weiß wie seine gewellte Mähne. Er ergriff ihre Schultern, gab sie aber sofort wieder sanft frei, als habe er gespürt, daß sie vor solchen Berührungen zurückschrecke.

»Seit langem schon habe ich auf eine Begegnung mit Ihnen gehofft«, sagte er mit warmer Stimme. »Sie waren fünf Jahre lang in Maghrabi eingesperrt, und so war fünf Jahre lang ein Teil von mir mit in Gefangenschaft.«

Sie hatte zwar gelesen, daß er neun Sprachen beherrschte, war aber dennoch überrascht davon, wie akzentfrei er Französisch sprach.

»Das ist Vergangenheit«, antwortete sie zurückhaltend.

»Wollen Sie damit sagen, daß Sie wieder ganz hier sind, und daß nicht ein Stück von Ihnen dort zurückgeblieben ist?«

»Das behaupte ich ganz und gar nicht! Sie sprechen von meiner Gefangenschaft, als ob … Was wissen Sie denn von mir?«
»Alles und nichts. Nichts, weil man alles vergessen kann, was die Nachrichtenhändler so verbreiten. Alles, weil ich wie Sie jene Stunde vor dem Tagesanbruch kenne, in der die Dinge noch keine Konturen haben, die Mauern noch keine Festigkeit und das Herz kalt ist wie Eis.«
Sie fühlte, wie ihre feste Entschlossenheit, wachsam zu bleiben und auf der Hut vor dem, was Journalisten als die »magische Kraft« El Guías bezeichneten, ins Wanken kam. Sie warf sich vor, sich von dem einlullen zu lassen, was andere ihr gesagt hatten, statt sich die Zeit zu nehmen, sich eine eigene Meinung zu bilden. Sie hatte Fjodor Gregorowitsch anvertraut, daß sie es nicht mehr vertrage, im Kreis von Leuten zu sein, die sprachen, ohne wirklich etwas zu sagen. Konnte sie sich jetzt diesem Mann entziehen, der unter Verzicht auf allgemeine Floskeln gleich auf den Kern der Dinge kam? Was er sagte, hatte Gewicht: Nach dem Tode Che Guevaras hatte er in Bolivien achtzehn Monate in einem elenden Kerkerloch verbracht.
D'Altamiranda gab Jean-Louis ein Zeichen, daß er sie allein lassen solle. Hatte er gespürt, daß die Anwesenheit dieses stummen Zeugen Laurence belastete? Er folgte ihm mit den Blicken und murmelte:
»Dieser Mann hat Sie geliebt!«
»Hat er Ihnen das gesagt?«
»Seine Vergangenheit ist ohne Bedeutung. Er hat die Schwelle der Entsagung überschritten, und von da an zählt nur noch die Zukunft für ihn. Nachdem ich Sie nun kennengelernt habe, kann ich den Wert seines Opfers erst richtig ermessen.«
»Die Dritte Schwelle, nicht wahr? Ich glaubte, daß die Geweihten auf ihren Namen verzichten müßten …«
»Von ›müssen‹ kann bei uns überhaupt keine Rede sein. Hier im Heiligtum wird auf niemanden irgendein Zwang ausgeübt, ich würde das niemals erlauben. Jeder hier bringt sich mit vollen Kräften ein, aber nach seinen jeweiligen Möglichkeiten. Eine Verpflichtung, die man nicht aus innerer Überzeugung auf sich genommen hat, kann niemals zur letzten Stufe der Verklärung führen. Was unseren Freund betrifft, so erfordern es seine Aufga-

ben, daß er von seinen Brüdern unterscheidbar bleibt. Aber mißverstehen Sie das nicht: Es ist eine Prüfung, und wenn er sie auf sich nimmt, so geschieht dies, um eine Sache voranzubringen, die über ihn wie auch mich hinausgeht.«

Er lud sie ein, mit ihm ein paar Schritte durch den Garten zu machen. Ohne Übergang erläuterte er ihr, daß jedes menschliche Wesen, das zu seiner vollen Entfaltung kommen wolle, die Angst vor Schmerzen und vor dem Tod überwinden müsse. Die fleischliche Hülle sei ein Kerker, unsere leiblichen Bedürfnisse seien entwürdigende Fesseln, von denen man sich befreien müsse.

»Das Leiden ist Bestandteil der menschlichen Lebensbedingungen«, meinte sie. »Man kann es bekämpfen, aber nicht leugnen.«

»Dann muß man eben die Lebensbedingungen verändern! Die Stunde der großen Veränderung hat geschlagen, Laurence. Man muß lernen, auf diese künstliche Unterscheidung zwischen Gut und Böse zu verzichten, die den Fortschritt der Menschheit so gehemmt hat.«

»Verzichten wofür? Und zu wessen Gunsten?«

Er nickte mit dem Kopf, als ob die von ihr gestellte Frage der entscheidende Punkt seiner Argumentation sei. Dennoch enthielt er sich einer Antwort darauf und vertiefte sich statt dessen in »ergänzende und antagonistische« Anmerkungen zum Verhältnis von Realität und Wahrheit.

Sie hörte ihm fasziniert zu. Ja, er war erfüllt von einer mystischen Vision, die ihm plastisch vor Augen stand, während er davon sprach; von einem Glauben, für den die äußere Welt keine Rolle spielte, denn die Quelle dafür sprudelte in ihm selbst. Er wandte ihr einen in seiner Intensität fast schmerzenden Blick zu, der zwei Botschaften enthielt. Die erste lautete: »Ich brauche Sie und Ihr Vertrauen!« – und ihr folgte sogleich die zweite: »Wenn Sie mir nicht folgen, werde ich mein Ziel auch allein erreichen, so hoch die Hindernisse und der Preis dafür auch sein mögen.«

Niemals zuvor war sie einer so starken Persönlichkeit begegnet. Es war ihm gelungen, in ihr das berauschende Gefühl auszulösen, etwas ganz Besonderes zu sein – nichts Geringeres als das einzige noch fehlende Glied, das die Entscheidung zwischen Sieg und Niederlage brachte. Zugleich aber empfand sie eine unüberbrückbare Distanz zu ihm und war nicht weit davon entfernt, die

Schuld daran allein bei sich zu sehen. »Was muß ich tun, um sie zu überwinden?«

Die alte Kapelle der Johanniter war sorgfältig restauriert worden. Die alten Farbfenster hatte man neu zwischen Glasscheiben gefaßt und sie vor den Fensteröffnungen aufgehängt. Die Innenausstattung war gekennzeichnet durch äußerste Schlichtheit: Mit Ausnahme einiger Statuen und eines steinernen Orantensitzes am Hochaltar war alles sonstige Kultgerät verschwunden. Auch Bänke oder Stühle fehlten völlig, und der Boden bot das Labyrinth der byzantinischen Motive seines Plattenbelags frei den Blicken dar.
Laurences Seelenzustand änderte sich. Lag das an dem Wohlgeruch hier oder am Farbenspiel des durch die bunten Fenster fallenden Lichts? Dieses weckte in ihr die Erinnerung an die Mosaiken und Reliefs einer anderen Kapelle, verwandelt in einen Ort der Finsternis, wo die Schergen des Oberst Sheba »ihre Künste übten«. Und als nächstes dachte sie an jene Kirche in Paris, die sie kurz vor der Pressekonferenz betreten hatte. Gab es eine Verbindung zwischen diesen Orten, diesen Ereignissen?
Jean-Louis saß allein im Schneidersitz auf einer Hanfmatte in der Mitte der Kapelle. Seine Augen waren geschlossen, er atmete flach, seine Handflächen waren in Gebetshaltung nach oben gerichtet. Er hatte etwas Asketisches, Entrücktes an sich. Warum erstaunte sie das? Forderte die mirandistische Lehre nicht die Selbstentäußerung? Verzicht auf vordergründige Befriedigung, auf Belohnung, Verzicht darauf, geliebt zu werden ... In ihrem Zimmer hatte man für sie eine Broschüre hingelegt, in der sie gelesen hatte, daß die höchste Stufe die Astrale Verklärung sei, bei der nach Belieben der Geist den Körper verlassen und in den Gärten der Dämmerung wandeln könne – »die Vorstufe zur Vereinigung mit dem Licht, von anderen aus Unkenntnis oder Schwäche Tod genannt«. Jean-Louis beendete seine Meditation und erhob sich, ohne die Hände zu Hilfe zu nehmen. Sein Blick war klar, aber abwesend, als ob er Schwierigkeiten habe, in die Realität zurückzukehren, nachdem er in einer anderen Welt geweilt hatte.
»Jasmine hat mir deine Nachricht übermittelt«, sagte sie.
»El Guía hat heute morgen mit mir über dich gesprochen. Unter

all den Zeugen hier im Heiligtum bist du ihm aufgefallen. Du hast starken Eindruck auf ihn gemacht.«

»Auch er hat mich außerordentlich beeindruckt.«

Er betrachtete sie und schien zunächst auf mehr zu warten: Begeisterung, Dankbarkeit. Davon aber verspürte sie nichts, und sie hütete sich auch davor, etwas von der Verwirrung preiszugeben, welche die Begegnung mit D'Altamiranda in ihr ausgelöst hatte.

»Ich war überrascht davon, daß er dir die Handauflegung gewährt hat«, fuhr Jean-Louis fort. »Das geschieht sonst niemals bei einer ersten Begegnung. Du hast sein Vertrauen gewonnen ...«

Sie senkte die Augen, ohne zu antworten.

(Gestern hatte ihr kurz vor der Verabschiedung der Patriarch die Hand auf die Stirn gelegt, die Finger zu zwei Strahlen zusammengelegt. Sein zerfurchtes Gesicht hatte er dabei dem Himmel zugewandt. Dabei war ein Ausdruck des Leidens in seine Züge getreten, wie der Widerschein eines fernen Erdbebens. Laurence war von einem starken Glücksgefühl durchströmt worden, vermischt jedoch mit einer Art von Schrecken. Eine solche Empfindung war ihr zuletzt in ihrer frühen Jugend begegnet – als geheime und intime Erfahrung.)

»Er möchte die Begegnung mit dir durch einen weißen Stein markieren«, setzte Jean-Louis leise hinzu. »Sag jetzt nichts – du wirst es schon noch verstehen.«

Sie folgte seinem Blick.

Dora und Gabriella waren in die Kapelle getreten und schritten zögernd voran. Die Mauern warfen das Echo ihrer Schritte zurück. Mit einer nervösen Bewegung suchte die Kleine ihr gelocktes Haar mit den Händen zu bedecken. Bei ihr zu Hause trat man nicht mit unbedecktem Kopf in eine Kirche.

Laurence durchfuhr der Verdacht, daß der theatralische Effekt der Situation nicht zufällig war. Schon in Rhages, in den Tagen ihrer gemeinsamen Idylle, hatte sich Jean-Louis auf wirkungsvolle Inszenierungen verstanden.

»Die Entscheidung El Guías ist zu Ihren Gunsten ausgefallen«, verkündete er. »Und Frau Dr. Descombes hier war nicht unbeteiligt daran ...«

»Danke! Danke! Gott möge Sie segnen!« rief Dora, außer sich vor Freude.

Sie ergriff die Hand von Jean-Louis, um sie zu küssen. Er entzog sie ihr entschieden, um sie daran zu hindern, aber ohne jede Verlegenheit, als habe er diese Geste erwartet. War er vielleicht an derartige Dankesbezeugungen gewöhnt?
Dora murmelte ihrer Nichte einige Worte zu und schubste sie ihrem Wohltäter entgegen. Aber die Kleine sträubte sich und klammerte sich an sie.
»Sie ist so schüchtern!« sagte sie mit entschuldigender Miene. »Wir können offen reden, sie versteht kein Französisch.«
»Ein guter Grund, um das zu lassen«, antwortete er. »Sie könnte es als Zurücksetzung empfinden.«
»Darf auch ich im Heiligtum bleiben? Ich bin bereit, die ... wie sagen Sie doch ... die ›Erste Schwelle‹ zu überschreiten!«
Er antwortete ihr mit einer gewissen Schroffheit, darüber würde man noch zu gegebener Zeit sprechen. Dann wandte er sich an Laurence und fragte sie, ob sie bereit sei, Gabriella zu untersuchen.
»Du meinst ... eine ärztliche Untersuchung?« vergewisserte sie sich überrascht.
»Unsere Aufnahmebedingungen sind sehr strikt. Für einen längeren Aufenthalt ist stets ein ausführliches gesundheitliches Attest erforderlich. El Guía war zwar beeindruckt von deiner Argumentation zugunsten Gabriellas – er erwähnte vorhin mir gegenüber die ›Gefahren des Mitleids‹ –, aber gerade du wirst doch sicher zugeben müssen, daß man über bestimmte Hygienevorschriften nicht einfach hinweggehen kann.«
»Das ist doch nicht die Frage! Aber ihr habt hier doch sicher einen eigenen Arzt ...«
»Wozu das? Wir haben hier einen Behandlungsraum für gelegentliche kleine Schrammen, und zwei unserer Jüngerinnen haben als Krankenschwestern gearbeitet, ehe sie hierher kamen. Tatsächlich ist hier bei uns noch niemals jemand krank gewesen ...«
Das war glaubhaft aufgrund des Klimas der Insel und der gesunden Lebensweise der Mirandisten. Aber deren Lehre verkündete ja auch die Herrschaft des Geistes über den Leib, und Jean-Louis war angesichts tatsächlicher Erfahrungen überzeugt davon, daß sich auf diese Weise eine Abwehrschranke gegen Bakterien, Mikroben und Viren aufrichten ließ ...

»Können wir mit dir rechnen?«
Laurence wollte das gerade verneinen. Diese Untersuchung paßte ihr gar nicht, und noch viel weniger die Befürchtung, daß das Schicksal Gabriellas von ihrem Urteil abhänge. Aber sie sah ein verzweifeltes Flehen in Doras Augen und nickte daher mit dem Kopf.
Schließlich war sie Ärztin, oder?

Als sie die Kapelle verließen, brach Gabriella in Tränen aus.
»Die Enttäuschung«, erläuterte Dora. »Sie hatte so sehr auf die persönliche Begegnung mit El Guía gehofft, auf seinen Segen durch die Handauflegung, wie sie das im Film gesehen hat.«
Jean-Louis erklärte, daß die Kleine dafür einfach noch nicht bereit sei. Sie müsse noch etwas die Atmosphäre des Heiligtums auf sich einwirken lassen, und durch die Gemeinschaft mit den anderen Kindern würde sie sicher auch ihre Schüchternheit verlieren. D'Altamiranda sei äußerst sensibel. Mißtrauen oder Furcht würden ihn sehr verletzen – ein weiterer Beweis dafür, daß es keineswegs stimme, daß sich Gefühle mit seiner Lehre nicht vereinbaren ließen.
Er verabschiedete daraufhin Dora, als ob es selbstverständlich sei, daß sie sie nun nicht weiter begleite. Laurence sagte nichts, weil es ihr ohnehin lieber war, wenn sie mit dem Mädchen bei der Untersuchung allein war. Um so überraschter, ja schockiert war sie, als Jean-Louis sie beide zum Behandlungszimmer begleitete. Sie mußte ihn bitten, draußen zu bleiben, und hätte es bei weitem vorgezogen, wenn er selbst auf diese Idee gekommen wäre. Schon der Gedanke, daß er draußen vor der Tür stand, behagte ihr nicht ...
Dafür, daß hier nur »kleine Schrammen« behandelt wurden, war der Raum gut ausgestattet. Skalpelle und andere chirurgische Instrumente lagen in einem Sterilisator bereit. Wozu mochten sie wohl benutzt worden sein?
Gabriella saß auf dem schmalen Untersuchungstisch und schaute sich beunruhigt um. Laurence warf ihr ein beruhigendes Lächeln zu und begann mit ihrer Untersuchung. Ohren, Hals, Mandeln, Lymphdrüsen. Fragen kamen ihr in den Sinn, doch sie stellte sie zurück. Sie wollte lieber warten bis jemand sie übersetzen würde.

Sie bedeutete dem Mädchen, die weißen Sandalen auszuziehen und den geblümten Rock und das Satinoberteil dazu, das zu groß war für sie und eigentlich auch zu gewagt für ihr Alter.
Laurence stellte fest, daß die Pubertät noch nicht lange eingesetzt hatte, und die Brüste erst ganz ansatzweise entwickelt waren. Sie konstatierte Blutergüsse an den Rippen und den Schenkeln, eine Narbe am Halsansatz, Spuren von Verbrennungen in den Achselhöhlen – von Zigaretten etwa? Man hatte vielleicht nicht bis zu ihrer Übergabe an Signora Sissa gewartet mit ihrer »Einweisung« ...
Laurence, die im Laufe ihrer Ausbildung mehrfach Gelegenheit zur Untersuchung heranwachsender Mädchen gehabt hatte, war erstaunt darüber, daß Gabriella von sich aus die Schenkel spreizte. Sie hob die Augen und fuhr zusammen unter dem Blick, dem sie begegnete. Ein herausfordernder und komplizenhafter Blick und doch zugleich ein Flehen, ein stummer Schrei, der einem das Herz brechen konnte. Dieser Blick bedurfte keiner Übersetzung! Laurence wußte Bescheid – und im Grunde hatte sie es schon vorher gewußt.
Doch sie wußte auch, daß ihre Entscheidung schon gefallen war. Wenn sie Italienisch gekonnt hätte, hätte sie dem Mädchen gesagt: »Du braucht keine Angst zu haben; ich stehe auf deiner Seite.« Jedenfalls war es jetzt keine Frage mehr, daß man ihre Rückkehr nach Hause unterbinden mußte, um dort erneut jenen ausgeliefert zu sein, die ihr Böses zufügen wollten.

Jean-Louis schlug ihr vor, sie zu seinem Büro im Verwaltungsgebäude zu begleiten. Auf dem Weg dorthin fragte er sie wegen Gabriella aus.
»Sie ist gesundheitlich in Ordnung«, behauptete Laurence. »Ein bißchen mager vielleicht, aber der Aufenthalt hier wird ihr sicher ein bißchen Fett auf die Rippen bringen. Man könnte natürlich noch eine gründlichere Untersuchung veranlassen, aber ich weiß wirklich nicht, ob das nötig ist.«
Hätte sie ihm sagen müssen, daß sie unter anderen Umständen eigentlich eine Untersuchung auf Geschlechtskrankheiten veranlaßt hätte? Er wartete doch nur auf einen Anlaß, das Mädchen doch noch zurückzuschicken... Vielleicht sollte sie aber wenig-

stens Dora gegenüber eine Andeutung machen, ihr wenigstens einen versteckten Hinweis geben. Hier im Heiligtum zumindest mußte Gabriella wohl wegen der strengen Sitten der Mirandisten nicht mit weiteren Attacken rechnen. Hier würde sie in Sicherheit sein, außerhalb der Reichweite der *Carabinieri* von Neapel ...
»Ich verlasse mich auf deine Angaben«, sagte er. »Dennoch, du hast sie ja untersucht ... Ist sie denn noch Jungfrau?«
Sie nahm eine angespannte, abwehrende Haltung ein. Hatte er ihre Gedanken lesen können? Er bemerkte ihre abweisende Reaktion und entschuldigte sich für seinen Mangel an Taktgefühl.
»Du mußt das verstehen«, setzte er hinzu. »Letzten Sommer hatten wir hier eine Fünfzehnjährige bei uns, und es stellte sich heraus, daß sie schwanger war. Wir mußten sie nach ein paar Wochen heimschicken, weil ihr Benehmen sich nicht mit unseren Regeln vertrug. Anschließend hat sie verbreitet, sie hätte das Kind hier bei uns im Verlaufe einer ›Schwarzen Messe‹ empfangen! Zum Glück für uns bewiesen dann die Termine, daß ihre Angaben falsch waren – die ganze Geschichte kehrte sich gegen sie. Trotzdem war das natürlich ein gefundenes Fressen für die Gerüchteküche ... Ich brauche dir das ja wohl nicht weiter zu erklären!«
»Ihr braucht da nichts zu befürchten. Bei Gabriella hat noch kaum die Pubertät eingesetzt ... Sie hat lediglich Ruhe nötig und ein geregeltes Leben.«
»Du meinst also, daß wir die richtige Entscheidung getroffen haben ...«
Sie nickte mit dem Kopf und war überrascht darüber, wie wichtig es ihm war, beruhigt zu werden. Hinter seiner Kälte entdeckte sie eine Erleichterung darüber, daß er sich für das Mädchen engagiert hatte. Sie sah darin einen Beweis dafür, daß er doch noch zugänglich war für Mitgefühl, daß man ihn zum Nachgeben veranlassen konnten und zur Milde ...

Ein gutes Dutzend von Jüngern mit abrasierten Brauen und in weißen Gewändern waren unter der Aufsicht eines Geweihten mit unnahbarem Blick in dem Gebäude schweigend mit der geordneten Erledigung ihrer Aufgaben beschäftigt.
Das Büro von Jean-Louis hätte sich mit seinen schwarzen Möbeln, seinen Planungstafeln mit Magnetflächen und seiner High-

tech-Ausstattung in der Führungsetage eines New Yorker Wolkenkratzers befinden können. Eine mit vielen kleinen Fähnchen besteckte Weltkarte verriet, daß die Verbreitung der Universellen Vereinigungskirche viel umfassender war, als Laurence sich das vorgestellt hatte.

Er bat sie, Platz zu nehmen, und setzte sich auf die Kante seines Schreibtischs.

»Meinst du nicht, daß es an der Zeit wäre, mir zu sagen, was dich hierherführt?«

»Dein Vater hat mich beauftragt, mit dir ein klärendes Gespräch zu führen über eine höchst delikate Angelegenheit. Es geht dabei um dieses Videospiel *Tormentrix* ... Weißt du, daß diese Geschichte eine Menge Staub aufgewirbelt hat, und das nicht nur in Frankreich?«

»Ja. Und?«

»Es gehen Gerüchte in Paris um, daß du an der Grundkonzeption mitgewirkt hättest ...«

»Diese Leute haben mich angesprochen, das ist richtig. Sie hatten etwas gehört von den Techniken der Mirandisten, den Schmerz zu besiegen. Sonst noch etwas?«

»Aber ja! Du kannst doch nicht völlig außer acht lassen, auf welche Weise diese Leute deine Informationen genützt haben!«

Er zuckte gleichmütig mit den Schultern: Die Popularität dieser Videospiele sei doch zunehmend vergänglich, und in sechs Monaten sei dieses schon wieder abgelöst durch eine andere gleich absurde Neuigkeit! Offen gesagt, habe er keine Zeit, sich mit solchen Kindereien zu beschäftigen.

»Dein Vater findet, daß du dich kompromittiert hast, indem du Geld von diesen VG Brothers angenommen hast! Und er fürchtet auch um den guten Ruf von Harmonices Mundi ...«

»Der ist genau der Richtige, mir Moral zu predigen!« entgegnete er verstockt. »Und von Kompromittierung zu reden, gerade dir gegenüber, das ist doch der Gipfel!«

Er brach ab, als habe er schon zuviel gesagt. Dann beteuerte er ihr, von einer vereinbarten Zahlung nichts zu wissen. Gut, man habe der Firma vermutlich eine Spende an die Kirche vorgeschlagen, als Anerkennung sozusagen. Ob diese aber je erfolgt sei und in welcher Höhe, entziehe sich seiner Kenntnis, und die Überwa-

chung von Zahlungseingängen gehöre auch nicht zu seinem Aufgabenbereich. Er habe sich bei seinem Eintritt zum Verzicht auf jeden eigenen Besitz verpflichtet. Seine ganze persönliche Habe sei an die Kirche gefallen. Und wenn ein kleiner Anteil den Gewinnen aus diesem makabren Spiel der Verbreitung der Botschaft von Liebe und Frieden diene, was sei denn daran verwerflich?
Sie hörte nur mit halbem Ohr zu, weil sie von der Entdeckung erregt war, daß Jean-Louis seinen Vater verabscheute. Daß das Verhältnis der beiden nicht ganz spannungsfrei war, hatte sie zwar seit langem gewußt. Aber daß hier regelrechter Haß herrschte?
»Vor Gerüchten ist niemand gefeit«, fuhr er fort. »Bei deiner Ankunft hast du mir von denen berichtet, die über dich selbst im Umlauf sind. Diesbezüglich hat mich El Guía beauftragt, dir mitzuteilen, daß du so lange bleiben kannst, wie du möchtest.«
Diese Einladung sei zwar nicht ganz uneigennützig, räumte er ein, aber trotzdem außergewöhnlich. Die Anwesenheit von Frau Dr. Descombes in Xaghra, ihre Erfahrungen und ihr Ruf seien sicher ein nicht zu unterschätzender Beitrag zum Bemühen der Mirandisten um Brüderlichkeit unter den Völkern.
»Mein Ruf! Daß ich nicht lache!«
»Unsere Kirche ist an Verleumdungen gewöhnt«, sagte er kalt. »Wir verweisen die Schwätzer auf den ihnen gebührenden Platz!«
»Und wie haltet ihr es mit Leuten, die gegenteiliger Meinung sind? Soviel ich bis jetzt darüber weiß – und das ist bisher nicht viel –, bin ich noch weit davon entfernt, eure Lehre zu akzeptieren. Sich freimachen vom Leid – ja gerne. Aber zu welchem Preis? Einige sehen darin nichts weiter als die Verherrlichung der Flucht – die Verweigerung des Engagements, verwandelt in eine Tugend! Es könnte doch sein, daß sie recht haben: Desensibilisierung ist doch eine Art moralischer Verformung ...«
Er antwortete ihr ruhig, daß sie doch in einer idealen Situation sei, um sich hier selbst ein Bild zu machen vom Inhalt der vier ersten Offenbarungen und dann zu entscheiden, ob sie sich dazu bekennen wolle. Der Rat der Weisen erkenne nicht nur die Freiheit der Entscheidung an, sondern man achte auch sehr darauf, daß Neulinge nicht überstürzt handelten. Dadurch sei gewährleistet, daß das Engagement, wenn man sich dazu erst einmal entschlossen habe, rückhaltlos sei. Die Jünger würden ihre persönlichen,

schädlichen und kurzsichtigen Ziele aufgeben und ohne jeden Hintergedanken zum Wohl der Kirche und zum Heil der ganzen Gemeinschaft beitragen. Was hätte sie denn zu verlieren?

An diesem Sonntag versammelten sich Novizen, Jünger und Zeugen im frühesten Licht des Tagesanbruchs. Alsbald waren gut hundert von ihnen auf der großen Wiese zusammengekommen. Unter Anleitung eines erfahrenen Trainers machten sie zunächst Atemübungen, um die letzten Reste der Schläfrigkeit zu verscheuchen. Als die Sonne hinter den flachen Hügeln um Xaghra auftauchte, war ihr Geist hellwach, und ihre Seelen waren weit geöffnet für das, was da kommen sollte ...

Im Rücken der Anhänger hatten sich die Geweihten in ihren nachtblauen Gewändern in einem Halbkreis am Ende der Terrasse aufgestellt. Sollten sie sie schützen oder überwachen? Laurence hatte geglaubt, es gebe nicht mehr als ein Dutzend von ihnen im Heiligtum, doch sie sah dort nun die doppelte Anzahl.

Nun strömten die Kinder aus dem alten Klosterbau heraus. Sie waren in Chorhemden aus weißem Drillich gekleidet, die unter den flachen Strahlen der Sonne, die noch so schwach war, daß man ihr ins Gesicht sehen konnte, eine altgoldene Färbung annahmen. Sie stimmten ein Lied ohne Worte an, eine Folge aufsteigender, ätherischer und schwebender Töne. Novizen und Jünger hoben im Gleichtakt die Arme, wie um mit dieser Geste das Aufsteigen der Laute in die reine Luft des Morgens zu unterstreichen. Die meisten der Zeugen schlossen sich ihnen an, wie mitgerissen von der gleichen Empfindung. Laurence beneidete sie, wollte ihrerseits teilnehmen und sich einfügen in diese universelle Kommunion. Doch auf ihren Schultern schien ein Gewicht aus Blei zu liegen, und die Brust war ihr eng vor Beklemmung.

Miguel D'Altamiranda trat in einer blendendweißen Dschellaba auf die Gruppe der kleinen Sänger zu und legte jedem von ihnen die Hand auf den gebeugten Kopf. Der Gesang erstarb und machte einem schweigenden Echo Platz, das aus einer anderen Welt zu kommen schien. Die Stimme El Guías erhob sich, warm und umhüllend. Ein unsichtbares Mikrofon verstärkte und verbreitete sie: Sie schien von überallher zugleich zu kommen. Eine leichte Brise trug ihre Worte, ihr Auf und Ab davon. Sie kündigte die bevorstehende Fünfte Offenbarung an und sprach vom Heraufkommen der Astralen Ordnung und von der Vereinigung der Seelen und Herzen an der Schwelle des dritten Jahrtausends.

Laurence gab sich der Melodie dieser Stimme hin, ohne auf die Sätze selbst zu achten. Dennoch ließ ein einzelnes Wort sie erzittern – ein Wort ganz für sich, Träger der Hoffnung, Symbol des Friedens. Sie sah sich wieder im elterlichen Heim, als kleines Mädchen in den Armen ihres Vaters, noch zuckend unter dem Alptraum, aus dem sie aufgefahren war. Beruhigende Worte wurden ihr ins Ohr geflüstert, sie wurde sanft gewiegt. Ihr Körper mehr noch als ihr Gedächtnis erinnerte sich wieder an dieses Schaukeln und die warme Sicherheit der Umarmung… Sie hörte sich flüstern: »Papa!«

Als sie die Augen wieder öffnete, war D'Altamiranda verschwunden. Das Blau des Himmels war tiefer geworden, die Sonne hatte an wärmender Kraft gewonnen. Laurence sah sich umgeben von Gesichtern voller Ekstase, demütig gebeugten Stirnen, gefalteten Händen. Unweit kniete Jasmine neben einer Novizin, die ohnmächtig geworden war. Die Kinder liefen auseinander. El Guía Supremo hatte ihnen die Hand aufgelegt: Die Gläubigen drängten sich heran, wenn eines von ihnen vorbeikam, um es zu berühren.

»Hallo! Kennen Sie mich denn nicht mehr?«

Dora trug ein Band um die Stirn und war in das blaßgelbe lange Gewand der Novizinnen gekleidet. Mit besonderer Erlaubnis des Ersten Ratgebers, berichtete sie, obwohl ihr Aufnahmegesuch vom Rat der Weisen noch nicht geprüft worden sei.

»Was halten Sie davon, vor dem Frühstück zusammen noch ein paar Schritte zu gehen?« schlug Laurence vor. »Wir könnten uns dabei ein wenig unterhalten…«

»Aber sehr gern! Ich hatte den gleichen Gedanken, wagte aber nicht, Sie darauf anzusprechen.«

Sie durchquerten den Olivenhain und traten auf den steinigen Pfad, der rings um das Kloster verlief. Laurence war froh, der Menge entrinnen zu können.

»War Gabriella bei dieser Zeremonie auch dabei? Ich habe sie nicht gesehen…«

»Sie blutete, und daher ist sie im Bett geblieben. Jasmine hat nicht erlaubt, daß sie sich El Guía nähert, wegen der Unreinheit.«

»Wenn Sie sagen, sie blutete ... sie meinen damit, daß sie ihre Regelblutung hatte, ihre Menstruation?«
»Ja, ich wußte das Wort dafür nicht mehr. Sie ist schon eine richtige kleine Frau!«
Laurence hatte Dora zu diesem Spaziergang eingeladen, um ihr dabei Andeutungen über ihre Nichte zu machen. Warum griff sie jetzt nicht dieses Stichwort auf, an das sich so gut anknüpfen ließ und das Dora vielleicht gar nicht so zufällig hatte fallen lassen, wie es scheinen mochte? Sie war vielmehr daran, sich Dora anzuvertrauen; dabei war das vorher das letzte gewesen, was sie sich hätte vorstellen können.
»El Guía hat mir den Schutz des Heiligtums angeboten. Mit anderen Worten: Er hat mich eingeladen, hier zu bleiben ...«
»Den Schutz vor wem?«
Einmal mehr durchfuhr Laurence der Verdacht, Dora spiele vielleicht eine ganz bestimmte Rolle. Sie dachte: »Ich muß verrückt sein, ihr zu vertrauen!«
»Schutz *wovor*, wenn schon! Ich habe keine Feinde. Andererseits gehen gewisse Gerüchte um, die mich betreffen ...«
»Und Sie wollen nicht in den Schmutz zurückkehren. Gut so!«
Laurence hatte sich noch nicht entschieden. Die Aussicht einer Rückkehr nach Paris, um sich dort Antoine Becker stellen zu müssen, das Mißtrauen der Lagerstein aushalten, das Drängen der Brodsky ... Hier dagegen ließ man sie in Ruhe. Die Leute akzeptierten sie, ohne Fragen zu stellen, sie hätte Zeit zum lesen, sich Notizen zu machen oder sich dem Buch zu widmen, das in ihrem Inneren rumorte wie ein Kind, das zur Welt drängte.
»Sie sind sehr in Gedanken«, sagte Dora.
»Entschuldigen Sie! El Guías Vorschlag beschäftigt mich sehr, das ist wahr. Welch ein außergewöhnlicher Mensch! Als er gerade gesprochen hat, hatte ich das Gefühl, er spreche nur zu mir. Ging Ihnen das auch so? Ich bin nicht mystisch veranlagt, aber ich muß an Pfingsten denken: Da kam der Heilige Geist über die Apostel, und jeder hörte sie in seiner Sprache reden.«
»Und trotzdem zögern Sie, seine Einladung anzunehmen.«
Laurence antwortete nicht; sie dachte: »Mein Seelenzustand interessiert sie gar nicht! Wieso hört sie mir dennoch so aufmerksam zu?«

Sie verwarf die Absicht, ihr von dem kleinen Erlebnis zu berichten, als sie mit dem Lieferwagen bei dem Gemüsehandel angehalten hatten. Was hätte es auch schon groß zu erzählen gegeben: Sie hatte überrascht einen Ausdruck der Furcht auf dem Gesicht eines Gemüsehändlers bemerkt. Das war auch schon alles. Dora hätte wohl kaum verstehen können, daß dieser flüchtige Eindruck eine so große Rolle spielte bei ihrem Zögern, sich für ein Bleiben hier im Heiligtum zu entscheiden.

Ihr Dahinschreiten wurde von heftigem Geknatter unterbrochen. Ein geländegängiges Motorrad war um die Ecke des Klostergebäudes gebogen und kam im Zickzack über den sich schlängelnden Weg auf sie zugefahren. Darauf saß mit bloßem Kopf Jean-Louis; als er sie erreicht hatte, stellte er den Motor ab.
»Tut mir leid, daß ich euren Spaziergang stören muß«, sagte er mit umwölkter Miene. »Ich habe eine schlechte Nachricht ...«
Bei Catherine Le Gendre war in der Nacht ein Anruf aus Saint-Brieuc eingegangen: Man habe Laurences Vater ins Krankenhaus bringen müssen wegen eines Herzinfarkts. Er liege im Koma, und die Aussichten seien nicht gut.
»Heute früh trifft die Planungsgruppe für die Große Versammlung hier ein«, fügte er mit einem Ausdruck des Bedauerns hinzu. »Das macht es mir ganz unmöglich, mich um dich zu kümmern. Aber Jasmine hat sich erboten, dich nach Mgarr zu bringen. Du wirst dich beeilen müssen, denn die nächste erreichbare Maschine geht um 13.40 Uhr ... Laurence, was ist denn?«
Dora faßte die Schwankende am Arm, um ihr Umsinken zu verhindern.
»Danke ... der Schock ... es geht schon...«
Sicher, die Nachricht hatte sie tief getroffen, aber ihr Ohnmachtsanfall war durch etwas anderes ausgelöst worden. Denn zum ersten Mal sah sie einen dieser fürchterlichen Risse an einem lebenden Wesen! Ein solcher Riß verlief schräg über die Stirn von Jean-Louis, vom Brauenbogen der einen zur Schläfe der anderen Seite, und dahinter waren die weißlichgrauen Windungen des Gehirns zu sehen.
Unter der klaffenden Wunde schauten die blauen Augen ihres ehemaligen Geliebten Laurence mit beklemmender Besorgnis an.

11. Kapitel

Jean-Louis Becker war mit dem Zug nach Iskbah im Nordosten Farghestans gefahren, um ein Treffen zwischen Saïd Boudjenah und dem abtrünnigen Imam Abdel Baâ, vorzubereiten. Er reiste im Auftrag von Harmonices Mundi, deren Bemühungen die Unterzeichnung einer Vereinbarung für die Vorbereitung von Friedensverhandlungen für das Gebiet der Syrte zu verdanken war. Für die Rückreise mietete er sich, entgegen den Sicherheitsvorschriften, ein Auto, um schnellstens nach Rhages zurückzukommen, weil er so rasch wie möglich Laurence etwas mitteilen mußte, was ihm während ihrer kurzen Trennung bewußt geworden war. Denn er hatte, wie wohl sicher auch sie, ihre Affäre für ein flüchtiges Abenteuer gehalten. Nun aber war er, zu seiner eigenen Überraschung, zu der Überzeugung gelangt: Er liebte sie!
Er wurde unterwegs von den Rebellen der Befreiuungsarmee gefangengenommen und unter scharfer Bewachung nach Maghrabi gebracht. In einem schäbigen Büro mußte er einem eine rohe Zwiebel verspeisenden Offizier seine Angaben zur Person herunterbeten. Er hielt ihm seine Bestätigung, daß er im Auftrag einer humanitären Organisation in Farghestan unterwegs sei, unter die Nase, doch das machte nicht den geringsten Eindruck auf den Mann.
Man brachte ihn in eine Zelle, die kaum für einen gereicht hätte; doch dort befand sich bereits ein anderer Mann, ganz unbestimmbaren Alters, mit verschwollenem Gesicht und blutigem Mund. Seine lichten Momente verbrachte dieser größtenteils zusammengekrümmt auf einem Eimer: Ruhr im schlimmsten Stadium. Jean-Louis richtete ein paar Worte an ihn, doch er erhielt als Antwort nur ein gurgelndes Gemurmel. Gegen Abend führte das Geräusch von Stiefelschritten zu ängstlicher Stille in den Gefängnisräumen. Begleitet von dem Offizier, der die Personalien des Inhaftierten aufgenommen hatte, ließ sich Muhammad Sheba die Tür zur Zelle des Franzosen aufschließen. Mit einem angewiderten Blick in den dunklen Winkel rümpfte er die Nase. »Du bist Arzt?«

Jean-Louis verneinte das und beging den Fehler, sofort hinzuzufügen, daß er doch für eine völlig unpolitische Organisation tätig sei, die zusammenarbeite mit … Weiter kam er nicht. Der Oberst klatschte ihm mit dem Handrücken auf den Mund wie einem Kind, das man zum Schweigen bringen will.
»Du antwortest, nichts weiter! Der Gestank stört dich?«
»Aber das ist doch nicht die Frage. Ich verstehe nicht, wieso …«
Ein zweiter Schlag, schon fester diesmal.
»Mit solchen Augen kriegst du sicher alle Weiber rum. Aber hier wirst du nichts haben von deinem Engelsgesicht … Einen richtigen Arzt bräuchten wir hier eben. Na ja – schlimm für uns, aber schlimmer für dich!«
Er legte die Hand auf den riesigen Revolver, der schräg in seinem Gürtel steckte. Zu Tode erschrocken, stammelte Jean-Louis, es müsse doch möglich sein, sich zu verständigen, und wenn er auch kein Arzt sei, so könne er doch für medizinische Versorgung sorgen, im Handumdrehen, Ausrüstung und Medikamente, er brauche doch nur zu sagen, was er wolle, und das würde er ihm schon beschaffen, »aber um Himmels willen, Sie werden mich doch nicht erschießen!«
Er warf sich mit zuckendem Gesicht auf die Knie und rang die Hände in melodramatischer Geste.
Sheba warf einen kalten Blick auf ihn hinunter und bemerkte, um ihn davon abzuhalten, müsse er ihm schon »einen wirklich guten Grund liefern«. Ohne ihm Gelegenheit zu einer Antwort zu geben, wandte er sich dann dem anderen Gefangenen zu, der sich in seinem Winkel zusammengekrümmt hatte.
»Und deine Zunge, Naïm? Du sollst sie verschluckt haben, sagt man mir.«
Der Unglückliche ließ ein Gurgeln vernehmen und nickte völlig ausgelaugt mit dem Kopf.
»Er stinkt!« fand der Oberst und drückte Jean-Louis den Lauf seines Revolvers an ein Ohr. »Er stinkt, nicht wahr?«
»Ja, wirklich. Er stinkt, und wie!«
Sheba hob seinen Revolver mit gelangweilter Miene, als müsse er eine alltägliche Aufgabe erledigen. Er schoß, ohne zu zielen; die Kugel drang dem Gefangenen durch das linke Auge und trat, ein Stück des Schädels wegsprengend, hinten am Kopf wieder aus.

Dem Knall des Schusses folgte fernes Bellen aus einem entlegeneren Teil des Klosters. Die beiden Dobermänner hatten ein feines Gehör und wußten sich ihren Reim auf dieses Geräusch zu machen.

»Morgen früh dann als erstes!« sagte Sheba im Hinausgehen. »Ein wirklich guter Grund, hast du das kapiert? Laß ihn dir einfallen – du hast ja jemanden bei dir, der dir dabei hilft!«

Er fand seinen makabren Scherz so gut, daß er ihn wiederholte. Sein Gelächter begleitete das harte Geräusch seiner Stiefel noch den ganzen Flur hinunter.

Trotz des Schocks, unter dem er stand, konnten sich Jean-Louis in den folgenden Stunden im großen und ganzen einen klaren Kopf bewahren. Er klammerte sich an den Gedanken, daß es eine Lösung geben müsse, um aus dieser Situation herauszukommen ... Es hing allein von ihm ab, sie zu finden! Er hatte den Eindruck gewonnen, daß der Oberst nichts wußte über seinen Auftrag in Iskbah und auch nichts über die Absichten von Boudjenah und Abdel Baâ. Sonst hätte er ihn darüber ausgefragt, das stand fest. Es sei denn, daß hier der »gute Grund« lag, der ihm das Leben retten konnte ... Auf jeden Fall mußte er die Nennung von Namen unterlassen oder auch nur die Erwähnung der Tatsache, daß ein Friedensplan in Vorbereitung war. Denn der Oberst würde mehr darüber wissen wollen und hatte sicher seine Methoden, um ihn zum Sprechen zu bringen. »Das würde ich dann wohl kaum überleben«, dachte er. Er mußte sich zwingen, nicht den Leichnam an seiner Seite anzuschauen, aus dem noch immer das Blut rann.

Dann fiel die Nacht über das Kloster. Unüberwindbare Panik bemächtigte sich seiner Sinne und seiner Eingeweide. Er konnte sich nicht bewegen, ohne die sich ausbreitende klebrige Pfütze zu berühren. Und doch war dieser rasche Tod seines Zellengenossen nicht zu vergleichen mit den langsamen, überlegten Toden, die anderen in der historischen Kapelle zugefügt wurden. Lautsprecher übertrugen die Schreie der Gefolterten in die Zellen der Gefangenen, um diesen einen Vorgeschmack zu vermitteln von dem, was sie erwartete. Die Schergen des »Zentrums für besondere Befragungen« waren überaus stolz auf das, was sie ihre »geschulte Behandlungstechnik« nannten.

Jean-Louis war in seinem Redeschwall nicht zu bremsen, als man ihn am frühen Morgen in das alte Refektorium brachte. Er wisse, wie man dem Obersten Sheba die Dienste eines Arztes verschaffen könne, und die Person, die er dafür im Auge habe, hätte auch nie ein Hehl gemacht aus ihrer Sympathie für das unterdrückte Volk von Farghestan. Eine Frau mit Herz, obendrein eine äußerst tüchtige Ärztin. Der Oberst müsse mit ihr reden, sie hätte gewiß Verständnis für ihn; seine Kämpfer hätten schließlich den gleichen Anspruch auf medizinische Versorgung wie alle anderen Menschen auch, die Genfer Konvention kenne da keine Unterschiede, nicht wahr? Frau Dr. Descombes würde heute nach Doukha kommen; er kenne ihren Terminplan und ihre Reiseroute; er könne ein Zusammentreffen arrangieren und sicher auch ein freundschaftliches Gespräch; das sei ja fraglos eine humanitäre Aufgabe, und man sei ja schließlich unter zivilisierten Menschen, er verstehe doch, was er damit sagen wolle?
Muhammad Sheba verstand sehr gut und versicherte, er werde noch im Laufe des Vormittags freigelassen – oder sagen wir doch lieber, gegen Abend, das sei sicher die bessere Zeit, um ein »Arrangement« mit seiner charmanten Kollegin zu treffen. Er setzte mit einem eher schiefen und abfälligen Lächeln hinzu, das Angebot von Jean-Louis erfahre gewiß die gebührende Würdigung, und man werde ja wohl auch in Zukunft mit seinen Diensten rechnen dürfen. Damit sei ja nun ein Pakt zwischen ihnen besiegelt, nicht wahr?
Der Herr über Maghrabi täuschte sich nur selten. Er hatte die Gabe, untrüglich die Grenzen der Widerstandsfähigkeit eines Menschen und seine Schwachstellen zu erkennen und für den Augenblick der Kapitulation vorherzuahnen, ob der Zusammenbruch des Widerstands nur vorübergehend oder auf Dauer war. Was diesen Fremden mit seinen hellen Augen betraf, hatte er dessen Schwäche sofort erkannt und sie entsprechend ausgenutzt.
Schon zwei Wochen später nahm Jean-Louis von sich aus Kontakt mit ihm auf. Nun sprach er mit ihm über Saïd Boudjenah und Abdel Baâ.

Antoine Becker hatte Jean-Louis angerufen, um ihm zu sagen, daß Laurence noch rechtzeitig in Saint-Brieuc eingetroffen sei,

um die letzten Stunden am Sterbebett ihres Vaters zu verbringen; der habe allerdings das Bewußtsein nicht wiedererlangt.
»Sie macht mir den Eindruck, als ob sie den Schlag gut verwinde ... Der Urlaub in Malta scheint ihr gutgetan zu haben.«
»Um so besser!«
»Sie hat mir deine Stellungnahme in der Angelegenheit dieses Videospiels übermittelt. Die Umstände haben es mir jedoch nicht erlaubt, mit ihr näher zu erörtern, was ...«
»Sie wird sicher nach ihrer Rückkehr aus Paris darauf zurückkommen. Vielen Dank für deinen Anruf!«
Obwohl Laurences überstürzte Abreise seine ursprünglichen Absichten durchkreuzte, war Jean-Louis im stillen erleichtert über diese Wendung der Dinge. El Guía schien viel von ihr zu halten; aber schätzte er auch ihre geistige Unabhängigkeit richtig ein und ihre Skepsis? Wenn sie ihren Aufenthalt verlängert hätte (typisch für die Übertreibungen seines Vaters, von einem »Urlaub« zu sprechen!), hätte sie bestimmt früher oder später tiefschürfende Fragen gestellt und sich nicht mit halben Antworten zufriedengegeben.
Dora bestätigte ihm, daß die *Dottoressa* noch nicht soweit sei, die Erste Schwelle zu überschreiten, »trotz ihrer großen geistigen Fähigkeiten und ihrer Aufgeschlossenheit«.
»Wenn Sie erlauben«, fügte sie mit einem Anflug von Vertraulichkeit hinzu, »gilt ihr Interesse wohl mehr dem Ersten Ratgeber. Was El Guía betrifft, beherrschen immer noch Zweifel ihr Herz.«
»Sind Sie dessen sicher? Ich hatte eher den Eindruck, daß ... Aber lassen wir das. Wenn sie schon jemandem mißtraut, dann wäre das eher mir gegenüber angebracht.«
»Nicht so, wie Sie meinen. Aber unter Frauen sagt man so was eben ...«
Er sprach dann mit ihr über Gabriella und die große Bevorzugung, in solch zartem Alter schon die Aufnahme ins Mutterhaus der Kirche gewährt zu bekommen, sowie die überragende Bedeutung der persönlichen Begegnung mit ihrem Gründer. Er war beruhigt: Dora verstand das Symbol der Darbringung der Blume, der Reinigung der Seele durch das Fleisch. Sie antwortete in versteckten Andeutungen ohne deplazierte Vertraulichkeit, durchdrungen von Stolz und Dankbarkeit bei der Vorstellung, den

Absichten des Großen Führers persönlich entsprechen zu dürfen. Am Abend bereitete Jean-Louis dann in einem langen Gespräch unter vier Augen das Mädchen vor und erklärte ihr, daß der Mann, zu dem es jetzt kommen würde, in Zukunft die Stelle eines Vaters ihr gegenüber einnehmen würde: Sie schulde ihm Ehrerbietung und Gehorsam. Dann führte er sie in die Privaträume El Guías. Er hatte sich Unterlagen mitgebracht – den Organisationsplan für die Große Versammlung – und ließ sich damit im Vorzimmer nieder, nachdem er den wachhabenden Geweihten hinausgeschickt hatte. Er wollte lieber in Reichweite bleiben, für alle Fälle. Seit diesem Zwischenfall mit dem armenischen Jungen war er besonders vorsichtig. Selbst bei den ganz hingebungsvoll wirkenden und sorgfältig vorbereiteten Kindern konnten man vor unerwarteten Reaktionen nicht sicher sein. Noch heute war ihm die Erinnerung an diesen Vorfall ganz unerträglich. Der Junge hatte El Guía das Gesicht zerkratzt, und dieser hatte seinen Zorn nicht verhehlt, er, der doch sonst kein heftiges Wort für seine Umgebung fand.

Er machte sich Vorwürfe, daß er Laurence nicht nachdrücklicher nach dem Ergebnis der ärztlichen Untersuchung der Kleinen gefragt hatte. Dabei hatte er doch ein gewisses Zögern in ihrer Stimme zu verspüren geglaubt. Warum nur hatte er sich mit einer ungenauen Antwort zufriedengegeben? Dabei kannte er doch die Forderung El Guías nach Jungfräulichkeit – eine berechtigte Forderung: Nur ein reiner und unberührter Leib war seiner Einweihung würdig.

Seine Lektüre wurde unterbrochen durch einen langen Schrei, gefolgt von Schluchzen, das man zu ersticken suchte. Dann trat wieder Schweigen ein, und er war beruhigt. Man hatte also Gewalt anwenden müssen, um das Mädchen zu entjungfern. Er hoffte, daß es nach Überwindung des ersten Schreckens seine Dankbarkeit bezeugen würde. Er beneidete es aus ganzer Seele.

Er selbst hatte aus Zeitmangel sich noch nicht der rituellen Kastration unterziehen können, die für die Geweihten des Schwarzen Ordens üblich war. Dennoch hatte er auf jegliche sexuelle Betätigung verzichtet. Er nahm Medikamente zur Unterdrückung des Geschlechtstriebs. Dennoch hätte er sich jederzeit auf ein Zeichen hin in Ekstase vor El Guía niedergekniet und wäre ihm zu Diensten gewesen.

Am frühen Morgen wurde er durch das Klingeln des Telefons geweckt. Die rote Leitung... Es mußte eine dringende Nachricht sein, sonst hätte man ihn nicht gestört. Er nahm ab und hörte den schrillen Ton, mit dem eine Faxübermittlung angekündigt wurde, gefolgt von einem Signal, das die Verschlüsselung des Anrufs anzeigte. Er gab eine geheime Kennziffer ein, die das Gespräch nur für ihn verständlich machte, und hörte die Stimme von Giuseppe Trocchia, ihrem Gebietsleiter für die Region Neapel. Die Angelegenheit war sehr ernst, keine Frage. Jean-Louis hörte zunächst ungerührt zu, stellte dann einige wenige Fragen und legte auf. Diese Krisensituation forderte aufs höchste seine Kaltblütigkeit und Verstandesschärfe. Waren es nicht gerade sie und seine rasche Entscheidungskraft in schwierigen Lagen, die seine Stellung bei El Guía begründet hatten? Diese Entschlossenheit konnten täuschen: Man hätte sie leicht für Gefühllosigkeit halten können. Aber Zwang, Gefahr und Katastrophenstimmung stachelten insgeheim den Ersten Ratgeber an, verschafften ihm das Gefühl, mächtig wie eine Droge, den jeweiligen Augenblick mit vervielfachter Intensität zu erleben. Das Chaos wurde für ihn zur höchsten Herausforderung.
Er löste Alarm aus. Neben El Guía war er der einzige, der eine direkte Verbindung zu Argos hatte, dem geheimen Meister des Schwarzen Ordens.
(Die im Heiligtum wohnenden Geweihten waren das Elitekorps ihrer Kaste. Die anderen, die anderweitig als Vorposten der Universellen Vereinigungskirche tätig waren, gehorchten diesem Meister aufs Wort, dem sie niemals persönlich begegnet waren und dessen Gesicht sie nicht kannten. Der Schwarze Orden als solcher war eine Sekte innerhalb der Sekte.)
Eine Stunde später erstattete Argos im Büro von Jean-Louis seinen Rapport. Dora war unauffindbar. Ihre persönlichen Sachen, ohne jegliche Bedeutung, waren in ihrem Zimmer geblieben, wo sie offenbar die Nacht verbracht hatte. Jasmine hatte sie noch bei Tagesanbruch auf dem Rundweg gesehen. Alle verfügbaren Leute waren aufgeboten worden, um ihrer habhaft zu werden und sie

außer Sichtweite in den Gewahrsam des Gemüselagers von Xaghra zu bringen, wo sie befragt werden würde. Wenn die Anwesenheit von Zeugen die Durchführung dieses Plans unmöglich machen sollte, würde man einen Unfall vortäuschen. Der mirandistische Vertrauensmann bei der zentralen Polizeibehörde in Valletta war verständigt worden, ebenso das gesamte Informantennetz in Gozo. Es war alles in die Wege geleitet, um die Flüchtige daran zu hindern, die Anlegestelle in Mgarr zu erreichen. Als letztes Mittel stand schon ein Scharfschütze bereit.
»Ihre Flucht ist eine schwere Bedrohung der Sicherheit El Guías!« betonte Jean-Louis.
»Ich weiß.« beteuerte Argos mit vor Wut funkelnden Augen. »Was geschieht mit der Kleinen?«
»Nach Istanbul mit ihr, so rasch wie möglich. Offiziell hat man sie heute morgen mit ihrer Tante das Heiligtum verlassen sehen. Sorgen Sie für Übereinstimmung der Zeugenaussagen ...«
»Ist schon veranlaßt!«
»Rechnen Sie mit einem Auftauchen der Polizei?«
»So schnell nicht. Unseren Quellen zufolge wissen die Herrschaften bisher noch nichts von der Geschichte. Es ist auch unwichtig: Wenn sie kommen sollten, sind wir vorbereitet ...«
Jean-Louis begab sich zu seiner üblichen Meditation in die Kapelle der Johanniter. Er übte dort die Methode der Verdrängung, wesentlicher Schlüssel für die Dritte Schwelle.
Er hatte die schreckliche Nacht in Maghrabi, in der er seine Seele verlor, keineswegs vergessen. Wenn er unter der Folter gesprochen hätte, wäre er der Zerknirschung vielleicht entronnen. Später dann hatte er seine Freunde Boudjenah und Abdel Baâ verraten, um sich zu beweisen, daß das Böse nicht Sache seiner freien Entscheidung war, sondern eine Fehlsteuerung seiner Gene, der gegenüber er ohnmächtig war.
Nein, vergessen hatte er nichts. Aber er hatte gelernt, diese Erinnerungen unter Kontrolle zu halten, sie mit seinem Willen zu steuern. Es war ihm völlig klar, daß er seinerzeit Laurence ans Messer geliefert hatte, um die eigene Haut zu retten. Aber Schuldgefühle diesbezüglich konnte er völlig unterdrücken.
Was ihn jetzt beschäftigte, war vielmehr Gabriella, die er heute morgen dort abholen mußte, wo er sie am Abend vorher hinge-

bracht hatte. El Guía hatte sich nicht sehen lassen, aber man konnte davon ausgehen, daß er mit dem Mädchen zufrieden gewesen war, nachdem er sie die ganze Nacht über bei sich behalten hatte. Falls er sie ein weiteres Mal bei sich würde haben wollen, wäre es vielleicht sogar eine Enttäuschung für ihn, erfahren zu müssen, daß man sie aus Sicherheitsgründen aus dem Heiligtum hatte entfernen müssen. Da wäre es zweifellos gut, sich gleich nach einem Ersatz umzuschauen. Wie wäre es mit Bahija, der kleinen Mauretanierin? Noch kaum elf, aber doch schon mit entwickelten Formen, Andeutungen davon zumindest. Man sollte sich vorsorglich unter der Hand darüber informieren, ob vielleicht ihre Hautfarbe für den Meister ...

Über das Schicksal, das die Geweihten Gabriella bereiten würden, machte sich Jean-Louis keine großen Gedanken. Die Snuffs kannte er zwar, hatte sich aber keines länger als eine oder zwei Minuten lang angeschaut; das Schauspiel des Leidens brachte ihm keinerlei Genuß. Andererseits verschaffte ihm das Bewußtsein, daß allein auf seine Veranlassung hin die Kleine binnen kürzester Zeit nach Istanbul geschafft werden würde, daß man sie dort den Geweihten der »Spezialabteilung« übergeben würde und daß der über ihr langsames Sterben gedrehte Film einen finanziellen Beitrag zur weiteren Ausbreitung der Universellen Vereinigungskirche leisten würde, eine unbeschreibliche Erleichterung.

Der Erste Ratgeber D'Altamirandas verdrängte – und das sehr bewußt und aus gutem Grund –, daß das Böse, über das er Regie führte, der Betäubung einer den tiefsten Grund seiner Seele beherrschenden verheerenden Angst diente: Daß er nämlich für das aus seiner Lethargie erwachte höllische Untier nichts weiter wäre als ein kleiner Happen ...

12. Kapitel

Kiersten informierte William MacMillan über ihre Absicht, Mona-Lisa Perès zu einem polizeilichen Verhör vorzuladen.

»Riskierst du damit nicht, sie erst hellhörig zu machen? Nun ja, daran wirst du sicher selbst schon gedacht haben. Ich kann dir nicht verhehlen, daß diese Geschichte mich sehr beschäftigt. Und ich kann schließlich Luc Bastien nicht auf Dauer im unklaren lassen!«

»Soll das heißen, daß er nicht eingeweiht ist?«

Sorgfältig seine Worte abwägend, vertraute der Richter ihr an, daß er glaube, »eine gewisse Vertrautheit« zwischen seinem persönlichen Referenten und der jungen Dame beobachtet zu haben: Heimliche Blicke, verlegenes Schweigen, Überschneidungen der Terminpläne ... Nichts Eindeutiges jedoch bisher ...

»Meinst du? Daß Bastien mit einer Praktikantin herumtändelt, ist seine Sache. Aber wer sagt uns denn, daß die Gemeinsamkeit dabei endet? Schließlich hat er sie doch eingestellt!«

Der alte Herr bat sie, zu bedenken, daß Bastien immerhin schon seit fünfzehn Jahren für ihn tätig sei – und das sei für ihn schon ein Anlaß dafür, zunächst einmal an dessen Loyalität nicht zu zweifeln. Ansonsten: bisher nichts als Vermutungen. Er mache sich schon jetzt Vorwürfe, sie überhaupt erwähnt zu haben. Abgesehen davon, daß Luc verheiratet sei und seine Frau Karina gerade ihr drittes Kind erwarte. Nicht unbedingt der geeignete Zeitpunkt, um ein Familiendrama heraufzubeschwören, nicht wahr?

Sie versicherte ihm, sehr diskret vorzugehen. Sie setzte das gleich in die Tat um, indem sie ihm verschwieg, daß die Perès bereits jetzt schon einer Dauerüberwachung rund um die Uhr unterworfen war, daß ihre Post kontrolliert wurde und ebenso ihr Telefon. Erbracht hatten diese Maßnahmen bisher nichts, was weiter nicht erstaunlich war, falls die Dame, um in der Sprache der Geheimdienste zu reden, ein »Maulwurf« war. Um das herauszubekommen, hatte man sich einen Schuß vor den Bug ausgedacht, um sie aufzuschrecken. Ein Versuch, bei dem sich ein Risiko nicht vermeiden ließ.

Mona-Lisa nahm verschüchtert auf dem einzigen freien Stuhl Platz. Er war mit unsichtbaren kleinen Krallen versehen, um ein Wegrutschen auf dem Teppichboden zu verhindern. Unsichtbar war auch die kleine Kamera, mit der man das ganze Gespräch filmen würde.

Der Stellvertretende Inspektor Boniface war kein Freund »beruhigender Einleitungen«. Er hielt Mona-Lisa sogleich ein Foto von Farik Kemal unter die Nase. »Kennen Sie diesen Mann?«

»Nein ... nicht daß ich wüßte!«

»Eine andere Antwort hätte mich auch überrascht. Ein Drogenhändler ... Ohne es zu wissen, haben Sie sich zur gleichen Zeit wie er am Flughafen von Zürich aufgehalten.«

»Ist das der Grund dafür, daß Sie mich vorgeladen haben?«

»Genau! Im Duty-free-Shop haben Sie ein kleines Päckchen liegenlassen ... Ein Buch vielleicht?«

»Ein Buch? Nein ... dort habe ich es also vergessen.«

»Was vergessen?«

»Dieses Päckchen mit einer Videokassette drin. Die Aufnahme einer ... einer religiösen Zeremonie. Es lag mir viel daran.«

»Der Verdächtige hat es von dem Ladentisch, auf dem Sie es liegenließen, an sich genommen. Leider hat er es nicht als gefunden abgegeben, sondern in seine Tasche gesteckt. Er muß sehr enttäuscht gewesen sein! Denn er ist keineswegs der Typ, der jeden Sonntag zur Messe geht.«

Er begleitete seinen Scherz mit herzhaftem Lachen. Seine Rolle als nicht unbedingt mit überragenden Geistesgaben gesegneter Polizist spielte er glänzend. Er tat so, als ob für ihn die Devise gelte, daß es »immer einen Weg gibt, sich zu arrangieren«.

»Dieses Gesicht müßte Ihnen allerdings bekannt sein«, fuhr er dann fort und hielt ihr ein zweites Foto hin.

»Ja, ich denke schon. Ein Senator, nicht wahr? John Murdstone?«

»Getroffen! Hatten Sie schon einmal persönlichen Kontakt mit ihm?«

»Ich? Nein – wieso? Ich glaube nicht einmal ...«

Julien deutete auf ihre Silhouette im Hintergrund der Aufnahme aus der Cafeteria. Anhand dieses Fotos hatte man sie identifiziert. Eine Hexerei? Aber keineswegs! Man hatte ihr Foto von ihrem Dienstausweis abgenommen und, mit ihrem Namen versehen, in den Computer eingespeist. Den spuckte er jetzt jedesmal aus, wenn ihr Gesicht auf einer von ihm überprüften Aufnahme zu sehen war ... Der Fortschritt ließ sich nicht aufhalten!

»Halten Sie mich für blöd?« schrie sie, blaß werdend. »Sie verdächtigen mich, ich hätte irgend etwas übergeben an diesen Mann da ...«

»Welchen?«

»Weiß ich doch nicht! Jedenfalls stimmt es nicht. Sie können mich doch nicht einfach beschuldigen! Ich kenne meine Rechte, und ich werde ...«

Er protestierte gegen ihre Unterstellung und versicherte ihr, niemand verdächtige sie in dieser Angelegenheit. Überdies sei das Gepäck Farik Kemals vom Schweizer Zoll sorgfältig untersucht worden, doch ohne jedes Ergebnis. Die Kassette, die ihr abhanden gekommen sei, sei übrigens unbespielt gewesen. Das sei doch immerhin merkwürdig, nicht?

Kiersten saß im kleinen Labor von Thierry Bougeaud und schaute sich erstaunt das Gesicht der jungen Perès an: große feuchte Augen, unschuldig reine Züge, entwaffnende Schüchternheit.

»Man würde ihr ohne Beichte die Kommunion reichen.«

»Was ja sozusagen auch geschehen ist. Eine gelungene Inszenierung!«

»Sie sind sicher, daß sie lügt?«

»Sie lügt, wie sie atmet!«

Thierry sagte das mit einer Betonung, die darauf hinwies, daß dies ganz wörtlich zu nehmen sei.

Kiersten konnte den Blick nicht vom Bildschirm nehmen.

»Man könnte meinen, daß sie präpariert worden sei!«

»Sie lügt, und sie weiß das! Und genau deshalb kann sie Pinocchio nicht täuschen. Dabei hat sie keinerlei Skrupel – sie ist überzeugt davon, daß sie es zum Nutzen einer guten Sache tut, einer geheiligten Sache sogar, ihrer Meinung nach.«

»Und das sagt Ihnen alles Ihr Programm?«

»Überzeugen Sie sich selbst davon!«

Er hielt den Lauf des Videos an, um ihr Erklärungen über die Arbeitsweise seines Überprüfungssystems zu geben. Das hübsche Gesicht erstarrte plötzlich, wurde auf dem Bildschirm vervielfältigt und zerlegt. Details wurden zu alptraumhaften Bildern zusammengesetzt und verglichen, formten sich zu einem Wirbel von Grimassen und krampfhaften Zuckungen. Die Bewegungen der Augäpfel und der Schlag der Wimpern wurden in ihrer Geschwindigkeit verfünf- und verzehnfacht. Dadurch wurde der Blick der Befragten unerträglich und wirkte wie von panischer Angst erfüllt. Jetzt wurde die Nasenpartie vergrößert, und der Computer maß Abfolge und Umfang der Nasenflügelbewegungen. Das Befeuchten der Lippen, die Mundbewegungen, das Runzeln der Brauen, die Färbung der Haut, selbst die winzigsten Veränderungen des Gesichtsausdrucks – nichts entging dieser elektronischen Inquisition.

»Es fehlt nicht viel, und die junge Frau tut mir leid! Das ist ja ungeheuerlich: Ihr Innenleben wird förmlich auseinandergenommen, bei lebendigem Leibe seziert! Obendrein kann sie sich nicht dagegen wehren!«

Warum schien er überrascht durch ihre Bemerkung? Hatte er sie für so hart und unerbittlich gehalten? Er erläuterte ihr, daß sie bisher ja nur einen Teil dieses Prüfprogramms gesehen hätte. Ein weiterer Bestandteil sei die Stimmüberprüfung auf Rhythmus und Tonfall, Tonhöhe, Wortintervalle, Pausenlängen usw. Selbst wenn eine Lüge gelegentlich einmal durch die Maschen des Netzes schlüpfen könne, führe der Wechsel vom Wahren zum Unwahren zu einem Spannungsabfall; und allein dies schon sei ein untrügliches Zeichen.

»Pinocchio steckt seine Nase eben überall hinein! Und was er dabei entdeckt, duftet nicht immer nach Rosen ... Aber ich darf mir den Hinweis gestatten, daß die junge Dame – ganz im Gegensatz zu uns – keineswegs beunruhigt war. Wir haben Bedenken, weil wir in ihre Intimsphäre eingedrungen sind – sie selbst hat davon gar nichts mitbekommen.«

»Das heißt also, daß ich mein Mitgefühl an die falsche Person verschwende!«

Er warf ihr plötzlich einen intensiven Blick zu. Nun schien doch ein gewisses Gefühl an ihm offenkundig zu werden.

»Ich muß mir auch immer wieder nachdrücklich zureden, um mich davon zu überzeugen, daß das richtig ist. Immer klappt es aber auch nicht: Gelegentlich muß ich mich regelrecht am Riemen reißen, um mich von einer Zerstörung dieses Schnüffelprogramms abzuhalten! ›Zauberlehrlings-Syndrom‹ würde das unser guter Teddybär wohl nennen.«
Kiersten sagte nichts dazu. War sie schon so weit, daß Chose sie mit nichts mehr überraschen konnte?

Von der Überwachung John Murdstones, der rund um die Uhr beschattet wurde, lagen nun die ersten Ergebnisse vor. Man hatte festgestellt, daß der ehrenwerte Herr unter einem Pseudonym über Internet regelmäßig Kontakt mit einer gewissen Frikka unterhielt. Die ausgetauschten Nachrichten waren so kurz und nichtssagend, daß es schon wieder auffällig war. Die letzte besagte, man müsse »das Leben in vollen Zügen genießen« und schlug ein Treffen in Ottawa vor, »gleicher Ort, gleiche Zeit«, am ersten Freitag des Monats. Ein nächtlicher Besuch im Büro des Senators und ein heimlicher Blick in seinen Terminkalender verrieten, daß für diesen Tag ein Raum für ein intimes Mittagessen im Universitätsclub reserviert worden war – am gleichen Ort also, an dem Richter MacMillan allwöchentlich seine Tochter zu treffen pflegte.
Zu gleicher Zeit war Kiersten von ihrem Vertrauensmann beim FBI darüber informiert worden, daß Farik Kemal eine Reise in die USA anzutreten gedenke mit einem Abstecher von achtundvierzig Stunden nach Ottawa. Die Daten stimmten überein: Es war kein Zweifel mehr, wer sich hinter dem Pseudonym Frikka versteckte. Verdächtig war dieser Vogel allemal. Allein schon deshalb, weil es ihm gelungen war, so lange in Freiheit zu bleiben! Immerhin hatte er vor zehn Jahren ein Netz für internationale Kinderprostitution aufgezogen. Der Zuhälterei, der Verführung Minderjähriger und der Entführung angeklagt, war er zwar von einem Gericht in Ankara zum Tode durch den Strang verurteilt worden. Doch nach dreizehnmonatiger Haft hatte man ihn freigelassen, und es wurde behauptet, daß er als Gegenleistung versprochen habe, Stillschweigen zu bewahren über gewisse Neigungen von Ministern und anderen hohen Regierungsbeamten.

Nach einigen Jahren, die im dunkel blieben, hatte er sich auf dem heimlichen Markt für Snuffs engagiert. Er arbeitete allein und besuchte seine Abnehmer stets höchstpersönlich, dabei war er äußerst bedacht auf seinen »guten Ruf«: Von ihm erhielt man zum vereinbarten Zeitpunkt immer Ware bester Qualität, die genau den Vorgaben entsprach. Im Verlauf der vergangenen anderthalb Jahre war sein Aufenthalt in den Flughäfen von siebenundzwanzig Hauptstädten registriert worden. Besonders eifrige Behörden hatten ihm mehrfach auf den Zahn gefühlt, doch immer völlig vergeblich. In drei Fällen (darunter beispielsweise Zürich) hatte man in seinem Gepäck Videokassetten gefunden. Diese waren jedoch unbespielt gewesen oder hatten nichts enthalten außer seinen »persönlichen Aufnahmen«: Bilder von Pflanzen- und Blumenschauen in den Städten, in denen er sich aufgehalten hatte. Denn das ganze Interesse dieser empfindsamen Seele galt exotischen Blumen, fleischigen Pflanzen und Zwergbäumen.
Die Geschicklichkeit Kemals grenzte an ein Wunder. Der Mitteilung eines Spitzels zufolge war er voll unterrichtet über das Interesse an seiner Tätigkeit und darauf sogar noch stolz. Über seine Abnehmer wußte man im großen und ganzen kaum etwas; daher bot sein Treffen mit Senator Murdstone einen Ansatzpunkt, der nicht zu unterschätzen war. Dennoch interessierten sich die GRC, das FBI und Interpol nur mäßig für die Abnehmer der Snuffs. Ihr Interesse lag auf einer höheren Ebene: Man wollte die Kette verfolgen bis zu den Produzenten, den Folterern, den Opfern. Bestimmten Hinweisen zufolge mußte die Hauptlieferquelle für Farik Kemal in der Türkei liegen. Wenn das stimmte, war eine Aufklärung fast unmöglich: Dort war der Lieferant außerhalb des Zugriffs, und Bestechlichkeit öffnete ihm alle Wege.

Kiersten bemerkte bei ihrem Treffen mit Julien Boniface sofort dessen Beunruhigung. Er erklärte ihr, daß er einen Zusammenschnitt der abgehörten Unterhaltung gemacht habe.
»Ich ging davon aus, daß Sie an Kommentaren des Türken über die Qualität des Filet Wellington nicht sonderlich interessiert seien …«
»Zumal ich mich davon noch vor einer Woche selbst überzeugen

konnte«, bestätigte sie. »Er war sehr beeindruckt. Der Herr versteht zu leben, das muß man schon sagen!«

Die Fotos vom Zusammentreffen Senator Murdstones mit seinem Gast am Vortag lagen noch auf dem Tisch ausgebreitet. Als Kiersten sie zum ersten Mal gesehen hatte, war sie ebenso überrascht gewesen wie Julien: Der ehemalige Kinder-Zuhälter und jetzige Reisende in Snuffs war darauf zu erkennen als untersetzter kleiner Mann mit einem Puppengesicht, sorgfältig rasiert, mit beginnendem Haarausfall und wie aus dem Ei gepellt. Er trug eine Brille mit feiner Goldfassung, in seinem Knopfloch steckte eine Rosenknospe. Er hätte als ein Schweizer Bankier durchgehen können, wäre da nicht sein zu angestrengt ehrbarer Blick gewesen. McDermott hatte unter schwierigen Bedingungen ganz ausgezeichnete Arbeit geleistet. Man hatte aus gutem Grund Abstand genommen vom Einsatz des präparierten Lieferwagens der GRC, weil man befürchten mußte, daß dem geschulten Auge dieses Kemal das Täuschungsmanöver nicht entgehen würde. Aus dem gleichen Grund hatte man sich, nachdem man die Begrüßung fotografiert hatte, auf einen Tonmitschnitt ihrer Unterhaltung beschränkt.

»Irgend etwas macht Ihnen zu schaffen ...«

»Sie werden das gleich verstehen«, versicherte Julien. »Nach all dem, was wir hier in den vergangenen sechs Monaten mitbekommen haben, hatte ich angenommen, inzwischen ein dickeres Fell zu haben. Aber hören Sie selbst ...«

Er schaltete das Tonbandgerät ein.

Die Stimmen der beiden Männer waren klar zu unterscheiden: Murdstones gelassener, aber fordernder, anmaßender Bariton und Kemals geschmeidiger, bescheidener, nachgiebiger Tenor. Der Kunde beklagte sich über den geforderten Preis; der Verkäufer dagegen beteuerte, er habe ihm doch schon einen Rabatt von fünfzehntausend Dollar eingeräumt, und das seien doch – »wie nennt man das bei Ihnen?« – nun, keine ›Peanuts‹. Das sei zwar richtig, befand Murdstone, aber sechzigtausend Dollar seien ja nun auch nicht gerade ein Pappenstiel! »Einen solchen Luxus hat sich unser kleiner Gesprächskreis noch nie geleistet!«

»›Kleiner Gesprächskreis‹ nennt der das!« empörte sich Kiersten. »Ich war mir nie ganz sicher, daß die sich die Kosten teilen, aber

daß sich das hier bestätigt, bietet ja doch eine gewisse Befriedigung.«
»Nur kennen wir leider die übrigen Mitglieder dieser Clique noch nicht. Wenn die sich jetzt treffen, haben wir immerhin die Chance ...«
»Langsam! Lassen Sie mich erst einmal weiter hören ...«
Der Türke warf sich ins Zeug und pries die Qualität seiner Ware. Hatte er seinen Kunden jemals etwas *Billiges* geliefert? Man war doch schließlich unter guten Bekannten, oder etwa nicht? Sein Freundeskreis könne ganz beruhigt sein, etwas Tolleres hätten sie auf diesem Gebiet noch nie zu sehen bekommen. Das sei absolute Spitze, so etwas habe es bisher noch nie gegeben. Die Beschreibung im Katalog sei unvollständig? Nun ja, das seien ja nur Andeutungen, man wolle den Leuten doch nicht vorab die Spannung nehmen ... Im übrigen gebe es nur dieses einzige zum Verkauf bestimmte Exemplar davon. Gut, die Originalfassung davon werde an sicherem Ort aufbewahrt, aber das sei nur für den Fall, daß es zu Komplikationen mit den Hütern der öffentlichen Ordnung komme. Der Herr Senator könne als hundertprozentig sicher sein, daß er sein Geld für ein absolutes Unikat ausgebe. Nebenbei gesagt, könne er, bei der Seltenheit guter Inszenierungen, doch von der Chance für einen Weiterverkauf – sogar zu einem höheren Preis – ausgehen –, abzüglich seiner Provision von fünfzehn Prozent selbstverständlich. Darüber könnten sie sich doch morgen unterhalten, anläßlich der Regelung seiner Rechnung. Er würde dafür eine Reservierung bei Mamma Teresa veranlassen – die Kosten dafür würde er als kleine Geste dem Herrn Senator gegenüber übernehmen!
Es war also bei dem Gespräch ganz offensichtlich um »Die Frau und die Ratten« gegangen.
Man hörte das Zusammenklirren von Gläsern: Die Partner stießen auf das abgeschlossene Geschäft an ...
Julien ließ das Band mit höherer Geschwindigkeit ablaufen und behielt dabei den Zähler im Auge.
»Jetzt!« sagte er dann. »Der Türke schiebt ihm den Schlüssel zum Schließfach zu. Der Senator ist dann am Abend zum Busbahnhof gegangen und hat das Snuff dort abgeholt. Wir hätten ihn dort auf frischer Tat ertappen und festnehmen können.«

»Wegen welches Deliktes?«
»Ja, ich weiß schon Bescheid, vielen Dank! Das regt mich ja so auf! Wenn dieser Kemal ihm Fotos von fünfzehnjährigen Gören verkauft hätte, die jemandem am Pimmel fummeln, hätte man beide auf der Stelle einbuchten können. Das Schlimmste ist, daß sie sich vor Verfolgung sicher wähnen können! Das ist doch nicht normal! Da war doch noch was ... Ja, hier ist es. Inzwischen sind sie beim Nachtisch: Schokoladentörtchen mit Vanillesauce ...«
»Hören Sie bloß auf!«
Die Stimme des Senators war schwer geworden und seine Aussprache nicht mehr ganz deutlich; die beiden mußten ihre Abmachung ganz schön begossen haben. Ob Freund Farik schon etwas wisse von dieser neuen Sache, von der man da gehört habe, »etwas wirklich Außergewöhnliches, wirklich!« Eine neue Variante von »Strip-Poker«, mit einem Schiedsrichter und drei Teilnehmern ... Nein, der Türke habe davon noch nichts erfahren, aber der Senator solle ihm doch darüber mehr berichten, man wolle sich ja nicht von der Konkurrenz abhängen lassen ... Murdstone konnte ihm allerdings auch nur in groben Zügen die Inszenierung schildern: eine Pokerpartie, bei welcher der Gewinner einer jeden Runde von den Mitspielern ein Stück verlangen durfte – aber kein Kleidungsstück in diesem Fall, das sei ja langweilig, nein, ein Stück von ihm selbst, sagen wir mal einen Zahn, ein Ohr, einen Finger und so ... Wenn er auf seinen Gewinn verzichte, gehe der Anspruch auf einen anderen Mitspieler über, der diesen an ihm selbst befriedige. Einfallsreich, nicht wahr?
Kemal bestätigte das, äußerte aber seine Zweifel an der korrekten Beschreibung. Ging es wirklich um drei Mitspieler? Warum sollte der Produzent einen solchen »Aufwand« treiben? Aber wie auch immer: Wenn die Freunde des Senators Interesse an einem derartigen Erzeugnis hätten, würde er sich dafür stark machen, es ihnen zu einem angemessenen Preis zu beschaffen.
Julien unterbrach die Abspielung und warf Kiersten einen gespannten Blick zu.
»Was ist?« fragte sie. »Wissen Sie, worum es da geht?«
»Verstehen Sie es nicht selbst? Nun, ich habe auch etwas Zeit gebraucht, bis ich es begriffen habe. Dieses Snuff, von dem die bei

den da sprechen, gibt es gar nicht – noch nicht. Aber Murdstone hat den Auftrag dafür erteilt!

Am späteren Nachmittag rief Kiersten ihren Vater an und fragte, ob sie am Abend bei ihm vorbeikommen könne.
»Um mit dir über Mona-Lisa Perès zu reden ...«
»Du wirst in mir einen aufmerksamen Zuhörer finden. Ich sage gleich noch Mrs. Crichton Bescheid – falls sie überhaupt noch da ist ...«
»Nein, laß das bitte. Erstens wird sie wie gewöhnlich ohnehin nur quengeln, und zweitens habe ich keinen Hunger. Aber über einen schönen Kaffee und einen guten Kognak würde ich mich freuen. Paßt es dir um neun?«
Pünktlich war für den alten Richter eine Mischung aus Gewohnheit und Besessenheit. Vor einem vereinbarten Treffen schaute er ganz automatisch jede Minute ein- bis zweimal auf seine Uhr. Diese Angewohnheit nervte Kiersten so sehr, daß sie stets schon eine Viertelstunde vor dem vereinbarten Termin bei ihm eintraf.
Sie machten es sich auf der Veranda bequem. Die laue Nacht, der Duft der Blumen im Garten, das Schmurgeln der Pfeife und das langsame Ticken der Standuhr luden zur Entspannung und zum komplizenhaften Schweigen ein. Kiersten machte sich Vorwürfe, daß sie nicht besser diesen ganzen Kram hinter sich gelassen hatte, dort bei der GRC. Diese ganzen schrecklichen Dinge, mit denen sie sich den Tag über im Dienst hatte beschäftigen müssen, gehörten doch eigentlich nicht hierher. Und dennoch ...
»Hat Sandrine dir von dem Preis berichtet, den sie gewonnen hat?«
»Schon mehrfach! Sie ist sehr stolz darauf, und das völlig zu Recht. Ihr ›Brief an meine Menschenbrüder‹ ist wunderbar!«
»Hat sie ihn dir denn geschickt?«
»Ja sicher, erinnere mich doch bitte nachher daran, daß ich ihn dir zeige! Du könntest sie natürlich auch selbst darum bitten, das würde ihr, glaube ich, eine große Freude machen.«
»Was übrigens diesen Wettbewerb betrifft ... Ich habe mich da mal informiert über diese ›Stiftung zur Annäherung zwischen den Völkern‹. Der Sitz ist in Liechtenstein, in Vaduz. In Wirklichkeit ist das eine der zahlreichen Tarnorganisationen dieser

Universellen Vereinigungskirche. Und das Heiligtum von Xaghra, in das Sandrine eingeladen wurde, scheint das Hauptquartier dieser Sekte zu sein.«
»Das gefällt mir nicht«, meinte der Richter.
»Mir auch nicht. Aber das weitere wird dir noch weniger gefallen. Sandrine ist nicht die einzige, die ein solches Stipendium für einen Aufenthalt in Malta bekommen hat. Im vorigen Jahr um die gleiche Zeit war Mona-Lisa Perès für zwei Wochen dort.«
Er konnte einen überraschten Ausruf nicht unterdrücken.
»Du glaubst also nicht an einen Zufall, richtig? Nun, gewiß nicht. Ihr wolltest da bestimmte Dinge überprüfen, du hast mir ja eine entsprechende Andeutung gemacht, aber ich war mir nicht ganz sicher, worum es euch ging... Also, was habt ihr herausbekommen?«
Das Privatleben von Mona-Lisa Perès hatte sich als völlig durchschaubar und in keiner Beziehung außergewöhnlich erwiesen. Daher hatte man ihre berufliche Tätigkeit etwas näher unter die Lupe genommen. Eine im Kopierapparat ihrer Abteilung versteckte Miniaturkamera hatte den Beweis geliefert, daß die Praktikantin von der *Queens University* mehrfach Dokumente kopiert hatte, die in keinem unmittelbaren Zusammenhang mit ihrer Tätigkeit standen. Diese Kopien steckte sie dann zwischen die Seiten von Büchern, in denen sie in der Bibliothek herumblätterte.
»Sie richtet es dann immer so ein, daß sie die Bücher einer bestimmten Bibliotheksmitarbeiterin zurückgibt, einer gewissen Sophie Bachand. Und die leitet in einem Bauernhof in der Nähe von Wakefield eine kleine Mirandistengemeinschaft.«
MacMillan schaute seine Tochter bestürzt an.
»Was du mir da berichtest, kann nicht unter uns bleiben! Ich muß darüber den Gerichtspräsidenten informieren – sofort morgen früh!«
»Ich weiß. Ich habe nämlich die Dokumente gesehen, die dieses kleine Luder kopiert hat...«
Der Richter berichtete ihr, daß der Oberste Gerichtshof im Herbst entscheiden müsse über einen Rechtsstreit zwischen dieser Universellen Vereinigungskirche und der Regierung von Quebec. Ein Urteil des Obersten Provinzialgerichts hatte über

die Auslegung eines Steuerparagraphen entschieden, was zum Wegfall bestimmter Steuervergünstigungen für die Mirandisten geführt hatte. Dagegen hatten diese Berufung eingelegt. Die Entscheidung des höchsten kanadischen Gerichts könnte zu einer neuen Bewertung der Stellung religiöser Gemeinschaften im ganzen Lande führen.

»Die Auftraggeber der Perès und der Bachand scheinen keinerlei Skrupel und keinerlei Gespür zu haben«, meinte MacMillan. »Sie stellen sich zweifellos vor, daß die Unterlagen, von denen sie sich Kopien beschaffen ließen, ihren Rechtsanwälten für ihre Argumentation nützlich sein könnten ... Aber im derzeitigen vorbereitenden Stadium beschäftigen wir uns zunächst mit vergleichenden Zusammenstellungen und mit Rechtsgutachten. Der Vorteil, den sie davon haben, scheint mir in keinem rechten Verhältnis zu der Gefahr zu stehen, daß sie sich mit ihren James-Bond-Methoden die Sympathie des Gerichts verscherzen! Aber jetzt sag mir erst einmal, was ihr bezüglich der Reise von Sandrine zu tun gedenkt ...«

»Sie hat von all dem keine Ahnung. Und ich möchte ihr auch bis zur letzten Minute nichts sagen. Die Enttäuschung wird furchtbar sein ... Jedenfalls habe ich erst einmal Philippe auf die Spur gesetzt. Wir haben ihn gebeten, weitere Informationen von dieser merkwürdigen Stiftung anzufordern, vor allem die Namen der übrigen Gewinner. Diese Liste hat er postwendend erhalten, zusammen mit einem äußerst höflichen Schreiben ... Diese Leute sind alles andere als Amateure!«

»Man müßte wissen, wer deine Tochter zur Teilnahme an diesem Wettbewerb veranlaßt hat ... Sie ist da doch sicher beeinflußt worden ... Hast du diese Liste zufällig bei dir?«

Sie griff nach ihrer Aktenmappe und holte sie heraus, überrascht von seiner tätigen Anteilnahme. Der Austausch von Informationen zwischen der Polizei und seiner Behörde unterlag sehr strengen Regeln. Er setzte seine Brille auf.

Im dunklen Garten begann eine Nachtigall zu singen. Kiersten richtete sich auf und kämpfte gegen das Aufsteigen einer Erinnerung an – eine Erinnerung aus der Kindheit an ein in einer lauen Sommernacht weit geöffnetes Fenster, den Vollmond, Musik aus der Ferne, Stimmen auf der Terrasse ... Das war wohl kaum der

rechte Moment dafür, dachte sie dann. »Wo waren wir stehengeblieben? Ach ja, diese Liste!«
»Zwölf junge Leute zwischen fünfzehn und zwanzig«, sagte sie entschlossen. »Die Eltern sind zumeist Beamte, Rechtsanwälte, Professoren ... Wir haben die Absicht, sie vertraulich über das zu informieren, was wir bisher festgestellt haben ...«
»Und auf was wartet ihr noch?« fragte er, ohne den Blick von der Liste zu heben.
»Unsere Untersuchung läuft noch, und wir möchten vermeiden, daß die Sache zu hohe Wellen schlägt, damit uns die Fische nicht entschlüpfen, ehe wir das Netz zuziehen können. Nun? Glaubst du, daß diese ›Preisträger‹ wirklich ›auserkoren‹ worden sind?«
»Gezielt ausgewählt fraglos. Diese Reise ist nicht der einzige gemeinsame Nenner zwischen Sandrine und der Perès. Ich sehe zumindest einen weiteren ...«
»Nämlich?«
»Die Person, die vor dir sitzt. Nachdem die Mirandisten den Großvater wohl kaum einfangen können, legen sie ihre Fallstricke gegen Sandrine aus, um auf dem Wege über sie Druck ausüben zu können. Offenbar habt ihr noch keine Gemeinsamkeiten in bezug auf die Eltern feststellen können, aber dazu muß man eben eine Generation überspringen ...«
Er deutete auf zwei Namen in der Liste, Mathieu Bergeron und Jennifer Finlay. Er kannte die Mutter des ersteren: Lucie Desautels Bergeron, die Tochter von Lucien Desautels, des obersten Justizbeamten der Nationalversammlung von Quebec. Die Großmutter väterlicherseits der andern war Samantha Finlay, die bekannte Präsidentin der Handelskammer von Ontario. Kiersten solle sich in diesem Sinne um die anderen Namen kümmern – da würde sie sicher noch manche Überraschung erleben!
»Räumen wir einmal ein, daß diese Fanatiker Sandrine indoktrinieren könnten. Aber das heißt dann doch noch lange nicht, daß sie wiederum Einfluß auf dich ausüben könnte. Das scheint mir sehr weit hergeholt.«
»Bist du dir da sicher?« fragte wer. »Ich habe mich mit Peter Featherstone in Verbindung gesetzt, du kannst dich vielleicht erinnern an seine Sendungen über die Moon-Sekte, über Prediger Jones, über David Koresh und Luc Jouret. Er hat sich beurlauben

lassen, um sich ganz seiner großen Dokumentation über die Sekten widmen zu können. Ich wollte von ihm etwas erfahren über diesen Miguel D'Altamiranda ...«

Der Journalist hatte ihm von einer großen Reportage über die Universelle Vereinigungskirche berichtet, die er im vergangenen Jahr im Auftrag der bekannten Zeitschrift *Ideas & Facts* verfaßt hatte. Die aber sei niemals veröffentlicht worden, und nur wenige Leute wüßten, daß dies auf Veranlassung von Christ Christopoulos unterblieben sei, des Besitzers der Zeitschrift und Hauptaktionärs der United Press Corporation – einer Holding, die ein gutes Dutzend großer Blätter in den Vereinigten Staaten und Kanada kontrolliere.

»Genau zu dieser Zeit wurde der Enkel von Christopoulos in Rom wegen Rauschgifthandels festgenommen. Der junge Mann beteuerte seine Unschuld, aber die Beweise waren eindeutig. Später ist er doch wieder freigekommen: Seine ihn begleitende Freundin hatte zugegeben, das Rauschgift ohne sein Wissen in seine Sachen geschmuggelt zu haben. Ein freiwilliges Geständnis ...«

»Laß mich raten: Das Pärchen hatte sich in Malta kennengelernt ...«

Der alte Herr nickte seufzend mit dem Kopf. Er ergänzte, daß er dem Journalisten Vorhaltungen darüber gemacht habe, daß dessen Schlußfolgerungen nicht auf Beweisen beruhten, sondern lediglich auf der »Annahme von Zusammenhängen«. Und jetzt: Desautels, Finlay, MacMillan ... Alles nur Zufall, tatsächlich?

Draußen in der Diele schlug die Standuhr zehn. Kiersten verspürte eine große Müdigkeit. Sie zögerte, ihrem Vater gegenüber zuzugeben, daß ihr all diese Schändlichkeiten fast zuviel wurden, daß sie ernstlich daran dachte, um Zuweisung einer anderen Aufgabe zu bitten. Sie war von schrecklichem Widerwillen erfüllt. An diesem Abend hätte sie sehr ermutigender Worte bedurft. Doch sie äußerte sich nicht in der Befürchtung, damit doch nicht rechnen zu können.

»Diese Praktikantin hat sich in mein Umfeld eingeschlichen im Auftrag der Sekte dieses D'Altamiranda«, meinte ihr Vater nachdenklich. »Aber sie ist doch bei euch unter Verdacht geraten wegen einer ganz anderen Geschichte: Weil sie nämlich an Senator Murdstone einen Katalog geschickt hat, der nun mit Religion am allerwenigsten zu tun hat. Wo liegt die Verbindung zwischen den beiden Angelegenheiten?«

»Wir haben mit der Perès über diesen Katalog gar nicht gesprochen. Wir haben sie vernommen über das, was sich in Zürich abspielte, und neigen zu der Auffassung, daß sie wohl tatsächlich nicht wußte, daß sie ein Snuff transportierte. Man hat sich ihrer sozusagen als Brieftaube bedient...«

»Das nehme ich zwar zur Kenntnis, aber es ist keine Antwort auf meine Frage. Seid ihr auf eine Verbindung gestoßen zwischen diesen Snuffs und der Universellen Vereinigungskirche?«

»Noch nicht, aber wir sind sicher, daß eine solche Verbindung besteht. Ich werde nächste Woche in Paris an einer Besprechung von Interpol teilnehmen. Es scheint, als ob die italienische Polizei eine interessante Spur verfolge...«

»Hast du Sandrine über diese Reise informiert?«

»Nein, warum?«

»Ich habe mit ihr am Sonntagabend telefoniert. Sie stellte sich viele Fragen, die dich betreffen.«

»Mich betreffen? Inwiefern?«

»Mehr so allgemein: deine Persönlichkeit, deine Interessen. Ob du Freunde hast, ob dir deine Arbeit gefällt, ob du zufrieden bist mit deinem Leben...«

Die Wipfel der Bäume hoben sich dunkel vor dem sternenglänzenden Himmel ab. Im Dunkel des Laubes hatte die Nachtigall wieder ihr Lied aufgenommen...

Die Hilfe kam unverhofft – wie von einer guten Fee, die sich in diesen Sumpf verirrt hatte:

Wie die letzte Frau von Ritter Blaubart – dessen Geschichte ihr französischer Namensvetter überliefert hat – war Debby Perrault überaus neugierig. Sie fragte sich, was ihr Gatte, der Herr Generalmajor, da wohl treibe, als er sich mit einigen Unbekannten in dem Raum im Untergeschoß ihres Landhauses einschloß, das ihm als Büro diente. Das war am vorgestrigen Abend gewesen, und sie meinte, einen der Besucher erkannt zu haben. Aber was konnte der Senator Murdstone gemeinsam haben mit ihrem Conrad?

Sie hatte in den Sachen ihres Gemahls herumgeschnüffelt, und was sie dabei entdeckt hatte, ging ihr unaufhörlich im Kopf her-

um. Es war wie ein Blutfleck, der sich nicht entfernen ließ ... Sie war, um sich Rat zu holen, zu Hochwürden Flanagan gegangen, dem Pfarrer ihrer Gemeinde.
Am Morgen darauf saß sie im viktorianischen Wohnzimmer des Pfarrhauses Inspektor Kiersten MacMillan gegenüber.
Debby Perrault hatte diese Videokassette dort gefunden, wo der Herr Genralmajor sie versteckt hatte, und sie würde sie nach ihrer Rückkehr schleunigst wieder dorthin zurücklegen. Ihr Conrad würde sie umbringen, wenn er ihren Verrat bemerke. Er sei zwar ein Mann mit vielen guten Eigenschaften, versicherte sie der Frau Inspektor, neige aber doch gelegentlich zu Gewalttätigkeiten. Das sei allerdings auch nicht weiter verwunderlich bei der Jugend, die er gehabt habe.

Gewalttätigkeiten? Conrad Perrault war Kommandant einer Einheit von Blauhelmen in Somalia gewesen. Zwei seiner Soldaten waren über einen Gefangenen hergefallen – einen Fünfzehnjährigen, den sie dabei erwischt hatten, wie er in ihrem Lager Lebensmittel klauen wollte. Begierig darauf, einen Beleg für ihren friedensstiftenden Einsatz nach Kanada schicken zu können, hatten sie sich mit ihrem Opfer fotografieren lassen. Die Veröffentlichung der Aufnahmen in den Medien hatten einen Eklat ausgelöst und zu Tage gebracht, daß höchste Stellen der Armee versucht hatten, die Affäre zu vertuschen.
Als er vor einer Untersuchungskommission erscheinen mußte, hatte er beteuert, niemals etwas von diesen Übergriffen durch »zwei oder drei Hitzköpfe« gewußt zu haben. Darauf hatte man ihm Inkompetenz vorgeworfen. Dieser Vorwurf allein schon war für seinen weiteren Aufstieg in der Armee alles andere als förderlich. Aber schlimmer noch: Die Folterung des jugendlichen Diebes war nicht nur fotografiert, sondern in ihrem Endstadium auch gefilmt worden. Und vier Sekunden lang war auch Conrad Perrault im Blickfeld der Kamera gewesen ... Seine Karriere war verpatzt!

Kiersten hatte sich eine volle Stunde lang unter vier Augen mit Clarkson unterhalten. Nachdem er sich höheren Orts abgesichert hatte, hatte er sie ermächtigt, Conrad Perrault ein »Angebot zur

Zusammenarbeit« zu unterbreiten. Ein Maulwurf im Nest sei mehr wert als ein weiterer Schuft im Loch, hatte er ihr mit jener überraschenden Knappheit erklärt, die seine sonstige weitschweifige Art, sich bei unangenehmen Themen zu winden, noch irritierender machte.

Höchst widerstrebend hatte der Generalmajor Platz genommen, aber die Empfehlungen seines Rechtsberaters hatten ihn zur Zusammenarbeit veranlaßt. Er hatte schließlich über diesen ominösen »Gesprächskreis« des Senators geredet, über Art und Weise ihres Vorgehens, über die finanzielle Seite usw. Kiersten hatte das Gefühl, daß sich ihr Einsatz gelohnt hatte. Das war allerdings vielleicht schon zu viel gesagt, oder jedenfalls zu früh: Die schwierigste Phase der »Operation Mausefalle« stand noch bevor. Denn man benötigte erst einmal eine »Eintrittskarte« zu einer dieser außergewöhnlichen Sitzungen, und die kostete fünfzehntausend Dollar, die sie erst noch auftreiben mußte ...

John Murdstone lebte allein in einem großen Penthouse auf dem Dach eines luxuriösen Anwesens an der Côte de Sable; ringsum befanden sich vorwiegend Botschaftsgebäude. Ein großer Wohnraum nahm die gesamte obere Etage seines »Adlerhorstes« ein, wie er es nannte. Die Möbel waren neu, die Teppiche alt – echte Sammlerstücke, bei denen man sich darüber wundern konnte, daß er sie von seinen Besuchern abtreten ließ.

Besuchern, wie sie an diesem Abend ab etwa 23 Uhr bei ihm eintrafen, um nach einem kleinen Umweg an die Bar in bequemen Sesseln Platz zu nehmen. Die Gebräuche des Hauses waren ihnen geläufig: Jeder bedienten sich selbst, und das einzige Problem war, sich zu entscheiden. Denn die hier gebotene Auswahl an Scotch und Gin, an altem Kognak und Likören stand jener im Universitätsclub an Reichhaltigkeit nicht nach. Als erster war wie gewöhnlich Tokugawa Hideyoshi eingetroffen, Handelsattaché an der Botschaft Japans. Ihm war Bernard Fourbes gefolgt, Parlamentarischer Staatssekretär im Umweltministerium, und dann Morty Zagiewicz, ein einflußreicher Lobbyist, der immer wieder im Fernsehen zu sehen war, wo er nachdrücklich die Interessen der Tabakindustrie gegen die »hinterlistigen und tendenziösen« Angriffe des Gesundheitsministerium verteidigte.

Der nächste Ankömmling nannte sich Vladimir. Außer Murdstone wußte niemand Näheres über ihn. In seinem schmalen, langen Gesicht fielen die dunklen Tränensäcke auf. Um seinen dürren Hals war ein Seidenschal geschlungen, der nur dürftig eine Art von Ventil aus Plastik zu verhüllen vermochte, das auf der Höhe der Luftröhre angebracht war, und einen dünnen Schlauch, der in seinem offenen Hemdkragen verschwand, und in dem sich von Zeit zu Zeit ein kleiner Schleimklumpen bewegte. Bei jedem Atemzug erzeugte das Gerät ein leises Zischen. Es war eine Aura des Geheimnisvollen um ihn, und er schien über großen Einfluß zu verfügen.
Der Senator hatte ihn um seinen Rat bei der Auswahl einer neuen Musik-CD gefragt. Seine Sammlung beschränkte sich auf Klassik und Neoklassik. »Bei Strawinsky hört es bei mir auf«, erläuterte er dazu gern. »Alles danach ist, jedenfalls für meine Ohren, Kakophonie!«
Zuletzt kam Conrad Perrault in Begleitung seines Schwagers Robert Temple, eines Geschäftsmannes aus Thunder Bay. Dieser zögerte mit aufmerksamem und unruhigem Blick etwas, ehe er in den großen Raum trat: Es war sein erster Besuch hier.
Der Senator begrüßte alle mit einem warmen Lächeln, aber kalten Augen. Temple zog einen dicken, braunen Umschlag hervor und legte ihn diskret auf eine Anrichte. Die Unterhaltung erstarb für einen Augenblick: Keinem war diese Geste entgangen.
(Im Laufe des Tages hatte Murdstone mit den übrigen Mitgliedern der Gruppe über dieses Aufnahmeersuchen in letzter Minute telefoniert. Der Generalmajor habe sich für das neue Mitglied verbindlich verbürgt ... Dieses sei bereit gewesen, das Doppelte der üblichen Teilnahmegebühr – also das Doppelte der sonstigen siebentausendfünfhundert Dollar – zu zahlen, auf die Hand natürlich, wie gewöhnlich. Einen stärkeren Beweis für die Ernsthaftigkeit seines Bestrebens um Aufnahme in ihren Zirkel könne man sich eigentlich kaum vorstellen. Es komme hinzu, daß gerade die jetzige Vorführung die teuerste sei, die sie sich bisher geleistet hätten. Da wäre doch eine Entlastung um zweitausendfünfhundert Dollar pro Kopf nicht zu verachten. Die Zeiten seien schwer genug!)
Zagiewicz wuchtete sich aus seinem Sessel hoch, um Temple die

Hand zu schütteln. Dann begleitete er ihn an die Bar und berichtete ihm dabei von seiner unvergeßlichen Angelpartie am Sioux Lookout. Den kenne er doch? (Ja, Robert kannte ihn.) Anschließend begleitete er ihn zu seinem Sessel und machte ihn, unter Verzicht auf Familiennamen, auf dem Weg dorthin mit den anderen bekannt.
Diese neigten die Köpfe und versuchten sich einen Eindruck zu machen: Ein solider Typ, der unter etwas angeberischer Miene seine Nervosität zu verbergen suchte. Das war eigentlich ein gutes Zeichen: Er wußte, was er hier zu erwarten hatte. Ansonsten: eine Rolexuhr, Gucci-Schuhe, schweres Goldarmband, Maßhemd – kein Wunder, daß er die stattliche Summe hatte hinblättern können.
Der Stellvertretende Inspektor Julien Boniface hatte keine Mühe und keinen Aufwand gescheut, ihren prüfenden Blicken standhalten zu können. Bisher war alles gutgegangen. Seine Aufnahme in diesen Zirkel war problemlos verlaufen, und das war ja schon mal etwas.

Die Stimmung entsprach nicht dem, was er sich vorgestellt hatte. Nichts Schmutzigdüsteres, weder Masken noch Kapuzen. Die Unterhaltung beschränkte sich auf Alltägliches; man war hier einfach unter netten Leuten. Als Hintergrundmusik erklang Bachs berühmtes *Brandenburgisches Konzert in D-Dur*.
Eine Versammlung von Chorknaben war es natürlich auch wieder nicht. Auf einem kleinen, niedrigen Lacktischchen fand sich neben Brezeln, gerösteten Mandeln und edlen Salzstangen auch ein reiches Sortiment an Haschisch, Kokain, Marihuana und kleinen, rosaroten Pillen ... Die Ansammlung hätte gereicht, um den Senator für einige Monate ins Reich der Träume zu schicken ... Zagiewicz hatte eine Prise genommen und hob die Hand in Erwartung eines Niesens, das jedoch nicht kommen wollte.
Auf dem Bildschirm des Fernsehers in einer Ecke des Raumes sah man gerade, wie ein Seemann zwei Nutten in den Eingang eines Stundenhotels schubste. Ein harter Porno, vermutlich aus den Niederlanden oder aus Norwegen. Der Ton war heruntergedreht – wurde der Film deswegen kaum beachtet, oder lag es daran, daß man sich dabei sozusagen erst wie bei der Vorspeise fühlte? Julien

hatte ein Gefühl der Unwirklichkeit, während er aus den Augenwinkeln die Attacken des unermüdlichen Seemanns verfolgte (begleitet von den Melodien Johann Sebastian Bachs).
Der von ihm mitgebrachte braune Umschlag mit seiner Teilnehmergebühr war von der Anrichte verschwunden. Murdstone hatte ihn in Gedanken an seinen Aufenthalt mit Farik Kemal bei Mamma Teresa sicher verwahrt. (Julien hatte die Bestätigung dafür erhalten, daß der Türke gegen Abend in Ottawa eingetroffen und im Hotel »Château Laurier« in der Nobeletage abgestiegen war. Dort wurde er von Saltaniwsky mit Unterstützung durch den Sicherheitsdienst des Hauses diskret überwacht. An dieser Front war also alles unter Kontrolle.)
Bernard Fourbes erzählte gerade Tokugawa Hideyoshi, daß er aufregende Tage hinter sich habe. Seine sechzehnjährige Tochter habe an einem Überlebenstraining im Norden des Gatineau-Naturparks teilgenommen. Ihre Gruppe hätte sich im Wald verirrt und dort zwei Tage und zwei Nächte verbringen müssen. Ein Armeehubschrauber habe sie schließlich entdeckt – dreiundvierzig Kilometer vom Ort ihres Aufbruchs entfernt, könne er sich das vorstellen? Die jungen Leute seien schließlich mit schrecklichem Muskelkater, Blasen an den Füßen und von Mücken zerstochen davongekommen. Aber was für ein Abenteuer!
Murdstone hatte sich erhoben und die Vorhänge zugezogen vor dem eindrucksvollen Ausblick aus seinem Adlerhorst: auf die drei Parlamentsgebäude, das Kunstmuseum und dahinter die sanften Hügel des Landes am Ottawa. Dann zündete er sieben Kerzen an und löschte das Licht. Die Stimmung im Raum veränderte sich; man flüsterte jetzt nur noch. Einige erhoben sich, um ihre Sessel zurechtzurücken; Zagiewicz fragte die hinter ihm Sitzenden: »Versperre ich Ihnen auch nicht die Sicht auf den Bildschirm?«
Als er Conrad Perrault einen Blick auf seine Armbanduhr werfen sah, begriff Julien, daß die Vorführung auf die Minute genau beginnen würde. Es lag etwas Zeremonielles in der Luft.
Aus einem Rosenholzkästchen entnahm der ehrenwerte Herr Senator ein in granatroten Samt gehülltes Päckchen. Er packte dessen Inhalt aus: das Snuff, das hier in den Rang eines liturgischen Objekts erhoben wurde. Er griff sich von einem Regal eine

kleine Pinzette, nahm damit, mit dem Rücken zu seinen Gästen, eine nicht erkennbare Verrichtung an der Kassette vor, und schob sie dann in den Videorecorder ein. Mit der Fernbedienung in der Hand nahm er dann wieder in seinem Sessel Platz und wartete auf ein Zeichen des Generalmajors, um mit der Vorführung zu beginnen.

Auf dem Bildschirm erschien eine fensterlose, aber stark ausgeleuchtete Zelle. Darin befand sich ein gläserner Kasten, in den Betonboden eingelassen und außen umgeben von Metallbändern mit aufragenden scharfen Spitzen, mit einer kleinen Tür, vor der ein mächtiges Vorhängeschloß hing; zur Decke hin verlief ein dickes Rohr, wahrscheinlich der Luftzufuhr dienend. In dem Kasten saß ein kleines Kind von etwa anderthalb Jahren, ein Junge, nackt; er knabberte an einer Tafel Schokolade, Mund und Hände waren verschmiert. Neben dem Kasten eine junge Frau, verzweifelt, daß sie das Kind nicht erreichen konnte, sich noch sträubend, das Unvermeidliche zu begreifen. Sie warf sich gegen die Zellentür, schrie um Hilfe, flehte (auf Griechisch). Sie kehrte zu ihrem Kind zurück, redete unablässig auf dieses ein, versuchte vergebens, das schwere Schloß abzureißen. Die Kamera schwenkte auf einen Weidenkorb zu, der an einem Strick von der Decke hing, außer Reichweite. Wozu mochte er dienen?
Völliges Schweigen herrschte im Penthouse, man hörte nur Vladimirs Atemhilfe, ihr beklemmendes Zischen, den Aufschub des Erstickungstodes verkündend. »Ich habe mich gründlich geirrt«, mußte Julien verstört bekennen. Er erkannte, daß sich hier aus der Situation eine ganz andere Realität entwickelte, wie bei einem Kaleidoskop, wenn aus einer Grundform plötzlich eine völlig andere geometrische Figur entsteht. Er hatte sich anhand der Snuffs seine Vorstellung von ihren Konsumenten gemacht und diese in der untersten Schicht des Abschaums angesiedelt: geistig Kranke, völlig Verdorbene, bar jeden Gefühls, ekelhaftes Gesindel.
Aber nichts von alldem. Er erkannte, daß die Leute hier um ihn ein gänzlich anderes Bild boten. Sie waren an diesem Abend versammelt, um gemeinsam eine ganz außergewöhnliche Erfahrung zu machen, eine Art von Initiation zu erleben. Ihr Ver-

halten war weder blasiert noch zynisch, und wohl für keinen von ihnen schien ein menschliches Leben wertlos. Im Gegenteil, sie kannten dessen Wert nur zu gut, und deshalb hatten sie sehr viel Geld dafür ausgegeben, hier als privilegierte Zeugen einem Menschenopfer beizuwohnen. Sie waren alles andere als gleichgültig den Qualen gegenüber, die man hier jemandem zufügte; sie erlebten dessen Ängste und Verzweiflung mit und waren unendlich erleichtert, daß diese ihnen erspart blieben. Ihre Empfindsamkeit war zutiefst getroffen, ihr sittliches Gefühl im höchsten Maße aufgewühlt. Dieser Schock, dieser seelische Aufruhr verschaffte ihnen schwindelerregende Lust in einem Ausmaß, welches das normale Leben niemals zu bieten vermochte. Überdies entdeckte Julien zugleich, daß die Ungeheuerlichkeit ihres Verhaltens nicht darin begründet war, daß sie sich vom Rest der Menschheit unterschieden, sondern gerade darin, daß sie diesem gleich waren.

Dann hörte er damit auf, zu beobachten und zu begreifen zu versuchen. Er ließ sich hypnotisieren von dem Geschehen auf dem Bildschirm. Farik Kemal hatte nicht übertrieben – es gab sicher nichts, was auf dem Gebiet des Unbeschreiblichen das hier Gezeigte hätte überbieten können.

Der Weidenkorb senkte sich von der Decke herab. Eine Überraschung: Er enthielt Schlüssel, ein gutes Hundert vielleicht. Die junge Frau begriff sofort und griff aufs Geratewohl einen heraus. Sie steckte ihn ins Vorhängeschloß, doch er paßte nicht. Im gleichen Augenblick plumpste aus dem Lüftungsrohr ein dunkler Körper neben das Kind: eine Ratte, sichtlich ausgehungert und angriffslustig. Die Mutter stieß einen durchdringenden Schrei aus, flehte die unsichtbaren Schergen an, versprach ihnen alles, was sie wollten. Der Korb war hinter ihrem Rücken wieder hochgezogen worden – warum nur hatte sie nicht gleich einige Schlüssel genommen? Jetzt mußte sie, um ihn zu erreichen, auf den gläsernen Kasten klettern. Doch das hätte geheißen, sich Knie und Hände zerfleischen zu lassen von diesen schrecklichen scharfen Spitzen der Beschläge ... Vor Angst wimmernd, die Augen weit aufgerissen, trommelte sie mit ganzer Kraft gegen die gläsernen Wände des Kastens, von irrer Panik erfaßt. Das einzige Ergebnis: Eine zweite Ratte plumpste aus dem Lüftungsrohr,

kurz darauf folgte eine dritte. Die Tiere näherten sich dem Kind, das zu schreien begann und sie um Hilfe anflehte ...
Julien erhob sich gebückt aus seinem Sessel und schlich geduckt und leise aus dem Raum. Er richtete sich erst auf, als er an der Treppe angekommen war, und schritt diese hinab, sich am Geländer festhaltend. Droben war offenbar Conrad Perrault der einzige, der sich Gedanken über sein Fortgehen machte; die anderen hatten es kaum wahrgenommen. Sie schauten gebannt auf die blutende Kreatur, die jetzt oben auf dem Glaskasten den Korb zu leeren versuchte. Das Ende des Films konnten sie leicht erraten – es war immer das gleiche. Aber sie kannten auch den Ruf des Regisseurs von »Die Frau und die Ratten« und wußten um sein Geschick, die Sache spannend in die Länge zu ziehen. Da konnte man sich voll auf ihn verlassen. Schließlich dauerte das Video ja zweiundfünfzig Minuten, nicht wahr?
Das Schlimmste, und damit das Beste, würde erst noch kommen.

13. Kapitel

Bei ihrer Ankunft im Gebäude der GRC stieß Kiersten sogleich auf Saltaniwsky, der im Flur auf sie wartete. »Da ist was passiert!« sagte sie sich sofort, als sie sah, wie er seinen dicken Boxerkopf wiegte.

Er folgte ihr in ihr Büro und berichtete ihr, daß er schon ganz früh am Morgen von seiner Kontaktperson im »Château Laurier« angerufen worden sei: Farik Kemal sei auf einer Trage aus dem Hotel geschafft worden, und man habe ihn in höchster Eile ins Riverside-Krankenhaus gebracht. Die Polizei von Ottawa hätte die Ermittlungen aufgenommen: Offenbar sei der Türke während der Nacht Opfer eines Überfalls geworden, und vielleicht auch eines Raubes; jedenfalls sei in seinem Zimmer alles auf den Kopf gestellt gewesen.

»Ich hatte Dienst bis ein Uhr nachts. Bis dahin hat der Verdächtige sein Zimmer nicht verlassen, und er hat auch keinen Besuch empfangen. Das heißt also, daß der Überfall nach meinem Weggang erfolgt sein muß ...«

»Und Boniface?«

»Den habe ich nicht gesehen. Ich habe ihm meinen Bericht auf den Anrufbeantworter gesprochen, wie vereinbart. Für mich war die Sache damit in Ordnung ... Ich konnte doch nicht ahnen, daß da was passiert!«

»Wer ist jetzt mit der Sache beschäftigt?«

»Leutnant Russel. Er hat auch schon hier angerufen; das ist noch keine zehn Minuten her ...«

»Lou Russel? Das trifft sich gut! Haben Sie ihn schon zurückgerufen?«

»Wir haben nur ein paar Worte gewechselt. Ich habe ihm gesagt, er spreche besser mit Ihnen selbst. Hier ist seine Durchwahlnummer. Ach, vielleicht ist er das schon.«

Kiersten nahm den Hörer ab, doch auf der anderen Seite war Hochwürden Paddington. Sie sprach kurz mit ihm; als sie auflegte, hatte sie einen Kloß im Hals.

Während der Fahrt rief sie vom Autotelefon aus Lou Russel an. Sie hatten schon früher zusammengearbeitet, wenn auch in unbedeutenden Angelegenheiten. Ein gewissenhafter Polizist, der sich nicht für mehr als das hielt. Seine Neigung zu Sarkasmus hatte dazu beigetragen, daß er gleich beim ersten Zusammentreffen ihr Vertrauen gewonnen hatte.
Wie zu erwarten, wollte er erst einmal wissen, wieso sich die Königliche Polizei für Farik Kemal interessiere. Sie antwortete ihm ausweichend. Routineüberwachung, erklärte sie, aufgrund der Vorstrafen des Türken – immerhin wegen Beteiligung an einem internationalen Netz für Kinderprostitution. Nein, die GRC habe keinerlei Hinweise gehabt, die einen Angriff auf den Mann hätten erwarten lassen, oder auch sonst etwas dieser Art. Was sei denn überhaupt geschehen?
Sie hörte sich den lakonischen Bericht Russels an und beeilte sich dann, das Gespräch zu beenden, ehe ihre Stimme sie verraten konnte. Sie hätte schon vorhin begreifen müssen, daß Teddybär sie wegen einer Kleinigkeit bestimmt nicht gestört hätte.
Ehe sie das Büro verlassen hatte, hatte sie Saltaniwsky beauftragt, sich im Riverside-Krankenhaus diskret einen Eindruck zu verschaffen. Sie machte sich Vorwürfe, daß sie geschwindelt hatte, um Julien zu decken. Aber wie hätte sie denn reagiert, wenn er sie verpfiffen hätte? Mit Verachtung natürlich. Eine Situation, in der man nicht gewinnen konnte, wie immer man sich entschied ...

Rose Boniface öffnete ihr, begrüßte sie kühl und verschwand. Sie hatte die Beförderung Kierstens nicht verwunden, die zu Lasten der Karriere ihres Mannes ging.
James Paddington stand vor der auf die Terrasse führenden Fenstertür, die Hände auf dem Rücken verschränkt. Draußen im blühenden Garten saß Julien auf einer Schaukel, mit gerundetem Rücken, die Ellbogen auf die Knie gestützt. Vor ihm hockte mit gesenkter Schnauze Balzac.
»Haben Sie mit ihm gesprochen?« fragte sie Paddington.
»Ja und nein, sozusagen. Rose hat mich gegen acht angerufen. Als ich hier ankam, saß er schon draußen. Ich habe kein Wort aus ihm herausbekommen und könnte nicht einmal sicher sagen, ob er

mich erkannt hat. Ich habe ihm zur Gesellschaft unseren Freund hingesetzt. Ihn kann man immerhin nicht übersehen.«
»Es hat ihm die Sicherungen herausgehauen«, meinte Kiersten. »Ich kenne noch keine Details und weiß nur, daß unser Verdächtiger ganz übel zugerichtet wurde. Gebrochenes Nasenbein, zertrümmerter Kiefer, ein Dutzend weiterer Verletzungen. Und ein Riß in der Milz ... Scheiße!«
Sie zuckte zusammen, als Teddybär ihr die Hand auf die Schulter legte – eine tröstende Geste. Sie warf ihm einen schrägen Blick zu.
»Woran denken Sie?«
»An die Schaukel«, antwortete der Psychiater verblüfft. »Sie haben sie behalten, obwohl doch Jonathan ihr einziges Kind war, soweit ich weiß. So, die Blockade scheint sich zu lösen, wie ich sehe ...«
Julien hatte zu sprechen begonnen. Was er sagte, war wegen der Entfernung nicht zu verstehen. Aber man konnte sehen, daß sich zunächst einzelne Worte formten, dann allmählich Sätze, die erst zögernd kamen und sich schließlich überstürzten.
Kiersten war versucht, wegzuschauen, um den Gefühlen auszuweichen, die nicht ihre Sache waren. Doch die Szene war zu bewegend: Balzac hörte mit zur Seite geneigtem Kopf zu, seine Ohren spielten lebhaft. Er schien auf jede Nuance dieser Beichte zu lauschen, die da vor ihm in der sonnigen Frische des Morgens abgelegt wurde.

Nachdem er die Vorführung beim Senator Murdstone verlassen hatte, war Julien schnurstracks zum »Château Laurier« gefahren. Dort hatte er Farik Kemal in seinem Bett überrascht, wo dieser im Programm der in Memphis stattfindenden Gartenschau blätterte. Er hatte ihn mit Handschellen ans Bettgestell gefesselt und ihn, in seinen Worten, »mehr oder weniger rangenommen«.
Der Türke hatte überrascht aufgeschrien, auf seine Rechte verwiesen und nach einem Rechtsanwalt verlangt. Als seine Proteste unter dem Kopfkissen erstickt wurden, mußte er erkennen, daß sein Angreifer aus eigenem Antrieb handelte und mit ihm machen würde, was er wollte. Er bot ihm Geld an – »da, auf dem Nachttisch, über fünftausend Dollar, und die Kreditkarten können Sie auch noch nehmen!« Richtig Angst bekommen hatte er, als Julien das Geld aus der Brieftasche nahm und die Fünfzig- und Hun-

dert-Dollar-Scheine in Hälften, Viertel, Achtel und schließlich Sechzehntel zerriß... Er hatte ihm die Schnipsel wie Konfetti in den Mund gestopft und ihn gezwungen, sie hinunterzuwürgen.
Nach und nach hatte Julien aus Kemal alles herausgeprügelt. Dieser hatte es zunächst noch mit Täuschungsmanövern versucht, wurde aber allmählich gesprächiger, als der unbekannte Besucher sein unbarmherziges Verhör fortsetzte. Schließlich hatte er sich in das Unvermeidliche gefügt: Sein Gegner hatte schließlich noch die ganze Nacht zur Verfügung und schien zu allem entschlossen, um seinen Widerstand zu brechen. Dessen erneuter Griff zum Kopfkissen, unter dem er zu ersticken drohte, entlockte ihm ein weiteres Geheimnis: das der automatischen Löschung der Snuffs.
Ehe er ging, hatte Julien das Schlafzimmer und den angrenzenden Wohnraum auf den Kopf gestellt. Er fand dabei ein Heft mit Notizen, und als er darin blätterte, stieß er (ein Zufall?) auf Anmerkungen zur Regie von *Die Frau und die Ratten*. Dort hieß es:

1) Mutter und Kind unter drei Jahren (möglichst einziges)
2) Keinesfalls Schokolade kurz vor Beginn zur Anlockung der Ratten vergessen
3) Ratten müssen einzeln eingelassen werden, damit Angriffe nach und nach erfolgen und ein zu rasches Ende vermieden wird
4) Korb mit etwa hundert Schlüsseln; natürlich darf keiner davon passen ...

Kiersten, Julien und Hochwürden Paddington saßen inzwischen auf der Terrasse. Rose hatte ihnen stumm Kaffee und Gebäck serviert. Auf einem Beistelltischchen lag das geöffnete Aktenköfferchen Farik Kemals.
»Dieses ›natürlich‹ ließ schließlich die Sicherungen bei mir durchbrennen – ich sah rot.«
»Ich begreife das nicht!« schrie Kiersten und ließ das Notizbuch sinken. »Kemal hatte doch schon ausgepackt! Warum ihn dann noch zusammenschlagen? Noch dazu mit Handschellen gefesselt... Ich kann Sie nicht decken, Julien, das ist einfach zu schwerwiegend!«
Teddybär stand lautlos auf und entfernte sich, seine Kaffeetasse in

der Hand; ein kleiner Spaziergang im Garten war jetzt sicher das richtige.

»Ich erwarte keinerlei Gefälligkeit von Ihnen«, antwortete Julien und preßte die Kiefern zusammen. Dann entnahm er dem Köfferchen eine Videokassette und legte sie vor Kiersten hin. »Eine Kopie dieser ›Neuheit‹ von gestern. Vielleicht können Sie es dann besser verstehen!«

»Sie haben da was von einem Mechanismus gesagt. Worum geht's da?«

»Murdstone hatte uns zu Beginn der Vorführung den Rücken zugekehrt und an der Kassette herumgefummelt. Das hat mich auf eine Idee gebracht.«

Der Trick war verblüffend einfach.

Mit einem Fingernagel legte Julien einen winzigen Schalter an der Seite der Kassette um. Der Schutzdeckel hob sich, und man konnte das Magnetband sehen. Mit einer Pinzette holte er ein winziges schwarzes Würfelchen heraus, nicht viel größer als ein großes Zuckerkorn, aus dem gleichen Material wie die übrige Kassette – und dort in einer minimalen Vertiefung so untergebracht, daß es fast unmöglich war, es überhaupt zu entdecken.

»Ein Elektromagnet«, sagte er und legte das Teilchen vor Kiersten hin. »Betrieben durch zwei Lithium-Minizellen, ein echtes Wunderwerk. Ein wahres Glück, daß wir Murdstone nicht am Busbahnhof gefaßt haben. Was wäre das wieder für ein Skandal geworden: Festnahme eines Senators wegen eines unbespielten Videobandes!«

»Ich glaube, ich hab's!« sagte sie beeindruckt. »Aber trotzdem – fahren Sie fort!«

»Wir hätten natürlich das gleiche gemacht wie die Zöllner, die bei Kemal Videokassetten entdeckten: Wir hätten sie in einen Videorecorder gesteckt und abgespielt. Und das Band wäre dabei automatisch gelöscht worden, ehe es über den Abtastknopf gelaufen wäre.«

»Unglaublich! Wenn man bedenkt, daß so ein Teil für ein paar Dollar jede Entdeckung verhindern konnte! Nun, jetzt werde ich wenigstens nicht mit leeren Händen nach Paris fahren müssen ...«

Ohne daß es ihr selbst bewußt wurde, glänzten ihre Augen plötzlich. Sie sah sich schon bei der Sitzung von Interpol, inmitten

ihrer Kollegen, wie eine Zauberkünstlerin sich in Szene setzend mit Hilfe dieses winzigen Würfelchens und einer Pinzette.
Sie warf einen schiefen Blick auf den weiteren, vielversprechenden Inhalt des Aktenköfferchens: das dünne Notizbuch, verschiedenste Unterlagen, Exemplare des von Mona-Lisa Perès verschickten Katalogs, mehrere Videokassetten, die ihren geheimen Inhalt enthüllen würden. Es würde Tage in Anspruch nehmen, sich mit all dem zu beschäftigen.
»Das läßt sich leider alles nicht verwenden«, warf Julien ein.
»Wieso nicht?«
»Weil es unter Zwang beschafft wurde. Eine moralische Frage, fürchte ich...«
Kiersten hätte nicht erwartet, daß er ihr damit kommen würde. Ausgerechnet er! Und in seiner derzeitigen Situation! Sie musterte ihn von Kopf bis Fuß und bereitete ihre Antwort vor.
Aber er brachte sie völlig aus dem Konzept, verdammt noch mal. Denn sie hatte ihn niemals weinen sehen, nicht einmal bei der Beerdigung des kleinen Jonathan. Jetzt aber konnte sie beim besten Willen nicht so tun, als merke sie nichts: Er schaute ihr mit nassen Augen direkt ins Gesicht, und sein Blick erwartete keineswegs eine Gefälligkeit von ihr, sondern war ein unverhüllter Schrei um Hilfe...
James Paddington und Balzac kehrten von ihrem Spaziergang zurück; wer von beiden war der Begleiter des anderen? Ihre Rückkehr hätte sich nicht besser fügen können; die Sonne zauberte auf die gleichfarbigen Haare von Herr und Hund schimmernde Reflexe. Julien hatte sich abgewandt und blickte ihnen entgegen. Was mochte er denken?
Sie nutzte die Gelegenheit und erhob sich. Ihr Platz war nicht mehr hier. Sie hatte eine Aufgabe zu erfüllen, die über Freundschaft und über Mitgefühl ging. »Wie auch immer, diese drei Burschen werden sich noch mancherlei zu erzählen haben.«
Sie hatte sich lange nicht mehr so mies gefühlt.

Hatte Thierry eine Intuition? Er kam in Kierstens Büro und fragte sie, ob sie ein paar Minuten Zeit für ihn hätte, obwohl es weder um etwas Lebenswichtiges noch etwas Vordringliches noch, offengestanden, überhaupt etwas Wichtiges ginge.

»Warum nicht?« meinte sie. »Es kann mir ohnehin nicht schaden, auf andere Gedanken zu kommen. Fünf Minuten also!«
Er legte ihr eine kunstvoll mit vielen Schnörkeln geschriebene Speisekarte vor und teilte ihr dazu mit, er wolle ihr einen Traum gestehen, den er schon lange hege. Sie nickte mit einer Miene, die besagte: »Von einem solchen Spinner bin ich auf alles gefaßt!«
»Ich würde gern für Sie kochen«, verkündete er schlicht. »Ich habe eine Neigung zum Chefkoch in mir, die danach drängt, sich beweisen zu dürfen. Wenn Sie das reizen könnte, würde ich mich am späteren Nachmittag an den Herd werfen. Das Essen wäre fertig, wenn Sie nach Hause kommen!«
»Ein Angebot, dem man nur schwer widerstehen kann, wie ich sehe.«
»Gut, dann erwarte ich Sie bei Ihnen zu Hause gegen acht. Darf ich um Ihren Schlüssel bitten? Danke. Wie wünschen Sie die Bedienung: formell, ungezwungen, *sehr persönlich?*«
»Das ist mir gleich«, versicherte sie und ging die Speisekarte durch. »Wildpilzpastete … Gebratene Lachsfilets an Sauerampfersoße … Lammkeule in frischen Kräutern … Eierschaumkrem mit Kirsch … Sagen Sie bloß nicht, Sie können das alles!«
Als er nicht sogleich antwortete, hob sie die Augen und sah, daß er mit gebeugtem Kopf den Inhalt von Farik Kemals Aktenköfferchen musterte, das offen auf ihrem Schreibtisch lag. Sie klappte mit einer entschiedenen Geste den Deckel zu.
»Vielen Dank!« sagte er heftig. »Sie wollen, daß ich Ihnen helfe, und spielen hier die Geheimniskrämerin?«
Sie schaute ihn erstaunt an. Er konnte zornig werden, *er*?
»Tut mir leid. Aber es gibt Dinge, die absolut geheim sind … Sehen Sie darin bitte nicht einen Mangel an Vertrauen!«
»Was Sie nicht sagen! War das jetzt nicht gerade ein schlagender Beweis dafür? Aber was schlimmer ist – es ist ein Mangel an Urteilsvermögen! Sie liefern mir tröpfchenweise Informationen. Dabei dachte ich, meine Probe bestanden zu haben. Aber bitte, wenn Sie lieber solo arbeiten wollen …«
Er sprang auf, und sie tat das gleiche mit geballten Fäusten. Ihr kam die Galle hoch. Was erlaubte sich dieser Schnösel – mangelndes Urteilsvermögen! Doch dann trat ihr plötzlich das Bild des sich Balzac anvertrauenden Julien vor Augen, das der jungen

Perès bei der Überprüfung durch Pinocchio, das des im Universitätsclub eintreffenden Farik Kemal... Sie ließ sich wieder auf ihren Stuhl fallen.
»Entschuldigen Sie bitte, Sie haben recht: Ich kann es nicht allein schaffen. Meine Reaktion ist vor allem auf die Art zurückzuführen, in der wir dieses Material erhalten haben. Darüber darf ich nichts mitteilen. Ansonsten, wenn Sie irgendwelche Ideen haben – bedienen Sie sich!«
Sie klappte den Deckel des Köfferchens wieder auf und schob es ihm hin. Er nahm den Katalog der Snuffs heraus. Der also interessierte ihn?
»Entschuldigung angenommen«, sagte er; sein Unmut war ebenso rasch wieder verschwunden, wie er gekommen war. »Sie haben nicht zufällig eine Lupe zur Hand?« Sie hatte eine in ihrem Schreibtisch und reichte sie ihm. Er prüfte damit sorgfältig die Schrift des Katalogs.
»Das wird Ihnen vielleicht nicht gefallen«, meinte er dann.
Der Text war mit einem Hochleistungs-Satzprogramm namens Rembrandt 4.0 erstellt worden, und zwar mit der neuesten Version, die derzeit in den Vereinigten Staaten für etwa dreißigtausend Dollar im Handel war.
»Und?« fragte sie, während ihr ein unbehagliches Gefühl den Rücken hinunterlief.
»Die Firma hat eine Liste der Kunden, die bisher eine Nutzungslizenz erworben haben. Da das Programm teuer ist und relativ neu, wird diese Liste noch nicht sehr lang sein.«
»Aber man müßte sie erst einmal haben! Und die amerikanischen Firmen werden sich nicht so leicht in ihre Karten blicken lassen. Da müßte man wohl zunächst das FBI um seine Hilfe bitten. Aber jedenfalls ist das eine Spur, und keine schlechte!«
Sie mußte plötzlich an den Türken im Riverside-Spital denken. Ob er wieder bei Bewußtsein war? Und ob Lou Russel ihn vernommen hatte? Und worauf wartete diese lahme Ente Saltaniwsky eigentlich, um endlich seinen Bericht abzugeben?
»Ich bräuchte weniger als eine Stunde, um Ihnen die Information zu verschaffen«, bot Thierry mit einem um Einverständnis heischenden Blick an.
»Ich habe schon genug Probleme am Hals, kommt gar nicht in

Frage, daß ich mir weitere schaffe! Sie mit Ihren Cowboy-Methoden! Aber davon abgesehen, weiß ich Ihre Hilfe zu schätzen, wirklich. Wieso haben Sie übrigens gemeint, das würde mir nicht gefallen?«

»Weil der Prospekt, den man neulich an Ihre Tochter geschickt hat, mit dem gleichen Programm gesetzt wurde. Und da fand ich, daß diese ›Stiftung für die Annäherung unter den Völkern‹ ganz schön aus dem vollen schöpft.«

Kiersten ging darauf nicht ein. Sollte sie ihm sagen, daß man schon auf eine Beziehung zwischen diesem Handel mit Snuffs und der Universellen Vereinigungskirche gestoßen war? Die war aber vielleicht doch nur zufällig. Aber hier war ein weiteres greifbares Indiz ...

Das Telefon klingelte, am Apparat war Saltaniwsky. Der Verletzte war wieder zu sich gekommen und hatte seine Aussage machen können: Er sei in seinem Zimmer von einem Einbrecher überfallen worden. Leutnant Russel glaubte ihm kein einziges Wort. Kemal hatte sich im Krankenwagen übergeben müssen, und er hätte gerne von ihm gewußt, wie ein Vermögen an Geldscheinen in seinen Magen gekommen war. Etwas kam noch dazu: Als der Krankenwagen unterwegs war zum Memorial Hospital, hatte er darauf bestanden, ins Riverside-Krankenhaus gebracht zu werden.

Während Kiersten mit Saltaniwsky telefonierte, blätterte Thierry in dem Katalog. Dann stand er auf und trat zum Fenster und blickte, ihr den Rücken zukehrend, hinaus. Diese vorgetäuschte Diskretion konnte sie natürlich nicht blenden; daß ihm kein Wort des Gesprächs entging, war gewiß.

Sie legte auf. Was gab es da draußen Interessantes zu sehen? Sie glaubte ein unterdrücktes Seufzen zu hören. Wie hatte sie nur so unsensibel sein können!

»Man wird eben doch nicht mit allem fertig«, sagte sie leise. »Aber um mit all diesem Schrecklichen leben zu können, bildet man sich ein, darüber wisse doch jeder Bescheid ...«

Er wandte sich mit betroffenem Gesicht um.

»Ich habe über meine Nasenspitze nicht hinausgeschaut. Dabei habe ich mehr über diese Snuffs gewußt als wohl die meisten hier im Haus, allein schon durch all das, was ich aus Ihren Aufzeich-

nungen herausspioniert habe. Aber für mich war das etwas Abstraktes... Nun aber... Dieser Katalog da mit seinen genauen Beschreibungen und den Preisangaben zu diesen... diesen...«
Er fand keine Worte mehr, aber sie bedeutete ihm mit einer Geste, daß sie ihn schon verstehe. Mehr wollte sie ihm nicht sagen, und sie mochte ihm insbesondere auch nicht eingestehen, daß sie sich ihm noch nie so nahe gefühlt hatte wie in diesem Augenblick.

Zum ersten Mal war es ihr unmöglich, ein Snuff bis zum Ende anzuschauen. Sie hatte Patricia gebeten, dafür zu sorgen, daß sie ungestört blieb. Juliens Andeutungen und die Notizen Farik Kemals hatten sie schon auf das Schlimmste vorbereitet. Das glaubte sie zumindest, als sie sich vor den Bildschirm setzte, ein Diktiergerät in der Hand, um ihre Beobachtungen festzuhalten. Drei oder vier davon hatte sie während der ersten paar Minuten auf das Band gesprochen, dann war sie verstummt, von Grauen und Widerwillen überwältigt.
Nach fünfundzwanzig Minuten schaltete sie den Recorder aus. Trotz eines geradezu panischen Bedürfnisses, Bescheid zu wissen, konnte sie sich auch nicht dazu entschließen, das Videoband mit erhöhter Geschwindigkeit ablaufen zu lassen, um wenigstens noch die letzten Szenen zu sehen. So mußte sie auch auf eine Notiz darüber verzichten, ob der Film einen oder zwei Morde zeigte. Zwar war sie davon überzeugt, daß auch die junge Mutter den Tod ihres Kindes nicht lange überlebt hatte; aber eine Intuition konnte einen festgestellten Tatbestand nicht ersetzen.

Zurück im Büro, fand sie auf ihrem Anrufbeantworter eine Nachricht, die kaum dazu angetan war, ihre Stimmung zu verbessern. Andererseits war die Angelegenheit nebensächlich: Mimi Jokhadar hatte sich beim Blick in ihren Terminkalender vertan, der Besuch beim Zahnarzt war noch für heute vereinbart. Sie würde also Cashew gegen Ende des Nachmittags abholen.
Kiersten hatte es längst aufgegeben, über die unablässigen Irrtümer, Mißverständnisse und Verwechslungen Buch zu führen, die so typisch waren für diese Freundschaft. Wieso regte sie sich eigentlich immer noch darüber auf – nach nunmehr achtzehn Jahren? Als Kiersten gerade gehen wollte, klingelte das Telefon. Es

war Julien, und sie ärgerte sich darüber, den Hörer noch abgenommen zu haben. Als sie eine gewisse Verbitterung in seiner Stimme zu vernehmen glaubte, beeilte sie sich, ihm zu versichern, sie hätte ihn schon am frühen Nachmittag zu erreichen versucht. Es folgte ein kurzes Schweigen, das ihren Verdacht bestätigte.
»Ach so«, sagte er schließlich. »Man hat mir nichts gesagt von einer hinterlassenen Nachricht.«
Sie verkniff es sich, ihm mitzuteilen, daß sie dazu auch keine Gelegenheit gehabt habe, weil Rose sofort aufgelegt hatte, als sie sich meldete. Sie informierte ihn über die Entdeckung, die Thierry bezüglich dieses Satzprogramms Rembrandt 4.0 gemacht hatte.
»Ganz entschieden, Ihr Protegé übertrifft sich! Hatten Sie übrigens Zeit, sich das anzuschauen?«
Es war ihr klar, daß er damit *Die Frau und die Ratten* meinte; wie hätte sie daran zweifeln sollen? Sie brachte es nicht fertig, ihm in dürren, nichtssagenden Worten am Telefon mitzuteilen, was sich diesbezüglich tatsächlich abgespielt hatte, und schwindelte ihm vor, sie würde sich das Snuff noch vor Ende des Tages ansehen.
»Haben Sie schon mit Guilbert gesprochen?«
Marcel Guilbert war Vorsitzender des Rates für Disziplinarangelegenheiten und Chef der Inneren Verwaltung.
»Ich treffe mich morgen vormittag mit ihm. Aber ich hätte vorher gerne mit Ihnen gesprochen. Ginge es um neun?«
Auf dem Nachhauseweg versuchte sie sich an etwas zu erinnern, irgendeine Bemerkung, die ihr gegen den Strich gegangen war; wie war das doch noch mal? Dabei hatte sie die Qual der Wahl: Schließlich war doch dieser ganze Tag eine Folge von Frust gewesen. Ah, jetzt hatte sie's – eigentlich ein Nichts, eine Belanglosigkeit: Julien hatte Thierry ihr »Protegé« genannt ...

Mimi ging vor dem Haus auf und ab und schlenkerte den Weidenkorb, der als Transportmittel für Cashew diente. Sie küßte Kiersten auf beide Wangen.
»Ich fing gerade an, mir Sorgen zu machen.«
(Sie hatte an den Mundwinkeln noch kleine weiße Streifen – die Spuren der zahnärztlichen Behandlung.)
»Wie lange bist du denn schon da?«
»Seit sechs, wie vereinbart.«

»Aber wir hatten doch sieben ausgemacht! Ein Glück, daß ich früher dran bin!«
»Wir hatten keineswegs von sieben gesprochen, das weiß ich ganz genau!«
»Aber ich bitte dich, Mimi!«
»Ich dich auch, selbst wenn ich dir auf die Nerven gehe!«
Als sie aus dem Aufzug stiegen, schnupperte Mimi und bemerkte mit Feinschmeckermiene, daß da wohl jemand ein Cordon bleu brate. Kiersten, die ihr stets nur mit halbem Ohr zuhörte, hatte schon die Tür geöffnet und drei Schritte in die Wohnung gemacht. Sie blieb wie vom Donner gerührt stehen – nein!
In ihrem Rücken erklang schon die geschwätzige Stimme: »Nein so was, das riecht ja fein bei dir!«
Kiersten stürzte los, um die Tür zu der kleinen Küche zu schließen. Als sie sich umwandte, stand die Freundin gleichfalls mit großen Augen wie versteinert vor ihr, mit verlegener Miene, weil sie ganz offensichtlich in ein Fettnäpfchen getreten war. Die Arme war schon so an ihre eigene Tollpatschigkeit gewöhnt, daß sie immer ein paar Entschuldigungen parat hatte.
Sie eilte rasch ins Wohnzimmer und tat so, als ob sie nach ihrem »Patenkind« suchen müsse. Das thronte gemütlich auf dem Sofa, erhielt ein Küßchen auf die Schnauze, wurde gestreichelt und gekrault und schließlich in den Korb mit seinem Guckloch gesetzt; das arme Kätzchen, um das man sich jetzt mal richtig kümmern würde.
»Ich kann mich nicht länger aufhalten! Du weißt ja, daß ich nicht gerne in der Dunkelheit fahre. Schau nur, jetzt streckt sie ihr Pfötchen hin! Ja, mein Schatz, sag der Mama Adieu!«
Sie verließ rasch die Wohnung, nicht jedoch ohne der entrüsteten »Mama« einen verschwörerischen Blick zuzuwerfen und ihr guten Appetit zu wünschen.

Kiersten stürzte wie eine Furie in die Küche. Chose zog gerade eine überbackene Schale aus dem Ofen. Er war barfuß und lediglich mit einer langen Schürze aus festem weißem Tuch und einem Lederarmband um den Hals bekleidet.
Als er Kierstens Gesichtsausdruck sah, zog er die wattierten Handschuhe aus und öffnete den Mund, besann sich aber dann.

Er wartete mit gesenktem Blick: Er hatte keine Fragen zu stellen.
»Sind Sie verrückt geworden?« (In ihrer Aufregung vergaß sie sogar, ihn zu duzen.) »Ja, ich weiß, daß wir uns darüber heute morgen unterhalten haben ... Aber ich habe jetzt weiß Gott wichtigere Dingen im Kopf als Ihre kulinarischen Träume, das könnten Sie sich eigentlich denken! Packen Sie sofort Ihren Kram zusammen und hauen Sie ab!«
Sie drehte sich um, um hinauszugehen, doch da fiel ihr ein, daß Mimi vielleicht einen Blick durch die etwas offenstehende Küchentür erhascht haben könnte. Das verstärkte nur ihren Zorn: Nein, sie war noch nicht fertig mit diesem Idioten!
»Verstehen Sie das unter *sehr persönlichem* Aufzug?« sagte sie mit hämischem Lachen. »Ein Hundehalsband und einen nackten Arsch? Haben Sie sich schon mal angeschaut? Das sieht doch einfach lächerlich aus! Ich weiß wirklich nicht, was mich davon abhält ...«
»Ich auch nicht ...«
Mehr noch als diese herausfordernde Antwort war es seine Gelassenheit, die sie die Nerven verlieren ließ. Sie ohrfeigte ihn heftig. Er erbleichte, rang um Atem und sagte schließlich mit zitternden Lippen: »Danke!«
Sie stürzte nach einem verstörten Blick auf die säuberlich auf der Arbeitsplatte aufgereihten Tranchiermesser hinaus. Sie rannte über den Flur, durch das Wohnzimmer ins Schlafzimmer und flüchtete sich schließlich ins Bad ...

Sie nahm eine endlos lange Dusche. Als sie schließlich damit aufhörte und aus der gläsernen Schiebetür schlüpfte, stand Thierry davor, ganz in Dampf gehüllt und ein großes Frotteetuch in den ausgebreiteten Armen. Er war immer noch barfuß, trug aber jetzt enge schwarze Jeans und einen Rollkragenpulli.
Sie ging ihm, das Tuch eng um sich wickelnd, ins Schlafzimmer voraus. Im Licht der untergehenden Sonne sah sie den Abdruck ihrer Hand auf seiner Wange.
»Schau mich an!« sagte sie.
Er hob seine schmalen Augen zu ihr auf – ein aufmerksamer Blick, dessen heitere Gelassenheit sie verwirrte.

»Ich hatte einen furchtbaren Tag, und an dir habe ich es ausgelassen ...«
»Ich bin auch *dafür* da!«
»Nein und nochmals nein! Ich hatte kein Recht, dich zu schlagen. Und sag jetzt bitte nicht auch noch, es habe dir gefallen!«
»Ich liebe den Schmerz nicht«, bekannte er treuherzig. »Aber mit einer Bestrafung bestätigen Sie Ihre Rechte über mich. Und das Gefühl, Ihr Eigentum zu sein, entschädigt mich für alles, was Sie mir antun könnten.«
Es war ihm völlig ernst damit, das spürte sie. Und dieser Wunsch nach Unterwerfung war für ihn ebenso eindeutig wie für sie problematisch. Ihr sogenannter Sklave hatte nichts *Serviles* an sich; das vertrug sich nicht mit seiner inneren Würde.
Aber hatte sie das nicht schon am ersten Abend begriffen? Was sie sich eingestehen mußte und was ihr zu schaffen machte, war etwas ganz anderes: ihr Bedauern darüber nämlich, daß in ihrer Brust ein so kaltes Herz schlug, und zugleich die Hoffnung, sich eines Tages ganz ihren Gefühlen hingeben zu können – so wie Chose es sich wünschte, sich ihr ganz hinzugeben.
»Ich will dir überhaupt nichts ›antun‹. Aber ich kann dir einfach nicht folgen in diese Art von Beziehung – und dir dabei vorangehen schon gar nicht!«
Sie fühlte sich unbehaglich dabei, so gut wie nackt vor ihm zu stehen. Da drehte er sich auch schon um.
»Kann ich noch die Küche aufräumen, ehe ich gehe?«
»Wenn du darauf bestehst ...«
Sie kleidete sich an und fing dann vor dem Vergrößerungsspiegel im Bad an, sich hübsch zu machen. Mit dem Gesicht, das ihr da entgegenschaute, war sie gar nicht zufrieden. Mimi hatte ihr einmal vorgeworfen, viel zu selten zu lachen, obwohl doch die dabei sich zeigenden Grübchen neunzig Prozent ihres Charmes ausmachten. Sie versuchte ein Lächeln – eine Katastrophe!
Zu einer verstärkten Übung ihrer Lachmuskeln würde wohl auch Thierry wenig beitragen können. Sicher, er verfügte über Phantasie und hatte gewiß noch so manchen Pfeil in seinem Köcher. Trotzdem konnte sie es sich nicht so recht vorstellen, mit ihm gemeinsam herzlich zu lachen. »Ich bin einfach zu verklemmt.«
Sie ging in die Küche, wo Thierry gerade seine Arbeit beendete.

Der wunderbare, köstliche Duft der Lammkeule hing noch in der Luft. Ihr war ganz melancholisch zumute.
»Ich habe alles in den Kühlschrank geräumt«, erläuterte Thierry. »Ich habe mir gesagt, daß Sie wohl nicht zu Hause bleiben werden heute abend.«
»Schönen Dank für die Information. Und warum nicht?«
»Weil Cashew nicht da ist und Sie es nötig haben, auf andere Ideen zu kommen.«
»Soweit stimmt es. Und worauf hätte ich Lust?«
»Ins Kino zu gehen, um sich *Blade Runner* anzuschauen. Die neue Fassung natürlich!«
»Ich habe noch nicht einmal die alte gesehen. Mit Science fiction habe ich's nicht so.«
»Ich weiß – mal abgesehen von George Orwell.«
»Sie werden noch im Kittchen landen, mein lieber Bugeaud!«

Am nächsten Morgen bat sie Thierry über E-Mail, ihr so rasch wie möglich diese Liste von Firmen zu beschaffen, die eine Nutzungslizenz für das Satzprogramm Rembrandt 4.0 erworben hätten.
Anschließend besprach sie sich mit Julien wegen ihrer Reise nach Paris und bat ihn, während ihrer Abwesenheit kommissarisch die Abteilung zu leiten. Sie diskutierten auch die Planung der erforderlichen Maßnahmen und die gegenüber den Leuten vom Schatzamt einzuschlagende Strategie.
Gegen zehn schaute er auf seine Uhr.
»Haben Sie jetzt nicht Ihre Besprechung mit Marcel Guilbert?«
»Ich habe sie abgesagt. Ich wüßte nichts, was ich ihm zu sagen hätte ...«
Beim Hinausgehen drehte er sich an der Tür nochmals um. Seine Lippen zuckten.
»Haben Sie es sich bis zum Schluß angeschaut?«
Sie schüttelte den Kopf. Beiden stand der gleiche Abscheu in den Augen, beide hatten das gleiche Gift im Blut, beide hatten die gleichen Bilder im Kopf: eine leere Schaukel im Garten und einen Korb voller Schlüssel, die nichts nützten ...

14. Kapitel

Aus Rom hatte zweimal eine gewisse Lydia Frescobaldi bei Kiersten angerufen. Beim ersten Gespräch war es um die Anfrage gegangen, ob die GRC an der Teilnahme an einer auf Veranlassung Italiens einberufenen Konferenz über Snuffs interessiert sei. Beim zweiten Telefonat hatte sie ihr eine gute Reise gewünscht und ihr die Nummer gegeben, unter der sie in Paris zu erreichen sei. Sie wohne im Hotel »Lutetia«, und warum wolle die kanadische Kollegin, falls sie nicht schon anderweitig gebucht habe, denn nicht auch dort absteigen? Das Haus sei sehr zu empfehlen, und es wäre doch nett, dort gemeinsam zu wohnen.

Kiersten meinte, aus der Stimme der Dame einen amüsierten Unterton herauszuhören. Obendrein befand sie, leicht verwirrt: »Sie spricht mit mir, als ob sie mich kenne.«

Kiersten hatte sich keineswegs schon für ein bestimmtes Hotel entschieden, aber laut Liste der Finanzabteilung zählte das »Lutetia« zu den Häusern, die Ministern, Senatoren und sonstigen Leuten dieses Ranges vorbehalten waren. Ihre Sekretärin Patricia hatte also für sie ein preiswerteres Haus wählen müssen: ein Vier-Sterne-Hotel in der Rue Grégoire-de-Tours, das sich in aller Bescheidenheit »Grand Hótel de l'Univers« nannte.

Kiersten traf dort am frühen Samstag vormittag ein. Das Zimmer war klein, aber gemütlich und hübsch eingerichtet. Nachdem sie ihre Sachen eingeräumt hatte, beschloß sie, die Zeit und das sonnige Wetter für einen Spaziergang zu nutzen. Wann hatte sie sich zuletzt den Luxus leisten können, ganz nach Belieben herumzubummeln und dabei auch die Gedanken frei schweifen zu lassen? Wie ließ es sich erklären, daß all der üble Kram, der ihr noch den gestrigen Tag so verdorben hatte, nun plötzlich viel unbedeutender wirkte?

Sie verlängerte ihren durch Aufenthalte auf Caféterrassen unterbrochenen Ausflug und kehrte erst gegen Ende des Nachmittags ins Hotel zurück, erschöpft und doch gleichermaßen beschwingt durch ein paar Gläser Rotwein und sicher auch unter dem Einfluß der Zeitverschiebung. Sie beschloß, sich bis zum Abendessen etwas hinzulegen. Ein Klingeln schreckte sie aus dem Tiefschlaf. Sie mußte erst einmal zu sich kommen und sich klar werden, wo sie überhaupt war. Als sie den Hörer abnahm, erkannte sie die melodische Stimme Lydia Frescobaldis, hatte jedoch etwas Mühe, zu begreifen, daß deren Einladung zum Essen für »jetzt gleich« galt und daß es Sonntag war und elf Uhr vorbei. Statt ein kurzes Nickerchen zu machen, hatte sie die ganze Nacht in ihrer Unterwäsche auf der Steppdecke verschlafen.

Am Empfang des »Lutetia« teilte ihr ein gepflegter junger Mann, blond und mit deutschem Akzent, auf Englisch mit, Frau Frescobaldi erwarte sie in ihrer Suite; im dritten Stock rechts bitte, leider müsse sie die Treppe nehmen, weil der Aufzug gerade an diesem Morgen eine Panne habe, und: »Schönen Aufenthalt noch hier in Paris.«

Der Etagenkellner öffnete ihr die Tür zu Appartement 317. Er verneigte sich, um die Besucherin vorangehen zu lassen, und schob dann hinter ihr ein Rolltischchen mit einem üppigen Brunch hinein. Lydia telefonierte, in lässiger Pose auf einem langen Sofa sitzend. Mit einer Armbewegung lud sie ihren Gast ein, näherzukommen und ihr gegenüber Platz zu nehmen auf einer kleinen, damastbezogenen Sitzbank mit abgerundeten Lehnen. Ohne sich in ihrer auf Italienisch geführten Unterhaltung stören zu lassen, genoß sie mit einem leisen Lachen die Überraschung, die sie Kiersten bereiten konnte.

Diese hatte sofort die lebhaften dunklen Augen wiedererkannt, die strahlenden weißen Zähne und die typische Kurzhaarfrisur – das war Lydia Marchini, die Journalistin, die sie auf dem Empfang des kanadischen Botschafters in Rom kennengelernt hatte und vor der sie dessen Sohn, Frédéric Delagrave, mit den Worte »Sie ist eine Spionin« gewarnt hatte, knapp eine Stunde, bevor er sich eine Kugel durch die Brust gejagt hatte. Heute spielte sie weder die Naive noch die Kokette. Die Art und Weise, wie sie mit dem Kellner umging, zeugte davon, daß sie es gewohnt war, daß man ihren Weisungen folgte. Unter ihrem Lächeln verbarg sie entschiedene Autorität.

Sie legte auf und kritzelte rasch eine kurze Notiz auf ein Blatt

Papier. Dann hob sie den Kopf und schaute Kiersten mit komplizinnenhaftem Blick an, als habe sie soeben eine uralte Freundin wiedergetroffen.
»Eins nach dem anderen!« bemerkte sie dann, beugte sich über den Tisch und hob die silbernen Halbkugeln hoch, welche das Rührei und das Soufflé aus Greyerzer Käse warm hielten.
»Bedienen Sie sich! Ich habe mich sehr gefreut, daß man Sie geschickt hat. Und allein schon darüber, daß die Königliche Kanadische Polizei eine Sondereinheit für diese Snuffs aufgestellt hat. Bravo!«
»Vielen Dank! Ich mache kein Geheimnis daraus, daß ich froh darüber bin, morgen bei dieser Konferenz nicht der einzige weibliche Teilnehmer zu sein. Davon abgesehen, würde ich jetzt gern mehr erfahren über Sie und diese ... diese Angelegenheit.«
»Nichts dagegen einzuwenden – vorausgesetzt, Sie legen Ihre Karten genauso auf den Tisch wie ich die meinen. Einverstanden?«
Kiersten nickte; sie vertraute ihrer Gesprächspartnerin mit dem Vorbehalt, daß diese, was immer sie zu berichten hatte, zweifellos zu den Leuten gehörte, die immer noch ein As im Ärmel behielten.
Die Frescobaldis gehörten zu den großen Familien der römischen Gesellschaft. Lydia entstammte dem weniger begüterten, aber schon seit der Renaissance berühmteren Zweig des Hauses, der wichtige Beiträge zum kulturellen Erbe des Landes geleistet hatte: auf den Gebieten der Musik, der Malerei und der Literatur. Nach Abschluß ihrer juristischen Ausbildung an der Universität in Rom war die junge Frau eine Zeitlang zuständig gewesen für die Gerichtsberichterstattung des *Corriere della Sera*, unter dem durchsichtigen Pseudonym Lydia Marchini – Marchini war der Mädchenname ihrer Mutter.
Zur Einladung des Botschafters Delagrave hatte sie jedoch etwas geführt, was nicht unbedingt mit ihrer journalistischen Arbeit zu tun hatte. Insgeheim nämlich war sie auf der Suche nach Flavio Buglione, doch damit stand sie nicht allein ...
Sie war fünf Jahre älter als dieser und konnte sich noch daran erinnern, der Taufe des kleinen Flavio in der Kapelle Santa Priscilla in Anwesenheit des Kardinals Bresaglio und Aldo Moros beige-

wohnt zu haben. Im Laufe der Zeit war sie zu einer Art von älterer Schwester für ihn geworden, zu seiner Vertrauten. Während der letzten Jahre waren ihre langen gemeinsamen nächtlichen Spaziergänge auf dem Campo dei Fiori jedoch seltener geworden. Sie hatte schließlich kein Hehl gemacht aus ihrer offenen Ablehnung der Verschwendungssucht und der Extravaganzen von »Prinz Flavio«. Sein Vater, Enrico Buglione, war einer der reichsten Männer der Halbinsel. Er stand an der Spitze eines Industrieimperiums mit über hunderttausend Beschäftigten und hatte entsprechenden gesellschaftlichen und politischen Einfluß. Zwei Wochen nach Flavios Verschwinden hatte er Lydia um ihren Besuch gebeten und dabei dann um ihren Rat und ihre Hilfe. Dieser Schritt mußte überraschen, denn eine kleine Armee von Privatdetektiven, von Polizisten und von »Kontaktleuten« in zwielichtigen Kreisen hatte sich bereits intensiv mit der Suche nach dem Verschwundenen beschäftigt. Den Verdacht auf eine Entführung konnte man ausschließen, und auch der auf ein Ausreißen war wenig wahrscheinlich, zumal der junge Mann – worüber die Regenbogenpresse alles andere als glücklich war – in den letzten Monaten auf unerklärliche Weise viel ruhiger geworden war.

Es war Intuition, die Lydia dazu gebracht hatte, bei den Delagrave nachzuforschen. Sie war eine der wenigen, die wußten, daß Flavio schon über lange Zeit einen Briefwechsel mit dem jungen Seminaristen unterhielt. Aber der junge Buglione hatte vor seinem Verschwinden sämtliche Papiere verbrannt.

Am Abend des Empfangs hatte Lydia um Sekunden zu spät die Ablieferung dieses unseligen Päckchens mitbekommen, das die Verzweiflungstat Frédérics auslösen sollte. Sie war in den ersten Stock gestiegen, um mit ihm zu reden. Auf dem Flur vor seinem Zimmer hatte sie dann den Schuß gehört.

Hinter Renata war sie dann in das Zimmer gestürzt. Diese hatte sich mit den Worten »Du Verrückter! Du armer Verrückter! Möge Gott dir vergeben!« bekreuzigt und war hinausgerannt, um Hilfe zu holen.

Während ihres letzten Jahres auf der Universität hatte Lydia auch Kriminalrecht studiert und Vorlesungen in Gerichtsmedizin belegt; dabei hatte sie ein gerütteltes Maß an Makabrem mitbe-

kommen. Daher bewahrte sie auch kühles Blut, als sie allein vor der blutenden Leiche des jungen Delagrave stand.
Sie hatte auf dem Blatt Papier, das zu Füßen des Toten lag, die Handschrift Flavios erkannt. Und sie nahm auch sofort die Verpackung des Päckchens wahr, die leere Umhüllung einer Videokassette und den eingeschalteten Bildschirm. Und dann hatte sie, ohne einen Augenblick nachzudenken, etwas Unerklärliches getan, was allem zuwiderlief, das man ihr während ihres Studiums beigebracht hatte: Sie hatte den Brief eingesteckt und dann auch die Kassette, die sie aus dem Recorder genommen hatte. Wie hatte sie die Zusammenhänge aufgrund so weniger Indizien nur *erahnen* können? Das hatte sie sich seither schon oft gefragt.
Sie war aus dem Zimmer gegangen und kurz darauf einem herbeistürzenden Sicherheitsbeauftragten begegnet, dem die um Atem ringende Renata folgte. Dann erschien mit schwerem Schritt Botschafter Delagrave, der ungläubig den Kopf schüttelte, um das zu verneinen, was ihm doch schon Gewißheit war.

Am frühen Morgen des folgenden Tages hatte sich Lydia zum Anwesen der Bugliones begeben. Sie hatte eine schlaflose, furchtbare Nacht hinter sich. Ihr ganzes Leben hatte sich innerhalb weniger Stunden verändert.
Der Hausherr nahm gerade auf der Terrasse des Orsini-Palastes sein Frühstück ein, gegenüber einem kleinen Schwanenteich; ein enger Mitarbeiter und sein Privatsekretär waren bei ihm, und zwei Leibwächter hatten ein wachsames Auge auf die Umgebung. Nachdem er einen Blick auf die sich nähernde junge Frau geworfen hatte, stand Enrico auf und zog sie wortlos mit sich in sein Büro.
Mit einer Handbewegung bat er sie um Schweigen. Er selbst blieb mit verschränkten Armen vor dem Fenster stehen und betrachtete mit stummem, schmerzlichem Blick die vielhundertjährigen Bäume im Park draußen. Dieser ganze Besitz, all sein Reichtum, all seine Macht... Als er sich umdrehte, stand vor Lydia ein vom Schicksal gebrochener, mit flehenden Augen und einer Seele, die sich zusammenkrümmte, um dem Schmerz, der sie jetzt treffen mußte, weniger Angriffsfläche zu bieten.
»Du bist nicht gekommen, um mir von Frédéric zu berichten.«

»Nein.«
»Du warst dort, ich weiß es. Selbstmord, bist du sicher?«
»Ja.«
Er hatte die Augen geschlossen. Als er sie wieder öffnete, war die Trauer dem Zorn gewichen.
»So sprich endlich, um Himmels willen!«
»Flavio ist tot.«
Sie reichte ihm den Brief, und er las ihn. Seine Hände hörten auf zu zittern. Nachdem er jetzt die Wahrheit kannte, verbarg er seine Gefühle. Lydia wurde an einen verletzten Tiger erinnert, der sich verbirgt, um seine Wunden zu lecken.
»Das ist noch kein Beweis!« befand er und steckte das Blatt ein.
»Aber du wirkst so sicher. Es muß da noch etwas anderes geben ...«
Ihr fehlten die richtigen Worte. Wie sollte sie ihm das Video beschreiben, ohne ins Detail zu gehen? Dabei hatte sie geglaubt, sich darauf vorbereitet zu haben. Wieso versagte ihr jetzt die Stimme, und sie kam ins Stammeln?
»Du hast diesen Film an dich genommen? Natürlich, welch dumme Frage! Hast du ihn bei dir?«
Unwillkürlich legte sie die Hand auf den Verschluß ihrer Handtasche. Wie hatte sie nur annehmen können, daß er sich mit Halbwahrheiten zufriedengeben würde?
»Ich bin bereit, Ihnen alles zu sagen, alles zu berichten, was ich gesehen habe«, stammelte sie mit trockenem Mund. »Aber Sie können das, Sie *dürfen* das nicht sehen! Ich flehe Sie an!«
Enrico hatte einen Schrei wie ein weidwundes Tier ausgestoßen und mit gebieterischer Geste die Hand ausgestreckt. Mit harten Augen hatte er gefordert: »Her damit!«

Wenige Wochen später hatte das Innenministerium eine Eliteeinheit zusammengestellt, die in keinem Organisationsplan verzeichnet war und in keinem Jahresbericht auftauchen würde. Finanziert wurde sie aus einem geheimen Sonderfonds. Man zweigte dafür kleinere Teilbeträge aus den Etats verschiedener Regierungsstellen ab, hinzu kamen verdeckte Zuschüsse von einem halben Dutzend Freimaurerlogen und dem Firmenimperium Bugliones.

Die Einheit *Casus Belli* bestand aus fünf Leuten unter Leitung eines ehemaligen Polizeioffiziers, Luigi Sanguinetti, eines Veteranen der berühmten »Schwadron zur Bekämpfung des Terrorismus«. Lydia war die einzige Frau in der Gruppe, aber keiner der Eingeweihten zweifelte daran, daß man ihr die Leitung übertragen würde, wenn einmal die Zuckerkrankheit des *alten Fuchses* die Oberhand über dessen Kampfeslust gewinnen würde.

Lydia stocherte mit zweifelnder Miene im Rührei – war es kalt geworden im Laufe ihres Berichts? Nein, es ging noch. Sie goß sich Champagner nach, nachdem sie sich vergewissert hatte, daß das Glas ihrer Besucherin noch gefüllt war. Wie es aussah, mußten sich die Italiener über die Kosten dieses Einsatzes nicht groß den Kopf zerbrechen.

»Basta!« sagte sie dazu. »Für den Augenblick habe ich genug geredet. Und Sie hatten mir ja am Telefon auch überraschende Mitteilungen versprochen.«

Kiersten spielte mechanisch am Verschluß ihrer Aktenmappe herum, als ob sie damit andeuten wollte, daß hier alles drin sei, um ihre Versprechungen zu erfüllen.

Dann berichtete sie von Mona-Lisa Perès, dem »Gesprächskreis« des Senators Murdstone, dem Trick zur automatischen Löschung der Snuffs und vom Besuch Farik Kemals in Ottawa. Lydia hörte ihr zu und widmete sich daneben hingebungsvoll den verschiedenen Speisen, denen sie kräftig zusprach. Dann schleckte sie sich wie ein Leckermäulchen die Finger ab. Dennoch vermochten die aufgesetzten schlechten Manieren nicht über ihre tadellose Erziehung hinwegzutäuschen... »Sie interessiert sich mehr für das Essen als für das, was ich zu erzählen habe«, sagte sich Kiersten im Scherz. »Wie behält sie bei ihrem gesegneten Appetit nur ihre Mannequinfigur?«

Lydia hob die Augen und bemerkte mit etwas spitzer Ironie, daß das, was dem Türken zugestoßen sei, um so bedauerlicher sei, als Casus Belli schon lange auf eine Gelegenheit warte, einen Dealer dieses Formats in die Finger zu bekommen. Und sie fügte hinzu: »Unsere Leute hätten ihn zum Sprechen bekommen, ohne daß er danach im Krankenhaus gelandet wäre...«

Kiersten wollte protestieren – sie hatte schließlich die offizielle

Version der GRC wiedergegeben und nicht das geringste verlauten lassen, was auf deren Verwicklung in den Überfall hindeutete. Sie ließ es dann aber, weil ihr Gegenüber ihr sichtlich doch nicht geglaubt hätte, und beschränkte sich auf die Schilderung dessen, was man an kompromittierenden Unterlagen bei Kemal gefunden hatte, vor allem das schwarze Notizbuch.

»Das Buch ist eine wahre Fundgrube! Wir haben gerade erst mit der Auswertung begonnen ... Manche Eintragungen sind in Englisch, andere in Türkisch. Es ist nicht ganz einfach, damit zurechtzukommen; wir mußten eine Übersetzerin dafür engagieren ...«

Das Material hätte sie auf einige Spuren gebracht, die man verfolgen mußte. Eine führte hierher nach Paris, und es ging dabei nicht um jemanden x-beliebigen, sondern um diese Frau Dr. Descombes, diese Ärztin, die man so lange als Geisel in Farghestan festgehalten hatte. Sicher hätten darüber doch auch in Italien die Medien berichtet, wie überall in Europa, oder etwa nicht?

Kiersten beobachtete mit Genugtuung, daß ein Stückchen Brot auf halbem Weg zwischen dem Teller und Lydias halb geöffnetem Mund verharrte. »Es beginnt, sie wirklich zu interessieren«, dachte sie. »Es wird auch endlich Zeit!«

»Ehe er nach Kanada kam, machte Farik Kemal Station in Paris«, fuhr sie fort. »Er besuchte hier den Sitz von Harmonices Mundi International, einer humanitären Organisation, und nahm dort einige Videokassetten entgegen – Snuffs mit allergrößter Wahrscheinlichkeit. Seine Kontaktperson dort war Laurence Descombes.«

»Weiß diese Frau Ihrer Meinung nach Bescheid?«

»Das ist schwer zu sagen ... Nach unseren Ermittlungen hat sie sich kürzlich in Malta aufgehalten, in einer Art von Kloster in der Nähe von Xaghra ...«

»Das Heiligtum der Universellen Vereinigungskirche ...«

»Sie kennen das also! Das ist gut, da kann ich gleich zum Kern der Sache kommen. Wir hatten Grund zu der Annahme, daß es eine Beziehung zwischen dieser Sekte und dem Handel mit Snuffs geben müsse. Ich weiß, daß das eine gewagte Hypothese ist, aber ...«

Sie unterbrach ihren Bericht, weil die zierliche Italienerin aufgesprungen und in das angrenzende Schlafzimmer geeilt war, mit

einer Geste, die andeutete, daß sie gleich wieder zurückkommen würde. Auf dem Tisch war der zweite Erdbeerbecher noch unberührt und ebenso die Schale mit der Chantillycreme.
»Ehe Sie fortfahren, müssen Sie sich das einmal anschauen«, sagte Lydia, die schon wieder zurück war.
Sie legte Kiersten einige Fotos vor und gab ihr sogleich die Erläuterungen dazu. Das hier war Frau Dr. Descombes am Flughafen von Valletta, hier nochmals an der Anlegestelle von Mgarr. Der Mann vor dem Lieferwagen war Jean-Louis Becker, rechte Hand Miguel D'Altamirandas. Hier, das hätte vorher kommen müssen, auf der Fähre zwischen den Inseln – und da, vor einem azurblauen Himmel, Laurence Descombes und Lydia in angeregter Unterhaltung.
»Sie kennen sich also!«
»Auf der Aufnahme da vielleicht mal gerade zwei Stunden. Sie hält mich für Dora, die Tante der Kleinen da – hier sind wir alle drei. Jetzt schauen Sie sich das mal an – dieses großgeblümte Kleid und die flachen Schuhe, wie sehe ich da bloß aus!«
Sie lachte amüsiert auf, und Kiersten stellte befriedigt fest, daß die Italienerin auch über sich selbst lachen konnte. Sie entschloß sich nun endlich, ihre Tasche zu öffnen.
»Jetzt bin ich an der Reihe!«
Sie holte das Foto eines Mädchens heraus, das vor einer gekalkten Wand stand. Das schmal geschnittene Kleid aus schwarzem, glitzerndem Stoff schlotterte um den mageren Körper. Um ihren Hals lag ein breiter Ledergürtel, ihre resignierten Augen blickten ins Objektiv, ohne es wahrzunehmen.
Lydia riß die Aufnahme mit einem raschen Griff an sich und nahm wieder auf dem Sofa Platz. Ihr hübsches Gesicht hatte sich verdüstert, sie atmete schwer.
»Wo haben Sie das gefunden? Und wann?«
»In den Sachen von Farik Kemal, vor vier Tagen.«
»Sollte sie noch leben?« sagte Lydia ungläubig. »Nein, das kann doch fast nicht sein! Sie hatten keine Wahl, weil sie für El Guía viel zu gefährlich war. Diese Ungeheuer!«
»Wer ist sie? Und was hat sie mit Ihnen zu schaffen?«
Lydia hob die Hand, um einen kleinen Aufschub bittend. Sie mußte noch um die rechten Worte ringen. Sie blickte zum Fenster

hinaus und schien dort in einem kleinen Stück blauen Himmels zwischen Mansarden und Kaminen Ermutigung zu suchen. Schließlich machte sie einen tiefen Atemzug und warf erneut einen langen Blick auf das Bild.

»Sie heißt Gabriella. Sie war... wie sagt man noch für einen Wurm, um die Fische anzulocken?«

»Ein Köder. Und diese Dr. Descombes war in die Sache verwickelt?«

»Nein, sie hatte nichts damit zu tun. Ich weiß bis heute nicht recht, warum sie nach Xaghra kam. Sie ist keine Mirandistin, zumindest war sie zu diesem Zeitpunkt noch keine. Sie kannte diesen Becker von früher, aus Farghestan. Er war dort ihr Geliebter gewesen, und vielleicht war sie gekommen, um dieses Verhältnis wieder aufleben zu lassen. Aber er war daran nicht im geringsten interessiert, das war unübersehbar.«

»Ich verstehe. Und die Kleine sollte ein Köder sein – aber wofür oder für wen?«

Ein tiefer Schatten überzog Lydias Gesicht.

»Für El Guía. Man wußte, daß er...«

»El Guía? Ach ja, jetzt erinnere ich mich, irgendwo gelesen zu haben...«

»El Guía Supremo, Höchster Führer, wird Miguel D'Altamiranda von seinen Anhängern genannt. Er ist ein Phänomen, das man nur in seiner Nähe richtig begreifen kann. Wenn Laurence nicht überstürzt hätte abreisen müssen wegen des Herzinfarkts ihres Vaters, hätte sie sich wohl inzwischen die Augenbrauen abrasieren lassen.«

»D'Altamiranda hat also eine Schwäche für kleine Mädchen, wenn ich recht verstehe?«

»Zu kleine auch wieder nicht – wenn sie gerade erblühen, wie man wohl sagt. Kleine Jungs mag er lieber etwas jünger.«

»Muß ich das so verstehen, daß dieses kleine Mädchen dazu benutzt wurde, ihn zu kompromittieren?«

»So ein ganz kleines Mädchen ist man mit dreizehn auch wieder nicht«, verteidigte sich Lydia. »Jedenfalls war sie schon seit sechs Monaten in einem Haus...«

»Einem Haus? Meinen Sie damit...«

»Ja, ein Bordell – in Neapel. Sie war dort beileibe nicht die einzige, wir hatten die freie Auswahl. Diese Reise nach Xaghra, das war ein bezahlter Urlaub für sie. Und bei ihrer Tante Dora hatte sie es doch jedenfalls besser als bei Mamma Sissa, oder?«

»Sie erwarten doch nicht im Ernst eine Antwort auf diese Frage!« entgegnete Kiersten abweisend. »Verzeihen Sie meine Offenheit, aber in Kanada wäre ein solches Vorgehen absolut ... unannehmbar. Zugegeben, wir gehen auch schon mal etwas großzügig mit den Vorschriften um, aber das Leben einer Halbwüchsigen aufs Spiel zu setzen, auch wenn sie *schon* dreizehn ist und der Prostitution nachgeht – das geht doch nun wirklich zu weit!«

Lydia setzte sich mit hochroten Wangen zur Wehr. So, wie die Aktion geplant war, sei damit kein Risiko für Gabriella verbunden gewesen, jedenfalls keine Lebensgefahr. Gut, man hatte sie angeheuert, um El Guías Neigungen zu befriedigen und ihm die schüchterne Jungfrau dabei vorzuspielen. Aber das machte sie in Neapel die ganze Woche hindurch – und mit Typen, die wohl noch von anderem Schlag waren als der alte Prophet.

Sie hielt das Foto in beiden Händen. Dann schloß sie die Augen, als können sie den Anblick des Mädchens nicht länger ertragen.

»Sie haben ein Video mit ihr gemacht, ja?«

»Nein – noch nicht ...«

»Was heißt das, und wie können Sie das wissen?«

Obwohl es ihr schwerfiel, einen sachlichen Ton zu bewahren, berichtete Kiersten von dem »neuen Angebot«, das Farik Kemal in sein Lieferprogramm aufgenommen habe: das *Snuff auf Bestellung*. Als Beispiel nannte sie den Vorschlag, den Senator Murdstone dafür gemacht hatte.

»Nach den Einträgen in dem schwarzen Notizbuch wurde das Foto an Kunden in Buenos Aires geschickt, an eine Gruppe, die sich *Satans Gefolgschaft* nennt. Ihr gehören junge Leute aus den besten Kreisen an, die als unantastbar gelten, nach Überzeugung des CIA auch der Sohn des Finanzministers. Sie sollen die Inszenierung liefern für die nächste Produktion mit Gabriella als ...«

»Hören Sie auf!« unterbrach Lydia sie mit belegter Stimme. »Glauben Sie vielleicht, ich hätte kein Herz in der Brust? Kommt es bei Ihnen nie vor, daß ein Unternehmen mal schiefläuft?«

Kiersten hatte Mitleid mit ihr. Dennoch war sie nicht bereit, ihr

Vorgehen zu entschuldigen. Immerhin hatte ihr Eingeständnis eines möglichen Fehlschlags eine gewisse Einsicht erkennen lassen.
»Wie sollte das denn laufen? Erzählen Sie mal!« forderte sie.
Die maltesische Polizei sollte in Abstimmung mit der italienischen in das Heiligtum eindringen, um dort D'Altamiranda in flagranti zu erwischen – oder zumindest Gabriella »aufzugreifen« und damit eine Belastungszeugin zu haben. Der Einsatzgruppe gehörte ein Arzt an, der sofort die entsprechenden Maßnahmen zur Durchführung anschließender DNS-Analysen ergreifen sollte. Anhand dieser hätte man El Guía dann sicher für zehn Jahre hinter Gitter bringen können.
»Darüber läßt sich reden ... Und was hat dann nicht geklappt?«
»Der Sektenführer für die Region Neapel war selbst ein guter Kunde von Mamma Sissa. Damit hatte man ja nun nicht rechnen können! Dadurch flog meine Deckung in letzter Minute auf. Es hätte immer noch klappen können, aber die Mirandisten hatten einen Spitzel im Polizeihauptquartier. Als die Polizei im Heiligtum eintraf, war da keine Spur mehr von Gabriella. Statt dessen gab es jede Menge Zeugen, die übereinstimmend behaupteten, sie hätten mich mit Gabriella weggehen sehen.«
»Und Sie selbst? Wie kamen Sie davon?«
»Mit knapper Not! Gott sei Dank hat man mich noch rechtzeitig warnen können, sonst hätte man mich geschnappt – und dann adieu Dora!«
Sie hatte sich im Hafen verstecken und auf die erste Fähren nach Valletta gelangen können. Die Idee, sich in den Schutz der Polizei zu begeben, hatte sie nach dem fünftägigen Aufenthalt im Heiligtum verworfen. Sie war dort zu der Überzeugung gelangt, lieber überhaupt niemandem mehr zu vertrauen.
Sie reichte Kiersten ein Exemplar der englischsprachigen maltesischen Zeitung *Malta's Daily*, wo ein Beitrag auf der ersten Seite vom ungeklärten Tod einer deutschen Touristin in Mgarr berichtete, die von einer »verirrten Kugel« getroffen worden sei, als sie gerade die Fähre besteigen wollte.
»Von weitem ähnelte die arme Frau mir mit ihren kurzen Haaren und ihrem geblümten Kleid. Ich befand mich nur ein paar Meter von ihr entfernt in einem Rollstuhl, wie eine alte Dame mit einem großen Schal verhüllt, von einer guten Seele geschoben.«

»Was für ein Schlamassel! Hat man den Schützen ausfindig machen können?«
Lydia zuckte nur mit den Schultern, als sei die Frage wirklich zu naiv. Und nun – glaube ihre kanadische Kollegin noch immer, daß man diesen El Guía und seine Leute mit Samthandschuhen anfassen müsse?
»Von Samthandschuhen ist keine Rede, das wissen Sie doch selbst! Dennoch habe ich den Eindruck, daß Casus Belli eine Art von Rachefeldzug gegen die Universelle Vereinigungskirche führt aufgrund dessen, was mit dem jungen Buglione geschehen ist. Nehmen Sie es mir bitte nicht übel, aber ich möchte sicherstellen, daß wir uns morgen bei der Konferenz über das eigentliche Ziel einig sind: Unterbindung der Herstellung und Verbreitung von Snuffs. Sicher, eine Verurteilung Miguel D'Altamirandas wegen Unzucht mit Minderjährigen liegt in juristischem Interesse, aber Sie müssen zugeben, daß sie allenfalls in indirektem Zusammenhang mit unserer eigentlichen Aufgabe steht.«
»Sie führen auch nur Ihren Kreuzzug, aber bestimmt! Die Snuffs verstellen Ihnen den Blick! Zugegeben, sie sind das Böse an sich. Aber sie sind doch irgendwie ... handwerklich. El Guía dagegen geht in ganz großem Maßstab vor!«
»Das kann man nicht vergleichen! Eine Sekte von angeblich Erleuchteten, die sich die Brauen abrasieren und sich bei Sonnenaufgang in Trance versetzen, das mag zwar störend sein, aber ...«
Die Italienerin fiel ihr ins Wort. In wenigen Sätzen berichtete sie ihr von der »Fünften Offenbarung«, die über Satellit bei Großveranstaltungen in wenigstens einem Dutzend Hauptstädten an die Anhänger übermittelt würden – insgesamt zwischen sechzig- und neunzigtausend Mirandisten.
»Vorgestern erhielten wir eine Nachricht von einer Kontaktperson im Heiligtum. Nichts Bestimmtes, aber eine Vermutung: D'Altamiranda werde wohl seinen Anhängern erlauben, die letzte Schwelle zu überschreiten, die Schwelle der Astralen Verklärung – Sie verstehen?«
Kiersten wollte gegen dieses Kauderwelsch aufbegehren, unterließ es aber, als sie den Gesichtsausdruck ihrer Gesprächspartnerin sah; ein Anflug von Panik erfaßte sie.
»Georgetown, Waco, der Sonnentempel ... denken Sie an so et-

was? Aber diese Leute waren in kleinen Gemeinschaften eng zusammengeschlossen und manipuliert! Ihr großer Guru mag ja vielleicht über ein tatsächlich umwerfendes Charisma verfügen, aber ich kann mir beim besten Willen nicht vorstellen, daß er über das Fernsehen einen Massenselbstmord auslöst. Das ist doch eine Hypothese, die völlig ...«

»Völlig was? Von ›Massenselbstmord‹ habe jetzt nicht ich gesprochen. Aber selbst wenn El Guía nur ein einziges Prozent seiner Anhänger überzeugt, würde das an die tausend Tote anläßlich der Großen Versammlung bedeuten ...«

»Ich ziehe meinen Einspruch zurück«, sagte Kiersten erschüttert. »Wir müssen darüber morgen reden. Und veranlassen, daß Interpol ... ja, was überhaupt?«

Lydia war anderer Meinung. Darüber reden, und was dann? Sie wüßte schon, was herauskommen würde: allgemeine Feststellung der Hilflosigkeit. Wie sollte man den Gründer der Universellen Vereinigungskirche davon abhalten, sich an seine Anhänger zu wenden? Ein vorsorgliches Verbot? Mit welcher Begründung? Welcher Richter würde sich denn überzeugen lassen durch eine Annahme, die lediglich auf Gerüchten beruhte? Man lebte schließlich in Demokratien: Die Gesetze schützten die Meinungsfreiheit und die Glaubensfreiheit. Die Mirandisten würden wegen religiöser Unterdrückung klagen und bekämen recht. Daran war überhaupt nicht zu zweifeln.

»Wollen Sie mir damit sagen, daß wir überhaupt nichts machen können?«

»Beinahe! *Legal* können wir nichts tun ...«

Kiersten kehrte mit einer scheußlichen Migräne in ihr Hotel zurück. Lag es am Champagner oder an dieser Unterhaltung? Sie nahm Aspirin und streckte sich auf ihrem Bett aus, wobei sie allerdings in Erinnerung an den vorigen Abend vorsorglich den Wecker stellte. Aber das Pochen in ihren Schläfen hinderte sie daran, sich zu entspannen. Daher griff sie zum Telefon.

Noch vor ihrer Abreise aus Ottawa hatte sie Sandrine zu erreichen versucht. »Sie hat einen übervollen Terminkalender, ganz besonders nach der Schule«, hatte Acoona ihr lachend versichert. Und jetzt klingelte dort, am anderen Ende der Welt, das Telefon

offenbar in einem leeren Haus. An einem Sonntagmorgen? Sie versuchte es nochmals und rief schließlich Acoonas Bruder an, der in der gleichen Straße wohnte. Der konnte sie beruhigen: Philippe war mit der ganzen Sippe übers Wochenende zum Campen gefahren.
Dann fiel sie endlich in einen bleischweren Schlaf.

Zwei Stunden später erwachte sie völlig erfrischt. Das Kopfweh war wie weggeblasen, und sie hatte schon wieder einen Riesenhunger – nicht zu glauben. Obendrein verspürte sie einen unbändigen Tatendrang: Es war keine Zeit zu verlieren! Aber womit sollte sie anfangen? Vielleicht mit dieser Frau Dr. Descombes?
Lydia hatte sie gewarnt, ehe sie sich getrennt hatten. In Frankreich war »Die Geisel von Maghrabi« eine bekannte Persönlichkeit, und ihre Bekanntschaft mit Catherine Le Gendre machte es noch schwieriger, an sie heranzukommen.
»Übrigens wohnt Laurence bei ihr – und damit ist wohl schon alles gesagt.« Sie hatte in ihrem Notizbuch geblättert und dann gesagt: »Ja, hier steht's: Adresse und Telefonnummer.«
Beim Stand der Dinge hielt die Italienerin allerdings einen Besuch dort für verfrüht. Was könnte man von der »Dottoressa« denn schon erfahren, was man nicht bereits wisse? Wenn sie so unschuldig sei, wie es wirke, würde sie nichts zu sagen haben – wäre sie aber irgendwie in die Machenschaften der Sekte verwickelt, würde sie nichts sagen wollen.
Kiersten beugte sich diesen Einwänden und entschloß sich, ihr Vorhaben bis nach der Interpol-Konferenz zurückzustellen. Sie würde versuchen, ihre französischen Kollegen privat zu treffen und sie um vertrauliche Unterstützung und eine diskrete Überwachung der führenden Mitarbeiterin von Harmonices Mundi bitten.
»Immerhin haben Sie sie dort ja auch im Auge behalten«, meinte sie zu Lydia.
»Aber ja! Wir sind sogar nahezu Freundinnen geworden.«
»Nahezu?«
»Sie hat mir vertraut, und ich habe sie angelogen. Man kann nicht gemeinsam marschieren, wenn der eine läuft und der andere humpelt!«

Kiersten trug sich Anschrift und Telefonnummer, unter der Laurence Descombes zu erreichen war, in ihr Adressenverzeichnis ein und dachte dabei: »Eigentlich schade, ich hätte sie vielleicht doch noch heute abend anrufen sollen. Aber es wäre unvernünftig – ich könnte alles gefährden!«
Sie klappte das Verzeichnis zu, aber nur, um es kurz darauf erneut zu öffnen und nach dem Telefonhörer zu greifen. Seit wann ließ sie sich von plötzlichen Impulsen steuern? In ihren Privatangelegenheiten mochte das ja noch angehen. Aber beruflich? Das widersprach eigentlich all ihren bisherigen Prinzipien ...

15. Kapitel

Laurence hatte sich sofort nach ihrer Rückkehr nach Paris entschlossen umzuziehen, da sie die Gastfreundschaft der Beckers zunehmend als Belastung empfand. Sie wußte noch nicht, wo sie wohnen würde – aber das war nicht wichtig: Ein kleines, ruhiges Hotel würde ihr völlig genügen, ja sogar ausgesprochen gefallen. Sie fuhr am frühen Nachmittag in die Wohnung in der Avenue Bosquet in der Gewißheit, dort niemanden anzutreffen.

Aber die Staransagerin des Zweiten Französischen Fernsehens lag dort im Wohnzimmer auf dem Sofa ausgestreckt, im Morgenrock und in einem beklagenswerten Zustand. Man hatte sie Anfang der Woche bewußtlos ins Krankenhaus einliefern müssen, um ihr dort äußerst gründlich den Magen auszupumpen. Eine Krankenschwester von imposanter Statur leistete ihr seither Gesellschaft. Nachdem sie mit drei Sätzen und vier Seufzern Laurence ihr Beileid zum Tode ihres Vaters ausgesprochen hatte, schilderte Catherine ihr ausführlich ihre eigenen Schicksalsschläge. Als sie dann erfuhr, daß »ihre einzige wahre Freundin« sie verlassen wollte, bekam sie einen Anfall hysterischer Angst und flehte sie an, doch wenigstens noch für ein paar Tage zu bleiben. Selbst ihre nur schweigende Anwesenheit würde ihr helfen, wieder auf die Beine zu kommen.

Laurence gab nach, doch noch vor dem Ende des Tages hatte sie hinreichend Anlaß, dies zu bedauern.

Catherines Egozentrik nahm in einer solchen Depressionsphase ein unglaubliches Ausmaß an. Wo immer sie sich befand, sorgte sie für mächtigen Wirbel um ihre Person, der jede Gemütlichkeit, jede andere Unterhaltung und insbesondere jede Ruhe störte. Mit zerstörerischer Leidenschaft meinte sie, alle anderen in ihre Ängste einbeziehen zu müssen. Im Schiffbruch ihrer Existenz betrachtete sie jeden in ihrer Nähe als Rettungsring. Aber wie immer der oder die Betreffende auch beschaffen sein mochte, sie zog sie unwiderstehlich mit sich auf den Grund wie in einem vernichtenden Strudel. Geradezu hellseherisch beherrschte sie alle

Mechanismen zur Auslösung von Schuldgefühlen: Stets fand sie das richtige Wort, den treffenden Blick, den passenden Seufzer, um das schlechte Gewissen jener zu wecken, die sich, erschöpft oder entnervt, versucht fühlten, ihr zu entrinnen, um wieder Luft schöpfen zu können.

Sie hatte es sich in den Kopf gesetzt, Fjodor Gregorowitsch Syssojew zu konsultieren. Wenn es ihm gelungen war, eine *derart verstörte* Person wie Laurence aus ihrem Tief zu holen, müsse es doch für ihn ein leichtes sein, einen so *klassischen* Fall wie den ihren zu behandeln. (Für kein Gold der Welt hätte sie den Ausdruck *banal* verwendet.) Den Einwand, daß dieser seltsame Psychiater neun von zehn Klienten abwies, selbst wenn sie ihm das Doppelte seines üblichen Honorars boten, wollte sie einfach nicht zur Kenntnis nehmen.

Der Diskussion darüber müde, entschloß sich Laurence schließlich, Fjodor Gregorowitsch die Angelegenheit vorzutragen. Wie zu erwarten, war er nicht nur abweisend, sondern nachgerade erschrocken bei der Vorstellung, ein Gespräch mit einem Medienstar zu führen. Er sehe nur äußerst selten fern, bekannte er, aber aus der Presse kenne er natürlich »die bemerkenswerte Karriere« von Madame Le Gendre. Schließlich ließ er sich dazu herab, sich mit ihnen beiden gemeinsam zu treffen an einem öffentlichen Ort, »so ganz auf Zufall gemacht, Sie verstehen? Sie schlendern dort Arm in Arm mit ihrer Freundin, und wen treffen Sie da ganz zufällig? Wir tauschen ein paar Belanglosigkeiten aus, und ich prüfe dabei die Chemie ihrer depressiven Freundin. Danach treffe ich meine Entscheidung – und die ist unwiderruflich.«

Der Vorschlag wurde in die Tat umgesetzt; die »zufällige Begegnung« fand auf dem Champ-de-Mars statt, unmittelbar vor dem Haupteingang der Militärschule. Der Austausch belangloser Höflichkeiten verlief jedoch nur sehr kurz, dann entfleuchte der Russe eilends nach einem erschrockenen Blick auf den großen Fernsehstar. Vor seinem überstürzten Abgang fand er gerade noch die Zeit, Laurence die Hand zu küssen. Diese besuchte ihn am Abend nach dem Desaster in seinem Museum in Passy. Er empfing sie mit der Frage, ob sie Andersens Märchen von dem Mann kenne, dem sein Schatten abhanden kam. Nein? Das sei schade, denn sie hätte so besser verstehen können, daß ihre

Freundin Catherine gewissermaßen ihre Persönlichkeit verloren habe und ein »eindimensionales Wesen« geworden sei, sozusagen eine Ansammlung von Elektronen, die erst unter dem Einfluß des Kathodenstrahls der Bildröhre lebendig würde. Nicht ihren Schatten hätte sie verloren, sondern ihr Relief: Er habe keine Realität mehr in ihren Augen erkennen können.
»Diese Entfremdung – wie gut ich sie kenne!« setzte er hinzu. »Meine Kollegen haben an mir mit Drogen experimentiert. Welch furchtbare, ungeheure Erfahrung, niemand mehr zu sein! Die arme Frau hat Schlaftabletten geschluckt, weil es sie nach Wahrheit verlangte, um sich gegen die schamlose Besitzergreifung zu wehren. Die vielen Millionen, die sie anbeten: ›bravo, bravissimo!‹ Und sie empfindet dabei: ›Ich bin ein Trugbild!‹«
»Sie verstehen sie so gut«, versicherte Laurence. »Warum sind Sie weggelaufen? Sie könnten ihr bestimmt helfen – ihr auch.«
»Wenn ich einem Kranken seine Krücken wegnehme, was geschieht dann? Kann er dann etwa laufen? Wunder zu wirken, ist nicht meine Sache. Und wenn ich mir diese Nervenkrise des großen Stars auflade, wird sie mit existentieller Leere zu kämpfen haben. Ruhm, Ehrungen, Schmeicheleien – das sieht sie als vergänglichen Glanz, als lächerliche Illusion. Aber wenn ich ihr jetzt ihre ganze Last auflade, wird sie darunter zusammenbrechen.«
Laurence drang nicht weiter in ihn. Sie wußte zu genau, wovon er sprach.

Am nächsten Morgen erschien Catherine bleich wie die Wand und mit schweren Lidern zum Frühstück. Sie griff Laurence heftig an und machte sie verantwortlich für das, was ihr »mit diesem Scheißpsychiater passiert« sei. Sie einfach so stehen zu lassen, als ob sie die Pest habe! Wofür hielt sich dieser Kerl eigentlich? *Sie* jedenfalls habe nicht den geringsten Anlaß, sich von diesem Verrückten die Hand küssen zu lassen und wer weiß was sonst noch …
Dann fragte sie mit der Miene einer *Mater dolorosa*, was es denn mit »diesem Koffer da« im Flur auf sich habe. Laurence antwortete ihr, sie sei den Tag über unterwegs und käme dann am späten Nachmittag wieder, um ihre Sachen abzuholen.

Als Laurence gegen sechs Uhr abends zurückkehrte, fand sie Catherine im Wohnzimmer in Gesellschaft einer Dame in den Dreißigern, hochgewachsen und ungezwungen wirkend. Beide sprangen sofort auf, als sie eintrat. »Sie haben von mir gesprochen ... Ich komme höchst ungelegen«, dachte sie sogleich.
»Lassen Sie sich nicht stören!« sagte sie. »Ich schaue nur kurz vorbei, unten wartet ein Taxi auf mich. Ich wollte dir nur rasch sagen, daß ich die Schlüssel draußen im Flur auf den Tisch gelegt habe, Catherine ...«
Sie trat heran, um sie zum Abschied zu umarmen, doch Catherine (sie trug ein graues Kostüm und Schmuck und hatte sich sorgfältigst zurechtgemacht) hinderte sie daran.
»Nicht so schnell, meine Liebe! Diese Dame ist eigens aus Amerika gekommen, um mit dir zu reden. Da kannst du dich doch nicht einfach dünn machen!«
Laurence glaubte im Blick der Unbekannten neben Neugier vielleicht auch ein wenig Mißtrauen wahrzunehmen. Die lockeren, seidigen Locken ihres kastanienbraunen Haars milderten einen gewissen Anstrich des Militärischen in ihrer Haltung.
»Ich bin Kiersten MacMillan. Ihre Freundin übertreibt ein wenig: Ich wollte einen beruflichen Besuch hier in Paris nutzen, um Sie persönlich kennenzulernen.«
»Ich habe mich schon gefragt, was du getan haben könntest, um das Interesse der Königlich Kanadischen Polizei auf dich zu lenken. Ja, die Dame ist Inspektor, ich konnte es auch kaum glauben. Wir haben ein wenig geplaudert, während wir auf dich warteten, und sie hat mir faszinierende Dinge erzählt. Man wirft ja den Franzosen Sexismus vor, aber was Aufstiegschancen für Frauen betrifft, scheinen wir doch nicht ganz so schlecht dazustehen!«
Catherine sprach lebhaft, ja aufgekratzt. Laurence beobachtete sie ungläubig. Was das die gleiche Person, die noch beim Frühstück so leidend und verbittert gewesen war? Sie mußte sich mit irgend etwas aufgeputscht haben, und sei es nur mit Alkohol. »O Gott, was mag sie dieser Frau da alles über mich erzählt haben!« dachte sie.
»Sie hätten vorher anrufen sollen!« sagte sie zu Kiersten und wandte sich zur Tür. »Ich habe im Augenblick beim besten Willen keine Zeit. Tut mir schrecklich leid.«

»Aber sie hat doch angerufen«, versicherte Catherine. »Ich habe ihr gesagt, daß sie hier auf dich warten könne. Versetz dich doch mal in meine Lage: Ich konnte ihr nicht einmal sagen, wo du ab jetzt zu erreichen sein könntest!«

»Kann ich Sie nicht wenigstens nach unten begleiten, um Ihnen dabei den Grund für meinen Besuch zu nennen?« fragte Kiersten. »Es handelt sich um eine wirklich dringende Angelegenheit, sonst hätte ich doch gar nicht gewagt...«

Sie folgte Laurence in den Flur hinaus und griff dort rasch nach deren Koffer. Die Dame des Hauses hatte sich angeschlossen in der unverkennbaren Absicht, sie zu begleiten. Nachdem sie ins Treppenhaus getreten war, sagte Kiersten bestimmt zu ihr:

»Ich muß mit Frau Dr. Descombes unter vier Augen sprechen – es handelt sich um eine vertrauliche Angelegenheit... Um so dankbarer bin ich Ihnen, daß Sie dieses Gespräch ermöglicht haben.«

Catherine tat, als hätte sie größtes Verständnis dafür. In Wirklichkeit war sie stocksauer, daß sie gerade jetzt abgeschoben wurde, da es wirklich interessant zu werden versprach. Sie umarmte Laurence nur flüchtig und ohne jede Herzlichkeit, lud deutlich formell Kiersten ein, zur Fortsetzung der »hochinteressanten Unterhaltung« wiederzukommen, und schloß die schwere Tür mit etwas mehr Nachdruck, als eigentlich nötig gewesen wäre.

Sie fuhren schweigend hinunter; die kleine Kabine des Aufzugs und die Gepäckstücke zwischen den Beinen waren einer Unterhaltung nicht gerade förderlich. Laurence spürte den Atem der Fremden in ihrem Nacken, und auch ihren Blick. »Sie macht sich Gedanken über mich. Aber warum wirkt sie so feindselig? Oder bilde ich mir das nur ein, und wovor habe ich Angst?«

Ein Taxi wartete vor dem Gebäude. Ob sie Catherine wohl von oben vom Fenster im kleinen Salon aus beobachtete? Es war sehr wahrscheinlich.

»Würde es Sie sehr stören, wenn ich mitfahre? Anschließend könnte mich das Taxi gleich in mein Hotel bringen«, fragte Kiersten.

»Ich würde lieber allein fahren. Sie haben von einer dringenden Angelegenheit gesprochen, aber ich weiß noch immer nicht, worum es dabei geht...«

»Um Ihren Aufenthalt in Malta. Und jemanden, den Sie dort getroffen haben …«
Laurence zuckte zusammen, öffnete die hintere Tür des Taxis und forderte, nach kurzem Zögern, Kiersten mit einer Handbewegung auf, vor ihr einzusteigen. Sie setzte sich neben diese und nannte dann unüberlegt dem Fahrer ihre Adresse; das bedauerte sie sogleich, doch es war schon zu spät.
Der Wagen fuhr an, und Kiersten öffnete ihr Aktenköfferchen. Es schien ihr nicht das mindeste auszumachen, sich derart aufgedrängt zu haben. »Eigenartige Frau«, fand Laurence. »Aber eigentlich nicht unangenehm …«
»Ich habe leider gerade erst vom Tode Ihres Herrn Vaters erfahren … Mein Beileid!«
Laurence ließ sich Zeit für eine Antwort; schließlich meinte sie:
»So beiläufig, wie Sie das sagen, muß ich fast annehmen, daß Sie darüber nicht sonderlich informiert sind. Er war immerhin erst zweiundsechzig und zeit seines Lebens nie krank. Nun ja, jedenfalls nie *ernstlich.* Was mir dort zugestoßen ist, hat ihn sehr mitgenommen, weit mehr, als er zuzugeben bereit war …«
»Wo dort … in Xaghra?«
»Aber nein – in Farghestan! Ach, entschuldigen Sie: Ich dachte nicht mehr daran, daß Sie ja Kanadierin sind. Hierzulande kennt jeder meine Geschichte … eine Berühmtheit, auf die ich gern verzichten könnte!«
»Entschuldigen muß ich mich – natürlich weiß ich von Ihrer Gefangenschaft … Es scheint, daß ich nichts anderes im Kopf habe als meine aktuellen Probleme.«
Kiersten hielt nun ein Foto in ihren Händen. Worauf wartete sie noch, um es zu zeigen?
»Sie haben Xaghra erwähnt«, sagte Laurence leise. »Das ist sicher kein Zufall. Ich habe mich mehrfach gefragt, ob nicht vielleicht mein Vater eine Art Abmachung mit seinem Schicksal geschlossen hat – um mich gerade noch rechtzeitig von dort zurückzuholen, ehe es zu spät gewesen wäre …«
»Ich verstehe nicht recht …«
»Ich eigentlich auch nicht …«
In gewisser Weise stimmte das. Kiersten hatte ihr Beileid aus Gründen der allgemeinen Höflichkeit ausgedrückt und wohl ein-

fach auch nur, um damit das Gespräch zu eröffnen. Wie kam sie dazu, darauf so persönlich einzugehen? Und wie hätte eine Fremde, gar noch eine *Polizistin,* ihre absurde Hypothese begreifen können, daß ein Restaurantbesitzer in Saint-Brieuc sozusagen bewußt einem Herzschlag erlegen sei, um seine Tochter davor zu bewahren, dem gefährlichen Einfluß eines Gurus zu verfallen? Das Taxi fuhr die Uferstraßen entlang. Es war nicht die Strecke, die Laurence gewählt hätte, aber sie fand es gut so: Die Ausblicke auf das Wasser der Seine beruhigten sie. Ob sie überhaupt noch selbst fahren könnte?

»Sie haben mir noch immer nicht genauer gesagt, weswegen Sie mich sprechen wollten.«

Kiersten reichte ihr mit einem forschenden Blick das Foto.

»Gabriella!« flüsterte Laurence bewegt. »Was ist mit ihr geschehen?«

»Sie kennen sie also?«

»Aber natürlich! Sie war zu gleicher Zeit wie ich in Malta, mit einer Tante.«

»Sie haben reagiert, als ob ... Haben Sie einen Grund für Ihre Besorgnis, es sei ›etwas mit ihr geschehen‹?«

Das Foto war feucht geworden; Laurence wischte die Tränenspuren mit den Fingerspitzen weg.

»Wenn Sie von so weit hergekommen sind, um mich nach ihr zu fragen, dann reicht das doch wohl schon, oder nicht? Aber Sie haben recht, es gibt da noch etwas anderes ... Man muß sie nur anschauen.«

»Wie sie angezogen ist, meinen Sie? Und das Halsband?«

»Nein, ihre Augen! Es ist keinerlei Hoffnung mehr darin, sie hat völlig resigniert ... Sie können das vielleicht nicht verstehen, aber einen solchen Blick erkenne ich immer und überall ...«

»Sie verschwand aus dem Heiligtum zwei Tage nach Ihrer Abreise«, sagte Kiersten und nahm die Aufnahme wieder an sich; Laurences Antwort beschäftigte sie.

»Was soll ›verschwand‹ heißen? Wohin denn?«

»Gerade das wissen wir nicht. Es ließ sich bis heute nicht das geringste darüber herausfinden ...«

»Das ist doch völlig unglaublich! Und Dora?«

»Dora?«

»Nun – die Tante.«
»Ach so, Tante Dora, natürlich. Ich kannte eigentlich nur ihren Familiennamen... Laut Angaben der Polizei ist sie nach Rom zurückgekehrt, wenn auch in entsprechender Verfassung.«
Laurence verzichtete darauf, auch nur eine der zahlreichen weiteren Fragen zu stellen, die ihr durch den Kopf schossen. »Sie lügt!« dachte sie. »Dora ist nicht der Typ Frau, die einfach zurückkehrt, wenn ihre Nichte verschwindet. Außerdem kam sie doch aus Neapel und nicht aus Rom. Und warum bin ich nicht informiert worden? Ich war ja schließlich dort, und damit vielleicht doch auch eine wichtige Zeugin. Jean-Louis hat schließlich Blumen zur Beerdigung in Saint-Brieuc schicken lassen, also wußte er doch, wo ich zu finden war.«
Sie beschloß, ihn noch heute abend in Malta anzurufen, um von ihm eine verbindliche Auskunft über diese Geschichte zu erhalten. Im gleichen Augenblick jedoch ging ihr auf erschreckende Weise auf, daß sie von ihm wohl kaum eine ehrliche Antwort zu erwarten hätte.
Sie wurde mit beklommenem Herzen bestürmt von einer Abfolge von Bildern, von schemenhaften Erinnerungen, von Details, denen sie zunächst keine sonderliche Beachtung geschenkt hatte. Sie stellte eine Verbindung zwischen dem zweideutigen Benehmen Gabriellas und den peinlichen Fragen her, die ihr Jean-Louis vor dem Untersuchungszimmer gestellt hatte. Dann wiederum machte sie sich Selbstvorwürfe wegen ihrer Verdächtigungen und wies diese voller Abscheu zurück. Nein, sie waren infam und durch nichts begründet.
»Ist etwas?« fragte Kiersten.
Laurence fing sich wieder, konnte jedoch ihren bohrenden Blick kaum ertragen.
»Ich dachte an Catherine«, schwindelte sie. »Ihr Zustand beunruhigt mich. War sie allein, als sie hinkamen? Eigentlich hätte doch diese Krankenschwester dasein müssen ...«
»Ihre Freundin hat mich sehr freundlich empfangen und schien voll auf der Höhe zu sein.«
»Sie hat Ihnen eine Komödie vorgespielt! Und Sie selbst? Sie wußten doch schon, daß ich Gabriella kenne! Sie haben mir das Foto gezeigt, um zu sehen, wie ich reagiere, nicht wahr?«

Kiersten war keineswegs gekränkt durch ihren aggressiven Ton. Sie zeigte vielmehr ein anerkennendes Lächeln, als sei sie froh darüber, endlich die Maske fallenlassen zu können.
»Es ist mir klar, daß ich auf eine unmögliche Art hereingeschneit bin. Aber ich mußte Sie unbedingt und schnellstens treffen. Ich hätte es vorgezogen, Sie in einem günstigeren Augenblick kennenzulernen, um mehr über Ihren Aufenthalt in Xaghra zu erfahren. Die Verantwortlichen der Sekte zeigten sich nicht sehr kooperativ. Sie behaupteten, die Kleine sei entflohen. Dabei hatten sie vorher beteuert, sie hätte im Heiligtum sehr glücklich gewirkt. Das verstehe, wer will!«
Das Taxi fuhr nun zügig durch die wenig belebten Straßen von Passy, und man war kurz vor dem angegebenen Ziel. Laurence nahm an, daß dem Taxifahrer kein Wort von ihrem Gespräch entgangen war. Als sie seinem Blick im Rückspiegel begegnete, hatte sie daran keinen Zweifel mehr.
»Jetzt rechts, und dann noch ein kurzes Stück; dort, das große Gittertor«, sagte sie zu ihm.
Kiersten verkündete, daß sie ihre Absicht geändert habe: Sie wolle jetzt doch hier aussteigen und sich dann ein bißchen im Viertel umsehen, ehe sie mit der Metro in ihr Hotel fahre.
Laurence gab keinen Kommentar dazu. Sie hatte eine große Umhängetasche aus weichem Leder geöffnet und bestand darauf, das Taxi zu bezahlen.

»›Musée Louis-Philippe Desaulnier‹«, las Kiersten. »Na, das hat aber Stil!«
»Es ist nur für wenige Tage«, erläuterte Laurence, »bis ich etwas Passendes gefunden habe.«
»Erstaunlich ruhig hier ... Man kann kaum glauben, daß man in Paris ist. Kommen Sie, ich nehme Ihren Koffer, das ist das mindeste, was ich Ihnen schuldig bin.«
Sie traten durch das angelehnte Gittertor ein und blieben dann vor dem Dienstboteneingang hinten im Hof stehen. Laurence warf einen Blick über die Schulter und beugte sich dann zu einem runden Stein auf dem schmalen Blumenbeet hinunter. Sie holte einen altmodischen Schlüssel darunter hervor, den sie abwischte, ehe sie ihn ins Schloß steckte.

»Es ist jemand im Haus«, erläuterte sie dabei ihrer amüsiert lächelnden Begleiterin. »Aber wir haben eine Vereinbarung... Wollen Sie einen Augenblick mit hereinkommen?«
Kiersten hatte den Koffer auf der obersten Treppenstufe abgestellt; mit einer solchen Aufforderung hatte sie nicht gerechnet.
In der großen, düsteren Eingangshalle roch es dumpf und ungelüftet. Durch die offenstehenden Türen erblickte man die schweigende Versammlung der Statuen des Preisträgers von Monaco. Sie hatten etwas Pathetisches und Beunruhigendes an sich, und die feine Staubschicht schien wie eine schwere Last auf ihren Schultern zu liegen.
Laurence stellte ihr Gepäck am Fuß der Treppe ab. Warum fühlte sie sich plötzlich bedrückt?
»Gabriella wird doch nicht ohne Grund entflohen sein!« murmelte sie. »Sie schien sich doch recht gut mit ihrer Tante zu verstehen...«
»Genau das hat man mir auch versichert. Sind Sie selbst Mirandistin, Laurence?«
»Nein. Ich bin nach Xaghra gereist, weil ich dort einen Kollegen treffen wollte, um bestimmte Dinge mit ihm zu klären...«
»Berufliche oder persönliche?«
»Darüber möchte ich nicht sprechen, und es hat auch nichts zu tun mit... Warum eigentlich beschäftigt sich die kanadische Polizei mit dieser Angelegenheit?«
»Darauf wollte ich gerade zu sprechen kommen. Kennen Sie einen gewissen Farik Kemal?«
»Kemal? Nein, der Name sagt mir nichts...«
»Nach unseren Informationen soll er Sie aber vor etwa zehn Tagen am Sitz von Harmonices Mundi getroffen haben, um eine Lieferung von Videokassetten entgegenzunehmen...«
»Das muß ein Irrtum sein! Ich war in Saint-Brieuc an der Küste und bin erst am Montag nach Paris zurückgekehrt.«
»Man hat Ihnen nicht vielleicht in Malta etwas mitgegeben, um es nach Frankreich zu bringen?«
Laurence schien ein Frösteln zu überfallen. Wieder schwappte dieser Verdacht hoch, unabweisbar diesmal. Ja, Jean-Louis hatte sie in seinem Büro, unmittelbar vor ihrer Abreise, um »eine klei-

ne Gefälligkeit« gebeten. Sie fühlte sich wie in einer Falle. Was immer sie erklären würde, es würde nur zu einer Verstärkung des Mißtrauens dieser Frau führen, die sie inzwischen einem regelrechten Verhör unterzog. Aber warum hatte sie sich überhaupt darauf eingelassen, deren Fragen zu beantworten? Was hatte sie nur veranlaßt, sie zum Einsteigen aufzufordern?

»Sie haben recht«, antwortete sie schließlich müde. »Ich hatte das ganz vergessen. Ich habe ein kleines Paket mitgenommen, von dem man mir sagte, es seien Bücher darin. Das habe ich dann in Saint-Brieuc Antoine Becker gegeben, dem Leiter von Harmonices Mundi, der es seinerseits nach Paris mitnahm. Die Adresse des Empfängers war schon aufgeklebt, und ich hätte sie lesen können, aber ...«

Kiersten hörte ihr nicht weiter zu, sondern lauschte mit gespitzten Ohren auf die knackenden Geräusche in dem alten Haus. Sie richtete ihren Blick auf den oberen Teil des Treppenhauses, und zugleich mit ihr erkannte Laurence im zweiten Stock Fjodor Gregorowitsch, der auf sie herunterblickte und sofort wieder verschwand, als er sich entdeckt sah.

»Entschuldigen Sie mich einen Augenblick«, sagte Laurence. »Das ist mein Gastgeber. Ich will ihm rasch die Situation erklären. Vielleicht empfängt er Sie – das wäre gut!«

Damit stieg sie rasch die Treppe hoch.

Als sie nach wenigen Minuten zurückkam, saß Kiersten auf dem einzigen Stuhl in der Empfangshalle und kritzelte etwas auf ein zusammengefaltetes Stück Papier.

»Herr Syssojew bedauert sehr, aber er sieht sich heute nicht in der Lage, Sie zu empfangen. Vielleicht ein andermal ...«

»Ist er der Leiter dieses Museums?«

»Mehr oder weniger! Vor allem aber ist er Psychiater. Zumindest war er es einmal, in Rußland. Das ist eine ziemlich komplizierte Geschichte ...«

»Ist er krank?«

»Er? Aber nein! Gut, er hat vielleicht gewisse Anpassungsschwierigkeiten ...«

Was hätte sie sonst schon sagen können? Hätte sie ihr etwa schildern sollen, daß er um die Mittagszeit sich wegen Brot lange anstellen mußte und daß er dabei dreimal aus der Bäckerei gerannt

war, um frische Luft zu schnappen und einer »Vergiftung durch diese Vampirseelen« zu entgehen?
»Irgend etwas scheint Sie zu amüsieren«, stellte Kiersten fest und erhob sich. »Zumindest macht es den Eindruck, daß Ihr Besuch dort oben Sie in eine bessere Stimmung versetzt hat.«
»Fjodor hat mich beruhigt, das stimmt. Ihm zufolge haben Sie meiner Erklärung über das Päckchen geglaubt, und was den Rest betrifft, müssen Sie erst noch nachdenken. Er meint außerdem, daß ich Ihnen trauen könne, obwohl Sie ein doppeltes Spiel spielten.«
»Das ist aber eine ganze Menge! Und das alles hat er in einem kurzen Augenblick feststellen können?«
»Ja. Wenn wir einmal Zeit dafür finden, werde ich Ihnen das alles näher erklären.«
»Zeit findet man immer, sofern man sie sich nimmt. Ich habe Ihnen gerade meine Pariser Adresse aufgeschrieben, mit einer kleinen ›Gedächtnisstütze‹ auf der Rückseite ...«
Laurence faltete das Blatt auseinander; auf der Rückseite war eine Vergrößerung des Fotos von Gabriella – nur das Gesicht war darauf zu sehen.
»Wer hat denn diese Aufnahme gemacht?«
»Keine Ahnung, wir fanden sie jedenfalls im Gepäck dieses Farik Kemal ...«
»Das also war es! Und Sie haben gedacht, daß ich ... Aber es stimmt nicht! Ich habe nichts zu tun mit dem Verschwinden der Kleinen! Ganz bestimmt nicht!«
»Ich glaube Ihnen. Aber Sie verstehen jetzt wohl, warum wir Ihre Hilfe brauchen ...«

Bei ihrer Rückkehr ins Hotel fand Kiersten eine Nachricht vor: »Unbedingt Herrn Boniface zurückrufen! Dringend!« Die dabei notierte Nummer war die der GRC, und der Anruf war um 17.35 Uhr gewesen, kurz nach ihrem Aufbruch in die Avenue Bosquet. Sie überschlug die Zeitverschiebung und sagte sich, wenn Julien um diese Stunde im Büro sei, müsse es ernst sein. Also wählte sie sofort seine Nummer und nahm sich nicht einmal die Zeit, sich vorher die Schuhe auszuziehen.
Es war tatsächlich ernst. Man hatte Farik Kemal am Morgen leb-

los in seinem Krankenhausbett gefunden, dem ersten Eindruck gemäß offenbar vergiftet; ein Autopsiebericht lag noch nicht vor. Man hatte jedoch bereits feststellen können, daß seiner Infusionsflüssigkeit etwas zugesetzt worden war – eine starke Morphiumdosis höchstwahrscheinlich.
Kiersten meinte dazu, daß der Türke einen so sanften Tod wohl kaum verdient habe. Aber diese bissige Bemerkung war nur ein Ventil für die Erbitterung, die diese neue Hiobsbotschaft in ihr auslöste.
»Lou Russel würde sich wohl am liebsten in ein Mauseloch verkriechen. Bei unserem letzten Gespräch hat er mir noch versichert, daß man Kemal rund um die Uhr bewachen würde.«
»Das wurde auch eingehalten«, versicherte Julien. »Ich bin selbst auf einen Sprung im Krankenhaus vorbeigefahren und habe mich vergewissert. Während der Nacht haben nur zwei Ärzte und die Nachtschwestern das Zimmer betreten, insgesamt fünf Personen. Man hat sie inzwischen alle verhört.«
»Sucht nach einer Verbindung zu den Mirandisten! Dann werdet ihr euren Schuldigen finden!«
»Diesbezüglich war bisher nichts herauszubekommen. Aber etwas beschäftigt mich erheblich: Die Leute, die dahinterstecken, sind damit doch ein gewaltiges Risiko eingegangen. Sie hätten es doch eigentlich unbedingt vermeiden müssen, die Aufmerksamkeit auf Kemal zu lenken. Der Überfall im Hotel wurde in den Zeitungen mit fünf Zeilen unter ›Vermischtes‹ abgetan. Aber ein Mord, und unter solchen Umständen! Darauf werden sich die Medien richtig genüßlich stürzen.«
»Der Türke war vielleicht lebendig eine noch größere Gefahr als tot... Hat man noch etwas aus ihm herausbekommen?«
»Die Ärzte hatten einer offiziellen Vernehmung am heutigen Vormittag zugestimmt... Man ist uns gerade noch zuvorgekommen.«
»Das kann man wohl sagen! Und der Inhalt seines Köfferchens?«
»Damit kommen wir voran. Sie hatten übrigens recht: Dieser Thierry Bugeaud ist alles andere als ein Langweiler! Ich schicke Ihnen via einen Vorbericht an die Botschaft. Sie werden überrascht sein, die Ernte ist noch reicher, als wir hoffen konnten. Und wie steht's bei Ihnen?«
Sie antwortete ihm, daß auch sie gut vorankäme. Sie berichtete

ihm von ihrem Treffen mit Lydia, überging jedoch ihr Gespräch mit Laurence Descombes, weil sie nicht recht wußte, wie sie das kurz zusammenfassen sollte.

Als Laurence in den zweiten Stock zu diesem merkwürdigen Psychiater hinaufgerannt war, war Kiersten in der Eingangshalle allein geblieben. Die Ledertasche stand noch geöffnet da, und sie konnte darin neben einer Brieftasche und Medikamentenfläschchen (was behandelte man wohl damit?) ein kleines, in dunkelrotes Leder gebundenes Buch mit einer Art von Verschluß erkennen. Wahrscheinlich ein Notizbuch – oder gar, noch besser, ein Tagebuch?
Sie hatte es an sich genommen und in ihre Aktentasche gesteckt. Niemals hätte sie so etwas in Kanada getan! Wenn sie daran dachte, daß zu gleicher Zeit dieser Gregorowitsch oben Laurence versichert hatte, man könnte ihr trauen ...
Sie hatte im Taxi, das sie in die Rue Grégoire-de-Tours zurückbrachte, ihr Gewissen erforscht. Bei der GRC konnte sie über einen effektiven Apparat zu ihrer Unterstützung verfügen. Hier in Europa dagegen fühlte sie sich wehrlos und allein auf sich gestellt. Jede Bitte um Zusammenarbeit erforderte bürokratische und diplomatische Umwege. Die Geschichte mit diesem Sonnentempel-Orden hatte das ja gezeigt: Die Zusammenarbeit zwischen der Polizei von Quebec und den in der Schweiz und in Frankreich für die Ermittlungen zuständigen Organe hatte sich als mühsam, ineffizient und schleppend erwiesen: Kompetenzrangeleien, Zurückhaltung von Informationen usw. Sie fand noch einen weiteren Entschuldigungsgrund: eine offenbar drohende Katastrophe! Lydias Ausführungen über diese Große Versammlung bestätigten ihre Befürchtungen. Gut, die Italiener hatten allen Grund, diese Sache zu dramatisieren, um damit von der Pleite bei ihrem geplanten Coup gegen Miguel D'Altamiranda abzulenken, bei dem sie sogar ein kleines Mädchen als Köder eingesetzt hatten. Aber es war keine Frage, daß die verschiedenen Informationen, die man im Laufe der letzten Wochen über diese Mirandisten zusammengetragen hatte, im Zusammenhang gesehen werden mußten und sich gegenseitig ergänzten. Die Sekte war ohne jeden Zweifel gefährlich und nicht zimperlich in der Wahl ihrer Mittel.

Es war tatsächlich ein Tagebuch; die Eintragungen, manchmal nur ein paar Zeilen lang, manchmal mehrere Seiten umfassend, waren datiert. Die erste stammte vom dritten Tag nach der Freilassung, die letzte vom Vorabend. Dazwischen gut hundert Blätter, beidseits beschrieben. Die Schrift war sauber und klar, der Stil schnörkellos und unumwunden.
Kiersten war zum Umfallen müde, streckte sich aber dennoch auf ihrem Bett aus und begann mit der Lektüre. Sie begriff bald, daß Laurence diese Zeilen nur für sich geschrieben hatte, für sich ganz allein. Es waren die Ergebnisse ihres Hineinhorchens in sich selbst, die sie hier festgehalten hatte. Die äußeren Ereignisse hatte sie dabei nur angedeutet, Namen, nicht sehr zahlreich, nur mit ihren Anfangsbuchstaben vermerkt. Nach etwa einem Dutzend Seiten mußte Kiersten innehalten. Sie wurde von ihren Gefühlen überwältigt. Ihre Wangen brannten, und zwar vor Beschämung. Sie konnte sich nicht länger hinter beruflicher Verpflichtung verstecken: Es konnte schon jetzt keine Frage mehr sein, daß sie hier nichts finden würde, was sie in ihrer Untersuchung weiterbrächte. Sie fühlte sich einer Art von Vergewaltigung schuldig. Thierry, ja, der hatte immerhin noch verständliche Gründe dafür, ihre persönlichen Notizen zu lesen, die sie ihrem Computer anvertraut hatte. Er hatte sie kennenlernen wollen, um sie leichter verführen zu können. Was aber konnte jetzt sie als Entschuldigung dafür anführen, daß sie sich gegenüber Laurence jenes Vergehens schuldig machte, das einst Mutter Maria von den Sieben Schmerzen »die Sünde des Eindringens« genannt hatte?
Doch es war weniger das schlechte Gewissen, das ihr Herz so heftig schlagen ließ, sondern die Entdeckung, daß in gewisser Weise diese Seiten wie ein Spiegel ihres eigenen Ichs waren, daß sie die eigenen Züge in diesem inneren Bild einer fremden Frau erkannte. Wie sie das aufwühlte! Denn diese Dr. Laurence Descombes schrieb sozusagen mit dem Skalpell in der Hand, am offenen Herzen operierend, zergliederte ihre Gefühle und erforschte sich selbst ohne Scham und ohne Rücksichtnahme.
Kiersten ließ das Tagebuch sinken und sagte sich, daß man einen Weg finden müsse, es so rasch wie möglich Laurence wieder zurückzugeben. Le Bouyonnec, der Vertrauensmann der GRC an der kanadischen Botschaft, mußte sich mit einem Taxifahrer in

Verbindung setzen. Der müßte das Buch in diesem Haus in Passy abliefern und vorgeben, man habe es in dem Wagen gefunden, der am Abend vorher zwei junge Frauen hierher gefahren habe.
»Nicht schlecht«, fand sie, zur Decke schauend. »Mal sehen, ob mir morgen früh noch etwas besseres einfällt.« Dann schloß sie die Augen, um Ordnung in ihre Gedanken zu bringen, schlief jedoch sofort ein.

Gegen vier Uhr morgens wachte sie wieder auf; die Nachttischlampe brannte noch. Sie nahm, von einer wahren Gier erfüllt, die Lektüre wieder auf. Nichts mehr von Zögern oder Bedenken, keinerlei Frage danach, warum sie ihre Meinung geändert hatte. Sie mußte das nun einfach wissen!
Erinnerungen, Ereignisse und Begegnungen waren die Quellen für eine penible Selbsterforschung, betrieben mit einer Beharrlichkeit, die schon an Besessenheit grenzte. War ihr Platz überhaupt in der Wirklichkeit, wenn die Realität die völlige Verneinung all dessen war, woran sie geglaubt hatte? Und wenn hier ihr Platz war, welche Rolle war ihr bestimmt, wenn »jedes Handeln eitel« ist? Sie ging ausführlich auf ein Phänomen ein, das ihr ganz offensichtlich schwer zu schaffen machte und das sie als die Wahrnehmung von Rissen bezeichnete. Waren das nun echte Halluzinationen, fragte sich Kiersten, oder war es eine Art von Metapher?
Keinerlei Zweideutigkeit dagegen fand sich bei der inneren Bilanz, die sie beim Verlassen des »Klosters« aufstellte: »Hin- und Rückreise zum Ende der Nacht. Ich habe den Abgrund des Bösen geschaut, jegliches Grauen durchlebt, bin *Zeuge des Schlimmsten* geworden. Zurückgekehrt aus der Hölle von Maghrabi bin ich mit einer Gewißheit, einer einzigen: Die Liebe ist die einzige Rettung. Die Liebe menschlicher Wesen zu ihresgleichen – eine besudelte Floskel und doch eine universelle Wahrheit. Nichts ist wahr außer der Liebe – doch wie soll man lieben, wenn die Einsamkeit das Los aller ist? Ich bin zur Liebe verurteilt, nicht aus Tugend, sondern weil alles andere mir entrissen wurde: Ehrgeiz, Wünsche, Absichten, Träume. Nichts zählt als die Liebe – ich bin ganz erfüllt davon, aber sie wird mir zur Last! Ich weiß nicht, wie ich sie einsetzen soll, wie sie teilen, wie sie vervielfachen. Ich wer-

de wohl erst wieder lieben können, wenn ich auch hassen kann. In dem schwarzen Loch, in dem ich lebte, blieb gleichermaßen der Bodensatz zurück wie das Beste. Um wieder die Freiheit der Entscheidung gewinnen zu können, muß ich wohl erst wieder die Fähigkeit zum Abscheu, zum Aufbegehren und zum Haß erlangen.«

Immer wieder einmal hatte Kiersten ihre Lektüre unterbrechen müssen, um ihre Gefühle unter Kontrolle zu bringen – insbesondere nach jeder Erwähnung dieses Oberst Sheba. Dann nahm sie die Geräusche der Straße und des Hotels wahr, die gedämpft hereindrangen.

Gegen acht Uhr war sie bei der letzten Zeile angelangt.

Dabei hatte sie schon jetzt das Verlangen, bestimmte Passagen ein zweites Mal zu lesen oder sie für eine spätere Lektüre abzuschreiben. Solche etwa, wo Laurence auf ihre besonderen Empfindungen als Frau einging: »Eine Lebensgier, die immer wieder gebrochen und dann neu geboren wird und doch niemals zu befreien vermag.« An anderer Stelle: »Dieser beharrliche, leidenschaftliche Drang meiner Lenden, meines Mundes, sich einem anderen zu öffnen; und diese Angst, dabei vernichtet zu werden, die mein ganzes Inneres erfüllt. Mein Fleisch, mein Körper sind mein Gefängnis. Darin eingesperrt, klopfe ich an die Tür – doch draußen ist niemand, der mir öffnen könnte.«

»Das habe ich ähnlich auch schon erlebt«, dachte Kiersten. »Aber warum kann ich das nicht ausdrücken wie sie?« Sie glaubte zunächst, Laurence zu beneiden um ihre Fähigkeit, so zu schreiben. Doch dann erkannte sie, daß es in Wahrheit deren Offenheit war, um die sie sie beneidete. Diese Erkenntnis führte zu einer Reaktion, der gegenüber sie machtlos war: Sie begann zu weinen, wahre Tränenbäche lösten sich wie von selbst. So hatte sie nicht mehr geweint seit dem Tag, als sie nach ihrer Krebsuntersuchung aus dem Krankenhaus gekommen war. Aber die damaligen Tränen der Auflehnung und des Zorns waren nicht zu vergleichen mit denen, die sie an diesem Morgen vergoß.

Durch die zusammengerafften Vorhänge stahl sich ein Sonnenstrahl ins Zimmer.

16. Kapitel

Sie stürzte unter der Dusche hervor und griff tropfnaß nach dem Hörer des schrillenden Telefons.
Diese verhaltene, wie atemlos wirkende Stimme ... Ja, es war Laurence. Sie habe während der Nacht nachgedacht, sagte sie, und soeben habe ihr außerdem Fjodor Gregorowitsch geholfen, Ordnung in ihre Erinnerungen zu bringen. Und sie frage sich nun, ob nicht Jean-Louis Becker doch etwas mit dem Verschwinden der kleinen Gabriella zu tun haben könnte. Es sei zwar schrecklich, einen so schweren Verdacht ohne greifbaren Beweis zu äußern, aber sie ...
»Ein Verdacht ist ja noch keine Anklage«, beruhigte sie Kiersten.
»Nun, da bin ich nicht so sicher. Aber wie auch immer – ich möchte Ihnen unbedingt dabei helfen, Gabriella zu finden. Aber Sie haben mir wohl nicht alles gesagt?«
»Das ist richtig. Aber das läßt sich nicht am Telefon erledigen.«
Sie machten einen Termin für ein Treffen aus, und vor dem Auflegen sagte Laurence noch bedrückt, sie würde es sich nie verzeihen, wenn der Kleinen ...«
»Sie brauchen sich da keine Vorwürfe zu machen ...«
»So einfach ist das nicht! Ich muß blind gewesen sein. Und gerade mir hätte das nicht passieren dürfen!«
Ins Bad zurückgekehrt, blieb Kiersten nackt vor dem großen Spiegel stehen. Ihr Herz klopfte so heftig wie kaum je zuvor. Was hatte das zu bedeuten? Das hatte sie sehr lange nicht mehr erlebt. Das letzte Mal war es wohl gewesen, als sie vor der Disziplinarkommission der GRC gegen drei Polizeioffiziere, ihre Kollegen, in der Affäre Crawford ausgesagt hatte ... Nein, das stimmte nicht: Das allerletzte Mal war das geschehen an jenem Abend, als sie in Rockliffe ihrem Vater gegenübersaß, um ihn auszufragen wegen dieses Katalogs, den man Senator Murdstone geschickt hatte ... »Das wird wohl davon kommen«, sagte sie sich und legte eine Hand flach zwischen ihre Brüste, »daß ich mir Vorwürfe

mache, das Tagebuch von Laurence gelesen zu haben.« Sie wandte sich vom Spiegel ab. Ihre Erklärung befriedigte sie nur halbwegs. Aber sie hatte jetzt keine Zeit für weitere Seelenerforschung, nicht heute bitte! *Tut mir leid, Teddybär!*

Lydia Frescobaldi eröffnete die Sitzung der Interpol. Sie machte das mit leichter Hand, obwohl ihr durchaus bewußt war, daß einige der Herren hier wohl gleichermaßen an ihrer Jugend wie an ihrer Art Anstoß nahmen. Ganz abgesehen davon, daß sie einen Rock trug. Einer zeigte sich sogar erstaunt darüber, daß Luigi Sanguinetti, der seit einer Woche im Krankenhaus lag, nicht krankheitshalber die Sitzung verschoben habe...

Lydia ließ sich nicht die Butter vom Brot nehmen, zumal sie auf einen solchen Empfang vorbereitet war. Einleitend faßte sie zusammen, daß der Zweck dieser Zusammenkunft sei, zu gemeinsamen Beschlüssen in der Frage Snuffs zu kommen, und den von Casus Belli unterbreiteten Vorschlag zu erörtern, eine Koordinationsstruktur für diesen Bereich unter den Interpol-Mitgliedern zu schaffen. Dann bat sie die versammelten Kollegen um ihre Diskussionsbeiträge.

Der Vertreter Frankreichs war Billard, Präsident der Landespolizeidirektion. Offenbar angeregt durch seinen Namen, schob er seine Vorschläge wie Billardkugeln (obwohl er sich dabei, freilich ohne sie anzuschauen, an die hübsche Italienerin wandte) anderen Teilnehmern zu. So zum Beispiel Maxime Knokkendaal, dem Vertreter der Niederlande, kahlköpfig und sorgfältig manikürt, dessen Neutralität die Gewähr für einen sanften Abpraller zu bieten schien. »Auch wieder so ein Bürokrat«, fand Kiersten. »Ob er wohl wenigstens weiß, daß mehrere der Snuffs aus Kemals Katalog in Amsterdam gedreht wurden?«

Marc Hustin, Generalstaatsanwalt im belgischen Lüttich, hörte zwar sehr aufmerksam zu, erwies sich aber als äußerst schweigsam. Er hatte eine wesentliche Rolle im Anfangsstadium der Ermittlungen gegen den Kinderschänder Dutroux gespielt. Es gab Gerüchte, wonach er gerade wegen seiner erfolgreichen Arbeit aufs Abstellgleis geschoben worden sei – insbesondere weil er die Konsumenten des audiovisuellen Materials, das dieser Unhold produziert hatte, feststellen konnte.

Carlos Carrero war Chef der Sittenpolizei von Barcelona, Len Shoemaker Vertreter des FBI. Sie waren Männer von der Front, Pragmatiker und besonders besorgt über die blühenden Aktivitäten der internationalen Netze für Kinderprostitution. Sie machten den Eindruck, als fragten sie sich, was sie eigentlich hier in Paris sollten. Es war schwierig einzuschätzen, in welche Schale sie bei einer Abstimmung ihr Gewicht werfen würden. Der rothaarige Kenneth Sabbagh von Scotland Yard sprach frisch von der Leber weg und ließ sich alsbald als einziger zuverlässiger Verbündeter von Lydia und Kerstien erkennen. Ein gemeinsames Vorgehen auf internationaler Ebene sei keine Angelegenheit politischer Abwägungen, meinte er, sondern – wenn er einmal den »altmodischen« Begriff verwenden dürfe – eine Frage der *moralischen Verpflichtung*. Im gleichen Atemzug beklagte er die Lückenhaftigkeit der bestehenden Gesetze zur Bekämpfung des Handels mit dieser neuen Art von »Drogen«.

»Wenn Sie glauben, daß man nichts unternehmen könne, warum sind Sie dann überhaupt hier?« fragte der Franzose.

»Weil es meine Pflicht ist! Und wenn Sie glauben, man könne etwas tun, warum werfen Sie uns dann Knüppel zwischen die Beine?«

Seine provozierende Frage führte, gerade weil sie ins Schwarze getroffen hatte, zu einem heftigen Wortwechsel. Knokkendaal warf sich dazwischen, um die Wogen zu glätten. Er betonte, daß das Prinzip der Zusammenarbeit zwischen den Polizeikräften zwar in keiner Weise in Frage zu stellen sei, daß man aber dennoch auf die unterschiedliche Gesetzeslage der verschiedenen Staaten Rücksicht nehmen müsse. Carrero bemühte den französischen Philosophen Montaigne, um darzulegen, daß die Auffassungen von Gewalt in verschiedenen Ländern genauso unterschiedlich seien wie die von Pornographie oder »guten Sitten«. Als französischer Patriot sah sich Billard dadurch natürlich gezwungen, seine Bildung durch ein weiteres Zitat aus den *Essais* seines großen Landsmannes zu beweisen. Sabbagh schaute bei diesen Ausführungen gelangweilt auf seine Uhr und hielt sie provokativ ans Ohr, um zu prüfen, ob sie nicht vielleicht stehengeblieben sei ...

Kiersten verfolgte diese Scharmützel mit einem Gefühl der Un-

wirklichkeit. Diese Leute wußten doch schließlich, worum es hier ging. Auch wenn sie nicht *Die Frau und die Ratten* gesehen hatten, so kannten sie doch sicher den Leidensweg des jungen Zaroukian oder die tödlich endende Folterung Rachid Nassers – zwei »Klassiker« des Genres, die man inzwischen für fünfhundert Dollar in bestimmten einschlägigen Läden unter dem Ladentisch hervorholte. Zumindest aber mußten sie um das Video von der vielfachen Vergewaltigung und anschließenden Ausweidung der maghrebinischen Heranwachsenden Raia wissen, denn die fünf daran beteiligten Männer hatten ihre Gesichter nicht verhüllt und Interpol hatte Kopien des Videos verschickt, um sie identifizieren zu können.
Dann kam ihr die Bemerkung ihres Vaters in den Sinn über ihren »Kreuzzug gegen das Böse«, und auch Lydias Bemerkung vom Vortag, die in eine ähnliche Richtung ging. Sollte sie ihre berufliche Objektivität verloren haben? Vielleicht hatten ja ihre Kollegen hier doch recht und diese Snuffs waren auch nicht mehr als eine Form der Kriminalität wie viele andere auch, weder skandalöser noch abstoßender als andere ... Eine einzige Lieferung gepanschten Rauschgifts verursachte vielleicht hundertmal soviel Tote wie ein noch so scheußliches Video, bei dem es mit ein oder zwei Opfern abging ...
Was war mit der Frescobaldi los? Sie hatte ihr Verhalten geändert, nachdem sie so forsch die Sitzung eröffnet hatte. Sie saß nun still da und machte sich Notizen, und wenn sich kurzes Schweigen auszubreiten begann, hob sie den Kopf und schaute wortlos in die Runde wie eine Sekretärin, die auf Fortsetzung des Diktats wartet. Ohne dazu aufgefordert worden zu sein, nahm Kiersten die Führung in die Hand. Sie kommentierte den Katalog Farik Kemals und konnte mit ihrer Enthüllung über den Selbstlöschungsmechanismus der Snuffs allgemeines Interesse verbuchen. Ermutigt glaubte sie, daß sich damit der Wind gedreht habe. Als es jedoch um die praktischen Fragen eines Organisationsplanes für die Zusammenarbeit ging, zerstoben alle hehren Prinzipien im Hickhack und Wirrwarr um Zuständigkeiten und Beschränkungen. »Und ich hatte mir eingebildet, denen etwas über die Hypo these bezüglich der Mirandisten erzählen zu können«, dachte sie. »Wie naiv! Aber wenigstens mit diesem Sabbagh sollte ich dar-

über ein paar Worte wechseln, am besten beim Hinausgehen. Sein Pessimismus flößt einem doch wahrlich Vertrauen ein!«

Die Sitzung dauerte inzwischen zwei Stunden. Man brauchte zehn Minuten für die Diskussion darüber, ob man eine Pause einlegen solle, um außerhalb zum Essen zu gehen, oder ob man sich damit begnügen wolle, belegte Brötchen bringen zu lassen. Die Entscheidung fiel zugunsten des letzteren Vorschlags, zur sichtlichen Verstimmung Billards. Für kurze Zeit unterhielt man sich also mit vollem Mund, ohne daß dies jedoch die Debatte gehaltvoller gemacht hätte.

»Sie fertigen ein Protokoll an?« fragte plötzlich Kenneth Sabbagh.

Lydia nickte mit einem aufgesetzten Lächeln, und es breitete sich verblüfftes Schweigen aus. Dieses wurde schließlich von Knokkendaal gebrochen, der erstaunt fragte: »Wieso denn das, bei einem informellen Treffen? Es lag doch gar kein Antrag zur offiziellen Beschlußfassung über den Plan von Casus Belli vor. Oder sollte ich mich da irren?«

Lydia antwortete ihm, diese Snuffs stellten tatsächlich, wie das vorhin jemand so treffend gesagt habe, nur einen »nebensächliche Begleiterscheinung« dar. Man scheine sich ja wohl darauf verständigt zu haben, daß die »beschränkte Anzahl« dieser im Umlauf befindlichen Produktionen (es gehe um zweieinhalb- bis dreitausend) Sofortmaßnahmen nicht erforderlich machten. Andererseits müsse man darauf gefaßt sein, daß früher oder später die breite Öffentlichkeit von der Existenz dieses Materials erfahre, indem vielleicht die Medien einen Einzelfall aufgriffen und dann nachbohrten. Das habe man schließlich schon erlebt. (Kollegiales Augenzwinkern zum belgischen Vertreter hinüber.) Dann würde man die nationalen Polizeikräfte auf die Anklagebank zerren, und die Wähler würden Rechenschaft verlangen. Und genau für einen solchen Fall habe Lydia vorsorglich Protokoll über diese Sitzung geführt, zur Vorlage bei Interpol. Damit ließe sich dann gegebenenfalls belegen, daß man sich frühzeitig und ernsthaft mit dem Problem dieser Snuffs befaßt habe und daß die Experten sich zusammengesetzt hätten, um entsprechende Maßnahmen sowohl zur Vorbeugung als auch zur Unterdrückung zu diskutieren.

Niemand ließ sich von der gespielten Arglosigkeit Lydias täuschen. Man verstand ihr Vorgehen sofort als das, was es tatsächlich war: eine kaum verhüllte Erpressung. Die Sitzung, die man schon als abgeschlossen betrachtet hatte, begann nun erst richtig.

Kenneth Sabbagh bot den beiden Damen an, sie nach Hause zu fahren. Sein am Flughafen gemieteter Wagen war in unmittelbarer Nähe geparkt. Lydia beugte sich zu dem Strafzettel hinunter, der hinter den Scheibenwischer geklemmt war.
»Darf ich?«
»Aber gern!«
»Das tut mir gut!« versicherte sie und riß ihn in kleine Fetzen.
Als sie im Wagen saßen, ließ sie ihrer Wut freien Lauf. Auf Italienisch zwar, aber Kiersten auf dem Rücksitz hatte keinerlei Mühe, sich die Übersetzung für die Ausdrücke vorzustellen, mit denen sie die Teilnehmer an »dieser in den Arsch gegangenen Sauerei von einer Scheißsitzung« belegte. Über den Rückspiegel wechselte sie einen Blick des Einverständnisses mit dem neuen Freund Ken. Beide amüsierten sich über den Kontrast zwischen Lydias Verhalten während des Treffens (sanftes Schnurren und Samtpfötchen) und ihrem jetzigen Ausbruch: ausgestreckte Krallen und wildes Fauchen.
Sabbagh indessen zeigte unvermutete Seiten: Er fuhr schnell und aggressiv und kannte sich offensichtlich im Labyrinth der Pariser Straßen vorzüglich aus. Auch in dem, was er sagte, legte er sich keine Zurückhaltung mehr auf. Es erwies sich, daß er seit langem schon sowohl über die Snuffs als auch über die Universelle Vereinigungskirche weit mehr wußte, als er in Gegenwart der anderen Sitzungsteilnehmer hatte erkennen lassen.
»Sie gehen also der gleichen Spur nach«, hakte Kiersten fast etwas verstimmt nach.
»Sanguinetti ist ein alter Bekannter von mir. Wir haben schon 1986 anläßlich des Anschlags auf die Maschine der British Airways in Fiumicino zusammengearbeitet …«
»Ach nein! Das hätte er mir ja nun wirklich sagen können!« rief Lydia gereizt. »Er hat Ihnen also auch von dieser Großen Versammlung berichtet?«

»Ja, aber es wäre nicht nötig gewesen; wir sind schon seit sechs Monaten an der Sache dran.«
»Was Kanada betrifft, haben wir einige interessante Einsichten gewinnen können. Warum tun wir uns da nicht zusammen?«
»Austausch von Informationen?« meinte der Engländer mit freudlosem Lächeln. »Das ist doch nicht Ihr Ernst! Wenn es um die Wahl zwischen einem bescheidenen Anteil am Erfolg und der möglichen Alleinschuld an einem Mißerfolg geht, trifft die Polizei überall auf der Welt die gleiche Entscheidung.«
»Die Mirandisten sollen in London besonders zahlreich sein«, meinte Lydia, die angesichts der Wichtigkeit der Sache schon vergessen zu haben schien, daß sie eigentlich verärgert sein wollte. »Werden Sie etwas unternehmen? Und was?«
»Was? Gute Frage. Es wurde noch keinerlei Strategie festgelegt, und es ist mir, offen gestanden, auch egal. Wenn diese Fanatiker sich mit Benzin übergießen und anzünden wollen, um ihre ›große kosmische Reise‹ anzutreten, was juckt das mich? Gute Reise! Das ist doch wie bei den Bandenkriegen: Ausmisten von innen heraus!«
»Aber Sie glauben doch nicht wirklich an das, was Sie da sagen!«
»Doch, ich zwinge mich dazu, damit ich keine Magengeschwüre bekomme! Ich mache keine Witze!«
Sabbagh nahm weiterhin kein Blatt vor den Mund und fluchte kräftig auf »diese verdammten französischen Autofahrer«. Seinen Ausführungen zufolge hatten die Schnüffler von Scotland Yard durchaus einiges herausbekommen. Das veranlaßte Lydia dazu, ihm ohne alle Umschweife eine Fortsetzung des Gesprächs in London vorzuschlagen. Wann? Warum denn nicht gleich morgen ... Sie könnte ihn doch auf seinem Rückflug begleiten – natürlich nur, wenn er keine Einwände hätte. Er drehte den Kopf und schaute sie aufmerksam an. Aber sie schien das tatsächlich ernst zu meinen ...
»Tun Sie mir bitte den Gefallen, Inspektor«, sagte Kiersten angespannt, »und schauen Sie auf die Straße!«
Ken setzte sie auf der Höhe der Rue Grégoire-de-Tours ab; etwas weiter vorn hupte wütend ein Taxi, weil ein Lastwagen, aus dem etwas entladen wurde, ihm die Durchfahrt versperrte. Die beiden schritten auf Kierstens Hotel zu.

»Sie wollen wirklich morgen nach London fliegen?« fragte die Kanadierin. »Unser rothaariger Freund wird sich da sicher bestimmte Hoffnungen machen...« Lydia lächelte vergnügt. Sie werde in Rom nicht vor Donnerstag zurückerwartet, und da sei es doch ganz nützlich, Kontakte zu schaffen und Verbindungen zu knüpfen... Casus Belli könne ohnehin nur verdeckt arbeiten, der Einsatz sei hoch und die Gegner mächtig... Und was diesen Sabbagh betreffe: Der entbehre zwar mit seiner Illusionslosigkeit und Zähigkeit nicht eines gewissen Charmes, aber für amouröse Abenteuer bevorzuge sie eher sanftere Typen.
Das überraschte Kiersten nun allerdings nicht.

In dem Taxi, das nicht weiterkam, saß Laurence und war gerade dabei, den Fahrer zu entlohnen, als sie Kiersten vorbeigehen sah – in Begleitung einer eleganten jungen Frau. Sie brauchte einige Sekunden, um sich zu fragen: War das nicht Dora? Aber nein, das konnte doch nicht sein: dieses eng taillierte Kostüm, diese Frisur, dieser Gang... Und doch, sie mußte es sein!
Sie sprang aus dem Wagen, ohne sich weiter um den Fahrer zu kümmern, der sein Geld zählte und dabei schimpfte auf die »ständig breiter werdenden Lastwagen, die immer da stehen, wo man sie nicht brauchen kann« und auf die »Bullen, die nie da sind, wenn man sie mal brauchen könnte«. Laurence ging in der Gegenrichtung des Hotels davon, blieb dann aber an der Einmündung der Rue Buci stehen. Warum lief sie davon? Sie hatte sich schließlich nichts vorzuwerfen!
Gestern hatte sie gefühlt, daß Kiersten sie bezüglich dieser »Tante Dora« anlog.
»Das hat mich aber nicht davon abgehalten, sie heute morgen anzurufen und ihr meine Hilfe anzubieten. Sollte das nur daran gelegen haben, daß Fjodor Gregorowitsch mich dazu ermunterte? Nein, das glaube ich eigentlich nicht. Es liegt wohl eher daran, daß ich die Lüge an sich nicht mehr für verwerflich halte, genausowenig wie die Verstellung und den Hochmut. Alles hangt von den Umständen ab und davon, worum es geht. Aber wie ist das möglich? Wie komme ich bloß dazu, so zu denken?«
Sie kehrte entschlossen um.

Kiersten und Lydia hatten in der kleinen Empfangshalle des »Grand Hôtel de l'Univers« gleich neben dem Eingang Platz genommen. Laurence Descombes hatte zugesagt, um sechs Uhr hierherzukommen – und es war jetzt gleich sechs.
»Sie halten das wirklich für eine gute Idee?«
Lydia wirkte plötzlich beunruhigt und unsicher. Vor der Interpol-Sitzung hatte Kiersten ihr von ihrem Besuch bei Catherine Le Gendre, dem Gespräch im Taxi und der Ankunft bei diesem seltsamen Fjodor Gregorowitsch berichtet. »Sie hatten übrigens recht«, hatte sie Lydia bestätigt. »Es scheint tatsächlich so, als habe sich Laurence nichts vorzuwerfen.« Verschwiegen hatte sie ihr allerdings, wie sie zu dieser Überzeugung gelangt war: Dann hätte sie ihr nämlich die Lektüre des »entliehenen« Tagebuchs gestehen müssen. Und sie hätte obendrein einräumen müssen, daß es für ihr Vertrauen keinen einzig greifbaren Beweis gab, nicht eine handfeste Tatsache.
Sie hatte ihr vorgeschlagen, hier gemeinsam mit ihr Laurence zu treffen. »Sie hat ein Recht darauf, die Wahrheit über Gabriella zu erfahren!« hatte sie gesagt. »Und auch über Ihre Rolle!« Lydia hatte mit einer Antwort gezögert, und jetzt in diesem Augenblick bedauerte sie, zugesagt zu haben.
»Da kommt sie«, sagte Kiersten und stand auf.
Sie ging Laurence entgegen und umarmte sie spontan. Sie gab sich dabei große Mühe, ganz ungezwungen zu erscheinen.
»Ich habe jemanden mitgebracht«, flüsterte sie ihr ins Ohr.
Lydia erhob sich ebenfalls und schritt auf die Besucherin zu mit der Miene eines kleinen Mädchens, das gut Wetter machen will. Laurence trat einen Schritt zurück, um sich ihrer Umarmung zu entziehen, reichte ihr aber die Hand.
»Ich bin Lydia Frescobaldi. Sie begreifen schon, wie ich sehen kann: Tante Dora gibt es nicht.«
»Für mich gab es sie jedenfalls. Unter einer Maske ist man stets ein anderer Mensch... Aber ich sehe jetzt, wer die richtige ist. Und Gabriella? War die auch nur eine Täuschung?«
»Täuschung?« fragte Lydia, die den Ausdruck nicht auf Anhieb zu verstehen schien.
»Ein Köder, ja«, gab Kiersten an ihrer Stelle zu. »Oh, geht es Ihnen nicht gut?«

»Lassen Sie nur, es ist nichts weiter«, versicherte Laurence, setzte sich jedoch rasch, da ihr die Beine offensichtlich den Dienst zu versagen drohten.
Lydia und Kiersten wechselten einen bestürzten Blick und nahmen dann ebenfalls Platz.
»Ein Köder ... für *ihn*?«
»Ja, für D'Altamiranda«, antwortete Kiersten. »Ich habe genauso reagiert ...«
Lydia, der eine heftige Röte in die Wangen gestiegen war, wollte sich verteidigen. Laurence hinderte sie mit einer Handbewegung daran.
»Einen Augenblick, bitte«, murmelte sie mit verkrampftem Gesicht.
Das lastende Schweigen wurde ihr gleichermaßen bewußt wie die verlegene, gespannte Erwartung der beiden Frauen. Aber darauf konnte sie jetzt keine Rücksicht nehmen, sie mußte nachdenken. Im Grunde ging es weniger um Nachdenken als darum, eine *andere* Wahrheit zu verarbeiten und sie zu vereinbaren mit jener, die sie an deren Stelle bisher unwidersprochen im Kopf gehabt hatte. Weitere Fragen über Gabriella erübrigten sich. Zehn-, ja zwanzigmal hatte sie seit dem Vorabend deren Foto angeschaut. Was sie jetzt in Kierstens Zügen lesen konnte, deutete das Schlimmste an, und das gleiche galt für die wütende Ohnmacht, die Lydia ins Gesicht geschrieben stand.
Eine Folge von anderen Bildern Gabriellas zog vor ihrem inneren Auge vorbei: die Besorgte im Flugzeug; die Unvorsichtige, die sich über die Reling des Bootes beugte; die Beunruhigte in der Kapelle des Heiligtums; die Ergebene bei der Untersuchung im Krankenzimmer ...
Laurence wandte den Kopf, doch es war eine vergebliche Geste, um der Erinnerung an die Brandnarben auf der zarten Haut zu entgehen ...
»Sie ist zu dieser Stunde vielleicht schon tot«, sagte sie mit fester Stimme. »Und es wäre wohl besser so!«
»Für mich jedenfalls wäre es besser!« schrie Lydia auf. »Dann könnte ich wieder ohne Schlaftabletten schlafen!«
»Das sagen Sie so, aber glauben Sie es auch? Für Gabriella wäre es besser, gewiß. Schon in Xaghra war ihr Glück verbraucht. Glück

war für sie nur noch, keine Schmerzen mehr erdulden zu müssen. Man behauptet ja, daß es keinen Preis für das Leben gebe. Aber sagen Sie mir: Warum mußte gerade sie einen so hohen Preis bezahlen?«

»Ich kann verstehen, was Sie empfinden«, versicherte Kiersten leise. »Aber diesbezüglich kann ich Ihnen nicht folgen. Das hört sich ja an, als ob sie jede Hoffnung für dieses Mädchen aufgegeben hätten! Sie können aber doch nicht wissen, was die Zukunft ihm noch bringen könnte ...«

»Das stimmt«, antwortete Laurence. »Das Schicksal macht manchmal Geschenke ...«

Aber sie glaubte kein einziges Wort von dem, was sie da sagte.

Laurence war gläubig. Sie war in einer katholischen Familie aufgewachsen, hatte jedoch als Jugendliche aufgehört, ihren Glauben zu praktizieren – zweifellos abgestoßen durch die übertriebene Frömmigkeit ihrer Mutter. Seit ihrer Kindheit *sprach sie zu Gott* jeden Abend vor dem Einschlafen. Das waren weder auswendig gelernte Gebete noch Momente mystischer Verzückung oder Demütigung noch Akte der Zerknirschung. Es waren vielmehr in einfache Worte gekleidete Gedanken, oftmals Bitten um Rat, gelegentlich auch eine Anklage. Diese Gewohnheit gehörte zu ihrem täglichen Leben. Sie hatte aus Scham niemals mit jemandem darüber gesprochen; vielleicht auch aus Furcht, deshalb verlacht zu werden.

Niemals – ausgenommen ein einziges Mal während ihrer Gefangenschaft. Sheba war von einer fünftägigen Unternehmung zurückgekommen und hatte eine Wache zu ihr in die Krankenstube geschickt. Die hatte sie in das alte Refektorium gebracht und sie dort allein gelassen mit der Weisung, sie solle sich »vorbereiten«. Was das hieß, war klar: Der Oberst wollte sich ihrer seiner Gewohnheit gemäß als einer Annehmlichkeit bedienen. Aber sie wußte auch, daß er sie an diesem Abend, bedrängt von seinem Bedürfnis und um es rasch zu befriedigen, mit besonderer Teilnahmslosigkeit behandeln würde. Konnte sie nicht wenigstens seine Verachtung provozieren?

Er hatte sie zwei Stunden warten lassen, und als er hereinkam, hörte sie ihn nicht. Daher blieb sie mit geschlossenen Augen auf ihrem Stuhl sitzen. Er hatte sie schonungslos an ihren Haaren hochgezerrt. Was sei denn los, habe sie etwa das übliche Begrüßungsritual vergessen? Ertappt und unfähig, zu lügen, hatte sie ihm geantwortet, sie sei gerade beim Beten. Er hatte sie weder verspottet noch ungeduldig gemurrt, sondern sich in einen Sessel geworfen, die Augen an die Decke gerichtet und die Hände im Nacken verschränkt. »Wenn du fertig bist, kannst du noch mal von vorn anfangen«, hatte er gesagt. Es war das einzige Beispiel von Rücksichtnahme ihr gegenüber, das sie bisher an ihm erlebt hatte – und es sollte auch das einzige in diesen fünf Jahren bleiben. Beten, im »Kloster« von Maghrabi? Wie oft hatte Laurence im Dunkel ihrer Zelle Gott vorgeworfen, untätig und verantwortungslos zu sein – und ihn doch im gleichen Atemzug angefleht um Gnade für den Gefangenen, den man im Laufe des Tages gefoltert hatte. Diese »Gnade« hätte darin bestanden, es ihm durch göttliche Fügung zu ermöglichen, diese Nacht nicht zu überleben. Aber entweder tat sie ihre Pflicht als Ärztin zu gut, oder der liebe Gott hatte Dringlicheres zu tun: Zumeist überlebte das unglückliche Opfer. Nur, um wieder zu Kräften zu kommen und dann erneut einer »hochnotpeinlichen Befragung« unterworfen zu werden …

Sie durchstreiften Paris bis zum Einbruch der Dunkelheit – Laurence geleitete Kiersten mehr als freundliche Begleiterin denn als Führerin durch enge Gassen, sich unverhofft öffnende Plätze, durch gepflasterte Passagen verbundene Innenhöfe. Sie machte auf Details und Besonderheiten aufmerksam und erzählte Geschichten, die sich mit dieser oder jener Örtlichkeit verbanden, mit einer Mischung aus Ungezwungenheit und Hingabe, als schildere sie die Vergangenheit einer dritten Person – einer Schwester, einer guten Freundin. Gelegentlich schwieg sie dann für lange Minuten, doch ihr lebhaftes Atmen verriet sie: Hier hing sie eigenen Erinnerungen und Gedanken nach.
»Ich wollte Dora nicht kränken«, versicherte sie nach einem solchen Schweigen. »Sie ist so rasch gegangen!«
»Sie sollten wohl besser ›Lydia‹ sagen! Sie ist deshalb so eilig in ihr Hotel zurückgekehrt, weil sie sich noch auf eine in letzter Minute beschlossene Reise vorbereiten muß. Sicher, die Begegnung mit Ihnen war schmerzhaft für sie, aber das war nicht Ihre Schuld.

Aber Sie können sich beruhigen, sie ist ziemlich hartgesotten und hält schon was aus!«
»Gerade solche Leute trifft es oft am meisten! Aber sie ist doch sicher nicht allein wegen Gabriella hierher nach Paris gekommen. Da gibt es doch gewiß noch einen anderen Grund, nicht wahr?«
»Ja – aber ich darf darüber nicht reden. Ich bin diesbezüglich zur Vertraulichkeit verpflichtet ... Seien Sie mir bitte nicht böse!«
»Das bin ich nicht! Gestern noch waren Sie mir gegenüber auf der Hut ... Heute dagegen vertrauen Sie mir. Ich fühle das, auch wenn ich es nicht verstehen kann.«
Kiersten begegnete Laurences Blick und traf eine Entscheidung; leicht fiel sie ihr nicht.
»Wollen wir uns nicht irgendwohin setzen? Wir könnten uns dort weiter unterhalten und einen Bissen dabei essen. Haben Sie irgendwelche Vorlieben?«
»Nicht unbedingt. Irgendwo, es wird schon recht sein ...«
»Na, an solchen ›Irgendwos‹ fehlt es auch bei uns in Nordamerika nicht. Was halten Sie denn von einem kleinen Italiener? Ich kenne da zufällig einen, schön ruhig, in der Rue des Saints-Pères. Das ist zwar ein ordentlicher Trab von hier, aber wenn Sie wollen, können wir uns ja ein Taxi nehmen ...«
»Aber nein, ich bin gar nicht müde. Außerdem mag ich es, sich so im Gehen zu unterhalten. Da braucht man sich nicht immer in die Augen zu schauen, und das erleichtert manches. Das ist merkwürdig ...«
»Was denn?«
»Sie haben von einem ›Trab‹ gesprochen. Diesen Ausdruck habe ich lange nicht mehr gehört ... Mein Vater verwendete ihn gern ... Ich höre ihn noch: ›Lolo, machst du mal einen Trab zum Markt?‹«
»Fehlt er Ihnen?«
»Noch nicht. Um sein Fehlen zu empfinden, muß ich mich erst selbst wieder finden ... Wissen Sie, warum ich Ihnen das alles erzähle? Weil Sie nicht über mich urteilen.«
Kiersten suchte nach einer indirekten Formulierung, um ihr anzudeuten, daß diese Bemerkung sie bewege. Als sie sie endlich gefunden hatte, war der passende Augenblick dafür schon vorbei. »Das ist doch typisch für mich!« dachte sie. »Warum kann ich

nicht sein wie sie? Sie sagt so etwas frei von der Leber weg, ohne sich bei jedem Wort davor zu fürchten, daß es unpassend sein könnte.«

Eine Frage beschäftigte sie so stark, daß sie sie unbedingt als erste loswerden mußte. Es ging dabei um diesen bizarren Psychiater, den sie am Vorabend in diesem seltsamen Haus in Passy gesehen hatte. Laurence ging darauf in aller Ausführlichkeit ein, als ob sie ihr beweisen wolle, daß ein solcher langer gemeinsamer Fußmarsch wirklich eine »vertrauensbildende Maßnahme« sei. Sie erzählte von ihrem Besuch in der Résidence Victor, von Teresa Lagerstein, von Antoine Becker und von ihrem ersten erzwungenen Gespräch bei diesem Fjodor Gregorowitsch.

»Inzwischen habe ich jede Woche zwei oder drei solcher Unterhaltungen mit ihm. Erholsam sind sie beileibe nicht! Versuchen Sie mal, jemandem Ihre Seele zu öffnen, der unaufhörlich herumrennt! Alle fünf Minuten läuft er auf seine Terrasse hinaus, um sich ›auszulüften‹, wie er das nennt.«

»Ach, seine ›alchemistische Übertragung‹!«

»Davon haben Sie auch schon gehört? Und ich hatte mir eingebildet, daß ich diesen Ausdruck erfunden hätte. Tatsächlich scheint das eine momentane Betäubung der Affekte zu bewirken: Die Wirklichkeit erscheint im Licht der reinen Vernunft – ein kaltes Licht, in dem alles distanzierter erscheint. Es ist ein schwer zu beschreibendes Phänomen ...«

»Und ein schwer zu glaubendes obendrein! Ich bezweifle in keiner Weise, was Sie da sagen, aber Sie müssen zugeben, daß das schon an Hexerei grenzt ...«

»Ich weiß. Catherine Le Gendre ist überzeugt davon, daß er mich ›einlullt‹. Aber genau das Gegenteil ist der Fall! Bei meiner Rückkehr aus Xaghra war ich nicht mehr ich selbst, das ist völlig richtig. Mein kritisches Denken war außer Kraft gesetzt, verzerrt. Man muß persönlich in der Nähe D'Altamirandas gewesen sein, um begreifen zu können, wozu er fähig ist. Gott sei Dank hat Fjodor mich ›deprogrammiert‹, man kann es nicht anders sagen.«

»Gerade diese Geschwindigkeit aber macht mir zu schaffen. Ich bin in Ottawa schon seit zwei vollen Jahren in psychotherapeutischer Behandlung. Und zumindest von einem hat mich das über-

zeugt: Man kann einen Seelenzustand nicht im Handumdrehen verändern. Das ist vielmehr ein langer Marsch durch die Wüste ...«
Laurence bezweifelte das kein bißchen. Tatsächlich stufte sie die Hilfe durch Fjodor Gregorowitsch auch nicht unter Psychotherapie ein; während der »Sitzungen« wurde nicht sonderlich viel gesprochen. Seine »Alchemie« spielte sich auf einer anderen Ebene ab. Und Laurence gestand sich ein, daß sie sich manchmal einen aufmerksameren Zuhörer gewünscht hätte ...
»So hätte ich zum Beispiel gerne seinen Rat gehabt zu einem Vorschlag, den man mir kürzlich gemacht hat ... Aber er wirkte in der Angelegenheit ebenso ratlos wie ich selbst. Man muß einräumen, daß er in einer Welt für sich lebt ... einer ›Welt von Vampiren‹!«
»Dieser Vorschlag ... Ist es indiskret, zu fragen, worum es da ging?« Laurence schüttelte den Kopf und berichtete, daß Teresa Lagerstein und Antoine Becker gemeinsam eine neue Hilfsorganisation mit dem Namen »Archipel International« gegründet hätten, die Menschen unterstützen wollte, die wegen sogenannter »staatsfeindlicher Äußerungen« verfolgt worden waren. Beide hatten sie darauf angesprochen, ob sie nicht bei der Gründungsfeier eine Rede halten wolle. Sie hatten hervorgehoben, daß ihr Auftreten bei dieser Veranstaltung, für die ein starkes Medienecho erwartet werde, wie eine Garantieerklärung sowohl von seiten der Résidence Victor als auch von Harmonices Mundi für sie sei. Damit werde dann wohl zugleich diesen Gerüchten über sie wegen der Affäre Boudjenah ein Ende bereitet.
Kiersten wurde am Schluß von Lydias Bericht abgelenkt durch einen Gedanken, der sie sehr beschäftigte. Sie hatte doch tatsächlich Laurence von ihrer psychotherapeutischen Betreuung durch Dr. Paddington berichtet. Dabei hatte sie bisher von ihrem ersten Gespräch mit Teddybär an stets äußerst sorgfältig darauf geachtet, daß niemand – absolut niemand! – etwas davon mitbekam, daß sie die Hilfe eines Psychotherapeuten in Anspruch nahm. Heute jedoch hatte sie davon gesprochen, ohne Umschweife und Ausflüchte. Was war denn plötzlich mit ihr los?

Laurence brauchte weniger als eine Minute, um die Speisekarte zu überfliegen und ihre Wahl zu treffen.
»Man könnte ja fast meinen, daß Sie sich einer lästigen Pflicht

entledigen«, fand Kiersten. Sie selbst war noch nicht einmal über die Vorspeisen hinausgekommen.
»In gewisser Weise schon; ich habe schon lange keinen rechten Appetit mehr. Ich muß regelrecht aufpassen, sonst vergesse ich glatt, überhaupt etwas zu essen. Das geht soweit, daß ich gelegentlich erst durch ein Schwindelgefühl daran erinnert werde, daß ich nichts gegessen habe.«
»Aufpassen muß ich auch, aber wegen des genauen Gegenteils!«
Das Restaurant war gut besetzt. Mit nahezu akrobatischem Geschick schlängelten sich die Kellner zwischen den Tischen durch, beladen mit Tabletts, von denen es verführerisch duftete. Der Inhaber selbst nahm leutselig und zu gutem Rat bereit ihre Bestellung auf. Als Kiersten den gewünschten Wein nennen wollte, unterbrach er sie und bat darum, das ihm auf Kosten des Hauses zu überlassen. Dann beugte er sich zu Laurence hinunter und murmelte ehrerbietig: »Es ist uns eine große Ehre, Sie hier bei uns zu sehen! Und eine echte Freude obendrein!«
Als er die Verlegenheit der jungen Frau wahrnahm, versicherte er sie durch Mimik und Gesten, daß sie sich selbstverständlich auf seine Diskretion verlassen könne. Niemand würde sie hier belästigen: Man sei schließlich »unter Freunden«.
Kiersten folgte ihm mit den Augen, als er sich vom Tisch entfernte. Alsbald konnte sie unschwer erkennen, daß sich in der engen Küche die Nachricht wie ein Lauffeuer verbreitete. Sie erinnerte sich dabei an Lydias Bemerkung über die Berühmtheit der Frau Dr. Descombes in Frankreich und ihre damit verbundenen Empfehlungen zur Rücksichtnahme darauf.
»Wenn wir den Wein kosten, werden wir ja sehen, wie ernst es dem guten Mann mit seinen Beteuerungen ist«, meinte sie leise.
»Aber es muß doch für Sie auch eher ungewöhnlich sein, nirgends unerkannt zu bleiben ...«
»Ich kann mich nur schwer daran gewöhnen ... Ich bin von einer Überwachung in die andere geraten. Nur mit dem Unterschied, daß dort *ich selbst* überwacht wurde, während ich hier das Gefühl habe, daß die Leute durch mich hindurchschauen, als ob ich nicht existierte. Sie scheinen sozusagen an meiner Stelle eine andere zu sehen, eine bloße Rollenträgerin. Sie müssen mich für sehr kompliziert halten ...«

»Kompliziert eigentlich nicht, komplex schon. Aber Sie haben wirklich die Gabe, schwierige Sachverhalte in ganz einfachen Worten auszudrücken; ich beneide Sie echt darum!«
»Das sollten Sie wirklich nicht! Jetzt habe ich den ganzen Abend nur von mir geredet, aber glauben Sie mir, das ist sonst nicht meine Gewohnheit.«
»Das liegt wohl daran, daß wir gemeinsam gelaufen sind«, vermutete Kiersten. »Was mich betrifft, so ist das gerade umgekehrt: Um mich jemandem anvertrauen zu können, muß er mir gegenübersitzen.«
»So wie ich jetzt vielleicht?«
Laurence lächelte dabei, und obwohl Kiersten sie erst am Vorabend kennengelernt hatte, bezweifelte sie, daß das häufig geschah. Sie beobachtete das zögernde Spiel der Lippenmuskeln und das leichte Beben der Nasenflügel und sagte sich: »Sie muß wirklich alles erst wieder neu lernen.«
»Ich habe in Ottawa einen Informatikexperten kennengelernt, einen wahren Hexenmeister. Er hat eine ganz neue Art von Lügendetektor entwickelt, den er ›Pinocchio‹ nennt. Drollig, nicht wahr? Weniger lustig fand ich es allerdings, daß er seine speziellen Fähigkeiten dazu benutzte, in meinen Computer einzudringen und in meinen persönlichsten Notizen herumzuschnüffeln.«
»In welcher Absicht?« fragte Laurence und schien nicht weiter verblüfft über diesen jähen Gedankensprung.
»Das ist wieder eine andere Geschichte. Ich erwähne ihn hier, weil er von sich aus seine Indiskretion eingestanden hat. Freiwillig, ohne daß er dazu gezwungen gewesen wäre. Wenn er nichts davon gesagt hätte, wäre ich ihm nie auf die Schliche gekommen. Ich mußte zugeben, daß er zwar keine Skrupel, aber jedenfalls Mut hatte.«
»Nun ja, aber war das nicht unklug? Es sei denn, er wollte dadurch Ihre Aufmerksamkeit auf sich ziehen ...«
»Genau das! Aber ich finde, daß das die Anerkennung für sein offenes Bekenntnis nicht schmälert. Ich muß Ihnen etwas gestehen, Laurence: Ich bin sehr ... sagen wir mal ›wettbewerbsorientiert‹. Das liegt nun einmal in meinem Charakter, ich kann nichts dagegen tun. Und ich mag die Vorstellung nicht, daß ich mir selbst nicht in die Karten schauen lasse, während mein Spielgegner, so

wie dieser Zauberkünstler Thierry Bougeaud, die seinen offen auf den Tisch legt ...«

Sie legte dabei nicht die Karten auf den Tisch, sondern das weinrote Tagebuch, das sie aus ihrer Handtasche genommen hatte. Laurence zuckte zusammen.

»Hier ist es also! Ich habe es schon überall gesucht! Ich hatte schon sehr befürchtet, daß ich es bei Catherine liegengelassen hätte ... Ich habe sie gleich heute früh angerufen, aber man hat mir gesagt, sie sei nicht da. Wo haben Sie es denn gefunden?«

»›Gefunden‹ kann man das kaum nennen ... Ich habe es aus Ihrer offenen Tasche genommen, als Sie zu diesem Fjodor hinaufgestiegen sind ...«

Laurence zog ihre schon ausgestreckte Hand zurück, als ob sie sich nicht mehr ganz sicher sei, die rechtmäßige Besitzerin zu sein. Sie dachte nach, ohne jedoch dabei aufzuhören, in Kierstens Zügen zu forschen.

»Sie wollten wissen, auf welcher Seite ich stehe ...«, sagte sie, nach einer Erklärung suchend. »Haben Sie es gelesen?«

»Von der ersten bis zur letzten Zeile!« Kiersten schlug gegen ihren Willen die Augen nieder. »Und manche Passagen sogar mehrfach ...«

»Mehrfach – und warum das?«

Welch eine Frage! Aber sie hatte sie vorhin ganz ähnlich in bezug auf Thierry gestellt. Nur mit dem Unterschied, daß jetzt in ihrer Stimme eine gewisse Ungläubigkeit neben einem leichten Zittern lag. Man hatte ihr Tagebuch entwendet, eine Fremde war in ihre geheimsten Gedanken eingedrungen – und das sollte alles sein, was sie dazu zu sagen hatte?

»Weil es mich interessiert hat.«

»Es muß Sie eine Menge Zeit gekostet haben ...«

»Einen guten Teil der Nacht. Zunächst forschte ich nach Informationen im Zusammenhang mit meinen Ermittlungen. Aber ich begriff bald, daß ich diesbezüglich auf der falschen Fährte war.«

»Und trotzdem haben Sie weitergelesen!« sagte Laurence mit Tränen in den Augen.

»Ja, und es hat mir sehr geholfen, Sie besser zu verstehen. Aber ich habe auch aus einem sehr egoistischen Grund weitergelesen. Ich habe nämlich in Ihrem Tagebuch Überlegungen gefunden, die mich betrafen, mich selbst! Antworten auf Fragen, die mich seit langem nicht nur beschäftigen, sondern wahrhaft bedrängen... Glauben Sie bitte nicht, daß ich mich jetzt rechtfertigen möchte! Ich hatte keinerlei Recht, auf eine solche Weise in Ihre Intimsphäre einzudringen...«

Aber Laurence gebot ihr mit einer Handbewegung, nicht weiter fortzufahren. Da sie nicht auf Anhieb ihre Serviette fand, beugte sie sich hinunter, um sich mit einem Zipfel des Tischtuchs die Augen zu trocknen.

»Ich bin nicht gekränkt, falls Sie das annehmen sollten«, versicherte sie. »Im Gegenteil! Es bewegt mich außerordentlich, daß ein anderer Mensch so Anteil nimmt an dem, was in meinem tiefsten Inneren vorgeht. Können Sie das verstehen?«

Kiersten war völlig aus der Fassung gebracht. Eine solche Reaktion war das absolute Gegenteil von allem, womit sie gerechnet hatte. Diese Frau ihr gegenüber, die mit einem Stück Brot spielte, erschien ihr abwechselnd nah und sehr entfernt, vertraut und fremd. Ein Kellner brachte ein paar dreieckige Toasts mit gedämpften Tomaten und zerschmolzenem Gorgonzola. Ihm folgte ein Weinkellner, der Kiersten bat, den Bordeaux zu kosten. Es war ein ganz vorzüglicher Tropfen, unbestreitbar.

»Ich bemühe mich, es zu begreifen«, antwortete sie.

»Es ist recht einfach... Um eine ›Intimsphäre‹ zu haben, wie Sie sagen, muß man erst einmal *jemand sein*. Und davon bin ich noch weit entfernt! Seit meiner Rückkehr aus Farghestan kämpfe ich mit all meiner Kraft darum, diesen Fluch abzuschütteln, *niemand* zu sein.«

Kiersten schwieg, obwohl sie sie gerne noch befragt hätte wegen dieser »Risse«, von denen immer wieder einmal in den Tagebuchblättern die Rede war. Aber das war jetzt nicht der richtige Zeitpunkt dafür; nichts überstürzen, sondern auf eine passende Gelegenheit warten. Obendrein waren sie nicht unentdeckt geblieben: An den Nachbartischen tuschelte man, warf verstohlene Blicke herüber, versuchte vielleicht auch, etwas von ihrer Unterhaltung aufzuschnappen. Der Wirt hatte schon recht gehabt: Man war hier »unter Freunden«...

17. Kapitel

Um drei Uhr morgens klingelte der Wecker.
Julien erhob sich maulend aus seinem Bett, tappte ins Bad, klatschte sich kaltes Wasser ins Gesicht und ging dann in die Küche hinunter, um sich einen starken Kaffee zu brauen.
Die Küche war unaufgeräumt, und über allem schwebte ein fettiger Geruch; das Geschirr stand ungespült im Ausguß, ein Rest von Lasagne auf der Arbeitsplatte, der Deckel des Abfallkübels war nicht geschlossen. Dabei war doch Rose immer so beflissen gewesen, so stolz auf ihren tadellosen Haushalt... Er hatte ihr angeboten, ihr über das Wochenende zu helfen: »Zu zweit geht das dreimal so schnell!« Ihre Ablehnung war in einer Tränenflut untergegangen, anschließend hatte sie Valium genommen...
Es war ein Teufelskreis. Seit nunmehr fast zwei Jahren lag das Adoptionsgesuch der Eheleute Boniface ziemlich weit oben auf einem diesbezüglichen Stapel bei der dafür zuständigen Stelle der Provinzialverwaltung. Im Frühjahr war dann eine Sozialarbeiterin vorbeigekommen und hatte sich unter vier Augen mit Rose unterhalten. Seither hatte Julien so seine Zweifel, ob der Antrag noch weit oben auf dem Stapel lag...
Er nahm den Telefonhörer ab und überflog den Merkzettel, den er sich am Abend vorher gemacht hatte. In Paris mußte es jetzt neun Uhr morgens sein. Er versuchte sich Kiersten in ihrem Hotelzimmer vorzustellen. Ob sie wohl allein war?
Höchstwahrscheinlich... Aber was ging das ihn an?
»Störe ich?«
»Das müßte ich wohl eher Sie fragen!« antwortete Kiersten. »Ich hatte vor, Sie in ein paar Stunden anzurufen. Also, wer fängt an?«
Sie ließ ihm gar keine Zeit, auf ihre Frage zu antworten, sondern wollte gleich das loswerden, was ihr besonders am Herzen lag. Dazu gehörte zunächst einmal eine wichtige Nachricht an Clarkson. Sie würde sie heute nachmittag offiziell übermitteln, entsprechend verschlüsselt, über Le Bouyonnecs Anschluß bei der Botschaft. Julien würde selbstverständlich eine Kopie erhal-

ten. Nein, es ginge nicht um die Snuffs, jedenfalls nicht unmittelbar. Aber um eine ähnlich schwerwiegende Bedrohung – und eine sehr kurzfristig anstehende obendrein.
»Die Große Versammlung?«
Ein kurzes Schweigen; es hatte Kiersten den Atem verschlagen.
»Woher wissen Sie denn davon?«
»Aus Farik Kemals Notizen... Glauben Sie denn, ich stehe mitten in der Nacht auf, nur um Ihnen zu sagen, wie spät es ist?«
Man hatte bei dem Türken einen elektronischen Taschenkalender gefunden. Darin waren nebensächliche Termine festgehalten, zumeist von Gartenbauausstellungen und ähnlichen Veranstaltungen, die das Steckenpferd des weltreisenden Übeltäters gewesen waren. Aber man hatte auch entdeckt, daß man in das Gerät zusätzliche Speicherkarten einschieben konnte. Nach diesen hatte man zunächst vergeblich gesucht. Dagegen, daß es gar keine gab, sprachen entsprechende Benutzungsspuren am Gerät... Man hatte also die Suche intensiviert und war schließlich auf eine mitgeführte Bibel gestoßen, in schönes Leder gebunden, die Kemal im Austausch gegen die dort befindliche hoteleigene Gideonbibel in die Schublade seines Nachttischchens gelegt hatte. Im Einband versteckt, hatte man dann diese Speicherkarten gefunden.
»Der Trick entbehrt nicht einer gewissen Ironie.«
»Wieso das?« fragte Kiersten.
»Nun, die Wahrheit über die Universelle Vereinigungskirche, versteckt in der Heiligen Schrift!«
Julien fügte hinzu, aus diesen Speicherkarten habe sich ergeben, daß der Handel mit Snuffs nur ein Teilbereich von Kemals Aktivitäten gewesen sei. Überwiegend sei er in den Angelegenheiten dieser Sekte unterwegs gewesen, und zwar in den finanziellen. Er habe ein ganzes Paket von Aktien und Obligationen verwaltet, hübsch gleichmäßig verteilt, mit einem aktuellen Marktwert von gut und gern zweihundert Millionen Schweizer Franken. Dazu kämen fünf weitere Millionen auf Nummernkonten in Genf und Zürich, sowie Immobilienbeteiligungen in noch unbestimmbarer Höhe, die ein gewisser Frank Lasner in New York verwalte.
»Das ist alles ziemlich verschachtelt, und wir müssen sehr behutsam vorgehen, um nicht vorzeitig Alarm auszulösen...«
»Und wo hat in all dem die Große Versammlung ihren Platz?«

»Kemal hat den ganzen Kapitalbesitz der Universellen Vereinigungskirche umgeschichtet, offenkundig im Hinblick auf dieses bevorstehende Ereignis. Er hat neue Konten in Indonesien und in verschiedenen Ländern Lateinamerikas eröffnet. Stursberg von der Finanzabteilung sagt, er habe nie zuvor eine so gut geplante Transaktion gesehen. Allerdings sei es ihm nicht möglich, den Grundgedanken zu erkennen, der ihr zugrundeliege.«
Julien wandte sich um, als er ein Schlurfen auf den Fliesen des Flurs hörte. Rose kam in die Küche, mit schlaftrunkenem Gesicht seine Hausschuhe herbeitragend. Sie legte ihm seinen Morgenmantel um die Schultern und wies zur Fenstertür: Was sollten denn die Nachbarn denken, wenn er hier halbnackt durch die Wohnung lief? Er solle doch wenigstens den Rolladen herunterlassen.
Er schaute ihr mit schwerem Herzen nach, als sie wieder hinausging. Sie stopfte sich voll seit ihrer Rückkehr aus Barbados ... Sie ließ sich gehen – und was tat er, um sie davor zu bewahren? Sie warf ihm beim Hinausgehen einen schiefen Blick zu. Hatte sie bemerkt, daß er mit Kiersten telefonierte? Ganz sicherlich.
»Lydia Frescobaldi kommt morgen früh aus London zurück«, verkündete die Stimme am anderen Ende der Leitung. »Wenn wir unsere Kräfte mit denen von Casus Belli und Scotland Yard vereinen, könnten wir doch die Offensive starten, oder?«
»Gegen wen denn? Die Mirandisten sind überall! Diese ›Stiftung zur Annäherung unter den Völkern‹ zum Beispiel ist nur eine Deckorganisation unter anderen. Da gibt es karitative Organisationen, philanthropische Zirkel, Verlage und sogar einen Ferienclub ... Sicher, mit der Hinterlassenschaft des Türken könnte man vielleicht ein halbes Dutzend Leute auf die Anklagebank bringen. Aber man könnte kaum die Verbindung zur Universellen Vereinigungskirche nachweisen ... Jedenfalls nicht auf die schnelle!«
»Unter diesen Umständen müssen wir noch abwarten. Ich akzeptiere zwar nicht die Methoden von Casus Belli, aber wir sind uns einig, was die Zielsetzung betrifft: Wir müssen den Kopf der ganzen Organisation zu fassen kriegen!«
»Welche ›Methoden‹ meinen Sie?«
»Das sage ich Ihnen nach meiner Rückkehr. Und was ist bei Ihnen los, wie sind Sie weitergekommen mit Ihren fünf Verdäch-

tigen im Fall Kemal, von denen Sie mir zuletzt berichtet haben?« Er bemühte sich um eine ausführliche Antwort, hatte aber den Eindruck, das Kiersten ihm nur noch mit halbem Ohr zuhörte. Woher kam dieses Gefühl, daß sich die Distanz zwischen ihnen nicht nur nach Kilometern bemaß?

Richtig, um fünf Verdächtige ging es, und keiner davon schien Verbindungen zur Universellen Vereinigungskirche zu haben. Am Vorabend hatten Julien und Lou Russel sie noch einmal in die Mangel genommen nach dem bewährten Schema *»ein böser Polizist, ein guter Polizist«*. Vor allem eine der Krankenschwestern war ihnen verdächtig, Louise Allen: zwanzig Berufsjahre, eine bisher makellose Karriere. In der Mordnacht hatte sie um halb zwölf Kemals Krankenzimmer betreten, um den leeren Behälter mit der Infusionsflüssigkeit durch einen frischen zu ersetzen. Er mußte die tödliche Morphiumdosis enthalten haben, aber sie hatte keine Erklärung dafür. »Ich würde Ihnen dringend raten, sich eine einfallen zu lassen!« hatte ihr abschließend Lou Russel erklärt.

Am nächsten Morgen meldete sich eine ganz andere Louise bei Julien Boniface – diesem »so verständnisvollen Inspektor«. Sorgfältig geschminkt, ein duftiges Kleidchen, hohe Absätze – man erkannte sie kaum wieder.

»Sie haben mich gestern gefragt, ob ich mich sonst irgendwo aufgehalten habe auf dem Weg zwischen dem Medikamentenraum und dem Krankenzimmer«, sagte sie und schlug die Augen nieder. »Ich hätte besser nachdenken müssen vor meiner Antwort ...«

»Die Nacht bringt oft guten Rat«, meinte er mit aufmunternder Miene. »Es ist Ihnen also noch etwas eingefallen?«

»Ich möchte niemanden zu Unrecht beschuldigen ... Aber dieses Morphium muß ja irgendwie hineingekommen sein.«

»Allerdings!«

Sie habe an diesem Abend jemanden auf dem Korridor getroffen, aber sie wolle dessen Namen eigentlich nicht nennen. So, sie müsse das? Ja, dann ... Es sei ein junger Mediziner in Ausbildung zum Facharzt, ein gewisser Dr. Yan Tung. Das sei eher komisch gewesen, denn sie sei fast über ihn gestolpert, weil er auf allen vieren auf dem Boden herumgekrochen sei. Er habe nach einer heruntergefallenen Kontaktlinse gesucht und sie um ihre Hilfe gebeten,

weil er ohne diese so gut wie blind sei. Und er habe dann den Behälter mit der Infusion gehalten, während sie auf dem Boden herumsuchte. Völlig vergeblich übrigens, denn die vermißte Kontaktlinse habe sich schließlich auf seinem Ärmel gefunden.
»Er hätte also, während sie abgelenkt waren …«
»Ich habe nichts dergleichen gesagt! Ich habe Ihnen lediglich berichtet, was sich zugetragen hat, nichts weiter.«
Julien ließ sie ihre Geschichte nochmals wiederholen und machte sich dabei Notizen. Er wußte gut genug, daß nichts einen Zeugen so gut dazu brachte, sich zu verheddern, wie der Anblick eines Kugelschreibers.
Schließlich ließ er sie gehen. Von ihrer Geschichte glaubte er kein Wort. Dieser angebliche angehende Facharzt, wie zufällig aus dem Nichts aufgetaucht – ja, was denn sonst noch? Das war doch allzu fadenscheinig.

Es war Mittag in Ottawa, also 18 Uhr in Paris. Julien rief dort an, um eine Mitteilung für Frau MacMillan zu hinterlassen. Aber nein, sie sei ja auf ihrem Zimmer! Einen Moment, bitte!
Er hörte Kiersten leise lachen.
»Was amüsiert Sie denn so?«
»Sie rufen vom Büro aus an«, sagte sie. »Ich kann das Radio auf Ihrem Schreibtisch hören, das gerade die neusten Nachrichten bringt. Irgendwas Neues seit heute morgen?«
»Ihr Ex-Mann hat aus Mont-Laurier angerufen; er wußte nicht, daß Sie in Paris sind.«
»Worum ging's? Sandrine?«
»Genau! Aber nichts Schwerwiegendes, Sie brauchen sich nicht aufzuregen. Ich habe Philippe Ihre Pariser Nummer gegeben, aber er wollte Sie dort nicht stören. Sie könnten von dort aus ohnehin nichts unternehmen.«
»Unternehmen in bezug worauf?«
Während dieses Camping-Wochenendes hatten sich Philippe und Acoona darüber unterhalten, wie man es Sandrine am besten beibringen könne, daß aus ihrer Reise nach Malta nichts werden würde. Sie hatten dabei nicht bemerkt, daß der Teenager gerade an ihrem Zelt vorbeikam und ihm kein Satz von diesem Gespräch entging. Auf dem Rückweg am Sonntagabend hatte Sandrine dar-

über kein Wort verloren, war aber am folgenden Morgen zur Tat geschritten: Statt in die Schule zu fahren, hatte sie den Bus nach Ottawa genommen. Einem von ihr hinterlassenen Zettel war zu entnehmen, daß sie dort diese Angelegenheit mit ihrer Mutter persönlich klären wolle – »dieser Fremden, die sich anmaßt, über mein Leben zu bestimmen«.

»Dieses kleine Luder!« sagte Kiersten. »Das hat mir gerade noch gefehlt, etwa so wie rasende Zahnschmerzen! Ich nehme an, daß Philippe meinen Vater verständigt hat ...«

»Das war ihm nicht möglich; es scheint, daß Richter MacMillan den heutigen Tag über außer Haus ist. Ich habe mir erlaubt, meinerseits anzurufen, hochoffiziell sozusagen. Ich konnte aber auch nur seine Sekretärin erreichen, diese Frau Basulasowieso ...«

»Balasubramaniam! Versuchen Sie es erst gar nicht, ich habe zehn Jahre gebraucht, um mir den Namen zu merken. Ihr Mädchenname ist Alice Desrosiers. Sie hat wohl von nichts eine Ahnung haben wollen?«

»Ich konnte immerhin aus ihr herauskitzeln, daß Ihr Vater nach Toronto gefahren ist und am frühen Abend zurückkehren wird. Sie könne nicht sagen, wo er zu erreichen ist, wolle ihm aber, falls er anrufe, ausrichten ...«

»Blödsinn! Sie kennt seinen Terminkalender auswendig! Und er geht nicht mal aufs Klo, ohne ihr eine Nachricht zu hinterlassen. Verplempern Sie nicht weiter Ihre Zeit mit ihr. Setzen Sie sich lieber in Verbindung mit Luc Bastien, seinem persönlichen Referenten. Der wird dann schon wissen, wie er den stolzen Großvater benachrichtigen kann.«

»Einverstanden. Ich meinerseits fahre zum Busbahnhof, um sie dort abzuholen; der Bus kommt um 16.15 Uhr an.«

»Sie wollen das tatsächlich machen? Ich hätte nicht gewagt, Sie darum zu bitten ... Bei Ihren derzeitigen Ermittlungen hätten Sie wohl genug anderes zu tun, als Babysitter zu spielen. Übrigens ist Sandrine sehr gewachsen. Wenn Sie nicht sicher sind, sie zu erkennen, müßten Sie vielleicht ...«

»Sie etwa ausrufen lassen?

»Entschuldigen Sie bitte! Ich rede davon, wie sehr sie sich verändert hat, und dabei behandle ich sie weiterhin wie eine Achtjährige. Es beruhigt mich jedenfalls sehr, daß Sie hingehen wollen,

um sich um diesen kleinen Sturkopf zu kümmern. Herzlichen Dank!«
»Mach ich doch gerne! Und da ich Sie schon mal am Apparat habe...«
Er hatte sich geirrt, was diese Louise Allen betraf. Lou Russel war ihren Angaben nachgegangen und hatte festgestellt, daß dieser Dr. Yan Tung, aus Hongkong stammend und seit zwei Jahren in Kanada, tatsächlich zur Ausbildung am Riverside-Krankenhaus war. Und er war auch während der fraglichen Nacht dort gewesen, und keineswegs zufällig: Er hatte vielmehr die Nachtschicht mit einem Kollegen getauscht. Sehr viel mehr wisse man bisher nicht über ihn, abgesehen davon, daß er mehrere Stunden täglich im Internet verbringe und jeden Monat auf Heller und Pfennig eine exorbitante Telefonrechnung bezahle.
»Lou hat Ihnen das aber wohl kaum verraten. Der hätte eine Genehmigung gebraucht, um das herauszubekommen«, antwortete Kiersten. »Aber sagen Sie nichts weiter! Ich will das lieber gar nicht wissen!«

In Grand-Remous war Sandrine versucht, ihren Vater anzurufen. Aber nein, besser nicht! Er hätte sicher wieder tausend Gründe gefunden, um sie von ihrem Vorhaben abzubringen. Sie konnte ihn direkt schon hören: »Bleib, wo du bist! Ich hole dich ab!« Als ob sie nicht bestens allein zurechtkäme! Überdies hatte sie ja nichts Unrechtes vor: Sie wollte lediglich ein Gespräch mit ihrer Mutter führen, das war alles. Patrick hatte ihr sogar versichert, daß das ein echter Beweis für ihre Reife sei. Seiner Meinung nach hätten wohl die meisten Mädchen ihres Alters sich damit begnügt, ein paar Tage lang eine Schnute zu ziehen. Im übrigen war es jetzt auch schon zu spät, ihre Meinung noch zu ändern: Der Fahrer stieg gerade ein. Der Bus fuhr los; es hatte aufgehört zu regnen. Patrick – ja, der verstand sie! Gewissermaßen ein echter Freund, obwohl sie sich gar nicht persönliche kannten. Er hatte sie aus Toronto angerufen und ihr zu ihrem Gewinn gratuliert. Der sei alles andere als wahrscheinlich gewesen, hatte er ihr erklärt, da sie Tausende von Einsendungen erhalten hätten. Ihr »Brief an die Menschenbrüder« würde im Mitteilungsblatt der Stiftung veröffentlicht, das in fünfzehn Sprachen erscheine! Sie hatten eine gute halbe Stunde lang miteinander telefoniert. Besonders schätzte sie an ihm, daß er keine Eile zu haben schien. Er hatte sie nach ihrer Meinung zu vielen Angelegenheiten gefragt, nicht nur in bezug auf die Ausbildung. Nein, er nahm sie wirklich ernst!

Zehn Tage später hatte er nochmals angerufen und sie darauf aufmerksam gemacht, daß das Formular mit der elterlichen Zustimmung zu dieser Reise nach Malta noch nicht eingegangen sei; sie müsse befürchten, daß dadurch ihre Teilnahme gefährdet sei. Er hatte ihr seine Durchwahlnummer gegeben und ihr dazu gesagt, sie könne ihn darunter jederzeit anrufen, ohne daß ihr Kosten dadurch entstünden.

Heute morgen, als sie allein im Haus war, hatte sie ihn dann angerufen. Am Anfang hatte sie seine Erklärungen kaum verstanden. »Alle haben mich angelogen!« hatte sie ihm dann gesagt. »Mein Vater, Acoona und insbesondere meine Mutter!« Man hatte sie in dem Glauben gelassen, daß hinsichtlich dieser Reise nach Malta alles geregelt sei, in Wahrheit aber hatte man beschlossen, sie daran gar nicht teilnehmen zu lassen. Und das mit Begründungen, die weder Hand noch Fuß hatten! Aber das konnte man mit ihr nicht machen! Das war einfach zu ungerecht!

Patrick hatte ihr dringend ans Herz gelegt, nur ja nicht ihren Paß zu vergessen; sie bräuchten ihn für die Ticketreservierung. Denn ihre Mutter würde sich bestimmt von ihr überzeugen lassen, da sei er ganz sicher. »Man sieht, daß Sie sie nicht kennen«, hatte Sandrine geantwortet. »Sie glauben gar nicht, wie stur die sein kann.«

Während der Autobus auf Ottawa zurollte, bedauerte sie diese Bemerkung. Sie sah sich noch am Schreibtisch ihres Vaters sitzen. Sie hatte aus seiner Hängeregistratur das Mäppchen »Sandrine« herausgeholt und daraus ihren Paß entnommen. Unter den übrigen Sachen dort fand sie ein Bild, das sie als Zwölfjährige mit ihren Zahnspangen zeigte – schrecklich! Ihre Zeugnisse, Geburtstagskarten, ihre ersten Kinderzeichnungen. Warum bewahrte ihr Vater diesen alten Kram auf? Es waren sogar Fotos aus der Zeit in Ottawa dabei, von denen ihn eines zusammen mit Kiersten zeigte. Sie hielten sich um die Taille gefaßt, wie ein Liebespaar. »Daß ich da bin, ist immerhin ein Beweis dafür, daß sie sich geliebt haben«, fand Sandrine. »Zumindest anfangs.«

Am Busbahnhof in Ottawa trat mit schüchternem Lächeln eine junge Frau auf sie zu, die am Aufschlag ihres Jacketts neben einem Anti-Raucher-Sticker ein Namensschild mit der Aufschrift »Mona-Lisa Perès, Regierung von Kanada« trug. Sie sei auf Bitten von Frau Inspektor MacMillan gekommen, um sie abzuholen.
Sandrine wollte zunächst gar nicht glauben, daß ihre Mutter nach Paris geflogen sei, ohne ihr etwas davon zu sagen. Ob das wohl ein Trick war, um sie zur Rückkehr nach Mont-Laurier zu veranlassen? »Nein, jetzt übertreibe ich aber«, sagte sie sich. »Meine Mutter mag manche Fehler haben, aber drücken tut sie sich nicht.«
Sie nahmen ein Taxi.
Als sie vor dem mächtigen Gebäude des Obersten Gerichtshofs ankamen, kam Sandrine, noch stärker als bei ihrem letzten Besuch, erneut das hohe Ansehen und die Bedeutung ihres Großvaters zu Bewußtsein, die sie mit Stolz erfüllte. In der Eingangshalle mußte sie einen Besucherschein ausfüllen. Ob der Aufsichtsbeamte wohl freundlicher gewesen wäre, wenn er gewußt hätte, mit wem er es hier zu tun hatte?
Als sie im fünften Stock aus dem Aufzug stiegen, trafen sie Luc Bastien, den persönlichen Referenten des Richters. Er betrachtete Sandrine und versicherte ihr, daß er sie kaum wiedererkannt hätte, so sei sie gewachsen. Er wußte nicht recht, ob er sie umarmen solle, überwand aber dann sein anfängliches Zögern. Er war schon fast kahl, trug eine Halbbrille und hatte ein Doppelkinn.
»Ich hatte gedacht, daß Julien Boniface ...«, sagte er mit fragendem Blick zu Mona-Lisa Perès.
»Sandrines Mutter hat angerufen, während Sie gerade beim Mittagessen waren. Und Inspektor Boniface war leider verhindert ... Da habe ich mich erboten, an seiner Stelle hinzufahren.«
»Ausgezeichnet!« meinte er. »Aber man sollte jetzt auch Richter MacMillan ...«
»Ist schon geschehen. Ich habe seiner Sekretärin Bescheid gesagt, und sie wird ihm eine Nachricht hinterlassen. Er wird um 18.30 Uhr mit dem Flugzeug ankommen, und ich fahre dann Sandrine gegen Abend nach Rockliffe hinaus. Mrs. Crichton habe ich auch schon angerufen und sie gebeten, ein weiteres Gedeck aufzulegen.«

»Kompliment, du ... Sie denken an alles! Und in der Zwischenzeit ...«

»Ich werde mich um alles kümmern. Angefangen bei einem Anruf in Mont-Laurier, um die Familie zu beruhigen.«

Als Sandrine über die Schwelle des Büros mit der Aufschrift »M.-L. Perès – Justizassistentin« trat und dabei den Kopf wandte, erhaschte sie den Austausch eines Lächelns zwischen den beiden. Aha, die turtelten also miteinander!

Mona-Lisa lud sie ein, an ihrem Schreibtisch Platz zu nehmen.

»Da kannst du bequemer telefonieren.«

»Danke. Aber Acoona wird noch nicht zu Hause sein. Ich rufe wohl besser meinen Vater im Büro an ...«

»Gute Idee! Ich laß dich jetzt allein ... Vergiß bitte nicht zu sagen, daß du hier in den Räumen von Richter MacMillan bist, das ist wichtig! Für ein Gespräch nach draußen mußt du vorher die Neun wählen.«

Sandrine schaute ihr nach – als ob sie noch nie telefoniert hätte! Ob sie wohl auch Großvaters Sekretärin noch kennenlernen würde, die mit diesem unaussprechlichen, endlos langen Namen?

»Papa, bist du wütend?«

Er versicherte, er sei es nicht, und das hatte sie auch schon an seiner Stimme gemerkt. Er warf ihr im Laufe ihres Gesprächs lediglich vor, daß sie unaufmerksam sei, und das stimmte auch: Sei war abgelenkt von der Überlegung, ob wohl Mona-Lisa hinter der nur angelehnten Tür stehe und lausche. Aber sicher bildete sie sich das nur ein!

Sie legte auf, nachdem sie ihrem Vater das Zugeständnis abgerungen hatte, erst mit dem Nachmittagsbus am folgenden Tag zurückzufahren. Denn der Großvater würde sie doch bestimmt zum Mittagessen in den Universitätsclub einladen, das war doch schon eine Tradition!

Mona-Lisa kam ins Büro zurück; sie schien es eilig zu haben.

»Ich muß noch ein paar Einkäufe machen und möchte mir bei Eaton die neue Kollektion von Tommy Hilfiger anschauen. Das wird dich sicher auch interessieren, oder?«

Sie räumte ein paar Fotos und persönliche Dinge vom Schreibtisch und aus den Regalen und steckte sie in eine große Tasche. Dazu erklärte sie, nach einer neuesten Verfügung der Verwaltung

dürften die Mitarbeiter keine privaten Gegenstände mehr im Büro lassen.
»Das ist aber blöd!« fand Sandrine. »Das schadet doch niemandem!«

Vor dem Gerichtsgebäude stand ein Wagen bereit; der Fahrer, ein gutaussehender, breitschultriger junger Mann, stieg aus und schüttelte Sandrine die Hand. Er war sehr beeindruckt von der Mitteilung, daß sie die Enkelin des bekannten Richters MacMillan sei. Er nahm Sandrine die Reisetasche ab, um sie auf den Rücksitz zu legen, und reichte dann Mona-Lisa Perès einen Umschlag.
»Das ist gerade von der Nachrichtenzentrale gekommen. Es scheint sehr dringend zu sein.«
Er verabschiedete sich mit breitem Lächeln; auch er schien es sehr eilig zu haben. Zu schade!
Mona-Lisa setzte sich hinters Lenkrad und stellte den Fahrersitz ein.
»Ist das Ihr Auto?« fragte Sandrine, nachdem sie sich neben sie gesetzt hatte.
»Nein, es ist ein Dienstwagen. Er wird sonst nur für amtliche Fahrten benutzt, aber weil es um dich geht, hat Luc Bastien eine Ausnahme gestattet.«
»Das ist prima!«
»Ich sollte da besser gleich mal reinschauen ...«
Mona-Lisa öffnete den Umschlag, überflog das Schreiben, das sie ihm entnommen hatte, und stieß einen kleinen Freudenschrei aus.
»Na, da hat aber jemand tolles Glück! Ein Fax von deinem Großvater! Hör mal: ›Nach Abstimmung mit meiner Tochter Kiersten sind wir übereingekommen, der vorgesehenen Reise Sandrines nach Malta zuzustimmen. Bedingung dafür ist jedoch, daß Sie sie auf dieser Reise begleiten ...‹ Wir fahren da gemeinsam hin, was sagst du dazu? Hoffentlich stört dich das nicht!«
»Wieso denn? Aber nein ... Meine Mutter hat also ja gesagt! Ich krieg mich nicht wieder ein!«
»Da, lies selbst!«
Sie reichte Sandrine das Blatt und fuhr an. Es stimmte alles, und in dem Fax stand außerdem, daß die Flugtickets schon bezahlt

seien und am Alitalia-Schalter am Flughafen Dorval bereitlägen.
»Das heißt doch wohl nicht, daß wir heute schon losreisen?« fragte Sandrine atemlos.
»Aber ja! Lies doch zu Ende! Deine Mutter hat es so eingerichtet, daß sie sich bei der Rückreise mit dir in Paris trifft. Dann macht ihr noch eine Woche gemeinsam Ferien, ehe ihr zusammen nach Kanada zurückfliegt. Was willst du noch mehr!«
»Aber nein, das ist toll, das ist unglaublich! Das muß ich unbedingt gleich meinem Vater sagen! Ich habe ihn zwar schon vom Gericht aus angerufen, aber ...«
Mit einer Hand lenkend, holte Mona-Lisa mit der anderen ein Handy aus ihrer Tasche und wählte eine Nummer.
»Monsieur Bastien? Ja, ich bin es. Ich habe soeben eine Nachricht aus Toronto erhalten ... Aha, Sie haben schon miteinander telefoniert deswegen ... Ja ... Ja, in Ordnung. Könnten Sie bitte auch veranlassen, daß man ihren Vater ... Aha, ja, ich verstehe. Sie können sich auf mich verlassen!«
Sandrine fiel der etwas gestelzte Redestil Mona-Lisas auf. »Die will mir was vormachen und denkt wohl, ich hätte das vorhin nicht mitbekommen zwischen den beiden! Schon wieder eine, die mich für ein kleines Mädchen hält!«
Dennoch fand sie die Aussicht, von ihr auf dieser Reise begleitet zu werden, keineswegs unangenehm – und sogar beruhigend.
»Es ist nicht nötig, daß du in Mont-Laurier anrufst«, versicherte Mona-Lisa. »Die Sekretärin deines Großvaters wird das erledigen. Ende gut, alles gut, kann man da nur sagen.«
Als das Auto auf den Queensway einbog, fragte Sandrine:
»Aber wohin fahren wir denn?«
»Na, zum Flugplatz natürlich! Wir haben keine Minute mehr zu verlieren! Ach ja, fast hätte ich es vergessen: Deine Mutter hat mir bestellen lassen, daß ich dir Geld vorstrecken möchte. Nach unserer Ankunft in Malta kaufen wir dir dann das, was du brauchst ...«
»Ach, ich brauche doch gar nichts ... Das heißt, wenn ich es mir recht überlege ... Wieviel Geld denn?«
»Das hat sie nicht gesagt. Ich denke, daß du das selbst bestimmen kannst ...«
Sandrine machte es sich auf ihrem Sitz bequem. Sie kam noch gar

nicht nach; alles war so schnell gegangen. Eine Woge der Dankbarkeit ihrem Großvater gegenüber durchströmte sie. Wenn er sich nicht eingesetzt hätte, hätte es sich ihre Mutter bestimmt nicht anders überlegt. Patrick hatte also recht gehabt mit seinem Optimismus.

»Wie gut, daß ich meinen Paß eingesteckt habe!«

»Richtig, jetzt hatte ich doch glatt vergessen, dich überhaupt danach zu fragen. Du bist sicher unter einem glücklichen Sternzeichen geboren. Skorpion, möchte ich fast wetten ...«

»Genau! Wie haben Sie das erraten?«

»Erraten durchaus nicht. So etwas spürt man doch ...«

Das Penfield-Wohnheim lag unmittelbar neben dem Riverside-Krankenhaus. Julien Boniface fragte die junge Dame, ob sie wisse, ob Dr. Tung in seinem Zimmer sei. Als sie mit der Antwort zögerte, zeigte er ihr seinen Dienstausweis. Das schien sie aber weder zu beeindrucken noch zu überzeugen, denn sie murmelte nur abweisend: »Ich habe meine Vorschriften.« Kaum zwanzig und schon blasiert ...

Im Aufzug sagte er sich: »Die jungen Leute beginnen, mich aufzuregen; ein Zeichen dafür, daß ich allmählich ein alter Knacker werde. Außerdem hätte ich lieber laufen sollen, ein bißchen Training könnte nicht schaden.«

Im fünften Stock klopfte er an die Tür von Zimmer 509.

»Herein!« erklang es auf Englisch.

Yan Tung saß mit dem Rücken zur Tür an seinem Schreibtisch, der zwischen dem Bett und einem Kleiderschrank stand. Als Julien eintrat, hörte er auf zu schreiben und wandte sich zu ihm um. Sein bartloses Gesicht ließ ihn noch jünger erscheinen, als er war (siebenundzwanzig, wie Julien wußte).

»Was ist?« fragte er mit kaltem Blick.

»Entschuldigen Sie die Störung ... Kann ich Sie einen Augenblick sprechen?«

Der junge Arzt machte eine Handbewegung durch die offene Tür auf den Flur hinaus und erklärte ihm, daß die Hausordnung Besuche auf den Zimmern ausdrücklich untersage. Er sprach ein äußerst gepflegtes Englisch, nach Juliens Dafürhalten mit Cambridge-Akzent (was ihn überraschte). »Ich habe ganz den Ein-

druck, daß er auf meinen Besuch vorbereitet war«, dachte der Inspektor, während er sich umdrehte, um die Tür hinter sich zu schließen. »Jemand muß ihn gewarnt haben. Das Mädchen unten vielleicht?«
Als er sich dem Chinesen wieder zuwandte, stand dieser vor ihm und richtete eine Waffe auf ihn – eine 9-mm-Beretta. Der Inspektor breitete seine Arme aus und zeigte seine leeren Handflächen vor. Da verspürte er schon einen unerträglichen Schmerz in der Brust.
Als er die Augen wieder öffnete, hatte sich die Perspektive verändert. Er saß auf dem Linoleumboden, den Rücken an die Tür gelehnt; daß er zu Boden gesackt war, hatte er gar nicht wahrgenommen. Jetzt bloß nicht bewußtlos werden! Das erste Mal in einer dreiunddreißigjährigen Laufbahn! Er hätte nie geglaubt, daß das so weh tun würde ...
Er sah, wie Tung herantrat und erneut seine Waffe hob, einen völlig abwesenden Ausdruck auf dem aschfahlen Gesicht. Er dachte noch: »Jetzt ist's endgültig aus!« Dann aber siegte sein Überlebensinstinkt und er schrie: »Ich bin verletzt! Helfen Sie mir!«
Die Augen des Arztes verloren ihre Starrheit, und sie füllten sich mit einem Ausdruck höchsten Erstaunens. Es kostete ihn sichtliche Anstrengung, das zu begreifen, was er hier vor sich sah. Dann nickte er langsam mit dem Kopf, als erkläre er damit sein Einverständnis, legte die Beretta auf das Bett und kniete sich dann vor Julien hin, um nach der Einschußstelle zu suchen. Als er ihm die Jacke herunterzog, schrie Julien vor Schmerz auf.
»Tut mir leid!«
Der junge Arzt schnallte behutsam das Halfter mit der Dienstwaffe ab. Er runzelte die Brauen, als er den Blutfleck auf dem Hemd sah; das Einschußloch lag auf der Höhe der Milz. Dann stand er auf und holte von einem Regal einen Verbandskasten.
Julien beugte sich zur Seite; es verursachte ihm einen furchtbaren Schmerz, auch nur den Arm auf das Bett zu legen. Ein roter Schleier legte sich über ihn, er tastete blind auf der Steppdecke herum. Als er wieder zu sehen vermochte, stand der junge Mann mit einer Spritze vor ihm. Die Beretta auf dem Bett war verschwunden, von dem Einstich spürte Julien nichts.
»Wofür ... ist ... das?«

»Um den Schmerz zu beseitigen!«

»Den Schmerz – oder mich?«

Tung erhob sich, seinem Blick ausweichend. Dann sagte er knapp, er sei schließlich Arzt und nicht hier, um irgend jemanden zu töten! Dann kümmerte er sich nicht weiter um ihn, holte einen Koffer unter dem Bett hervor und leerte dessen Inhalt auf den Boden: Briefe, Dokumente, sonstigen Papierkram. Dann warf er weitere schriftliche Unterlagen dazu, die er aus seinen Taschen und aus Schubladen holte. Er tat das alles rasch und präzise und führte dabei ein lautes Selbstgespräch. Ja, er hätte lieber die Große Versammlung abgewartet, um gemeinsam mit den übrigen Erwählten die Schwelle der Astralen Verklärung zu überschreiten. Alle zusammen hätten sie sich mit dem Licht vereinigt! Leider aber müsse er nun seinen Brüdern vorangehen. Sein Verhalten würde wohl mißverstanden werden von den Unwissenden. Man würde ihn sicher auch mit der Erlösung dieses Farik Kemal in Verbindung bringen, und man würde ihm wohl vorwerfen, daß er sich der irdischen Justiz habe entziehen wollen. Er bedauere das, ernsthaft – zumal wegen der Menschen, die ihm nahe standen: seine Eltern, seine Freunde, vor allem Zaïna, die sich wohl verraten fühlen würde ...

Julien verstand jedes Wort dieses Selbstgesprächs, er reagierte darauf aber ebensowenig wie auf die eindeutigen Vorbereitungen eines Selbstmords, die hier getroffen wurden. Das Morphium, oder was immer der Chinese ihm gespritzt haben mochte, hatte ihn in einen Zustand versetzt, den er niemals vorher erlebt hatte, und den er geradezu als wohltuend empfand. Er spürte auch keine Schmerzen mehr. »Trotzdem muß ich nachher aufstehen, um Sandrine vom Omnibus abzuholen. Kiersten verläßt sich auf mich!«

Yan Tung holte gerade ein paar Fotos von den Wänden, Familien bilder höchstwahrscheinlich. Er küßte sie andächtig, dann holte er aus dem Schrank einen roten Plastikkanister. Er schraubte ihn auf und goß ein paar Liter Benzin über die in der Mitte des Zimmers aufgehäuften Papiere.

Mit distanzierter, fast hochmütiger Höflichkeit bat er dann den Inspektor, zu gehen und ihn allein zu lassen. Ja, glaubte er denn tatsächlich, er könne sich überhaupt bewegen? Tung kümmerte sich nicht weiter um ihn und setzte sich in der Lotushaltung auf den Boden. Er übergoß zunächst seinen Unterleib mit Benzin und dann, als der Kanister mit zunehmender Entleerung leichter wurde, nacheinander seinen Oberkörper, die Schultern, und schließlich den Kopf.

Er mußte heftig husten und kämpfte mit einem Ohnmachtsanfall. Dann öffnete er eine Schachtel mit Streichhölzern.

Julien zwang sich zu einer übermenschlichen Anstrengung, um die Lähmung seiner Glieder zu überwinden. Es gelang ihm, die Steppdecke heranzuziehen und sich mehr schlecht als recht damit zu bedecken. Ehe er sie sich über den Kopf zog, nahm er noch Tungs letzten Blick wahr: Augen voller Tränen, voller Verzweiflung, die um Hilfe schrien – wie die eines Gefangenen, die hinter der erstarrten Maske hervor um Gnade flehten.

Dann schoß eine Stichflamme hoch, und die Druckwelle einer Explosion fegte durch den Raum. Drei Sekunden später öffneten sich die Ventile der automatischen Löschanlage an der Decke, und mächtige, schäumende Strahlen wurden von der Preßluft ins Zimmer gedrückt. Zugleich schrillten im ganzen Gebäude die Alarmsirenen.

Julien riß die Decke herunter, da er zu ersticken drohte. Der Löschschaum machte ihn fast blind, und der schreckliche Geruch verbrannten Fleisches fast bewußtlos. Die letzten züngelnden Flammen verlöschten gerade. Unerklärlicherweise saß Tung noch in der gleichen Stellung aufrecht da. Sein Gesicht war nur noch eine klumpige, schwärzliche Masse. Plötzlich klappte der Unterkiefer herunter, die Zähen wurden sichtbar, und man hörte ein grauenhaftes Röcheln. Der Unglückselige lebte noch. Er bäumte sich auf und fiel zur Seite.

Julien versuchte davonzurutschen, um der Sintflut zu entgehen, Atem schöpfen zu können, zu entfliehen. »Ich werde noch ertrinken!« Diese Vorstellung erschien ihm so unglaublich absurd, daß er die Ohnmacht, die ihn nun überfiel, dankbar als Erlösung und Befriedung empfand.

18. Kapitel

Schon nach nur drei Minuten in dem großen Saal hatte Laurence es bedauert, hergekommen zu sein. Dabei hatte Teresa Lagerstein sie sehr herzlich begrüßt mit einer Miene, die ausdrückte: »Vergessen wir, was da war!« Und Antoine Becker hatte sie beiseite genommen, um ihr von Catherine zu berichten:
»Herzlichen Dank für alles, was Sie während meiner Abwesenheit für sie getan haben!«
»Ich fürchte nur, daß ich keine große Hilfe für sie war...«
»Täuschen Sie sich da nur nicht! Erst heute morgen hat sie mir wieder versichert, wie sehr Ihr Mut sie beflügelt hat. Wenn Sie nicht gewesen wären, hätte sie nie die Kraft gehabt, ihre Dämonen zu vertreiben. Ich gebe nur ihre eigenen Worte wieder.«
Daran hatte Laurence so ihre Zweifel, und deshalb kam es ihr sehr gelegen, daß gerade ein Vertreter des französischen Roten Kreuzes, ein kleines, stoppelköpfiges Männchen mit einer Fistelstimme, auf sie zustürzte und ihr bewegt beide Hände schüttelte. Er habe erfahren, daß sie nicht, wie angekündigt, »Zeugnis ablegen« wolle heute abend. Aber bitte, sie brauche ihm das nicht zu erklären, er könne es sehr gut verstehen. In der Wiederholung liege doch eine beständige Gefahr für die Erinnerung, nicht wahr? Gelegentlich sei das Schweigen doch der bessere Weg, das Gedächtnis zu bewahren vor einer »Erosion durch die Worte«...
Sie musterte ihn aufmerksam, bemüht darum, ihre Überraschung nicht spüren zu lassen. Woher wußte er um diese Dinge? Verdankte er seine Erfahrungen einem geheimen Kummer, einem Erlebnis, das er mit niemandem teilen wollte? Dabei wirkte er auf den ersten Blick sehr konventionell, wenn nicht sogar langweilig... Man muß doch ständig auf der Hut davor sein, sich zu täuschen!
Die Veranstaltung war, das ließ sich schon jetzt sagen, ein voller Erfolg. Zahlreiche Medien waren vertreten. Ein Kameramann wanderte durch die Menge und filmte im Strahl eines aufgesetzten Scheinwerfers die bekanntesten Gäste. Man tat, als bemerke

man ihn nicht, und spielte weiter Ungezwungenheit. Die Stimmung war geprägt von einer gewissen Abgeschlossenheit, einer »Bestelltheit« sozusagen. Diese Veranstaltung war eine Pflichtübung für die Vertreter von humanitären Organisationen und Vereinigungen zur Unterstützung der Dritten Welt, von Kämpfern für die Menschenrechte und gegen Rassismus und Diskriminierung. Kleine Gruppen sammelten sich um Leute, die jeder kannte, doch Laurence hielt sich abseits von ihnen. Sie schaute sich lieber die Menschen an, die unter all diesen Wohltätern fremd wirkten: die Bewohner dieses Hauses, die sich hier von ihren Folterungen und den Folgeschäden erholten sollten. Nicht wenige davon konnten ohnehin ihre Zimmer gar nicht verlassen. Sayyed Razmadi lehnte an einer Säule in der Nähe der Bar und suchte durch Zeichen Laurence auf sich aufmerksam zu machen. Was mochte er von ihr wollen? Sie hatte keine Lust, sich mit ihm zu unterhalten. Trotzdem schickte sie ein Lächeln zu ihm hinüber, um ihm zu bedeuten, daß sie ihn erkannt habe und ihm nichts nachtrage wegen seiner Aussage damals und seiner »frei erfundenen Lüge«, wie er das genannt hatte. Er machte einige unsichere Schritte auf sie zu, drehte dann aber ab; er war offensichtlich betrunken. Dennoch wiederholte er seine Grimassen, sich noch einmal Laurence zuwendend: Er wies auf Terese Lagerstein, die im Gespräch mit einem hochgewachsenen, allmählich ergrauenden Mann war, und deutete mit weit aufgerissenen, schreckhaften Augen und einem Griff an die Kehle Gefahr an...

Laurence ging nach hinten in den Saal um festzustellen, was Razmadi gemeint haben konnte. Dort war eine Vergrößerung des Signets von *Archipel International* auf einem Dreifuß aufgestellt.

»Frau Dr. Descombes!« rief ihr, sich umwendend, Teresa zu. »Darf ich Ihnen Dr. Malbar Soliman von der Weltgesundheitsorganisation vorstellen, einen großen Freund unseres Hauses? Er ist eigens aus Genf gekommen, um der Taufe unseres jüngsten Kindes beizuwohnen... Ohne die Kupplerin spielen zu wollen, bin ich doch überzeugt davon, daß er unbedingt Ihre Bekanntschaft machen möchte.«

»Er kennt mich bereits«, antwortete sie kaum hörbar. »Nicht wahr, ›Herr Professor‹?«

Ihre Blässe alarmierte die Gründerin der Résidence Victor. Um

Himmels willen, bloß keine Szene an diesem Abend, vor all den herumschnüffelnden Journalisten! Das wäre ja eine Katastrophe! Soliman verneigte sich förmlich vor Laurence. O ja, er kenne sie – und das *in mancherlei Hinsicht*. Dann legte er beruhigend die Hand auf den Arm der Gastgeberin und fügte sanft hinzu:
»Meine Liebe! Dürfte ich Sie bitten, mich für ein kurzes Gespräch unter vier Augen mit unserer berühmten Freundin allein zu lassen?«
Teresa stimmte mit einem gezwungenen Lächeln zu. Sie war zu allem bereit, wenn sich das ohne Aufsehen regeln ließ. Es mußte eine heftige Meinungsverschiedenheit zwischen diesen beiden geben, das war unübersehbar. Gott sei Dank war man hier unter zivilisierten Menschen! Sie entfernte sich eiligst, während ihre Blicke einen Verbündeten suchten – vermutlich Antoine Becker.

Kahled Imran hatte eine »Sonderbehandlung« zu erwarten, wie das im Jargon von Maghrabi hieß. Oberst Sheba hatte ihn höchstpersönlich im »Kloster« abgeliefert, und er wurde in einer nahe an der Krankenstation gelegenen Zelle dauernd von zwei Männern bewacht.
Drei Tage lang ließ man ihn völlig in Ruhe, weil man auf die Ankunft eines »bedeutenden Mannes« wartete, der bei den Verhören dabeisein sollte. Zur psychologischen Vorbereitung brachte man ihn jedoch in die alte Kapelle und zwang ihn, den Folgerungen anderer Opfer beizuwohnen. Die »Befragungsexperten« hatten mitbekommen, daß der neue Gefangene vom Generalstab des gegnerischen Lagers den Rebellen ausgeliefert worden war. Den Grund dafür kannten sie zwar nicht, aber sie sahen in der Auslieferung eine Art von Anerkennung ihrer Methoden. Und deshalb fühlten sie sich angespornt, ihr ganzes Können unter Beweis zu stellen ...
Khaled sah nach nichts Besonderem aus. Er war schmächtig und rieb sich ständig die Hände, als ob er sie wärmen wolle. Laurence erkannte rasch, daß er sehr viel intelligenter war, als er merken lassen wollte, und zweifellos von außergewöhnlicher Charakterstärke. Daher war sie auch nicht überrascht von der unglaublichen Widerstandskraft, die er dann seinen Peinigern gegenüber bewies.

Niemand wußte, wer dieser Spezialist war, der eigens aus Rhages angereist war, aber die Unterwürfigkeit, die ihm gegenüber sogar Oberst Sheba bezeugte, bestätigte seinen hohen Rang. Man nannte ihn nur den »Professor«. Er gehörte nicht in diese besondere Welt von Maghrabi, und es war ihm anzumerken, daß er jeden Tag, den er hier verbringen mußte, als Strafe empfand. Sein Sonderauftrag bestand darin, von dem Gefangenen Auskunft über eine mysteriöse Liste mit Nummern und Codebezeichnungen zu erhalten. An anderen Fragen war er nicht interessiert, und er lehnte es ab, an der Auswahl oder Anwendung der Folterungen teilzunehmen. Oft griff er ein, um das Vorgehen der Schinder abzumildern – aber allein aus der Sorge, den Gefolterten am Leben zu erhalten, und keineswegs aus Mitgefühl für seine Leiden.

Eines Abends suchte er Laurence in der Krankenstation auf. Sie hatte gerade Khaleds Untersuchung beendet, der beim Untertauchen im »Bad« der Kapelle schließlich ohnmächtig geworden war.

»Ich weiß, was Sie denken, und ich bedauere das«, sagte er ohne alle Umschweife. »Und Sie dürfen mir glauben, daß ich diese »Arbeit« genauso verabscheue wie Sie. Dennoch brauche ich Ihre Hilfe.«

Laurence war verblüfft, aber weniger darüber, was er ihr da sagte, sondern darüber, daß er es auf Französisch sagte, und das so gut wie akzentfrei. Sie hatte ihre Muttersprache inzwischen seit fast drei Jahren nicht mehr gehört.

»Ich kann nichts weiter tun.«

»O doch!« entgegnete er und warf einen Blick auf den Mann, der vor ihnen lag. »Sie können mit ihm reden. Die sanfte Methode wirkt gelegentlich Wunder! Sonst machen ihn diese Bauern da einfach kaputt. Und Sie können verhindern, daß er schließlich nur noch dahinvegetiert.«

Sie zog sich zum vergitterten Fenster zurück. Selbst wenn es höchst unwahrscheinlich war, daß ihr Patient ihrem Gespräch folgen konnte, brachte sie es doch nicht fertig, die Unterhaltung vor ihm so zu führen, als sei er bereits das hirnlose Wrack, zu dem er fraglos werden würde, wenn man seiner »Sonderbehandlung« nicht bald ein Ende setzte.

»Dahinvegetieren, ja vermutlich ... Und wieso bekümmert Sie

das? Er kommt doch ohnehin nicht lebend hier aus dem ›Kloster‹ heraus. Als ob Sie das nicht genau wüßten!«
»Aber nein, er wird es mit heiler Haut verlassen, das ist sogar zwingend! Man wird ihm einen ordnungsgemäßen Prozeß machen und ihn vor den Augen aller und nach Recht und Gesetz zum Tod verurteilen. Pflegen Sie ihn in der Zwischenzeit gut, und bemühen Sie sich, ihn zur Vernunft zu bringen. Meinen Sie denn, daß diese Quälerei mir Spaß macht?«
Am Tag darauf wurde Laurence in die Kapelle gerufen. Oberst Sheba und seine Schergen tranken Champagner. Der Professor war bereits wieder nach Rhages abgereist – er hatte die gewünschten Auskünfte bekommen. In einer Ecke auf einem Tisch erlitt Khaled Imran seinen dritten epileptischen Anfall.
Der neunte führte dann zu seinem Tod, nach einem Tag ohne Bewußtsein und einer Nacht der Agonie.

Neben dem großen Saal lag ein Wintergarten, in dem der Treibhauseffekt das Wachstum vieler tropischer Pflanzen begünstigte, von denen manche über zwei Meter hoch waren. Zwischen dem Grün befanden sich Sitzgelegenheiten, und Dr. Soliman schlug Laurence vor, sich gemeinsam mit ihm hinzusetzen. Dies lehnte sie jedoch mit steinernem Gesicht ab. Der Wintergarten war verlassen und wurde nur durch das vom Saal hereinfallende Licht erhellt; es roch nach Humus und Gartenerde.
»Wie konnten Sie es wagen?« fuhr sie ihn zitternd vor Empörung an. »Und gerade in diesem Haus, das ist doch der Gipfel! Sie kommen mir nicht so einfach davon!«
»Angesichts unserer jeweiligen Aktivitäten war ein Zusammentreffen zwischen uns, früher oder später, absolut unvermeidlich«, erklärte er ohne jede Aufregung. »Nachdem ich ja wußte, daß Sie heute abend hier sein würden, wäre es mir doch ein leichtes gewesen, wegzubleiben, oder nicht? Aber das hätte ja nichts daran geändert, daß wir einfach über bestimmte Dinge miteinander reden müssen.«
»Frau Lagerstein scheint Sie für einen Mediziner zu halten...«
»Das bin ich auch: Spezialist für Immunologie. Und hoher Funktionär der WHO, seit fünfzehn Jahren. Glauben Sie mir, ich kann gut verstehen, daß ...«

»Wofür halten Sie mich? Was immer Sie sagen mögen, ändert nichts an dem, was Sie *dort unten* vor meinen Augen getan haben!«

»Lassen Sie mich dennoch erst einmal reden, urteilen können Sie anschließend. Mein Problem ist es nicht, dies oder jenes zu sagen oder auch nicht, sondern abzuwägen, wie weit ich mit der Wahrheit überhaupt gehen kann. In der Tat habe ich Ihnen von drei Angelegenheiten zu berichten. Bei der einen geht es um das, was da in Maghrabi geschehen ist. Die beiden anderen betreffen Sie persönlich, und ich zögere diesbezüglich noch immer, weil es Sie grausam treffen könnte...«

»Bleiben Sie mir mit Ihren Skrupeln vom Hals! Seit wann zögern Sie denn, Schmerz zuzufügen? Ihre ›Wahrheiten‹ machen mir keine Angst! Wenn es etwas zu sagen gibt, dann sagen Sie es ohne Umschweife!«

Soliman seufzte und nahm, sich entschuldigend, in einem Sessel Platz. Er sei nun schon sehr lange gestanden, und sein Rücken mache ihm zu schaffen. Er habe bereits alles versucht: Bewegungstherapie, Krankengymnastik, Chiropraktik – am ehesten helfe immer noch das gute, alte Aspirin.

Dann kam er ohne Übergang auf Khaled Imran zu sprechen; der sei einer der fanatischsten Strategen der Terrororganisation *Blut der Märtyrer* gewesen. Unter den Angriffen der gemäßigteren Teile habe er einen harten Kurs verfochten und auf eigene Faust eine Reihe von Operationen unternommen, ohne die dafür erforderliche vorherige Zustimmung des Führungsrates einzuholen. Eine davon habe zu einer Katastrophe geführt.

»Ich erspare Ihnen lieber die Details. Kurz gesagt, hatte sich Imran der Unterstützung eines Technikers der WHO versichert, eines meiner Mitarbeiter. Der hatte sich in eine Sittlichkeitsaffäre verwickeln lassen und war damit erpreßbar geworden, und man zwang ihn, mehrere tausend Ampullen eines Kombinationsimpfstoffes zu vergiften. Sie waren zur Lieferung an das Rote Kreuz des Emirats Gazleh bestimmt... Sind Sie ganz sicher, daß Sie sich nicht doch lieber setzen wollen?«

Da sie widerwillig einräumen mußte, daß der Unterschied in den Positionen sie allmählich doch zu stören begann, setzte nun auch sie sich.

»Gazleh?« fragte sie. »Wieso?«
»Der dortige Emir ist ein geschworener Feind der Regierung in Rhages. Obendrein betrachten ihn die Vereinigten Staaten als ihren Verbündeten. Und es kann Ihnen ja wohl auch nicht verborgen geblieben sein, daß er die Rebellentruppen des Oberst Sheba mit Nachschub versorgte ...«
»Was also ist passiert? Ich meine, mit dem Impfstoff ...«
»Das Schlimmste!«
Der Techniker habe Selbstmord begangen und einen erläuternden Abschiedsbrief hinterlassen. Aufgrund einer Verkettung unglücklicher Umstände habe man diesen jedoch erst drei Monate nach dem Ableben seines Verfassers entdeckt. In der Zwischenzeit hatte natürlich jemand anderer dessen Aufgaben übernommen.
»Und der hat dann also das Zeug nach Gazleh geliefert ...«
»Aber nein, das ist es ja – es kam wieder ins Lager!«
Immerhin hatte man mit Gewißheit feststellen können, daß nur fünf Länder im Nahen Osten als Empfänger in Frage kamen. Und die tragische Bestätigung ließ nicht lange auf sich warten. Der Impfstoff selbst war nicht tödlich, aber er löste eine ansteckende Hirnhautentzündung aus. Die Hälfte der geimpften Kinder war gestorben, die andere hatte mit irreparablen Hirnschäden überlebt.
»Als ich nach Farghestan kam, hatte man gerade das dreihundertneunundfünfzigste Opfer ins Krankenhaus eingeliefert. Ein acht Monate altes Mädchen, es hat überlebt: taub und blind.«
Für einen zu kurzen Augenblick veränderte sich die beherrschte Stimme Malbar Solimans etwas.
Laurence wollte gerne Abstand wahren, konnte sich aber nicht entziehen. An der Wahrheit des Berichts zweifelte sie nicht, zumal er von bruchstückhaften Informationen, die in Maghrabi umliefen, gestützt wurde.
»Man hätte den Gesamtbestand vernichten müssen!«
»Um ihn wodurch zu ersetzen? Und zu welchem Preis? Ich will Sie hier nicht mit technischen Details langweilen, aber Sie dürfen mir glauben, daß sich eine Krise solchen Ausmaßes nicht im Handumdrehen bewältigen läßt. Wir haben alle Möglichkeiten überlegt, wirklich alle! So gut wie alle hatten zu einer Situation

geführt, die schlimmer gewesen wäre als die, die wir beheben wollten. Die einfachste und schnellste Möglichkeit blieb immer, die Codenummern der vergifteten Ampullen herauszubekommen ...«

»Nichts bewies, daß Imran sie kannte.«

»Aber das hat er doch selbst zugegeben! Er hatte sich bereit erklärt, sie herauszugeben, sobald das Emirat Gazleh die 1962 besetzte Enklave von Lakhmé geräumt hätte. Verhandlungen darüber aber konnte man sich sparen, da man den Militärs in Rhages Khaled Imran gefesselt frei Haus geliefert hatte ... Die eigenen Leute hatten ihn als schwarzes Schaf auf dem Altar der Öffentlichkeitswirkung geopfert!«

Es folgte ein langes, lastendes Schweigen.

»Nichts kann die Folter rechtfertigen!« sagte Laurence schließlich leise. »Wenn man auch nur eine einzige Ausnahme zuläßt, setzt man das ganze teuflische Treiben in Gang...«

»Ich habe Ihnen die Tatsachen vorgetragen, und Sie können sich Ihr Urteil bilden«, antwortete er mit überraschender Gewichtigkeit. »Ich habe Tag für Tag nachgedacht – auch im ›Kloster‹ selbst noch. Ich bin zu einer anderen Entscheidung gelangt als Sie, gewiß. Aber schauen Sie mich an: Bin ich deshalb ein Ungeheuer?«

Sie schaute ihn an, und ihre Augen füllten sich mit Tränen.

»Nein, gewiß nicht – diese Entschuldigung steht Ihnen nicht zur Verfügung!«

Die in den Saal führende Glastür öffnete sich. Dem Stimmengewirr, das dadurch hörbar wurde, folgte Antoine Becker. Er suchte das Halbdunkel im Voranschreiten mit den Augen zu durchdringen. Als er die beiden Gestalten inmitten der exotischen Grünpflanzen wahrnahm, fuhr er zusammen.

»Ach, hier sind Sie also!« sagte er mit aufgesetzter Leutseligkeit. »Ich wollte Sie nicht stören, tut mir leid. Aber Teresa meinte, es wäre Ihnen vielleicht nicht gut, Laurence. Und da wollte ich doch mal nach Ihnen schauen ...«

»Es geht mir bestens, danke.«

»Ich kann die Diagnose nur bestätigen«, versicherte Dr. Soliman mit unüberhörbarer Ironie.

Antoine ließ ein verlegenes leises Lachen hören. Dann zog er sich

mit einer Geste, die andeuten sollte, daß er dann ja beruhigt sein könne, zurück und schloß die Tür hinter sich.
»Unser guter Freund ist beunruhigt ...«
»Aber das ist eigentlich nicht seine Art. Und ich sehe auch keinen Grund dafür.«
»Ich schon! Unsere Unterhaltung dauert für seinen Geschmack schon zu lange. Und er weiß schließlich, daß meine Verpflichtungen zu Kontakten mit sehr vielen Leuten führen, nicht zuletzt im Nahen Osten ...«
Ein Frösteln überlief Laurence; sie würde jetzt wohl die Antwort auf eine quälende Frage erhalten, die sie dennoch nie ganz klar zu formulieren wußte, noch nicht einmal in diesem Augenblick.
»Ihre zweite ›Wahrheit‹?«
»Genau. Ihre Befreiung wurde aufgrund diplomatischer Bemühungen erreicht, einer Pressekampagne und des Drucks von Amnesty International. Das ist die offizielle Version.«
»Und daneben gibt es eine andere?«
»Ja; wie ich sehe, war meine Vermutung richtig, daß man Sie über den Handel nicht informiert hat. Zweifellos, weil man Ihre Reaktion darauf fürchtete ...«
»Was für ein Handel?«
»Das ist eine dunkle Geschichte – eine mehr!« Malbar Soliman kannte zwar nur die Grundzüge, aber es war genug, um die Katze aus dem Sack zu lassen.
Seit dem Golfkrieg unterstützte das fundamentalistische Regime von Farghestan die terroristische Bewegung »Blut der Märtyrer«. Das ging so weit, daß man von Rhages aus sogar insgeheim diesen furchtbaren Anschlag vom 24. Dezember in der New Yorker Metro finanziert hatte. Im Gegenzug hatten die Vereinigten Staaten auf dem Umweg über das Emirat Gazleh der Rebellenarmee des Oberst Sheba umfangreiche Lieferungen an Waffen und Munition zukommen lassen. Dessen Soldaten hatten die Handhabung der neuen Schnellfeuergewehre V-18 eingeübt, indem sie die Zivilbevölkerung eines Grenzortes abknallten – vorwiegend Frauen und Kinder. Harmonices Mundi war in den Besitz von Fotos dieses Massenmordes gelangt. Deren Veröffentlichung wäre zweifellos ein herber Schlag für die fragwürdige Politik des Weißen Hauses gewesen. Der Kongreß hätte niemals einer

»Sonderhilfe« Washingtons für das Emirat Gazleh zugestimmt – mit anderen Worten, einer finanziellen und logistischen Unterstützung der Befreiungsarmee Farghestans.

»Antoine Becker hat also angeboten, diesen ›bedauerlichen Zwischenfall‹ unter der Decke zu halten im Tausch gegen die Freilassung der Frau Dr. Descombes ...«

»Ich habe verstanden«, sagte Laurence. »Was mir noch immer unklar ist: Mit welcher Absicht erzählen Sie mir das alles?«

Dr. Soliman faltete die Hände unter seinem Kinn und ließ einen tiefen Seufzer hören. Er schien damit der jungen Frau vorwerfen zu wollen, daß sie ihm die Sache wirklich nicht leicht mache. Er habe doch bei der WHO eine herausragende Position, um die ihn viele beneideten. Seine Ernennung sei die Krönung einer sehr hart erarbeiteten Karriere gewesen – in der er, das dürfe er sagen, sich nie etwas habe zuschulden kommen lassen. Er hatte die Absicht, sich vorzeitig pensionieren zu lassen und einen Ministerposten in seinem Lande anzunehmen. Ein entsprechendes Angebot liege ihm vor, und man warte nur noch auf seine Entscheidung ...

Wenn seine Rolle in der Affäre Imran an die Öffentlichkeit käme, würde das zu einem Riesenskandal führen. Die Gerüchteküche würde zu brodeln beginnen. Dementis oder Richtigstellungen wären da sinnlos. Zweifel würden immer bleiben, und sie würden sich wohl als schwere Belastung für seine Berufung und sein künftiges Wirken erweisen. In seinem Innersten sei er davon überzeugt, das Richtige getan zu haben. Tausende von Kindern seien vor dem Tod oder einem schweren Schicksal durch sein Handeln gerettet worden. Diese Tatsache sei doch unbestreitbar. Er hätte kein schlechtes Gewissen, er lebe im Frieden mit sich. Und ...

Laurence gebot ihm mit einer Geste, nicht fortzufahren. Sie konnte nicht mehr, ihre Ohren dröhnten.

»Um sich meines Schweigens zu vergewissern, wollen Sie mir andeuten, daß auch ich nicht gefeit bin vor Enthüllungen, die meinen Namen beflecken... Sie würden aufs neue die Gerüchte anfachen, die im Umlauf waren wegen meiner angeblichen ›Beziehung‹ zu Muhammad Sheba.«

»Warum belegen Sie meine Überlegungen mit so aggressiven Formulierungen? Sie betrachten etwas als Drohung, was lediglich eine Argumentation ist. Sie und ich, wir waren beide Zeugen schrecklicher Vorgänge ... unter Umständen, in denen die Begriffe von Gut und Böse höchst relativ werden. Und wir wissen auch beide, daß es uns trotz aller Anstrengungen so gut wie unmöglich ist, unserer jetzigen Umgebung die Lebensbedingungen zu verdeutlichen, unter denen wir damals handelten. Behaupten Sie bitte nicht das Gegenteil! Ihre Erfahrung in Maghrabi hat mit der meinen eines gemeinsam: *Sie ist nicht vermittelbar!* Und daher sollten wir beide darüber schweigen.« Laurence hatte das Bedürfnis, aufzuspringen und davonzulaufen, allein auf die Straße zu rennen und dort laut zu schreien.

»Und Ihre dritte ›Wahrheit‹?«

»Ist das wirklich nötig? Ich glaube kaum. Das Wesentliche ist doch gesagt...«

Malbar Soliman umfaßte die Armlehnen seines Sessels und drückte sich hoch. Er bedauerte es, mit offenen Karten gespielt zu haben. Laurence dagegen dachte: »Er wird begriffen haben, daß ich ihn nicht verraten werde. Und er wird wohl recht behalten.«

»Sie können jetzt nicht zurück«, sagte sie tonlos. »Machen wir ein Ende!«

»Nun gut, wenn Sie darauf bestehen. Vielleicht ist es auch wirklich besser, wer weiß? Ich habe Ihnen den Preis für Ihre Freilassung aus Maghrabi genannt. Aber was wissen Sie denn über die Umstände, unter denen Sie hingekommen sind? Ich spreche von Ihrer Gefangennahme. Haben Sie sich denn nie gefragt, wer Ihre Reiseroute kannte, und wie wohl die Leute des Oberst davon erfahren haben könnten?«

Laurence krümmte sich zusammen. Was wußte sie darüber schon? Nicht allzuviel, das stimmte. Was sie aber wußte, das war, daß es sie jetzt überall schmerzte. Sie schloß die Augen und wollte nichts mehr hören...

Meine Güte, war das Leben teuer in Paris! Kiersten hatte mancher Versuchung widerstanden, aber alles hatte sie sich doch nicht aus dem Kopf schlagen wollen. Dazu zählte ein tailliertes Kostüm, das ganz nach Armani aussah, ohne seinen Namenszug zu tragen, und sie unglaublich schlank wirken ließ. Und dieser Rodier-Pulli aus Kaschmirwolle – »Fühlen Sie einmal, Madame: Ist das nicht eine Wonne?« – und diese Rohseidenbluse, ein Traum! Niemals hätte sie so etwas in Kanada gefunden, nicht einmal im exklusivsten Geschäft. Was Parfüm und Schönheitsmittelchen betraf, vertröstete sie sich auf die Einkaufsmöglichkeiten am Flughafen.

Vor dem schmalen Spiegel ihres Zimmers machte sie eine einsame Modenschau und bedauerte dabei, daß niemand bei ihr war, dem sie das hätte zeigen können, dem sie ihre Gefühle und Eindrücke beim Einkauf hätte schildern, kurz, mit dem sie hätte *teilen* können...

Ein leichtes Klopfen an der Tür, dann ein schabendes Geräusch und ein dumpfes Knacken, als ob sich jemand schwer auf den Türgriff stützte. Der Wecker zeigte wenige Minuten vor zwölf, Kiersten erwartete niemanden. Als sie zur Tür ging, zögerte sie kurz, ob sie ihre Waffe zur Hand nehmen solle.

Draußen im Flur stand Laurence, völlig außer Atem. Ihr Gesicht war blutleer, ihr Blick abwesend: Sie stand sichtlich unter einem schweren Schock. Beunruhigt trat Kiersten einen Schritt zurück, um sie eintreten zu lassen. Da Laurence zu keiner Bewegung mehr fähig schien, nahm sie sie am Arm und zog sie ins Zimmer. Kiersten fühlte, wie ihre Besucherin zitterte.

»Kommen Sie! Sie brauchen keine Angst zu haben, hier sind Sie in Sicherheit!«

Laurence folgte ihr wie eine Schlafwandlerin. Wieso sprach sie von Sicherheit? Es war doch von Gefahr gar keine Rede! Als sie sich ihr zuwandte, sah Kiersten sofort, daß ihre Intuition nicht getrogen hatte: Laurence starrte auf die Wand zwischen Fenster und Tisch mit vor wildem Schrecken geweiteten Augen, den Mund weit offen in einem Schrei, der sich nicht lösen wollte, die Hand ausgestreckt gegen etwas, das sie da sah und vor dem sie sich schützen wollte.

»Laurence, was haben Sie denn? Was ist denn los? So sagen Sie doch etwas!«

Das Zimmer war nur in das Licht der Nachttischlampe getaucht. Sie hätte vielleicht die Deckenleuchte einschalten sollen, aber...

Laurence stieß ein entsetztes Röcheln aus und tat einen Schritt auf sie zu. Es wirkte, als wolle sie sie vor etwas bewahren, das nur sie sehen konnte. Sie schwankte und sank mit glasigen Augen um.

Kiersten konnte sie gerade noch auffangen und davor bewahren, mit dem Kopf gegen die Heizung zu schlagen. Sie hob sie hoch und legte sie auf das Bett. »Sie wiegt nicht mehr als ein Spatz«, dachte sie dabei gerührt.

Das Telefon klingelte gerade in dem Augenblick, als sie ein Handtuch naß machen wollte. Sie hielt inne, nahm den Hörer ab und erkannte die Stimme Thierrys.

»Störe ich Sie? Dann rufe ich später noch mal an, wenn es Ihnen recht ist. Für das, was ich zu sagen habe, werde ich nämlich vielleicht etwas länger brauchen ...«

Er hatte offenbar gleich an der Art, mit der sie sich meldete, gemerkt, daß sie nicht allein war.

»Nein, schon recht, ich höre.«

Sie ließ ihn reden, ohne ihn mit den Fragen zu unterbrechen, die sie bedrängten. Obwohl ihre ganze Aufmerksamkeit in Anspruch genommen war durch das, was er mitzuteilen hatte, bewunderte sie unterschwellig die Art, wie er seinen Bericht abgab. Da war kein Wort zuviel, die Fakten wurden präzise aufgezählt, dazu die genaue Zeitangabe. Das Wesentliche war, daß Julien die Geschichte wohl ohne schwerwiegende Folgen überstehen würde. »Vorausgesetzt, es gibt keine unvorhergesehenen Komplikationen«, hätten die Ärzte gesagt. Aber das müsse man nicht so ernst nehmen, das sei ihre übliche Floskel. Allerdings werde es eine ganze Zeit dauern, bis er wieder auf den Beinen sei, wegen der inneren Verletzungen; vier Wochen werde das mindestens gehen, eher fünf oder auch sechs. Ob er wieder zu Bewußtsein gekommen sei? Ja, kurz; aber wegen seiner heftigen Schmerzen habe man ihm entsprechend starke Betäubungsmittel geben müssen. Vernehmungsfähig sei er sicher nicht vor morgen früh. Seine Aussage sei zwar bestimmt nützlich, aber man habe schon eine recht gute Vorstellung von dem, was sich da abgespielt habe. Dieser Yan Tung hätte bis zum Hals in den Machenschaften der Universellen Vereinigungskirche gesteckt. Er hatte den Rang eines Leiters für Ostkanada, war also ein hohes Tier in der Sekte.

»Er hat zwar seine Papiere angezündet, ehe er Hand an sich selbst legte, dabei aber die Effizienz der Sprinkleranlage unterschätzt. Verbrannt ist eigentlich nur die oberste Lage. Der Rest ist natürlich völlig durchweicht, aber Langford macht sich stark dafür, das zu fünfundneunzig Prozent wieder hinzukriegen. Dem ersten Augenschein nach sind da Dokumente von ganz entscheidender Bedeutung für die Organisation der Sekte dabei ...«

Mit steifem Nacken neben dem Nachttischchen stehend, konnte sich Kiersten das Drama lebhaft und geradezu schmerzhaft vorstellen, als ob ihr plötzlich die Gabe des Zweiten Gesichts verliehen worden sei. Sie hatte das Gefühl, als ob sie sich nur umdrehen müsse, um dort Julien auf dem Boden liegen zu sehen. Dummes Zeug! Sie war hier in ihrem Pariser Hotelzimmer und beobachtete mit Sorge Laurences unregelmäßiges Atmen. Dieses Phänomen einer Art von Bewußtseinsspaltung machte ihr zu schaffen.

»Von wo rufen Sie denn an?«

»Aus dem Riverside-Krankenhaus. Ich bin seit fünfzig Minuten hier. Ich wollte mich erst zusammenfassend informieren, ehe ich Sie anrief. Ich war in meinem Labor und habe erst um halb fünf von der Sache erfahren. Ihr Saltaniwsky ist eine rechte Pflaume!«

»Ach tatsächlich? Den Ausdruck hat noch niemand für ihn gebraucht, aber wenn Sie meinen...«

»Paddington kam endlich auf die Idee, mich anzurufen ...«

»Paddington? Ist der bei Ihnen?«

»Hier im Krankenhaus jedenfalls. Er kümmert sich um Juliens Frau. Die hat das schwer mitgenommen. Nach dem letzten Stand der Dinge hat er sie der Behandlung durch Balzac anvertraut. Kiersten?«

Er mußte wohl ihr erschrecktes Aufstöhnen mitbekommen haben, obwohl sie rasch die Hand vor den Mund geschlagen hatte. Denn es war ihr gerade eingefallen: Halb fünf in Ottawa! Da sollte doch Sandrine am Busbahnhof ankommen! Und jetzt war niemand dort gewesen, um sie abzuholen! Sie informierte Thierry in wenigen Worten über die Vereinbarung, die sie am Morgen mit Julien getroffen hatte.

»Soll ich mich darum kümmern? Ich könnte auf einen Sprung nach Rockliffe fahren und ihren Großvater ...«

»Nein, vielen Dank, es ist für mich beruhigender, Sie dort im Krankenhaus zu wissen. Um diese Geschichte kümmere ich mich selbst... Mit fünfzehn ist sie schließlich kein kleines Kind mehr... Obwohl, na ja... Jedenfalls werde ich versuchen, einen Tag früher zurückzukommen ...«

Sie legte auf und setzte sich auf den Rand des Bettes, plötzlich wie ausgelaugt. Laurence richtete sich mit verstörter Miene zitternd auf ihre Ellbogen auf.
»Was ist denn ... Es tut mir leid! Sie hätten nicht ...«
Sie warf einen Blick voller Angst zur Wand hinüber und ließ sich keuchend zurücksinken. Kiersten nahm ihre Hand in die ihren, um sie zu beruhigen.
»Irgend etwas erschreckt Sie...«
»Nein, das heißt ... Es ist jetzt vorbei! Sie können das nicht verstehen.«
»In Ihrem Tagebuch erwähnen Sie diese ›Risse‹ ...«
»Ja, das stimmt; ich dachte nicht mehr daran, daß Sie es ja gelesen haben. Bisher waren diese Spalten immer leer... Zumindest so gut wie. Aber jetzt war das anders: Ich sah Hände und Arme, die sich bewegten, als wollten sie aus der Wand heraus! Es war grauenhaft. Aber ich glaube fast, daß das ein gutes Zeichen ist.«
»Was meinen Sie damit?«
»Es war jetzt *lebendig* ... Sind Sie mir böse, daß ich Sie so überfallen habe? Ich muß Ihnen das erklären ...«
»Ja, gleich, einverstanden. Aber ich muß vorher noch einen Anruf erledigen... Wegen eines Hickhacks mit meiner Tochter! Aber bitte, bleiben Sie liegen! Sie sind ja noch totenblaß.«
Laurence schlug die Augen nieder. Ein schmerzlicher Ausdruck zog über ihr Gesicht wie eine einzelne Welle über eine glatte Wasseroberfläche.
Kiersten versuchte Alice Balasubramaniam zu erreichen, aber diese war offensichtlich nicht mehr im Büro. Mehr Glück hatte sie in Mont-Laurier; Philippe beruhigte sie: Sandrine habe ihn gerade vorhin vom Obersten Gerichtshof aus angerufen und ihm gesagt, daß ihr Großvater am frühen Abend aus Toronto zurückkomme und sie die Nacht bei ihm in Rockliffe verbringe.
»Ich sagte ihr dann, daß sie am nächsten Morgen hierher zurückkommen solle«, fügte er hinzu. »Aber ich habe ihr dann schließlich noch erlaubt, daß sie wie gewöhnlich mit deinem Vater im Universitätsclub zu Mittag essen darf ...«
»Sie wird dir entsprechend um den Bart gegangen sein. Aber ist in Ordnung. Und ich hätte sie wirklich anrufen sollen, ehe ich abreiste!«

Erleichtert beendete sie das Gespräch.
»Möchten Sie etwas trinken?«
Laurence öffnete die Augen und schaute sie an, als ob sie Mühe hätte, sie zu erkennen. Dann nickte sie mit dem Kopf. »Hat sie meine Frage überhaupt verstanden?« überlegte Kiersten, während sie zur Minibar ging, um ein Getränk zu holen. Als sie sich wieder umdrehte, war das Bett leer. Laurence saß auf dem Boden, die Beine gegen die Brust gestemmt und den Kopf auf die Knie gestützt.
Unsicher, ob sie sie ansprechen solle, stellte Kiersten das Glas schweigend in Reichweite neben sie. Dann setzte sie sich, einem Impuls folgend, neben Laurence auf den Teppichboden, den Rücken an den Bettrahmen gelehnt. Sie begriff, daß sie jetzt abwarten mußte, einfach dasein, schweigen und den gedämpften, unbestimmbaren Lauten zu lauschen, die aus anderen Räumlichkeiten des Hotels zu ihnen ins Zimmer drangen.
Schließlich vertraute sich Laurence ihr an, mit einer gleichgültigen Stimme, als spreche sie von einer Fremden. Das Raumschiff Erde durcheile gerade die Sternwolke der Perseiden, sagte sie. Leider aber störe das Lichtermeer von Paris die Beobachtung der Sternschnuppen, die gerade um diese Zeit verstärkt aufträten. Daher habe sich Fjodor Gregorowitsch für drei Tage zu einem befreundeten Astronomen in das Departement Corrèze begeben. Und sie habe sich einfach nicht getraut, an diesem Abend in das Haus in Passy zurückzukehren und allein zu sein in diesem Museum mit den knackenden Geräuschen der hölzernen Vertäfelungen und den Statuen, die im Erdgeschoß Wache hielten.
»Ich bin gewöhnlich nicht ängstlich«, setzte sie hinzu. »Aber gerade heute abend...«
Sie berichtete von dem Empfang in der Résidence Victor und dem Gespräch mit Malbar Soliman im Wintergarten. Je weiter ihre Schilderung fortschritt, desto stärker übermannten sie ihre Gefühle. Immer wieder einmal wurde sie durch ein trockenes Schluchzen unterbrochen.
»Sie können gut zuhören«, sagte sie dankbar.
Kiersten antwortete nicht, obwohl es das erste Mal war, daß man ihr ein solches Kompliment machte. Julien hatte ihr eines Tages,

als er noch ihr Vorgesetzter war, gesagt: »Ich wiederhole mich, ich weiß das. Das liegt daran, daß Sie immer, wenn man mit Ihnen spricht, den Eindruck machen, als dächten Sie an etwas ganz anderes.«
Laurence enthüllte die Verhandlungen, die ihrer Freilassung aus Maghrabi vorangegangen waren. Schließlich kam sie auf die Rolle zu sprechen, die Jean-Louis Becker bei ihrer Gefangennahme gespielt hatte, und auch bezüglich der Gerüchte über ihre »Beziehung« zu Oberst Sheba ... Dann konnte sie nicht weitersprechen; die Verzweiflung brach wie eine riesige Wobe über sie herein. Sie ließ sich vornüber auf den Boden sinken, geschüttelt von einem Weinkrampf, der sie förmlich zu zerreißen drohte ...

Kiersten erwachte gegen vier Uhr morgens. Die Straßenlaternen warfen das fahle Rechteck des Fensters auf die Decke, durchschnitten von einem dunklen Kreuz. Hatte sie geträumt? Es war ihr vorgekommen, als ob eine Stimme sie gerufen hätte.
Sie blickte auf Laurence hinunter, die sich vor dem Bett auf dem Boden wie eine Kugel zusammengerollt hatte. Während der Tränenflut vorhin hatte Kiersten sich damit begnügt, ihr die Hand auf die Schulter zu legen, um sie spüren zu lassen, daß sie da war. Sie hatte tröstende Worte in ihrem Kopf gewälzt und war dann froh gewesen, daß sie sie für sich behalten hatte.
Ihr Schützling war schließlich, am Ende seiner Kräfte, in einen bleiernen Schlaf gefallen. Man mußte es der Zeit überlassen, die Wunden zu heilen. Nur nichts überstürzen. Gott sei Dank hatte ihr die Lektüre des Tagebuchs manche Türen zur Welt von Laurence geöffnet. Um auf Zehenspitzen einzutreten!
Sie schaute sie naher an und sah Tränen schimmern. »Ich wußte gar nicht, daß man gleichzeitig schlafen und weinen kann.« Sie streckte die Hand aus und streichelte das seidige Haar, das im Halbdunkel aschblond schimmerte.
Laurence fröstelte und schlug ihre in Kummer getränkten Augen auf. Sie erkannte das über sie gebeugte Gesicht, und ihr Ausdruck veränderte sich. Ein ganz zaghaftes, nahezu unmerkliches Lächeln trat auf ihre Lippen.
»Danke!« murmelte sie.
Sie erhob sich, hob die Bettdecke etwas an, schlüpfte darunter,

kuschelte sich an die Freundin, murmelte nochmals »Danke!« und war sofort wieder eingeschlafen.
Unten auf der Straße kamen gerade Nachtschwärmer vorbei und grölten zum Steinerweichen einen gängigen Schlager. Eine Frauenstimme protestierte kreischend: »Gaston, mach keinen Schiff! Gib das sofort her!« Gelächter, Witze, die Geräusche einer Verfolgungsjagd.
Kiersten dachte mit weit offenen Augen: »Gestern sind wir uns das erste Mal begegnet. Was weiß sie schon von mir? So gut wie nichts. Und bei dem bißchen, was ich ihr von mir erzählt habe, müßte sie eigentlich auf der Hut vor mit sein.« Dieses Vertrauen überwältigte sie. Nie zuvor hatte sich ihr jemand mit solcher Rückhaltlosigkeit anvertraut. Gewöhnlich hielten die Leute eher Abstand zu ihr. Selbst die Männer, die eine mehr oder weniger bedeutende Rolle in ihrem bisherigen Leben gespielt hatten, waren irgendwie eingekapselt geblieben. Mit Thierry war es anders – er war ganz wild darauf, sich ihr voll und ganz hinzugeben, aber sie hatte Probleme, darauf einzugehen.
War nicht Vertrauen eine Vorbedingung, ohne die gar nichts möglich ist? Aber die Hauptfrage, die Kiersten umtrieb, war im Augenblick: »Was ist überhaupt alles möglich?« Sie fand zwar eine Antwort darauf, aber die behagte ihr gar nicht, weil sie sowohl fürchtete, damit recht zu haben, als auch, sich zu täuschen.
Sie spürte an ihrer Seite den weichen Körper der Schläferin, den sanften Hauch ihres Atems, den leichten Druck ihrer Stirn gegen ihre Schulter, und sie nahm den feinen Geruch ihrer Haut wahr. Sie gab sich ganz dem Gefühl hin, das sie ihr gegenüber empfand und das sie ganz erfüllte: Ja, sie wollte sie halten und behalten, sie einhüllen und beschützen und sie für sich haben ...
Dann war sie wieder völlig verblüfft über sich selbst. Weniger wegen ihrer Gefühle für Laurence, als wegen jeglichen Ausbleibens von Aufregung, Ablehnung oder Aufbegehren in ihr. Mußte sie sich nicht beunruhigen, oder sich zusammenreißen? Oder doch zumindest diese Wirklichkeit in Frage stellen oder den Schluß, der sich daraus ergab?
Das mochte zwar sein, aber die Realität war anders. Irgend etwas war neu in ihr, das es gestern noch nicht gegeben hatte; eine Flam-

me, die sie wärmte, eine Kraft, die ihr wohltat und die sie glücklich machte. Aber auch unruhig – jetzt schon …

Laurence schlief tief und fest, doch plötzlich zuckte sie heftig zusammen. Ein Alptraum? Drei Sekunden später klingelte das Telefon. Kiersten nahm ab, und als sie die Stimme ihres Vaters erkannte, hatte sie sogleich ein ungutes Gefühl. Er selbst schien eher irritiert als tatsächlich beunruhigt. Er habe Sandrine doch zum Abendessen erwartet und sogar Mrs. Chrichton gebeten, zum Servieren dazubleiben. Und inzwischen sei es zehn vorbei, und Sandrine habe sich noch nicht blicken lassen. Er habe schon Philippe in Mont-Laurier angerufen, aber der habe ihm auch nur sagen können, seit dem Anruf vom Nachmittag habe er nichts weiter gehört.
»Er hat mir deine Nummer in Paris gegeben, aber ich habe mich natürlich wegen der Zeitverschiebung gescheut, dich anzurufen. Aber nun habe ich mir doch gesagt, es sei wohl besser …«
»Du hattest völlig recht! Nur weiß ich leider auch nicht mehr. Hast du schon mit Luc Bastien gesprochen?«
»Natürlich, mit ihm als erstes. Er hat mir gesagt, Sandrine habe um halb sechs das Büro verlassen, gemeinsam mit Mona-Lisa Perès, die sie am Bus abgeholt hatte und hierherbringen wollte. Bei ihr nimmt niemand ab … Kiersten? Bist du noch dran?«
Er hörte, wie sie am anderen Ende der Leitung erstickt flüsterte: »Nein, das darf nicht wahr sein! Nur bitte das nicht!«
»Woran denkst du?« fragte er. »Du wirst doch nicht glauben… Um Himmels willen!«
Mit sich überschlagender Stimme bat sie ihn, sofort die Polizei von Ottawa zu verständigen. Dann Direktor Loebscher, unverzüglich! Und Inspektor Lou Russel mit dem Hinweis auf die Universelle Vereinigungskirche: Dieser Hinweis würde ihm völlig genugen! Sodann müsse er unbedingt Bastien nach Rockliffe bitten, und der solle sein Handy mitbringen, um eine zweite Verbindung zu haben. Mit der GRC würde sie sich selbst in Verbindung setzen und dort die Auslösung der höchsten Alarmstufe erbitten; notfalls würde sie dafür bis zu Clarkson selbst gehen.
»Bist du dir sicher, daß das alles richtig ist, nur wegen einer zwei-

stündigen Verspätung? Das ist ja nicht die Welt... Es gibt doch vielleicht eine ganz simple Erklärung ...«

»Um so besser, wenn es so wäre, aber trotzdem! Ich rufe in fünfzehn Minuten noch mal zurück.«

Sie legte auf und hatte Mühe, ihr heftiges Atmen unter Kontrolle zu bringen; es wollte ihr kaum gelingen. Da legte sich eine Hand auf die ihre. Sie wandte sich um und traf Laurences besorgten Blick.

»Ein schwerer Schlag?«

»Die Mirandisten! Ich fürchte, daß sie meine Tochter entführt haben. Bitte helfen Sie mir, nicht durchzudrehen!«

»Wenn ich es richtig mitbekommen habe, müssen Sie jetzt erst einmal dringende Anrufe erledigen ... Anschließend reden wir miteinander, wenn Sie wollen. Ich könnte mir denken, daß ich Ihnen nützlich sein kann.«

»Inwiefern? Wissen Sie vielleicht etwas?«

»Nein, nicht direkt. Aber ich weiß, was in den Köpfen dieser Leute vorgeht ... Und damit müssen wir den Anfang machen!«

Kiersten war dankbar für das Angebot und für Laurences Entschlossenheit. Und trotz all der Besorgnis, die ihre Gedanken verdüsterte, empfand sie auch Überraschung: Was war aus der jungen Frau geworden, die noch vor wenigen Stunden, völlig verwirrt und in panischer Angst, an ihre Tür geklopft hatte?

19. Kapitel

Lydia rief kurz nach 13 Uhr aus London an – endlich! Sie hatte den Vormittag zu einer ausführlichen Besprechung mit Kenneth Sabbagh genutzt. Um dabei nicht gestört zu werden, hatten sie sich in eine Kneipe in Soho zurückgezogen. Es tue ihr leid wegen dieser Verzögerung, versicherte sie, zumal die Nachricht, die sie dann vorgefunden habe, von einer »Krisensituation« berichte.
Kiersten setzte sie über die jüngsten Ereignisse ins Bild: die Bibel Farik Kemals, den Selbstmord Yan Tungs, Sandrines Entführung, die Auslösung der höchsten Alarmstufe bei der GRC. Die präzise Schilderung der Ereignisse und die genauen Zeitangaben forderte ihr hohe Konzentration ab, und in ihrer Situation war sie dafür geradezu dankbar.
Sie beendete ihren Bericht mit der Mitteilung, daß man die Spur von Mona-Lisa Perès und Sandrine dank der sorgfältigen Überwachung der Grenzen habe aufnehmen können. In Dorval hätten sie für einen Flug der Alitalia nach Rom eingecheckt.
In Fiumicino sei die Polizei sofort an Bord der soeben gelandeten Maschine gegangen. Auf den beiden gebuchten Plätzen seien zwei junge Damen gesessen, deren Pässe auf Bianca Mercado und Josette Legault gelautet hätten. Diese Namen hätte die Passagierliste jedoch nicht enthalten. Man hatte die beiden also festgehalten und verhört. Sie hätten sich dumm gestellt, offenbar um Zeit zu gewinnen. Inzwischen war es in Rom fast Mittag, und man hatte sechs wertvolle Stunden mit einer falschen Spur verloren …
Neue Überprüfungen also in Dorval; sie ergab, daß zwei Passagiere mit den genannten Namen mit einer KLM-Maschine nach Amsterdam geflogen seien. Mit großer Wahrscheinlichkeit hätten sie ihren Flug von dort aus nach Valletta fortgesetzt, obwohl die Air Esperanza – eine kleine Luftlinie, die Anrainerstaaten des Mittelmeers bediente – jede Bestätigung dieser Annahme verweigerte. Ein Mitarbeiter von Kiersten (Thierry, der die ganze Nacht über kein Auge zugemacht hatte) hatte die beiden Namen in einem bei Yan Tung gefundenen Adressenverzeichnis aufgespürt.

Beide seien langjährige, ergebene Mirandistin. Und die Speicherkarten zum elektronischen Notizbuch von Kemal hatten erwiesen, daß die Air Esperanza ein Tochterunternehmen des Ferienveranstalters Soledad Tours sei, der von der Universellen Vereinigungskirche finanziert werde.

»Lydia? Sind Sie noch dran?«

»Ja, ja! Ich schreibe alles mit.«

»Nun, Sie werden sich ja den Trick schon vorstellen können: In Dorval hat die Perès die Bordkarten mit diesen beiden Damen getauscht und wird Sandrine wahrscheinlich irgendwas vorgeschwindelt haben von einer früheren Ankunft in Malta oder dergleichen. Wenn ich ins nächste Flugzeug nach Rom gesprungen wäre, hätte ich sie dort vielleicht noch erwischen können.«

»Nein, das wäre nicht gut gewesen. Sie müssen unbedingt in Paris bleiben. Die Leute von der Vereinigungskirche werden sich mit Ihnen in Verbindung setzen.«

»Laurence meint das auch.«

»Laurence? Sie haben Sie also noch mal getroffen?«

»Sie ist sogar gerade hier, und ich bin so froh darüber! Diesbezüglich wollte ich Sie bitten ...«

»Lassen Sie das erst mal, ich kann es mir denken ...«, meinte Lydia, sich räuspernd. (Sie schien tatsächlich bewegt.) »Der gute Ken fährt mich mit Blaulicht nach Heathrow, ich bin umgehend in Paris und melde mich dann sofort. Kennen Sie eigentlich meinen Spitznamen bei Casus Belli? Wonder Woman! Ich habe übrigens eine gute Nachricht!«

»Spannen Sie mich nicht auf die Folter!«

»Ihre Tochter ist in Malta, gesund und wohlbehalten!«

»Und das soll eine gute Nachricht sein?«

»Ja, und ich erkläre Ihnen das gleich nach meiner Ankunft. Das ist nichts fürs Telefon!«

Laurence hatte die Krise kommen sehen und die kanadische Botschaft ohne nähere Erklärung kurz verlassen. (Sie hatte eine nahe Apotheke aufgesucht.) Bei ihrer Rückkehr fand sie Kiersten völlig aufgelöst im Büro von Le Bouyonnec, um Atem ringend und an allen Gliedern zitternd. Sie reichte ihr zwei rote Pillen und ein Glas Wasser.

»Was... was ist das?«
»Genau das, was Sie jetzt brauchen.«
»Doch keine... Beruhigungsmittel? Nein, bloß das nicht!«
»Kommen Sie! Sandrine benötigt jetzt eine Mutter, die in Form ist.!«

Lydia hatte es richtig vorhergesehen: Gegen drei Uhr nachmittags meldete sich Jean-Louis Becker telefonisch im Büro von Inspektor MacMillan in Ottawa. Man schaltete sofort ein Tonband zum Mitschnitt ein und schaltete die Botschaft in Paris zum Mithören zu. El Guías rechte Hand spielte nicht den Dummen, sondern sagte ohne jedes Herumreden, er wisse wohl, daß Kiersten hier in der französischen Hauptstadt sei, aber nicht, wo er sie erreichen könne. Denn »zufällig« sei er gerade auch hier... Ironisch meinte er, es sei wohl etwas schwierig, sich ohne Umschweife zu verständigen, wenn die Verbindung über einen Umweg von zwölftausend Kilometern laufe...
Er schlug ein Treffen vor. »Unter vier Augen – das dürfte wohl klar sein, ja?« präzisierte er, und seine Stimme hatte jede Verbindlichkeit verloren.

Loïc Le Bouyonnec zeigte sich der Situation absolut gewachsen – effizient und diskret. Seine wortkarge Art war weitgehend Fassade. Er hatte an diesem Morgen die richtigen Worte gefunden, um Kiersten spüren zu lassen, daß er in dieser Prüfung an ihrer Seite stand.
Le Bouyonnec unterhielt gute Verbindungen zur französischen Kriminalpolizei. Der stellvertretende Kommissar Le Kerroch dort war beinahe ein Freund von ihm, das durfte er guten Gewissens behaupten. Im vergangenen Jahr hatten sie gemeinsam an einem Jagd- und Angelausflug in Neufundland teilgenommen – ohne ihre Frauen. Beide waren gebürtige Bretonen.
Überdies ging es hier um eine Angelegenheit, bei der von vornherein Solidarität unter den Polizeikräften angezeigt war. Man war gemeinsam betroffen, die Sache ging jeden an. Protokoll- und Kompetenzfragen rückten hier in den Hintergrund – für diesmal zumindest. Kurz, die französische Polizei hatte den kanadischen Kollegen ihre volle Unterstützung zugesagt. Kiersten konnte un-

besorgt zu dem vereinbarten Treffen gehen; die Überwachung war organisiert.
Beim Verlassen der Botschaft bat Kiersten Le Bouyonnec noch darum, Lydia Frescobaldi zu empfangen und sie über die neuesten Entwicklungen zu informieren. Sie hätte es vorgezogen, Laurence damit zu betrauen, aber diese hatte es abgelehnt, ohne sie hier in der Avenue Montaigne zu bleiben.
»Ich muß etwas herumlaufen«, hatte sie versichert. »Außerdem gibt es in der Rue Saint-Victor eine kleine orthodoxe Kirche. Machen Sie sich bitte nicht lustig darüber!«
»Auf gar keinen Fall! Außerdem könnte mir bei dem, was gerade abläuft, ein kleiner göttlicher Eingriff gewiß nicht schaden! Fast beneide ich sie darum, daß Sie gläubig sind.«
»Gläubig? Nun ... eigentlich nicht. Oder sagen wir mal, daß ich das etwas anders sehe. Ich habe einfach dem lieben Gott ein paar Dinge zu sagen, auch was Sie betrifft.«
»Ach ja?« meinte Kiersten verlegen. »Was denn zum Beispiel?«
»Das ist nicht so einfach zu erklären. Sagen wir mal, Dinge, die er vielleicht nicht weiß. Und andere, die er vielleicht vergessen hat.«

Das Restaurant »L'Heure gourmande« befand sich in der Passage Dauphine. Es war ein ruhiger, irgendwie zeitlos wirkender Ort, der zum Verweilen einlud. Das Restaurant selbst, das gemütlich aussah, schien genau in diese Umgebung zu gehören, und man konnte sich beides getrennt voneinander nur schwer vorstellen. Sicher kam vorwiegend Stammkundschaft hierher, und nur vereinzelt Touristen mit einer gewissen Neugier. Kiersten hatte anderes erwartet und zögerte etwas.
Sollte das Haus tatsächlich überwacht werden? Sie konnte keinerlei Anzeichen dafür erkennen, entdeckte weder irgendwelche verkleideten Maler noch offenkundige Zufallsbesucher. Entweder war das wirklich sehr gute Arbeit, oder ... Und schon beschlichen sie angstvolle Zweifel: Wenn nun Kommissar Le Kerroch noch in letzter Minute durch Verwaltungsschikanen gebremst worden war? Oder wenn er ganz einfach seine Zusage nicht eingehalten hätte?
Sie trat ein.

»L'Heure gourmande« – »Zur Schlemmerstunde«? Es war ein Restaurant mit einer zwar einfallsreichen, aber begrenzten Speisekarte, und zugleich eine Art Café mit einer reichen Auswahl an Süßspeisen und Gebäck. Das Lokal war etwa zur Hälfte besetzt, vorwiegend mit Damen mittleren und fortgeschrittenen Alters. Hie und da lasen ein paar einsame Gäste, unbeeindruckt von den Unterhaltungen ringsum, aufmerksam ihre Zeitung.

Im Hintergrund erhob sich einer der Anwesenden, und sie schritt mit pochendem Herzen auf ihn zu. Er verneigte sich mit der gemessenen Höflichkeit einer entschwundenen Zeit, reichte ihr jedoch nicht die Hand. Ahnte er, daß es ihr unmöglich war, ihn auch nur zu berühren? Er war ein gutaussehender Mann, hochgewachsen, mit einem asketischen Gesicht und schmalen, gepflegten Händen. »Wie konnte sich Laurence nur mit einer solchen Kanaille einlassen?« hatte sie sich während der Nacht gefragt, nachdem sie erfahren hatte, was in Maghrabi geschehen war. Nun mußte sie sich einräumen, daß die beiden zumindest äußerlich ein schönes Paar abgegeben hätten. Er wartete, bis sie Platz genommen hatte, ehe er sich selbst wieder setzte.

»Ich bin Jean-Louis Becker. Bitte entschuldigen Sie den Mangel an guter Erziehung. Aber ich war früh dran und habe mir erlaubt ...«

Vor ihm stand bereits ein Teller mit einem Hacksteak und Kartoffelgratin. Er erläuterte dazu, daß er den ganzen Tag noch nichts gegessen habe und nun unbedingt etwas zwischen die Zähne bekommen müsse, um einen Migräneanfall zu vermeiden. Von dem, was in Flugzeugen serviert werde, nehme er grundsätzlich nichts.

»Sie sind heute erst angekommen?« fragte sie. Sie hatte sich vorgenommen, die Ahnungslose zu spielen und ihm die Führung der Unterhaltung zu überlassen.

»Ja, aus Malta, am frühen Nachmittag«, antwortete er und reichte ihr die Karte hinüber. »Ich bin eigens hergekommen, um mit Ihnen zu reden. Darf ich Ihnen etwas empfehlen? Die Mousse au chocolat ist hervorragend. Aber wenn Sie lieber etwas Warmes bevorzugen, rate ich Ihnen zu *Mezzaluna*: Das sind mit Champignonpüree gefüllte Ravioli in Sahnesoße ...«

Sie bestellte zunächst nur einen Eisenkrautlikör mit Pfefferminzsirup bei der jungen Bedienung, die herangetreten war und mit dem Eifer eines Neulings ihre Bestellung auf einen kleinen Block schrieb.

Jean-Louis Becker richtete seinen Blick aufmerksam auf seinen Teller und kaute hingebungsvoll sein Essen. Es war ihm klar, daß er dabei scharf beobachtet wurde, und er hob seine blauen Augen zu Kiersten, ohne ihrem Blick auszuweichen. Er sandte ihr ein kleines Lächeln zu wie ein kleiner Junge, den man bei einem Streich ertappt hatte.

»Laurence hat ganz recht gehabt, als sie mich nachdrücklich vor ihm warnte«, dachte sie. »Vor diesem hübschen, gepflegten Blondschopf muß man auf der Hut sein!«

Sie hatte Mühe, an die Wirklichkeit dieser Begegnung zu glauben und störende Nebengedanken abzuwehren. Sie war in Versuchung, in Gedanken abzuschweifen und sich an nebensächliche Details zu klammern. Das Zusammentreffen mit diesem Mann, der über Leben und Tod Sandrines Macht hatte, war geprägt von etwas Unrealistischem, ja Traumhaftem durch die gepflegte Atmosphäre der Umgebung, die Bemerkungen ihres Gegenübers und die völlige Nichtbeachtung durch die sonstigen Anwesenden – dabei waren doch zwei, wenn nicht drei davon mit der Überwachung beschäftigt.

Jean-Louis Becker beendete ohne jede Hast seine Mahlzeit. Seine bisherigen Bemerkungen waren völlig belanglos gewesen. Kiersten sah an der Art, wie er sich mit dem Rand der Serviette den Mund abwischte, daß ihr Gespräch nun ernsthaft beginnen sollte.

»Uns beide verbindet das gleiche Problem«, begann er mit dem Wohlwollen eines Religionslehrers, der sich an Pfadfinder wendet. »Und wir haben ein gemeinsames Interesse daran, es rasch und diskret zu lösen. Aus diesem Grund sitzen wir hier zusammen, richtig?«

»Ich höre.«

»Zunächst einmal die Situation, wie ich sie sehe. Ihre fünfzehnjährige Tochter ist ausgerissen, weil sie sich nach meinen Informationen von ihren Verwandten unverstanden fühlte. Ein Urteil darüber steht mir nicht zu, zumal es sich sichtlich um eine jugendliche Unvernunft handelt. Leider wurde sie dabei von einem Mitglied unserer Gemeinschaft unterstützt – von Mona-Lisa

Perès, wie bekannt. Bitte lassen Sie mich ausreden! Sie hat das auf eigene Veranlassung gemacht, ohne sich mit uns abzustimmen. Ihr Verhalten, das wohl gutgemeint war, ist dennoch nicht vertretbar. Denn wir reden hier ja nicht von einer Novizin, sondern von einer Jüngerin, welche die Schwelle der Entsagung schon überschritten hat... Sie sehen, ich versuche keineswegs, sie zu entschuldigen. Diese Geschichte ist vielmehr, wenn sie sich herumspricht, dazu angetan, den Ruf unserer Organisation erheblich zu schädigen.«

»Sie geben also zu, daß diese Person meine Tochter gekidnappt hat. Wohin hat sie sie gebracht?«

Jean-Louis seufzte, das Gesicht schmerzlich verzogen.

»Ist denn nicht Sandrine allein von Mont-Laurier nach Ottawa gefahren, um dort Mona-Lisa zu treffen? Hat sie sie denn nicht aus freiem Entschluß begleitet, nachdem sie einige Zeit in den Amtsräumen ihres Großvaters verbracht hatte? Es liegt mir fern, auf bestimmten Ausdrücken herumzureiten, aber kann man denn unter diesen Umständen wirklich von ›Kidnapping‹ reden? Doch wie auch immer – Wenn ich hätte erfahren können, wohin sich diese beiden Wirrköpfe geflüchtet haben, hätte ich sofort entsprechende Schritte unternommen. Da ich es aber nicht weiß, bin ich aus Xaghra hierhergekommen, um die Situation mit Ihnen zu besprechen.«

»Sie haben tatsächlich keine Zeit verloren! Falls die Perès ohne Ihre Zustimmung gehandelt haben soll, woher wissen Sie denn dann, daß sie zu gleicher Zeit wie meine Tochter verschwunden ist? Das ist doch erst gestern abend passiert, und es scheint ganz so, als seien Sie darüber noch vor mir informiert gewesen!«

Zum ersten Mal zögerte Jean-Louis. Er warf einen forschenden Blick ringsum auf die übrigen Gäste und beugte sich dann vertraulich zu Kiersten hinüber.

»Darf ich Ihnen ein Geständnis machen? Ich habe erst heute morgen davon erfahren, durch die gleichen Leute, denen es im letzten Sommer gelungen ist, Mona-Lisa Perès im Büro von Richter MacMillan unterzubringen. Eine unwürdige Machenschaft, die wir besser gleich hätten unterbinden sollen! Wir waren da nicht auf der Höhe, muß ich zugeben.«

Es hätte nicht viel gefehlt, und Kiersten wäre weich geworden.

Aber sie war schließlich darauf vorbereitet, ihr Gegenüber abzuschätzen und sich darauf einzustellen, daß er kein einziges Wort ohne eine ganz bestimmte Absicht sagen würde. Er ging nach einem gezielten Plan vor, dessen Verschlagenheit sie zwar ahnen konnte, dessen Leitlinie ihr aber noch verborgen blieb. Sie hatte das Gefühl, daß er sie wie eine Maus behandle, die er in einem Labyrinth herumjage. Aber sei's drum! Sie kannte ja diese Taktik lange genug. Was sie jedoch in Wut versetzte, war der Verdacht, daß er sich insgeheim ein Vergnügen daraus machte, sie seine Macht spüren zu lassen und sie auf kleiner Flamme zu rösten.
Sie rief sich den einzigen Rat ins Gedächtnis, den Laurence ihr gegeben hatte, als sie sich vorhin vor der kleinen Kirche Unsere Liebe Frau, Trösterin der Bedrängten, getrennt hatten: »Vergessen Sie nie, daß Becker nur eine einzige Karte zum Stechen hat: Sandrine. Alle anderen Trümpfe sind in Ihrer eigenen Hand!« Sie faßte sich wieder. »Von welchen ›Leuten‹ reden Sie da?«
Er zögerte und seufzte erneut. Selbst die große Gemeinschaft der Mirandisten bleibe nicht verschont von inneren Auseinandersetzungen, vertraute er ihr dann an. Sei das allerdings ein Wunder am Ende dieses Jahrhunderts, an dem die Tugend des Gehorsams der Lächerlichkeit verfalle? Und gebe es nicht selbst im Umkreis des Vatikans Fundamentalisten, die katholischer sein wollten als der Papst? Damit wolle er andeuten, daß sich in der Vereinigungskirche ein geheimer Zirkel gebildet habe als Zusammenschluß der größten Fanatiker unter den Geweihten.
»Wollen Sie mir damit sagen, daß Sandrine in den Händen dieser Leute ist?«
»›In den Händen‹? Aber nein! Eine solche Formulierung trifft meine Überlegungen in keiner Weise. Ihre Tochter ist in guter Gesellschaft. Und in Sicherheit, davon bin ich überzeugt. Mona-Lisa ist zwar eine militante Jüngerin und auch etwas exaltiert, wie ich schon sagte, aber absolut nicht fähig ... Nein, was mich beunruhigt, sind allenfalls ihre Sympathien, ihre Kontakte zu den ›bis zum Ende gehenden‹ Anhängern der Lehre El Guías, wenn Sie verstehen, was ich damit sagen will.«
»Nein, nicht so recht.«
In Wirklichkeit begriff sie ihn sehr gut, und dachte: »So, jetzt kommt er zur Sache!« Sie mußte gegen das heftige Verlangen

ankämpfen, jetzt einfach in ihre Handtasche zu greifen, ihre Waffe herauszuziehen und dem Mann ihr gegenüber ohne weitere Verhandlung eine Kugel in den Kopf zu jagen. Allein schon, um ihm zu zeigen, daß er sich zu Unrecht für unüberwindlich hielt ... Es schwindelte ihr bei dem Gedanken, daß sie das tatsächlich auch ohne Zögern tun würde, wenn sie sicher sein könnte, damit ihre Tochter zu retten.

Jean-Louis bestellte bei der Bedienung, die gekommen war, um abzutragen, einen doppelten Espresso. Während sie die Bestellung notierte, warf er ihr einen entnervten Blick zu. Er wartete ab, bis sie gegangen war.

Er sei entschlossen, selbst das Unmögliche zu versuchen, um Mona-Lisa zu sprechen und sie zur Vernunft zu bringen, versicherte er dann. Falls es ihm nicht gelingen sollte, direkt mit ihr Kontakt aufzunehmen, würde er es auf dem Umweg über die Mitglieder des Schwarzen Ordens versuchen. Das sei ihm nur mit großem Widerwillen möglich, aber die schwierige Situation müsse den Bruch mit seinen Prinzipien rechtfertigen. Ein solcher Schritt erfordere allerdings höchstes Fingerspitzengefühl. In der Zwischenzeit müsse man unbedingt jede Maßnahme vermeiden, die diese Leute reizen und ihren Verfolgungswahn fördern könnten, der sie wie alle Fanatiker auszeichne. Hatten sie sich nicht jetzt schon eingebildet, Feinde El Guías bereiteten sich darauf vor, die Feier der »Großen Kommunion des Universellen Geistes« zu verhindern? Einer ihrer Anführer habe sich in einem Anfall höchster Selbstverleugnung sogar verbrannt, um das Augenmerk auf die ungerechtfertigten Angriffe gegen die Universelle Vereinigungskirche zu lenken. Das habe sich übrigens in Ottawa zugetragen – hätte sie vielleicht davon schon etwas gehört?

Kiersten ließ Beckers Fangfrage unbeantwortet und nutzte die entstehende Pause damit, der Bestätigung ihrer schlimmsten Befürchtungen ins Auge zu schauen. Denn der eigentliche Zweck dieser heuchlerischen Suada war ihr schon nach wenigen Minuten aufgegangen: Sie war in den Besitz kompromittierender Informationen über Miguel D'Altamiranda und seine Sekte gelangt, und wenn sie sie öffentlich verbreitete, würde sie Sandrine nicht wiedersehen. Punktum!

»Nehmen wir mal für einen Augenblick an, ich sei befugt,

Schweigen zu bewahren«, entgegnete sie. »Und Ihnen würde es gelingen, die wohlbehaltene Rückkehr meiner Tochter auszuhandeln. So weit, so gut. Aber wie wollen Sie Ihre fanatischen Freunde dazu bringen, mir ihr Vertrauen zu schenken? Sie räumen ja selbst ein, daß sie am Rande des Wahnsinns stehen.«

»Sie täuschen sich da, einmal mehr. Niemand versucht, Sie an der Verbreitung sogenannter ›Informationen‹ zu hindern. Davor haben wir keine Angst – wir sind inzwischen an Verleumdungen gewöhnt. Meine Unterhaltung mit Ihnen dient einem ganz anderen Zweck. Nach allem, was man mir sagte, fürchten jene, die Sie ganz zu Unrecht meine ›Freunde‹ nennen, daß die Medien die Bedeutung der Großen Versammlung dazu nutzen wollen, um einen Skandal heraufzubeschwören und eine Verleumdungskampagne auszulösen. Die nehmen doch auf nichts Rücksicht, um einen Wirbel zu machen! Aber die Botschaft der Fünften Offenbarung El Guías ist ein Weltereignis, ein geradezu mystisches Erlebnis für alle Mitglieder der Mirandistengemeinschaft. Diese Botschaft muß mit Würde und Sammlung aufgenommen werden. In diesem Sinne möchte ich Ihnen einen Aufschub von wenigen Tagen vorschlagen. Sie müssen doch zugeben, daß das nicht unzumutbar ist!«

»Und was ist *nach* dieser sagenhaften Großen Versammlung?«

»Dann wird sich alles geändert haben. Die Allmacht des Wortes wird sich auf strahlende Weise bestätigen. El Guía Supremo wird seine Verleumder beschämen und die Wahrheit wiederherstellen. Ihr Vater ist doch ein hoher Richter am kanadischen Obersten Gerichtshof, nicht wahr? Ich bin überzeugt davon, daß er als erster bestätigen wird, daß es zwei Arten der Gerechtigkeit nebeneinander gibt...«

Jean-Louis' kühle Haltung war dem Feuer gewichen, als er sich der Gestalt des mythischen Miguel D'Altamiranda zugewandt hatte. Die vorher kalten Augen leuchteten jetzt. Die schmalen Lippen hatten sich geöffnet – ein ekstatischer Ausdruck lag auf seinen Zügen. Kiersten betrachtete ihn aufmerksam, war jedoch bemüht, ihre Verblüffung nicht spüren zu lassen. »Er ist besessen!« dachte sie. »Und ich muß verrückt sein, mir von ihm etwas zu erhoffen!«

Plötzlich zuckte er heftig zusammen, und sein Gesicht verwan-

delte sich in eine Grimasse des Hasses. Verdutzt folgte sie der Richtung seines Blicks.
Lydia Frescobaldi durchquerte das Restaurant. Im Vorbeigehen nahm sie einen leeren Stuhl mit und stellte ihn an den Tisch. Sie setzte sich breitbeinig darauf und stütze ihre Ellbogen auf die Tischplatte.
»*Buona sera!*« grüßte sie mit breitem Lächeln.

Becker wandte sich bleich vor Zorn Kiersten zu und beschuldigte sie der Hinterhältigkeit. Er fuhr damit jedoch nicht fort, als er erkannte, daß sie nicht weniger überrascht war als er selbst. Denn ihr erschreckter Blick machte deutlich, daß sie sich fragte, ob das Auftauchen der Italienerin nicht ihre Bemühungen um die Rettung ihrer Tochter vereitle.
»Sie haben da einen netten Ausdruck im Französischen«, sagte Lydia temperamentvoll. »Dahergeschwommen kommen wie das Haar auf der Suppe. Ja, ich bin es mit Haut und Haar! Und bei uns sagt man dazu auch noch, das passe wie die Faust aufs Auge.«
Kiersten wollte ihr antworten, doch Jean-Louis kam ihr zuvor.
»Sie haben hier nichts zu schaffen!« fuhr er sie mit zusammengebissenen Zähnen an. »Verschwinden Sie! Wenn Sie glauben, der Dame hier einen Dienst erweisen zu können, sind Sie schwer im Irrtum!«
»Inspektor MacMillan kommt sehr gut allein zurecht! Sie sind sauer, weil ich mich zu Ihrem trauten Gespräch unter vier Augen eingeladen habe? Warten Sie doch mal erst meine Begründung ab!«
»Ich bin daran nicht im mindesten interessiert!«
»Welche Lüge! Ich sollte Sie eigentlich dafür bestrafen, indem ich Ihnen wirklich nichts sage. Aber kommen Sie, das ist doch lächerlich! Ja, die Kanadier sind tüchtig, und sie gehen ganz schön ran! Die haben Ihren Freund Farik doch tatsächlich ins Krankenhaus befördert. Und böse Zungen behaupten sogar, daß sie den armen Tung angezündet hätten. Aber wir von Casus Belli haben schon auch einiges in der Hinterhand!«
Kiersten stammelte: »Aber Lydia!« Es kam ihr vor, als verlöre sie den Boden unter den Füßen und wüßte nicht weiter. Niemals vorher in ihrer ganzen Laufbahn hatte sie sich so angreifbar und

verwirrt gefühlt. Und ein weiteres Mal hatte sie den Eindruck, sowohl Zuschauerin als auch handelnde Person eines Traumes zu sein. Sie empfand das dringende Bedürfnis, so weit wie nur irgend möglich wegzulaufen, um damit zu zeigen, daß sie nichts zu tun haben wollte mit diesen unverantwortlichen Sätzen der Frescobaldi. »Wenn ich nicht unter der Wirkung dieser verdammten Beruhigungspillen stünde«, dachte sie, »wäre ich längst auf und davon.« Dennoch blieb sie, und zwar aus gutem Grund: Sie spürte intuitiv, daß die Italienerin haargenau wußte, was sie wollte. Deren vollmundiges Gerede war insgeheim streng kontrolliert: Sie verriet dem Ersten Ratgeber der Vereinigungskirche nicht das geringste, was dieser nicht schon gewußt hätte.

»Ich weiß nicht, wer oder was Casus Belli sein soll«, entgegnete er. (Er hatte sich für seinen Teil noch nicht entschieden, ob er aufspringen oder sitzenbleiben sollte.) »Sie dagegen habe ich schon am Werk gesehen. Sie haben sich unter falschem Namen und einem Vorwand in unser Heiligtum eingeschlichen. Sie haben unsere Gastfreundschaft mißbraucht und unerträgliche Lügen über eine edle Seele verbreitet, die Sie Ihres Vertrauens gewürdigt hat.«

»Bravo, bravissimo! Weiter so!« antwortete sie mit höhnischem Lachen und tat, als klatsche sie Beifall. »Jetzt halten Sie mal den Mund und hören mir zu! Andernfalls wird Ihr Guru mit der großen Seele seine nächste Offenbarung hinter Gittern verkünden müssen!«

Becker schaute sie von oben bis unten an, und sein Gesichtsausdruck veränderte sich. Er hatte jetzt begriffen, daß sie ihn außer Fassung bringen wollte. Um ein Haar wäre es ihr gelungen. Das würde ihm nicht wieder passieren! Er zog eine kleine Taschenuhr hervor und legte sie demonstrativ vor sich auf den Tisch.

»Ich gebe Ihnen genau fünf Minuten. Verplempern Sie sie nicht mit Geschwätz. Sie könnten das bedauern! Selbst wenn Sie sich entschlossen haben, andere für Ihre Fehler büßen zu lassen ...«

»Welche ›anderen‹?« fragte sie und beugte sich vor, um das fein ziselierte Zifferblatt der Uhr zu bewundern. »Wenn Sie damit das junge Mädchen aus Kanada meinen, müssen Sie sich darüber mit meiner Kollegin verständigen. Mich geht das nichts an. Einmal abgesehen davon, daß Sandrine mit ihren gut fünfzehn Jahren wohl schon zu alt ist, um ihr Abendgebet im Bett El Guías zu sprechen.«

»Sie vergeuden Ihre Zeit!« sagte er tonlos.

Lydia drehte sich zu der jungen Bedienung um und winkte sie herbei, um einen Cappuccino zu bestellen, »mit schön viel Schaum darauf« – diesmal zögerte der Stift über dem Notizblock. »Aber rasch bitte, der Herr möchte nämlich gehen«, fügte sie hinzu und wandte sich dann an Becker: »Ich habe eine gute und eine schlechte Nachricht für Sie; welche wollen Sie zuerst hören? Nachdem es Ihnen gleich zu sein scheint, die gute zuerst: Gabriella lebt, obwohl wir schon befürchteten, daß ... Aber nein, die Geweihten haben sie nach Istanbul geschafft, wo sie in einem Film mitwirken soll. Sie haben für das Casting sogar ihr Foto verbreitet, und auf diese Weise haben wir davon erfahren.«

»Von Ihrer ganzen Geschichte verstehe ich nur eines: Sie haben ein unschuldiges Mädchen dazu benutzt, einen unverständlichen Rachefeldzug gegen unsere Gemeinschaft zu führen. Das ist unerträglich! Ist das alles, was Sie mir zu sagen haben?«

»Nein. Ich schlage Ihnen einen Handel vor: Casus Belli wird sich ruhig verhalten, und Ihre Geweihten drehen kein Video mit Gabriella. Was Garantien und sonstiges betrifft, wird man sich mit Giuseppe Trocchia, Ihrem Mann in Neapel, verständigen.«

Unbewegt warf er zwei Hundertfrancscheine auf den Tisch und steckte seine Uhr ein. Kiersten dachte, gegen ihren Willen in die Rolle der Zuschauerin gedrängt: »Er kann nichts sagen, das ist sicher! Und er wird befürchten, daß dieses Gespräch mitgeschnitten wird!« Dennoch hatte sie den Eindruck, daß er froh darüber war, daß wohl auch die Italiener nichts vor der Großen Versammlung unternehmen würden. Aber Lydia hatte das Schicksal Gabriellas mit dem von Sandrine verbunden. Warum, und mit welchem Recht? Hatte sie *tatsächlich* den Kopf verloren?

Becker erhob sich und sagte ohne große Überzeugungskraft, daß er es vorgezogen hätte, mit Inspektor MacMillan unter weniger unangenehmen Umständen zusammenzutreffen. Er würde ihr eine Nachricht in die Botschaft übermitteln, wenn es etwas Neues mitzuteilen gäbe.

»Ich lasse Sie mit Ihrem *Zweiten Ich* allein«, fügte er hinzu. »Sie werden ja das Sprichwort kennen: Mit einer solchen Verbündeten braucht man keine Feinde mehr!«

»Na, das nennt man ja wohl jemandem den Rest geben«, entgegnete Lydia mit ironischem Lächeln. »Aber das kann ich auch. Zum Beispiel durch meine schlechte Nachricht, die ich Ihnen ja noch vorenthalten habe...«

Er hatte eigentlich keine Lust, sie sich anzuhören. Sie wollte ihn ohnehin gewiß nur weiter reizen. Aber seine Neugier gewann doch die Oberhand, und obendrein hatte er geglaubt, in ihrer Stimme einen Unterton des Triumphes zu hören...

»Gabriella hat vor ihrer Wallfahrt nach Xaghra in einem Bordell gearbeitet«, verkündete Lydia. »Das hätte Ihnen eigentlich Trocchia mitteilen können, der ist schließlich Stammgast bei Mamma Sissa! Ich sage Ihnen das nur aus Gefälligkeit. Denn die Kleine ist schon seit geraumer Zeit HIV-positiv!«

Trotz seiner Selbstbeherrschung gelang es Jean-Louis nicht, diesen Schlag wegzustecken. Wenn er ihm selbst gegolten hätte, hätte er es wohl geschafft. Aber es ging nicht um ihn, sondern um Miguel D'Altamiranda, den Höchsten Führer! Er stand da wie versteinert, das Gesicht blutleer.

Die Gäste an den anderen Tischen beobachteten heimlich die Szene.

»Sie lügen!« sagte er schließlich mit trockenem Mund.

»Das wäre zu einfach«, antwortete sie mit einem Schulterzucken. »Und die Dame hier hat Ihnen auch nichts weiter zu sagen, Signor Becker. Sie können gehen!«

Sie wedelte mit gespreizten Fingern durch die Luft. Er machte eine Bewegung, als ob er die Kontrolle verlieren und ihr an die Kehle springen würde. Doch er fing sich wieder und entschloß sich zur Flucht. Mit hochgerecktem Kopf und steifen Schritten stolzierte er hinaus.

Den Blick in die Ferne gerichtet und um Atem ringend, suchte sich Inspektor MacMillan zu fassen. Lydia legte ihr die Hand auf den Unterarm, ihre herausfordernde Miene war einem Ausdruck der Teilnahme, ja der Freundschaft gewichen.

»Es tut mir leid, aber es mußte sein.«

»Warum?«

»Ich habe Becker in Malta beobachtet. Schwachheit und Nachgiebigkeit, wie sagt man doch gleich ... ja, *Servilität* reizen ihn nur. Er kann es nicht lassen, Leute zu demütigen, von denen er das Gefühl hat, sie hätten Angst vor ihm. Er betreibt das mit wahrer Meisterschaft, und man merkt es meist zu spät, wenn man die bittere Pille schon geschluckt hat.«

Kiersten rüttelte sich aus ihrer Lethargie auf.

»Was wollen Sie mir damit sagen? Daß ich ihm mehr Widerstand hätte entgegensetzen müssen?«

»Sie konnten es ja gar nicht! Zu Ihrem Glück ist Wonder Woman Ihnen im letzten Augenblick zu Hilfe geeilt, um ihn zu provozieren.«

»Aber mit welch schrecklichem Risiko! Nur ein Wort von ihm, und meine Tochter ...«

»Das stimmt zwar, aber er würde ein solches Wort nicht sagen, ohne das damit verbundene Risiko für El Guía zu kennen. Für sich selbst kennt er keine Furcht. Er ist bereit, sich zu opfern. Diese großsprecherische Nummer war dazu bestimmt, ihm klarzumachen, daß sein kinderschänderischer Guru nicht vor einem hinterhältigen Schlag gefeit ist. Sie hat man in der Hand, wegen Sandrine. Aber mich? Verstehen Sie jetzt? Becker muß sich nun sagen, daß ich verrückt genug bin, alles zu sabotieren! Übrigens können Sie jetzt abschalten ...«

Kiersten griff in ihre Tasche und stellte das kleine Tonbandgerät ab. Sie hatte einen ganz trockenen Mund (die Medikamente, dachte sie) und machte der Bedienung, die gerade neben der Kasse telefonierte, ein Zeichen. Dann wandte sie sich an Lydia: »Hat Le Bouyonnec Ihnen gesagt, wo Sie mich finden? Vielleicht war das wirklich eine gute Idee ... Ich weiß schon nicht mehr, wo mir der Kopf steht! Jedenfalls hoffe ich sehr, daß die hiesige Kriminalpolizei ihre Sache ernst nimmt. Und daß sie Becker nicht gehen ließen, ohne ihn zu beobachten.«

Die Bedienung war herangekommen. Sie wirkte nun weder schüchtern noch wie eine linkische Anfängerin.

»Sie können ganz beruhigt sein«, sagte sie. »Der Verdächtige hat in der Rue Mazarine ein vorbeikommendes freies Taxi genommen.«

»Ach, Sie waren das also!« sagte Kiersten beruhigt. »Meinen Glückwunsch! Ich habe das beim besten Willen nicht bemerkt. Und Ihre Kollegen folgen wohl dem Taxi ...«

»Warum sollten sie? Der Fahrer ist selbst einer von uns. Sein Kunde wollte in die Rue Bosquet Nr. 58 gefahren werden.«
»Schon notiert! Und bestellen Sie bitte Kommissar Le Kerroch meinen herzlichsten Dank im voraus, ehe ich mich auch noch persönlich bei ihm bedanken kann. Noch eine Bitte ... Es ist ja gewiß nicht Ihre Aufgabe, aber ... könnten Sie mir bitte ein Glas Wasser bringen?«
Die junge Polizistin entfernte sich mit einem amüsierten Lächeln.
»Die Kleine hat ein ordentliches Trinkgeld wirklich verdient«, sagte Lydia und fuhr dann in ernsterem Ton fort: »Die französische Polizei kann Ihnen ja hier helfen, aber nicht in Malta! Daher habe ich vorhin noch mit Luigi Sanguinetti gesprochen. Er konnte inzwischen das Krankenhaus verlassen und ist voller Tatendrang. Wir möchten da einen Vorschlag machen ...«
»Lassen Sie hören!«
»Der alte Fuchs würde die Koordination der Maßnahmen übernehmen, deren Ziel die Rettung der beiden Mädchen und die Unterbindung der Großen Versammlung ist. In dieser Reihenfolge! Die Kanadier müßten ihre Leute und die entsprechenden Informationen zur Verfügung stellen. Man bespricht gemeinsam das Vorgehen, aber die abschließenden Entscheidungen werden von Casus Belli getroffen!«
»Gar nicht daran zu denken! Daß wir uns mit allen Kräften beteiligen, ist selbstverständlich, aber es ist ganz ausgeschlossen, daß ich mich fremder Befehlsgewalt unterstelle ... Bitte, Lydia, es geht schließlich um meine Tochter!«
»Genau das! Und damit sind Sie disqualifiziert. Außerdem sind wir viel besser vorbereitet als Sie.«
Eine Karaffe mit Wasser war inzwischen gebracht worden, und Kiersten goß sich ein großes Glas davon ein, das sie auf einen Zug leerte. Lydias Selbstsicherheit ging ihr auf die Nerven, mehr als je zuvor. »Selbst wenn sie sich in einer fremden Sprache ausdrücken muß, könnte sie manches taktvoller sagen! Für wen hält sie sich eigentlich?« Dennoch mußte sie nach nur kurzem Überlegen widerwillig zugeben, daß Lydias Vorschlag tatsächlich die besseren Chancen zur Rettung Sandrines bot. Und sie räumte gleichzeitig ein, daß Lydia sogar damit recht hatte, sie selbst aus der Sache herauszuhalten. Sie hätte wohl an deren Stelle auch so gehandelt –

vielleicht mit etwas mehr Fingerspitzengefühl. »Aber nicht effizienter, zugegeben! Und wenn ich ihr vertraue, dann gerade auch deshalb, weil sie auch mir gegenüber nicht mit Samthandschuhen vorgeht.«

»Sie reden von der ›Rettung der Mädchen‹. Einverstanden, aber ist es sinnvoll, die beiden Fälle miteinander zu verbinden und darüber gemeinsam mit den Mirandisten zu verhandeln? Wir haben doch keinerlei Gewißheit darüber, ob Gabriella überhaupt noch am Leben ist. Das Foto ist immerhin schon ...«

Ihre Worte blieben ihr im Halse stecken. Das, was sie da von der jungen Prostituierten sagte, galt doch auch für Sandrine, oder etwa nicht? Als sie zu dem Treffen mit Jean-Louis Becker ging, war sie entschlossen, von ihm einen Beweis dafür zu verlangen, daß ihre Tochter noch am Leben war. Das war allein schon dadurch verhindert worden, daß er ja behauptet hatte, er wisse nicht einmal, wohin die Perès ihren »Schützling« gebracht habe.

»Die beiden Fälle sind allein schon dadurch verbunden, daß die beiden Geiseln zusammen sind. Und wir können nur hoffen, daß man sie nicht voneinander trennt!«

»Zusammen?« schrie Kiersten auf. »Aber das ist unmöglich! Wenn sie Sandrine in die Türkei geschafft haben, werden wir niemals ... Oh, mein Gott!«

»Sie sind in Malta«, versicherte die Italienerin mit beruhigender Geste. »Ich habe vor Becker Istanbul nur erwähnt, weil ich ihn irreführen wollte darüber, wo wir Gariella suchen. Und es stimmt auch, daß die Geweihten sie dorthin schaffen wollten, wie die anderen Kinder, wenn El Guía von ihnen genug hatte. Aber man hat seit dem Mord an der Touristin, die mir ähnelte, die Überwachung rund um die Inselgruppe verstärkt. Jedes Schiff, das Fernziele ansteuert, wird streng kontrolliert ...«

»Ich verstehe. Aber trotzdem: Wie können Sie verbindlich versichern ...« Kiersten unterbrach sich und schlug sich dann mit der Hand vor die Stirn. »Natürlich: Sie haben dort jemand eingeschleust, haben jemand vor Ort!«

»Tüchtig! Ja, Casus Belli konnten schon vor Monaten jemanden in das Heiligtum einschmuggeln, und nur deshalb gelang es der armen Dora, ihre Haut zu retten. Man konnte sie in letzter Minute darüber informieren, daß ihre Deckung aufgeflogen war.«

»Sie behaupten, daß Sandrine und Gabriella zusammen seien«, sagte Kiersten und ergriff in einer unwillkürlich flehenden Geste Lydias beide Hände. »Darf ich das so verstehen, daß Sie wissen, wo sich die beiden im Augenblick befinden?«

»Ja, tatsächlich, Luigi hat heute nachmittag die Bestätigung dafür erhalten. Jetzt muß man also die Mannschaft aufstellen, um sie noch vor der Großen Versammlung zu befreien. Viel Zeit bleibt uns da nicht! Und noch weniger, wenn Sie nicht bald aufhören, mir die Hände zu zerquetschen!«

Kiersten ließ sie mit einer Entschuldigung verwirrt los. Sie hatte sich tatsächlich wie in einem Reflex an ihr festgeklammert, um bei ihr Halt zu finden.

War es möglich, daß Hoffnung noch grausamer sein konnte als Ungewißheit?

20. Kapitel

Erst drei Stunden waren vergangen, seit Mona-Lisa Perès Sandrine gebeten hatte, ihr beim Aussuchen von Melonen zu helfen. Und doch erschien sie Sandrine, die sich nun als Gefangene in diesem großen Obst- und Gemüselager befand, wie eine Ewigkeit. Endlich, ja endlich öffnete der Eigentümer oder Zuständige die schwere Tür der Lagerhalle. In der Öffnung stehend, wirkte der Mulatte nicht gerade umgänglich mit seinen kleinen schwarzen Augen, seinem Stiernacken und dem über der Schulter hängenden Gewehr.
Die Frau, die ihn begleitete, machte ihm ein Zeichen zu warten und trat näher mit der Bemerkung, sie heiße Jasmine. Sie war in ein langes, weißes Gewand gehüllt, und eine mächtige Hasenscharte verlieh ihrem düsteren Gesicht etwas zusätzlich Bedrohliches. Sandrine konnte nicht die Augen von der schrecklichen Verunstaltung wenden.
»Was soll denn das heißen?« schrie sie. »Wieso hat man mich hier eingesperrt? Sie haben kein Recht dazu!«
»Halt den Mund! Wenn du keine Schwierigkeiten bekommen willst, sprichst du besser nur, wenn man dich etwas fragt! Herr Stavros hier ist nicht unbedingt für seine Geduld berühmt... Du bist jetzt gewarnt! Da, nimm das!«
Sie warf ihr eine Wolldecke und ein grob gewebtes großes Handtuch zu.
Sandrine stellte trotz der Mahnung weitere Fragen und hörte nicht auf, zu protestieren, doch die junge Frau tat, als verstehe sie nichts, und beschränkte sich lediglich auf die Versicherung, daß bestimmt keine Verwechslung vorliege und daß sie durchaus schon von Kiersten MacMillan gehört habe, die bei der Königlich Kanadischen Polizei »einen hohen Posten« innehabe.
»Bleib, wo du bist«, fugte sie hinzu und wandte sich zum Gehen. Sandrine stürzte los, um zur Tür zu gelangen. Mit unerwarteter Wendigkeit stellte sich ihr der Mann mit dem Gewehr mit drohenden Worten in den Weg. Sie zögerte einen Augenblick, um

neue Kräfte zu sammeln. Doch es war schon zu spät: Die Tür schlug zu, und es wurde ein schwerer Riegel vorgeschoben.

Sandrines Gefängnis war ein grob ausgeführter Bau mit Mauern aus Zement und einem Dach aus Wellblech. Ein schräges Fenster unter dem Dach an der Vorderseite, das mit soliden Eisenstäben vergittert war, ging auf freies Feld hinaus. Das Lagerhaus war vollgestopft mit Waren, und man mußte sich, wenn man sich in der Halle bewegen wollte, durch ein von Gerüchen erfülltes Labyrinth aus Obst- und Gemüsekisten, Schachteln mit Konserven, Säcken voll Kartoffeln, Mehl und Zucker hindurchwinden, die in hohen Stapeln mit bedrohlich fragwürdigem Gleichgewicht aufeinandergeschichtet waren. An leisen Geräuschen und einem Rascheln merkte die Gefangene mit anfänglichem Schrecken, daß sie nicht allein in dieser Lagerhalle war. Sie beruhigte sich wieder, als sie ein kleines Katerchen mit räudigem Fell entdeckte, das sich rasch anlocken ließ. Sicher, die Klasse von Cashew hatte es nicht, aber es sollte sich schnell als weitaus gewandter erweisen. Oh, jetzt nur nicht an Cashew denken, sagte sie sich, und nicht an die Wohnung in Ottawa und nicht an die Mutter! Sonst würde sie nur erneut wie wild mit den Fäusten gegen die schwere hölzerne Tür hämmern und sich die Seele aus dem Leib schreien. Wenn sie daran dachte, daß sie am Anfang geglaubt hatte, Mona-Lisa wolle ihr lediglich einen Streich spielen …
Hinten in der Halle war ein kleiner Raum abgeteilt, vor dessen Fenster außen dicke Bretter geschlagen worden waren. Durch die unregelmäßigen Spalten dazwischen drangen die Strahlen der untergehenden Sonne und tauchten diese Kammer, in der es nach abgestandenem Wasser roch, in ein diffuses Licht. An der Wand fing ein gemauertes Waschbecken die unaufhörlich aus einem primitiven Hahn fallenden Tropfen auf. Als einzige Toilettengegenstände fanden sich eine Nagelbürste mit vielfach schon ausgefallenen Borsten und ein Stück Kernseife. Als Klo diente in der Ecke ein großer Eimer mit einem Holzdeckel darauf, in den in der Mitte ein großes, rundes Loch gesägt worden war.
Sandrine wandte sich um, als hinter ihr die Tür zu diesem kleinen Nebenraum knarzte. Im Türrahmen stand ein zierliches Mädchen mit struppigem Haar in einem zerknautschten Kleid, das sie

wortlos anstarrte. »Wie alt mag sie sein?« dachte sie. »Älter als ich zunächst glaubte ... vielleicht fast so alt wie ich. Aber was tut sie hier?«

»Wie heißt du?« fragte Sandrine erst in Englisch, dann in Französisch.

Doch die andere lief ohne Antwort weg. Warum? Wovor hatte sie Angst? War sie davongerannt, um sich an einem Platz zu verstecken, den nur sie kannte? Davon gab es in dieser großen Halle sicher nicht wenige.

Es wurde rasch dunkler. Sandrine fand neben dem Eingang einen Lichtschalter und knipste ihn an. Eine schwache Birne an der Decke ging an; besser als nichts. Sie stieg auf die Ladefläche eines Heuwagens, dessen Deichsel hochgeklappt war. Die Räder waren mit schweren Eisenreifen beschlagen, die Achsen schwarz von Schmiere. Eine dort liegende, dicke und schwere Decke, die nach Pferd roch, diente ihr als Matratze. Sie rollte sich darauf zusammen und deckte sich mit der Wolldecke zu, die ihr vorhin diese beunruhigende Person mit den abrasierten Augenbrauen gebracht hatte.

Aus dem Schatten tauchte jenes schweigsame Mädchen auf und kletterte neben sie auf diese Schlafstätte. Sie rollte sich zusammen und wandte ihr dabei den Rücken zu.

»Wenn sie nichts von mir wissen will, warum schlüpft sie dann zu mir und drängelt sich an mich?« dachte Sandrine. Das wurde ihr bald klar, als sie hörte, daß der kleine Kater ganz offensichtlich auf Mäusejagd war.

Sie wachte im Morgengrauen auf und war völlig überrascht, daß sie geschlafen hatte. Draußen war das wilde Kläffen eines Hundes zu hören. In der Dunkelheit hätte ein jeder hier eindringen können, um ihr etwas anzutun ... Sie hatte sich unvorsichtig verhalten. Dennoch hatte sie an diesem Morgen tatsächlich schon weniger Angst. Das Schlimmste war, daß sie keine Ahnung davon hatte, was mit ihr geschehen würde, und daß niemand da war, um ihre Fragen zu beantworten ...

Ihre Schlafgenossin war verschwunden. »Wie hatte sie es nur geschafft, von der Ladefläche herunterzuklettern, ohne ein Geräusch zu verursachen, wo doch in dieser stillen Halle selbst der leiseste Laut zu hören war? Welch seltsames Mädchen! Ob sie wohl weiß, warum man sie hier festhält? Sie mißtraut mir, das ist unverkennbar. Vielleicht aber versteht sie einfach kein Wort von dem, was ich sage. Trotzdem ist das eigentlich kein Grund dafür, sich hier wie eine scheue Wilde aufzuführen.«

Sie hörte ein Zwitschern über ihrem Kopf. Durch eine geöffnete Klappe in dem großen Frontfenster war eine Schwalbe hereingekommen, und mit drei Flügelschlägen strebte sie einem Fleck unter dem Wellblechdach zu, wo sie offenbar in einem Nest von ihrer hungrigen Brut erwartet wurde.

War vielleicht diese ganze Geschichte hier eine Art von Mutprobe, welche diese Stiftung für Neuankömmlinge organisiert hatte, so wie ein Aufnahmeritual, welches an manchen höheren Schulen die neu Eintretenden bestehen mußten? Man wollte sie vielleicht einfach auf die Probe stellen, um zu sehen, wie sie in einer Streßsituation reagieren würde.

Aber das hielt einer reiferen Überlegung nicht stand. Und nun gingen ihr endlich auch bestimmte Einzelheiten im Zusammenhang mit ihrer Abreise aus Kanada durch den Kopf. So mußte doch zum Beispiel dieser junge Mann, der sie vor dem Obersten Gerichtshof mit der angeblichen Nachricht des Richters erwartet hatte, Patrick gewesen sein – der gleiche, mit dem sie von Mont-Laurier aus telefoniert hatte. Wie hatte sie bloß seine Stimme nicht erkennen können! Und dann diese beiden jungen Frauen, die in Dorval so bereitwillig die Bordkarten getauscht hatten! Das war doch alles ein abgekartetes Spiel gewesen, und sie war so blöd gewesen, darauf hereinzufallen. Plötzlich heftigen Durst verspürend, sprang sie von der Ladefläche des Wagens herunter und lief in den Toilettenraum hinüber. Da sie kein Trinkgefäß finden konnte, ließ sie das Wasser in die hohle Hand laufen und hoffte nur, daß es trinkbar sei. Das hätte ihr ja gerade noch gefehlt, wenn sie hier irgendwelche Amöben oder sonstiges übles Zeug erwischen würde!

Sie fuhr zusammen, als sie hörte, daß der Riegel an der Eingangstür der Halle aufgeschoben wurde. Sie rannte rasch aus der kleinen Kammer und versteckte sich lautlos hinter einem Stapel von Gitterboxen, durch die sie hindurchgucken konnte. In der Türöffnung stand ein junger Bursche, unverkennbar der Sohn des Mulatten: gleiche Statur, gleiche dunkle Gesichtsfarbe, gleiche

Haltung. Er steckte die Daumen in seinen Gürtel und spähte angestrengt in das Halbdunkel, um nach den beiden Gefangenen Ausschau zu halten; dabei wippte er auf seinen Fersen. Dann wandte er sich ab. Offenbar machte es ihm nichts aus, daß er sie nicht hatte entdecken können. Er begann damit, mit Beständen aus der Halle die Ladefläche eines brandneuen Lieferwagens zu beladen, der vor dem Eingang stand.

Ein vielleicht fünfzehn- oder sechzehnjähriger Halbwüchsiger half ihm dabei; wahrscheinlich sein Bruder, dachte Sandrine. Sie bekam zwar nicht viel mit von dem kargen Wortwechsel, den sie während ihrer Arbeit führten, glaubte aber doch zu verstehen, daß der jüngere Manuel und der ältere Dragos hieß. Jedesmal, wenn der ihm den Rücken kehrte, warf der jüngere verstohlene Blicke in die Halle. Er wußte, daß dort jemand versteckt war, und daß man darüber nicht reden durfte. Und er rechnete auch beunruhigt damit, daß er selbst aus dem Lagerhaus heraus heimlich beobachtet wurde. Beim Beladen rutschte ihm ein Korb aus den Händen, und die Zitronen darin rollten auf der Erde nach allen Seiten davon. Sein Genosse half ihm beim Einsammeln, allerdings nicht ohne ihn dabei wegen seiner Ungeschicklichkeit kräftig zusammenzustauchen. Sandrine erkannte sofort die Chance, die sich hier bot. Sie duckte sich zusammen und rannte auf Zehenspitzen zwischen zwei Reihen von Kisten auf den Eingang zu. Es gelang ihr tatsächlich, ihn unbemerkt zu erreichen und hinauszuschlüpfen. Es schoß ihr durch den Kopf, daß sie vielleicht nachsehen könnte, ob in dem Toyota der Zündschlüssel steckte. Sie verwarf diese Idee aber wieder, weil sie rasch einsah, daß die Zeit niemals gereicht hätte, um die Fahrertür aufzureißen, hineinzuspringen und den Wagen anzulassen ...

Vor allem aber mußte sie unentdeckt bleiben. Je länger ihre Flucht unbemerkt blieb, desto größeren Raum könnte sie zwischen sich und ihre Aufseher bringen! Dort, das alte Haus am Ende des Feldwegs ... Aber nein, das lag zu weit weg! Es war wohl besser, sich seitwärts in die Büsche zu schlagen ...

Sie rannte die Längsseite der Lagerhalle entlang, bog um deren Ecke und stolperte dann ins Gestrüpp. Ein aus dem Nichts aufgetauchter Schäferhund überholte sie dabei, ohne zu bellen, und lief ihr dann zwischen die Beine. Sie konnte ihm nicht ausweichen und fiel der Länge nach hin. Es dauerte ein paar Sekunden, ehe sie sich aufrappeln und auf die Knie aufrichten konnte. Da nahm sie einen mächtigen Schatten wahr, der sich über sie legte und sie schließlich ganz bedeckte. Ehe sie sich umwenden konnte, packte sie eine Hand grob an den Haaren und riß ihr den Kopf zurück. Sie erkannte schließlich die grimmigen Züge des dicken Besitzers, den Jasmine Stavros genannt hatte. Vor Schmerz wimmernd, suchte sie sich vergeblich zu befreien, während er sie wie eine Stoffpuppe hinter sich herschleifte, völlig unbeeindruckt von ihren Schmerzensschreien. Als er schließlich schwer atmend stehen blieb, gelang es ihr, sich aufzurichten, indem sie sich an ihm festklammerte.

Dragos rannte, durch die Schreie aufgeschreckt, eilends herbei. Sein Vater beschimpfte ihn wortreich und nahm dann seinen Marsch wieder auf, ohne seine Beute loszulassen. Sandrine hatte keine andere Wahl, als sich von ihm zum Lagerhaus zurückzerren zu lassen, zusammengekrümmt und weiterhin wimmernd. Am Eingang trat der jüngere Bursche zur Seite, um sie hineingehen zu lassen.

Drinnen ließ der massige Mann sein Opfer los, aber nur, um es entsprechend für die Flucht zu bestrafen. Er versetzte ihm, vor Wut schäumend, drei kräftige Ohrfeigen, abwechselnd mit der Vorder- und der Rückseite seiner Hand. Dann drehte er sich um und stapfte hinaus, drohend die Fäuste schüttelnd und wilde Flüche ausstoßend. Sandrine machte zwei schwankende Schritte und ließ sich, hilflos die Arme schwenkend und benommen, auf einen Mehlsack fallen; hinter ihr schlug die schwere Tür zu. Im letzten Augenblick erhaschte sie durch einen schmalen, sich rasch schließenden Spalt einen schwermütigen Blick Manuels. Sie glaubte darin Mitleid und Furcht zu erkennen. Und dazu einen Anflug ungestillter, beunruhigender Neugier ...

Aus irgendeiner dunklen Ecke tauchte das andere Mädchen auf und drückte ihr eine Birne in die Hand. Dann lehnte sie ihren Kopf an die Schulter der Geschlagenen, als wolle sie in einer Umkehrung der Rollen getröstet werden.

Einen langen Augenblick lang verharrten beide schweigend.

Dann führte Sandrine die Frucht an die Lippen. Der feine Geschmack und die saftige Frische führte sie in die Wirklichkeit zurück. Nie zuvor hatte sie eine Birne derart genossen! Und selbst wenn in einem nahen Korb noch ein paar Dutzend davon lagen, hatte diese doch einen ganz einzigartigen Geschmack durch die damit verbundene Geste der Freundschaft.

»Sono Gabriella.«

»Gabriella heißt du, ja? Und ich Sandrine.«

»Sandrine ...«

»Wie alt bist du? Nein, das hat wohl keinen Sinn. Warte ...«

Sie beugte sich vor, hob ein kleines Stück von einem abgebrochenen Zweig auf und kratzte damit in den gestampften Lehmboden die Zahl Fünfzehn. Dann legte sie eine Hand auf die Brust, deutete mit der anderen auf die Zahl und sagte: »Ich fünfzehn. Und du?« Sie war sehr überrascht, daß die kleine Italienerin mit dem Stückchen Holz eine Siebzehn in den Boden ritzte. »Daß sie kein kleines Mädchen mehr ist, konnte ich ihr ja ansehen«, dachte sie. »Aber ich hätte doch niemals geglaubt, daß sie zwei Jahre älter ist als ich!«

Gabriella zog ein Taschentuch aus ihrer Tasche und suchte nach der am wenigsten schmutzigen Ecke. Diese zog sie über ihren Zeigefinger und befeuchtete sie mit Spucke. Dann kniete sie sich vor ihre Leidensgenossin und begann, ihr Gesicht zu säubern.

»Was machst du da? Zeig mal!«

Sie erkannte Blutspuren auf dem Taschentuch, und mit heftigem Zorn fiel ihr ein, daß der Mulatte noch kurz, ehe er sie geohrfeigt hatte, seinen Ring mit einem großen Stein darauf nach innen gedreht hatte, um sie mit dessen Kanten zu verletzen. Sie sprang ruckartig auf und rannte in den primitiven Toilettenraum, um sich dort das Gesicht mit Wasser zu kühlen. Nachdem sie vergeblich nach einem Spiegel oder einer sonstigen reflektierenden Fläche Ausschau gehalten hatte, kam sie auf die Idee, die Kernseife zu benutzen, und dann merkte sie durch den dadurch ausgelösten beißenden Schmerz, an welcher Stelle sie verletzt war.

Als sie zu Gabriella zurückkehrte, erwartete diese sie schon mit einem Henkelkorb am Arm, als ob sie Einkäufe auf dem Markt machen wollte. Und tatsächlich machte sie ihr ein Zeichen, sie zu begleiten. Sollte das eine Ablenkung sein, um sie auf andere Gedanken zu bringen? Oder eine Art von Ritual? Wie auch immer:

Sie führte sie in das Labyrinth und hielt hie und da an, um etwas in den Korb zu legen. Und sie verfolgte dabei eine ganz bestimmte Methode, indem sie stets nur ein einziges Stück nahm, es ihrer Begleiterin zeigte und dabei dessen Namen nannte – *un porro*, Lauch; *una pesca*, ein Pfirsich; *del basilico*, Basilikum; *un melograno*, ein Granatapfel; *del coriandolo*, Koriander; *un cavolo*, ein Kohlkopf; *del finocchio*, Fenchel; *un grappolo d'uva*, eine Weintraube …

Von dem Spiel ganz gefangen genommen, sprach Sandrine die italienischen Bezeichnungen aufmerksam nach und wiederholte sie, bis ihre Lehrmeisterin mit der Aussprache zufrieden war. Dabei merkte sie zu ihrem Unbehagen, daß ihr noch nicht einmal in allen Fällen die französischen Ausdrücke für die verschiedenen Früchte, Gemüsesorten und Gewürze geläufig waren.

Am Ende ihres Rundganges war der Korb gefüllt. Daß die beiden Gefangenen hier im Lagerhaus zumindest nicht verhungern müßten, stand fest. Trotzdem stellte um die Mittagszeit Dragos ein Tablett mit einem Brotkanten, einem Stück Käse und einer halben Wurst herein. Er ließ unergründliche Blicke um sich schweifen, spitzte die Ohren – und zog sich dann rasch wieder zurück. Die hinter ein paar Olivenfässern versteckten Mädchen hatten sich bei seinem Erscheinen unwillkürlich an den Händen gefaßt.

Aus Gründen, die sie sich nicht erklären konnte, hatte Sandrine vor ihm eigentlich mehr Angst als vor dem alten Stavros. Den haßte sie zwar, und sie war auch entschlossen, sich an ihm zu rächen; aber sie war zugleich überzeugt davon, daß er ihr nichts getan hätte, wenn sie sich »ruhig verhalten« hätte. Bei Dragos war sie sich da nicht so sicher, und Gabriellas Gesichtsausdruck bei seinem Auftauchen war auch nicht gerade dazu angetan, sie zu beruhigen …

Die Nahrungsmittel rührte sie nicht an. Sie fühlte sich erschöpft und unwohl und kletterte wieder auf den Heuwagen. Dort streckte sie sich aus, nachdem sie die karierte Decke zusammengefaltet und unter ihren Kopf geschoben hatte.

Sie fuhr aus dem Schlaf hoch. Gabriella hatte sich über sie gebeugt, rüttelte an ihrer Schulter und flüsterte ihr eine Warnung zu, die sie nicht verstehen konnte.

Auf dem Boden der Halle war ein großes, sonnenbeschienenes Rechteck zu sehen: Die Tür stand weit offen. Der Mulatte und sein Sohn unterhielten sich mit einer fremden, merkwürdigen Person: einer Art von Mönch in nachtblauem Gewand, mit kahlem Schädel und abrasierten Brauen, in steifer Haltung und mit knappen Gesten.

Sandrine stieg eiligst von dem Wagen herunter, ohne zu wissen, wieso sie plötzlich solche Angst verspürte. Dann drehte sie sich zu der neuen Freundin um, doch diese war verschwunden. Unglaublich, wie flink sie sein konnte! Dann stieß sie einen überraschten Schrei aus: Jasmine stand plötzlich mit düsterer Miene vor ihr und verstellte ihr den Weg. Aber konnte sie überhaupt freundlich schauen mit diesem verschandelten Gesicht?

»Halt still, ich tu dir nichts!« sagte sie knapp und beugte sich über sie, um sie genauer zu betrachten. »Geschieht dir recht, wirklich! Ich hoffe nur, daß du deine Lehre daraus ziehst. Der Kratzer ist nicht tief, aber ich werde dir heute abend eine Salbe bringen, damit es keine Infektion gibt.«

»Haben Sie nicht vielleicht einen Spiegel?«

»Sonst noch was? Schluß jetzt mit den Faxen, hast du kapiert? Sonst kannst du wirklich was erleben!«

Die Stimme senkend, fragte sie, ob die Leute hier sie »angerührt« hätten. Die Halbwüchsige fragte herausfordernd: »Was ist denn das da wohl?« mit dem Finger auf ihre Wange zeigend. Im gleichen Augenblick sagte sie sich schon: »Gleich fange ich mir noch eine«, aber sie hatte die Antwort nicht unterdrücken können. Und sie wollte es auch gar nicht: Provozieren wollte sie diese Person da, aus der Fassung bringen, ihr zeigen, daß sie keine Angst vor ihr hatte!

»Stell dich nicht dumm, du weißt genau, was ich meine! Stavros und die anderen hier sind gewarnt worden: Wenn sie dich anrühren, wird sie das teuer zu stehen kommen. Also?«

Sandrine zögerte. Als sie vorhin in dem Toilettenraum auf dem Eimer saß, hatte sie das sichere Gefühl gehabt, daß jemand durch die schmalen Ritzen zwischen den Bohlen, die vor das Fenster genagelt waren, sie beobachtete. Aus Scham und Demütigung wollte sie aber davon nichts sagen. Und »anrühren« war das nun ja auch noch nicht.

»Nein, weiter hat man mir nichts getan. Aber Sie sollten wohl auch Gabriella danach fragen! Für sie kann ich schließlich nicht antworten. Ist sie schon länger da?«

»Das geht dich gar nichts an! Und je weniger du über sie weißt, desto besser ist es für euch beide.«

»Wenn ich wenigstens wüßte, warum man mich hier einsperrt, würde es mir leichter fallen, mich zu fügen ...«

Die Frau in dem weißen Gewand lächelte spöttisch. Was für eine naive Vorstellung!

»Sagen wir mal, daß wir dich hier unter Aufsicht halten müssen, bis wir mit deiner Mutter reden konnten ... Sie will uns Unrecht antun, und das können wir nicht dulden. Neuesten Nachrichten zufolge zeigt sie sich schon einsichtiger. Du kannst dich also beruhigen. Lange wird das nicht dauern, vielleicht zwei oder drei Tage ...«

»Sie sind Mirandistin, nicht wahr? Ich habe eine Fernsehsendung darüber gesehen: Liebe unter den Menschen, Suche nach der universellen Wahrheit. Aber Sie hält das nicht davon ab, mich anzulügen! Sie werden mich niemals gehen lassen, fürchte ich.«

Jasmine wandte sich schulterzuckend ab mit einer Miene, die besagte: »Dir bin ich doch keine Rechenschaft schuldig.« Dann aber schien ihr ein Einfall zu kommen, sie zog einen Kugelschreiber hervor und packte Sandrine am Handgelenk. Als diese sich wehrte, schnalzte sie beruhigend mit der Zunge und schrieb ihr etwas auf den Unterarm.

»*Guardos negril* – Schwarze Garde!« las sie mit gesenkter Stimme vor. »Du hast vorhin lange gezögert mit deiner Antwort. Wenn dir die Männer hier zu nahe kommen, brauchst du nur diese beiden Worte auszusprechen. Das ist wie ein Talisman!«

»Und was heißt es?«

»Daß du unter dem Schutz des Schwarzen Ordens stehst. Du kannst ganz beruhigt sein, die wissen gut, was das bedeutet!«

Sandrine wandte den Kopf. Sie sah, wie in der Tür zur Lagerhalle der Mann mit dem rasierten Schädel Stavros Geld gab und dieser sich wiederholt verbeugte. Welch ein Heuchler auch er! Wenn sie ihn nur anschaute, kam ihr schon die Galle hoch.

»Niemand kann mich schützen!« schrie sie. »Sie werden mich beseitigen müssen, und Gabriella sicher auch! Und wer sagt uns

schon, daß nicht vielleicht Sie selbst es sind, die dieses dreckige Geschäft erledigt?«
Sie verstummte, durch ihre eigenen Worte erschreckt. Und sie trat unwillkürlich, obwohl ihr Körper sich dagegen sträubte, einen Schritt zurück. Sie hätte es nie für möglich gehalten, in den Augen einer Frau einen solch harten und kalten Blick zu sehen. Jasmine wandte sich ab und ging hinaus.
Am hellen Nachmittag plötzlich ein Regenschauer. Kaum hatte das Getrommel auf dem Wellblechdach aufgehört, eine Überraschung an der Klappe des Frontfensters: Ein an einem Strick herabgelassener Korb. Darüber zeigte sich das dunkle Gesicht Manuels; unten reckten sich die Arme der Mädchen dem Manna entgegen: eine halbe Flasche Wein, ein trockener Rosinenkuchen, zwei Stücke Schokolade und drei dicke, mit weißem Puder überzogene Würfel.
»Okay da droben?« rief Sandrine hinauf.
»Si, okay«, kam die Antwort. *»Un vigliacco, ma non è cattivo!«* – Ein gemeiner Kerl, aber nicht bösartig!
Die Mädchen stellten die Liebesgaben auf das Tablett, das Dragos gebracht hatte, und machten sich, auf leeren, zusammengefalteten Mehlsäcken sitzend, die sie in den Rang von Sofas erhoben, ans Schmausen. Sie brachen Stücke von dem Brot und bissen herzhaft von der Wurst ab. Gabriella nahm einen kräftigen Schluck von dem Wein und reichte die Flasche weiter mit den Worten: *»Raspa la gola!«* Auch Sandrine tat einen guten Zug und schnalzte, da sie nicht nachstehen wollte, mit der Zunge. Den Kommentar der Italienerin hatte sie zwar nicht verstanden, aber das war auch ohne Bedeutung: Sie hätte ohnehin einen Rachenputzer nicht von einem edlen Tropfen unterscheiden können. Sie griff nach einem der gepuderten Würfel.
»Was ist das?«
»Loukoum Buono!«
Die Ansicht, daß das fein sei, teilte Sandrine allerdings nach kurzem Kosten nicht: *»Deguenlasse!«* – ekelhaft! Diesmal bemühte sich die kleine Italienerin, ihr den abwertenden Ausdruck nachzusprechen.
Schließlich teilten sie sich den Kuchen und leerten gemeinsam die Flasche.

Dann stand Gabriella auf und holte den Korb herbei, den sie vorher beim Gang durch die Lagerhalle gefüllt hatte. Als sie einen Lumpen liegen sah, nahm sie ihn auf und wedelte damit Staub weg.
Sandrine schaute ihr zu und lächelte ohne rechten Grund; sie war etwas angesäuselt. Sie ließ sich mit dem Lappen die Augen verbinden und war gespannt auf das Spiel, das Gabriella offensichtlich mit ihr vorhatte. Warum mußte sie nun auch noch die Hände auf den Rücken legen?
»Cos'è?«
Etwas wurde ihr unter die Nase gehalten und ans Gesicht gedrückt, und sie begriff:
»Eine Melone. *Me-lo-ne!*«
»Si! E questo?«
Das war schon weniger leicht... Ach ja, Lauch war das wohl! Aber wie hieß das noch gleich auf Italienisch? Sie hatte es doch dreimal wiederholen müssen...
»Il porro?«
»Brava! E di là?«
»Das riecht nach Anis...«
»Ma ché! E un finocchio! Il prossimo è più facile.« – Aber nein, Fenchel ist das! Das nächste ist leichter.
Sandrine erriet richtig den Pfirsich, die Erdbeeren und Basilikum. Bei der Pflaume, der Feige und dem Koriander gelang es ihr jedoch nicht. Schließlich riß sie sich die Augenbinde herunter, aber nicht etwa, weil sie des Spiels müde gewesen wäre – in ihrer derzeitigen Lage war jede Ablenkung willkommen –, sondern weil sie die Dunkelheit nicht länger ertrug.
Gabriella klatschte lachend Beifall. Dann setzte sie sich wieder neben sie und gab ihr einen Kuß als Anerkennung für die richtigen Antworten. Plötzlich streckte sie das Bein aus und wischte mit der Spitze ihrer Strohsandale die Zahl Siebzehn aus, die sie am Morgen in den Boden gekratzt hatte. Sie beugte sich vor und ersetzte sie mit einer Fingerspitze durch eine Dreizehn.
Sandrine brach jäh in wortloses Schluchzen aus. Gabriella nahm sie an der Hand und zog geräuschvoll die Nase hoch. Zu Weinen hatte sie wohl verlernt...
Irgendwoher tauchte der kleine Kater auf und betrachtete die

Szene neugierig. Dann schloß er sich der traurigen Stimmung der beiden Mädchen an, indem er seine grünen Augen schloß und sich wie eine leblose Figur neben sie setzte.

Mit angstbeklommenem Herzen wachte Sandrine mitten in der Nacht auf. Die von der Decke hängende gelbe Birne war erloschen. Durch das schräge Fenster an der Vorderfront des Gebäudes warf der Vollmond seine Strahlen wie ein Leuchtturm herein; sie tauchten die Lagerhalle in ein fahles, kaltes Halbdunkel, das nichts Gutes zu verheißen schien.

Ihre Wange glühte. Entgegen ihrem Versprechen hatte Jasmine die angekündigte Salbe nicht gebracht. »Der ist es doch egal, ob ich draufgehe!«

Wo steckte denn Gabriella?

Sie glaubte an der Eingangstür ein Geräusch zu vernehmen und schaute, sich aufrichtend, dorthin. Sie meinte, die regungslose Silhouette des Schäferhundes zu erkennen. Was machte er da? Sie hatte den Eindruck, daß er angebunden sei; aber wie konnte sie dessen sicher sein? Sie mußte ein Aufstöhnen unterdrücken, als sie plötzlich erkannte, daß die Bedrohung nicht dort vorne war, sondern hier direkt vor ihr.

Denn nur drei Schritte entfernt stand Manuel. Er starrte sie an und machte ihr, als er sich entdeckt sah, ein nachdrückliches Zeichen, still zu bleiben. Wie lange mochte er schon dastehen und sie betrachten, während sie schlief? Eine Hand hatte er tief in die Tasche seiner Hose gesteckt, wo er etwas zu suchen schien. Ach Gott, war sie naiv!

Er näherte sich mit erhobenem Kopf und einem lauernden Blick. Er hatte schwarzes, gelocktes Haar, lange Wimpern wie ein Mädchen, einen weichen, kindlichen Mund mit vollen Lippen. Sein Körperbau war jedoch schon der eines Erwachsenen.

Sie wußte schlagartig, daß der Talisman, den ihr Jasmine auf den Unterarm gemalt hatte, bei ihm keine Wirkung haben würde: Er war ohne Wissen der anderen hier eingedrungen, und das Risiko, das er damit einging, falls man ihn erwischte, war ihm wohl durchaus klar. Welche Dummheit von ihr, anzunehmen, daß von ihm weniger Gefahr drohe als von Dragos oder Stavros! Denn als er jetzt den Finger auf die Lippen legte, schlug er ihr damit keineswegs einen Freundschaftspakt vor, sondern gab ihr den unmißverständlichen Befehl, nur ja den Mund zu halten. Seine Angst, entdeckt zu werden, war weitaus bedrohlicher als seine unverkennbaren Absichten. Entsetzt wurde ihr bewußt, daß er absolut alles tun würde, um sie daran zu hindern, zu schreien und um Hilfe zu rufen.

»Hoffentlich tut er mir wenigstens nicht zu sehr weh!« sagte sie sich, während ihr die Tränen in die Augen stiegen. Im Aufruhr ihrer Gedanken bedauerte sie, noch Jungfrau zu sein und »es nicht gemacht zu haben« mit Guillaume an diesem sagenhaften Juliabend, als sie beide nackt im See gebadet hatten.

Manuel machte Anstalten, auf den Heuwagen zu klettern. Da tauchte von irgendwoher Gabriella auf und zog ihn am Arm. Er schüttelte sie ab und bedeutete ihr, sie möge ihn in Ruhe lassen. Da knöpfte sie hastig das Oberteil ihres Kleides auf und beugte sich vor, um ihm ihre kleinen Brüste zu zeigen. Der Bursche zögerte zwar einen Augenblick, wandte sich dann aber doch wieder Sandrine zu; es war unverkennbar, wem er den Vorzug gab... Doch so schnell gab die kleine Italienerin nicht auf. Sie drängte sich an ihn, griff ihm in den Hosenschlitz und begann ihn dort fingerfertig zu liebkosen. Nun wollte er sie umarmen, doch sie entwand sich ihm, packte ihn bei der Hand und zog ihn mit sich hinter einen Kistenstapel.

Sandrine hatte wie versteinert der Szene zugeschaut. Jetzt sah sie nur noch Manuels schwarzen Haarschopf hinter der obersten Kiste herausragen. Alsbald hörte sie, wie der Bursche heftig atmete, dann lustvoll stöhnte und schließlich einen nur mit Mühe unterdrückten Schrei ausstieß. Vorn an der Tür begann indessen der Hund unruhig zu knurren.

Alles war rasch vorbei.

Eine zusammengeduckte Gestalt verzog sich hastig aus der bleichen Helligkeit in einen dunkleren Bereich. Ein kurzes, eilig beruhigtes Bellen. Die Tür öffnete sich und schloß sich dann wieder. Schließlich hörte man noch, wie behutsam der schwere Eisenriegel vorgeschoben wurde.

Gabriella erschien wieder. Sie wischte sich mit dem Handrücken den Mund ab, kletterte leichtfüßig auf den Wagen und streckte sich wieder auf der Pferdedecke aus.

Sandrine schaute verwirrt auf sie hinunter. Selbst wenn sie Italienisch gekonnt hätte, wäre es ihr unmöglich gewesen, das auszudrücken, was sie empfand. Sie hätte sie, ohne verwirrt dabei zu stammeln, ihre Dankbarkeit ausdrücken sollen? Ihr gleichzeitig gestehen, daß sie, ganz aufgeregt, kaum glauben könne, was da eben mit dem Jungen abgelaufen war? »Und man möchte fast glauben, daß es sie ganz gleichgültig läßt!« dachte sie aufgeschreckt.
»*Grazie!*« sagte sie schließlich nur, und: »Du okay?«
War das wirklich alles, was ihr dazu einfiel? Aber Gabriella schien ihr das nicht übelzunehmen. Mit funkelnden Augen verzog sie lediglich das Gesicht in Nachahmung der angewiderten Schnute, die Sandrine gezogen hatte, nachdem sie von diesem *Loukoum* gekostet hatte.

21. KAPITEL

Das Haus in der Avenue Bosquet – der ausgeleierte Aufzug, das dunkle Treppenhaus mit dem farbig verglasten Fenster zum Hinterhof hinaus. Laurence kannte es nun gut genug, aber dennoch hatte sie jetzt, als die Türklingel wie in weiter Ferne widerhallte, wie jedesmal den Eindruck einer endlosen Folge kalter Räume und verlassener Flure. Das junge Mädchen, das ihr öffnete, sprudelte sofort heraus, daß sie aus Algerien stamme, daß ihre Mutter und ihre beiden Brüder von Fundamentalisten niedergemetzelt worden seien und daß Antoine Becker ein wahrer Wohltäter der Menschheit sei.

Im großen Salon erhob sich die Hausherrin und packte die »wiedergefundene Freundin« an den Schultern. Sie hielt sie auf Armlänge von sich und schaute sie mit betontem Augenzwinkern an, wie um ihr sagen zu wollen: »Na, wir beide sitzen doch im selben Boot! Vergessen wir die ›Mißverständnisse‹! Wir müssen doch solidarisch sein!« Dann drückte sie sie heftig an sich. Sie war groß in Form, mit entschlossenem Mund und strahlender Haut, und ihre neue, kurze Sturmfrisur entsprach ganz der allerneuesten Mode.

Laurence sah keinen rechten Grund für einen so überschwenglichen Empfang, aber sie nahm an, daß auch Catherine selbst sich mit einer genaueren Begründung schwergetan hätte. Es war einfach ihre Art, so wie sie auch ohne konkreten Anlaß Leuten aus ihrer Umgebung bewegt die Hände drückte mit der gemurmelten Aufforderung: »Nur nicht nachgeben!« (Worauf sich das beziehen könnte, durfte der oder die so Angesprochene selbst frei entscheiden.)

Antoine tauchte aus einem kleinen Nebenraum auf, der ihm als Büro diente. Er schloß sorgfältig die Tür hinter sich (gewöhnlich pflegte er sie offenstehen zu lassen) und trat heran, um Laurence zu umarmen. Er spielte den Unbekümmerten und bedeutete seiner Gattin mit einer theatralischen Geste, sie möge sich entfernen.

»Ich weiß, ich weiß!« sagte Catherine und schickte sich an, gehorsam seiner Weisung zu folgen. »Also gut, ich lasse euch mit euren Staatsgeheimnissen allein. Aber vergiß nicht, Schatz, daß Lavandier 13 Uhr gesagt hat! Und der Herr Minister mag es gar nicht, wenn man zu spät kommt!«

Beim Hinausrauschen bremste sie kurz und wie zögernd ab und warf einen Blick über die Schulter zurück. Laurence glaubte darin eine Warnung zu erkennen – sie mußte auf der Hut sein. Und seit wann sprach sich das Ehepaar Becker mit »Schatz« an?

»Schönen Dank für Ihren Anruf«, sagte Antoine Becker und bot Laurence einen Sessel an. »Ich hätte sie sonst heute nachmittag meinerseits angerufen. Monique hat mir von Ihrem Scheck berichtet, aber ich muß gestehen, daß ich das nicht recht begreife ...«

»So schwierig ist das nicht. Ich möchte gerne weiterhin zur Mannschaft von HMI gehören, aber ohne Bezahlung ...«

»Aber hören Sie, so geht das doch nicht ...«

»Nun gut, dann zahlen Sie mir eben ein symbolisches Gehalt von einem Franc jährlich!«

»Darum geht es doch gar nicht. Ich möchte wissen, was dahintersteckt.«

»Die Diskussion darüber würde ich lieber auf einen günstigeren Zeitpunkt verschieben. Sie werden bald zu Ihrer Verabredung erwartet ...«

»Also gut! Aber warum sagten Sie, Sie müßten mich ›äußerst dringend‹ sprechen?«

»Aus einem Grund, der mit meiner Stellung gar nichts zu tun hat. Jean-Louis ist derzeit in Paris, Catherine hat es mir heute morgen am Telefon mehr oder weniger bestätigt, auch wenn sie mir sagte, daß sie nicht wisse, wo man ihn erreichen könne. Ich muß unbedingt mit ihm sprechen! Es ist sehr wichtig, und zwar *für ihn*!«

Antoine war bleich geworden. Er schaute sie eindringlich an und versuchte, von ihren Zügen die Art dieser Dringlichkeit abzulesen und deren Gewicht. Sie war verblüfft durch eine Erkenntnis, die doch eigentlich nicht überraschend für sie sein konnte: Dieser Mann da liebte seinen Sohn leidenschaftlich, aber er litt auch an ihm.

»Er hat uns in der Tat gebeten, sein Incognito zu wahren. Insofern bin ich mir nicht sicher, inwieweit sich sein Wunsch auch

bezieht auf…« Dann stand er auf und setzte hinzu: »Einen Augenblick, bitte!«
Mit hängenden Schultern ging er in sein Büro.
Laurence überkam ein Schwindel. Machte ihr Gewissen ihr zu schaffen? »Vielleicht wäre es doch besser gewesen, ich hätte an meiner ersten Idee festgehalten. Die Situation wäre eindeutiger.«
Nachdem sie von Malbar Soliman über die Umstände informiert worden war, denen sie ihre Freilassung aus Maghrabi zu verdanken hatte, wollte sie zunächst in aller Form bei Harmonices Mundi kündigen. Damit hätte sie sich aber aller Möglichkeiten beraubt, die ihr die Organisation immerhin bot. Wie hätte sie bestimmte Dinge ans Licht bringen können, wenn ihr die Informationsquellen und sonstigen Möglichkeiten des Dokumentationszentrums nicht mehr zur Verfügung gestanden hätten? Sie hatte sich daher zu einem ihr tragbar vorkommenden zeitweiligen Kompromiß entschlossen, der ihr mit ihrer Selbstachtung vereinbar schien: zwar auf ihrem Posten zu bleiben, aber keinerlei Bezahlung mehr von dieser Organisation anzunehmen, die sie so getäuscht hatte.
In diesem Gehaltsverzicht sah sie obendrein nichts Verdienstvolles, und sie konnte sich ihn nun auch leisten. Denn seit kurzem konnte sie sich als wohlhabend betrachten: Ihr Vater hatte, ohne jemals einen Ton darüber verlauten zu lassen, vom Tag ihrer Geburt an allmonatlich einen durchaus ansehnlichen Betrag bei einer renommierten Bank für sie angelegt. Darüber war sie erst zwei Wochen nach seinem Ableben informiert worden.
Innerhalb von dreißig Jahren hatte das sich allmählich ansammelnde Kapital hübsche Zinsen getragen, die jeweils hinzugekommen und wiederum verzinst worden waren. So waren nun insgesamt vier Millionen in französischer Währung zusammengekommen. Sie hätte gerne einen guten Weg gefunden, sich daran zu erfreuen, weniger um ihrer selbst willen, als um ihren Vater spüren zu lassen – welch hoffnungslose posthume Geste! –, daß sie ihm dankbar dafür war. Noch lieber aber hätte sie all das Geld hingegeben, wenn sie dafür mit ihm gemeinsam an der Roselierspitze sitzen und ein *wahres* Gespräch hätte führen können.
In ihren Traum versponnen, schrak sie auf. Die Tür zu dem kleinen Büro hatte sich wieder geöffnet.

Jean-Louis erschien und nahm ihr gegenüber Platz, sie offen anschauend. Sie erwartete keinerlei Gefühlsbezeugung von ihm (schließlich hatte er sie nicht einmal umarmt, als sie in Malta nach Saint-Brieuc aufgebrochen war), aber sie beugte sich vor, um ihm die Hand entgegenzustrecken. Warum übersah er sie?
»Tut mir leid wegen dieser Schmierenkomödie!« sagte er. »Aber die Vereinigungskirche erlebt derzeit eine schwere Krise, und ich bin deshalb sehr unter Zeitdruck. Ich hoffe, du nimmst es mir nicht übel, daß ich auf den Austausch von Höflichkeiten verzichte. Es scheint, daß du über Informationen verfügst, die du umgehend loswerden möchtest ...«
Draußen im Vorzimmer vernahm sie die Stimme Catherines und hörte Antoine antworten ... »Er hat wohl das Büro durch die zweite Tür in das Eßzimmer verlassen«, dachte sie. »Jetzt verschwindet er zu seinem Treffen mit dem Minister, ohne sich von mir zu verabschieden. Es wird immer besser!«
»Das ist richtig. Es schien mir notwendig, dich über bestimmte Dinge zu informieren ... Du erinnerst dich doch an diese Italienerin, die mit ihrer angeblichen Nichte in das Heiligtum kam? Dora nannte sie sich. Aber das ist nicht ihr richtiger Name, und die Göre stand in keinerlei verwandtschaftlicher Beziehung zu ihr ... Du scheinst kein bißchen überrascht! Wußtest du schon Bescheid?«
»Beide sind von einem Tag zum anderen ohne jede Erklärung verschwunden. Ich hatte schon so ein Gefühl, als ob da was im Busch sei ... Diese bedauernswerte Frau hat uns eine Komödie vorgespielt, nur um sich einen Urlaub auf unsere Kosten zu verschaffen. Daraus sollten wir kein Drama machen!«
»Ja, wenn sie wirklich nur eine Nassauerin gewesen wäre. Aber du bist zu gutgläubig, Jean-Louis, und das bringt dich in Schwierigkeiten. Diese Frau heißt in Wirklichkeit Lydia Frescobaldi und arbeitet für Casus Belli, eine Sondereinheit der italienischen Polizei. Ihre Leute sind im Augenblick dabei, der Vereinigungskirche eine Falle zu stellen!«
»Wer hat dir das gesagt?«
»Sie höchstpersönlich! Sie ist derzeit in Paris, und du müßtest sie sehen: unverkennbar! Aber keine Spur mehr von einer guten, demütigen Seele, das darfst du mir glauben. Sie hat mich gestern abend abgepaßt, nachdem ich die Räume von IIMI verlassen hat-

te. Ihr Vorgesetzter möchte, daß ich nach Rom komme, unter Übernahme aller Kosten, und dort eine Zeugenaussage in der Angelegenheit dieser Gabriella mache.«
Jean-Louis lehnte sich aufmerksam in seinem Sessel zurück und ließ durch ein Kopfnicken sein Interesse erkennen. Plötzlich schien er es nicht mehr eilig zu haben.
»Eine Zeugenaussage? Worüber denn?«
»Über schreckliche Dinge! Ich möchte dir lieber Einzelheiten ersparen, sie könnten dich zu sehr aufregen ... Da sie nichts gegen die Vereinigungskirche in der Hand haben, wollen sie ihre Angriffe gegen El Guía selbst richten. Ich habe vergeblich versucht, Dora ... das heißt, Lydia ... davon zu überzeugen, daß Miguel D'Altamiranda völlig außerstande zu irgendeiner Niedrigkeit sei; sie hat mir geantwortet, daß meine Meinung sie nicht im mindesten interessiere.«
»Und weiter?«
Laurence zögerte verlegen. Dann erläuterte sie, nach Worten suchend, daß die Italiener sich mit ihr unterhalten wollten in bezug auf die ärztliche Untersuchung, die sie auf seinen Wunsch in der Krankenstation des Heiligtums an der Kleinen vorgenommen habe. Und da das Einverständnis der Eltern vorliege, könne sie sich diesbezüglich nicht auf ihre ärztliche Schweigepflicht berufen.
»Sie wollen sogar, daß ich dabei bin, wenn sie nach ihrer Rückkehr erneut untersucht wird. Das ist mir äußerst unangenehm, denn wenn ich mich weigere, entsteht der Eindruck, daß ich ...«
»›Nach ihrer Rückkehr‹? Das heißt also, daß sie wieder aufgetaucht ist. Um so besser! Es waren bereits Gerüchte im Umlauf, daß man sie in der Türkei gesehen habe.«
»Aber nein! Sie hat Gozo überhaupt nie verlassen! Das behauptet zumindest diese Frescobaldi, falls man ihr glauben kann. Sie hätten zwar das Versteck noch nicht gefunden, aber das könne nur noch eine Frage von wenigen Tagen sein ... Natürlich hätte die gute Frau mir erzählen können, was sie wollte. Aber sie hat Fotos und Zeichnungen ...«
»Sie hat dir Fotos gezeigt?«
»Nein, ich habe nur zufällig weitere gesehen, als sie das Foto dieser Gabriella heraussuchte. Eine Aufnahme mit einem ziemlich unangenehmen Anstrich, mit so einem Lederband um den Hals,

du verstehst schon ... Sie hat mir eine Vergrößerung davon überlassen, damit ich ›darüber nachdenke‹, wie sie sagte. Ziemlich verdreht, findest du nicht?«

»Bei Leuten dieser Art wundert mich gar nichts! Hat sie sonst noch besondere Bemerkungen gemacht?«

»Nichts, was mir aufgefallen wäre. Aber es scheint mir sicher, daß die dort irgendeinen Informanten haben.«

»Dort? Was meinst du damit: das Heiligtum?«

»Sicher, was denn sonst. Aber ich weiß darüber nichts Genaues, das ist nur meine persönliche Meinung, ich sag' das einfach mal so ...«

Jean-Louis hatte sich vorgebeugt, und mit seinen gefalteten Händen und seiner sanften Stimme wirkte er wie ein wohlwollender Beichtvater, der schon ganz andere Dinge gehört hatte und zur Absolution bereit war, ohne daß man ihn erst darum anflehen mußte.

»Nein, Laurence, du sagst das gewiß nicht ›einfach mal so‹, du hast bestimmt einen guten Grund dafür: irgendwas, was du aufgeschnappt hast, oder eine bestimmte Einzelheit ...«

»Man hat ihr diese Unterlagen mit der Post zugeschickt, in einem Umschlag, der einen Absenderstempel der Vereinigungskirche trug. Das ist alles. Bitte bedenke, daß jeder beliebige ...«

»Entschuldige, wenn ich dich unterbreche. Kannst du dich daran erinnern, ob die Adresse mit der Hand geschrieben war?«

»Ja sicher, mit der Hand. Übrigens bräuchte ich nur nachzusehen.«

»Nachzusehen?« fragte er mißtrauisch. »Nun sag nur nicht, daß Lydia dir diese Unterlagen überlassen hat!«

»Die Unterlagen nicht, aber den Umschlag, um Gabriellas Foto hineinzustecken. Ich wollte schließlich nicht in der Metro ein derartiges Foto offen mit mir herumtragen!«

»Das ist verständlich. Und was hast du jetzt vor?«

»Schnellstens einen Anwalt aufzusuchen. Diese Leute haben versteckte Drohungen ausgestoßen, ich konnte dir ja jetzt nicht alles berichten ... Aber es kommt gar nicht in Frage, daß ich mich einschüchtern lasse!«

Er erhob sich und bedankte sich dafür, daß sie gekommen sei, um ihn vor den geplanten Machenschaften der Feinde El Guías zu

warnen. Er tat das ausführlich und in sehr gesetzten Worten, um damit Zeit zum Nachdenken zu gewinnen.
»Würdest du mir einen Gefallen tun?«
Sein Gesicht hatte für einen kurzen Augenblick wieder jenen Ausdruck des schüchternen kleinen Jungen, dem Laurence vor fünf Jahren so widerstandslos verfallen war.
»Ja, sicher«, antwortete sie verwirrt.
»Ich würde mir gern einmal dieses Foto ansehen. Nicht aus unziemlicher Neugier natürlich, das ist doch wohl selbstverständlich. Aber ich habe, was diese Geschichte betrifft, einen bestimmten Verdacht, den ich unbedingt überprüfen muß...«
»Wenn es weiter nichts ist! Ich bringe es dir morgen vorbei, zuverlässig!«
»Leider muß ich aber noch heute abend abreisen. Sogar schon am frühen Abend. Könnten wir denn nicht bei dir vorbeigehen, jetzt gleich? Ich rufe ein Taxi, wir fahren hin und können uns bei der Gelegenheit weiter unterhalten... Was paßt dir daran nicht?«
Sie druckste verlegen herum, sichtlich um eine Ausflucht bemüht.
»Nichts, aber ich würde doch lieber... Hör mal, sag mir doch lieber, wo ich dich treffen könnte, und...«
»Du vertraust mir nicht?«
Sie protestierte lauthals – was glaube er denn von ihr! Aber sie habe seit ihrer Rückkehr aus der Gefangenschaft einfach eine zwanghafte Scheu vor der Bekanntheit entwickelt, die Psychologen hätten bestimmt einen Fachausdruck dafür... Und sie habe schließlich allen Grund dazu, sich vor der Belästigung durch die Medien und dem Eindringen der Öffentlichkeit in ihre Privatsphäre zu schützen.
»Kurz, ich habe eine Art von Unterschlupf gefunden, wo mich niemand stören kann. Nicht einmal meine eigene Mutter kennt die Adresse!«
»Morgen bin ich doch schon wieder in Malta, und von meiner Seite brauchst du da keine unverhofften Besuche mehr zu befürchten! Und anderen gegenüber werde ich das Geheimnis deines Elfenbeinturms bestimmt wahren, fest versprochen!«
»Meine Angst ist irrational, das weiß ich wohl! Aber ich werde sie ja doch früher oder später mal überwinden müssen. Also einver-

standen, gehen wir! Aber ich habe dich gewarnt, du wirst vielleicht enttäuscht sein.«

»Es wird doch kein Dornröschenschloß sein?«

»Ich meinte nicht das Haus, sondern das Foto. Abgesehen von dem, was ich dir schon gesagt habe, ist nichts weiter bemerkenswert daran, das darfst du mir glauben.«

Sie stand auf, mußte aber sofort nach der Lehne des Sessels greifen. Schon wieder ein Schwächeanfall... Sie mußte dringend ihren Blutdruck prüfen lassen...

»Das Risiko nehme ich auf mich«, versicherte er und wählte eine Telefonnummer. »Und vergeudete Zeit ist es auf keinen Fall: Wir sind ja zusammen. Hallo?«

Er bestellte ein Taxi.

Neugierig und amüsiert (vielleicht sogar beruhigt?) blickte sich Jean-Louis um und betrachtete die große, düstere Halle, die aufgereihten Räume mit den zugezogenen Vorhängen, die Stein- und Marmorstatuen als stumme Wächter.

»Ich hätte nicht gedacht, daß ich der Wirklichkeit so nahe gekommen bin, als ich von einem Märchenschloß sprach. Du wohnst tatsächlich hier?«

»Unter dem Dach, in dem für die Öffentlichkeit nicht zugänglichen Teil. Aber ›Öffentlichkeit‹ ist eher eine Redensart, es kommen kaum jemals Besucher.«

»Und wie hast du diesen Schlupfwinkel gefunden?«

»Durch einen befreundeten Psychiater. Doch das ist eine lange Geschichte... Aber hier wollen wir nicht bleiben, es ist fast etwas unheimlich hier unten. Das Atelier oben ist viel heimeliger, Gott sei Dank!«

Sie stieg vor ihm die Treppe hoch. Als sie auf dem Treppenabsatz des ersten Stocks ankamen, sah er, daß vor einer Tür die sonst überall den Zugang sperrende rote Kordel abgehängt war und in der Mitte des Arbeitszimmers ein höchst unpassendes Feldbett stand.

»Hier schlafe ich«, erläuterte Laurence. »Oben geht es nicht, weil... Komm mit, dann wirst du's verstehen!«

Sie klommen die Wendeltreppe empor und traten in den großen, lichtdurchfluteten Mansardenraum, der erfüllt war vom Gezwit-

scher der Vögel. Sie zeigte ihm die Sammlung der ausgestopften Tiere in den Vitrinen ringsum:
»Wie soll man hier schlafen können, wenn all diese Viecher einen anstarren? Früher oder später würde man sich einbilden, daß sie sich bewegen.«
»Ich hätte nicht gedacht, daß du so empfindlich bist. Da ist übrigens eins, das sich tatsächlich bewegt. Nicht mehr sehr lange allerdings, fürchte ich.«
Kummerseele kam mit asthmatischem Schnaufen herbeigehumpelt. Er legte seine Schnauze auf die Schuhe des Unbekannten und blickte nach oben in der Erwartung eines Streichelns. Als es ausblieb, zog er sich enttäuscht wieder an seinen Stammplatz zurück.
Jean-Louis ließ unaufmerksame und ungeduldige Blicke über die auf der Kommode aufgestapelten Bücher, die auf dem großen Weidenkorb angehäuften Zeitschriften und die fast überall verstreuten Papiere gleiten. Hielt er Ausschau nach dem Foto Gabriellas? Keineswegs natürlich: Ihn interessierte der Umschlag mit der handschriftlichen Adresse, die ihm vielleicht einen Hinweis liefern könnte auf diesen Informanten, diesen Verräter ...
Er wandte sich dem starken Fernrohr zu, das man aus seinem Winkel geholt und unter die schrägen Fenster gestellt hatte, und fuhr zusammen, als er draußen auf der Terrasse einen rundlichen Mann erkannte, der seinen mächtigen Brustkasten in Atemübungen dehnte, denen er sich mit belustigendem Eifer widmete.
»Wer ist denn das ...? Du hast keinen Ton davon gesagt, daß sonst noch jemand hier sein würde!«
»Fjodor Gregorowitsch, ein Kollege aus Moskau. Der Psychiater, den ich erwähnte ... Gestatte, daß ich euch miteinander bekannt mache. Aber ein Hinweis vorab: Nenn ihn bitte nicht »Doktor«, das mag er überhaupt nicht!«
Das schöne, asketische Gesicht Jean-Louis Beckers war hart geworden.
»Das war so nicht vorgesehen, Laurence. Ich habe jetzt weder Zeit noch Lust dazu, mich mit ihm oder wem auch immer zu unterhalten. Du weißt doch genau, warum ich hierhergekommen bin ... Zeig mir jetzt bitte, falls du es dir nicht inzwischen anders überlegt hast, das, was diese Lydia dir gestern übergeben hat, damit ich ...«

Er packte sie heftig am Arm und schaute ihr in die Augen, sich noch sträubend, das zu glauben, was er in ihnen sah.
»Nein, das darf nicht wahr sein! Nicht du! Dieses Foto, die Zusendung der Dokumente ... nichts als eine Falle! Und wozu? Nur um mich hierherzulocken, ja? Gib es zu!«
Eine Baritonstimme mit schwerem russischem Akzent erklang in seinem Rücken:
»Sie tun ihr weh! Ich spüre Ihre Finger, die sich in ihr Fleisch bohren, bis hierher! Blutergüsse kann ich nicht zulassen! Lassen Sie sie sofort los und bewahren Sie einen kühlen Kopf!«
Er lockerte seinen Griff und wandte sich um. Im Rahmen der Fenstertür zur Terrasse stand Fjodor Gregorowitsch, heftig atmend, mit rotem Gesicht, die kleinen runden Brillengläser mit Schweiß beschlagen.
»Kommen Sie herein, Fjodor«, bat Laurence mit zitternder Stimme. »Das ist Jean-Louis Becker; ich habe Ihnen von ihm erzählt, er war einmal mein Freund ...«
Jean-Louis betrachtete die beiden abwechselnd, ungläubig staunend. Dann wandte er sich mit einem kurzen, kalten Lachen ab, das nicht gespielt war. Die Situation war doch wirklich zu lächerlich! Dieser vorgebliche Psychiater mit seinem Clownsgesicht, der hier den wilden Mann spielen und ihm Weisungen geben wollte, und dieser arme Tropf von Laurence, die ihn hierhergelockt hatte, um... Ja, wozu eigentlich? Um ihm Moral zu predigen? Wohl kaum. Da mußte wohl diese Lydia dahinterstecken, denn woher hätte sie sonst wissen können, daß ...
Er hatte sich übertölpeln lassen! Ohne ein weiteres Wort wandte er sich dem Ausgang zu.
Kiersten tauchte an der Ecke auf, an der die Regale zusammenstießen; sie stand kerzengerade neben einem ausgestopften Luchs, der zum Sprung ansetzte. Sie trat ihm in den Weg, und Becker verharrte, unschlüssig, ob er sich den Durchgang erzwingen solle.
»Ich kann Ihnen das nicht raten«, meinte Kiersten »Dazu haben Sie nicht das entsprechende Format.«
Er blieb stehen und hielt ihrem Blick stand. Kalte Wut, hochmütigen Abscheu, Wunsch nach Rache: das alles konnte sie in diesen blassen Augen sehen, aber keinen Schrecken. Achsel-

zuckend drehte er sich um und setzte sich mit gekreuzten Beinen auf den verblaßten, geblümten Bezug des alten Sofas.
Kiersten näherte sich ihm und schlug vorsorglich eine Seite ihrer Kostümjacke zurück; man konnte ja nie wissen... Sie wechselte einen Blick mit Laurence.
»Zu rührend!« sagte Becker bissig. »Das Vorgehen der Königlichen Polizei steht dem der Italiener nicht nach! Ich meine damit, daß Sie einen der größten Schnitzer Ihrer Laufbahn begehen, Inspektor MacMillan. Unter den jetzigen Umständen fühle ich mich natürlich nicht mehr an mein Angebot gebunden, mit den Leuten zu verhandeln, die Ihre Tochter nach ihrer Flucht in Empfang genommen haben. Ob die sie wohl von einer Filmkarriere überzeugen können? Ich bezweifle das. Und obendrein ist ja solch eine Karriere leider oft nur sehr kurz...«
Fjodor Gregorowitsch stieß einen Ruf des Abscheus aus und trat mit drei großen Schritten näher. Sofort tat er jedoch wieder zwei Schritte rückwärts, wie verjagt durch einen Geruch, der ihm Übelkeit verursachte.
»Wie können Sie es wagen, derlei schreckliche und zynische Andeutungen zu machen!« sagte er und wischte sich die mächtige Stirn mit einem winzigen Damentaschentuch ab. »Ich glaubte bisher, ein Snuff sei eine starke, neue Droge in der Art von Kokain, wozu ich durch die Wortähnlichkeit mit ›schnüffeln‹ verleitet wurde. Inzwischen habe ich ein kurzes Stück von einem gesehen, obgleich ich es nicht wollte: absolute Verwüstung der Seele, ganz schrecklich! Diese vampirhafte Freundin aus Kanada hat mich gezwungen, es mir fünf Minuten lang anzusehen. Und das Ergebnis? Ich habe Ja gesagt, wegen dieses Mädchens, das in Gefahr ist!«
»Tatsächlich!« meinte Jean-Louis. »Wenn ich Sie recht verstehe, hat man Sie also gezwungen, richtig?«
»In Rußland drücken wir das anders aus. Und ich habe noch nie einer alchemistischen Übertragung ohne beiderseitiges Einverständnis zugestimmt. Niemals! Warum sollte ich auch, nachdem das eine so schwere Belastung für mich ist! Nach einer solchen psychischen Vergiftung hat man nicht nur einen Kater wie nach zuviel Wodka; nein, da hat man noch tagelang eine klebrige, schmierige Seele! Das war nicht anders bei der ersten Begegnung

mit Laurence: Eine Woche lang hatte ich Herzrasen und Alpträume! Entschuldigen Sie meine Weitschweifigkeit, ich merke, daß Sie die Geduld verlieren.«
»Sie sind ja richtig scharfsinnig! Und ich glaube wohl zu träumen. Wollen Sie mir vielleicht andeuten, daß diese beiden hysterischen Weiber mich einer Art von Exorzismus unterziehen wollen, gegen meinen Willen und offenbar sogar gegen den Ihren?«
»Sie sollten nicht das Schwert noch in der Wunde umdrehen!« erwiderte der Russe und trat behutsam näher, als befürchte er, der Boden könne unter seinem Gewicht nachgeben. An Kiersten gewandt, setzte er hinzu: »Bitte treten Sie zurück bis zu dieser schwülstigen Venus dort. Sie sind zwar lobenswert bemüht, Ihre Gefühle nicht zu zeigen, aber Sie stören meine Konzentration durch heftige Ausdünstungen der Angst, vor allem der mütterlichen Furcht um das Leben Ihres Kindes. Danke, jetzt geht es schon besser!«
»Sollte man ihr nicht besser sagen, daß diese Angst durchaus begründet ist?« fragte Becker und warf einen Blick auf seine Uhr. »Hören Sie jetzt auf mit diesem Kauderwelsch und sagen Sie mir klipp und klar, was Sie von mir wollen. Ob ich hier lebend herauskomme oder auch nicht, wird sowieso nichts ändern an dem, was nun geschehen wird ...«
Der Psychiater war in Schweiß gebadet. Das Zittern seiner Kiefer übertrug sich auf sein Doppelkinn. Er ließ sich schwer in einen Sessel fallen. Laurence hatte sich gegen die Glastür zur Terrasse gelehnt; sie mußte tröstelnd den Blick abwenden. Sie litt unter dem Schauspiel, das er bot.
»Ich habe schreckliche Angst vor dem Tod«, gab Fjodor zu. »Sie nicht, ich weiß das. Ihre Verachtung ihm gegenüber vermag ich als echtes Geschenk einzuschätzen. Ich bemühe mich jetzt um einige Erklärungen, aber ich weiß, daß ich mit meinen Worten oft eine wahre Katastrophe auslöse. Betrachten Sie mich einfach als einen aufnahmebereiten psychischen Schwamm! Verstehen Sie das?«
»Ich verstehe vor allem, daß Sie ein sanfter Irrer sind«, entgegnete Jean-Louis mit wachsender Sicherheit. Ein Seitenblick auf die beiden Frauen bestärkte ihn und er gewann wieder Oberwasser. »Was saugen Sie als Schwamm denn auf? Tränen? Dann sind Sie bei mir aber an den Falschen geraten.«

»Ich verfüge über die Fähigkeit der phänomenalen Empathie, und ich betrachte das als einen Fluch«, versicherte Fjodor, der zu sehr mit der Ordnung seiner Gedanken beschäftigt war, um auf Beckers Sarkasmus einzugehen. »Ich entlade Sie von tiefem Magma – Emotionen, Gefühlen, all so was. Und ich nehme es auf mich, wenn auch nicht für lange. Damit sind Sie für kurze Zeit allein von reiner Vernunft erfüllt und der klaren Erkenntnis von Gut und Böse. Es wird die Hölle sein!«
»Was Sie nicht sagen! Dabei war ich immer überzeugt davon, daß das Empfinden für das Gute oder Schlechte aus dem Herzen kommt, vom Gefühl bestimmt ist.«
»Völlig absurd! Das wäre das blutige und endgültige Ende jeder Zivilisation.«
Laurence machte plötzlich einen Schritt auf Jean-Louis zu, überwältigt von einer ihr unerklärlichen Gefühlsbewegung.
»Bitte vergib mir! Ich hätte niemals zugestimmt, dich in eine Falle zu locken, wenn nicht ... Aber es geht ja nicht um dich allein, es geht um Gabriella und Sandrine und um all die anderen, lauter Unschuldige! Ich kann da nicht mehr zuschauen, nein, nach Maghrabi kann ich das nicht mehr!«
Die Augen blind vor Tränen, rannte sie hinaus.
Fjodor Gregorowitsch schickte einen Blick voller Panik zu Kiersten hinüber, erhob sich dann mit einer Wendigkeit, die man ihm nicht zugetraut hätte, aus seinem Sessel, und lief seinerseits eilends hinter Laurence her.
»Sie bleiben ganz ruhig da sitzen!« befahl Kiersten Jean-Louis.
Dieser musterte sie herablassend. Sie war bleich, und eine gewisse Entmutigung auf ihren Zügen war unübersehbar. Er nahm na, daß ihr erschrocken die Folgen eines Scheiterns ihres Plans durch den Kopf gingen. In diesem Zustand würde sie nicht zögern, auf ihn zu schießen, um seine Flucht zu verhindern. Mit einem kurzen, gehässigen Lachen breitete er die Arme aus und nahm dann wieder seine überhebliche Haltung auf dem geblümten Sofa ein.

Fjodor holte Laurence am Ende der Terrasse ein. Mit hängendem Kopf stützte sie die Hände auf die Brüstung.
»Das geht über meine Kraft, ich schaffe es nicht!« schrie er sie an.
»Ihr ›ehemaliger Freund‹, wie Sie ihn nennen, ist heute ein Unge-

heuer! Die absolute Veränderung ins Negative! Sie kennen doch die kosmische Erscheinung der schwarzen Löcher? In denen ganze Galaxien verschwinden könnten? Ich habe Angst bei dieser Fülle von Schändlichkeit!«

»Angst wovor?«

»Vor der psychischen Entropie! Was ihn betrifft, habe ich Sie von vornherein gewarnt: Diese erzwungene ›Deprogrammierung‹ kann zu erheblichen und irreparablen Schäden führen. Aber von den Gefahren für mich habe ich bisher nichts gesagt. Es fehlt mir an Mut, das ist's! Fjodor Gregorowitsch Syssojew ist ein Schwächling!«

»Aber das stimmt doch gar nicht! Dennoch beunruhigen Sie mich. Es war mir nicht bewußt, daß es auch Risiken für Sie selbst gibt.«

»Sie glauben also an mich? Übrigens sagte ich Gefahren, nicht Risiken. Mit Problemen muß ich schon rechnen.«

Er begann mit einer wortreichen Erklärung. Um Jean-Louis wirklich »deprogrammieren« zu können, müßte er dazu bereit sein, das, was dabei auf ihn übertragen werde, über einen längeren Zeitraum als üblich zu ertragen. Anders sei eine unumkehrbare Veränderung nicht machbar. Wovor er sich tatsächlich fürchte, sei eine Ansteckung durch den pathologischen Charakter dieser feindseligen, *verfremdeten* Persönlichkeit. Er sei vergleichbar mit einem Chirurgen, der ohne Handschuhe und Mundschutz einen Patienten mit einer ansteckenden Krankheit operieren müsse.

»Die Last auf mich nehmen, das kann ich«, fügte er hinzu, während er die beschlagenen Gläser seiner Brille, ohne diese abzunehmen, mit den Fingerspitzen abwischte. »Aber was geschieht, wenn ich sie nicht wieder abschütteln kann, wenn sie mir als dauernde menschliche Bürde bleibt? Verstehen Sie jetzt? Sie müssen mir helfen!«

»Aber nichts lieber als das! Was kann ich denn tun?«

»Sie lassen jetzt in Ihrem Kopf einen Film ablaufen mit dieser kleinen Italienerin und dem Schlimmsten, was Sie sich als ihr Los vorstellen können!«

»Ich begreife. Und ich fürchte, daß mir das leider nicht einmal schwerfallen wird ...«

Sie schloß die Augen. Er machte (bisher hatte er vorsichtig Di-

stanz gehalten) einen Schritt auf sie zu, und sein rundes Gesicht zog sich zusammen, als ob er gleich niesen müsse.
»Es reicht jetzt«, sagte er schließlich und schüttelte sich dabei. »Ich bin jetzt aufgeladen, das war wie ein Adrenalinstoß für den schwächelnden russischen Psychiater. Und nun komme, was da wolle!«
Mit entschlossenen, wenn auch noch etwas wackeligen Schritten kehrte er in den Atelierraum zurück.

Kiersten sah ihn mit Erleichterung eintreten. Sie erwartete sich zwar nichts mehr von dieser beklagenswerten Inszenierung, ertrug aber kaum noch länger sowohl ihre eigene Verunsicherung als auch das erniedrigende Warten in Gesellschaft dieses Mannes, der ihre Tochter entführt hatte und jetzt in der älteren Nummer einer wissenschaftlichen Zeitschrift blätterte und dabei ein gelangweiltes Gähnen kaum verbergen konnte. Wie hatte sie sich nur auf eine derart verrückte Unternehmung einlassen können! Lydia hatte schon recht gehabt, sie war tatsächlich zur Zeit zu objektiven Entscheidungen nicht in der Lage. Aber sie hatte sich beeindrucken lassen durch Laurences Beteuerungen über die »Kräfte« dieses berühmten Therapeuten. Was für ein Fehler!
Immerhin hatte sie auch eine Entschuldigung parat. Denn zu Beginn ihrer Laufbahn hatte sie im Zuge einer Ermittlung einer Hypnosesitzung in einem Krankenhaus von Vancouver beigewohnt. Der Beschuldigte, ein gewisser Cliff Gorman, ein psychopathischer Mörder, hatte sich ihr aus Imponiergehabe und in der Überzeugung, seinen Kopf aus der Schlinge ziehen zu können, unterworfen. In einen Dämmerzustand versetzt, hatte er unter dem unwiderstehlichen Zwang eines fremden Willens seine Taten gestanden, von sich in der dritten Person sprechend. Sie hatte dieses Erlebnis nie vergessen. »Nun ja, aber die Umstände sind nicht vergleichbar«, sagte sie sich entmutigt. »Gorman hatte sich ja freiwillig hypnotisieren lassen, während Becker ... Ich hätte mich lieber auf meinen ersten Eindruck verlassen sollen: Der Russe ist ihm einfach nicht gewachsen.«
»Bleiben Sie bitte an Ihrem Platz!« sagte Fjodor Gregorowitsch zu ihr. »Ihre Ausstrahlungen sind ja noch schlimmer als vorhin!

Entschuldigen Sie bitte, daß ich Sie kränken muß. Aber Sie haben obendrein kein Vertrauen zu mir.«
Ohne sich weiter um sie zu kümmern, nahm er wieder seinen Platz gegenüber von Jean-Louis ein.
»Geht's wieder besser?« fragte dieser, die Augen von der Zeitschrift hebend.
»Mir keineswegs! Aber ging es denn der kleinen Gabriella gut, als Sie sie das letzte Mal gesehen haben? Nein, Sie brauchen nicht wie aus der Pistole geschossen zu antworten; denken Sie lieber gut nach, das ist wichtig. War sie vielleicht krank?«
»Sie glauben doch wohl nicht, daß ich auf einen so plumpen Trick hereinfalle!«
»Nein – ich weiß nicht so recht, aber vielleicht doch. Jedenfalls fühle ich in meinem Solarplexus die schwarze Flammen des Hasses, wenn Sie an sie denken. Es schmerzt, ist aber eine willkommene Ermutigung, fortzufahren.«
»Geben Sie mir Bescheid, wenn Sie mit Ihrem Zirkus fertig sind ...«
»Das Auspressen des Schwammes ist eine wichtige Vorbereitung!« (Der von Fjodors Stirn rinnende Schweiß wirkte wie eine ironische Unterstreichung seiner Worte.) »Wenn ich nachlasse, nimmt er Magma auf, und ich werde aufgebläht. Ich weiß, daß ich es schlecht zu erklären verstehe. Also: Sie lassen mich machen, und ich übernehme es. Mit Zustimmung ist das besser, in ethischer Hinsicht. Kann ich also?«
»Machen Sie doch, was Sie wollen!« antwortete Becker und ließ sich in seiner Lektüre nicht weiter stören.

Laurence riß sich aus ihren Gedanken und spürte die Anwesenheit der Freundin neben sich. Sie hatte gar nicht wahrgenommen, daß sie herangetreten war. Als sie sah, wie bleich sie war, erschrak sie.
»Es ist geschafft, nicht wahr? Sie verstehen jetzt wohl, warum ich nicht ...«
Kiersten unterbrach sie, um ihr zu sagen, daß man sie drinnen brauche, sofort und dringend. Trotzdem blieb sie selbst wie festgewurzelt stehen – zweifellos eine Reaktion auf das unglaubliche Geschehen, dessen Zeugin sie soeben geworden war.
»Sie können sich das nicht vorstellen! Wenn ich so etwas im Kino

sehen würde ... Es ist einfach unglaublich! Zum ersten Mal verstehe ich den Ausdruck, daß man meint, ›seinen Augen nicht trauen zu können‹.«

»Ich kenne das, ich habe es schließlich selbst durchgemacht. Sie haben ihn ohne Bewachung gelassen?«

»Warten Sie, bis Sie ihn sehen! Abgesehen davon, käme er nicht weit: Unten ist Le Bouyonnec mit einem Kollegen von der französischen Kriminalpolizei.«

»An diese Art von Flucht hatte ich eigentlich weniger gedacht«, entgegnete Laurence und stürzte davon.

Jean-Louis war vom Sofa geglitten und lag mit gespreizten Beinen völlig aufgelöst flach auf dem Boden. Er hatte kaum noch die Kraft, unentwegt den Kopf zu schütteln und in leierndem Ton immer wieder ein »Nein! Nein! Nein! Nein! Nein!« hervorzustoßen. Keine Klagen, kein Flehen, keine Schreie – dennoch war es in erschreckender Gewißheit unübersehbar, daß er ein Martyrium durchlitt. Ein Speichelfaden rann ihm von den zitternden Lippen. Seine Pupillen waren unnatürlich erweitert, wie unter dem Einfluß einer starken Droge; es wirkte, als hätten dadurch seine Augen die Farbe von hellem Blau zu tiefem Schwarz gewechselt. Welche Bilder standen vor ihnen, um sie mit solcher Bestürzung, solch unsäglichem Entsetzen zu füllen?

»Ich weiß nicht, wie mir geschieht«, sagte Kiersten mit erstickter Stimme. »Aber ich habe fast Mitleid mit ihm.«

»Er war ein Gefangener des Bösen«, murmelte Laurence. »Aber er hat immer den Schlüssel zu seiner Zelle bei sich gehabt.«

Ohne weiter auf den erstaunten Blick ihrer Freundin zu achten, wandte sie sich um: »Fjodor?«

Der Psychiater war in seinem Sessel zusammengesunken und hatte die Hände vor das Gesicht geschlagen. Warum antwortete er nicht? Als sie sich über ihn beugte und seinen Namen wiederholte, fuhr er hoch. Er umklammerte die Armlehnen mit den Händen und erhob sich mit äußerster Anstrengung; er wirkte völlig abwesend. Dann tat er zwei Schritte auf Kummerseele zu, der am Ofen schlief, die Schnauze auf die Pfoten gelegt. Plötzlich stieß Fjodor Gregorowitsch Syssojew ein kurzes Stöhnen aus und brach besinnungslos zusammen.

21. KAPITEL

Der renovierte Teil des Johanniterklosters auf dem Gipfel der Anhöhe; die niedriger gelegenen neueren Unterkunftsbauten; die Parabolantennen des Kommunikationszentrums; die umgewandelte Kapelle und die blumenbestandene Terrasse mit ihrer Steinbalustrade, von der aus der Blick über die sanften Hügel bis nach Xaghra schweifte: Nichts von alledem war Thierry fremd. Während der Reise von Paris hierher hatte er sich zahlreiche Fotos vom Heiligtum eingeprägt und sich dabei detailgetreu die Erläuterungen ins Gedächtnis gerufen, die Lydia Frescobaldi und Laurence Descombes dazu abgegeben hatten.

Vor allem Lydia; das war schon eine Nummer für sich!

»Wenn ich daran denke, daß ich mir das als ein streng geschlossenes Refugium vorgestellt hatte!« sagte er zu der Mirandistin, die ihn begleitete.

Er schaute sich um und spielte den Überraschten. Ringsum tummelte sich eine bunt gemischte Menschenmenge: Zeugen in Jeans und T-Shirts; Novizen in ihren blaßgelben langen Gewändern; Jünger und Jüngerinnen in weißen Tuniken; die Geweihten schließlich, beunruhigend in ihrem Nachtblau – eine geschlossene Kaste abseits der anderen. Sie würden nicht älter werden als siebenunddreißig: Jeder von ihnen hatte sich verpflichtet, bis dahin an einem von ihm selbst bestimmten Tag die Schwelle der Astralen Verklärung zu übertreten.

(Drei Tage vorher noch hatte Thierry geglaubt, Lydia übertreibe wohl etwas, als sie ihm vom Schwarzen Orden berichtete. Sie hatte ihm den Film vom Ende Flavio Bugliones gezeigt. Diese Bilder hatten in ihm eine große Wunde gerissen – eine Wunde, die inzwischen eiterte ...)

»Würden Sie das bitte wiederholen? Ich war leider für einen Augenblick abgelenkt ...«

Jasmine erläuterte ihm, daß der Zustrom der Anhänger eben erst beginne; seinen Höhepunkt würde er voraussichtlich in fünf Tagen erreichen. Dann sei mit gut tausend Gläubigen zu rechnen, die hier im Mutterhaus der Vereinigungskirche versammelt wären, um die Große Kommunion mit dem Universalgeist zu feiern.

Für sie persönlich wäre dieses Ereignis ein Anlaß zum Stolz und eine Quelle des Trostes. Warum sprach sie dann so trocken davon und mit einer Miene, als müsse sie jedes ihrer Worte bedauern, nachdem sie es erst einmal ausgesprochen hatte, als ob man es ihr durch einen zweifelhaften Kunstgriff entrissen hätte? Trotzdem machte sie ein weiteres vertrauliches Geständnis: Anläßlich der Großen Versammlung hatten sich aufgrund einer Sondererlaubnis El Guías alle mirandistischen Anhänger die Augenbrauen entfernen lassen, selbst die absoluten Neulinge, die noch nicht einmal die erste Schwelle überschritten hätten...

»Das Ergebnis ist sehr beeindruckend«, versicherte er und hatte Mühe, ein Lächeln zu unterdrücken.

»Nichts macht blinder als das, was offensichtlich ist!« versetzte sie unwirsch. »Sie sollten sich Gedanken machen über den Symbolwert dieser Geste!«

»Welches Symbol? Ich sage es Ihnen wohl besser gleich: Mit Religion und damit verbundenem Schnickschnack habe ich nicht viel am Hut.«

»Niemand hier wird versuchen, Sie zu bekehren. In der mirandistischen Gemeinschaft wird als einzige Form, andere zu überzeugen, das eigene vorgelebte Beispiel akzeptiert. Wenn ich mir eine persönliche Empfehlung gestatten darf, sollten Sie es trotzdem vermeiden, zu sagen; ›Quelle, aus dir trinke ich nicht!‹ Sie werden es nicht für möglich halten, wie viele vordem Ungläubige und Ablehnende den Weg zur Wahrheit gefunden haben, nachdem sie erst einmal ihr Herz den Lehren El Guías öffneten. Angefangen bei mir selbst ...«

Eine leichte Röte war in ihre Wangen gestiegen. »Welch ein Glück, daß wir am Ziel sind«, dachte Thierry. Viel hätte nicht mehr gefehlt, und die gute Frau hätte mir ihre ganze Lebensgeschichte erzählt. Mit einem solchen Gesicht ist es allerdings kein Wunder, daß man bei einer Sekte landet.«

Der Eingang zu der alten Kapelle wurde von zwei Geweihten bewacht. Die Sprechfunkgeräte an ihren Ledergürteln und die ver-

dächtigen Ausbuchtungen im Faltenwurf ihrer Gewänder standen in lebhaftem Gegensatz zu ihrem Aussehen, das an buddhistische Mönche erinnerte. »Die Sicherheitsvorkehrungen sind verstärkt worden«, dachte Thierry mit Unbehagen. »Und das sicherlich nicht nur wegen des erwarteten Zustroms von Anhängern; der Generalstab der Mirandisten hat sich gewiß darauf eingerichtet, daß die Leute von Casus Belli nicht untätig bleiben werden ... Da kann man sich ja auf was gefaßt machen!«
Jasmine schritt ihm entschlossen voran, bedeutete ihm jedoch im Inneren der Kapelle, allein weiterzugehen. Im Chor der Kapelle, beleuchtet vom schimmernden Farbenspiel der Glasfenster, stand El Guía in einer grauen Dschellaba und Ledersandalen. Er war gerade in ein Gespräch mir Argos vertieft.
(Lydia hatte Thierry versichert, daß kein Porträt vom Meister des Schwarzen Ordens bekannt sei. Man könne ihn aber daran erkennen, daß außer ihm keiner der Geweihten es jemals wagen würde, sich unmittelbar an El Guía zu wenden, ja noch nicht einmal das Recht habe, diesem in die Augen zu sehen. Diese Regeln waren ein Bestandteil der höchsten Stufe der Entsagung. Laurence Descombes wiederum sah darin ein typisch paradoxes Merkmal: D'Altamiranda hielt so selbst jene auf Distanz, die ihm in vielerlei Hinsicht am nächsten standen. In diesem strengen Kastensystem hatte wiederum Jean-Louis Becker einen Rang, der ihn aus allen anderen heraushob.)
Thierry schritt auf dem Mosaikboden nach vorn. Es war ihm bewußt, daß er unter anderen Umständen von der Architektur dieses Ortes und seiner geheimnisvollen Aura beeindruckt gewesen wäre.
El Guía hatte sich umgewandt, um ihn mit offenen Armen und einem warmen Lächeln in seinem weißbärtigen Gesicht zu empfangen. Argos seinerseits war lautlos und wie unmerklich in einen dunkleren Bereich zurückgeglitten. Dennoch hatte der Besucher vorher noch einen kurzen Blick auf ein bartloses Milchgesicht, das keinerlei Ausdruck zeigte, werfen können. »Kein Wunder, daß es kein Foto von ihm gibt! Sein Gesicht ist ja leer und wie nicht vorhanden – damit hätte sich ein Film fast nicht belichten lassen.«
»Willkommen hier bei uns, Michel Delanoy!«

Die Stimme war tief und der Blick freundschaftlich, doch wie verschleiert durch einen alten und unausdrückbaren Schmerz.
»Danke! Ich bin wirklich froh, endlich angekommen zu sein«, versicherte Thierry mit unüberhörbarem Pariser Akzent. »Hier, von Jean-Louis ...«
El Guía nahm den großen Umschlag entgegen, den er ihm reichte, und warf einen fragenden Blick zu Argos hinüber. Ein fast unmerkliches Kopfnicken bestätigte ihm: Ja, er könne ihn bedenkenlos öffnen. Er schlitzte ihn also auf und entnahm ihm zwei beschriebene Seiten sowie einige Fotokopien und Presseausschnitte.
Thierry hätte diese Geste als Vertrauensbeweis werten können. Er betrachtete sie aber als Bestätigung für etwas ganz anderes: Denn etwas früher am Nachmittag hatte er Jasmine, die ihn an der Landungsstelle in Mgarr abgeholt hatte, gebeten, vor einem Laden anzuhalten, damit er sich dort »eine kleine Stärkung« holen könne – genauer gesagt, ging es dabei um eine Flasche Whisky. Seine Jacke und seine Reisetasche hatte er dabei auf dem Beifahrersitz des kleinen Lieferwagens in der Obhut der Mirandistin gelassen. Sie hatte also, wie er gehofft hatte, nicht gezögert, darin herumzustöbern. Und der ominöse Umschlag war dabei, wie anderes auch, gleich untersucht worden.
El Guía las den Brief mit großer Aufmerksamkeit und legte ihn auf den Hauptaltar, von dem ihn sich Argos holte. Selbst mit diesem also vermied El Guía sichtlich den direkten Kontakt. Dann vertiefte er sich ohne spürbare Ungeduld oder Aufregung in die übrigen Dokumente, obwohl die daraus hervorgehenden Neuigkeiten doch alarmierend sein mußten. Denn Jean-Louis bat um Verlängerung seines Aufenthalts in Paris, weil er dort entscheidende Informationen erhalten habe, vor allem im Hinblick auf die geplante Verhinderung der Großen Versammlung. Er müsse unbedingt hier an Ort und Stelle bleiben, um den Druck auf die Kanadier und die Italiener in dieser Angelegenheit zu verstärken. Zum Schluß ging er ausführlich auf »seinen Freund Delanoy« ein.
»Mein Erster Ratgeber scheint große Stücke auf Ihre Loyalität zu setzen. Ich bin sehr beeindruckt. Er ist nicht der Mensch, der sich leichtfertig für jemanden verbürgt.«
»Jean-Lou? Ganz im Gegenteil – das personifizierte Mißtrauen!

Aber wir kennen uns seit Jugendtagen, wir waren im gleichen Schachclub. Er hat mich immer geschlagen. Wenn er weitergemacht hätte, wäre er heute Großmeister, da bin ich ganz sicher!«
»Jugendfreundschaften sind oft überaus wertvoll. Er hat ihnen auch geholfen, wenn ich nicht irre ...«
»Das kann man wohl sagen! Er war der einzige, der mich nicht hängen ließ! Und für mich war es eher überraschend, denn gesprächig war er eigentlich nie.«
D'Altamiranda überflog die Zeitungsausschnitte, und auf seinem gebräunten Gesicht erschien ein Anflug von wohlwollender Anteilnahme.
»Ihr Leben war von Prüfungen geprägt ... Auch von Versuchungen, denen Sie nicht widerstehen konnten. Wir haben Verständnis für solche Dinge ...«
Die Lockerheit des Neuankömmlings wich einem Anflug von ärgerlichem Unbehagen.
»Warum hat er Ihnen denn davon schreiben müssen! Das wäre doch nicht nötig gewesen! Die Vergangenheit sollte erledigt sein ...«
Auch die Zeitungsausschnitte wurden auf den Altar gelegt, wie ein seltsames Opfer für eine dunkle Macht. Sie bezogen sich auf den Prozeß und die Verurteilung eines Informatikers der Nationalen Handels- und Entwicklungsbank namens Michel Delanoy. Die Geschichte hatte seinerzeit ziemliches Aufsehen erregt wegen der Gerissenheit, mit der dieser seine Veruntreuungen begangen hatte. Ein Journalist hatte ihn als »dämonisches Computergenie« bezeichnet, und man war ihm nur auf die Schliche gekommen wegen einer im Grunde belanglosen Verfehlung, die gar nichts mit seinen trickreichen Unterschlagungen zu tun hatte.
»Wenn ich unseren gemeinsamen Freund Jean-Louis richtig verstehe«, sagte El Guía, »haben Sie Ihre berufliche Tätigkeit nach einer bedauerlichen Unterbrechung von einigen Jahren wieder aufgenommen ...«
»Aber nein! Sie haben mir wegen guter Führung zwar einen Strafnachlaß gewährt, aber mit der Auflage, nicht wieder in meinem Beruf tätig zu werden. ›Um mich vor Versuchungen zu bewahren‹, meinten sie dazu. Inzwischen bin ich seit drei Jahren ohne feste Anstellung.«

Das alles war natürlich ein geschickt aufgebautes Märchen. Bei seiner Entlassung aus dem Gefängnis war der wirkliche Michel Delanoy stehenden Fußes von der französischen Kriminalpolizei engagiert worden und dort inzwischen einer der geschätztesten Spezialisten für Entdeckung und Verhütung von Computerbetrug. Thierry war mit ihm in Paris auf Vermittlung von Kiersten und Kommissar Le Kerroch zusammengetroffen. Sie hatten viele Stunden gemeinsamer Vorbereitung miteinander verbracht und dabei ihre gegenseitige Sympathie füreinander entdeckt. Als er dann in die Haut des anderen schlüpfte, hatte Thierry sich nahezu widerwillig dabei ertappt, daß er sogar dessen Tonfall und seine spöttische, ironische Art nachahmte. Fünf Jahre in Fleury-Mérogis hatten ihre Spuren hinterlassen ...

»Am Telefon erschien uns der Erste Ratgeber etwas ... angegriffen. Von einer schweren Magenverstimmung war die Rede. Wie geht es ihm denn inzwischen?«

»Es hatte ihn schwer mitgenommen. Na ja, mit verdorbenen Austern ist nicht zu spaßen. Aber es ist da wohl noch etwas ...«

»Müssen wir uns Sorgen machen? Ich frage Sie das als Freund von Jean-Louis, damit wir klarer sehen ...«

Der falsche Delanoy erweckte den Anschein, als zögere er. Er wußte wahrscheinlich über Miguel D'Altamiranda mehr als alle Mirandisten hier im Heiligtum und vielleicht mehr als selbst Argos. Laurence und Lydia hatten ihm von der geheimnisvollen Ausstrahlung des Patriarchen berichtet, vom unwiderstehlichen Magnetismus dieser dunklen Augen, in denen sich »alles Leid dieser Welt spiegele«. Trotz dieser Warnungen spürte er jetzt, daß er sich innerlich wappnen müsse gegen diesen schweigenden Appell an seine Empfindungen.

»Ich glaube, daß Feuer unter dem Dach ist zwischen Jean-Louis und seinem Vater. Es hat da einen Skandal gegeben wegen eines Videospiels, und Harmonices Mundi ist da mehr oder weniger hineingezogen worden. Ich kenne die Details nicht, und offen gestanden ...«

Argos näherte sich etwas und wies mit dem Finger auf einen Absatz des handgeschriebenen Briefes hin. Sein Meister nickte zustimmend und sagte:

»Jean-Louis empfiehlt uns hier größte Vorsicht bei der Nutzung

unseres Kommunikationsnetzes. Wenn ich es recht verstehe, hat er Sie in diesem Zusammenhang hierhergeschickt, damit Sie sich um ein angebliches Sicherheitsproblem kümmern.«
»Von ›angeblich‹ kann gar keine Rede sein! Wenn Sie mir den Ausdruck gestatten, ist Ihr Sicherungssystem löchrig wie ein Sieb!«
»Er wollte am Telefon auf keine Einzelheiten eingehen, obwohl wir über eine verschlüsselte Leitung sprachen.«
»Vielleicht wollte er Ihnen damit klarmachen, daß diese Leitung so ›gesichert‹ keineswegs ist, wie Sie glauben. Es scheint aber, daß Sie seine Warnung nicht sehr ernst nehmen!«
»Unser System wurde erst in den letzten Tagen wieder vollständig überprüft. Es ist absolut dicht. Wir wissen die Besorgnis des Ersten Ratgebers durchaus zu schätzen, aber unter den gegebenen Umständen scheinen mir Ihre Dienst entbehrlich.«
»Wollen Sie mir damit sagen, daß ich ganz umsonst hierhergekommen bin?«
»Aber keineswegs! Sie sind unser Gast und können an der Großen Versammlung teilnehmen. Das ist ein großes Privileg, das unsere Vereinigungskirche über zwölftausend Bewerbern versagen mußte!«
»Ich danke Ihnen. Trotzdem, ich sagte es bereits Jasmine...«, setzte Thierry an und wandte den Blick zum Eingang. Er mußte allerdings feststellen, daß die Jüngerin verschwunden war. »Religiöse Zeremonien interessieren mich nicht, tut mir leid. Aber gestatten Sie mir einen Rat: Wenn Ihnen jemand versichert, ein Datenschutzsystem sei ›unüberwindlich‹, sollten Sie ihn vor die Tür setzen. Denn er ist entweder inkompetent, oder er macht sich lustig über Sie.«
Ein Schatten des Ärgers zog über El Guías gelassenes Gesicht. Er wandte es erneut nach rechts, erhielt jedoch von dort ein Zeichen, er brauche sich nicht zu beunruhigen. Thierry mußte seine Gereiztheit nicht vortäuschen; er hatte jetzt genug davon, hier in dieser Kapelle herumzustehen und nicht zu wissen, was er mit seinen Händen tun solle. Natürlich hatte man den Ort und die Inszenierung geschickt gewählt, um den Besucher unsicher und angreifbar zu machen. Aber er rief sich John F. Kennedys Maxime ins Gedächtnis, die er zu seiner eigenen gemacht hatte: »Laß dich nicht verrückt machen, sorg lieber für den Ausgleich!«

»Gestern abend haben Sie eine E-Mail an einen gewissen Trocchia in Neapel geschickt«, sagte er. »Und eine zweite an Len Goodfellow in Manchester. Fragen Sie mich bitte nicht nach dem Inhalt: Dechiffrieren konnte ich sie noch nicht.«
D'Altamiranda schloß die Augen und fuhr sich mit gespreizten Fingern durch seine weiße Mähne. Wollte er wirklich nur die Haare glätten mit dieser Bewegung?
Im Hintergrund ballte Argos die Fäuste. Sein unerschrockenes Gesicht schien plötzlich wie das eines japanischen Nô-Schauspielers von einer weißen Gipsschicht bedeckt.
»Jean-Louis sagte mir, er würde in dem Brief auch eine Bemerkung wegen des Arrangements machen«, fügte Thierry nun hinzu.
»Des Arrangements?« fragte El Guía, wie aus einer Meditation erwachend.
»Des finanziellen, ja ... Ich habe ihm einen Freundschaftspreis gemacht. Aber da es Ihre Organisation ist, die zahlen soll, schien es mir doch besser, das von vornherein festzulegen ...«
Der Patriarch seufzte tief und brummelte dann, finanzielle Dinge würden ... Dann machte er eine vage Geste zum vorderen Teil der Kapelle, um damit anzudeuten, daß derartig triviale Dinge die Sache von Jasmine seien. Die war in ihrem weißen Gewand tatsächlich dort wie ein Geist wieder erschienen. Sie stand reglos da, mit unbeweglichem Gesicht, und schien auf seine Weisungen zu warten.

Während seines kurzen Aufenthalts in Frankreich war Thierry auch nach Maisons-Laffitte gefahren, begleitet von Kiersten und Le Bouyonnec. Er hatte dort den berühmten Jean-Louis getroffen, dem man zum Aufenthalt ein kleines Landhaus aus der Jahrhundertwende zugewiesen hatte, das Vater Antoine von seinem Vorfahr Alfred Becker geerbt hatte, dem französischen Nobelpreisträger in Physik.
Eine stämmige Krankenschwester und ein junger Mitarbeiter Le Kerrochs waren zur Betreuung des Mannes abgestellt, der einmal die graue Eminenz der Universellen Vereinigungskirche gewesen war und die gefürchtete rechte Hand Miguel D'Altamirandas. Ein Schatten seiner selbst, verbrachte er die meisten seiner klaren

Stunden damit, entweder die Linden draußen im Garten zu betrachten oder den Kopf in den Händen zu vergraben, in einem Sessel vor einem der Fenster des Wohnraums sitzend. Er bewegte sich mit unsicheren Schritten und zumeist nur, um in das Badezimmer zu gehen und dort Galle und Blut von sich zu geben. Man ernährte ihn mit Fleischbrühe, in Tee getauchten Keksen und Vitaminsäften. Schlank gewesen war er ja schon, als er zu Fjodor Gregorowitsch gekommen war. Inzwischen aber hatte er innerhalb von vier Tagen weitere sieben Kilo abgenommen.

Er hatte ihre Fragen mit fieberhafter Beredsamkeit beantwortet und mit einer geradezu zwanghaften Präzision, als fürchte er, nicht ausreichend verstanden zu werden. Den Brief an El Guía hatte er zwar nach Diktat geschrieben, aber von sich aus Änderungen vorgeschlagen, um ihn überzeugender wirken zu lassen. Er hatte dann den künftigen Michel Delanoy mit Ratschlägen und Warnungen überschüttet und ihn angefleht, alles – wirklich alles, und sei es selbst das Schlimmste! – zu tun, um den Erfolg seiner Mission sicherzustellen und »den Unschuldigen dort das Unsagbare zu ersparen«. (Das hatte er fünf- bis sechsmal wiederholt.) Er hatte schließlich seine Besucher bis ans Gartentor begleitet, weil ihm immer wieder neue Details und Informationen eingefallen waren, die er für nützlich hielt und die ihm wichtig schienen.

Seine kaum zu bremsende Mitteilsamkeit befremdete Thierry beträchtlich. Daß man ihn zu einem Seitenwechsel hatte bringen können, verstand er ja gerade noch. Was ihn zumindest mit Unbehagen und Unsicherheit, wenn nicht mit Ungläubigkeit erfüllte, war jedoch das Ausmaß dieser Verwandlung. Er hatte darüber mit Kiersten gesprochen, und sie hatte ihm daraufhin von dem berichtet, was bei Fjodor Gregorowitsch abgelaufen war. Hin und wieder hatte sie dabei innegehalten und den Kopf geschüttelt, als könne sie selbst nicht glauben, was sie da erlebt hatte.

Hier im Heiligtum von Xaghra hatte jetzt Thierrys Unruhe einer dumpfen Angst Platz gemacht. Was nun, wenn dieser Becker erneut seine Meinung geändert hätte – konnte man denn davor sicher sein? Sein psychischer Zusammenbruch bedeutete ja nicht die Einbuße seiner Intelligenz, und die war stark ausgeprägt. Falls er vorhätte, seine Bewacher zu überlisten, würde ihm dies wohl

mühelos gelingen. Dieser russische Psychiater hatte zwar von einer »irreversiblen« Deprogrammierung gesprochen, aber wie konnte er deren sicher sein? Hatte er denn jemals vorher eine solche Behandlung durchgeführt?
Fjodor Gregorowitsch konnte diese Frage nicht beantworten. Er war noch immer nicht aus seiner tiefen Bewußtlosigkeit erwacht, und die Ärzte des Louis-Pasteur-Krankenhauses »wollten mit ihrer Diagnose zurückhaltend sein«. Frau Dr. Descombes hatte diese Formulierung dahingehend übersetzt, daß auch ihre werten Kollegen sich keinen Reim darauf zu machen wußten.
Von Paris aus war Thierry in einem Privatjet nach Rom geflogen, begleitet von Lydia Frescobaldi. Alsbald hatte er einen Block hervorgezogen, um sich Notizen zu machen, zu deren Vernichtung vor der Ankunft in Mgarr er sich allerdings verpflichten mußte ... Gewöhnlich konnte er sich auf sein Gedächtnis sehr gut verlassen. Aber er mußte sich eingestehen, daß im Augenblick seine Konzentrationsfähigkeit erheblich eingeschränkt war. Er konnte sich nicht erinnern, jemals so auf Anhieb und so vollständig von einer Frau fasziniert worden zu sein. Ihr selbst schien das durchaus nicht verborgen geblieben zu sein: gegen Ende des Fluges war ihr Wölfinnenblick glitzernder geworden, ihr Lächeln ironischer, ihre Haltung autoritärer. Eine echte Raubkatze!

Kurz vor ihrer Trennung in Rom hatte sie ihm noch das Folgende anvertraut: Der von Casus Belli in das Heiligtum eingeschleuste Agent würde sich ihm nur im äußersten Notfall zu erkennen geben. Er selbst müsse sich jeden Kontakts nach außen enthalten und sei dort völlig auf sich selbst gestellt. Sie ihrerseits könne nicht vor Ende der Woche nach Malta kommen. Und das werde inkognito geschehen, um den anderen Teil des Unternehmens zu einem guten Ende zu bringen – die Befreiung der beiden Mädchen.
»Ich kenne Sandrine nicht«, hatte er geantwortet. »Aber ich denke unaufhörlich an sie ... Das läßt mich nicht los, kann ich denn da nichts beitragen ...«
»Bloß nicht! Ihr Ziel muß dieser Guru sein, konzentrieren Sie sich auf ihn bis zur Besessenheit ...«
»Werden wir uns wiedersehen?«

»Wer weiß? Hängt das denn von mir ab?«
»Aber sicher! Und auch von Inspektor MacMillan ...«
Sie hatte sich rasch verabschiedet, nicht ohne ihm viel Glück für seine Aufgabe zu wünschen. Ihr Ton dabei machte deutlich, daß ihr deren Gefährlichkeit durchaus bewußt war. Weniger sicher war er sich, ob sie die Anspielung in bezug auf Kiersten verstanden hatte – schade ...

Die Ausstattung des Kommunikationsgebäudes unterschied sich ganz erheblich von der der übrigen Bauten des Heiligtums. Dies hier war das Nervenzentrum einer modernen Organisation mit vielfältigen Aktivitäten und weltweiten Verbindungen.
Das Erdgeschoß war im wesentlichen ein weitläufiges Großraumbüro ohne Zwischenwände. Etwa dreißig zumeist weibliche Novizen und Jünger widmeten sich in eindrucksvoller Schweigsamkeit den üblichen Sekretariats-, Buchhaltungs- und Verwaltungsaufgaben. Im oberen Stockwerk waren die Informations- und Telekommunikationseinrichtungen untergebracht; der Eintritt hier war den Geweihten vorbehalten. Etwa ein Dutzend von ihnen arbeitete in durch verglaste Wände voneinander abgeteilten Büros an hochmodernen Terminals, Laserdruckern, hoch auflösenden Fotokopiergeräten und Scannern.
Bei seinem Eintreten in diese Räume wurde sich Thierry bewußt, daß er sich wider seinen Willen vom Anschein des einfachen und bescheidenen Lebens der Mirandisten und ihrer mönchischen Demut hatte blenden lassen. Welche Illusion! Hier zeigte sich die Vereinigungskirche als das, was sie wirklich war: ein mächtiges, weit verzweigtes Unternehmen mit einem tadellos eingespielten Apparat.
Zu seiner Überraschung hatte Miguel D'Altamiranda ihn begleitet. Argos war ihnen vorangeschritten an diesen Ort, der sichtlich seine Hochburg und sein Hauptquartier war. Ihr Eintreten blieb nicht unbemerkt ...
Allein schon das Eindringen eines unbekannten einfachen »Zeugen« erregte Aufsehen. Aber der Besuch von El Guía höchstpersönlich war völlig ungewöhnlich: Die starren Gesichter zeigten sowohl Furcht als auch Ekstase. »Als ob Gottvater selbst ihnen erschienen sei«, dachte Thierry.

Die drei schritten weiter ins Kontrollzentrum. Rechts standen die an die Bewachungskameras des Heiligtums angeschlossenen Monitore, links der massige Hauptrechner, dazwischen, provisorisch aufgebaut, die Ausrüstung für die Satellitenübertragung der demnächst auszustrahlenden Fünften Offenbarung.
Argos winkte einen seiner Männer heran – den anscheinend jüngsten von allen, wohl kaum älter als fünfundzwanzig und dem Aussehen nach vermutlich Inder oder Pakistani. Er stellte ihn als den Verantwortlichen für das gesamte Computersystem der Vereinigungskirche vor.
»Man behauptet, unser System sei durch einen Virus verseucht worden«, sagte er dann, und seine Stimme war ebenso ausdruckslos wie sein Gesicht. »Antworte auf Französisch!«
»Das ist falsch«, sagte der andere, ohne die Augen zu heben.
Thierry trat einen Schritt vor und streckte ihm, da man es nicht für angebracht gehalten hatte, ihn vorzustellen, die Hand hin.
»Ich bin Michel Delanoy! Und du?«
Die ausgestreckte Hand wurde übersehen, der Blick blieb auf den Boden gesenkt.
»Er hat auf seinen Namen verzichtet«, erläuterte Argos. »Sagen Sie einfach ›Geweihter‹ zu ihm.«
»Ach ja? Und wie soll ich zurechtkommen? Sie gleichen sich hier doch alle wie ein Ei dem anderen! Mit Ihrer gütigen Erlaubnis werde ich ihn Pondichéry nennen.«
Er zog eine Diskette aus der Tasche und trat auf das Eingabepult zu. Der Geweihte machte einen Schritt zur Seite, um ihm den Weg zu verstellen.
»Lasen Sie das, das mache ich selbst!« sagte er mit ausgestreckter Hand. »Was ist das?«
»Ein Anti-Virus-Programm namens Cassandra, um diese Schweinerei zu entdecken, die wie Spezialisten ›Ebola-Troja‹ nennen; eine interne Bezeichnung, weil man die Herkunft noch nicht kennt. Manche Urheberrechte gehen eben verloren.«
Der junge Mann mit seinem geschorenen Schädel schob die Diskette zunächst ein und unterzog sie einem strengen Prüfprogramm. D'Altamiranda war herangetreten und nickte mit dem Kopf. Thierry begriff mit einem gewissen Unbehagen, daß seine angebliche Gleichgültigkeit allen materiellen Erfordernis-

sen gegenüber nichts als Augenwischerei war. »Der alte Knacker braucht keinerlei Erläuterungen. Der weiß haargenau, wozu diese Anlage fähig ist und wie man sich ihrer bedient.«
»Und weiter?« fragte Pondichéry, nachdem er sich davon überzeugt hatte, daß von dieser fremden Diskette keine Gefahr drohte.
»Wähl fünfzehn beliebige Datensätze aus. Sie müssen lediglich während der letzten drei Monate benutzt oder verändert worden sein.«
Die langen braunen Finger mit ihren gepflegten Nägeln glitten behend über die Eingabetastatur.
»Und nun?«
»Gleich sie ab mit Cassandra.«
Auf dem Bildschirm öffnete sich ein Fenster mit der Überschrift »Diagnose«. Dann wurden nacheinander die Kennwörter der ausgewählten Datensätze eingeblendet. Bei dreizehn davon erschien anschließend der Vermerk: »Verseucht durch Ebola-Troja«. Es herrschte beklommenes Schweigen. Der Geweihte konnte seine Augen nicht vom Bildschirm losreißen und war so versteinert, als habe ihn der Blick der Medusa getroffen.
»Es ist wohl nicht zu leugnen«, sagte El Guía und fuhr sich ein weiteres Mal durch das Haar. »Ich hatte das vorhin nicht recht verstanden, aber ›Troja‹ dürfte in diesem Zusammenhang ja wohl klar sein.«
»Mit dem Unterschied, daß die ›Griechen‹ im Bauch dieses Trojanischen Pferdes hier tief und fest schlafen! Sanft wie die Lämmer, bis man ihnen auf die Zehen tritt, um sie aufzuwecken!«
»Und was nun?« fragte Argos, seinerseits hinzutretend.
»Nun, der erste Teil des Doppelnamens sagt ja wohl alles: ›Ebola‹, ein tödlicher Virus. Ihr ganzes Netz ist total verseucht! Jean-Louis zeigte sich überzeugt davon, daß die Leute, die Ihnen schaden wollen, nichts vor der Großen Versammlung am Wochenende unternehmen werden. Es scheint ja wohl eine ›Enthüllung‹ vorgesehen zu sein, die über ein digitales Video in verschiedene Hauptstädte übertragen werden soll… Und das will man vermutlich sabotieren!«
»Unser Prüfprogramm ist ganz neu und auf dem höchsten Standard«, wandte, seine Ruhe bewahrend, der Patriarch ein. »Wie können Sie sein Versagen erklären?«

Michel Delanoy zog eine Grimasse, um anzudeuten, daß eine solche Frage weit leichter gestellt als beantwortet sei. Auf einen Nenner gebracht, müsse man sich das ungefähr so vorstellen, daß die bisher bekannten Viren die Programme durch Hinzufügungen verändern würden. Bei Ebola-Troja sei das hingegen nicht der Fall: Dieser Virus verstecke sich wahllos in gewissen Befehlen, die er jeweils einzeln nicht beeinträchtige, auf die er aber dann einwirke, wenn sie in einer bestimmten Reihenfolge vorkämen. Es sei sozusagen eine Anwendung der Theorie von den nicht zusammenhängenden Strukturen.
»Wissen Sie, was geschieht, wenn man das Chaos einem Ordnungsprinzip unterwirft?«
D'Altamiranda zuckte zusammen, antwortete jedoch nicht. Zum ersten Mal seit ihrer Begegnung schien er seine Haltung zu verlieren. Thierry war verblüfft über seine Reaktion, die er so nicht erwartet hätte, als er seine Frage stellte.
Pondichéry schüttelte sich, als ob er aus einem Trancezustand erwache. Er hob den Kopf und maß mit einem flammenden Blick diesen Fremden, der ihn vor El Guía Supremo und Argos hatte sein Gesicht verlieren lassen.
»Sie werden mir das zeigen, um sie daran zu hindern!«
Michel Delanoy antwortete mit leicht süffisantem Lächeln, dafür werde er schließlich bezahlt.

Er war nun seit vierundzwanzig Stunden an Ort und Stelle. Man hatte ihm ein abgeschlossenes Büro zugeteilt, in dem er für sich allein während seines Aufenthalts hier arbeiten konnte. Die Ausrüstung, die man ihm auf sein Verlangen hin zur Verfügung gestellt hatte, entsprach (zumindest größtenteils) jener, die ihm bei der GRC zur Verfügung stand. Der Zugang in das Netz der Organisation war ihm allerdings nur über Pondichéry möglich, und er mußte diesem jede Abfrage und jede Kopie begründen. Er regte sich darüber nicht auf, im Gegenteil: Es konnte nicht schaden, bei all diesen Gelegenheiten eine gewisse Beziehung zu seinem mirandistischen »Kollegen« aufzubauen.
Schon bald nach seiner Ankunft im Heiligtum hatte er festgestellt, daß die Geweihten jeden persönlichen Kontakt zu vermeiden suchten, nicht nur zu Besuchern und Angehörigen »unterer

Kasten«, sondern selbst untereinander, wie es schien. Dieser erste Eindruck hatte sich noch verstärkt seit seinem Einzug in dieses »eigene Büro«, dessen »persönlicher« Charakter ihm alsbald höchst relativ erschien ... Es hatte ein Fenster aus Sicherheitsglas, durch das kaum Licht drang und das sich nicht öffnen ließ, und die drei Innenwände bestanden vom Boden bis zur Decke aus Glas. Man konnte also jede seiner Bewegungen beobachten. Und tatsächlich fühlte er auch, sobald er nur den Kopf wandte, Blicke auf seinen Nacken gerichtet, die noch im Augenblick vorher dem seinen nachdrücklich ausgewichen waren. »Gleichgültig bin ich ihnen also keineswegs – zu schade!«
Er hatte für seinen Besuch in Xaghra ein Notebook mitgebracht, das fast so leistungsfähig war wie der Computer, den man ihm zur Verfügung stellte. Er benutzte es für alle Schritte, die er geheimhalten wollte – für den Fall, daß man in den stationären Computer ein Überwachungsmodem eingebaut hätte. Vielleicht bestand diese Gefahr gar nicht, aber es bereitete ihm jedenfalls ein spielerisches Vergnügen, seine Vorsichtsmaßnahmen zu verstärken. Es lag gewissermaßen der Versuch darin, auf seine Art den anderen Bedrohungen zu begegnen, die er nicht vorhersehen und die er auch nicht vermeiden konnte.

Es war acht Uhr morgens. Jasmine nahm in der Cafeteria an seinem Tisch Platz, nachdem sie mit einigen barschen Worten die drei ebenfalls dort sitzenden Novizen aufgefordert hatte, sich anderswohin zu setzen. Sie begann, ihn in leichtem Unterhaltungston auszuhorchen. Er ging auf das Spiel ein und teilte ihr mit gesenkter Stimme seine Zweifel an der Kompetenz des jungen Chefs der Computeranlage mit.
»Zu Argos habe ich natürlich nichts gesagt. Ich möchte doch niemanden in Schwierigkeiten bringen! Übrigens tut der junge Inder, was er kann. Er scheint mir lediglich völlig überfordert durch die derzeitige Situation.«
»Es war ein Fehler, nicht offen Ihre Meinung zu äußern! Für Heimlichtuerei ist kein Platz hier im Heiligtum. Ist nicht der Stolz die erste Schwäche, die man überwinden muß, wenn man sich auf den Weg des Heils begibt?«
Thierry dachte: »Und du, liebe Schwester, liebst du es nicht auch,

im Dunkeln zu glänzen?« Aber sein Ziel hatte er jedenfalls erreicht: Er konnte sicher sein, daß seine Äußerung an der richtigen Stelle hinterbracht würde.
Ehe sie ihn verließ, wollte die junge Frau offenbar die Offenheit dokumentieren, die sie ihm predigte:
»Sie sollten Ihre Zunge etwas in acht nehmen, ehe Sie zu jeder unpassenden Gelegenheit eine Bemerkung fallenlassen. Gewisse Leute hier im Heiligtum schätzen weder Ihre Flapsigkeit noch Ihre Auffassung von Humor...«
»Lassen Sie mich raten ... Die Schwarze Garde vielleicht?«
»Die Geweihten, meinen Sie wohl! Sehen Sie, wie recht ich mit meiner Empfehlung habe! Niemand hier nennt sie so wie Sie gerade. Das ist eine bösartige Erfindung von Journalisten, die... Ach, lassen wir das! Argos duldet übrigens Ihre Anwesenheit nur, weil sie ihm vom Ersten Ratgeber, dem El Guía vorbehaltlos vertraut, aufgezwungen wurde!«
»Wie interessant! Ich wußte gar nicht, daß es eine Rivalität zwischen den beiden Herren gibt. Abgesehen davon, täte Argos gut daran, mich in seine Gebete einzuschließen. Wenn ich nicht gekommen wäre, um mich um Ihr Computersystem zu kümmern, hätte Ihre große Zeremonie in einer Katastrophe geendet!«

Pondichéry kreuzte in Thierrys Büro am frühen Nachmittag auf. Es war das erste Mal, daß er von sich aus ein Gespräch eröffnete. Das, was Thierry Jasmine anvertraut hatte, war wie erwartet sogleich höheren Orts berichtet worden.
Der Betroffene hielt ihm vor, ihn noch vor Argos in Schutz genommen zu haben, statt offen zu sagen, was er von ihm halte.
»Ich will keine Geschenke, schon gar nicht von einem ›Ungläubigen‹!« fügte er hinzu. »Wenn du einen Fehler machst, werde ich das gnadenlos melden! Du bist gewarnt!«
»Vielen Dank! Aber mir unterlaufen keine ›Fehler‹, allenfalls Irrtümer. Und bevor du mir welche nachweist, mußt du noch viel lernen und dich besser um deine eigenen kümmern. Du glaubst zum Beispiel bestimmt, eure Festung hier sei uneinnehmbar, nicht wahr? Komm, ich will dir mal zwei oder drei Lücken in eurer Umwallung zeigen.«

Sie blieben gemeinsam für eine gute Stunde vor dem Monitor sitzen. Thierry kannte die Konfiguration des Systems recht gut; er hatte sie dank des von Jean-Louis Becker mitgeteilten Zugangscodes in Paris ausführlich studieren können. Die Hauptschwierigkeit war gewesen, die Spuren seines Eindringens und seiner wenig orthodoxen Eingriffe zu verwischen.
Er hatte noch gezögert, Pondichéry einige seiner Geheimnisse zu verraten, denn zweifellos würde dadurch die Sicherheit des Netzes der Vereinigungskirche verbessert. Aber es schien ihm ein kalkulierbares Risiko. Jetzt mußte er Punkte machen, sich als unschlagbarer Fachmann erweisen, das Vertrauen des Geweihten gewinnen – oder wenigstens seinen Respekt.
Das war keine leichte Aufgabe, denn der junge Inder war tatsächlich ein Informatiker hohen Ranges. Er hatte eine einzige Achillesferse: seine fanatische Verehrung für El Guía. Seine Furcht, aufgrund seines Versagens könnte es den Feinden der Wahrheit gelingen, die weltweite Verbreitung der Fünften Offenbarung zu verhindern, hatte ihn in tiefe Verzweiflung gestürzt. Das war sein schwacher Punkt, und Michel Delanoy zögerte keinen Augenblick, diese Schwäche auszunützen – ohne jeden Skrupel.

Es war zwei Uhr morgens, und noch immer hielten sich fünf Geweihte hier im Obergeschoß auf. Einer von ihnen, abgestellt zur Überwachung des »Zeugen«, schien es darauf anzulegen, Jasmines Worte zu bestätigen, daß es Heimlichkeiten im Heiligtum nicht gebe. Er saß auf einem hohen Hocker, nur drei Meter von der Glaswand entfernt, und ließ, den Hals hochgereckt, Thierry nicht für einen Augenblick aus den Augen. Dieser hatte zunächst gute Lust gehabt, Argos rufen zu lassen und ihn in seine Schranken zu verweisen. Dann jedoch hatte er rasch begriffen, daß diese Parodie einer Überwachung ihm weit eher die Gelegenheit bot, sich zu entspannen. Denn diese Aufsicht durch einen frisch geschorenen offensichtlichen Grünschnabel hatte auch etwas unfreiwillig Komisches an sich, und es war unverkennbar, daß hier ein recht bescheidener Geist seinen Auftrag, »diesen Herrn da gut im Auge zu behalten«, sehr wörtlich nahm.
Thierry hatte ein wenig früher ein Abspielgerät mit einem Monitor angefordert und eine Kopie des Videos mit der Vierten Offen-

barung, die vor achtzehn Monaten im englischen Manchester vor dreißigtausend Mirandisten verkündet worden war. Beim ersten Mal schaute er sich die Aufzeichnung mit einem Kopfhörer über den Ohren an. Er hatte D'Altamiranda zwar schon in kurzen Mitschnitten bei Nachrichtensendungen gesehen, aber niemals einen vollständigen Film von einer solchen Großen Versammlung. »Halluzinierend!« fand er, und ein beklemmendes Gefühl beschlich ihn. »Wenn man ihn gehört hat, hat man wirklich nur noch die Wünsche: ihm zu glauben, ihm zu folgen, sich mit Leib und Seele hinzugeben und sich ihm anzuschließen im Universellen Bewußtsein.«

Er wählte dann eine etwa fünfminütige Sequenz aus, in der El Guía Supremo einige »unbestreitbare Wahrheiten« verkündete, bei denen er sich auf Allgemeinplätze und Binsenweisheiten stützte. Der Redner verfälschte dabei ganz offensichtlich bestimmte Tatsachen, um die Forderungen seiner Lehre vom Verzicht zu begründen.

Diesen Auszug gab er dann in digitalisierter Form in den Computer ein. Nun mußte nur noch Pinocchio seine Nase in diese Version stecken, und dann würde man ja sehen, was wahr und was falsch daran war. »Zu schade, daß ich das nicht den Leuten hier im Heiligtum vorspielen kann! Es würde ihnen guttun, ihren großen Guru als Märchenerzähler zu erleben.«

Kurze Zeit verging, in der das leistungsfähige Programm, dessen Vorführung die Spitzen der GRC so außer Fassung gebracht hatte, ablief und die Rede des Patriarchen sezierte: sein Atmen, die Länge der Pausen, die Schwankungen der Stimme, die Wimpernschläge und selbst das unmerklichste Zucken der Gesichtsmuskeln.

Diesmal war es an dem Pseudo-Delanoy, vor Verblüffung starr vor dem Bildschirm zu sitzen.

Denn das Urteil Pinocchios war eindeutig, und es lautete, daß Miguel D'Altamiranda nicht gelogen habe! Auch nicht eine Sekunde lang ...

Die Neumondnacht war warm, der Himmel wolkenlos. Thierry konnte sich nicht erinnern, die Milchstraße je zuvor so prächtig und so deutlich in all ihren Details gesehen zu haben. Eine sanfte

Brise, der von fern heranwehende Geruch der Pinien und Eukalyptusbäume, das anhaltende Zirpen der Grillen, die Allgegenwart des Kosmos – er mußte innehalten und gegen eine Art von Schwäche ankämpfen. Was hatte er hier eigentlich zu suchen? All diese an den Computern und sonstigen Apparaten verbrachten Stunden, dieses ganze Spiel mit Worten und Bildern und Begriffen – wozu war das eigentlich gut? Selbst jetzt drückte er sein Notebook an sich, als wäre es ein Teil seiner selbst. Er hätte es nirgends unbesorgt liegen lassen können.

Er umrundete das alte Kloster, schritt vorsichtig die ungleichmäßigen Steinstufen der großen Terrasse hinunter und spazierte durch den Olivenhain. Das helle Funkeln der Sterne reichte völlig zur Beleuchtung aus. Hie und da verfloß das Licht der schwachen Lampen, mit denen die Grenze des Geländes des Heiligtums abgesteckt war, mit dem Leuchten der Gestirne. Er setzte sich auf den Rand eines Brunnenbeckens mit einem langen bronzenen Ausflußrohr, das in ein weit aufgesperrtes Löwenmaul mündete. Das leise Plätschern des Wassers in dem mit Moos bewachsenen Becken hätte ihn eigentlich beruhigen müssen. Und doch ...

Bevor er sein Büro verlassen hatte, hatte er sich ein zweites Mal die Veranstaltung in Manchester angeschaut. Er wußte nun, daß D'Altamiranda seine Kraft hauptsächlich aus seiner absoluten Überzeugung zog, daß er die Wahrheit verkündete. Er hatte unbestreitbar recht, gegen alle, die sich seiner Lehre widersetzten. Wenn er bewußt gelogen hätte, wäre das Pinocchio nicht verborgen geblieben. Aber El Guía Supremo war insofern vor der Lüge gefeit, als er die Kraft hatte, die Realität zu verändern, indem er die Dinge anders darstellte, als sie wirklich waren. Er log nicht: Er fabrizierte sich vielmehr seine eigene Wahrheit, während er sprach.

Thierry hatte in den Computer nur einen kurzen Ausschnitt dieser Vierten Offenbarung eingegeben. Dennoch war er überzeugt davon, daß das Ergebnis nicht anders gewesen wäre, wenn er sie vollständig dieser Überprüfung unterzogen hätte. Andererseits handelte es sich hier nur um eine Aneinanderreihung von mystisch-religiösen Beteuerungen, die sich, wie ein jedes Glaubensbekenntnis, zu einem Teil der Unterscheidung zwischen wahr und unwahr entzogen.

Was wäre, wenn man D'Altamiranda befragen würde nach den von ihm mißbrauchten Kindern? Oder ihn einzeln jedem von diesen gegenüberstellte? (Lydia zufolge hatte Casus Belli eine Liste von siebzehn Mädchen zwischen zehn und vierzehn und von neun Jungen zwischen sechs und elf zusammengestellt; alle, ohne Ausnahme, waren El Guía zur »Einweihung« von den Eltern oder zumindest einem Elternteil zugeführt worden. Würde sich auch auf diesem Gebiet Pinocchio als unfähig erweisen, den heiligen Propheten zu überführen?

Gestern noch hätte Thierry diese Frage ohne jedes Zögern beantwortet. Heute war er sich dessen nicht mehr so sicher. Andererseits war er inzwischen einer anderen Sache sehr sicher: Jeder Versuch, die Ausstrahlung dieser Fünften Offenbarung zu verhindern, würde sich als Fehlschlag erweisen. Die Mirandisten waren inzwischen zu Meistern in der Kunst geworden, jeden Angriff ihrer Feinde zu ihren Gunsten zu nutzen. Unter anderem wies der verstärkte Nachrichtenaustausch mit den regionalen Leitern der Vereinigungskirche darauf hin, daß man bereits eine Gegeninitiative vorbereitete.

»Vielleicht haben sie sogar schon vorsorglich ein Video von dieser berühmten Offenbarung hergestellt«, überlegte er. »Das können sie dann vor Ort einsetzen, falls die Satellitenübertragung gestört wird. Ich würde das jedenfalls an ihrer Stelle so handhaben!«

War das die Erschöpfung? Er fühlte, wie er immer mutloser wurde. Woher konnte er neue Energie gewinnen, um den Kampf fortzusetzen? Er hatte sich da offenbar auf eine Auseinandersetzung mit einem Gegner eingelassen, dem er nicht gewachsen war, bei weitem nicht! Er war allein hier, waffenlos, verwundbar. Gab es diesen angeblichen Agenten von Casus Belli hier überhaupt? Er hatte da so seine Zweifel! Wieso hatte er überhaupt diesen verrückten Auftrag angenommen? Ein Anruf von Kiersten, und er war sofort ins nächste Flugzeug gesprungen und nach Paris geflogen. Wenn sie ihm wenigstens einen ordnungsgemäßen Auftrag erteilt hätte! Aber keine Spur davon! Sie mochte ihn zwar, aber nicht genug, um ihn zu »beherrschen«, leider! Außerdem hatte sie ihre Blicke schon anderweitig orientiert. Er machte ihr das auch nicht zum Vorwurf; ihre Entscheidung war wohl richtig gewesen ...

Mit dröhnenden Ohren machte er sich, ohne unterwegs jemandem zu begegnen, auf den Weg zum Besucherbau. Nächtliche Spaziergänge gehörten nicht zum Lebensstil der Mirandisten während ihres Aufenthalts im Heiligtum ... Er betrat lautlos das kleine Zimmer, das man ihm hier zugewiesen hatte. Als erstes nahm er das Wasserglas vom Bord über dem Waschbecken und goß es drei Finger hoch mit Whisky voll. Er hatte keine übermäßige Schwäche für Alkohol und hatte ihn nur gekauft, um sich vor Jasmine etwas aufzumanteln und ihr vor allem die gewünschte Gelegenheit zu geben, in seinen Sachen zu schnüffeln. Aber nachdem die Flasche nun einmal da war ...
Er nahm seinen Rasierapparat von dem Ladesockel, auf den er ihn gesteckt hatte. Dieser diente zwar durchaus der vorgesehenen Aufgabe, hatte aber noch andere nützliche und unerwartete Funktionen. So war er zum Beispiel gleichzeitig ein Bewegungsmelder und zeigte als solcher nun auf einem Display an, daß jemand um 23.17 Uhr das Zimmer betreten und um 23.21 wieder verlassen hatte.
Thierry war nicht weiter überrascht. Andererseits beunruhigte ihn die kurze Dauer dieses heimlichen Besuchs. Für eine auch nur halbwegs gründliche Durchsuchung reichte diese Zeit nicht aus. Was dann also? »Man muß etwas versteckt haben ... Eine Wanze? Eine Miniaturkamera? Wie auch immer – im Augenblick ist mir das eigentlich egal.«
Er war jetzt einfach zu müde, um darüber noch länger nachzudenken. Außerdem begann der Whisky nun zu wirken. Er zog sich aus und löschte das Licht. Sollten sie doch was haben für ihr Geld, diese Eunuchen! Er streckte sich im Dunkeln auf seinem Bett aus. Wie eine Woge senkte sich die Depression über ihn. Na, es fehlte gerade noch, daß er zu heulen beginne!
Ganz auf dem Grund seiner Verzweiflung begann etwas aufzuleuchten. Eine Intuition, ein Funken, der behutsame Ansatz einer Hypothese. Dann kam die Erleuchtung, wie ein plötzliches Aufflammen. Er richtete sich im Bett auf, das wie ein Boot zu schwanken begann. »Theoretisch ginge das! Wollen mal sehen ... aber nein, doch nicht, das werde ich kaum schaffen. Jedenfalls nicht allein und nicht in dieser kurzen Zeit. Es sei denn ... Thierry Bugeaud, du bist ein Genie!«

Er ließ sich in den Schlaf sinken. Morgen in aller Frühe würde er ans Werk gehen. Und selbst wenn es nicht klappen würde, versuchen mußte er es. Die Idee war einfach großartig! Und schrecklich zugleich! Denn er, der sanfte Thierry, würde jemanden auslöschen! Und zwar unter Mithilfe dieses infamen Delanoy. Er konnte das Lachen, das ihm in die Kehle stieg, nicht unterdrücken.
Nein, wirklich: Das war ungeheuerlich! Ungeheuerlich und doch zugleich überaus komisch.
Und schon war er eingeschlafen.

23. Kapitel

Wie machte Gabriella das bloß, immer im voraus zu erraten, daß jemand kam? Sie täuschte sich niemals. Auch an diesem Nachmittag fuhr sie plötzlich wie witternd auf und war mit wenigen Sätzen in den Tiefen des Lagerhauses verschwunden. Sandrine spitzte nun ebenfalls die Ohren, konnte aber nichts Ungewöhnliches wahrnehmen. Doch plötzlich wurde der schwere Riegel vor dem Eingang weggeschoben, und die Tür öffnete sich mit einem knarzenden Geräusch – stets der gleiche Vorgang, und trotzdem immer wieder ein wenig anders. Diesmal gab es etwas Neues: Draußen im Hof stand ein schwarzer Kastenwagen!
Der Mulatte erschien in Begleitung eines Geweihten. Ob es wohl der gleiche war, der ihm neulich Geld gegeben hatte? Es schien so. Die drei Männer, die nach ihnen hereinkamen, hatten weder rasierte Schädel noch trugen sie eine Tunika. Aber ihr zur Schau getragener Gehorsam, der zugleich etwas Bedrohliches an sich hatte, ließ für Sandrine keine Zweifel: Auch sie mußten zur Sekte gehören.
Furcht erfaßte sie, und sie suchte sich ebenfalls ein Versteck.
Was mochten sie wollen? Sie verhielten sich, als seien sie allein in der Halle. Hatte man ihnen denn nichts von ihrer und Gabriellas Anwesenheit hier gesagt? Ach Gott, was war sie naiv! Natürlich waren sie auf dem laufenden, keine Frage. Vielleicht waren sie ja sogar ausdrücklich ihretwegen gekommen ... Und die Scheinwerfer, die sie da aus ihrem Fahrzeug ausluden, die Reflektorwände, die beiden Kameras – die wollten filmen, ganz sicher!
»Meine Mutter wird einen Beweis dafür verlangt haben, daß ich noch am Leben bin. Und sie werden mir jetzt eine heutige Zeitung in die Hand drücken, um das Datum zu belegen. Die klassische Methode ... Es sei denn, daß sie wegen Gabriella gekommen wären. Aber da habe ich so meine Zweifel, denn ich habe den Eindruck, daß man sich für sie überhaupt nicht mehr interessiert. Es ist, als ob man sie völlig vergessen hätte. Aber das ist unmöglich! Dennoch ist es auffällig, daß sie manchmal so

einen Ausdruck in den Augen hat als ob *sie gar nichts mehr erwarte.*«
Der Kopf der Gruppe gab, ohne die Stimme zu heben, seine Anweisungen in einer ihr unbekannten Sprache (an den Geweihten hatte er sich jedoch in Englisch gewandt). Sandrine hatte nur für ihn Augen; warum nur empfand sie ihn auf Anhieb als dermaßen widerwärtig? Seine Brille mit winzigen ovalen Gläsern ausgenommen, war nichts Besonderes an ihm: Er war weder schön noch häßlich, weder groß noch klein, vielmehr ein ausgesprochener Allerweltstyp. Aber er schien sehr genau zu wissen, was er wollte, und lobte seine Helfer für die prompte Befolgung seiner Weisungen mit einem Lächeln und freundschaftlichem Schulterklopfen.
Plötzlich begriff Sandrine, warum er sie so abschreckte. Es war dieses beständige Lächeln! Denn wenn man den Mann genauer ansah, ging einem rasch auf, daß sein übriges Gesicht an dieser aufgesetzten Lippenbewegung in keiner Weise beteiligt war.
»Aber das kann nicht alles sein. Da muß es noch etwas geben ...«
Dieses »noch etwas« erkannte sie dann auf dem Gesicht von Dragos, der herbeigekommen war, um der kleinen Mannschaft behilflich zu sein: Es war eine Mischung aus morbider Anziehung und Widerwillen. Den gleichen Ausdruck hatte sie auf dem Gesicht von Manuel gesehen, als der alte Stavros sie geschlagen hatte.
Wenn man vom Teufel spricht ... Manuel tauchte in diesem Augenblick in der Türöffnung auf und beobachtete verblüfft diese Vorbereitungen. Es war ihm sichtlich nicht klar, worum es hier ging. Sein älterer Bruder wollte ihn davonjagen, aber der Anführer der Gruppe verbot es ihm und winkte Manuel heran. Er fragte ihn etwas und schaute sich ihn, während er antwortete, aufmerksam an.
Dann gab er ihm einige Erläuterungen und wandte sich dabei dem Inneren der Halle zu, wo eine Art improvisiertes Aufnahmestudio im Entstehen war. Plötzlich fuhr er ihm mit der Miene eines Ästheten durch die schwarzen Locken. War er vielleicht gerade dabei, dem hübschen Halbwüchsigen eine Rolle in dem sich vorbereitenden Schauspiel anzubieten?
Dragos war mit geballten Fäusten zwei Schritte zurückgetreten,

die Blicke zu Boden gesenkt. »Dieser Kerl da macht ihn wütend«, dachte Sandrine. »Aber warum läßt er ihn trotzdem gewähren?« Plötzlich ging ihr erschreckend auf, daß sie einem furchtbaren Irrtum erlegen war: Diese ganze Mühe hier machte man sich keineswegs, um auf eine Forderung ihrer Mutter einzugehen! Dafür hätte ja wohl auch ein einfaches Polaroidfoto genügt. Nein, hier bereitete man sich wohl darauf vor, einen »realistischen« Film zu drehen, so was wie einen Porno, was denn sonst! Wie hatte sie nur auf eine derart kindische Idee kommen können...

Der auf ihren Unterarm geschriebene »Talisman« war noch immer gut lesbar: *Guardos negril!* Aber diese Leute waren keineswegs da, um sie zu schützen, sondern um sie zu benützen – und sicher auch die kleine Italienerin! »Aber Jasmine hat behauptet, keiner würde es wagen, uns anzurühren. Vielleicht zwingen sie uns lediglich dazu, uns nackt auszuziehen und irgendwelche Schweinereien zu machen. Aber nicht einmal das brächte ich fertig.«

Erst in diesem Augenblick entdeckte sie, was echtes Entsetzen war. Die Angst, die sie bisher während ihrer Gefangenschaft empfunden hatte, war so gut wie nichts im Vergleich zu der eisigen Furcht, die ihr jetzt in die Eingeweide drang und das Verlangen auslöste, sich zu übergeben, wild zu schreien und vor allem, sich wie auch immer der Realität der gegenwärtigen Situation zu entziehen...

Gut, als Manuel sich in der Nacht an sie herangemacht hatte, bekam sie's auch mit der Angst zu tun. Aber da wußte sie immerhin genau, was der von ihr wollte. Und auf seine Art hatte der auch selbst dabei Schiß gehabt. Dagegen hatte sie keinerlei Vorstellung von dem, was diese Unbekannten vielleicht von ihr wollen könnten, und schon gar nicht davon, wie weit sie gehen würden, um es zu bekommen. Und sie zweifelte kaum noch daran – ach was: Sie war sich schon sicher! –, daß sie sich weder durch Skrupel noch durch Mitleid davon würden abhalten lassen. Und auch, daß sie nicht zulassen würden, daß sich Gabriella an ihrer Stelle bereit erklären würde zu diesen Dingen... Ja, *was für Dingen* denn nun wohl tatsächlich?

Sie mußte sich in die Fäuste beißen, um nicht loszuschreien.

Drei Stunden waren vergangen. Jede Minute davon war voll gewesen von unsäglicher Furcht vor dem Ungewissen. Nichts konnte schlimmer sein als diese Ungewißheit. Dragos und der Geweihte hatten mit Hilfe einer großen Leiter eine Kamera an den Eisenträgern unter dem Dach aufgehängt, deren Objektiv nach unten gerichtet war. Außerdem hatten sie dort ein gutes halbes Dutzend Rollenblöcke befestigt, um dann daran an Seilen zwei Trapeze hochzuziehen und an Ketten bis auf etwa fünf Meter über dem Boden eine Art Gondel, bestehend aus einem Gitterwerk starker Eisenstäbe und dickem Maschendraht. Die Ketten waren dann am anderen Ende an einem Pfeiler der Lagerhalle verankert worden, und mit dicken Klemmen hatte man Leitungskabel daran befestigt.

Auf dem Boden standen drei nagelneue Anlasserbatterien für Lastwagen.

»Man könnte denken, man sei im Zirkus«, fand Sandrine verblüfft. »Das macht doch alles keinen Sinn! Die werden uns doch nicht dort hinaufklettern lassen!«

Aber nein, sie mußte sich von Anfang an getäuscht haben. Diese geheimnisvollen Vorbereitungen galten gar nicht ihnen, das war offenkundig. Das alles würde sich auf die allereinfachste Weise von allein erklären, und sie hatte sich die ganze Zeit über völlig unnötig geängstigt.

Während sie sich noch so zu beruhigen suchte, schleiften die fünf Männer gemeinsam eine riesige Egge herein. Sie legten sie, mit den drohenden Spitzen nach oben, direkt unter die von der Decke hängende Ausrüstung für eine Trapeznummer – ein jeglicher Vernunft widersprechendes furchtbares Fangnetz.

In der hereinbrechenden Dämmerung verließen die fünf die Halle wieder.

Sandrine lauschte. Die Stille hatte nichts Beruhigendes an sich, ganz im Gegenteil.

»Gabriella?« Der Klang ihrer eigenen Stimme ließ sie zusammenfahren. Sie wiederholte, etwas leiser: »Gabriella? So antworte doch!«

Sie schaute angestrengt in die Richtung, in der sie die Freundin hatte verschwinden sehen. Dann ein Rascheln hinter ihr, sie dreh-

te sich um: Da stand Gabriella, und auf ihren Wangen glitzerte es.
»Warum weinst du?«
»*Ci faranno del male! Anche a te!*« – Sie werden uns Böses antun, auch dir!
»Was? Ich verstehe kein Wort. Weißt du denn, was das alles bedeuten soll?«
»*Attenzione, tornano!*« – Achtung, sie kommen zurück!
Die Kleine versteckte sich wieder; diesmal noch rascher als vorher.
Sandrine verbarg sich ebenfalls wieder in ihrem Versteck, dachte dann aber nach endlos scheinendem Warten: »Diesmal hat sie sich offenbar getäuscht.« Ihr Herz klopfte so stark, daß es schmerzte. Sie wollte sich gerade wieder aufrichten, fand dazu aber keine Zeit mehr. Genau in diesem Augenblick öffnete sich die Tür zur Lagerhalle erneut. Die Männer kamen wieder und schoben eine große, aufwendige Kamera auf einem kleinen Wagen mit großen Rädern herein. Der Geweihte trennte sich von ihnen und ging geradewegs auf den Kistenstapel zu, hinter dem sich Sandrine versteckt hatte. Er machte ihr ein Zeichen, aufzustehen und ihm zu folgen. Sie kauerte sich zusammen und schüttelte entsetzt den Kopf.
»Du hast keine Wahl. Du machst, was ich dir sage. Los jetzt!« sagte er auf Englisch. Er machte einen Schritt auf sie zu, sein völlig haarloses Gesicht verriet weder Ungeduld noch Ärger. Es schien ihm sogar gleich zu sein, ob sie ihm nun gehorche oder nicht. Sie erhob sich und schlüpfte an ihm vorbei, um eine Berührung mit ihm zu vermeiden. Er geleitete sie nach vorn in die Halle, wo jetzt die Scheinwerfer eingeschaltet wurden. Wie gelang es ihr überhaupt, auf ihren derart wackeligen Beinen zu stehen?
Sie bemerkte als erstes, daß eines der beiden Trapeze auf weniger als zwei Meter über dem Boden heruntergelassen war, während das andere in unerreichbarer Höhe schwebte. Der Mann mit der kleinen Brille stieg von dem Kamerawagen herunter, als er sie herankommen sah. Er verneigte sich vor ihr in orientalischer Art, eine Hand auf die Brust gelegt. Dann betrachtetet er sie ebenso aufmerksam wie vorher den jungen Manuel. Als sie ihn nun aus der Nähe sah, bemerkte Sandrine auch, was ihr bisher entgangen

war: Er hatte aschgraue Augen, die wirkten wie die einer Leiche. Sie wollte ihn zunächst fragen, was er mit ihr vorhabe, änderte aber ihre Meinung im letzten Augenblick.
»Wer sind Sie?«
»Janos Carazzo, zu Diensten!« antwortete er mit einer weiteren Verbeugung. »Und Sie sind Sandrine MacMillan, die Kanadierin.«
Sie hatte eine solche Antwort nicht erwartet, und schon gar nicht in Französisch. (Er sprach es mit einem singenden Akzent, dessen Herkunft sie nicht erraten konnte.) Und er wußte nicht, daß MacMillan zwar der Mädchenname ihrer Mutter, aber nicht der ihre war. Konnte sie das als kleines, ermutigendes Zeichen werten?
»Wer hat Ihnen das zugefügt?« fragte er und fuhr ihr mit dem Finger über den Kratzer auf ihrer Wange. »Zu schade um ein so hübsches Lärvchen!«
Er hörte auf, sie mit seinen erloschenen Augen zu mustern, und wandte sich dem Geweihten zu, den er barsch anfuhr, worauf er denn noch warte, um »das zweite Starlet« heranzuschaffen. Der Glattgeschorene entfernte sich schweigend.
»Die wird er nie finden!« versicherte sie voller Abscheu.
Anstatt einer Antwort wies der angebliche Carazzo mit einem kleinen, befriedigten Kichern nur wortlos zur Decke. Sandrine hob den Kopf und konnte an der Kamera unter dem Dach das Blinken einer roten Lampe erkennen. »Das ist ja schrecklich!« dachte sie. »Auf diese Weise entgeht ihnen keines unserer Verstecke!«
Es überkam sie das heftige Verlangen, sich auf ihr Gegenüber zu stürzen und es mit all ihrer Kraft umzustoßen, damit es in die Zacken der Egge fiele. Wenn allerdings er stärker wäre, fiele vielleicht sie hinein... Ihre Überlegung wurde durch die Schreie Gabriellas und das Geräusch umstürzender Kisten und Schachteln aus dem Hintergrund der Lagerhalle unterbrochen.
Sie konnte ihre Fragen an den offensichtlichen Regisseur nicht länger zurückhalten: Was er denn nun eigentlich vorhabe mit ihr und ihrer Freundin. Und wozu sei all das bestimmt, was er mit seinen Helfern im Verlaufe des Nachmittags hier aufgebaut habe? Ihre Worte blieben ihr schier in der Kehle stecken. Dabei hatte sie

sich gerade noch gesagt, daß nichts schlimmer sein könne als die Ungewißheit. Jetzt aber kamen ihr doch Zweifel daran, und sie fragte sich, ob es ihr nicht doch vielleicht lieber wäre, daß die schlimme Wahrheit ihr verborgen bliebe...

Hatte er ihre Gedanken erraten? Wollte er ihre Angst dämpfen, oder sie im Gegenteil noch weiter aufheizen? Jedenfalls antwortete er, aus Prinzip würde er seinen Darstellern nie etwas von der vorgesehenen Handlung seiner »Produktionen« verraten. Das sei so ein beruflicher Trick, fügte er hinzu, um die Spontaneität und Ursprünglichkeit der Gefühlsbewegungen zu bewahren...

Seiner rein mechanischen Grimasse war diesmal ein echtes Lächeln Carazzos gewichen; Sandrine wußte, als sie es sah, daß sie verloren war, und mußte sich in einem Schwächeanfall gegen den Wagen lehnen. Denn dieser so unbedeutend wirkende Mann da vor ihr mit seiner süßlichen Stimme war ein Ungeheuer! Er würde zwar selbst niemals seine Hand gegen sie erheben, da war sie ganz sicher. Selbst mit Handschuhen würde er persönlich sie wohl nicht anfassen. Und doch empfand sie in seiner Gegenwart eine panische Angst, die ihr den Atem verschlug.

Der Geweihte kehrte zurück. Er stieß Gabriella vor sich her, sie an den Haaren haltend und ihr einen Arm auf den Rücken drehend. Beides tat er ohne Rücksichtnahme, aber auch ohne Zorn. Sie versagte es sich, zu schreien; dennoch ließ sie ein ersticktes Stöhnen hören, wenn die Fäuste des Mannes heftiger zugriffen. Und sie hörte nicht auf, sich gegen ihn mit wilder Kraft zu wehren – mit Fußtritten und mit der freien Hand. Sie versuchte auch, zu beißen, doch bei jedem Anlauf dazu wurde ihr der Kopf in den Nacken gerissen und festgehalten.

»Verletz' sie ja nicht!« rief ihm Carazzo zu. »Sie darf am Anfang keinerlei Wunden haben!« Dann fügte er, an die kleine Italienerin gewandt, hinzu: »Gut so, ausgezeichnet! Eine kleine Wildkatze, das ist genau das, was wir brauchen! *Continua cosi!«* – Nur weiter so!

War es aus Widerspruch zu dieser seltsamen Aufforderung oder aufgrund des mit Sandrine gewechselten Blicks? Gabriella hörte auf, sich zu sträuben, und als Rest ihrer Wut blieb nur ein unbeherrschbares Zittern ihrer Kiefer.

Einer der Männer hatte inzwischen ein breites Brett über die Egge gelegt, der Geweihte stellte sich darauf und zog seine Gefangene am ausgestreckten Arm hinter sich her. Er setzte sie auf die Trapezstange und ließ sie dann los. Sie klammerte sich instinktiv an den Seilen fest, um nicht nach hinten herabzustürzen, und stieß einen erschreckten Schrei aus, als sie plötzlich nach oben gezogen wurde. Man hielt das Trapez auf der Höhe des Käfigs an, in grelles Scheinwerferlicht getaucht.

Janos Carazzo war offenbar zugleich Regisseur und Kameramann, denn er setzte sich auf den Wagen, um die Kamera auf die Szene zu richten und die Einstellung zu regulieren.

Sandrine war etwas zurückgetreten. Offenbar beachtete sie im Augenblick niemand. Konnte sie nicht vielleicht Nutzen daraus ziehen? Sie warf einen Blick in Richtung zur Tür und zuckte zusammen. Seit wann war Manuel wieder hier? Er hatte sich in einen Winkel gedrückt und offenbar darauf gewartet, daß sie ihn bemerke. Mit komplizenhaftem Augenzwinkern winkte er sie zu sich heran.

Sie zögerte. Wollte er ihr allen Ernstes helfen? Aber was konnte er schon für sie tun? Selbst wenn er sie mit nach draußen nähme, würden sie nicht weit kommen! »Es sei denn, er hat einen bestimmten Plan …«, überlegte sie. Aber sie bewegte sich nicht von der Stelle, weil sie gefesselt war von dem Schauspiel, das ihre Freundin bot: Mit dem Schwindel kämpfend, zerzaust und halbnackt klammerte die sich dort droben fest. Nein, sie durfte Gabriella jetzt nicht im Stich lassen. Vorhin schon, als sie sich so kräftig zur Wehr gesetzt hatte, hatte sie sich beschämt gefühlt von ihr und gedacht: »Die fürchtet sich nicht vor ein paar Schlägen. Ich dagegen habe mich sofort unterkriegen lasen, als der alte Mulatte mir eine scheuerte.«

Der Bursche mit seinen schwarzen Locken wiederholte hartnäckig seine Zeichen. Vielleicht wollte er ihnen beiden helfen? Schuldete er schließlich der kleinen Italienerin nicht auch noch eine Gefälligkeit? Und wenn überhaupt, mußte man jetzt etwas unternehmen: Die Männer waren beschäftigt damit, die Höhe des Käfigs auszurichten, den Abstand der Trapeze, die Winkel der Scheinwerfer. Alles geschah nach genauen Anweisungen Carazzos: Der war wohl ein echter Künstler.

Sandrine bewegte sich behutsam vorwärts und hatte gerade etwa

die Hälfte der Strecke zurückgelegt, die sie von Manuel trennte, als die Tür der Halle sich öffnete. Sie merkte, daß sie wegen der ungewöhnlichen Ausleuchtung gar nicht registriert hatte, daß es draußen inzwischen dunkel war. Dragos trat herein. Er war beladen mit Flaschen und Essen und forderte mit gesenkter Stimme seinen Bruder auf, ihm behilflich zu sein. Als er das Mädchen in der Nähe seines Bruders sah, stockte er und warf diesem einen argwöhnischen Blick zu. Dann beugte er sich zu ihm und flüsterte ihm, sich vorsichtig umschauend, einige kurze Sätze ins Ohr. Das Geheimnis, das er ihm da offenbar anvertraut hatte, mußte furchtbar sein, denn schlagartig wich alles Blut aus Manuels Gesicht.
Die beiden trugen Essen und Getränke weiter in das Lagerhaus hinein, in die Nähe der Lastwagenbatterien, deren Pole man inzwischen miteinander verbunden hatte. Sie kehrten ein paar leere Kisten um, die als Tische dienen konnten. Es zeichnete sich zwar kein Festmahl ab, aber man hatte sich Mühe gegeben.
Nun zog man die lange Leiter zurück, die Scheinwerfer erloschen, und einer der Helfer wickelte zwei Leinen von dem Pfeiler los. Sandrine stürzte vor, als das Trapez sich in kleinen Sprüngen herabsenkte. Sie half der Freundin, auf die Planke über der Egge herunterzuklettern, und schloß sie in die Arme – eine bedenklich schwankende Umarmung. Der Geweihte beeilte sich, ihnen zu Hilfe zu kommen und sie auf festen Boden zu schubsen.
Sobald sie begriff, daß man nicht daran dachte, sie daran zu hindern, lief Gabriella rasch in das Labyrinth der Lagerhalle davon, um sich irgendwo zu verstecken. Es war ihr wohl nicht bewußt, daß von nun an keines ihrer Verstecke mehr Schutz bieten konnte. Sandrine wollte ihr folgen, doch Carazzo vertrat ihr den Weg.
»Ihr beide seid wohl dicke Freundinnen«, sagte er mit sichtlicher Befriedigung. »Das hat man mir bisher nicht gesagt. Das ist ja noch besser, sehr viel besser!«
»Was ändert das denn?« fragte sie tonlos und wünschte sich erneut, lieber keine Antwort auf ihre Frage zu erhalten.
Er entgegnete, das ändere zwar nichts, es würde aber »der Sache noch mehr Pfiff verleihen«. Hinter seinen kleinen Brillengläsern funkelte für einen kurzen Moment ein lebhaftes Flämmchen in seinen toten Augen. Er hob den Kopf und fügte mit genießerisch

verzogenem Mund hinzu, dort oben sei ja nicht viel Platz. Da müsse man morgen früh eben ein bißchen miteinander rangeln, seine Ellbogen einsetzen, wie man so schön sage. Die *Bambina* verstehe ja schon, sich durchzusetzen, nicht wahr? Aber in allem könne man ihr ja doch nicht ihren Willen lassen, oder?

»Morgen früh?«

»Drehbeginn sieben Uhr! Wir waren ja auch auf Nachtaufnahmen eingestellt, aber der dritte Darsteller verspätet sich. Leider ist etwas dazwischengekommen.«

Er hob die Hand, um damit anzudeuten, daß er keine weiteren Informationen geben werde, weder über diese dritte Person noch über die ihr zugedachte Rolle in diesem Szenario, das ganz allein ihm bekannt war. Das Unvermutete gebe den Ausschlag für den Erfolg beim veristischen Film. Er setzte mit diesem Glucksen, das bei ihm als Lachen galt, hinzu, daß er jedenfalls sehr stolz sei auf seine Besetzung. Eine so umfangreiche Rollenverteilung habe es bei einer Produktion dieser sehr speziellen Art überhaupt noch nie gegeben. Knausern dürfe man dabei ja nicht, nachdem die Ansprüche der Kunden von Tag zu Tag stiegen.

Er verabschiedete sich von Sandrine mit der Bemerkung, ihm knurre jetzt der Magen, und ging davon, um gemeinsam mit seiner Mannschaft zu tafeln.

Gabriella rüttelte an ihrer Schulter, und Sandrine öffnete die Augen. Durch das Fenster an der Frontseite konnte man den Tag heraufdämmern sehen. »Ich habe tatsächlich geschlafen«, dachte Sandrine überrascht, sich auf den Ellbogen aufrichtend. Gestern abend hatte sie sich unter der Pferdedecke ausgestreckt, die Hand ihrer Gefährtin haltend. Dabei war sie sicher gewesen, trotz ihrer Erschöpfung eine schlaflose Nacht zu verbringen ... Wie hatte sie nur jede Wachsamkeit so außer acht lassen können! Janos Carazzo und seine Leute waren abgezogen, nachdem sie sich gesättigt hatten. Man hatte gehört, wie ihr starker Kastenwagen angelassen wurde und auf der kurvenreichen Straße davonfuhr. Kurz darauf waren auch Dragos und Manuel verschwunden.

Der Geweihte dagegen war im Lagerhaus geblieben. Sie konnten von dem Heuwagen aus seinen kahlen Schädel nahe der Tür im Halbdunkel glänzen sehen. Er wirkte viel weniger wie ein

Mönch, seit er eine Maschinenpistole umhängen hatte. Sandrine zweifelte keinen Augenblick daran, daß er von ihr Gebrauch machen würde, wenn er den Befehl dazu erhielte. Dennoch hatte seine schweigende Anwesenheit sie irgendwie beruhigt. Wie war das nur möglich?

Jetzt am Morgen konnte sie ihn in dem diffusen grauen Licht noch besser betrachten. War er wirklich die ganze Nacht hindurch wach geblieben, immer an seinem Platz dort? Und was war seine Aufgabe? »Man wird ihm gesagt haben, daß er uns bewachen muß. Und uns davon abhalten, daß wir uns an die Geräte zum Drehen heranmachen ... Tatsächlich hätten wir gewiß alles zusammengeschlagen, wenn er nicht dagewesen wäre!«

Gabriella sprang auf den Boden und machte ihr ein Zeichen, sie in den Waschraum zu begleiten. Der Geweihte schaute ihnen nach, als sie davongingen; er rührte sich nicht und wandte auch nicht den Kopf, doch seine Augen folgten ihnen.

»Resta qui mentre mi lavo!«

Sandrine nickte mit dem Kopf. Sie begann, ihre Freundin brockenweise zu verstehen.

»Sie möchte, daß ich die Tür im Auge behalte, während sie sich wäscht. Das kann ich ja gerne tun, aber vielleicht müßte ich ihr beibringen, daß Manuel durch die Ritzen der Fensterverschläge zu linsen pflegt. Ausreichend Gelegenheit dazu hat er ja!«

Die kleine Italienerin befleißigte sich tatsächlich einer ungewöhnlichen Reinlichkeit, und das galt nicht nur für ihre eigene Person. Ohne eigentliche Notwendigkeit wusch sie auch täglich mit der Kernseife ihr Kleid, und während das dünne Fähnchen trocknete, spazierte sie ungeniert in der Halle herum, nur mit diesem unsäglichen Hemdhöschen aus schwarzem Satin bekleidet. Wie konnte ihre Mutter nur ein so *verruchtes* Kleidungsstück dulden!

In Sandrines Gedanken drang Motorenlärm vom Hof draußen. Dann das Geräusch von Bremsen, vom Zuschlagen einer Autotür. Schlagartig überfiel die Angst sie wieder, schlimmer und eisiger noch als am Abend vorher. »Aber das ist unmöglich, es kann noch nicht sieben sein!«

Die kleine Tür des Waschraums quietschte in ihrem Rücken, und sie fühlte, wie Gabriella sich zitternd an sie drückte, gleichermaßen, um nicht gesehen zu werden und nichts sehen zu müssen.

Vorn warf der Geweihte einen Blick auf seine Uhr. Dann legte er den Sicherungshebel seiner bedrohlichen Waffe um. War er überrascht, er selbst auch? Jedenfalls zog er sich in den Schutz eines Pfeilers zurück.
Der schwere Türflügel öffnete sich, und eine weiße Tunika wurde sichtbar: Man erkannte Jasmine, außer Atem.
Sie warf mit zorniger Miene suchende Blicke um sich und ließ dann ein paar Schnalzer hören, um auf ihre Ankunft aufmerksam zu machen. Der Geweihte kam aus seinem Versteck hervor, trat auf sie zu und warf einen sichernden Blick in den Hof hinaus. Sie teilte ihm mit gesenkter Stimme in Englisch etwas mit. Sandrine spitzte die Ohren: Es war die Rede davon, daß der Plan geändert worden sei, weil ein gewisser Supremo damit nicht einverstanden sei. Und irgend jemandem würde nun wohl gehörig der Kopf gewaschen!
Der Geweihte gab völlig ungerührt zurück, daß er Weisungen nur von Argos entgegennehme. Darauf reagierte die Frau mit der Hasenscharte mit einer Grimasse, die besagte: »Schon recht, mein Freund! Es gibt Neuigkeiten für Sie.«
Sie reichte ihm ein Handy mit der Bemerkung, daß sein Chef ihn dringend zu sprechen wünsche. »Er erwartet Ihren sofortigen Anruf«, fügte sie in etwas triumphierendem Tonfall hinzu. Er griff nach dem Apparat, und um die Hand zum Wählen freizuhaben, legte er für einen Augenblick seine Waffe nieder.
Jasmine schien genau darauf gewartet zu haben. Sie hob rasch die Hand und spritzte ihm den Strahl aus einer Spraydose in die Augen.

Draußen im Hof knurrte der Hund zunächst und bellte dann immer wilder. Man hörte die rauhe Stimme von Dragos, scharf und gebieterisch; dann einen Schuß. Das Gebell wandelte sich in ein Heulen, nach einer weiteren Salve erstarb es.
Eine weibliche Stimme schrie eine Warnung; einem dritten Schuß folgte ein Todesschrei. Plötzlich unheimliche Stille, in der alles möglich schien, obwohl schon alles geschehen war.
Die schwere Tür öffnete sich, und Jasmine deutete durch eine Geste an, daß von hier aus keine Gefahr mehr bestehe. Eine Unbekannte in Jeans und schwarzem Pullover rannte herein. Ihr

schneller Rundblick erfaßte das Warenlager, voll Verblüffung den Käfig und die Trapeze, und glitt dann zum Eingang des Waschraums hinüber.
Mit einem Triumphschrei stürzte die Frau auf Sandrine zu.
»Rasch, komm!« schrie sie, ehe sie sie noch erreicht hatte. Ich bin Lydia und arbeite mit Kiersten, deiner Mutter, zusammen! Es ist vorbei! *Capice?* Wo ist…«
Sandrine starrte sie sprachlos an, und plötzlich schien sich ihre erstarrte Silhouette zu verdoppeln: Hinter ihrer Schulter tauchten ein strubbeliger Schopf auf und zwei vor Verblüffung weit aufgerissene Augen.
»Dora?«
Die junge Frau durchzuckte es wie ein Schlag, ihre Rührung ließ sie vergessen, daß man jetzt keine Sekunde verlieren dürfe. Sie preßte Gabriella in einer wilden Umarmung an sich.
»Sei tu, piccola? Dio sia lodato! Perdonami per tutto!« – Bist du es wirklich, Kleine? Gott sei gepriesen! Vergib mir wegen all dem.
Jasmine rannte herbei und packte Sandrine am Arm; in ihrer anderen Hand hielt sie einen länglichen, metallenen Gegenstand: das Magazin der Maschinenpistole.
»Hab keine Angst, ich stehe auf eurer Seite! Aber wir müssen weg, ehe die anderen kommen!«
Sandrine sträubte sich zunächst, ließ sich aber dann mitziehen, nachdem sie einen Blick über ihre Schulter geworfen hatte: Ja, Gabriella folgte ihnen.
Sie mußten einen Haken schlagen, um dem Geweihten auszuweichen, der vor dem Ausgang auf dem Rücken lag. Seine geblendeten Augen rollten hinter verschwollenen, geröteten Lidern, und sein Atem war eine Folge gurgelnder, erstickter Laute. Dennoch schien er noch halbwegs bei Bewußtsein zu sein, denn er riß wie wild am Abzug seiner Waffe. Doch alles, was er bewirkte, war ein sinnloses Klicken.

Draußen stieg gerade eine bleiche Sonne hinter den Hügeln um Xaghra empor. Ein mit Obst und Gemüse beladener offener Lieferwagen stand im Hof, in der Mitte zwischen dem alten Wohnhaus und der Lagerhalle. Sandrine sah den Hund regungslos auf der Seite liegen. Dann, als sie um das Fahrzeug herumlief,

sah sie Dragos still daliegen, das Gesicht zur Erde gekehrt. Manuel kniete neben ihm, streichelte das Haar seines Bruders und murmelte eine flehentliche Bitte – immer und immer wieder den gleichen Satz, wie eine Litanei.
Ein Mann in einer schußsicheren Weste, eine Waffe in der Hand und einen Feldstecher um den Hals, stand neben den beiden. Er behielt den Jungen im Auge, während er sich hinunterbeugte und das Jagdgewehr aufhob, das der Tote noch immer umklammerte. Er mußte zuvor erst dessen verkrampfte Finger lösen.
Gabriella stöhnte laut auf, als sie diese Szene sah. Manuel wandte ihr sein vom Kummer verzehrtes Gesicht zu. Er hob den Arm und zeigte ihr seine blutige Hand. Diese kindlich wirkende Geste sollte wohl besagen: »Es ist nicht meine Schuld, ich habe nichts getan!« in Dragos' Nacken klaffte ein rotes Einschußloch.
Was mochte inzwischen im Kopf der kleinen Italienerin vorgehen? Sie trat drei Schritte zurück und beschaute das sonnenbeschienene Land ringsum und den blauen Himmel darüber, und es war, als ob das plötzliche Fehlen einschränkender Mauern und eines Daches über dem Kopf sie in Panik versetzte. Sie machte unversehens kehrt und rannte zurück in das Lagerhaus, ohne sich um die lauten Beschwörungen der anderen zu kümmern.
Ein zweiter, ebenfalls bewaffneter Mann stürzte Hals über Kopf aus dem Haus heraus und lief, etwas auf Italienisch rufend, auf die Gruppe zu; dann setzte er sich rasch hinter das Lenkrad des Lieferwagens und ließ den Motor an. Lydia wandte sich der Frau mit der Hasenscharte zu:
»Ich hole die Kleine! Verbergt ihr beiden euch schon mal in dem Versteck!«
Sie lief davon und verschwand wieder in der Lagerhalle.
Jasmine klappte eine Ladewand des Lieferwagens herunter, und es zeigte sich alsbald, daß die dort sichtbare Ladung von Salat und Kohl, Äpfeln und Orangen nur die beiden oberen Drittel des vorhandenen Raums einnahm. Kisten und Körbe standen auf einem Zwischenboden, unter dem sich auf der Ladefläche ein paar blinde Passagiere halbwegs annehmbar ausstrecken konnten.
Aus dem Lagerhaus hörte man Lydias Stimme, abwechselnd befehlend, besorgt, flehend. Dann hörte man, wie Kisten und

Schachteln umgestoßen wurden. Sandrine biß sich auf die Lippen und wußte nicht, wie sie sich verhalten sollte.

»Sie vergeudet ihre Zeit!«

»Dann hilf ihr doch!« schrie Jasmine verzweifelt. »Sag ihr, wir könnten nicht länger warten!«

»Aber es wird mir niemals gelingen ... Doch, jetzt weiß ich's!«

Statt in die Lagerhalle zurückzukehren, rannte Sandrine auf das niedrige Haus zu, ohne sich um die ihr unverständliche Warnung zu kümmern, die der Fahrer des Lieferwagens ihr zurief.

Die Haustür stand sperrangelweit offen. Sie lief sofort in den großen Aufenthaltsraum mit seinen ländlich einfachen Möbeln hinein, der ordentlich aufgeräumt wirkte trotz des Geruchs nach Bratfett und kaltem Tabakrauch. Dann mußte sie einen Aufschrei unterdrücken, als sie den alten Stavros mit nacktem Oberkörper auf den Bodenfliesen liegen sah. Seine Augen waren verdreht und seine gelben Vorderzähne zerschmettert: Ein Schuß mußte ihn direkt in den Mund getroffen haben.

Draußen ein Hupen, dringlich und befehlend. Sie schüttelte sich: Jetzt nur nicht länger den Toten anschauen! Sie war hierhergekommen, weil sie etwas Bestimmtes suchte. »Es muß doch in dieser Bruchbude trotz allem ein Badezimmer geben!« dachte sie. Ja, vielleicht dort am Ende des Flurs ...

Sandrine kam in die Lagerhalle gestürzt und streckte mit beiden Händen einen großen Spiegel vor, dessen Rahmen mit zahlreichen Muscheln dicht besetzt und mit Goldflitter verziert war. Ein echtes Kunstwerk...

Lydia tauchte aus einem Gang auf, ihre Augen funkelten in hilflosem Zorn.

»Was soll das?«

»Um sie aus ihrem Versteck zu locken«, stieß Sandrine außer Atem hervor. »Sie muß sich seit einer Ewigkeit nicht mehr in einem Spiegel gesehen haben.«

Unweit von ihnen kam der Mirandist allmählich wieder zu sich. Er begann sich mühsam aufzurichten und rieb sich die Augen.

Plötzlich erschien aus einem dunklen Winkel Gabriella und näherte sich unter den schräg einfallenden Strahlen der Sonne, den Blick wie magisch angezogen von dem glänzenden Wunder-

werk, das die Freundin ihr entgegenreckte. Lydia stürzte auf sie zu, packte sie und zerrte sie mit sich auf den Ausgang zu.
»Scappiamo, presto!« – Nichts wie weg! schrie sie und machte einen Bogen um den Geweihten, der den Arm nach ihr ausstreckte.
Jasmine kam heran und begrüßte mit einem Ausdruck höchster Erleichterung im Gesicht das sich nähernde Trio. Sie schleppte einen dicken, verbeulten Kanister und stellte ihn in der Lagerhalle ab. Dann warf sie eine Schachtel Streichhölzer daneben und eilte hinaus. Sie schlug die schwere Tür zu, schob den Riegel vor und rannte zum Lieferwagen.
Dort hatte sich Sandrine schon auf der Ladefläche ausgestreckt, und Lydia wollte gerade Gabriella hinaufhelfen. Die flüsterte ihr drängend etwas zu, doch Lydia schüttelte den Kopf.
»No, non e possibile! Neanche per idea!« – Nein, ausgeschlossen! Völlig unvorstellbar!
Doch die Kleine hörte nicht auf mit ihren mit zitternden Lippen vorgebrachten flehentlichen Bitten.
»Sie hat recht«, unterstützte Jasmine sie. »Er ist verloren, wenn er hierbleibt... Er weiß einfach zuviel.«
Sie rannte eiligst zu Manuel, der noch immer neben der Leiche seines Bruders kniete. Sie beugte sich zu ihm hinunter und redete eifrig auf ihn ein, ihn dabei kräftig rüttelnd, um ihn aus seiner Lethargie zu reißen.
Gabriella steckte zwei Finger in den Mund und stieß einen gellenden Pfiff aus. Der Bursche zuckte zusammen und wandte den Kopf. Obwohl ihr in dieser Stellung große Gestikulationen nicht möglich waren, brachte Gabriella es fertig, ihm zu verdeutlichen, daß er in Gefahr sei. Er erhob sich und wandte entsetzt seinen Blick. Endlich schienen ihn Jasmines Worte zu erreichen.
Er trat zwei Schritte zurück, wandte sich dann um und rannte in die freie Landschaft davon.
Endlich konnten nun auch Lydia und Jasmine neben die beiden Mädchen schlüpfen. Der Mann mit dem Fernglas schlug die Ladewand hoch und befestigte sie, dann stieg er vorn neben dem Fahrer ein. Er kauerte sich jedoch vor dem Beifahrersitz zusammen, um nicht gesehen zu werden.

Der Lieferwagen fuhr an, erklomm den kleinen Steilhang und schlug dann die Richtung nach Mgarr ein.

In der im Hof gelegenen Garage eines Beerdigungsunternehmens zogen sich Sandrine und Gabriella eilends um. Sie tauschten ihre Kleidung gegen weite Cordsamthosen und tuchenen Matrosenblusen.
Lydia trieb sie vor Ungeduld bebend an. Jasmine versuchte sie zu beruhigen: Argos würde nichts unternehmen, ehe er sich selbst im Lagerhaus darüber vergewissert hätte, was da abgelaufen war. Seine Hauptschwäche sei es, daß er niemandem traue. Es sei also äußerst unwahrscheinlich, daß es vor Ablauf einer weiteren halben Stunde zu einer Alarmierung der Leute vom Heiligtum käme – glücklicherweise, denn die hätten ja ihre Helfer überall sitzen, bei der Polizei, den Zöllnern, ja selbst im Bürgermeisteramt! Ihr Optimismus hinderte sie allerdings nicht daran, eine Handvoll staubiger Erde mit etwas altem Schmieröl anzurühren und mit dem Gemisch die Gesichter der beiden Flüchtlinge zu bestreichen. Anschließend wies sie sie an, ihre Haare unter marineblauen Mützen zu verstecken. Bei Sandrine ging das mühelos, Gabriella hatte dagegen mit ihrer widerspenstigen Mähne größte Mühe, und einiges davon mußte man mit der Schere abschneiden. Anschließend versteckte man die beiden hinten in einem Kleinlieferwagen, der zur Anlegestelle fuhr und unweit der dort vertäuten *Odysseus* anhielt. Lydia stieg als erste aus und schaute sich aufmerksam um. In der Nähe bewunderten zwei frühe Spaziergänger die eleganten Linien der Jacht. Sie wartete ab, bis die beiden gegangen waren, ehe sie die rückwärtige Tür des Fahrzeugs öffnete.
Die beiden verkappten »Ladehelfer« kletterten heraus, luden sich jeweils eine Kiste auf die Schultern, gingen damit zunächst zur Landebrücke und betraten dann die Gangway. Endlich verschwanden sie im Bauch des Schiffes. Diese ganze Verkleidung, all diese Vorsichtsmaßnahmen für eine Strecke von dreihundert Metern! Aber wenn man Lydia glauben durfte, gab es »gewichtige Gründe« für diese übertriebene Vorsicht. Genannt hatte sie sie nicht, und Sandrine legte auch keinen gesteigerten Wert darauf, sie zu erfahren.

Die Jacht von Enrico Buglione, die unter tunesischer Flagge fuhr, war ein elegantes, mit allen Raffinessen ausgestattetes Schiff: vier geräumige Kabinen mit eigenem Bad, ein großer Salon, ein Konferenzraum und, auf dem Hinterdeck, ein großes Schwimmbecken. Der Kapitän, mit rötlich gebräuntem Gesicht und weißem Haar, sprach fünf Sprachen fließend. Der vietnamesische Koch verwandelte sich bei den Mahlzeiten in einen perfekten Oberkellner und am Abend in einen gewandten Barkeeper. Daneben gab es sieben bis acht Mann Besatzung – Griechen, Italiener, Korsen, allesamt tüchtig und diskret.
Die Überfahrt von Guardapasso nach Malta war für Kiersten eine echte Prüfung gewesen. Das Warten und die Untätigkeit hatten sie krank vor Angst gemacht. Sie hatte sich der von Laurence besorgten Beruhigungsmittel bedienen müssen. Der Komfort und Luxus dieses »Kreuzfahrtschiffes« wurden ihr erst jetzt auf der Rückreise bewußt – und dies vor allem, weil Sandrine und Gabriella sie immer wieder darauf aufmerksam machten.
Das Wiedersehen war bewegend, aber in gewisser Weise auch schmerzhaft gewesen. Kiersten hatte ihre Tochter schon seit vielen Monaten nicht mehr gesehen. Sicher, sie hatte mit ihr telefoniert und sich dabei gesagt, sie sei nun nicht mehr das kleine Mädchen von früher. »Ich werde am Ende vielleicht noch Mühe haben, sie wiederzuerkennen«, hatte sie während der Hinreise gedacht, aber das war wohl eher ein armseliger Trick gewesen, um ihre Furcht zu bekämpfen, daß sie sie vielleicht wirklich niemals wiedersehen würde. Nichts davon jedoch hatte den Schock der Wiederbegegnung im großzügigen Salon des Schiffes gemildert. (Sich auf dem Deck des Schiffes zu zeigen, ehe die Küste von Gozo am Horizont verschwunden war, kam auf gar keinen Fall in Frage.) Kiersten schloß ihre Tochter in die Arme, keines Wortes fähig. Natürlich hatte sie sie auch umarmt, wenn sie einmal nach Ottawa gekommen war, ihr wohl dabei auch kurz übers Haar gestreichelt. Aber das war in nichts zu vergleichen mit dieser besitzergreifenden Umarmung jetzt: wild, atemlos, endlos. Und sie hätte wohl noch länger gedauert, hätte da nicht Gabriella nur zwei Schritte entfernt gestanden, mit traurigen Blicken...
Kiersten schloß auch sie in die Arme. Dabei war ihr bewußt, daß ihre Umarmung vor lauter Rührung linkisch war – auch wenn

Lydia sie mit einem weniger ironischen Lächeln als gewöhnlich betrachtete. Plötzlich gingen ihr die Nerven durch, und sie ließ sich auf das Sofa sinken, von unbeherrschbarem Schluchzen geschüttelt. Seit ihrer frühen Kindheit hatte sie eine derartige Krise nicht mehr durchlebt, und es mochte gut sein, daß sie sich bei dieser Gelegenheit von manchen alten Tränen befreite, die sich unbemerkt in einem Winkel ihres Herzens angestaut hatten.
Sandrine hatte sich neben sie gesetzt und tätschelte ihr ein wenig unbeholfen die Schulter, verwirrt, ihre Mutter in einem solchen Zustand zu erleben. Verblüfft überdies: Sie hätte nie geglaubt, daß so etwas überhaupt möglich wäre. Ihre Intuition sagte ihr, daß vom heutigen Tag an zwischen ihnen beiden nichts mehr so sein würde wie bisher. »Sie ist meine Mutter, aber das bedeutet nicht, daß ich ihr nicht helfen könnte.« Diese Entdeckung entlockte ihr Freudentränen, die nichts zu tun hatten mit der Erleichterung darüber, daß sie in Sicherheit war hier auf diesem Schiff, das nun schon ablegte, ohne daß man auch nur eine Minute verlor. Und das bald auf hoher See sein würde.
Sandrine wechselte einen Blick mit Gabriella, der ihr bestätigen sollte, daß sie tatsächlich frei, daß sie wirklich am Leben waren. Obendrein aber drückte er ihre Übereinstimmung darüber aus, daß sie beide schlicht furchtbar dreckig waren. *Digoulasses, si!*

Die beiden Mädchen erkundeten ihre großzügig ausgestattete Kabine, hüpften auf den Betten herum, schauten in Schubladen und Schränke und naschten im Vorbeigehen von den Süßigkeiten in den herumstehenden Kristallschalen. Schließlich entdeckten sie, Wunder über Wunder, das Badezimmer mit den Regalen voller verschiedener Seifen (noch verpackt) und einer Fülle unterschiedlichst geformter Fläschchen: Shampoos, Lotions, Öle, Badezusätze und duftende Essenzen.
Gabriella blieb vor jedem der reichlich vorhandenen Spiegel stehen und betrachtet kritisch ihre neue Frisur. (Lydia hatte sie zu beruhigen versucht mit dem Versprechen, sie sofort nach der Ankunft in Rom zum besten Friseur der Stadt zu begleiten.) Dann schloß sie sich zu einer endlos scheinenden Dusche ein, nicht ohne vorher ihre Gefährtin gebeten zu haben, »die Tür im Auge zu behalten«. Warum war sie immer so zimperlich darauf bedacht,

beim Waschen unbeobachtet zu sein, wie das auch in diesem Lagerhaus ihre Gewohnheit gewesen war, wenn sie anschließend ungeniert nackt durch die Gegend lief? Schon merkwürdig!
»Hoffentlich läßt sie mir noch ein bißchen warmes Wasser übrig!« dachte Sandrine.

Nach dem Frühstück nahmen Kiersten und Lydia noch einen Kaffee an Deck. Der Himmel war bedeckt, das Meer stärker bewegt, und der Wind wehte von Steuerbord, erfüllt von Jodgeruch und Gischt.
»Come va?«
»Es geht so. Ich habe das Gefühl, daß sämtliche Muskeln meines Körpers sich nach und nach entkrampfen. Und ich muß mich echt anstrengen, um zu begreifen, daß wirklich alles vorbei ist. Ich möchte damit sagen ...«
»Laß gut sein, ich habe das schon verstanden. Deine Tochter wird schneller wieder auf den Beinen sein als du selbst, davon bin ich überzeugt.«
»Das würde mich kein bißchen wundern. Den Appetit hat es ihr jedenfalls nicht verschlagen, vom Champagner gar nicht zu reden! Aber dein kleiner Schützling war auch nicht gerade appetitlos ... Wie die sich den Bauch vollgeschlagen haben!«
Einen bestimmte Unruhe quälte sie seit kurzem und erfüllte sie zugleich mit einer gewissen Scham. Gegen Ende der Mahlzeit hatte Sandrine aus Ungeschicklichkeit ihr Glas umgestoßen, als man gerade einen Trinkspruch auf ihre Befreiung loslassen wollte. Da hatte ihr Gabriella ihr Glas zugeschoben, aus dem sie schon getrunken hatte.
»Was die Kleine betrifft ... Ihr werdet euch doch wieder um ihre Behandlung kümmern. In ihrem Zustand sollte man nicht ...« Da ihre Gesprächspartnerin sie fragend anblickte, setzte sie verlegen hinzu: »Ich meine, wenn sie positiv ist, muß man doch sicher ...«
»Santo cielo!« rief Lydia mit unbekümmertem, freiem Lachen. »Aber nein! Ich habe das in der Laune des Augenblicks frei erfunden! Einfach, um diesen Becker in Wut zu bringen. Wenn ich an sein Gesicht denke, als er glauben mußte, sein verehrter Guru ... Noch einen Schluck?«

Sie hatte die Kognakflasche entkorkt und hielt sie über Kierstens Glas.
»Nein, danke! Vielleicht später ... Jetzt erzähl doch erst mal!«
»Zunächst einmal muß man sagen, daß wir nur um einen Stoppel an einer Katastrophe vorbeigeschlittert sind.«
»Um ein Haar, meinst du...«
»Meinetwegen! Stoppel gefällt mir einfach als Ausdruck ...«
Die Operation war für die Nacht von Freitag auf Samstag vorgesehen gewesen, also einige Stunden vor oder geplanten Großen Versammlung. Um das Risiko eines Fehlschlags so gering wie möglich zu halten, hatte sich Casus Belli dazu entschlossen, die maltesischen Behörden nicht zu informieren. Eine in Rom zusammengestellte Kommandoeinheit sollte die Befreiung der Geiseln ohne Blutvergießen bewerkstelligen. Die beiden ersten Mitglieder der Gruppe waren schon Anfang der Woche eingetroffen, die übrigen sechs sollten ihnen auf verschiedenen Reisewegen und in unterschiedlichen Verkehrsmitteln folgen, um keinen Verdacht zu erregen.
Im letzten Augenblick hatte Jasmine Wind bekommen von der Ankunft der »türkischen Spezialisten«. Ihr zufolge hatte Argos die Abwesenheit Beckers dazu genutzt, seinen eigenen Einfluß bei El Guía zu verstärken. Er hatte eine Reihe von Maßnahmen in die Wege geleitet, von denen er wußte, daß sie von seinem Rivalen mißbilligt würden. So hatte er zum Beispiel stets die möglichst umgehende »Verwandlung« Gabriellas befürwortet, wobei dieser beschönigende Begriff für nicht weniger stand als ihre grauenvolle Tötung vor den Augen einer laufenden Kamera. Jean-Louis dagegen hatte von vornherein darauf gesetzt, daß die kleine Italienerin am Leben bleibe, um für ein Tauschgeschäft mit Casus Belli zur Verfügung zu stehen. Er hatte in diesem Punkt D'Altamiranda auf seine Seite ziehen können mit dem Vorbehalt, daß die kleine Italienerin den Leuten aus Istanbul übergeben würde, sobald sie sich als Tauschgegenstand als wertlos erweisen würde. Für Sandrine galten die gleichen Überlegungen.
Was hatte nun Argos veranlaßt, ohne weiteren Aufschub die umgehende Beseitigung der beiden Geiseln zu betreiben? Und wie war es ihm gelungen, dafür El Guías Zustimmung zu erreichen? Jasmine hatte es nicht in Erfahrung bringen können. Sie war von

der Weisung überrascht worden, sich nicht länger um die beiden Mädchen zu kümmern. Von nun an würde ein Geweihter zu ihrer Dauerüberwachung abgestellt, hatte man ihr mitgeteilt. Immerhin hatte sie in Erfahrung bringen können, daß wichtige Besucher am folgenden Abend in Xaghra erwartet würden.

Lydia, umgehend alarmiert, hatte sich zu einer Blitzoperation mit den nun einmal vorhandenen Mitteln entschließen müssen. Einen Aufschub von ein paar Stunden hatte sie dadurch erreichen können, daß eine Verzögerung der Ankunft des Flugzeugs möglich war, welches den dritten »Darsteller« des Snuffs heranschaffen sollte.

»Sandrine hat davon beiläufig etwas erwähnt«, murmelte Kiersten, an ihren Lippen nagend. »Ein dritter Darsteller – was war denn dessen Aufgabe?«

»Willst du das tatsächlich wissen? Besser wohl nicht ...«

»Nun, lassen wir's ... Ich habe schließlich schon genug gehört, um damit zehn Jahre lang Alpträume zu nähren! Aber erklär mir bitte wenigstens, warum diese Jasmine nicht mit uns gekommen ist. Die hat doch bei diesen Mirandisten keinerlei Chance mehr, oder?«

Die Italienerin bestätigte das mit einem beklommenen Seufzer. Nach dem ursprünglichen Plan sollte Jasmine an der Befreiungsaktion nicht teilnehmen, allein schon, um ihre Deckung im Heiligtum nicht auffliegen zu lassen. Man brauchte ihre Unterstützung auch noch, um nach der Großen Versammlung Thierry Bugeaud wieder herauszubringen. Aber das überraschende Auftauchen dieses Carazzo hatte alles über den Haufen geworfen, und man mußte nun improvisieren. Die angebliche Jüngerin war die einzige, die die Wachsamkeit des Geweihten ablenken konnte, ohne das Leben der Geiseln aufs Spiel zu setzen.

Bevor sie das Heiligtum auf Nimmerwiedersehen verlassen hatte, hatte sie noch versucht, sich mit diesem sagenhaften Michel Delanoy in Verbindung zu setzen, um ihn über die neu eingetretene Lage zu informieren und darüber, wie er sich mit Casus Belli gefahrlos in Verbindung setzen könne. Sie hatte im Freien einen ganzen Teil der Nacht auf ihn gewartet, aber vergebens: Er war nicht in sein Zimmer zurückgekehrt. Und im Kommunikationsbau, wo er unter strengster Bewachung fieberhaft arbeitete, konnte sie ihn schließlich nicht aufsuchen.

»Nachdem sie nun nicht mehr dort ist, haben wir auch keinerlei Informationen mehr über Thierry. Und so haben wir auch keine Ahnung, ob er es irgendwie schaffen konnte, die Ausstrahlung dieser Großen Versammlung zu verhindern. Wir haben da keinerlei Durchblick mehr, wie ihr wohl zu sagen pflegt.«
»Wenn irgend jemand es schaffen kann, dann er! Damit weiß ich aber immer noch nicht, wieso eure ›Undercover-Agentin‹ zurückgeblieben ist. Sandrine macht sich große Sorgen um sie.«
»Und ich erst! Immerhin haben wir einen Unterschlupf in Mgarr, bei jemandem, auf den wir uns hundertprozentig verlassen können. Den dortigen Leichenbestatter! Das ist vom Umfeld her zwar nicht gerade lustig, aber Jasmine ist dort immerhin in Sicherheit. Jedenfalls so lange, wie sie die Nase nicht hinausstreckt! *Ne è capace, quella pazza!*« – Aber dieser Verrückten wäre das zuzutrauen!
Sie fügte hinzu, daß die junge Frau sich hartnäckig geweigert habe mitzukommen, unter dem Vorwand, ihr Platz sei auf Gozo: Keiner kenne die Insel so wie sie, und sie wolle den Zustrom von Mirandisten zu dem Versuch nutzen, wieder Kontakt mit Delanoy aufzunehmen.
Ein kleines, ironisches Lächeln spielte um den energischen Mund der Italienerin:
»Wenn du meine Meinung hören willst: Ich lege die Hand dafür ins Feuer, daß sich die gute Jasmine heimlich in ihn verliebt hat. Unter ihrem spröden Äußeren lodert ein Herz wie der Vesuv! Und der Charme des sanften Thierry hat ja wohl nicht nur auf sie seine Wirkung verfehlt!«
Kiersten wollte nicht so tun, als habe sie die Anspielung nicht verstanden.
»Entschuldige bitte, Lydia«, sagte sie und erhob sich von ihrem Liegestuhl. »Ich habe auch ein Herz, aber es ist mir im Augenblick noch zu schwer, um über Frivolitäten zu plaudern. Insbesondere, wenn es um meine kleinen Geheimnisse geht. Dennoch wäre ich froh, wenn ...«
»Oha, da habe ich mir jetzt wohl den Mund verbrannt! Dabei dachte ich bei meiner Meinung, daß dieser Thierry zum Anbeißen sei, gar nicht an dich, sondern an mich selbst! Den würde ich selbst gern vernaschen!«

»Wenn das so ist …«
Kiersten wurde steif und zurückhaltend. Sie murmelte etwas davon, daß sie mal nachschauen müßte, ob die Mädchen etwas bräuchten, und ging davon, nicht ohne das unangenehme Gefühl, daß sie jetzt wohl kneife …

In dem schmalen, eichengetäfelten Gang gestand sie sich ein, daß sie keineswegs wegen der Mädchen gegangen war; es war ihr dabei um sich selbst gegangen. Aber sie wollte vor allem auch ihre Tochter nochmals sehen, einfach so. Und mehr als das: Sie wollte sie *anfassen*.
Sie klopfte an die Tür der Kabine und trat dann ein, als keine Antwort ertönte. Die beiden Teenager schliefen sichtlich wohlig. Sandrine war auf dem Rücken ausgestreckt, mit offenem Mund, die Arme weit ausgebreitet; Gabriella lag in einer Wolke von Patschuliduft zur Kugel zusammengerollt auf der Seite, die geballten Fäuste vor der Stirn. Sie hatten sich weiße T-Shirts aus gestepptem Baumwollstoff mit dem Emblem der *Odysseus* aus der Kommode geholt. Auch aus dem reichen Angebot von Shorts in allen Größen hätten sie sich bedienen können. Sie hatten sich jedoch für die zu großen Hosen entschieden, die man ihnen in Mgarr gegeben hatte. Trugen sie denn nicht mit der Hanfkordel statt eines Gürtels und den Flicken auf den Knien genau die neueste Jugendmode?
Kiersten setzte sich auf das Bett und legte ihre Hand leicht gegen den Hals ihrer Tochter. Sie spürte das Blut im Körper dieser jungen Frau pochen, die sie heute zum ersten Mal zu sehen schien. Sie schloß die Augen unter dem Ansturm ihrer Gefühle, die so gänzlich anders waren als das, was sie erwartet hatte: tiefe Freude, ursprünglich und rein; aufsteigender Jubel; höchstes Glück – all das löste den Wunsch in ihr aus, das Gesicht zum Himmel zu erheben und zu weinen.

Lydia stand am Bug des Schiffes und gab sich mit geschlossenen Augen und bebenden Lippen der Liebkosung des Windes hin. Kiersten hatte sich wieder zu ihr gesellt und berichtete ihr, die Arme auf die Reling gestützt, über die Wirkung, die das so opulent ausgestattete Badezimmer auf die beiden Mädchen gehabt hatte. Da sie keine Antwort erhielt, schwieg auch sie und schloß ebenfalls die Augen. (Wenn man sich dem Schwanken des Schiffes einfach hingab, wurde es zum sanften Wiegen.) Sie stellte beglückt fest, daß der Jubel in ihrem Herzen anhielt, wovon sie sich bei jedem neuen Hineinhorchen überzeugen konnte.

»Was Bugeaud betrifft...«, sagte sie schließlich. »Vergiß bitte meine Reaktion vorhin. Ich war nicht mehr ich selbst... Oder richtiger: Ich war genau wieder ich selbst, schrecklich, wie immer! Höchste Zeit, daß sich das ändert!«

»Mein Timing ist auch nicht immer das beste...«

»Ich habe mal wieder nur an mich gedacht. Ganz, als wollte ich nicht sehen, was ich Thierry alles schulde. Dabei hat er sich mit vollem Risiko mitten in die Höhle des Löwen begeben... Doch jetzt sag mal offen: Interessiert er dich?«

Lydias Augen begannen zu glitzern, und sie nickte mit dem Kopf. Kiersten beobachtete sie aus den Augenwinkeln und dachte: »Diesbezüglich sind wir nun wirklich so gegensätzlich, wie man es sich konträrer nicht vorstellen könnte. Sie will nichts lieber, als ›die Sache bereden‹, und bitte mit allen knisternden Details! Was mich dagegen im Hinblick auf delikate Dinge betrifft... Da war ich stets prüde wie die Königin Victoria. Selbst gegenüber Teddybär war ich die Meisterin der Umschreibungen. Da wäre wohl selbst Sandrine mutiger!«

Sie entschloß sich, den Stier bei den Hörnern zu packen.

»Deine Anspielung wegen Thierry war sicher nicht unbeabsichtigt, oder? Ich nehme mal an, daß er mit dir über mich gesprochen hat... Oder, genauer gesagt, über *uns*!«

»Ich hätte schon gewollt, *ma no*! Die große Diskretion, als Zugabe zu allem sonstigen, stell dir vor! Ehe wir uns trennten, hat er dann immerhin was gesagt. Ich habe das so verstanden, daß er sich schon gern trauen würde, aber nicht ohne deine Erlaubnis. Habe ich mir da vielleicht was eingebildet?«

Warum nur fühlte sich Kiersten weder verlegen noch in die Defensive gedrängt? Ihr Erstaunen wuchs noch, als sie feststellte, daß diese Diskussion ihr sogar Spaß machte – und erreichte einen Höhepunkt, als sie ein verdächtiges Kribbeln in ihrem Jochbein verspürte. Was war mit ihr los? Konnte das die verspätete Wirkung des Champagners sein?

»Nein, du hast recht. Die ideale Frau für ihn ist eine wirklich beherrschende Frau, in jedem Sinne des Wortes.«
Lydia wischte sich mit einem Finger eine Strähne aus dem Gesicht, die ihr der Wind immer wieder hineinblies, wie um ihr einen Anstrich des Rebellischen zusätzlich zum Schalkhaften und fast etwas Biestigen zu verleihen.
»Das blieb mir von der ersten Minute unserer Bekanntschaft an nicht verborgen. Was glaubt du wohl, warum er mir gefällt? Aber wo ist mein Platz in dieser Geschichte? Wenn er dir gehört ...«
»Und wie er mir gehört!« entgegnete Kiersten energisch. »Wenn es dir so wichtig ist, ihn zu haben, dann mach mir ein Angebot!«
Die Italienerin runzelte die Brauen und schien sich zu fragen, ob sie wohl richtig gehört haben könne. »Ich bin dabei, sie auf ihrem eigenen Boden zu schlagen«, dachte Kiersten voller Behagen. Und die Vorstellung, welche Erregung und welchen unsagbaren Genuß dieser Handel für Thierry bedeuten würde, wenn er auf passende Weise darüber informiert würde, ließ sie in Gelächter ausbrechen – ein Lachen ohne Beigeschmack, offen und befreiend und so gänzlich neu für sie.
»Mach doch keine Witze!« rief Lydia aus, die genug Intuition hatte, um diese Heiterkeit nicht übel zu nehmen. »Ein Mann als Handelsware, allen Ernstes! Und ich soll dafür bezahlen, wenn ich ihn haben will ...«
Sie mußte nun selbst lachen, und sie fand den vorgeschlagenen Handel keineswegs skandalös, sondern in höchstem Maße aufregend.
»Du kriegst ihn nicht geschenkt, ich sag's dir gleich! Und so billig, daß du ihn in deiner Spesenabrechnung unterbringen kannst, wird er auch nicht sein!«
»Ma per qui mi prendi?« – Wofür hältst du mich denn? antwortete Lydia. »Für ihn knacke ich meine Sparbüchse. Ein Angebot, sagst du? Ich tu mich da schwer. Nenn doch mal eine Größenordnung, damit wir mit dem Feilschen beginnen können!«
Kiersten schaute auf das sich bis zum Horizont erstreckende Meer hinaus und dann auf ein kleines Stückchen blauen Himmels, das sich zwischen den grauen Wolken zeigte. Dann nannte sie eine Zahl, die nur halb geheuchelte Verblüffung auslöste. Sie hielt mit einem lächerlich geringen Betrag dagegen. Jetzt hob ein

heftiges Feilschen an. Aber nein, wie komme denn die Kanadierin zu diesen völlig überzogenen Vorstellungen? Um die zu begründen, müsse sie schon ihre Ware noch etwas besser anpreisen.
Je näher sie dem unvermeidlichen Kompromiß kamen, dem »Handschlag zur Besiegelung des Geschäfts«, desto heftiger fochten sie miteinander – auf Englisch, Französisch, Italienisch. Und je heftiger sie feilschten, desto mehr mußten sie lachen. Als sie sich endlich geeinigt hatten, lachten sie noch wilder als zuvor und mußten sich schließlich schwankend aneinander festhalten, während ihnen die Tränen über die Wangen liefen.

24. Kapitel

Man hatte Fjodor Gregorowitsch in das Louis-Pausteur-Krankenhaus in Neuilly schaffen müssen. Laurence kannte es, weil sie dort ihr letztes Jahr als Assistenzärztin unter Leitung von Professor Montandon verbracht hatte. Während dieser Zeit hatte sich ein besonderes Vertrauensverhältnis zwischen dem großen Boß und der Anfängerin entwickelt – eine Art von Freundschaft, für die sich jedoch nie eine bestimmte Bezeichnung hatte finden lassen und die auch etwas an der verschrobenen, aber gutmütigen Art des Professors verändert hatte.

Nach der Rückkehr aus ihrer Gefangenschaft hatte Laurence in einem persönlich bei Harmonices Mundi für sie abgelieferten Umschlag die Visitenkarte Montandons gefunden, auf die nur zwei Worte gekritzelt waren: »Ans Werk!« Der Umschlag hatte außerdem zehn Fünfhundertfrancnoten enthalten. Einen Scheck hätte sie einfach nicht eingelöst; aber wie sollte sie die auf diese Weise hereingeflatterten Geldscheine zurückgeben, ohne den als jähzornig bekannten Professor zu beleidigen? Darüber hinaus hatte sie das Geld durchaus brauchen können, und keineswegs nur für Kinkerlitzchen. Denn obwohl sich auf den von HMI eingerichteten Spendenkonten für die Aktion *Rettet Laurence Descombes!* einige Millionen angesammelt hatten, hatte es sich Antoine Becker – zweifellos aus Zartgefühl! – versagt, der Hauptbetroffenen einen bescheidenen Anteil davon anzubieten. Und diese hatte großzügigerweise sein Wohlbefinden nicht durch entsprechende Ansprüche gestört.

Laurence hatte Professor Montandon aufgesucht, um ihn über den Fall des russischen Ex-Psychiaters zu informieren. Sie hatte sich nicht dadurch entmutigen lassen, daß er gähnte, während sie ihm berichtete, sich keinerlei Notizen machte und die Augen zur Decke richtete. Er war so weit gegangen, Schläfrigkeit vorzutäuschen, während sie ihm von »Affektübertragung«, »krebsartiger Empathie« und »psychischer Gestalt« erzählte. Dennoch war sie sich völlig sicher, daß Fjodor Gregorowitsch sich bei ihm in den

besten Händen befand. So war sie auch beruhigt wieder gegangen – soweit das in dieser Situation überhaupt möglich war –, nachdem sie eine Nacht an Syssojews Bett verbracht hatte. Dann war sie für drei Tage verreist. Ihre Mutter brauchte sie in Saint-Brieuc wegen dringender Immobilienangelegenheiten. Dennoch rief sie täglich in der Klinik an: »Nein, der Patient hat das Bewußtsein noch nicht wiedererlangt; darüber müssen Sie mit dem behandelnden Arzt sprechen; nein, der Herr Professor ist im Augenblick nicht zu erreichen.«
Selbstverständlich telefonierte sie auch regelmäßig mit der Botschaft. Le Bouyonnec antwortete ihr stets mit unerschütterlicher Geduld; und wenn sie eine Nachricht hinterließ, rief er auch zuverlässig zurück. Aber auch dann konnte er ihr immer nur sagen, es gebe nichts Neues. Jedes Mal suchte sie sich, nachdem sie aufgelegt hatte, ein stilles Plätzchen, um dort ein vertrauliches Gespräch zu führen mit »Man-weiß-schon-wem«.

Aus der Bretagne nach Paris zurückgekehrt, begab sich Laurence zunächst in die Rue Saint-Grégoire-de-Tours, um sich ein bißchen frisch zu machen, bevor sie in die Klinik fuhr.
Kiersten hatte ihr Zimmer im »Grand Hôtel de l'Univers« behalten und die meisten ihrer Sachen dort gelassen. Mitgenommen hatte sie außer etwas Wäsche und Kleidung zum Wechseln nur ihr Notebook. Sie hatte Laurence vorgeschlagen, während ihrer Abwesenheit das Zimmer zu benutzen: »Sagen Sie bloß nicht, Sie wollten allein in diesem Museum bleiben! Das ist doch wirklich zu bedrückend, besonders nach dem, was sich dort mit Becker abgespielt hat. Und es gibt noch nicht einmal ein Telefon!« Am Empfang lag eine Nachricht Kierstens: Sie entschuldigte sich bei Laurence wegen der in Eile hinterlassenen Unordnung.
Laurence stieg in den dritten Stock hinauf und trat in das Zimmer. Das Zimmermädchen hatte zwar das Bett gemacht und das Bad gesäubert, sich um die anderen Dinge aber nicht weiter gekümmert. Ein Koffer stand mit aufgeklapptem Deckel vor der Heizung auf dem Boden, sein Inhalt war bunt durcheinandergewürfelt. Die jüngsten Einkäufe in Paris lagen oder hingen noch auf der Kommode und der Sessellehne.
Diese Unordnung gefiel Laurence regelrecht. War das nicht eine

Art von Einladung? Sie öffnete den Kleiderschrank und die Schubfächer; dann räumte sie ohne Hast, aber zielsicher und zügig, Kierstens Sachen ein.
Anschließend duschte sie. Als sie aus dem Bad kam, hatte sie das seltsame Gefühl, jemand anders hätte hier aufgeräumt. Und dann überkam sie ein verrückter Einfall, ein unwiderstehlicher Wunsch, der so gar nicht ihrer sonstigen Skrupelhaftigkeit entsprach. Sie gab sich ihm ohne weiteres Widerstreben hin und begann sich anzukleiden – mit Kierstens Sachen! Sie bediente sich an deren Wäsche und schlüpfte dann in einen Seidenpullunder und ein maulwurfgraues, tailliertes Kostüm, dessen Rock sie mit Sicherheitsnadeln ihrer Figur anpaßte. Dann legte sie die Bernsteinkette und die dazu passenden Ohrringe an, die Kiersten bei ihrer ersten Begegnung getragen hatte.
Als sie das Hotel verließ, um sich am Boulevard Saint-Germain ein Taxi zu nehmen, hatte sie den Eindruck, daß man sich nach ihr umdrehe. Ihr Herz schlug schnell und kräftig. Sie erkannte rasch, daß sie es unterlassen müsse, *nachzudenken*; daß es besser sei, sich vom Lauf der Dinge treiben zu lassen; daß sie, ohne recht zu wissen wie und warum, Teil eines geheimnisvollen Rituals sei.
Auf dem Weg nach Neuilly schloß sie für einen Moment die Augen. Irgendwoher schoß ihr der Begriff »aus der Verpuppung schlüpfen« durch den Kopf. Er schien ihr sehr passend – aber wofür eigentlich?

In der Eingangshalle der Klinik kam sie an einem großen Spiegel vorbei und blieb fasziniert stehen. Es war nicht so sehr das, was sie da vor sich sah, was sie so verblüffte, sondern vielmehr die erregende Feststellung daß *sie sich selbst erkannte*! Es war schwindelerregend widersinnig! Ausgerechnet in diesen Sachen, die ihr gar nicht gehörten, ergriff sie endlich wieder Besitz von ihrem Körper, empfand sie sich wieder als sie selbst –, erstmals seit so vielen Jahren ... Sie lächelte sich unter Tränen zu: Tatsächlich, die Person, die sie da sah, fand sie sehr sympathisch.
Das blieb jedoch nicht die einzige Überraschung für sie. Nachdem sie die Eingangshalle durchquert hatte, sah sie in dem anschließenden großen Aufenthaltsraum, in einen scharlachroten Morgenrock mit breitem schwarzen Besatz an der Knopfleiste

und den Ärmelstulpen gehüllt, Fjodor Gregorowitsch sitzen. Daß er sein Bewußtsein wiedererlangt hatte und nun hier wie ein Zarendarsteller in einem Vorstadttheater auf einer abgewetzten Ottomane thronte, war ja schon erstaunlich genug. Daß er aber von fünf oder sechs Damen umgeben war, die wie gebannt an seinen Lippen hingen, kam ihr wie ein Auswuchs wilder Phantasien vor.

Er unterbrach seine Ausführungen sofort, als er die Gestalt in der Türöffnung sah, sprang heftig bewegt auf, entschuldigte sich bei seiner Zuhörerschaft und stürzte, begeistert in die Hände klatschend, auf Laurence zu.

»Große, sehr große und treue Freundin! Ich wußte es doch!« rief er, sie an beiden Händen fassend. »Ich bin ja ganz verwirrt von Ihrem entzückenden Anblick! Kommen Sie, ich lade Sie zu einem Cappuccino ein und erkläre Ihnen dabei alles.«

Neben den Aufzügen war ein kleiner Stand, an dem man neben Glückwunschkarten und Blumen auch kalte und warme Getränke »zum sofortigen Verzehr« bekommen konnte; drei kleine runde Tische standen unmittelbar daneben. Fjodor Gregorowitsch zog einen Stuhl für Laurence heran und verneigte sich mit der gemessenen Würde eines Oberkellners.

»Ich hatte doch gestern abend noch angerufen«, versicherte sie, noch immer ungläubig staunend. »Und man sagte mir ...«

Er unterbrach sie mit einem heiteren Gesichtsausdruck, so als ob er sie davon abhalten wolle, ihm einen Witz zu erzählen, dessen Pointe er längst kannte. Heute früh sei er »frisch wie der junge Morgen« erwacht, ohne eine Ahnung davon zu haben, wo er eigentlich sei. Und als dann die Krankenschwester an sein Bett getreten sei ...

»Nichts mehr von Gefühlsmagma wie ein Schlag in den Solarplexus!« schrie er und setzte sich mit strahlendem Gesicht neben sie. »Überwunden die Ansteckung durch diese unzähligen schlimmen Affekte! Vertrieben auch der Fluch, der so schwer auf den Schultern des armen Syssojew lastete! Keine Notwendigkeit mehr für die grausame Distanz, die erforderlich war für die Entlastung der Seele durch die große Entlüftungsgymnastik!«

»Muß ich dem entnehmen, daß Sie auch nicht mehr länger fähig sind ... ›Schwamm zu sein‹?«

Der Unterton von Verwirrung und Enttäuschung in Laurences Stimme war Fjodor Gregorowitsch nicht entgangen. Er stieß einen langen, tiefen Seufzer aus und legte sein rundes Gesicht in zerknirschte Falten. Er erläuterte ihr, daß er seine »humanistische Psychotherapie« zu einer Zeit ausgeübt habe, als die sowjetischen Psychiater auf völlig andere Behandlungsmethoden gesetzt hätten. Dabei habe er sich auf seine Intuition und seine stark ausgeprägte Fähigkeit verlassen, sich in seine Patienten hineinzuversetzen. Aber nach seinem Exil in Gorki und wohl aufgrund der Behandlung, der er dort unterzogen worden sei, hätte sich diese natürliche Gabe wie ein Krebsgeschwür so stark weiterentwickelt, daß er unter ihrer Last fast zusammengebrochen wäre.

»Die Liebe zur Menschheit wird zur schrecklichen Bedrohung, wenn die Abwehrkräfte der Seele schwinden«, fügte er hinzu, sich die Stirn abwischend. »Wieso bin ich plötzlich bereit, mich gegen die vampirische Vergiftung von außen zu wehren? Ich kann es nicht sagen, aber ich empfinde dieses große Geheimnis als Glück und freue mich jede Sekunde darüber. Für mich sehe ich nun in den Sternen ein weiter reichendes, verbessertes Fernrohr.«

»Was wollen Sie damit sagen?«

Die Lagerstein bezahle ihm ja pünktlich seine Honorare, aber trotzdem hätte er so seine Mühe gehabt, mit seinem Einkommen auszukommen. Verwunderlich sei das natürlich auch wieder nicht gewesen, nachdem er neun von zehn möglichen Klienten nach dem ersten Treffen abgewiesen habe. Wenn sich nun seine Heilung bestätige – und er wolle darüber mit Professor Montandon bei einem für den frühen Nachmittag anberaumten Gespräch reden –, könne er sich künftig mit wesentlich mehr Patienten beschäftigen und damit seine Einkünfte erhöhen, um etwas mehr Geld für sein astronomisches Steckenpferd erübrigen zu können.

»Um in diesem Beruf erfolgreich zu sein, muß man ja auch sein Auftreten und das ganze Drumherum beachten. Und ich hatte immer wieder den Verdacht, daß ich wohl nicht auf Anhieb Vertrauen einflöße. Teresa behauptet sogar, daß Leute, die mich nicht kennen, mich für einen Spinner halten! Sie hält ja mit ihrer Meinung nicht hinter dem Berg, wie Sie selbst schon gesagt haben.«

»Das stimmt zwar sicher«, stimmte sie zu, »aber gesagt habe ich es nie.«

»Dann war es vielleicht Kummerseele. Und da wir gerade von ihm reden: Sie haben sich doch um ihn gekümmert, nicht wahr?«
»Ich habe eine Freundin, Monique Schultz, gebeten, sich während meiner Abwesenheit seiner anzunehmen. Und auch die Vögel zu versorgen.«
Er faltete die Hände und blickte sie mit bewundernder Dankbarkeit an. Dann kniff er die Augen zusammen:
»Dieses segensreiche Koma hat mich glücklicherweise nicht blind gemacht. Mir fällt an Ihnen eine große Veränderung auf, und ich weiß gar nicht, wo ich beginnen soll.«
Sie erzählte ihm lächelnd, was sich kurz zuvor in Kierstens Hotelzimmer abgespielt hatte.
»Ich weiß beim besten Willen nicht, was mich da plötzlich gepackt hat. Aber wenn ich es noch einmal tun könnte, würde ich es wieder machen. Wer weiß, vielleicht erliege ich noch dem Fetischismus!«
»Ach was, lassen Sie solche Freudschen Etikettierungen in den Schubladen der Psychoanalyse! Sie wollen damit Ihrer Freundin Kiersten eine Freude bereiten, nicht sich selbst. Sie haben ihre Kleider angezogen, um ihr Glück zu bringen, das ist doch so klar wie Quellwasser.«
Laurence schwieg verwirrt. Seiner Interpretation wollte sie zwar vom Verstand her nicht zustimmen, aber das, was ihr Instinkt ihr dazu sagte, ließ sie vor Schreck und Freude zittern.
Fjodor Gregorowitsch hatte die Augen niedergeschlagen und fragte sie, nervös mit der geflochtenen Kordel um seinen Schlafrock spielend, nach den weiteren Ereignissen während seiner langen Bewußtlosigkeit. Sie erzählte ihm in groben Zügen von Jean-Louis und Kiersten, ging aber nicht auf Einzelheiten ein, weil sie vermutete, daß sich hinter seiner Frage eine ganz andere verbarg.
So war es denn auch; bei der ersten Pause beugte sich Fjodor zu ihr und vertraute ihr mit tonloser Stimme an, daß die schlimmste Frustration der letzten Jahre für ihn darin bestanden habe, von der besseren Hälfte der Menschheit betont Abstand zu halten. Zwei- oder dreimal habe er einen Anlauf bei Prostituierten genommen in der Annahme, sie würden »ihre Dienste« ohne Gefühle verrichten und dabei an ganz andere Dinge denken.

»Ein schreckliches, erniedrigendes Fiasko! Wie kann man sich der körperlichen Vereinigung hingeben, wenn einem dabei der Abscheu vor dieser miesen Welt und unendlicher Überdruß in die Seele dringt? Darf ich Ihnen als Frau eine Frage stellen – oder eigentlich zwei?«

»Ich will mich nach besten Kräften bemühen, sie zu beantworten ...«

Er hob den Kopf und schaute die junge Frau unsicher an:

»Glauben Sie, daß der alte Syssojew noch gefallen kann? Natürlich nach entsprechenden kosmetischen Bemühungen und unter der Voraussetzung besserer Manieren!«

»Aber ja, ganz sicher! Und alt sind Sie doch auch nicht! Die Damen dort vorhin haben doch sichtlich Ihre Gesellschaft genossen, oder etwa nicht? Davon abgesehen, könnte es Ihnen nicht schaden, zum Friseur zu gehen und sich eine etwas schickere Brille zuzulegen ...«

»Sofort morgen früh, danke! Und was nun meine zweite Frage betrifft, muß ich leider auf dieses verunglückte Treffen am Champ-de-Mars mit Ihrer verehrten Freundin vom Fernsehen zurückkommen ... Sie erinnern sich?«

»Mit Catherine Le Gendre, aber natürlich. Das war nun allerdings alles andere als ein Erfolg. Wieso kommen Sie jetzt auf sie?«

Fjodor lief rot an und stammelte dann, er habe die positive Anziehungskraft dieser charmanten Person sofort verspürt und könne es sich nicht verzeihen, alles dadurch zerstört zu haben, daß er wie ein Kosak davongestürmt sei. Laurence wandte mit einer gewissen Bestürzung ein, daß ihrer Meinung nach das Interesse der Dame doch allein seinen beruflichen Fähigkeiten gegolten habe. Gegen diese Auffassung verwahrte er sich energisch: Sein »psychischer Schwamm« habe sich in dieser Situation als äußerst zuverlässig erwiesen, versicherte er nachdrücklich, und was er da hätte fühlen können ... Nun, weiteres wolle er aus männlichem Zartgefühl und Bescheidenheit jetzt nicht äußern. Er erhob sich ohne weitere Erklärung und ging zu dem Verkaufsstand hinüber. War ihm plötzlich der versprochene Cappuccino eingefallen? Aber nein; kurz darauf kehrte er zurück mit einer Schachtel Pralinen, die er vor Laurence hinlegte.

»Für Catherine?« fragte sie, um ihn zu necken, denn sie war überzeugt davon, daß diese Aufmerksamkeit für sie bestimmt war.

»Aber nein!« entgegnete er ernsthaft; ihre Ironie war ihm offenbar entgangen. »Für sie stelle ich mir rote Rosen vor, ehe ich den Vorhang lüfte, und ein ausgewähltes Gedicht! Diese Pralinen sind für Ihren Freund Becker bestimmt. Nun ja, Ihr Freund dürfte er ja wohl kaum mehr sein, nach diesem häßlichen Verrat.«

»Meinen Sie nun Antoine oder Jean-Louis? Ich will ja nicht das Opferlamm spielen, aber verraten haben mich beide, jeder auf seine Art.«

»Der jüngere natürlich! Nie werde ich das vergessen können! Niemals zuvor bin ich einem derart schwindelerregend negativen Magma begegnet. Und einem moralischen Empfinden, das sich so hemmungslos dem absoluten Bösen unterordnete. Es war schrecklich, Laurence, unvorstellbar schrecklich. Können Sie meine Angst begreifen, von einem schwarzen Loch verschlungen zu werden, und die Furcht, daß meine Seele niemals wieder das Licht erblicken würde?«

Sie versicherte ihm, daß sie ihn gut verstehe, vielleicht sogar besser, als er es sich überhaupt vorstellen könne. Dann deutete sie auf die Packung mit Süßigkeiten und fragte ihn, ob er sich schuldig fühle wegen der tragischen Folgen der »Deprogrammierung« von Jean-Louis.

»Welch unerwartete, abwegige Frage! Sein Schicksal war doch lange vor unserer Begegnung schon bestimmt, einschließlich der Höllenqualen am Ende! Ich habe lediglich den Ablauf etwas beschleunigt, aber was soll's? Es gibt keinen Kalender, der für die Ewigkeit Gültigkeit hätte. Und diese kleine Aufmerksamkeit ist weder ein Ausdruck für Gewissensbisse noch für Bedenken, sondern eine kleine Geste echter Dankbarkeit.«

»Dankbarkeit wofür?« fragte Laurence, dabei kannte sie schon die Antwort, ehe die schwere Baritonstimme sie selbst gab:

»Dafür, daß Fjodor Gregorowitsch wieder zu seinem lebensnotwendigen Egoismus und zur Kraft des Verabscheuens fand.«

Am frühen Nachmittag kam Antoine Becker vorbei, um Laurence abzuholen. Sie stieg zu ihm in den Wagen und flüchtete sich, nach dem mühsamen Austausch von Belanglosigkeiten, in

Schweigen. Sie war erst gute zehn Minuten zuvor aus Neuilly ins Hotel zurückgekehrt. Am Empfang hatte man ihr die auf einen blauen Zettel geschriebene telefonische Nachricht Kierstens übermittelt. Sie war noch jetzt ganz aufgewühlt: »Die beiden Mädchen sind bei mir. Es ist alles in Ordnung. Ich betone (unterstrichen): alles! Ich rufe am späteren Abend nochmals an.«
Sie schwiegen beide während des größten Teils der Fahrt. Antoine hatte das Autoradio ausgeschaltet und statt dessen eine Kassette mit Faurés *Requiem* eingelegt. Laurence war ihm insgeheim dankbar dafür und zugleich auch betroffen darüber, daß er eine Musik ausgewählt hatte, die so gut zu ihrer seelischen Verfassung paßte. Er wartete das Ende der Aufnahme ab und überfiel sie dann ohne jede Vorbereitung mit der Frage:
»Was halten Sie von mir?«
Sein Tonfall versetzte sie in erhöhte Aufmerksamkeit – sie entnahm ihm etwas Flehendes und Gequältes. Und sie begriff, daß ihn diese Frage große Überwindung gekostet haben mußte, und daß sie ihr nicht mit Gemeinplätzen ausweichen konnte.
»Ich habe den Eindruck, daß Sie nicht gut beieinander sind«, antwortete sie schließlich. »Und Sie spielen ständig jemanden, der Sie gar nicht sind. Fürchten Sie denn nicht, daß diese Maske, die Sie da ständig tragen, einmal an Ihnen kleben bleibt?«
»So mit mir verwächst, daß ich sie nicht mehr abstreifen kann?«
»Etwas in dieser Art, ja. Oder, was noch schlimmer wäre: daß hinter der Maske überhaupt keine Person mehr steckt.«
Sie spürte, wie er sich steif ans Lenkrad klammerte, und dachte: »So, das war wohl nun das Ende der Diskussion.« Doch da täuschte sie sich.
»Sie haben das richtig erkannt! Ich spiele immer eine festgelegte Rolle, das muß ich zugeben. Aber warum eigentlich? Habe ich Angst davor, daß die Leute sich von mir abwenden, wenn ich ihnen mein wahres Gesicht zeige? Dabei bin ich doch, trotz aller meiner Fehler, nicht durch und durch verdorben, oder?«
»Sie reden von der Meinung der Leute. Aber ist es nicht vielmehr Ihre eigene Vorstellung von sich, die Sie zur Flucht veranlaßt?«
»*Zur Flucht*? Das ist aber ein großes Wort ...«
»Trotzdem: Ich hatte oft den Eindruck, daß Sie auf der Flucht vor sich selbst sind. Aber früher, das ist richtig, hätte ich das nicht so

ausdrücken können. Und was das ›durch und durch verdorben‹ betrifft: Da genügt es doch schon, ein Mensch zu sein und seinen Dämonen nachzugeben…«

Er wandte seine Augen kurz von der Straße ab, um ihr einen intensiven Blick zuzuwerfen:

»Sie haben viel gelernt während Ihrer Gefangenschaft.«

»Vor allem habe ich gelernt, vieles zu verabscheuen!«

»Seit einigen Tagen zwinge ich mich dazu, sehr aufmerksam meinen ›Dämonen‹ zu lauschen, wie Sie das nennen. Aber das, was ich da höre, setzt mir nur noch mehr zu. Sagen Sie mir offen, nachdem Sie das ja wohl auch durchgemacht haben: Lohnt sich denn das?«

»Aber ja! Und im übrigen: Haben Sie denn eine Wahl? Man kann sich nicht auf Dauer vor der Begegnung mit sich selbst drücken. Es sei denn, man riskiert, seine Seele zu verlieren.«

»So wie Jean-Louis?«

Sie erschauderte, und das Herz wurde ihr schwer. Wieviel Trauer in einer so kurzen Frage lag!

»Ja, wie Jean-Louis«, antwortete sie.

Auf dem Ortsschild, an dem sie gerade vorbeifuhren, stand: Maisons-Laffitte.

Die letzten fünfzig Meter legte der Wagen im Schrittempo zurück, als ob sein Fahrer bewußt die Ankunft verzögern wolle.

»Wenn ich daran denke, daß ich mich noch nicht einmal bei Ihnen bedankt habe«, sagte er und stellte den Motor ab. »Sie hatten Gründe genug, um es abzulehnen… Übrigens habe ich anfangs gezögert, Ihnen seine Bitte zu bestellen. Aber man hatte mir versichert, daß er sie unablässig wiederhole, als ob… Hören Sie, ich weiß nicht, was Ihnen Monique alles berichtet hat, aber ich möchte Sie doch lieber vorher warnen: Sie könnten einen Schock bekommen, wenn Sie ihn sehen.«

Sie bemerkte, daß er den Zündschlüssel nicht abgezogen hatte.

»Kommen Sie denn nicht mit?«

»Nein, ich warte hier auf Sie!« In seiner Stimme lagen sowohl Kummer als auch Zorn. »Jean-Louis hat mir bestellen lassen, daß meine Besuche… Kurz, er will mich nicht sehen. Und ich muß Ihnen gestehen, daß mir das eine große Erleichterung ist. Nach

unserer letzten Begegnung brauchte ich zwei volle Tage, um wieder ins Gleichgewicht zu kommen. Sie können sich übrigens Zeit lassen: Ich bin hier in guter Gesellschaft ...«
Er zeigte ihr eine Kassette mit Bachkantaten und setzte hinzu, das sei in dieser Situation noch das, was ihn am ehesten ein bißchen trösten könne.
Das Landhaus lag ein wenig abseits von der Straße, halb verdeckt von den hohen Linden und großen Fliederbüschen. Sie ging auf das Eingangsportal zu, machte dann aber auf dem Absatz kehrt: Sie hatte Fjodor Gregorowitschs Geschenk auf dem Rücksitz vergessen.
Antoine war vornüber auf das Lenkrad gesunken, die Stirn auf einen Unterarm gelegt. War er bewußtlos geworden? Nein, seine Schultern zuckten. Laurence zögerte zunächst, öffnete dann jedoch die hintere Tür. Dabei drangen die Klänge des Chorals »O Haupt voll Blut und Wunden!« in die wohlriechende Landluft. Sei griff ohne ein Wort nach der Pralinenschachtel und entfernte sich eilends.

Eine kräftig gebaute Krankenschwester öffnete ihr mit abweisendem Gesicht die Tür. Wo nur hatte sie die Frau schon gesehen? Bei Catherine, genau!
Die Frau schritt ihr durch eine Zimmerflucht mit quietschenden Parkettböden voran. Angesichts des im Haus schwebenden Dufts von frischem Aprikosenkompott versicherte sie, sie habe nun schon alles versucht, aber der Herr Becker höre ja auf nichts und behalte nichts bei sich, nicht einmal die dünnste Brühe. Der Arzt habe schon von der Notwendigkeit künstlicher Ernährung gesprochen, sei das denn nicht schlimm?
»Sie wenigstens erwartet er voller Ungeduld«, versicherte sie, als sie die Veranda betraten, deren Jalousien herabgelassen waren. »Den ganzen Vormittag über lag er mir Ihretwegen in den Ohren!«
»Tatsächlich? Was hat er denn gesagt?«
»So gut wie nichts natürlich! Er hat einfach immer wieder nach Ihnen gefragt und ist begierig auf Neuigkeiten. An Ihrer Stelle würde ich mich auf einen Heiratsantrag gefaßt machen! Er hat mich gebeten, ich solle Sie auf der Terrasse auf ihn warten lassen.

Entschuldigen Sie jetzt bitte, ich will ihm sagen, daß Sie angekommen sind – und ihm auch herunterhelfen, denn er ist ziemlich schwach auf den Beinen.«

Laurence trat auf die Terrasse hinaus und setzte sich in der Sonne in einen alten Korbsessel, der unter ihrem Gewicht bedenklich knarzte und knackte. »Ich werde wohl gleich mit dem Hintern auf dem Boden sitzen und alle viere von mir strecken«, dachte sie, und irgendwie lenkte dieser triviale Gedanke sie ab. Jetzt, da die Begegnung mit Jean-Louis unmittelbar bevorstand, empfand sie keine Zweifel oder Besorgnis mehr. Was auch immer geschehen mochte, es war richtig, daß sie hergekommen war.

Trotz Antoines Warnung erschrak sie nun doch, als er nähertrat: Er war nur noch ein Schatten seiner selbst. Und es lag ein seltsamer Widerspruch darin, daß er zugleich gealtert und verjüngt schien: Dieser Ausdruck eines kleinen Jungen, der noch kürzlich nur wie ein flüchtiger Schatten über seine Züge gehuscht war, prägte jetzt bleibend sein abgezehrtes Gesicht. Und jetzt verstand sie auch diese merkwürdige Anspielung auf einen »Heiratsantrag«: Trotz der Hitze trug er einen dunklen Anzug sowie ein cremefarbenes Hemd mit einer schiefergrauen Krawatte, und im Knopfloch des Revers' steckte eine weiße Rose. Was sollte dieser Aufzug? Er bedeutete ihr mit einer Geste, sie möge sitzen bleiben, und trat mit wackeligen Schritten näher, sich dabei auf das rostige Geländer stützend. Es umschwebte ihn ein auffälliger Geruch nach Mottenkugeln. Als er sich in den zweiten Sessel setzte, ächzte dieser nicht weniger als vorher der ihre.

»Danke, daß du gekommen bist!«

»Du solltest dich nicht bedanken – ich habe lange gezögert«, sagte sie und reichte ihm die Pralinen. »Von Fjodor Gregorowitsch. Er hat mir gerade heute vormittag versichert, wie heilsam für ihn sein Kontakt mit dir gewesen sei ...«

Jean-Louis zuckte mit den Schultern – er hatte offenkundig nicht die geringste Lust, über seine Begegnung mit dem Russen zu reden. Zerstreut entfernte er die Verpackung und zeigte dann plötzlich doch Interesse für den Inhalt. Nach intensiver Begutachtung fiel seine Wahl auf eine Praline in Rautenform, er nahm sie heraus und legte sie auf die Armlehne seines Sessels. Dann beugte er sich hinunter und stellte die Schachtel auf die Terrassenfliesen. »Was

treibt er da für ein Spiel?« fragte sich Laurence. »Und warum bietet er mir nichts an?«
»Die werden Frau Béraud schmecken«, sagte er, den Kopf hebend. »Hüte dich vor der! Die ist viel hinterhältiger, als sie wirkt! Und bist du auch dem anderen begegnet?«
»Wen meinst du?«
»Diesem jungen Polizisten. Eine Rotznase! Der läßt mich keinen Augenblick aus den Augen. Selbst in diesem Moment nicht, das fühle ich! Du brauchst dich nur aufmerksam umzuschauen, dann wirst du ihn sicher irgendwo entdecken ... Der hat noch kein einziges Wort mit mir gewechselt. Bestimmt hat er Anweisung erhalten, jeden Kontakt mit mir zu vermeiden. Mir ist das gleich, aber ich muß es dir sagen, damit du weißt, daß wir hier nicht ungestört sind.«
Sie fühlte sich plötzlich unbehaglich – und zugleich ungeduldig:
»Dein Vater sagte, daß du darauf bestanden hättest, mich zu sehen ...«
»Ich muß dich um einen Gefallen bitten. Aber bitte erzähl mir doch vorher das Neueste aus Xaghra!«
»Sandrine und Gabriella sind wohlbehalten und in Sicherheit. Mehr weiß ich auch nicht ...«
Sie entnahm seinem Zusammenzucken, daß er bei seiner Frage nicht die beiden Mädchen im Sinn gehabt hatte.
»Entschuldige, aber mich interessieren vor allem die Maßnahmen, die man getroffen hat, um die Große Versammlung zu verhindern.«
Er ergoß sich sofort in einen Schwall von Mahnungen. Mit allen Mitteln, selbst den äußersten, müsse man die Ausstrahlung dieser Fünften Offenbarung verhindern. Sie sei ein Meisterstück der Indoktrination. Wenn diese Zeremonie der Großen Kommunion mit dem Universalgeist stattfinde, dann bedeute das vielhundertfachen, wenn nicht gar vieltausendfachen Selbstmord! Niemand könne sich den ungeheuren Einfluß vorstellen, den D'Altamiranda auf seine Aushänger auszuüben vermöge. Absolut niemand!
»Inwiefern sollen denn diese Selbstmorde seiner Sache nützen?« fragte sie mit einer Gelassenheit, die sie selbst bestürzte.
»Diese Frage ist logisch, aber für ihn stellt sie sich nicht. Er hält sich für einen Gesandten Gottes, zu einer besonderen Aufgabe

von ihm berufen. Er ist der Mann der Vorsehung, der Große Katalysator, der Höchste Führer eben! Er kann Hunderte seiner Jünger in den Tod schicken, ohne darüber den geringsten Skrupel zu empfinden, weil er ja selbst gar nicht fähig ist, eine aggressive Handlung oder eine Grausamkeit zu begehen ...«

»Und die Vergewaltigung von Kindern, was ist das dann?«

Jean-Louis stützte den Kopf in beide Hände. Mit immer ersticktterer Stimme warf er ihr vor, sie verurteile D'Altamiranda und wende sich dadurch von ihm ab – statt sich zu bemühen, diesen Mann zu verstehen, um ihn dadurch erst wirklich bekämpfen zu können. Natürlich stimme es, daß die Realität noch unerträglicher sei, wenn man sie aus der Nähe betrachte. Und er erinnerte sie an die Worte, die El Guía gesprochen hatte, nachdem man ihm die kleine Gabriella zugeführt hatte: »Wir haben sie geweiht. Das ist der Höhepunkt ihres Schicksals. Alles weitere kann nur noch Abstieg sein.«

»Glaube bitte nicht, daß er dabei etwas vorgetäuscht hat. Ganz im Gegenteil, das war seine volle Überzeugung! Er ist sich ganz sicher, über der Moral und über dem Gesetz zu stehen. Und ich selbst, ich habe auch daran geglaubt!«

Nach der Aufdeckung des von Casus Belli ausgeheckten Komplotts und der Flucht Doras hatte er persönlich den Herrn des Heiligtums auf die Dringlichkeit angesprochen, das Mädchen der »letzten Reinigung« zu unterziehen. Sollte man ihr die Prüfungen der »Verwandlung« aufgrund der Beachtung, deren er sie gewürdigt hatte, ersparen, oder sollte man sie den Leuten aus Istanbul übergeben?

»Er hat mir geantwortet, ich solle selbst entscheiden, welches ›die praktischste Lösung‹ sei. Tatsächlich war die Angelegenheit belanglos für ihn, und er hat schon einen Augenblick später keinen Gedanken mehr daran verschwendet. Kannst du mir folgen, Laurence?«

»Ja, wenn auch nicht ohne Mühe. Worauf willst du hinaus? D'Altamiranda ist ein Ungeheuer, eines mehr in einer Welt, in der es daran wahrlich nicht mangelt. Wenn er allein in einem Winkel säße, wäre er auch nichts weiter als ein armer Irrer, ein weiterer Größenwahnsinniger ... Deine Rolle bei der ganzen Sache beschäftigt mich viel mehr als die seine ... Du sagtest, du wolltest mich um einen Gefallen bitten?«

Er warf ihr einen vorwurfsvollen Blick zu. Natürlich hatte er ihr Unbehagen gespürt, ihre Eile, dieses Gespräch zu beenden. Ob er wohl wußte, daß draußen vor dem Tor sein Vater im Wagen wartete?
»Während deiner Gefangenschaft in Maghrabi«, sagte er mit plötzlicher Erregung, »hast du da Gefangenen geholfen, zu sterben? Ich meine, um sie dadurch vor weiteren Quälereien zu bewahren?«
»Nein. Hast du mich deswegen hergebeten?«
»Es stimmt, darüber wollte ich mit dir reden. Aber es war mir dabei schon klar, daß eine Ablehnung deinerseits auch keine Überraschung für mich wäre... Aus gutem Grund, nicht wahr? Wie ich dir ja schon sagte, habe ich hier einen Leibwächter...«
Er machte ihr ein Zeichen, einen Blick über ihre Schulter zu werfen, und als sie es tat, entdeckte sie im dämmerigen Eingang zur Veranda die Silhouette eines jungen Mannes mit halblangen Haaren in einem Blouson, der eher an einen Drogenhändler als an einen Polizisten erinnerte.
Sie drehte sich wieder um und sah, daß sich Jean-Louis mit schmerzlich verzogenem Gesicht mühsam erhob, die Hände auf die nachgebenden Armlehnen seines Sessels gestützt.
»Würdest du bitte mit mir nach hinten in den Garten kommen?« fragte er und leckte sich dabei den Daumen. »Eine Art von Wallfahrt... Und der Gefallen, um den ich dich bitten wollte, ist der, mich dabei zu begleiten.«
Sie bemerkte, daß die Praline verschwunden war. Seltsam... Hatte denn nicht die Krankenschwester angedeutet, daß er keinerlei feste Nahrung zu sich nehme? Was bedeutete das also? Spielte er ihr eine Komödie vor? Und was hatte es wohl mit dieser »Wallfahrt« auf sich? Sie schloß sich ihm an und machte sich Vorwürfe wegen ihres Mißtrauens. Was konnte er in dem Zustand, in dem er sich befand, schon anstellen? Er stieg vorsichtig die drei Stufen der Terrasse hinunter. Sie wollte ihm dabei behilflich sein, aber er wehrte ab.
»Faß mich nicht an! Jedenfalls jetzt noch nicht...«

Sie durchquerten den großen Garten, der seit vielen Jahren sich selbst überlassen gewesen war. Insekten umschwirrten sie in der glühenden Hitze. Sie gelangten zu einer Hütte aus wurmstichigen Brettern, errichtet um den Stumpf eines Kastanienbaums. Die Tür hing schief in nur noch einer Angel, die Scheiben der kleinen Fensterchen waren zerbrochen. Eine von Flechten überwucherte Bank aus rohem Holz stand vor dem verfallenen Bau, und Jean-Louis ließ sich, am Ende seiner Kräfte, darauf niedersinken. »Sein guter Anzug wird anschließend schön aussehen«, dachte Laurence. »Aber was hat ihn überhaupt veranlaßt, sich so herauszuputzen?«

»Ich fürchtete schon, daß ich es nicht mehr schaffe! Ich brauche dir wohl nicht mehr viel zu erzählen. Diese Hütte da, das ist meine ganze Kindheit! Hier habe ich die glücklichsten Stunden meines Lebens damit verbracht, selbst ausgedachte Spiele zu spielen... Ich war ein sehr sensibles Kind. Zu sensibel sicher! Setz dich doch bitte!«

»Was verbirgst du vor mir?« fragte sie, ohne sich zu rühren.

»Ich möchte, daß du mir die Hand gibst.«

»Nein, das kann ich einfach nicht, und das müßtest du doch wirklich wissen. Warum bittest du mich dann darum?«

»Weil ich sterben werde.«

Sie musterte ihn bestürzt. Gut, er sah ja wirklich schlecht aus mit seinem wachsbleichen Gesicht und den zitternden Händen. Aber diese Melodramatik, das war denn doch verfrüht! In den Kerkern von Maghrabi hatte sie zuhauf erlebt, wie das Leben sich noch viele Tage, viele Wochen lang an Unglückliche klammerte, die in einem viel schlechteren Zustand waren als er jetzt.

»Ich hatte als Kind Asthmaanfälle«, sagte er tonlos. »Meine Mutter hat mich immer so gut gepflegt! Ich verlor sie, als ich sechs war... Ich sage das jetzt nicht, um dein Mitleid zu wecken, auch wenn du das jetzt vielleicht glauben magst. Sie versteckte die Tabletten, die ich nehmen mußte, immer in Schokoladetrüffeln – ein kleiner Trick, damit ich sie schluckte.«

Ihre Beine gaben nach, und sie setzte sich rasch.

»Was hast du genommen?«

»Das ist unwichtig. Wenn sich die Gelatineschicht erst einmal aufgelöst hat... Sag deinem Fjodor Gregorowitsch, ich ließe ihm danken für ein paar Minuten Aufschub. Tun kannst du jetzt nichts mehr; es wirkt blitzartig. Auf den Ruf der Schwarzen Gar-

de kann man sich verlassen! Hättest du übrigens etwas unternommen, wenn du gekonnt hättest?«
»Ohne jedes Zögern!«
»Obwohl du wußtest, was ich getan habe?«
»Gerade wegen dem, was du getan hast! Wenn ich dich noch retten könnte, würde ich es sofort tun – nicht aus Mitleid, sondern aus Haß! Deine Strafe ist es, zu leben! Dein Tod ist keine Buße, er ist eine Flucht! Du verdienst sie nicht!«
Er blickte sie voller Verblüffung an:
»Aus Haß, du? Du bist seiner fähig?«
»Ja, ich habe es gelernt! Gott sei Dank!«
Er griff nach ihrer Hand, wie um sie herauszufordern. Seine Finger waren eisig, über sein kalkweißes Gesicht lief der Schweiß. Laurence durchfuhr der Verdacht, daß dieses angeblich »blitzartig wirkende« Gift nur eine Finte war. »Er hat mich drangekriegt – wieder einmal!« Aber ihre Hand entzog sie ihm nicht ...
»Du vergibst mir also nicht...«
»Nein, *dafür* mußt du dich anderswohin wenden. Auf Erden wirst du keine Vergebung finden.«
»Wie kannst du nur so hart sein! Wer bist du denn, um mir zu sagen ...«
»Wer ich bin?« murmelte sie, während sie einen Schwächeanfall nahen fühle. »Ich bin die Stimme all deiner Opfer!«
Hatte er sie noch gehört? Seine Augen waren starr, seine Hand leblos. Kein Aufbäumen, kein Röcheln.
Sie sprang auf, doch es schwindelte ihr, und sie mußte sich an der Banklehne festhalten, um nicht umzufallen. Plötzlich durchzog über den Baumwipfeln ein Riß den blauen Himmel, der sich mit der Geschwindigkeit einer Rakete bis zum Zenit verlängerte. Der Spalt erweiterte sich und zeigte auf seinem Grund ein schwarzes, mit Sternen besetztes Firmament.
Sie schloß die Augen. Als sie sie wieder öffnete, war die Erscheinung verschwunden.
»Das war die letzte, weitere wird es nicht mehr geben«, sagte sie sich, ohne zu wissen, woher sie die Gewißheit darüber bezog. Sie warf einen letzten Blick auf Jean-Louis und ging langsam zum Haus zurück.

25. Kapitel

Schweißnaß und träge erwachte Laurence aus ihrem Mittagsschläfchen. Der Raum, in dem sie sich befand, erschien ihr nun in einem ganz anderen Licht. Sie fühlte sich aufgeregt wie ein kleines Mädchen, das durch die Berührung eines Zauberstabs in ein Märchenschloß versetzt wurde. Noch gestern hatte die Vorstellung, bei den Bugliones zu wohnen, nicht die geringste Begeisterung bei ihr ausgelöst; sie wäre viel lieber in einem Hotel abgestiegen. »Warten Sie erst einmal ab!« hatte Kiersten gesagt. »Sie werden sich dort alles andere als eingeengt fühlen.« Wie hatte die Freundin nur ihre Abneigung gegen enge Zimmer, fensterlose Räume, dunkle Korridore erahnt?

Zur Klaustrophobie freilich gab der ehemalige Palais der Orsini keinen Anlaß: Ihr Zimmer war geräumig und luftig, mit einer sehr hohen Decke und einer zweiflügeligen Fenstertür, die auf eine umlaufende Galerie führte. Die antiken Möbel, die gedämpften Farben und die Bilder alter Meister erzeugten den Eindruck von Schlichtheit – doch dies als Krönung des Luxus.

Bei ihrer Ankunft hatte sich Laurence gesagt: »Ich komme von einem Museum ins andere.« Dabei war ihr jedoch das Haus in Passy noch trübseliger, noch verlassener vorgekommen.

Sie erhob sich und trat, angelockt von Stimmengewirr und Gelächter, auf die überdachte Galerie hinaus. Diese öffnete sich zu dem Schwanenteich hin, den romantisch wirkende Trauerweiden umstanden, und im Vordergrund auf eine große Terrasse mit schmalen Blumenrabatten. Dort plauderten in bequemen Sesseln, ein Glas in der Hand, die drei »würdigen Patriarchen« angeregt miteinander. Während des Mittagessens hatten sie festgestellt, daß sie alle drei im Jahr 1930 unter dem gleichen Sternzeichen geboren waren und daraufhin beschlossen, sich »die drei Zwillinge« zu nennen.

Luigi Sanguinetti, *der alte Fuchs*, war ein begnadeter Geschichtenerzähler. Seine achtzehn Jahre an der Spitze der *Sondereinheit*

zur Bekämpfung des Terrorismus hatten ihm einen Sack voller Anekdoten beschert, von denen eine immer noch unglaublicher und verblüffender war als die andere. Damit auch William MacMillan sie mitbekam, erzählte er sie auf Französisch – was sie eher noch köstlicher machte.
Von Kiersten wußte Laurence, daß das Ende des Chefs von Casus Belli nicht mehr fern war – den Spezialisten zufolge konnte es sich wohl nur noch um ein paar Wochen handeln. Er selbst wußte das gut und sprach darüber mit aufmunterndem Sarkasmus. Man erzählte sich auch, daß ihn der allmächtige Enrico Buglione als *echten Freund* bezeichnete, und das war eine ganz seltene Ehre.
An die Brüstung gelehnt, schaute Laurence auf die drei Männer hinunter mit dem merkwürdigen Eindruck eines Déjà-vu. Es war unverkennbar, daß sie dieses Beisammensitzen genossen. Und es kam das Gefühl hinzu, sich auf der gleichen Wellenlänge zu befinden, in brüderlicher, komplizenhafter Übereinstimmung. Keiner von ihnen hatte irgendwie damit gerechnet, daß dieses zufällige Zusammentreffen eine besondere Bedeutung haben könnte. Dabei hatten sie allerdings die geheimnisvolle Alchemie der Seelen und Charaktere außer acht gelassen. Ihre Unterhaltung wurde unterbrochen durch die Ankunft von Priscilla Frescobaldi in Begleitung von Gabriella und Sandrine. Die mitgekommenen Leibwächter gesellten sich zu ihren Kollegen, von denen der eine unten an der Terrasse stand und der andere in den Alleen des Gartens unterwegs war.
(Auf Drängen von Casus Belli waren Rekruten der Polizeischule abgestellt wroden, um den eigenen Sicherheitsdienst des Palais' zu verstärken. Enrico Buglione hatte das als notwendiges Übel hingenommen, nicht jedoch, ohne sich darüber zu beklagen, daß von der ihm versprochenen »Unmerklichkeit« der Überwachungs- und Schutzmaßnahmen keine Rede sein könne.)
Die Patriarchen begrüßten das Erscheinen des Trios mit Zurufen und Händeklatschen. Sie übertrieben dabei nicht, denn die beiden Heranwachsenden hatten sich auffällig verwandelt: Die Friseuse hatte sich nach Gabriella auch um Sandrine gekümmert und den beiden einen unterschiedlichen Schnitt verpaßt sowie die Haare der einen aufgehellt, die der anderen durch ein paar bernsteinfarbene Strähnen betont. Anschließend war die Kosmetikerin noch

tätig geworden, und gerade ihre Zurückhaltung hatte zu bester Wirkung geführt. Auch der folgende Einkaufsbummel war zum vollen Erfolg geworden: Die beiden Dämchen, von Kopf bis Fuß neu eingekleidet, sahen aus wie einer Anzeigenseite für Benetton entstiegen. »Echt zum Anbeißen!« fand Laurence gerührt. »Diese zweite Castafiore hat das gut gemacht, trotz Kierstens Bedenken.«

Lydia, die durch dringende Aufgaben anderweitig gebunden war, hatte ihre Mutter gebeten, die Einkäufe für die jungen Damen in die Hand zu nehmen. Diese war also gleich nach dem Mittagessen majestätisch, beredsam und gurrend, mit wogendem Busen und melodiösem Lachen losgezogen. Ihre Ähnlichkeit mit der berühmten *Mailänder Nachtigall* war verblüffend, auch wenn sie Gefahr lief, das ein wenig zu sehr zu betonen. »Wie will sie nur mit diesen beiden Gören zurechtkommen?« hatte Kiersten gemeint. »Ach, ich will es lieber gar nicht wissen!«

Signora Priscilla kostete ihren triumphalen Auftritt voll aus. Ihre beiden Schützlinge mußten sich den drei Herren ausgiebig präsentieren. Dabei verwies sie rühmend auf jedes Einzelteil und nannte jeweils den Rabatt, den sie bei den Geschäftsleuten der Via Frattina – »lauter Halsabschneider!« – hatte aushandeln können. Dabei hätte sie ja gar nicht für sich selbst so gefeilscht, denn es würde ja alles von Lydias Konto abgebucht, nachdem sie mit deren Kreditkarte bezahlt habe. (Da schwindelte sie jedoch: Sie hatte alles aus eigener Tasche beglichen.) Sie machte noch eine Zeitlang in diesem Stil weiter, ihr Unterhaltungsgeschick nutzend und weidlich ihrem Hang zur Theatralik nachgebend. Ihr Publikum applaudierte, und selbst Gabriella, die sonst rasch eingeschüchtert war, ließ sich aus ihrer Reserve locken und drehte sich entzückt ein weiteres Mal in Vorführpose.

»*Che bella! Che bella! Bellissima!*«

Für Lydia, Laurence und Gabriella war auf den Anfang der folgenden Woche ein Gespräch beim Generalstaatsanwalt anberaumt worden. Ihre Aussagen zu den Vorgängen in Xaghra würden protokolliert als Begründung für die vorgesehenen Strafverfolgungsmaßnahmen gegen D'Altamiranda und die Universelle Vereinigungskirche.

Die Angelegenheit war ziemlich heikel, weil sich die Regierung von Malta als recht widerspenstig erwies. Man hatte daher von höherer Stelle eine geschlossene Darstellung und fundierte Beweise verlangt, ehe man Maßnahmen, welcher Art auch immer, ergreifen könne. Luigi Sanguinetti wußte aus verläßlicher Quelle, daß die Mirandisten Sympathisanten im Justizministerium sitzen hatten. Außerdem hatten sie sowohl in Valletta als auch in Victoria sogar die Polizei selbst unterwandert.

Die juristischen Berater von Casus Belli vertraten die Ansicht, daß als Hauptbeweisstücke für die geplante Offensive die Informationen aus dem elektronischen Notizbuch Farik Kemals und die bei Yan Tung sichergestellten Unterlagen zu gelten hätten. Enrico Buglione, der die ganze Affäre mit großer Aufmerksamkeit verfolgte, erinnerte an den Fall Al Capones und zeigte sich überzeugt davon, daß man El Guía weit eher wegen Steuerunterschlagung drankriegen könne, während eine Verurteilung wegen Kinderschändung sich wohl als langwierige Geschichte erweisen würde.

(El Guías Kopf war für Flavios Vater mehr eine Beigabe; wenn er allein damit zufrieden gewesen wäre, hätten nicht wenige seiner Freunde es sich zur Ehre angerechnet, ihm diesen sozusagen zu Füßen zu legen, indem sie einen bezahlten Killer auf ihn ansetzten. Aber Sanguinetti ließ keinen Zweifel daran, daß Enrico Bugliones Rachedurst sich nur durch die völlige Ausrottung der Sekte stillen ließe.)

Seit ihrer Ankunft in Rom waren Lydia und Kiersten mit dem Vordringlichsten beschäftigt: der Vermeidung der drohenden Selbstmorde anläßlich der Großen Versammlung. Mit Unterstützung des Außenministeriums und in Zusammenarbeit mit Interpol (hier hatte *der alte Fuchs* erfolgreich seine alten Verbindungen spielen lassen) war bei den zuständigen Behörden von zwölf Ländern, in denen die Mirandisten eine »planetarische Kommunion« planten, Alarm der höchsten Stufe ausgelöst worden. Im gleichen Sinn war eine die eigene Mitarbeit bestätigende Meldung Scotland Yards an die gleichen Empfänger gegangen – Kenneth Sabbagh hatte gut und prompt gearbeitet.

Die Warnungen waren »klar und deutlich« verstanden worden, und die Telefondrähte bei Casus Belli »hörten nicht auf zu glühen«, wie Kiersten sich ausdrückte. Lydia, aus Übermüdung ein wenig zynisch geworden, meinte, man müsse für den Fall des »Ordens vom Sonnentempel« geradezu dankbar sein, der bei seinem noch nicht so lange zurückliegenden »Aufbruch zum Sirius« siebenunddreißig verbrannte Opfer in der Welschschweiz, im Vercors und in Quebec hinterlassen habe, darunter dreizehn Kinder. Die Erinnerung an diesen Vorfall lasse sich nicht einfach wegwischen.

Im Ministerium nahmen Kiersten und Lydia rasch einen Happen zu sich, ohne dabei ihre Arbeit zu unterbrechen. In den Orsini-Palais kehrten sie erst am späteren Abend zurück. Dort nahmen die »Zwillinge« (deren Anzahl nun auf vier angewachsen war, weil man Priscilla zum Ehrenmitglied ernannt hatte), gerade den das Abendessen abschließenden Kaffee im Marokkanischen Salon zu sich. Die Beleuchtung war gedämpft, die Atmosphäre herzlich.

Kiersten wurde, kaum daß sie sich in einen Sessel hatte fallen lassen, bewußt, in welchem Ausmaß sie sich erledigt fühlte. »Woher holt die sich nur ihre Energie?« fragte sie sich, ihrer Kollegin einen nahezu neidischen Blick zuwerfend. »Wenn ich nicht darauf gedrängt hätte, zum Ende zu kommen, hätte sie bis zum Morgen durchgearbeitet.«

Lydia lächelte mit funkelnden Augen, voll sprühenden Lebens. Ob wohl ihre Mutter noch ein kleines bißchen Nachtisch für die Zuspätkommer übriggelassen habe, nur so aus Versehen? (Die Angesprochene protestierte heftig gegen die Unterstellung.) Wenn ja, dann möge man ihr doch eine »Kinderportion« davon bringen – und das hieße, so viel wie nur möglich. Und wie wär's denn für ihre kanadische Freundin mit einem »Holzfällertoast«?

»Bitte keine Umstände, nein danke! Ein Kognak dagegen ... Wo sind denn die Mädchen?«

»Zusammen!« versicherte Richter MacMillan, an seiner Pfeife nuckelnd.

Dieses eine Wort genügte, um ein herzliches Gelächter auszulosen, denn damit war tatsächlich alles gesagt.

Auf eine Frage Sanguinettis hin resümierte Lydia, was man im Laufe des Tages unternommen hatte. Doch zunächst: Fünf Minu-

ten vor ihrem Weggang war noch eine Nachricht aus Malta eingetroffen. Jasmine war es tatsächlich gelungen, sich mit Thierry in Verbindung zu setzen. Sie hatte dafür ein gewaltiges Risiko auf sich genommen. Der Geweihte, den sie im Lagerhaus geblendet hatte, hatte übrigens keinen Gebrauch von dem Benzinkanister gemacht, den sie ihm hingestellt hatte, und von den dazu hingeworfenen Streichhölzern. (Das war wohl eine Fehlentscheidung gewesen, denn Argos hatte ihn nach seiner Vernehmung sofort Janos Carazzo und seinen »Spezialisten« übergeben – zur Verwendung beim nächsten Snuff.) Die Rolle, welche die Frau mit der Hasenscharte bei der Befreiung der beiden Mädchen gespielt hatte, war somit ans Tageslicht gekommen, und seither stand sie auf der Schwarzen Liste der Schwarzen Garde an oberster Stelle. Das gesamte Mirandistennest Gozos war zur Jagd auf sie aufgeboten, um auch an ihr die furchtbare Strafe zu vollziehen.
Dennoch konnte sie noch mit der Hilfe von zwei oder drei Verbündeten im Heiligtum rechnen. Diesen gegenüber hatte sie erfolgreich auf die Karte eines Komplotts von Argos gegen El Guía gesetzt. Mit deren Unterstützung und dank ihrer eigenen vorzüglichen Ortskenntnis war es ihr tatsächlich gelungen, während der Nacht ins Heiligtum zurückzukehren. Sie hatte den falschen Delanoy in seinem Zimmer (wo sie ihm schon einmal eine Nachricht hinterlassen hatte, nachdem sie lange vergeblich auf ihn gewartet hatte) aufgesucht – wobei sie fast geschnappt worden wäre – und hatte dort drei Minuten lang mit ihm reden können.
»Und was jetzt?« fragte Sanguinetti ungeduldig. »Wird es Ihrem Thierry gelingen, diese Sendung zu verhindern, oder was?«
Lydia warf einen spöttischen Blick zu Kiersten hinüber, um sich zu vergewissern, daß das besitzanzeigende Fürwort ihr nicht entgangen war, und entgegnete:
»Ja, er beschäftigt sich noch damit. Er bittet und dringend, gegen den Empfang der Übertragung nichts zu unternehmen – absolut nichts! Was er damit im Sinn hat, weiß ich nicht. Aber meine Kollegin hält große Stücke – sehr große Stücke, möchte ich sagen! – auf die besonderen Fähigkeiten dieses Herrn Bugeaud ...«
»Dann erzählen Sie uns doch bitte ein wenig mehr über ihn!« forderte der *alte Fuchs* Kiersten auf. »Nur zu unserer Beruhigung.«
Die Kanadierin zögerte. Stand es ihr zu, die Besonderheiten der

Maßnahmen Thierrys zu enthüllen? Als sie den Blick ihres Vaters aufmerksam auf sich ruhen sah, betrachtete sie das als Ermutigung. Sie berichtete also, nicht ohne einen gewissen Stolz, von den ungewöhnlichen Fähigkeiten Pinocchios. Wohlweislich überging sie dabei jedoch die deutliche Zurückhaltung, auf die er bei den Spitzen der GRC damit gestoßen war. Doch Enrico Buglione ließ sich dadurch nicht täuschen.
»Faszinierend!« sagte er. »In Italien allerdings würde man diesen Bugeaud sofort abknallen!«
»Ein Genie, ohne Zweifel!« räumte auch Sanguinetti ein. »Allerdings bräuchte man in diesem Xaghra eher einen Saboteur.«
»Das hatte ich zunächst auch gedacht«, gab Lydia mit verdrießlicher Miene zu. »Aber Jasmine hat noch etwas anderes durchgegeben: D'Altamiranda hat die Verkündigung dieser Fünften Offenbarung vorsorglich auf Kassette aufnehmen lassen. Für den Fall einer Verhinderung der Direktübertragung, von der Sie ja schon gesprochen haben, sind Kopien davon in alle entsprechenden Länder geschafft worden.«
Priscilla hatte sich während der ganzen Zeit damit begnügt, darum besorgt zu sein, daß die Wünsche der Gäste nach Kaffee oder sonstigen Getränken erfüllt wurden. Dabei hatte sie sich besonders aufmerksam um William MacMillan bemüht, dies aber listig vor allem deshalb, um Enrico Buglione ein wenig eifersüchtig zu machen. Während der gesamten Diskussion hatte sie nicht ein einziges Wort verloren. War sie ihr überhaupt gefolgt? Da konnte man sich nicht so sicher sein. Daher konnte sie einen schönen Überraschungserfolg verbuchen mit ihrer Bemerkung:
»Wenn ich es recht verstehe, hat der alte, widerliche Päderast uns alle ganz schön aufs Kreuz gelegt!«

Die beiden Teenager weihten an diesem Abend ihre neuen seidenen Negligés aus dem Wäschegeschäft Fra Diavolo ein. Das der kleinen Italienerin war pfirsichfarben und am Hals mit einem feinen Band geschlossen. Sie hatte es mit einem begeisterten, wenn auch etwas genierten Blick ausgewählt, denn es schien ihr selbst im Vergleich mit der schwarzen Satinkombination, aus der sie die ganzen letzten Wochen nicht herausgekommen war, doch recht gewagt.

Sie trat barfüßig auf den Balkon hinaus. Hier im Orsini-Palais hatte sie ihr eigenes Zimmer, direkt neben dem derjenigen, die sie heute beim Einkauf in den Läden als »ihre große Zwillingsschwester« vorgestellt hatte.

Sandrine saß rittlings auf der breiten, steinernen Balkonbrüstung, den Rücken an eine Säule gelehnt. Sie schaute, in ihre Gedanken versunken, zum Mond hinauf; bei Gabriellas wortlosem Auftauchen fuhr sie zusammen.

»Stai attenta, Gaby!« flüsterte sie. »Der Bursche dort ... Verdammt noch mal, statt hierher zu glotzen, sollte er besser den Park im Auge behalten!«

Tatsächlich konnte man am anderen Ende der Galerie im Halbdunkel die Gestalt eines Wächters erkennen.

Gabriella warf einen raschen Blick zu ihm hin, zuckte dann die Schultern und wandte ihre dunklen Augen der Freundin zu.

»Kummer, hier?« fragte sie und legte ihr die Hand auf die Brust. *»Me lo puoi dire, sai!«* – Mir kannst du das doch sagen, das weißt du doch!

Sandrine seufzte. Wie sollte sie ihr mitteilen, was sie bewegte? Nein, um sprachliche Schwierigkeiten ging es dabei weniger: Sie beide hatten sich inzwischen aus Brocken der jeweils anderen Sprache ein Kauderwelsch angeeignet, das völlig ausreichte, mehr an Vertraulichkeiten auszutauschen, als sie je zuvor irgend jemandem anderen anvertraut hatten.

»Kummer ist das eigentlich nicht«, versicherte sie. *»Non so cos'è ...* Ich versteh' mich eigentlich selbst nicht recht; weißt du, was ich meine?«

Ein flüchtiger Anflug von Scham glitt über ihre Züge. Gabriella täuschte sich also nicht.

»Manuel?« fragte sie erstaunt.

»Si, Manuel!« bekannte Sandrine. »Ich denke unaufhörlich an ihn ... Sie bringen ihn um, wenn sie ihn erwischen.«

»Conosce tutti nascondigli in montagna!« – Der kennt doch alle Verstecke in den Bergen! versicherte Gabriella.

»Nascondigli? – Ah, er hat sich versteckt, meinst du, ja?«

»Ma ... bestimmt!«

»Der war nicht wirklich böse ... *Non è cattivo, sai?«*

»Si, d'accordo! Zeit brauchen ... er!«

Sandrine spitzte die Ohren. Es klopfte an die Zimmertür.
»Zeit wofür?« fragte sie und stand auf.
»Für schlimm werden«, antwortete Gabriella.

Der Rasen neigte sich in schwachem Gefälle zum Teich hinunter. Das Gras war trocken und kurz geschnitten und gerade weich genug, um sich darauf auszustrecken. »Wenn ich's recht bedenke, bin ich so gut wie nie nachts draußen!« gestand sich Kiersten ein. »Dabei verbrachte ich, als ich so alt war die Sandrine jetzt, Stunden auf dem Balkon des Hauses in Rockliffe damit, im Liegen die Sterne zu betrachten. Ich kannte alle bedeutenderen Sternbilder. Aber ich habe inzwischen jeden Kontakt mit der Natur verloren ... Ich lebe völlig abgeschlossen, ohne mir dessen überhaupt bewußt zu werden. Eine Veränderung mehr, die ich auf meine Liste setzen muß!«
Es war Laurence gewesen, die diesen nächtlichen Spaziergang vorgeschlagen hatte. Man hatte sich darüber erst mit dem Sicherheitsbeauftragten auseinandersetzen müssen. Aber warum sich darüber aufregen? Der Mann machte auch nur seine Arbeit, und die Sicherheitsvorkehrungen waren gewiß nicht überflüssig. Luigi Sanguinetti hatte hervorgehoben, daß die Vereinigungskirche bestimmt nichts unversucht lassen würde, um eine Zeugenaussage Gabriellas zu verhindern. Im Augenblick vermuteten die Mirandisten sie wohl noch auf den Inseln, Gozo oder Malta. Aber früher oder später würden sie ihr wohl auf die Spur kommen. Die hatten garantiert ihre Spitzel, so wie diese Mona-Lisa Perès, an wichtigen strategischen Punkten, hier in Rom und auch sonstwo. Aufgrund der bei Yan Tung sichergestellten Unterlagen hatte man einige ihrer Stützpunkte ausheben können. Auf jeden Fall war es völlig ausgeschlossen, die Kleine nach Neapel zurückkehren zu lassen. Man mußte eine Lösung für sie finden, einen sicheren Zufluchtsort.
Laurence lag neben ihr auf der Seite, die Augen geschlossen, gleichmäßig atmend. Sollte sie eingeschlafen sein? Kiersten zögerte, sie anzusprechen. Sie wandte den Kopf und betrachtete die Sichel des Mondes, die zwischen dem Laub der Weide durchschimmerte. Schließlich sagte sie doch:
»Als ich Sie am Flughafen abholte heute morgen ... und an-

schließend bei der Herfahrt im Auto ... wir haben kaum ein Wort miteinander gesprochen.«
»War das denn nötig?« (In Laurences Stimme lag ein Lächeln.)
»Nein, sicher nicht! Ich habe dabei entdeckt, daß sich mit Ihnen zusammen gut schweigen läßt... Gewöhnlich versetzt mich Schweigen in einen Zustand der Spannung. Sogar bei Angehörigen ... vor allem bei meinem Vater!«
»Sie wirkten sogar verlegen, als Sie mich ihm vorgestellt haben ...«
Kiersten fühlte, wie sie rot wurde. Nein, in ihrem Alter! Wie gut, daß die Dunkelheit das verbarg. Nun mußte sie nur noch ihre Stimme in der Gewalt behalten, um antworten zu können, daß der Richter der Mensch sei, den sie auf der ganzen Welt am meisten bewundere und achte. Wegen seiner Geradlinigkeit ebenso wie wegen seiner Menschlichkeit ...
»Gleichwohl ist er ... etwas streng«, fügte sie hinzu. »In bestimmten Dingen hängt er sehr an den Vorstellungen vergangener Zeiten.«
»Ich habe ihn im Laufe des Nachmittags beobachtet. Da kam er mir aber ganz und gar nicht streng vor. Er bog sich gemeinsam mit Enrico und Luigi vor Lachen.«
»Er? Das hätte ich zu gern miterlebt. Sandrine wird dagewesen sein, nehme ich mal an ... Die war noch nicht drei, als sie ihn dazu brachte, auf allen vieren den brummenden Bären zu spielen. Das müssen Sie sich einmal vorstellen!«
Laurence murmelte etwas, das bedeuten konnte, daß sie sich das sehr wohl vorstellen könne. Das Herz war ihr zu schwer, um näher darauf einzugehen: Sie mußte an ihren eigenen Brummbären denken, ihren Vater, der sie ohne jede Vorwarnung vor kurzer Zeit verlassen hatte.
Nach einem nachdenklichen Schweigen sagte Kiersten, sie habe vorhin noch die Mädchen gesehen, und diese Verwandlung sei ja unglaublich. Keineswegs nur im Äußeren ...
»Was mich besonders verblüfft, ist die Feststellung, daß sie sich so rasch wieder von all dem erholt haben. Es wirkt ganz so, als ob nichts sie so beeindrucke wie die Tatsache, daß sie hier leben wie die Prinzessinnen – und dabei ist es doch kaum zwei Tage her, seit sie aus diesem Lagerhaus befreit wurden ... Ich glaube

fast, daß mir diese ganze Geschichte mehr zugesetzt hat als Sandrine.«

»Sie wird das erst später verarbeiten, wenn sie wieder in ihrer gewohnten Umgebung ist«, versicherte Laurence. »Ich kenne das!«

»Wenn das geschieht, werden Sie uns hoffentlich helfen, wachsam zu bleiben ... Übrigens, haben Sie sich mal ihre Narbe angeschaut?«

»Ja, das ist so gut wie nichts. Ich habe ihr gesagt, eine kurze Laserbehandlung würde völlig genügen, um das zum Verschwinden zu bringen. Aber sie hat mir geantwortet, sie denke gar nicht daran. Sie ist regelrecht stolz darauf!«

»Da verstehe ich sie ganz entschieden nicht! Trotzdem habe ich mich ihr noch nie so nahe gefühlt wie gerade jetzt. Aber leider schaffe ich es immer, stets die falschen Fragen im falschen Augenblick zu stellen! Es will mir einfach nicht gelingen, herauszubekommen, was sie *tatsächlich denkt* – sie weicht mir immer mit Banalitäten aus.«

»Dann muß man eben mit Banalitäten beginnen! Sie haben sich doch seit Jahren nicht mehr richtig unterhalten. Da ist das schwierig, für sie auch ... Wäre es nicht besser, statt sie auszufragen, ihr anzuvertrauen, was Sie, Sie selbst, *tatsächlich denken?*«

»Was ich über sie denke?«

»Aber nein! Über sich selbst ...«

Die Mondsichel dort droben begann sich zu verstecken. »Ich will jetzt nicht schon wieder damit anfangen«, sagte sich Kiersten. »Gestern auf dem Schiff, nun gut! Aber nicht jetzt und nicht hier!« Sie fühlte, wie ihr die Tränen über die Wangen liefen. War es das, was Teddybär gemeint hatte, als er sie ermuntert hatte, »es kommen zu lassen«?

Sie streckte den Arm aus, fühlte das Gras daran kitzeln und fand eine Hand, sie sich ihr entgegenstreckte.

Sandrine hatte rasch erraten, daß der ihr vorgeschlagene Ausflug einem ganz bestimmten Zweck diente. William MacMillan hatte ein paar früher erlernte Brocken Italienisch ausgegraben, um Paolo, Buliones Chauffeur, einige Anweisungen zu geben. Dazu hatte er den Namen eines Hotels auf einen Zettel geschrieben,

aber die Antwort erhalten, dieses gebe es schon seit einer Reihe von Jahren nicht mehr. Nun gut, die Via Donatello sei ja wohl noch nicht verschwunden, oder? Wenn er ihn dorthin bringe, würde er seinen weiteren Weg schon finden.
Der Fahrer setzte sie im Herzen eines ruhigen, gepflegten Viertels ab. In der schon vor Wärme vibrierenden Morgenluft hörte man Glocken. Kleine Gruppen von Gläubigen strebten einer alten Kirche zu, die eingerüstet war.
Der alte Herr und seine Enkelin gingen in der Gegenrichtung davon, in gebührendem Abstand folgte ihnen ein Leibwächter. Alsbald kamen sie auf einen malerischen kleinen Platz mit einem hübschen Brunnen in seiner Mitte.
»Hier sind wir«, murmelte der Richter erleichtert. »Ich hatte schon gefürchtet... Aber nein, es ist unglaublich: Nicht das geringste hat sich verändert!«
Mit einer Handbewegung forderte er das Mädchen auf, sich neben ihn auf eine alte Steinbank zu setzen, die an einer Wand stand, die mit kleinen Marmortafeln bedeckt war: alte Votivtafeln, welche durch Witterung und Moos nur noch teilweise lesbar waren.
»Zum ersten Mal bin ich in Rom auf meiner Hochzeitsreise gewesen«, sagte er, ohne seine Rührung zu verbergen. »Im Laufe eines Spaziergangs hat sich Gwen hingesetzt, genau da, wo du jetzt sitzt. Und sie hat mir verkündet, daß sie schwanger sei...«
»Du sagst das, als ob es eine Überraschung für dich gewesen sei!«
»Nun ja, wir hatten nicht so ganz abgewartet«, räumte er mit einem kleinen versonnenen Lächeln ein, das zu seinem ernsten Gesicht fast etwas in Widerspruch stand. »Nach der Rückkehr ins Hotel haben wir uns dann auf die Vornamen geeinigt: Kiersten für ein Mädchen, Victor für einen Jungen...«
Sandrine hatte ein Gefühl des Unwirklichen bei dem Gedanken daran, daß hier auf dieser Bank eine ihr ganz unbekannte Frau ihrem jungen Ehemann ein Geheimnis anvertraut hatte, das auf mysteriöse Weise über die Zeit hinweg mit ihrem eigenen Schicksal verbunden war.
»Hättest du lieber einen Sohn bekommen?«
Sandrine hatte ihre Frage ohne jeden Hintergedanken gestellt. Dem nun eintretenden Schweigen konnte sie allerdings schon

entnehmen, daß sie wohl eine andere Antwort erhalten würde, als sie eigentlich erwartet hatte.
»Ich hätte schon gerne einen Sohn gehabt, das stimmt. Deine Frage trifft es also zwar nicht ganz, aber im Kern ist sie richtig: Ich wäre wohl sicher für einen Sohn ein besserer Vater gewesen...«
»Das ist das erste Mal, daß du mir *wirklich* aus deiner Vergangenheit erzählst... Jetzt verstehe ich auch, warum Gabriella nicht mitkommen sollte.«
»Ja, ich wollte dich tatsächlich für mich alleine haben. Ich hatte solche Angst, dich zu verlieren, Sandrine. Es war schrecklich für mich, solange warten zu müssen... Nichts zu wissen, nichts tun zu können trotz der Stellung, in der man ist... Welche Qual, und auch welche Lektion! Unter all den Gedanken, die mich umtrieben, ist es besonders einer... Ach, wie soll man das in einfachen Worten ausdrücken? Ich habe mir gesagt, daß du eigentlich kaum etwas weißt von mir, von mir als Mensch, von meiner Tätigkeit, meinen Überzeugungen...«
»Wenn du mir früher davon erzählt hättest, hätte ich das wahrscheinlich noch gar nicht verstanden«, versicherte sie, ihm ins Gesicht schauend. »Heute ist das anders. Du kannst dir nicht vorstellen, wie sehr ich mich verändert habe.«
»Sie hat die gleichen Augen wie Gwendolyn«, dachte der Richter. Um seine Hände zu beschäftigen, holte er die Pfeife und seinen Tabaksbeutel hervor.
»Da täuschst du dich aber! Das fiel mir sofort auf, im ersten Moment, als ich dich hier sah! Wolltest du mehr darüber erzählen?«
»Ich weiß gar nicht, wo ich anfangen soll... Bisher habe ich mich für den Nabel der Welt gehalten und hatte zu allem eine feste Meinung. Ich wußte nicht einmal, daß ich eigentlich gar nichts wußte. Und jetzt habe ich den entmutigenden Eindruck, daß ich meine Zeit vergeudet habe... Kannst du das verstehen?«
Der Daumen MacMillans, der den Tabak in den Pfeifenkopf drückte, verharrte für einen Augenblick regungslos.
»Ich denke schon. Nur daß in meinem Alter eine Bilanz der verlorenen Zeit noch weit gewichtiger ist als in deinem... Und was gedenkst du zu tun, um diese Zeit wieder einzuholen?«
»Ich werde wieder bei Null anfangen! Nun ja, ein bißchen komplizierter ist es schon. Sieh mal, ich fürchte mich ziemlich vor der

Rückkehr nach Mont-Laurier... Ich werde mich dort wie eine Fremde fühlen, selbst meinen besten Freundinnen gegenüber... Wir werden uns nichts mehr zu sagen haben. Ich geb' dir mal ein Beispiel, damit du siehst, was ich meine: Bei uns im Supermarkt ist Obst und Gemüse in Zellophan eingeschweißt...«

»Glaube ich dir aufs Wort! Und weiter?«

»Du kannst in diesem ganzen Supermarkt herumlaufen, ohne irgendwas zu riechen. In diesem Lagerhaus dort dagegen habe ich gelernt... Aber lassen wir das, reden wir lieber über Gabriella. Die geht nicht mehr in die Schule, seit sie elf ist. Und sie ist eine Prostituierte! Hast du das gewußt?«

»Sie ist ein armes kleines Ding, das man zur Prostitution gezwungen hat. Das ist etwas ganz anderes. Du solltest dich vor Etikettierungen hüten...«

»Einverstanden! Aber du solltest wissen, daß mir das nichts ausmacht. Du kannst dir ja gar nicht vorstellen, was die alles weiß! Ich rede jetzt nicht von sexuellen Dingen, obwohl... Nein, ich meine über das Leben ganz allgemein. Ich bin mir so dumm vorgekommen neben ihr! Die errät die Dinge, ohne daß man ihr auch nur eine Andeutung machen muß...«

Ohne jede Vorwarnung brach Sandrine plötzlich in Tränen aus. Sie lehnte sich verlegen an den alten Richter und verbarg ihr Gesicht an seiner Schulter. Er sagte kein einziges Wort, ließ sie weinen und streichelte ihr lediglich über das Haar. Schließlich faßte sie sich wieder und richtete sich schniefend auf.

»Verzeih bitte...«

»Was denn?« fragte er und reichte ihr ein Taschentuch. »Verzeihen... einen Vertrauensbeweis?«

Zwei Frauen gingen über den Platz, schwarz gekleidet, Spitzentücher über dem Haar. Sie warfen den beiden im Vorübergehen einen langen, ernsten Blick zu.

»Ich habe dort unten Dinge gesehen, da rede ich mit dir lieber gar nicht darüber«, fuhr Sandrine mit zitternden Lippen fort. »Kiersten kennt doch da jemanden in Ottawa, einen Psychiater... Sie meint, daß er mir helfen könnte, all das zu vergessen. Meinst du, das wäre möglich?«

»Nein! Vor allem ist es gar nicht wünschenswert. Geh mal lieber davon aus, daß deine Mutter sich mißverständlich ausgedrückt hat. Ich weiß auch, wen sie gemeint hat: den Dr. Paddington. Das ist wiederum eine sehr gute Idee. Denn du mußt *reden* über das, was dort geschehen ist – und das ist genau das Gegenteil von Vergessen!«

»Reden darüber, damit *was* geschieht?«

»Damit *überhaupt etwas* geschieht eben! Du bist in Berührung gekommen mit dem Bösen – dem absolut Bösen an sich! Das zu vergessen, würde bedeuten, seine Existenz zu verneinen, und das würde deine Seele so verletzen, daß sie nicht mehr normal funktionieren könnte. Du wirst jetzt vielleicht finden, daß ich rede wie ein Pfarrer ...«

»Nun ja, ein wenig schon!«

»Tut mir leid, aber das Thema ist nun einmal wirklich schwierig. In seinem *Seidenen Schuh* zitiert Claudel als Motto ...«

»Claudel?«

»Ein französischer Dichter und Dramatiker, Paul mit Vornamen. Habt ihr über den in der Schule nie gesprochen?«

»Nein, wir haben uns mit den *Schwägerinnen* von Michel Tremblay beschäftigt. Also, was ist nun mit diesem *Seidenen Schuh*?«

»Bleiben wir mal bei dem erwähnten Motto. Es ist ein spanisches Sprichwort, das sinngemäß lautet: ›Man muß nicht immer gleich mit dem Schlimmsten rechnen.‹ Ich dagegen frage mich, ob nicht heute vielmehr die ›Menschen guten Willens‹ tatsächlich auf das Schlimmste gefaßt sein und sich darauf einstellen müßten ...«

MacMillan hatte das Gefühl, daß die Halbwüchsige ihm nicht mehr zuhöre, und es bekümmerte ihn. Er warf sich vor, nicht die richtigen Worte gefunden zu haben, um sich ihr verständlich zu machen. »Ich möchte mit ihr nicht die gleiche Entfremdung erleben wie mit Kiersten. Aber wie kann ich ihr das nur begreiflich machen, ohne sie zu verschüchtern?«

Sie nahmen schweigend ihren Spaziergang wieder auf. Fühlte ich Sandrine belästigt durch die, wenn auch zurückhaltende, ständige Beobachtung durch ihren »Schutzengel«? Jedenfalls war ihr etwas unbehaglich zumute, was an den Blicken zu bemerken war, die sie immer wieder einmal über die Schulter warf. Zweimal hatte sie inzwischen zum Reden angesetzt, war aber über einen tiefen Seufzer nicht hinausgekommen.

»Ich höre, wie es bei dir denkt«, sagte der Richter.
Sie hob den Arm, rupfte eine Blume aus der Hecke, die neben dem Gehsteig verlief, und begann zerstreut die einzelnen Blütenblätter abzuzupfen. Dann entschloß sie sich, die Gelegenheit beim Schopf zu fassen.
»Du kennst diesen Psychiater?«
»Dem Namen nach jedenfalls. Warum?«
»Mama war bei ihm in Behandlung. Aber nicht aus dem Grund, den du annimmst...«
»Ich nehme gar nichts an. Dr. Paddington wird vom gesamten Personal der GRC aus den unterschiedlichsten Gründen konsultiert.«
»Ihre Besuche bei ihm hatten nichts mit ihrer Arbeit zu tun. Man hatte Krebs im Anfangsstadium bei ihr festgestellt, darum ging's! Sie ist ohne Operation davongekommen, nur mit Chemotherapie. Sie hat mich heute früh geweckt unter dem Vorwand, mit mir den Sonnenaufgang über dem Tiber zu betrachten. In Wirklichkeit wollte sie mir dieses Geheimnis anvertrauen. Dir erzähle ich es nur deshalb weiter, weil sie ja schließlich deine Tochter ist. Aber ich würde an deiner Stelle so tun, als wüßte ich nichts davon!«
Der alte Herr versicherte ihr, daß er ihren Rat beherzigen würde. (Vor zwei Jahren hatte bei einem gemeinsamen Essen im Universitätsclub Kiersten für einen Augenblick ihr Medikament auf dem Tisch liegen lassen, während sie darauf wartete, daß Francesco Wasser brachte. Er hatte heimlich dessen Namen gelesen; wenig später hatte er einen befreundeten Arzt angerufen, und dessen Auskunft hatte ihm die Augen geöffnet über den tatsächlichen Anlaß für Kierstens kurzen Klinikaufenthalt und die wahre Natur dieser angeblichen »Zyste unter der Achsel«.) Er wollte seine Enkelin gerade darauf aufmerksam machen, daß es seit langer Zeit wieder das erste Mal gewesen sei, daß sie von Kiersten als »Mama« gesprochen habe; doch als er sah, wie sie nachdenklich das Gesicht verzog, ließ er es sein. »Sie schleicht wie die Katze um den heißen Brei«, dachte er. Und schlagartig ging ihm auf, was sie ganz offensichtlich so beschäftigte.
»Sie bemüht sich, mir wieder näherzukommen«, fuhr Sandrine fort. »Ich könnte mir nichts Schöneres wünschen, auch wenn es

nicht immer einfach ist. Und Laurence ermutigt sie, das ist ganz sicher, zu dieser Anstrengung. Was hältst du denn von ihr!«

»Von Laurence?«

»Ich meinte eigentlich diese Anstrengung. Aber wenn wir schon dabei sind ... Es ist immerhin ein bißchen komisch ...«

»Ihr Verhältnis zueinander soll komisch sein?«

»Hör schon auf, du weißt doch genau, was ich sagen will! Und glaub vor allem nicht, daß es mich stört! Ich wußte lediglich nicht, daß meine Mutter auf Frauen steht.«

Der Richter blieb stehen und schaute Sandrine so lange eindringlich an, bis deren herumirrender Blick sich von seinen grauen Augen festhalten ließ.

»Ob deine Mutter ›auf Frauen steht‹, entzieht sich meiner Kenntnis«, sagte er. »Dagegen besteht in der Tat nicht der Schatten eines Zweifels daran, daß sie diese Laurence sehr gern hat. Und ich finde, daß es sogar das beste ist, was ihr seit Jahren begegnet ist. Diesmal möchte ich dir empfehlen, so zu tun, als hättest du nichts gemerkt, und abzuwarten, bis sie selbst etwas zu dir sagt.«

Ein Ausdruck, der ihn wieder sehr an Gwendolyn erinnerte, huschte wie ein Schatten über das ausdrucksvolle Gesicht des Teenagers.

»Jetzt gibst du's mir aber prompt zurück!« entgegnete sie. »Aber es ist völlig okay, weil ich zweihundertprozentig deiner Meinung bin.«

Ihr Rückweg führte sie zur anderen Seite der eingerüsteten Kirche. Das erschien bei dem Gewirr der schmalen, so gut wie verlassenen und abwechselnd in der Sonne und im Schatten liegenden Gassen, durch welche ihr Spaziergang sie geführt hatte, wie ein Zufall. Aus der Kirche hörte man Gesang, begleitet von einer offensichtlich etwas kurzatmigen Orgel.

Sandrine mochte vielleicht sieben oder acht Jahre alt gewesen sein, als sie zuletzt an der Seite ihres Großvaters, Seiner Ehren Richter William MacMillan, dahingeschritten war, ihre Hand in der seinen – so wie eben jetzt.

»Wen ich es recht bedenke«, sagte sie leise, »redest du eigentlich nicht wie ein Pfarrer. Nein tatsächlich: überhaupt nicht! Und außerdem, daß du es nur weißt: Ich mag dich total gern!«

Die Einrichtung von Enrico Bugliones großem Büro stand in starkem Gegensatz zu der sonst den Orsini-Palais beherrschenden betonten Schlichtheit. Sie war geprägt von Großzügigkeit und bewußter Repräsentation. Die Wände waren vom kunstvoll intarsierten Parkettboden bis zu der prunkvollen Stuckdecke mit durchgehenden Regalen aus dunklem Mahagoni besetzt. Die dort aufgestellten frühen Wiegendrucke, eine einzigartige Sammlung von Unikaten, wurden von kleinen Deckenstrahlern angeleuchtet. Auf einer langen Kredenz vor dem Fenster lagen wertvollste Sammlerstücke jeglicher Art in vorgetäuschter Unordnung, als ob sie auf Inventarisierung oder Sortierung warteten, zu der es doch niemals kommen würde.
In dieser Schatzhöhle Ali Babas standen auch zwei große Fernseher, deren Anachronismus schon fast etwas Bedrohliches an sich hatte. Die Vorhänge waren zugezogen, doch die beiden Flügel der hohen Fenstertür zur Galerie hinaus standen weit offen. So konnte sich der Blick vom Bildschirm lösen und aus dem Halbdunkel des Raums in den sonnenbeschienenen Park schweifen. Dort schienen die hundertjährigen Bäume aus der Entfernung mit ihren Zweigen beruhigende Signale zu geben.
Man hatte Sessel in einem Halbkreis aufgestellt; Kiersten war jedoch zu aufgeregt, um sich zu setzen. Gerade war Luigi Sanguinetti mit alarmierenden Neuigkeiten eingetroffen: An den Eingängen zum Giuseppe-Lombardi-Stadion hatte die Polizei von Neapel Hunderte Liter Benzin beschlagnahmt, die man in Behältnissen aller Art transportiert hatte. Außerdem hatte man Spiritus in Thermoskannen und Kerosin in Trinkflaschen gefunden.
Auf dem linken Fernsehschirm erschienen nun Bilder aus dem Innenraum des überdachten Stadions. Sie waren beeindruckend: Um die zwölftausend Mirandisten hatten sich hier versammelt und erwarteten in schweigender Versunkenheit die Verkündigung der Fünften Offenbarung. Alle verharrten in der Laurence und Lydia so gut bekannten Haltung des »Opferangebots«: den Kopf geradegerichtet, die Arme vom Körper weg leicht vorgestreckt, die offenen Handflächen nach oben. Bereit zur »Planetarischen Kommunion«, waren die Jünger einer riesigen Leinwand zugewandt, auf welcher El Guía Supremo erscheinen sollte, so-

bald auf der Insel Gozo die Sonne ihren höchsten Stand erreicht haben würde. Die meisten von ihnen hatten von einer Sondergenehmigung des Meisters Gebrauch gemacht und sich die Augenbrauen entfernen lassen.
Der rechte Fernseher war auf den Kabelempfang des Programms der Vereinigungskirche eingestellt, das über Satellit übertragen wurde. Auch hier war eine Menge von Gläubigen im Gebet zu sehen; doch sie waren auf dem großen Platz des Heiligtums in Xaghra versammelt. Luigi Sanguinettis Augen hingen gebannt am Bildschirm, seine Lippen bewegten sich unaufhörlich: Er führte Selbstgespräche. Rechts von ihm warf Buglione einen Blick auf seine Uhr.
»Noch drei Minuten!« stieß er zwischen den zusammengepreßten Zähnen hervor. »Wenn es diesem Thierry tatsächlich gelingen sollte, die Ausstrahlung zu verhindern, läßt er sich damit jedenfalls bis zur letzten Sekunde Zeit! Logisch!«
»Und dann?« rief Lydia mit angstvollem Zweifel aus, der an ihr überraschte. »Wenn man D'Altamiranda den Ton abdreht, wird er doch zum Märtyrer! *E vero!* Schaut euch doch mal seine Anhänger an: Die warten doch auf nichts anderes, um sich zu entflammen!«
Kiersten wandte sich um und warf ihr einen entnervten Blick zu. Sandrine und Gabriella standen weiter hinten im Büro. Man hörte sie miteinander tuscheln und gelegentlich kichern. Laurence wiederum saß etwas abseits. Was dort in Malta oder in Neapel geschah, interessierte sie weit weniger als das Verhalten der Leute hier in ihrer unmittelbaren Umgebung. Sie konnte deren Seelenzustände mit fast schmerzhafter Intensität nachempfinden und fragte sich für einen Augenblick, ob nicht vielleicht Fjodor Gregorowitsch insgeheim seine seltsame Fähigkeit der Empathie auf sie übertragen habe.
»Es ist soweit«, murmelte William MacMillan. »Jetzt geht's richtig los!«
Miguel D'Altamiranda erschien in einer weißen Dschellaba unter dem Portal des alten Johanniterklosters. Von zwölf Geweihten geleitet, schritt er über die von einer Steinbalustrade eingefaßte Terrasse. Dann stieg er majestätisch gemessen allein die sieben Stufen der großen Rotunde hinauf, welche die Gärten des Heilig-

tums überragte. Er ließ einen Blick voller Schmerz und Mitleid über die versammelte Menge schweifen. Die Kamera zoomte ihn näher heran, das Bild erstarrte. Man würde also diese Fünfte Offenbarung in der gleichen Weise ausstrahlen wie die vorhergehenden: Der Redner würde, nach amerikanischem Vorbild, die gesamte Bildfläche beherrschen bis zum Ende seiner Verkündigung. Es war offenkundig, daß man diese Kameraeinstellung gewählt hatte, um die Ausstrahlungskraft El Guías zu voller Wirkung kommen zu lassen. Noch hatte er kein einziges Wort gesprochen, als in Neapel die Teleobjektive der dortigen Kameras schon die entrückten Gesichter im Stadion zeigten.
Laurence drehte sich um, als sie eine Luftbewegung in ihrem Nacken spürte. Gabriella stand mit weit aufgerissenen Augen hinter ihr. Auf sie verfehlte offenbar der charismatische Einfluß des Patriarchen seine Wirkung. Sie verzog schmerzlich das Gesicht und drückte in einer impulsiven Geste ihre Faust gegen den Mund. Dann richtete sie sich hoch auf, wie um einen Fluch abzuschütteln, und rannte, Sandrine auf den Fersen, eilends hinaus.
Laurence zögerte noch, ihnen zu folgen. Sie beobachtete Kiersten, die sich mit gequältem Gesichtsausdruck in ihren Sessel drückte. D'Altamiranda hatte zu sprechen begonnen. »Ich kann das nicht ertragen«, gestand sie sich ein, gegen ein Unwohlsein ankämpfend. Sie erhob sich geräuschlos und verließ das Büro. In Maghrabi hatte sie gelernt, daß auch die Flucht eine kühne Tat sein konnte.

Gabriella saß am äußersten Ende der Galerie mit versteinertem Gesicht auf einer Stufe. Sandrine versuchte, unglücklich und verstört, sie zum Reden zu bringen.
»Sie sagt, daß D'Altamiranda jetzt gewonnen habe!« erläuterte sie Laurence, die zu den beiden getreten war. »Er hat ihr Schlimmes angetan, ich wage gar nicht, Ihnen davon zu erzählen ...«
»Das ist auch nicht nötig, ich weiß darüber Bescheid.«
»Wenn ich sie wenigstens zum Weinen bringen könnte! Das würde sie erleichtern ...«
»Glaubst du? Es ist vielleicht noch zu früh für Tränen ...«
»Was aber dann?«
»Geh mit ihr tief in den Park hinein. Und bring sie dort dazu, aus

voller Kehle zu schreien! Notfalls mußt du ihr zeigen, wie das geht.«

»*Schreien?* Aber wie? Ich weiß nicht, ob ...«

»Dann lernt ihr es eben gemeinsam. Schwierig ist nur der Anfang: Man muß erst einmal den Pfropfen lösen. Dann kommt es von alleine: die Wut und die Auflehnung! Du wirst schon sehen ...«

»Einverstanden, ich habe begriffen! Man kann es ja immerhin versuchen. Übrigens wollte ich Ihnen sagen ...«

Es folgte ein Schweigen.

»Ja?«

»Nichts! Es ist wohl kaum der rechte Moment dafür ...«

Kiersten tauchte in der geöffneten Fenstertür auf. Sie machte Laurence Zeichen, daß sie ins Büro zurückkehren solle. Schnell!

»Das müssen Sie gesehen haben!« beteuerte sie, ihr entgegeneilend. »Da spielt sich Unglaubliches ab!«

Laurence spürte sofort, als sie hinter ihr wieder in den Raum trat, daß die Stimmung der Menschen hier sich völlig verändert hatte. Die Niedergeschlagenheit war einer Mischung aus ungläubigem Staunen und Erleichterung gewichen. Sanguinetti, Buglione, Lydia und MacMillan hatten sich in ihren Sesseln vorgebeugt und verfolgten mit weit vorgereckten Köpfen gebannt die Bilder, die da vor ihnen abliefen.

Was geschah da in Neapel im Giuseppe-Lombardi-Stadion! Die dort versammelte Menge war unverkennbar von einer Woge der Verunsicherung erfaßt, einem erschreckten Unbehagen, das sich rasch verstärkte. Das Schweigen war nicht mehr ungestört, die Versenkung war deutlich gelockert, man wechselte fragende, beunruhigte Blicke. Der Bann der ersten Minuten zerbröckelte allmählich, aber unaufhaltsam.

»Der große Guru ist heute nicht in Form«, murmelte Lydia.

»Das ist noch das mindeste, was man dazu sagen kann«, bestärkte Kiersten sie. »Da merkt man sofort, daß Jean-Louis Becker fehlt, der sonst die Fäden in der Hand gehalten hätte. Vielleicht ist das eine Erklärung dafür!«

»Das glaube ich nicht«, meinte Buglione. »Der wahre Meister ist ja doch D'Altamiranda selbst. Nein, da muß noch was anderes sein ...«

»Er scheint selbst nicht überzeugt zu sein von dem, was er da

sagt«, gab Richter MacMillan nachdenklich zu bedenken. »Das steht in heftigem Widerspruch zu allem, was ich bisher über ihn gehört habe ... Wenn es eine Zeugenaussage wäre, würde kein Gericht der Welt ihm auch nur ein Wort glauben.«
»Schaut ihn euch an!« rief Laurence erregt. »Der lügt mit jedem Atemzug! Das ist unmöglich!«
Kiersten fuhr zusammen und schaute zu dem zweiten Fernsehschirm hinüber. Die Großaufnahme El Guía Supremos ließ keinen Zweifel. Seine Züge hatten einen Anflug von Verschlagenheit und Falschheit – nur geringfügig zwar, aber doch unübersehbar. Und was seine tiefe Stimme betraf, erweckte auch sie nicht mehr absolutes Vertrauen und unbedingte Hingabe, ganz im Gegenteil. Instinktiv wurde man durch sie weit eher zu Mißtrauen gegenüber dem Heiligen und seiner Beschwörung der universellen Brüderlichkeit veranlaßt.
»Che vuole dire?« fragte Lydia. »Was heißt ›unmöglich‹?«
»D'Altamiranda ist felsenfest vom Wahrheitsgehalt seiner Verkündigungen überzeugt«, antwortete Laurence. »Darin genau liegt seine Kraft! Sie haben ihn doch zu gleicher Zeit erlebt wie ich, Sie müssen doch wissen, was ich meine!«
Kiersten stieß einen dumpfen Laut aus und holte dann mit verklärtem Gesicht tief Luft, als ob sie zu heftigem Gelächter ansetze. Dann jedoch begnügte sie sich mit einem erstickten Glucksen.
»Das darf doch nicht wahr sein! Nein, das wäre einfach zu schön! Aber ja, tatsächlich! Wartet doch mal, ihr werdet gleich ...«
»Sei mal einen Augenblick still!« bat Lydia, die Hand hebend. »Habt ihr das auch gehört?«
Durch die offene Flügeltür drangen aus dem Park zu ihnen, die jetzt alle verstummt waren, laute Schreie herein.
Sanguinetti sprang auf und wollte blitzschnell hinauslaufen. Laurence hinderte ihn rasch daran, indem sie ihm in wenigen Sätzen von dem Heilmittel berichtete, das sie den beiden Mädchen empfohlen hatte.
»Die Sicherheitsbeamten werden rennen wie verrückt«, meinte Enrico Buglione und mußte sich ein Grinsen verkneifen.
»Ein Verrückter war ja schon dabei, das zu tun!« entgegnete Sanguinetti und preßte sich die Hand auf das pochende Herz.
»Ihr verpaßt noch das Beste!« rief MacMillan und deutete mit

dem Mundstück seiner Pfeife auf den Bildschirm. »Den Anfang vom Ende ...«

In Neapel waren die ersten Mirandisten schon aufgestanden, hatten sich aus der Menge gelöst und strebten dem Ausgang zu.

»Also, wo bleibt denn jetzt deine Erklärung?« fragte Lydia atemlos.

Kiersten hielt es nicht mehr an ihrem Platz. Sie drehte den Ton der Fernseher leiser, denn El Guías Fünfte Offenbarung interessierte jetzt niemanden mehr.

»Also, ›er lügt mit jedem Atemzug‹, wie Laurence soeben sagte«, begann sie und schaute dabei die letztere an. »Bei dieser Bemerkung ist bei mir der Groschen gefallen! Denn Thierry Bugeaud hat genau diesen Ausdruck verwendet, als er mir erstmals seinen Pinocchio bei der Arbeit vorführte. Über dessen Grundfunktionen habe ich euch ja schon kürzlich berichtet, ohne auf Details einzugehen. Sagen wir vereinfacht, daß das Programm die Videoaufnahme einer persönlichen Erklärung abtastet – Stimmschwankungen, Redeweise, Gesichtsausdruck usw. Dabei registriert es schon die geringfügigsten Abweichungen und kann so erkennen, ob jemand die Wahrheit sagt oder ob er bewußt lügt ...«

Luigi trug seinen Ehrennamen *alter Fuchs* nicht umsonst; vor allen anderen hatte er bereits jetzt begriffen, worauf Kiersten hinauswollte. Dennoch verhehlte auch er seine Verblüffung nicht.

»Ein Teufelskerl, Ihr Thierry! Der hat den Ablauf umgekehrt!«

»Pinocchio arbeitet ja aufgrund digitalisierter Eingaben«, bestätigte sie mit einem Kopfnicken. »Theoretisch kann er die natürlich nach Belieben verändern ... Wie ihm das aber praktisch während einer Direktübertragung möglich war, begreife ich, das muß ich zugeben, selbst nicht recht ...«

Richter MacMillan unterbrach seine Tochter und faßte sie an der Hand – eine für ihn überraschende Geste. Suchte er eine Stütze, einen beruhigenden Halt? Er wandte sich wieder dem Bildschirm zu.

»Laß mich das mal wiederholen, um sicherzugehen«, sagte er mit ernster Stimme. »Was ich hier sehe, ist also nicht Realität, stimmt das? Wir alle hier sind davon überzeugt, daß dieser Mann da uns zu täuschen versucht, aber dieser Eindruck ist das Ergebnis einer

technischen Manipulation seiner Stimme und seines Gesichtsausdrucks. Ist das richtig so?«
Lydia antwortete mit funkelnden Augen an Kierstens Stelle:
»Thierry hat die Fähigkeiten von Pinocchio eingesetzt, um El Guías wahres Gesicht zu zeigen. *Per togliere la maschera!*« – Um ihm die Maske herunterzureißen!
»Um ihm eine Maske *aufzusetzen*, wollen Sie wohl sagen!« korrigierte MacMillan sie.
»Dieses Programm wurde hier ganz im Gegensatz zu seiner ursprünglichen Bestimmung, die Spreu vom Weizen zu trennen, eingesetzt. Wir sehen hier das Ergebnis: Es entdeckt keine Lügen mehr, sondern es erzeugt sie! Und das mit wahrhaft teuflischer Wirksamkeit ...«
Schweigen trat ein, und alle Blicke wandten sich wieder D'Altamiranda auf dem Bildschirm zu. Und was immer er noch verkünden würde, und obwohl es nun klar war, daß das, was man hier sah, nicht der Wirklichkeit entsprach – jeder reagierte darauf mit tiefem Mißtrauen und mit Ablehnung.

Unaufhaltsam breitete sich die Dämmerung um den ehemaligen Palais der Orsini aus. Das Zirpen der Grillen verlieh dieser Stunde etwas Zeitloses. Laurence wußte, daß die Hitze des Nachmittags noch bis spät in den Abend hinein anhalten würde. Allein mit sich auf der Terrasse, wunderte sie sich dennoch, daß selbst die Strahlen der gerade untergehenden Sonne noch Wärme abgaben. Dieser längste Tag würde sich Zeit damit lassen, zu enden.
Kiersten, Lydia und Sanguinetti waren nach dem Abendessen gegangen, um sich mit den übrigen Leuten von Casus Belli zu treffen. Sie mußten eine Bilanz dieses Sonntags ziehen, der wahrlich anders gewesen war als alle übrigen, und Entscheidungen über Sofortmaßnahmen treffen.
Die Große Planetarische Kommunion war zum irreparablen Fiasko für die Vereinigungskirche geworden. Sicher, neunzigtausend Mirandisten in zwölf Ländern hatten sich versammelt, um die apokalyptische Botschaft ihres Propheten zu hören. Doch dank des vorsorglichen Einsatzes der Polizeikräfte und der verdeckten Maßnahmen Thierry Bugeauds hatte sich das Schlimmste vermeiden lassen. Man war sehr froh darüber – Laurence

vielleicht mehr noch als alle anderen –, ohne jedoch in Jubel auszubrechen: Immerhin hatten sich siebzehn Jünger nicht davon abhalten lassen, die »Große Kosmische Reise« anzutreten. Ganz abgesehen von den schlimmen Geschehnissen in Xaghra selbst... Denn im Heiligtum waren die Jünger dem allgewaltigen Einfluß El Guía Supremos schutzlos ausgeliefert. Letzterer hatte sich selbst übertroffen und einen Teil seiner Zuhörerschaft in einen wahren kollektiven Trancezustand versetzt. Dann hatte er sich zurückgezogen, seine Anhänger dazu aufrufend, ihm beim Überschreiten der Letzten Schwelle der Entsagung zu folgen.

Die Jünger hatten daraufhin eine große Plane am Fuß der Terrasse entfernt, unter der gut hundert Benzinkanister verborgen waren. Die Geweihten, die vorher D'Altamiranda geleitet hatten, hatten sich um die Rotunde herum niedergesetzt. Man hatte sie jeweils mit vielen Litern Benzin übergossen, dann hatte sich Argos in der Mitte ihres Kreises niedergelassen, in der Hand einen langen Stab wie eine Hellebarde, an dessen oberem Ende eine Fackel loderte. Diese hatte er ohne jede Hast nacheinander jedem dieser Apostel auf die linke Schulter gesenkt. Während das Feuer ihre Körper verzehrte, hatte er mit einer großen Geste jene Gläubigen, die ihnen bei ihrer Astralen Verklärung folgen wollten, eingeladen, heranzukommen.

Sechsundfünfzig Mirandisten waren seinem Ruf gefolgt, keiner von ihnen hatte überlebt. Die Zahl der Opfer wäre zweifellos erheblich geringer gewesen, wenn die Polizeikräfte früher und in größerer Zahl eingegriffen hätten. Es war unverkennbar, daß die maltesischen Behörden taub geblieben waren gegenüber den Warnungen von Interpol. In Valletta war eine Regierungskrise ausgebrochen, und der Premierminister hatte seinen Rücktritt angeboten.

Bei Ankunft der Polizei hatten sich jene Geweihten, die ihren Genossen nicht in den Feuertod gefolgt waren, in der alten Kapelle verbarrikadiert und Zyankali geschluckt. Argos hatte man in den Räumen El Guías gefunden, eine Kugel im Herzen und eine zweite im Kopf. Niemand von der gesamten Priesterkaste hatte überlebt, ausgenommen ein junger Inder, den man in einem verschlossenen Raum der Kommunikationszentrale gefunden hatte.

Er hatte versucht, seinem Leben ein Ende zu bereiten, indem er sich die Pulsadern aufschnitt.
El Guía selbst hatte man überall vergebens gesucht. Der Prophet der Vereinigungskirche, der Höchste Führer, der Wächter über die reine Lehre, der Große Erlöser war getürmt.

Die bläulichen Schatten verschluckten das letzte Leuchten des Tages.
»Kiersten hat angerufen«, erklang die Stimme William MacMillans. »Entschuldigen Sie bitte, ich wollte Sie nicht aufschrecken.«
»Ich hörte Sie nur nicht kommen«, sagte Laurence, sich umwendend. »Was gibt es?«
»Nachrichten von Jasmine – ermutigende! Es gelang ihr, Malta unbehelligt zu verlassen, in einem Privatflugzeug, das ein amerikanischer Nachrichtensender ihr zur Verfügung stellte – gegen die Zusage eines Exklusivinterviews ... Thierry Bugeaud begleitet sie, beide sind mit heiler Haut davongekommen, wie es scheint. Sie sollen in etwa einer Stunde in Fiumicino landen.«
Der alte Herr verstummte, betrachtete die junge Frau verstohlen und fragte dann mit gesenkter Stimme, ob sie lieber allein sein wolle.
»Achten Sie bitte nicht darauf!« antwortete sie und wischte sich die Augen. »Es ist die Erleichterung, und wohl auch die Erschöpfung ... Ob ich allein sein wolle, fragten Sie? Aber nein, im Gegenteil. Und wenn ich Sie noch um einen weiteren Gefallen bitten dürfte: Stecken Sie sich doch bitte eine Pfeife an!«
»Wenn es weiter nichts ist!« sagte er, wenn auch überrascht, und holte seinen alten ledernen Tabaksbeutel hervor. »Gibt es einen besonderen Grund dafür?«
»Nein! Ich finde es einfach beruhigend ...«
Im Halbdunkel konnte sie erkennen, daß er sich lächelnd gegen die steinerne Balustrade lehnte. Hatte nicht jemand behauptet, er sei streng?
Es breitete sich ein langes, aber herzliches und freundschaftliches Schweigen zwischen ihnen aus. Dankbar schloß sie die Augen. Bald hörte sie das Anreißen eines Streichholzes, das leise Knistern des sich entzündenden Tabaks, und ein würziger Duft breitete sich aus.

»Kiersten sollte einmal versuchen, mit ihm gemeinsam zu schweigen, wenigstens einmal! Sie könnte sich auf Überraschungen gefaßt machen!«

»Ich habe Sie während des Mittagessens beobachtet«, sagte er schließlich. »Sie haben sich der allgemeinen Entspannung nicht angeschlossen... Dabei muß doch der Fehlschlag der Großen Versammlung auch für Sie eine große Erleichterung bedeutet haben. Ich mache mir zwar so meine eigenen Gedanken darüber, was Sie beschäftigt, aber ich hätte dazu doch gern etwas von Ihnen selbst gehört. Oder bin ich indiskret? *Zu indiskret* vielleicht?«

»Aufmerksam sind Sie«, antwortete sie nachdenklich. »Erinnern Sie sich an das Ende des Ehepaares Ceaușescu? Mich hat das seinerzeit stark beschäftigt. Dieser Scheinprozeß, das überstürzte Urteil, diese schäbige Hinrichtung... Damals habe ich die Gründe für mein Unbehagen gar nicht recht verstanden, erst später, während meiner Gefangenschaft.«

»Und was waren diese Gründe?«

»Gesichtslose Richter haben es zugelassen, daß ein Tyrann den geheiligten Platz eines Opfers einnehmen konnte. In Maghrabi mußte ich lernen, mit meinem Mitleid hauszuhalten. Aber vorher... Die Bilder dieses gestürzten, verwirrten alten Ehepaars, das war unerträglich! Das Mitleid mit den beiden hat in mir ein Gefühl der Entehrung ausgelöst... Eine Regung meiner Seele, die in die falsche Richtung gewandt schien. Entschuldigen Sie bitte... Ich spreche sehr selten von solchen Dingen.«

»›Entehrendes Mitleid‹!« meinte MacMillan ernst. »Ist ein solcher Widerspruch überhaupt vorstellbar? Nun ja, ich fürchte, tatsächlich... Und zweifellos haben Sie heute das gleiche gegenüber D'Altamiranda empfunden?«

»Nein, nein!« schrie sie mit heftig geröteten Wangen. »Aber ich hatte das Gefühl, Sie zu verraten, Sie alle! Noch nicht einmal *dort drunten* habe ich mich jemals so allein gefühlt wie hier! Ich gebe es zu: Ich gehörte nicht zu Ihnen vorhin, ich stand nicht auf Ihrer Seite! Natürlich ist mir klar, daß eine schreckliche Tragödie in letzter Minute verhindert werden konnte. Und dennoch: Wenn ich die Macht gehabt hätte, Thierry Bugeauds Manipulation zu verhindern, dann hätte ich das getan! Ohne jedes Zögern!«

»Und warum?«
»Ich weiß es nicht. Einfach so. Niemand wird das begreifen können ...«
Außer Fassung und nur mit Mühe noch die Tränen zurückhaltend, wollte sie davonstürzen. Doch er legte ihr die Hand auf die Schulter – gerade von seiner Seite eine völlig unerwartete Geste. Sie begegnete im Halbdunkel seinem Blick.
»Glauben Sie das ernsthaft?« sagte er. »D'Altamiranda ist ein Ungeheuer, nicht wahr?«
»Das kann man wirklich sagen. Und eines der schlimmsten Sorte obendrein!«
»Man hat erfolgreich ein Mittel angewendet, um ihn daran zu hindern, zu zerstören. Dieses Mittel jedoch verdammen Sie, unwiderruflich. Und das geht so weit, daß Sie bereit gewesen wären, El Guía gewähren zu lassen, ohne ihm diesen Knüppel zwischen die Beine zu werfen.«
Sie bestätigte ihm das kopfnickend. Worauf wollte er hinaus?
»Sie meinen also, daß das Mittel schlimmer ist als das Übel, gegen das es gerichtet ist. Ist das richtig?«
»Völlig richtig. Offen gestanden, habe ich nicht intensiv darüber nachgedacht; meine Reaktion ist absolut intuitiv ...«
»Sie brauchen sich nicht zu entschuldigen! Gestern habe ich mich selbst dabei überrascht, meiner Enkelin gegenüber vom ›absoluten Bösen‹ zu sprechen – ein Ausdruck, den ich unter anderen Umständen sicher nicht verwendet hätte. Ich hatte dabei diese Verirrung im Sinn, die man als Snuffs bezeichnet. Und auch die Tatsache, daß die Hinmetzelung von Sandrine und Gabriella gefilmt werden sollte, und daß der Erlös aus dieser Verfilmung die Kassen der Mirandisten füllen sollte. Allein der Gedanke daran, daß Liebhaber ›starker Eindrücke‹ bereit sind, sich für Geld ...«
Er biß sich auf die Lippen und war verärgert darüber, daß er sich hatte hinreißen lassen. Als er Laurences Blick begegnete, verwirrte es ihn, daß er in ihren Augen einen Widerschein der Gefühle zu erkennen meinte, die ihn so bewegten.
»Ich habe D'Altamiranda in Xaghra persönlich kennengelernt«, sagte sie. »Eine unvergeßliche Begegnung! Er schien wie in eine mystische Aura getaucht – nein, ich übertreibe nicht! Sein Gesichtsausdruck, die Intensität seines Blicks, der Ton seiner Stim-

me: Alles wirkte zusammen, um mich davon zu überzeugen, daß er die Wahrheit sagte und daß er gleichermaßen mein irdisches Wohlergehen und das Heil meiner Seele erstrebte. Aber Sie haben ja selbst gesehen, was heute dieser Pinocchio aus dieser Persönlichkeit gemacht hat ... Ist das nicht eine schlimmere Ungeheuerlichkeit als alles, was dieser Schwarze Orden sich zuschulden kommen ließ? Schlimmer selbst noch als diese berüchtigten Snuffs?«

»Erklären Sie das bitte näher!« antwortete MacMillan.

Doch der beklommene Ton seiner Stimme verriet ihn: Er verstand sie nur zu gut und hätte leicht ihre folgenden Begründung auch selbst abgeben können.

»Thierry Bugeaud hat sein teuflisches Programm dieses Mal dazu benützt, einen Unhold zu entlarven«, erläuterte sie. »Aber nichts kann ihn davon abhalten, es auch für andere Zwecke zu benutzen. Zum Beispiel dazu, einem Lumpen das Gesicht eines Ehrenmannes zu verleihen. Oder einen düsteren Tyrannen in einen charismatischen Propheten zu verwandeln. Was wird aus der Wahrheit, wenn die Realität keinen Bestand mehr hat?«

Über den Orsini-Palais war die Nacht hereingebrochen. Irgendwo in den Tiefen des Parks hörte man Sandrines und Gabriellas Gelächter.

Epilog

Lydia Frescobaldi verbrachte eine Woche in Ottawa, um gemeinsam mit Kiersten einen »Zwischenbericht« für die Mitgliedsländer von Interpol zu verfassen. Für achtundvierzig Stunden stieß auch Kenneth Sabbagh zu ihnen. Anschließend wollten sie zusammen die weiteren gemeinsamen Aktionen von Scotland Yard, GRC und Casus Belli planen.

Im wesentlichen war die Universelle Vereinigungskirche zerschlagen. Thierry hatte es geschafft, noch kurz vor dem Selbstverbrennungsritual den größten Teil des von der Organisation gespeicherten Datenmaterials in Sicherheit zu bringen, ehe Argos es hätte vernichten können. Man hatte es mit den Unterlagen und gespeicherten Daten verglichen, die man bei Yan Tung und Farik Kemal gefunden hatte. Dadurch war es möglich gewesen, Schritt für Schritt den höchst verschlungenen Aufbau des gesamten mirandistischen Finanzimperiums zu entschlüsseln. Auf drei Kontinenten waren Bankkonten beschlagnahmt oder eingefroren worden. In verschiedenen Ländern hatten die Behörden erfolgreich gemauert, um Zeit zu gewinnen und die Spuren der Korruption auf höchster Ebene zu verschleiern.

Der Massenselbstmord in Xaghra, die Aufdeckung der wahren Ziele der Fünften Offenbarung und das ungeklärte Verschwinden El Guías hatten einen enormen Wirbel in den Medien ausgelöst. Die Frage der Sekten allgemein war wieder hochgespült worden, und sie wurde unter sämtlichen Aspekten zerpflückt und beleuchtet von Journalisten, Theologen, Soziologen und sonstigen bedeutenden Mitgliedern der internationalen Intelligenz. Die meisten hatten so getan, als ob dieses Problem eine aktuelle Neuentdeckung wäre, und Erkenntnisse, die darüber schon seit Jahrzehnten bekannt waren, wurden als sensationelle neue Forschungsergebnisse gehandelt.

Die Insel Gozo war zur Touristenattraktion geworden. Täglich strömten Hunderte von Menschen zum Heiligtum, die vor Neugier regelrecht krank waren. Dabei gab es kaum etwas zu sehen, denn die Einrichtungen waren teils vernichtet, teils geplündert worden. Da und dort hatten indessen eifrige Fremdenführer auf die alten Steine des Klostergebäudes und der Kapelle Blut getröpfelt, um trinkgeldfördernde Schauermärchen erzählen zu können. Einige Gruppen überzeugter Anhänger hatten die Zerschlagung der Organisation jedoch überstanden. Wie alle fanatischen Verfechter einer ihnen heiligen Überzeugung sahen unerschütterliche Mirandisten in den Schlägen, denen nun ihre Sekte ausgesetzt war, nur eine neue Bestätigung für die Richtigkeit ihres Glaubens. Neue Jünger stießen zu ihnen, für welche die Heimlichkeit allein schon eine Verlockung war. Und Kenneth Sabbagh wußte aus sicherer Quelle, daß der erneute Zusammenschluß der aktiven Mitglieder in Frankreich, der Schweiz und in Großbritannien bereits wieder im Gange war.

Gegen Miguel Ambrosio D'Altamiranda war ein internationaler Haftbefehl erlassen worden, der noch zu keinem Erfolg geführt hatte... Das weit verbreitete Gerücht von seinem Tod ließ sich nicht unterdrücken. Luigi Sanguinetti bemerkte dazu, man verfechte diese Meinung bestimmt deswegen so nachdrücklich, um ihn später um so wirkungsvoller wieder auferstehen lassen zu können: »Die Welt ist doch voller Leute, die ganz gierig sind auf neue Untaten El Guías!«

James Paddington betrachtete versonnen die Schaukel dort im Garten. Als er sie das letzte Mal gesehen hatte, war das an einem sonnigen Tag gewesen – doch sein Herz war damals in Düsternis gehüllt. Heute dagegen löste der Blick dorthin heitere Gelassenheit aus, obwohl der Himmel grau war und auf der Wiese der Schnee schmolz.

Julien holte zwei Flaschen Bier aus dem Kühlschrank. Er bewegte sich noch immer etwas mühsam. Komplikationen hatten seine Genesung verzögert, was die Ärzte nicht daran hinderte, von »unerhörtem Glück« zu reden: Wenn der Schuß ihn nur einen Zentimeter weiter links getroffen hätte, wäre er am Rückenmark verletzt worden. Vor drei Wochen hatte er seinen Dienst wieder aufgenommen.

»Wollen Sie einen kleinen Besichtigungsrundgang machen?«

»Keinerlei Veranlassung dazu«, antwortete Paddington und zog

seinen Kugelschreiber hervor, um das vor ihm liegende Attest zu unterschreiben. »Das Umfeld hier kommt mir ›äußerst gesund‹ vor.«
»In einem Ausmaß, das ... na ja. Schauen Sie sich doch mal um: Nirgends auch nur ein Fusselchen Staub! Und ich finde nichts mehr im Haus, weil alles so perfekt aufgeräumt ist. Die wahre Diktatur des ›Jedes Ding an seinem Platz!‹ Als ob man in der Schweiz wäre ... Manchmal, offen gesagt, übertreibt sie es. Vielleicht könnten Sie mal mit ihr reden. Sie betet sie an.«
»Für wen sie wirklich eine Schwäche hat, wissen Sie gut genug ...«
Man hörte Schritte auf der Treppe, und Rose Boniface trat in die Küche. Sie hatte mindestens zwanzig Pfund abgenommen, und ihr kastanienrotes Haar war nach der neuesten Mode geschnitten. Sie begrüßte ein wenig verlegen Dr. Paddington. (Nie hätte sie gewagt, von ihm als Teddybär zu reden, noch nicht einmal in ihrem tiefsten Herzen.) Es war für sie eine wahre Sensation, ihn hier so ganz familiär in ihrer Küche sitzen zu sehen. Zweimal pro Woche besuchte sie ihn ganz offiziell in seinem Büro – und dabei ging es nicht um Banalitäten! Kurz nach Juliens Verwundung hatte sie diese Therapie aufgenommen. Sowohl für sein eigenes Leben als auch für seine Ehe war dieser Vorfall zu einem Wendepunkt und Neuanfang geworden.
Das Telefon klingelte, Rose nahm ab und bat nach einem stillen Seufzer den Anrufer um etwas Geduld.
»Sandrine?« fragte Julien.
»Nein, so früh noch nicht! Ein gewisser Matthieu ... Er meldete sich sehr höflich ...«
»Oh je, das ist schon mal ein schlechtes Zeichen ...«, flachste Julien.
In Begleitung von Balzac kam Maïa herein. Sie war um einen viertel Kopf gewachsen und nun rundum weit besser gepolstert. Der Labrador stupste sie mit der Schnauze an: Er wollte hinter den Ohren gekrault werden.
»Ich habe ihm die Pfoten abgewischt, weil er sonst überall Schnee hinträgt.«
Sie lächelte strahlend; Julien, Rose und Teddybär schauten sie gerührt an. Da sie das Mädchen nicht gekannt hatten in jenem

früheren Leben, als es noch Gabriella hieß, konnten sie nicht voll ermessen, daß dieses Lächeln ans Wunderbare grenzte.
(Der liebe Gott schien ja doch gelegentlich ein Ohr zu haben für die Ansprachen, die Laurence aus weiter Ferne an ihn richtete.)
»Ein Anruf für dich, ein gewisser Matthieu ... sagt dir das etwas?«
»*Ma si*, das ist doch der Bruder von Thomas!«
»Was du nicht sagst! Und Thomas ist der Freund von Nathalie ...«
»Aber nein, von Marie-Claire.«
»Ich geb's auf. Wohin gehst du denn?«
»Ins Wohnzimmer ... das ist doch privat! Darf ich, Daddy?«
Sie klimperte mit den Wimpern, drehte auf dem Absatz um und lief hinaus. Balzac folgte ihr nach einem fragenden Blick auf seinen Herrn. Er ging davon aus, sicher zu Recht, daß er als Zeuge beim Austausch von Vertraulichkeiten zugelassen sei.
»Vorhin hat sie mich, als ich ankam, als *Padrino* begrüßt«, sagte Paddington. »Ich warne Sie: Die macht mich weich!«
»Wir schreiben ihr da nichts vor«, versicherte Rose. »Ich bin für sie *mia Zia*. Am Anfang hat es mir etwas ausgemacht, auf die Rolle einer guten Tante beschränkt zu werden. Aber nur bis zu dem Tag, an dem ich feststellte, daß sie mit dem Wort *Mama* nichts Liebevolles verband ...«
Inspektor Boniface legte den Hörer auf und brummelte:
»Unter einer Stunde wird das wieder nicht abgehen, jede Wette! Eines steht fest: Als Weihnachtsgeschenk bekommt sie einen eigenen Anschluß.«
»Die beschert Ihnen einen ganz schönen Wirbel, mein armer Freund.«
Julien stimmte mit einer halben Grimasse zu. Und dabei habe er sich seine fünfziger Jahre so geruhsam vorgestellt!
In seinen Augen schimmerte eine Mischung aus Stolz und Glück.

Lydia kam zu spät. Dennoch hatte Richter MacMillan seit Kierstens Ankunft im Universitätsclub – eine Viertelstunde vor der vereinbarten Zeit – nicht ein einziges Mal auf seine Uhr geschaut. Seltsam genug! Für dieses Abschiedsessen hatte er sich ein Separée reservieren lassen, und der Zufall hatte es gewollt, daß es das gleiche war, in dem sich der Senator Murdstone da-

mals mit seinem Freund und Lieferanten Farik Kemal getroffen hatte.
»Murdstone war hier? Das wußte ich nicht«, sagte der alte Richter. »Da kann ich ja nur hoffen, daß jetzt nicht wieder eine Wanze unter dem Tisch klebt... Übrigens bin ich zufällig vorgestern mit dem Senator zusammengetroffen – wir nahmen beide an einer Sitzung des Ehrenkomitees der Stiftung für die Kinderhilfe teil. Ich habe dein Einverständnis dafür vorausgesetzt, daß ich ihn bei der Gelegenheit wissen ließ, seine Mitgliedschaft in dieser kleinen ›Gesprächsrunde‹ sei mir durchaus bekannt.«
»Prima! Und wie hat er reagiert?«
»Er hat mir mitgeteilt, daß kürzlich in dieser Gruppe ein Platz frei geworden sei, und hat mir angeboten, diesen einzunehmen, wobei er bereit wäre, für mich zu bürgen...«
»Das kann nicht dein Ernst sein, oder?«
»Aber ja doch! Und als ich ihm empfohlen habe, seinen Sitz im Senat niederzulegen, hat er über diesen Rat nur amüsiert gelächelt...«
»Was wirst du unternehmen?«
»Was ihn betrifft? Gar nichts! Die Abnehmer dieser Snuffs anzugreifen, ist von vornherein aussichtslos. Erforderlich ist es meiner Meinung nach, die für eine kriminelle Handlung Verantwortlichen daran zu hindern, einen wirtschaftlichen Nutzen aus ihrer Tat zu ziehen. Und genau in dieser Richtung habe ich in bezug auf gesetzliche Maßnahmen einige Worte ins Ohr des Premierministers träufeln lassen... Solche Maßnahmen würden es dann zum Beispiel der Justiz ermöglichen, Murdstone wegen illegaler Handlungen bei der Beschaffung eines Snuffs zu verfolgen und nicht etwas deshalb, weil er sich eines innerhalb seiner eigenen vier Wände angeschaut hat...«
»Und der Premierminister hat dir tatsächlich sein Ohr geliehen?«
»Ja, durchaus! Und er hat mir sogar eine sehr vernünftige Antwort gegeben. Du solltest nicht vergessen, daß er ein erstklassig ausgebildeter Jurist ist, aber natürlich auch Politiker: Es ist ihm selbstverständlich klar, daß die Medien sofort Front machen würden gegen alles, was sie als Einschränkung der Meinungsfreiheit anprangern könnten. Und die Serienmörder, die ihre Memoiren zu Geld machen, sind ja schließlich nicht die einzigen, denen es

auf Profit ankommt, nicht wahr? Vielleicht reden wir ein andermal noch mal darüber, einverstanden?«
Lydia trat mit einem Arm voller schön verpackter Päckchen in das Separée. Eines davon legte sie vor den Richter hin, zwei andere vor Kiersten: das kleinere sei für sie, das größere für Sandrine. Drei weitere legte sie auf der Anrichte ab, die seien für ihren Besuch bei den Boniface bestimmt: »Auf der Fahrt zum Flughafen werde ich einen kleinen Umweg machen, um mich von ihnen zu verabschieden.«
Sie setzte sich und erfand rasch eine Entschuldigung für ihre Verspätung. Ihr sichtlich hastig aufgetragenes Make-up strafte sie Lügen: Sie hatte gewiß wieder einen sehr ausgefüllten Vormittag hinter sich, und dies bestimmt nicht, weil sie einfach nicht aus dem Bett gekommen war...
Francesco kam, um die Bestellung aufzunehmen, und es entwickelte sich eine sachkundige Diskussion über die Vorzüge einer Hasenkeule in dreierlei Senfsoße und ein detailliertes Gespräch über den dazu zu wählenden Wein.
In stillschweigender Übereinkunft vermieden sie während des Essens berufliche Themen. Lydia bestritt den Hauptteil der Unterhaltung, indem sie die von ihrer Mutter Priscilla entwickelte »Strategie in sieben Schritten« zur Eroberung Enrico Bugliones zum besten gab.
»Enrico setzt auf Sie wegen eines Ablenkungsmanövers«, versicherte sie dem Richter. »Auf sich allein gestellt, fühlt er sich ihr nicht gewachsen.«
»Davon glaube ich Ihnen keine Silbe! Und auf jeden Fall fürchte ich, seiner ehrenvollen Einladung nicht entsprechen zu können. Wenn auch mit großem Bedauern, bitte glauben Sie mir das!«
»Aber wirklich, Sie müssen! Die *Bruderschaft der Zwillinge* ohne Sie: Das wäre doch wie die drei Musketiere ohne Athos! Ganz unter uns übrigens: Sanguinettis Zustand hat sich außerordentlich gebessert, und er sprüht vor Feuer. Die Ärzte freilich reden von einer ›typischen Remission‹ und sehen das nur als Hinweis auf sein baldiges Ende ...«
Kiersten beobachtete ihren Vater. Er wirkte unsicher, hin und her gerissen sogar, was gar nicht seine Art war. Bisher hatte sie sich weit öfter daran gestört, daß seine Reaktionen immer so genau

vorhersehbar waren. Jetzt im Augenblick aber hätte sie beim besten Willen nicht sagen können, in welche Richtung seine Entscheidung wohl ausschlagen würde. Und dieses Dilemma, in dem er sichtlich steckte, faszinierte sie.
Buglione hatte eine »außerordentliche Generalversammlung« der »Zwillingspatriarchen« einberufen zur Feier des Silvesterabends an Bord der *Odysseus*. Das sollte in Verbindung mit einer achttägigen Kreuzfahrt in den Kykladen geschehen: Mykonos, Naxos, Santorin, Milos, Thera usw. Unter anderen Umständen hätte William MacMillan keinen Augenblick gezögert. Wenn er sich an die im Orsini-Palais mit seinen Genossen Luigi und Enrico verbrachten Tage erinnerte, strahlte sein Gesicht, und in seine grauen Augen trat ein vergnügtes Funkeln, wie es Kiersten nicht gerade häufig an ihm wahrgenommen hatte. Aber er fürchtete, mit der Annahme dieser Einladung diese so außergewöhnliche und seltene Freundschaft zu gefährden.
Denn nach der Großen Versammlung war es zu einigen unerwarteten Ereignissen gekommen. In Istanbul war das dortige Hauptquartier der Mirandisten in die Luft geflogen. In Budapest hatte man in seinem Hotelzimmer Janos Carazzo mit durchschnittener Kehle aufgefunden. Als gewissenhaft arbeitender Regisseur hatte er natürlich in seinen Unterlagen ein Verzeichnis seiner regelmäßig für ihn tätigen Mitarbeiter bei sich gehabt: Kameramann, Regieassistent, Toningenieur, Beleuchter usw. Es waren insgesamt neun Leute: fünf Türken, zwei Bosnier, ein Iraner, ein Portugiese. Sie alle hatte man dann an den verschiedensten Orten aufgefunden; am Leben war keiner mehr von ihnen...
Auf ihr gemeinsames Konto gingen gut zwanzig Snuffs – darunter das über die »Astrale Verklärung« Flavio Bugliones. Hätte man sie wohl, wenn sie am Leben geblieben wären, geschnappt und vor Gericht gestellt? MacMillan hatte seine begründeten Zweifel daran, nachdem er wußte, wie die Gerichte in Ankara sich seinerzeit gegenüber Farik Kemal verhalten hatten. In diesem Zusammenhang erinnerte er sich noch sehr gut an eine leidenschaftliche Diskussion mit dem *alten Fuchs* über eine Bemerkung Goethes, die da sinngemäß lautete: »Besser eine Ungerechtigkeit als Unordnung!« Enrico, der bei dem Gespräch zugegen war, hatte kein einziges Wort dazu geäußert. Dennoch hatte ihn das Pro-

blem der *Unbestrafbarkeit* sichtlich beschäftigt. Gerade sein Schweigen dazu war im Rückblick wohl äußerst vielsagend ...
Francesco kam herein, einen Wagen mit Dessert zur Auswahl hereinschiebend.
Der Richter bat Lydia um die Erlaubnis, rauchen zu dürfen, und sagte dann:
»Was ich da über Luigi höre, macht mich traurig. Man mußte ja darauf gefaßt sein, sicher, aber trotzdem... Ich werde ihm jedenfalls schreiben, noch heute abend. Und Sie möchte ich bitten, meinem Freund Buglione zu bestellen, daß sich mich alsbald zu seiner Einladung äußern werde ...«
»*Bravo!* Sie sollten in diesem Sinne auch Ihre Tochter beeinflussen: Es wären zwei Wochen Ferien in der Sonne!«
»Die ersten seit fünf Jahren!« sagte Kiersten mit einem unterdrückten Seufzen.
Der alte Richter lächelte ihr zu und zündete seine Pfeife an.

Kiersten hielt den Wagen vor dem Hotel an und warf einen Blick auf ihre Uhr. Lydia mußte sich beeilen, wenn sie ihr Flugzeug nicht verpassen wollte. Wieso blieb sie sitzen, als ob sie noch alle Zeit der Welt hätte?
»Ich habe mich bei ihm nicht bedankt wegen Gabriella... oder sagen wir Maïa, weil ich ihn nicht in Verlegenheit bringen wollte!«
»Wen?«
»Deinen Vater natürlich, wen denn sonst! Wieso sind denn die Formalitäten für die Kleine so im Handumdrehen abgewickelt worden? Da hat er doch bestimmt die Finger im Spiel gehabt!«
»Falls er da was gedreht hat, hat er das jedenfalls aus eigenem Antrieb gemacht«, entgegnete Kiersten. »Ich habe ihn nicht darum gebeten.«
Lydia schwieg, obwohl es unverkennbar war, daß sie noch etwas loswerden wollte. Sie wußte nur nicht recht, wie; dabei war sie doch wahrlich nicht auf den Mund gefallen. Als sie schon die Hand auf dem Türgriff hatte, setzte sie schließlich an:
»Hör mal, Inspektor MacMillan! Ich glaube, ihr habt da so ein Sprichwort in der Art von ›Saubere Rechnung macht gute Freunde‹! Bist du auch dieser Meinung? Dann laß dir sagen: Ich will meinen Kaufpreis zurück!«

»Jetzt schau mal an! Wieso denn das?«
»Ich gönne mir Kerle, wenn sie mir gefallen. Und wenn mein Herz für sie nicht mehr Tick-Tack macht, lasse ich sie fallen. Und Thierry habe ich dir abgehandelt wie eine Swatch-Uhr, guten Glaubens.«
Kiersten musterte sie aufmerksam: Zwar hatten sich die hübschen Grübchen gebildet, doch das dazu gehörige Lächeln blieb aus. »Sie hat ja allen Ernstes ein Problem«, sagte sie sich überrascht, tat aber so, als ob sie nichts gemerkt hätte.
»Und du bist also nicht zufrieden ...«
»Mach keine Witze! Der ist mir immer um drei Schritte voraus. Ich weiß gar nicht mehr, was ich mir einfallen lassen soll, um ihm den Rang abzulaufen.«
»Was ist denn dann dein Problem, Frescobaldi?«
»Jetzt spiel doch nicht das Dummerchen! Wieso hast du mich nicht gewarnt? Ich hab mich echt verknallt in ihn! Wie verrückt! Er fehlt mir schon richtig, und morgen abend in Rom werde ich überall nach ihm Ausschau halten und ihn schrecklich vermissen!«
Kiersten lehnte sich zu ihr hinüber, nahm ihre Hände in die ihren, schaute ihr in die Augen und sagte mit veränderter Stimme:
»Du mußt jetzt gehen. Du bist wirklich eine gute Freundin für mich geworden, Lydia. Ich muß dir das sagen für den Fall, daß du es nicht selbst gemerkt haben solltest. Auf die Rückerstattung wirst du allerdings lange warten müssen ...«
»Darüber reden wir noch mal! *Arrivederci, mia cara!* Paß auf dich auf!«

Das medizinische Betreuungszentrum von Mbaku-Bashi, etwa eine Stunde entfernt von der Hauptstadt, war während des Bürgerkriegs aufgegeben worden – nach dem Mord an zwei Ärzten, fünf Krankenschwestern und um die fünfzig Patienten. Obwohl nach dem Sturz Mobutus hier im ehemaligen Zaire die Ordnung wieder eingekehrt war, hatte die Hilfsorganisation *Erde der Hoffnung* es abgelehnt, ihre vormalige Tätigkeit in der Region wieder aufzunehmen. Die bescheidene, aber gut ausgestattete Klinik diente seither als Unterkunft für Obdachlose.
Den Aufbau einer neuen Einrichtung hier hatte Pater Díaz de La

Santa in die Hand genommen – ein Protegé des neuen Präsidenten, wie es hieß. Der war ein gleichermaßen diskreter und energischer Mann und hatte rasch Anerkennung bei den Leuten der Gegend gefunden. Man rühmte sein Charisma und seine unermüdliche Hingabe. Sein Ruf hatte sich schnell verbreitet, und auch von »Wunderheilungen« war bereits die Rede. Wieso hatte Jenny Shamfeld im tiefsten Colorado von diesem hochwürdigen Pater etwas erfahren? Aufgrund eines langen Schreibens, das sie von Doris Young über den Faxanschluß der amerikanischen Botschaft in Kinshasa erhalten hatte.
Doris litt schon seit ihrer Kindheit unter Asthma. Und obwohl sie weder besonders gläubig noch leicht beeinflußbar war, hatte sie sich entschlossen, diesen Wunderheiler aufzusuchen aufgrund der Gerüchte, die über ihn in Diplomatenkreisen in Umlauf waren. »Die Wahrheit ist, daß ich nun schon seit über zwei Monaten keinen Anfall mehr hatte«, hatte sie Jenny mitgeteilt. Und sie hatte zum Schluß ihres Schreibens darum gebeten, über den Fall von Jennys Sohn Christopher mit Pater Díaz reden zu dürfen.

Der Landrover hielt nahe dem ehemaligen Krankenhaus von Mbaku-Bashi an. Davor drängte sich in voller Sonnenhitze bereits eine kleinere Menschenmenge. Zwei Uniformierte bemühten sich, einigermaßen Ordnung in das Gedrängel zu bringen.
Als Jenny und ihr Sohn aus dem klimatisierten Wagen stiegen, hatten sie das Gefühl, in einen Backofen zu kommen. »Wie sollen wir das nur aushalten!« dachte Jenny. »Das sind doch mindestens fünfzig Leute!«
Der Botschaftsfahrer gab ihnen ein Zeichen, sie möchten kurz warten, und trat auf einen der Ordner zu. Er sprach erst laut und dann auffallend leise mit ihm, und eine Banknote wechselte diskret ihren Besitzer.
»Schau mal, Mama, wie das Mädchen da mich anguckt ...«
Eine Handvoll Kinder stand am Rand der staubigen Straße, auf der sie gekommen waren. Unter ihnen war ein Mädchen von vielleicht zehn oder elf Jahren, das tatsächlich den weißen Jungen unentwegt anstarrte. (Es hatte eine schlecht verheilte Schnittwunde am Lidwinkel.) Plötzlich begann sie gleichmäßig und beständig

ihren Kopf von links nach rechts zu drehen. Was mochte sie damit ausdrücken wollen?
»Wahrscheinlich hat sie noch nie Außerirdische gesehen...«, murmelte Jenny.
Doch der abgedroschene Witz verfehlte inzwischen seine Wirkung völlig.
Der Wachmann wies sie an, ihm in das Gebäude zu folgen. In der wartenden Menge gab es zwar einige murrende Stimmen, aber nicht viele: Christophers kahler Kopf schien auf einen dringenden Fall hinzuweisen. Abgesehen davon, war es den meisten hier wohl lieber, etwas Abstand zu halten. Man konnte schließlich nie wissen... Jenny hastete voran, die Ohren dröhnten ihr.
Man führte sie in ein Zimmer, das gänzlich leer war bis auf einen Betstuhl und ein großes Ebenholzkruzifix an der weiß gekalkten Wand. Das einzige Fenster war vergittert.
»Glaubst du, daß diese Leute da draußen alle krank sind? Warum stellt man ihnen denn dann keine Stühle hin?«
Jenny fand keine Zeit mehr, die Frage ihres Sohnes zu beantworten, denn die Tür öffnete sich und Pater Díaz de La Santa trat ein. Seine erste Geste: Er legte einen Finger auf die Lippen. Dann kniete er nieder, schob die Brille mit ihrer leichten Metallfassung auf die Stirn und verbarg sein Gesicht in den Händen. Sein dichtes Haar trug er in einem kurzen Bürstenschnitt. Er erhob sich schließlich und schaute Jenny eindringlich an; sein dunkler Blick war erfüllt von Freundschaft und Anteilnahme.
»Diese lange Reise muß Sie sehr ermüdet haben«, sagte er mit tiefer Stimme. »Und obendrein die Ungewißheit, ob sie sich überhaupt lohne...«
Er streckte ihr die Hände entgegen, deren Innenflächen nach oben gerichtet, als Angebot, ihr die Müdigkeit abzunehmen. Sie legte mit einer gewissen Befangenheit ihre Hände in die seinen. Rasch spürte sie, wie eine wohltuende Welle ihre Hände, ihre Schultern, ihren Oberkörper durchströmte. Sei fuhr in einer Art von Scham zurück.
»Ich bin nicht wegen mir selbst gekommen...«
Er lächelte sie verständnisvoll an und wandte sich dann Christopher zu. Er legte ihm mit geschlossenen Augen die Hand auf den kahlen Kopf, und es entstand ein langes Schweigen.

»Sie haben ihn mit Giften vollgestopft, weil sie nichts davon verstehen!« sagte er schließlich.
»Können Sie etwas für ihn tun?«
»Ich kann mich seiner annehmen, ja. Aber im Augenblick habe ich nicht länger Zeit, Sie verstehen das doch bitte. Lassen Sie ihn mir da bis zum Ende der Woche. Er kann hier in diesem Zentrum bei den übrigen Kindern bleiben – Kriegswaisen, um die wir uns hier kümmern…«
»Aber warum…«
De La Santa bat sie um Verständnis dafür, daß er sich jetzt sofort nicht weiter mit dem Jungen beschäftigen könne: Es warteten ja noch so viele andere Kranke auf ihn, leider! Am späteren Abend dann, wenn wieder Ruhe eingekehrt sei, wolle er sich ihm widmen – unter vier Augen. Er werde ihn lehren, die fünf Schwellen zu überschreiten zur Erlangung der »Gnade der Erneuerung«.
»Dadurch wird Ihr Sohn in der Lage sein, sich selbst zu heilen… Ich lasse Sie jetzt allein, damit Sie nachdenken können. Aber wenn Sie mehr Zeit zur Überlegung brauchen, können Sie ja in vierzehn Tagen noch einmal herkommen.«
Eine Art von Schwächeanfall überkam sie, und doch zugleich auch eine Welle der Hoffnung und der Freude. Worauf denn warten? Christopher würde es gut haben hier. Und zu diesem Mann konnte sie Vertrauen haben, ohne den Schatten eines Zweifels! Wenn irgend jemand auf der Welt ihrem Kind helfen konnte, dann war er es und niemand sonst!
Sie hatte das verwirrende Empfinden, ihn schon seit langem zu kennen. Dabei sah sie ihn heute zum ersten Mal! »Es ist seine Stimme, ich muß sie irgendwo schon einmal gehört haben. Aber wo nur? Und bei welcher Gelegenheit?«
Sie mußte sich das einbilden, denn wie hätte das denn möglich sein sollen? Doris hatte ihr versichert, daß der Pater sich nicht in der Öffentlichkeit zeige und jegliches Interview ablehne. Und obendrein würde man eine Stimme wie die seine nie vergessen! Sie drang einem durch und durch und erfüllte die Seele mit Balsam…

Während der Rückfahrt nach Kinshasa machte sich Jenny Gedanken darüber, wie wohl ihre Freundin Doris reagieren würde. Fän-

de sie überhaupt die rechten Worte, um ihr verständlich zu machen, wie das in Mbaku-Bashi gelaufen war?
Auf dem Rückweg zum Auto war sie wieder dem Mädchen mit der schlecht verheilten Narbe am Auge begegnet, das diesmal von einer jungen Frau begleitet war, ganz offensichtlich ihrer Mutter. Diese war auf sie zugestürzt und hatte auf sie eingeredet – doch in welcher Sprache?
Einer der Uniformierten war herangetreten und hatte sie, sie grob am Arm packend, weggezerrt. Sie hatte sich wütend dagegen gewehrt, und es hatte sich ein zorniger Wortwechsel ergeben. Die Stimme des Mannes wurde immer drohender, und die Frau zog sich schließlich zurück, ihre Tochter an der Hand. Dabei wandte sie sich noch mehrmals um und warf der weißen Besucherin eindringliche Blicke zu, als wolle sie sie vor einer Gefahr warnen ...
»Ich habe mich davon beeindrucken lassen«, bestätigte sich Jenny. »Dabei: Was hätte sie mir denn sagen können, und wie überhaupt! Aber wie auch immer: So behandeln hätte der Kerl sie nicht dürfen!«
Sie machte sich Vorwürfe, daß sie sich so hatte in Panik versetzen lassen. Nun gut, es gab entschuldigende Gründe dafür – die Zeitverschiebung, die Hitze, ihre Verunsicherung. Und jetzt war es ohnehin zu spät, ihren Schritt rückgängig zu machen.
»Führst du Selbstgespräche?«
»Ach, du bist wach geworden ... Ja, ich erzähle mir Geschichten ...«
Christopher hatte während der ganzen Fahrt geschlafen, auf der Rückbank zusammengerollt wie ein von der Jagd erschöpftes Hündchen.
»Wo sind wir denn? Ich müßte mal pinkeln ...«
»Wir sind gleich da! Nur noch fünf Minuten ...«
»Warum bist du zurückgekommen, um mich zu holen?«
»Ich weiß es nicht. Das ist sehr kompliziert ...«
Wie sollte sie ihm auch erklären, daß sie im allerletzten Augenblick ihre Meinung geändert hatte, und nicht etwa aus mangelndem Glauben an Díaz de La Santa, sondern gerade weil sie ihm so uneingeschränkt und sofort absolutes Vertrauen geschenkt hatte – ohne jeden weiteren Gedanken, ohne jeden Vorbehalt. Sie verstand ihre Reaktion ja selbst nicht ...

Sie dachte wieder an das Mädchen und dessen Mutter. Daß die beiden Zeugen des Bösen geworden waren, hatte sie intuitiv empfunden, als absolute Gewißheit. Ihre Blicke hatten sich ihr unauslöschlich eingeprägt.
»Meinst du denn, wenn ich dortgeblieben wäre, hätte ...«
Sie legte dem Kind sanft den Finger auf die Lippen.

Schon den ganzen Nachmittag über hatte Laurence sich auf diesen Augenblick gefreut. Bereits im Taxi hatte sie ihren Schlüsselbund herausgenommen, um im Treppenhaus damit keine Zeit mehr zu verlieren. (Sie hatte sämtliche Schlösser austauschen, die Eingangstür mit einem speziellen Sicherungssystem versehen und eine Geräuschdämmung einbauen lassen, um vom Lärm des Aufzugs verschont zu bleiben.) Die Wohnung – sie hatte sich sofort in sie verliebt – lag im dritten Stock eines Bürgerhauses aus dem siebzehnten Jahrhundert in der Rue Jouffroy-d'Abbans.
Sie trat mit dem ein bißchen verschrobenen Gefühl ein, hier zu Besuch zu sein. Es war eine berauschende Empfindung, die sie, obwohl sie diese Wohnung ja nun seit einer Woche kannte, vor Glück erzittern ließ, als ob sie sie zum ersten Mal betrete.
Der Geruch nach frischer Farbe und neuer Lackierung verschwand von Tag zu Tag mehr. Die in gebrochenem Weiß gehaltenen Wände würden sich rasch mit Gemälden oder alten Stichen füllen. So lange sie noch leer waren, boten sie eine herrliche Gelegenheit zu Träumen und bestimmten Vorstellungen ... Nur nichts überstürzen bei den Erwerbungen, da würde man sich ja die Vorfreude verderben ...
Sie warf ihre Sachen erst einmal in der Vorhalle hin und lief in den großen Wohnraum. Dabei nahm sie sich noch nicht einmal die Zeit, ihren Mantel abzulegen. Dort, wohin ihn am Morgen die Möbelpacker gestellt hatten, erwartete sie ein Pleyel-Stutzflügel. In Saint-Brieuc war er allmählich zu einem kaum noch bemerkten Anteil der gewohnten Einrichtung des Hauses geworden. Hier jedoch, in dem ansonsten noch leeren großen Raum, gewann er sofort wieder seine einstige eindrucksvolle Eigenständigkeit. Sie spürte es schon in den Fingern kribbeln: Wenn er erst einmal wieder gestimmt war ...
Sie machte einen kleinen Rundgang in ihrer neuen Wohnung. Vor

den Fenstern genossen schon Sträuße und Blumenschalen die dürftigen Strahlen der Dezembersonne; man hatte sie verwöhnt. (Im schönsten Gesteck, mit Orchideen und weißen Rosen, steckte die Karte der Lagerstein!) Im Eßzimmer stand als Provisorium ein Klapptisch mit vier einfachen Stühlen. Auf der Arbeitsplatte in der Küche eine schön verpackte Schachtel mit bunten Bändern darum: Die Glaskanne und die Gläser darin hatte sie selbst anfangs der Woche gekauft und um Verpackung als Geschenk gebeten, um sich selbst eine Überraschung zu bereiten. Heute abend vielleicht? Im Schlafzimmer stand, am Vorabend geliefert, ein großes, luxuriöses Bett. Wie lange würde ihre Mutter wohl warten bei ihrem ersten Besuch hier, bis sie ihr diesbezüglich Fragen stellte? Auf dem Boden waren neben geöffneten Koffern Kleidungsstücke und Gebrauchsgegenstände ausgebreitet. Aber darüber brauchte man sich nicht aufzuregen: Zu gegebener Zeit würde nichts mehr herumliegen, und alles wäre ordentlich aufgeräumt.
Palominès, der alte Antiquitätenhändler, hatte ihr gesagt, sie kenne sich offenbar gut aus. Sie hatte dazu nur gelächelt. Warum hätte sie ihm sagen sollen, daß sie die Stücke, die sie bei ihm suchte, nicht nach ihrem Handelswert auswählte? Es wäre wohl zu umständlich gewesen, ihm das auseinanderzusetzen und ihm zu verdeutlichen, daß es ihr um mehr ging als einfach die Möblierung einer Wohnung ...
Sie kleidete sich rasch um und zog zu einem Baumwollpullover ein Paar zu weite Jenas an und zur Schonung des frisch versiegelten Parketts gestrickte Hüttenschuhe. Ihren anschließenden Paso doble unterbrach sie vor dem großen Spiegel, der über dem Kamin hing, und winkte sich darin einen schüchternen Gruß zu. Sie fühlte sich in guter Gesellschaft.
Sie beglückwünschte sich zum Einbau der Doppelfenster und dieser Wärmeaustausch-Heizkörper, welche in der Werbung angepriesen worden waren als der höchste derzeit denkbare Heimkomfort. Sie dachte fröstelnd: »Ich möchte niemals wieder frieren müssen, niemals!«
Dann setzte sie sich ins Eßzimmer und zwinkerte mit den Augen, um sich die mögliche endgültige Einrichtung vorzustellen. Ja, das war's! Keine Frage mehr! Noch morgen würde sie zu dem guten

Palominès gehen, mit ihm etwas feilschen und dann eine Anzahlung leisten. Aber sie würde darauf bestehen, daß die Lieferung unmittelbar nach der Rückkehr aus ihrem Urlaub erfolgen müsse. Ihr Blick verlor sich in der Ferne. Es konnte sichtlich kein Zweifel daran sein, daß sie einem Gedanken nachhing, der sie glücklich machte ...

In dem Anwesen in Maisons-Laffitte wies alles darauf hin, daß es verlassen war: die geschlossenen Fensterläden, das sich auf dem Boden häufende herabgefallene Laub, das mit einer verrosteten Kette verschlossene Tor, die leeren Vogelnester in den Wipfeln der Bäume.
Im Garten, in dem schon die Krokusse spitzten, hatte man eine Grube ausgehoben; Hacke und Schaufel lagen daneben. Den aus dem Kofferraum des Wagens geholten Jutesack hatte man bis hierher an den Rand des kleinen Erlenhains geschleift, und auf der Wiese waren noch die Spuren davon wie eine Fährte zu sehen.

Auf dem Grund der Grube verschwand der Sack allmählich unter den darauf geworfenen Erdschollen, und Fjodor Gregorowitsch Syssojew unterbrach, nach Luft schnappend, seine Arbeit.
Catherine schaute ihm dabei zu. Dieser verrückte Kerl hatte es doch wieder geschafft, sie weich zu kriegen – einmal mehr! Dabei war sie ja wirklich nicht von gestern, und durch ihre Arbeit beim Fernsehen hatte sie im Lauf der Jahre doch schon mehr als einen komischen Kauz kennengelernt. Aber der hier war tatsächlich von ganz besonderem Schlag. Zunächst hatte sie sich ja einfach aus beruflichem Interesse mit ihm getroffen. Und sie war nicht enttäuscht gewesen: Der Ex-Psychiater verfügte über einen unglaublichen Schatz persönlich erlebter Anekdoten, von denen eine immer noch unterhaltsamer war als die andere. Ganz abgesehen davon, daß seine im Schatten Gorbatschows verbrachten Jahre allein ein dickes Buch gefüllt hätten!
Dann hatte sie ihn allein deshalb aufgesucht, weil ihr seine Gesellschaft angenehm war. Er war so ganz anders als die vielen Leute, die Tag um Tag um sie herumscharwenzelten, so ... erholsam. Er erwartete von ihr keinerlei »Auftritt« ... (Wenn sie es recht bedachte, war »erholsam« eigentlich nicht der passende

Ausdruck. War nicht »beruhigend« oder gar »bestätigend« besser?) Kurz, es hatte sich eine freundschaftsähnliche Beziehung zwischen ihnen entwickelt, und die Andeutungen der Brodsky konnten sie nur zum Lachen bringen. Sie, Catherine Le Gendre, habe sich in diesen Tataren verknallt? Das war denn nun doch wirklich zu lächerlich!
Fjodor Gregorowitsch hatte seine Tätigkeit wieder aufgenommen. Hatte man wohl je zuvor einen Totengräber mit einer Fliege am Hals bei der Arbeit gesehen?
»Dabei bräuchte man sich nur an die Stadtverwaltung von Paris zu wenden, und sie würden sich noch am gleichen Tag um die Beseitigung kümmern«, sagte er. »Aber das wäre seiner nicht würdig. Schauen Sie mich doch an: Sehe ich aus, als ob ich es fertigbringen würde, mich seiner wie eines Abfallpakets zu entledigen? Ich weiß gar nicht, wie ich meine Dankbarkeit in Worte fassen soll für Ihr Angebot einer ländlichen Ruhestätte zum beständigen Andenken...«
»Schon ein bißchen verrückt ...«
»O teure, große Freundin! Sie hätten sich ja wirklich lustig machen können über dieses Melodram auf echt russische Art! Statt dessen haben Sie mir Ihr Vertrauen geschenkt! Welch unschätzbarer Trost! Bei jeder Bestattung beerdigt man einen lebenden Teil seiner selbst! Wie schwer wog doch Kummerseele jetzt, da der Sack mit ihm zugleich angefüllt ist mit meiner Vergangenheit – mit geheimen Erinnerungen. Da, hören Sie doch ...«
Irgendwo in dem weißen Himmel erklang das Zwitschern einer Amsel.

Jenny Shamfeld aus Denver verlor niemals ein Wort über ihre Reise nach Mbaku-Bashi – noch nicht einmal gegenüber ihren engsten Angehörigen. Und sie lehnte darüber auch jedes Gespräch mit Journalisten ab. Ein großer Fernsehsender hatte ihr fünfzigtausend Dollar für ein dreiminütiges Interview angeboten: auch das vergeblich.
Als der Skandal um Díaz de La Santa ausgebrochen war, hatten sie die entsprechenden Berichte zunächst noch fasziniert. Doch rasch wollte sie nichts mehr wissen von all diesen Anschuldigungen, diesen schlimmen Dingen. Ihr Sohn Christopher war jetzt

gesund, und nichts anderes zählte. Im Allgemeinen Krankenhaus von Colorado hatte Dr. Goldberg von einer »unerklärlichen Heilung« gesprochen. Ja, *unerklärlich* – das traf es wohl. Und Hochwürden Easterbrook hatte auf die »göttliche Fügung« verwiesen. Sie hatte ihm nicht widersprechen wollen, um ihn nicht in Verlegenheit zu bringen.

In ihrem tiefsten Herzen allerdings hatte sie sich gefragt, ob nicht selbst der Teufel gelegentlich Gutes tue, um sich nicht in die Karten schauen zu lassen und diese neu zu mischen, um sie so zu verteilen, wie es ihm passe – der Gipfel der Hinterhältigkeit.